[illegible] Erzähler [illegible] Mexiko und [illegible] Südamerika [illegible] oder lesenswerten [illegible] [illegible] Handlung stehen, [illegible] als real und wahr [illegible] Inhalt des Menschen [illegible] Werke beigetragen. Allen [illegible] [illegible] und [illegible]

Im alten China trugen einst berufsmäßige Erzähler auf Märkten und an Straßenecken ihre abenteuerlichen oder lustigen, ihre empfindsamen oder traurigen Geschichten einer erwartungsvollen Zuhörerschar vor, bis sich schließlich Literaten dieser Stoffe annahmen, um sie künstlerisch auszuformen. So bietet diese Sammlung *Chinesische Novellen* einen Einblick in die mündliche wie auch schriftliche Überlieferung chinesischer Literatur, einen Einblick in Kultur und Leben des chinesischen Volkes. Hauptgestalten der Geschichten sind mehr oder weniger ehrliche Kaufleute, Räuber, die Kinder und junge Mädchen entführen, Frauen, die entgegen dem konfuzianischen Ideal nach eigener Bildung streben, Kurtisanen, die sich jedoch als treu und wahrer Liebe fähig zeigen, Betrüger, die aus der Torheit der Menschen Nutzen ziehen, junge Literaten, denen die Freuden des städtischen Lebens mehr bedeuten als die klassischen Bücher . . . Am Ende aber muß ein jeder für seine schlechten Taten büßen und ein jeder wird für seine guten Werke belohnt. Allen Geschichten gemeinsam ist das Verständnis für menschliche Schwächen, der Sinn für Humor und das Empfinden für Schönheit.

insel taschenbuch 848

Chinesische Novellen

CHINESISCHE NOVELLEN

Übertragen von Franz Kuhn
Mit einem Nachwort und Anmerkungen
herausgegeben von
Věnceslava Hrdličkovà

Insel Verlag

insel taschenbuch 848
Erste Auflage 1985

Der Abdruck des Nachworts und der Anmerkungen
von Věnceslava Hrdličkovà erfolgt
mit freundlicher Genehmigung des Insel-Verlags
Anton Kippenberg, Leipzig 1979
Vertrieb durch den Suhrkamp Taschenbuch Verlag
Umschlag nach Entwürfen von Willy Fleckhaus
Satz: LibroSatz, Kriftel
Druck: Nomos Verlagsgesellschaft, Baden-Baden
Printed in Germany

2 3 4 5 6 – 90 89 88 87

CHINESISCHE NOVELLEN

Zikade

Als der Tyrann Tung Tscho von dem Tode seines ärgsten Widersachers, des aufsässigen Statthalters Sun Kiän (192) erfuhr, atmete er beruhigt auf. Und als er hörte, daß der älteste der Söhne, die der Verstorbene hinterlassen hatte, kaum siebzehn Jahre zähle, war er erst recht beruhigt. Von nun an gab es für seine Anmaßung und Selbstherrlichkeit keine Grenze mehr. Er titulierte sich schang fu, ›allerhöchster Vater‹, und umgab sich mit einem Pomp und Zeremoniell, wie es nur einem Kaiser zukommt.

Einen Bruder erhob er zum Grafen und zum Marschall der Linken, einen Neffen ernannte er zum Palastkommandanten, seine ganze Sippe, alt und jung, bedachte er freigebig mit Ämtern, Würden und Adelsrängen.

Zweihundertfünfzig kleine Meilen von der Reichshauptstand Tschang an entfernt, baute er sich eine eigene Residenz, deren Mauern und Größenverhältnisse der kaiserlichen Residenz nicht nachgaben. Meh wu hieß die neue Prachtstadt, und nicht weniger als eine Viertelmillion Fronarbeiter wurden zu ihrem Aufbau gepreßt. In den Kornkammern der neuen Residenz häufte er Vorräte für zwanzig Jahre auf, in ihre Harems stopfte er achthundert der schönsten Mädchen aus dem ganzen Reiche, ihre Schatzkammern füllte er mit Bergen von Gold und Silber und Perlen und Geschmeide an.

Seine ganze Sippschaft und Anhängerschaft quartierte er in Meh wu ein, er selber machte Meh wu zu seiner Hauptstadt, während er Tschang an nur noch vorübergehend, monatweise oder halbmonatweise, Besuche abstattete.

Bei solchen Besuchen in der alten Residenz mußten ihn die hohen Würdenträger einholen und bei der Rückkehr feierlich bis außerhalb der Stadttore geleiten und ihm am Wegrande mit Erfrischungszelten aufwarten, ganz als ob er selber der Herrscher wäre. Eines Tages, als Tung Tscho nach einem solchen Besuch unweit des Stadttors mit den Würdenträgern bei der Abschiedstafel saß, traf es sich, daß ein Trupp von einigen hundert unbewaffneten Kriegern eines nördlichen Rebellenstammes durch das Stadttor geleitet wurde. Sie hatten sich im Vertrauen auf die ihnen zugesagte Amnestie unterworfen und waren gekommen, um in der Hauptstadt Friedensverhandlungen zu führen.

Tung Tscho befahl die Leute vor sich und verhängte, ohne sich im geringsten beim Essen und Trinken stören zu lassen, die grausamsten Urteile über sie, die er gleich an Ort und Stelle vollstrecken ließ. Dem einen ließ er die Hände abhacken, dem anderen die Füße; diesen ließ er die Augen ausstechen, jenen die Zunge herausschneiden; andere ließ er in Kesseln mit siedendem Wasser zu Tode brühen. Die Schmerzensschreie der gepeinigten Opfer erschütterten die Luft und drangen bis zum Himmel. Die Würdenträger an der Tafel ließen vor Entsetzen die Eßstäbchen fallen, der Tyrann aber aß und trank und plauderte und scherzte weiter, als ob nichts geschehen wäre. –

Ein andermal, als Tung Tscho mit den Würdenträgern bei einem feierlichen Bankett im Palast versammelt saß, trat mitten während des Banketts sein erster Paladin Lü Pu in den Saal und flüsterte ihm ein paar Worte ins Ohr. Der Tyrann sagte bloß »Also steht es so!« und erteilte Lü Pu lächelnd einen Befehl. Worauf Lü Pu seinen bewaffneten Mannen winkte und einen der Gäste, den Minister der öffentlichen Arbeiten Tschang Wen, von der Tafel weg aus dem Saal schleppen ließ. Die anderen Gäste wurden schreckensbleich und wechselten stumme Blicke. Nach einer kurzen Weile erschien Lü Pu wieder im Saal und setzte vor dem Platz des Tyrannen eine blutrote Schale auf den Tisch. In der Schale lag das abgehackte Haupt des Ministers Tschang Wen.

»Keine Angst, meine Herren!« wandte sich der Tyrann

lächelnd an seine entsetzten Gäste. »Tschung Wen plante einen Anschlag gegen mich. Er hat sich durch einen Brief verraten, der durch Zufall meinem braven Lü Pu in die Hände fiel. Dafür mußte ich ihn eben einen Kopf kürzer machen lassen. Ihr, meine Herren, habt natürlich nichts zu befürchten.« Verstört stoben die Gäste auseinander. –

Unter den Tafelgästen hatte sich auch der Innenminister Wang Yün befunden. Wieder daheim, überdachte er das Erlebnis dieses schaurigen Banketts. Er kam nicht darüber hinweg. Den ganzen Tag konnte er keine Ruhe und am Abend keinen Schlaf finden. Mitten in der Nacht griff er zum Stocke und wanderte in den mondscheinerhellten Garten hinaus. Unweit der Päonienlaube blieb er stehen und schaute laut seufzend zum Mond hinauf, dessen heitere Klarheit so gar nicht zu seiner Stimmung paßte. Echo? Ganz deutlich hatte er aus der nahen Päonienlaube einen seufzenden Laut vernommen. Er schlich sich an die Laube und spähte durch das Gitterwerk. Drinnen sah er ein schönes junges Mädchen sitzen. Es war die Sklavin Zikade, die er als Kind in seinen Haushalt aufgenommen hatte. Sie zählte jetzt sechzehn Jahre und war eine Meisterin der Gesangs- und Tanzkunst. Der Minister schätzte sie hoch und behandelte sie eher als Tochter denn als Sklavin.

Nachdem er sie eine Weile betrachtet hatte, trat er plötzlich ein und herrschte sie an: »Was hat dieses Liebesgeseufze hier mitten in der Nacht zu bedeuten?«

Zikade fiel erschrocken auf die Knie.

»Es ist nicht Liebe, was die geringe Sklavin seufzen macht«, stammelte sie.

»Was denn?«

»Darf die Sklavin freimütig sprechen und ihren Busen erleichtern?«

»Sprich ohne Scheu.«

»Ich verdanke meinem Gebieter alles, was ich bin. Ihr habt mich in der Kunst des Tanzes und Gesanges ausbilden lassen, Ihr habt mich immer mit Liebe und Güte behandelt. Selbst wenn ich mich für Euch in Stücke zerhacken ließe, würde ich damit noch nicht den zehntausendsten Teil meiner Dankesschuld abtragen können.

In letzter Zeit fiel mir häufig Eure kummervolle Miene auf, und ich sagte mir, daß der Anlaß Eurer Sorge die Politik sein müsse. Deshalb wagte ich als Frau keine Fragen zu stellen. Heute abend sah ich Euch nun so voller Unruhe und Sorge, daß ich darob bekümmert die Einsamkeit dieser Laube aufsuchte. Meine Seufzer waren nicht Seufzer der Verliebtheit, sondern des Mitgefühls. Wenn die Sklavin ihrem Gebieter von irgendwelchem Nutzen sein kann, so ist sie freudig bereit, zehntausend Tode für ihn zu sterben.«

Der Minister stieß den Stock auf den Boden. Er hatte einen plötzlichen Einfall.

»Das Schicksal der Han-Dynastie ist in deine Hand gegeben! Wer hätte das je gedacht! Komm mit!« sprach er zu ihr und begleitete sie in ihr Frauengemach. Zunächst entfernte er die anwesenden Kammerfrauen und Dienerinnen. Dann hieß er Zikade Platz nehmen, beugte seine Knie vor ihr und huldigte ihr mit feierlichem Stirnaufschlag.

»Was hat das zu bedeuten?« fragte Zikade verwirrt und warf sich ihrerseits vor ihrem Gebieter zu Boden.

»Habe Erbarmen mit unserem Herrscherhaus und gebrauche die Wunderkraft, die in dir wohnt!« beschwor der Minister sie unter Tränen und immer noch auf Knien.

»Ich bin bereit und warte nur auf Eure Weisungen. Ich schrecke vor nichts zurück!«

»Wohlan, so höre! Das Reich ist in Gefahr! Das Volk spürt keinen festen Boden mehr unter den Füßen, es gleicht einem Hängenden, den man mit dem Kopf nach unten aufgeknüpft hat. Die ganze Staatsordnung ist ohne Halt, sie gleicht einem künstlich aufgeschichteten Eierhaufen, der bei dem geringsten Anstoß auseinanderfallen kann. Der schurkische Kanzler Tung Tscho sinnt Hochverrat, er trachtet nach dem Thron. Die Würdenträger und Großen des Landes sind ratlos und schauen untätig zu. Du bist die einzige Rettung! Warum? Du wirst es leicht verstehen. Der Tyrann hat zu seinem persönlichen Schutz ständig einen treuen Paladin um sich, den waffengewaltigen Lü Pu. Beide Männer haben eine gemeinsame Schwäche: Weib! Da habe ich nun einen Plan ersonnen, den ich den Kettenplan nennen möchte. Hör zu. Ich werde dich zunächst Lü Pu zeigen und zur Frau versprechen. Dann werde ich dich dem Tyrannen als Kebse zum Geschenk machen. Du wirst so zwischen beide geraten, und deine Aufgabe wird es sein, bald gegen den einen, bald gegen den anderen Gunst zu heucheln und den enttäuschten Paladin so in Raserei zu bringen, daß er den Tyrannen umbringt. Traust du dir eine solche Aufgabe zu? Von ihrer glücklichen Lösung hängt Wohl und Wehe des Reiches ab.«

»Verfügt über mich, mein Gebieter. Eure Sklavin ist bereit.«

»Gut. Aber der Plan muß strenges Geheimnis bleiben, sonst sind wir allesamt verloren.«

Mein Gebieter kann sich auf seine ergebene Sklavin verlassen. Sie will von zehntausend Messern zerstückelt werden, wenn sie ihn enttäuschen sollte.«

Der Minister dankte Zikade mit Stirnaufschlag. – Am nächsten Tag wählte er aus seiner Schatzkammer eine Handvoll Perlen und funkelnder Edelsteine aus und sandte sie zu einem tüchtigen Goldschmied mit dem Auftrag, sie als Zierat für einen goldenen Prunkhelm zu verarbeiten. Den Goldhelm sandte er heimlich dem Paladin Lü Pu als Geschenk und Zeichen seiner Bewunderung zu. Lü Pu war hocherfreut und sagte sich bei dem Minister zu einem persönlichen Dankbesuch an.

Der Minister ließ sich soweit herab, seinen Gast vor dem Außenportal zu empfangen, und nötigte ihn an der Tafel auf den Ehrenplatz.

»Ich bin bloß ein einfacher Krieger, der Schildhalter des Kanzlers, Ihr dagegen seid kaiserlicher Minister und steht hoch über mir. Die übertriebenen Ehren, deren Ihr mich irrtümlicherweise würdigt, setzen mich in Verlegenheit«, sprach Lü Pu zu seinem Gastgeber.

»Ihr seid kein gewöhnlicher Krieger, sondern der gewaltigste Kämpe und Feldherr unserer Tage. Meine Hochachtung gilt weniger Eurem Rang als Eurem Wert«, schmeichelte der Gastgeber seinem Gast, und je weiter das Zechgelage fortschritt, desto überschwenglicher strömten von seinen Lippen die Lobpreisungen, in denen er sich über Kanzler und Schildhalter erging.

Als er seinen Gast schon halb berauscht und in aufgeräumter Stimmung sah, entfernte er mit Ausnahme einiger Tafeldienerinnen das sonstige Gefolge. Dann erteilte er einen leisen Befehl.

»Wer ist das?« fragte Lü Pu mit weitaufgerissenen Augen, als gleich darauf, von zwei dunkelgrün gekleideten Zofen begleitet, eine junge schimmernde Schönheit den Saal betrat.

»Zikade«, stellte der Minister vor. »Ihr habt mich Unwürdigen mit soviel Huld und froher Laune geehrt, daß ich wage, Euch wie zur Familie gehörig zu betrachten. Darum nahm ich mir die Freiheit, Euch das Mädchen zu zeigen. Ich hoffe, Ihr werdet mir die kleine Vertraulichkeit nicht verübeln.«

Solcher Entschuldigung hätte es wahrlich nicht bedurft. Lü Pus Herz stand bereits in hellen Flammen, und während ihm die schöne Zikade den Becher kredenzte, tauschte er mit ihr verliebte Blicke.

Er lud sie ein, mit an der Tafel Platz zu nehmen. Zikade stellte sich schämig und tat so, als ob sie sich zurückziehen wolle.

»Der wackere Held ist mein bester Freund. Du darfst dich getrost in seiner Gesellschaft verweilen«, redete ihr der Minister zu. Worauf sie schämig neben ihm Platz nahm.

Während Lü Pu einen Becher nach dem anderen trank, wandte er kein Auge von Zikade. Dem Minister entging es nicht, obwohl er sich trunken stellte.

»Ich will Euch das Mädchen schenken. Wollt Ihr mein Geschenk annehmen?« raunte er seinem Gast zu. Lü Pu stand auf und verneigte sich dankend.

»Wenn Ihr das für mich tun wolltet, dann würde ich Euch meinen Dank mit der treuen Hingabe eines Pferdes und Hundes abdienen.«

»Noch heute werde ich im Kalender blättern und einen glücklichen Tag aussuchen, an dem ich sie Euch zuschicken werde. Gern würde ich Euch zur Nacht bei mir behalten, aber ich fürchte, den Kanzler könnte Euer Ausbleiben befremden.«

Lü Pu verneigte sich dreimal zum Abschied und ging. –

Es war einige Tage später, als der Minister im Palast eine Audienz beim Kanzler Tung Tscho hatte. Zufällig war Lü Pu, des Kanzlers Paladin, nicht wie sonst zur Seite seines Herrn. Der Minister nutzte die Gelegenheit seiner Abwesenheit, warf sich dem Kanzler zu Füßen und sprach: »Es ist mein vermessener Wunsch, daß des Kaisers Großlehrmeister sein Gespann zu meiner strohgedeckten Hütte lenke und meiner bescheidenen Tafel den Glanz seiner Gegenwart schenke. Darf ich fragen, was Eure erhabene Meinung ist?«

»Ich werde nicht verfehlen, der Einladung meines Ministers Folge zu leisten«, antwortete der Tyrann gnädig gelaunt.

Der Minister dankte und zog sich zurück.

Daheim ließ er in der vorderen Empfangshalle eine große Festtafel herrichten, die er mit allen erlesenen Gerichten beschicken ließ, die Wasser und Land zu bieten hatten. Den Fußboden ließ er mit kostbaren Teppichen belegen, die Wände der Halle innen und außen mit festlichen Vorhängen von farbenfrohem Tuch bekleiden.

Am nächsten Tag zur Mittagsstunde traf der Kanzler auch wirklich ein. Der Minister empfing ihn im Staatsornat am Wagenschlag. Eine Leibwache von hundert gepanzerten Hellebardenträgern hielt ihn schützend umringt, während er in die Halle schritt, und nahm während der Tafel rechts und links von ihm in zwei Reihen Aufstellung. Während der Gast Platz nahm, verweilte sein Gastgeber am äußersten Ende der Halle, bescheiden in fußfälliger Haltung, die Stirn auf den Boden gelegt. Tung Tscho ließ ihm von zwei Gefolgsleuten in die Höhe helfen und lud ihn huldvoll auf den Nebenplatz an der Tafel ein. Der Minister begann die bergehohen Tugenden seines Gastes zu preisen und ihm zu versichern, daß kein noch so berühmtes Vorbild der Geschichte, selbst ein I Yin und Tschou Kung, auch nur entfernt an ihn heranreichten. Das hörte der Tyrann gern.

Nun wurden in endloser Folge erlesene Platten aufgetragen, und mit den einschmeichelnden Weisen einer Tafelmusik paarte der Gastgeber die erlesensten und erfinderischsten Schmeicheleien, mit denen er seinen hohen Gast einzulullen wußte.

Gegen Abend, bei vorgerückter Stimmung, bat der Minister seinen Gast in ein weiter hinten gelegenes Gemach, wo das Gelage eine etwas zwanglosere Fortsetzung finden sollte. Tang Tscho verstand und befahl seinem bewaffneten Gefolge, außerhalb des Gemachs zu bleiben. Der Minister kredenzte seinem Gast einen großen Humpen und sprach: »Von Jugend auf habe ich mich der Astrologie befleißigt, ich verstehe einiges davon. Gestern nacht habe ich die Gestirne beobachtet. Nach meinen Beobachtungen ist der Stern der Han-Dynastie im Verlöschen. Die Konstellation der Gestirne deutet auf Euch als künftigen Kaiser. Das würde auch ganz im Einklang mit der Volksabstimmung stehen. Denn das ganze Reich hallt wider vom Ruhm Eurer Taten und Würdigkeit. Eure Thronfolge würde auch nicht ohne Vorgang in der Geschichte sein. In alten Tagen waren es Schun und Yü, die nicht kraft Erbfolge, sondern kraft Würdigkeit Kaiser wurden. Das wiederholt sich jetzt an Euch.«

»Wie dürfte ich so vermessen sein, an so etwas zu denken!« tat der geschmeichelte Tyrann bescheiden. »Es ist Sache des Schicksals! Seit alters her hat der Unwürdige, der die rechte Bahn verließ, dem Würdigen weichen müssen, der in der rechten Bahn wandelte. Ihr könnt Eurer höheren Bestimmung nicht entrinnen!«

»Wenn wirklich eines Tages der himmlische Auftrag an mich fiele, dann würde ich das Hauptverdienst daran Euch, mein Minister, zurechnen«, bemerkte der Tyrann und lächelte wohlwollend.

Wang Yün dankte mit tiefer Verneigung.

Inzwischen waren kunstvolle, verzierte Kerzen angezündet worden. Außer dem Gast und Gastgeber waren im Saal nur etliche Dienerinnen anwesend, die Speisen aufzutragen und Wein einzuschenken hatten.

»Die übliche Alltagsmusik dürfte den Ohren meines geschätzten Gastes nicht genügen«, bemerkte auf einmal der Minister. »Aber ich habe zufällig etwas Besonderes im Hause, eine kleine tanzkundige Sklavin. Darf sie Euch mit ihrer bescheidenen Kunst aufwarten?«

»Ein ausgezeichneter Gedanke!« lobte der Gast.

Sein Gastgeber winkte und ließ einen Vorhang herabfallen, der ein Stück des Saales abteilte. Während hinter dem Vorhang her die zarten Klänge von Panflöten und Bambuspfeifen durch den Raum schwebten, erschien Zikade vor dem Vorhang und begann zu tanzen.

Es schlägt den Takt der Kastagnette roter Zahn –
Der Wolke gleich, so zieht sie schwebend ihre Bahn –
Der Schwalbe ähnlich streicht sie flatternd durch den Saal.
Ihr holder Anblick schafft dem Fremdling Liebesqual.

Dem Hausherrn bricht in Abschiedsweh das alte Herz –
So wirkt die Liebliche nach zween Seiten Schmerz.
Ihr Lächeln – nicht mit tausend Batzen Golds zu kaufen,
Ihr gertenschlanker Leib braucht nicht Juwelenhaufen.
Der Tanz vorbei. Vom Vorhang noch ein Blick zurück –
Wem wird zuteil des fürstlichen Besitzes Glück?

Als sie ihren Tanz beendet hatte, wollte sie sich wieder hinter den Vorhang zurückziehen. Aber der Tyrann befahl sie an den Tisch. Er musterte sie eingehend und war von ihrer Schönheit sichtlich betroffen.

»Wer ist das Mädchen?« wandte er sich an den Gastgeber.

»Meine kleine musikalische Sklavin Zikade.«

»Oh, kann sie auch singen?«

Der Minister nickte, und auf sein Geheiß trug Zikade zum Takt von Sandelholzkastagnetten ein Lied vor.

Halb offen – eine Zwillingskirsche – haucht ihr Mund
Durch eine Doppelreihe Jaspiszähne Lenz und Lust –
Doch weh – unsichtbar einen Dolch birgt dieser Mund,
Bestimmt für des Verräters und Tyrannen Brust.

Der Gast war entzückt und wurde nicht müde, ihre Kunst zu rühmen. Sie mußte ihm einen Pokal kredenzen, und als er ihr den Pokal abnahm, fragte er sie nach der Zahl ihrer grünenden Lenze.

»Die billige Magd ist eben sechzehn Jahre alt geworden«, kam die Antwort.

»Eine wirkliche kleine Fee unter uns gewöhnlichem Menschenvolk!« schmeichelte er ihr lächelnd.

Der Minister erhob sich von seinem Platz und sprach zu seinem Gast: »Ich würde mich glücklich schätzen, wenn Ihr mir die Gunst erweisen wolltet, sie als Geschenk von mir anzunehmen.«

»Wie könnte ich mich je für so eine dicke Freundlichkeit erkenntlich zeigen!«

»Die Ehre, Euch dienen zu dürfen, ist Glück und Dank genug.«

Unter wiederholten Dankesbeteuerungen nahm der Tyrann das Geschenk an.

Der Minister ließ auf der Stelle eine geschlossene und dicht verhängte Kutsche anspannen und sandte Zikade noch in der gleichen Stunde zum Palast des Tyrannen.

Bald darauf verabschiedete sich auch der Gast. Wang Yün gab ihm bis zur Schwelle des Kanzlerpalastes das Geleit. –

Unterwegs auf dem Heimritt begegnete er einem reisigen Reiter, dem rechts und links ein Trupp Knappen mit roten

Stocklaternen voranleuchtete. Der Reiter mit der Halbmondhellebarde über der Schulter war Lü Pu. Als er des Ministers ansichtig wurde, lenkte er sein Roß dicht an dessen Seite, hielt es an und faßte den anderen am Ärmel.

»Ihr hattet mir doch die schöne Zikade versprochen. Heute abend habt Ihr sie aber dem Kanzler geschickt. Was soll das heißen? Wolltet Ihr mich foppen?« fragte er ihn in schneidendem Ton.

»Gemach! Hier auf offener Straße ist nicht der geeignete Ort zur Aussprache. Darf ich Euch bitten, mit mir zu kommen?« fiel ihm der Minister ins Wort.

Lü Pu war einverstanden und schloß sich ihm an. Der Minister führte ihn in eins seiner hinteren Gemächer. Nach dem Austausch der üblichen Begrüßungsfloskeln hub er an: »Womit habe ich den Groll des edlen Kämpen verdient?«

»Man hat mir hinterbracht, daß Ihr Eure Zikade heute abend in verhängter Kutsche zum Kanzlerpalast gesandt habt. Wie soll ich das verstehen?«

»Laßt Euch erklären. Als ich gestern zur Audienz beim Kanzler weilte, bedeutete er mir, er hätte eine persönliche Angelegenheit mit mir zu besprechen, und sagte sich bei mir zu Besuch an. Darum rüstete ich ein kleines Bankett für ihn. In vorgeschrittener Weinlaune eröffnete er mir, er hätte von meiner Sklavin Zikade gehört und daß ich sie Euch, seinem Adoptivsohn, als Gattin zugesagt hätte. Er habe sich persönlich überzeugen wollen, ob ich mein Versprechen auch ehrlich meine, und wünsche sich weiter durch Augenschein zu überzeugen, ob das Mädchen auch geeignet und einer solchen Ehre würdig sei. Ich konnte ihm seinen Wunsch nicht gut verwehren und ließ Zikade an die Tafel bitten und ihren künftigen Schwiegervater mit schuldigem Respekt begrüßen. Der Kanzler meinte, es wäre just ein glücklicher Tag für eine Heimführung, er wünsche, Zikade gleich mit nach Hause zu nehmen, um sie später Euch, seinem Adoptivsohn, zu übergeben. Ich entsprach seinem Wunsch. Konnte ich in Gegenwart des Kanzlers anders handeln? Überlegt es selbst, werter Kämpe.«

»Unter diesen Umständen habe ich Euch unrecht getan. Euch trifft kein Tadel, und ich werde nicht verfehlen, Euch bei Gelegenheit mit der Rute in der Hand gebührend Abbitte zu leisten«, erklärte Lü Pu ohne Zögern.

»Sobald Zikade in Euer Heim überführt ist, werde ich Euch Aussteuer und Brautschatz zuschicken lassen«, versprach der Minister. Nun war Lü Pu vollends beruhigt und empfahl sich unter Danksagungen. –

Anderntags wartete Lü Pu vergebens auf die erhoffte Freudenbotschaft, daß ihm eine Braut zugeführt werden sollte. Er horchte bei Zofen und Kammerfrauen im Kanzlerpalast herum, ob etwas von entsprechenden Vorbereitungen bekannt sei. Aber niemand wußte davon. Wie groß war seine Bestürzung, als man ihm vielmehr mitteilte, der Kanzler habe sich gestern mit einer ›Neuen‹ in sein Schlafgemach begeben und sei zur Stunde noch nicht aufgestanden. Von Zorn und Unruhe gepackt, schlich sich Lü Pu in den Garten hinter dem Schlafgemach des Kanzlers, um von draußen in das Gemach zu spähen.

Er sah den Kanzler noch im Bett liegen, aber die ›Neue‹ – seine Zikade – war bereits aufgestanden und beim Ankleiden. Sie stand am Fenster und kämmte sich ihr Haar. Auf einmal gewahrte sie auf dem Wasserspiegel des Teiches vor dem Fenster einen menschlichen Schatten. Der jemand, dem der Schatten gehörte, mußte von großem schlankem Wuchs sein. Die Art, wie sein Haarschopf durch einen Reif zusammengerafft war, kam ihr bekannt vor. Als sie vorsichtig um den Fensterrahmen spähte, fand sie ihre Vermutung bestätigt. Es war Lü Pu, den sie, an die Wand gedrückt, draußen stehen sah. Augenblicklich setzte sie eine traurige Leidensmiene auf, schob düster die Brauen zusammen und brachte es sogar fertig, ein paar Tränen herauszuquetschen, die sie umständlich mit einem Batisttüchlein abtupfte.

Lü Pu beobachtete sie lange Zeit, dann stahl er sich leise hinweg.

Eine Weile später fand er sich im Wohngemach des Kanzlers ein, um ihm wie alltäglich den Morgengruß zu entbieten. Das Wohngemach stieß unmittelbar an das Schlafgemach, die offene Tür zwischen beiden war durch einen Vorhang von dünner, durchsichtiger Seidengaze verhängt. Der Kanzler saß gerade beim Frühstück.

»Gibt es aus dem Lande etwas Besonderes zu melden?« fragte er seinen Paladin.

»Nichts Besonderes.«

Lü Pu nahm, wie üblich, in dienstfertiger Haltung seitlich hinter seinem Adoptivvater und Gebieter Aufstellung. Während der Tyrann mit seinem Frühstück beschäftigt war, lugte er hinter seinem Rücken verstohlen zum Schlafgemach hinüber, in der Hoffnung, einen flüchtigen Anblick seiner Geliebten zu erhaschen. Wirklich sah er hin und wieder hinter dem dünnen Seidenvorhang ihren Schatten vorüberhuschen, einmal verweilte sie sich sogar am Türrand, schob vorsichtig den Vorhang zur Seite und zeigte ihm zur Hälfte ihr Gesicht. Sein Herz tat einen Satz, seine beiden Seelen begannen in ferne Höhen zu flattern, denn es war kein Zweifel, der Blick, den sie ihm zuwarf, sprach Liebe. Zufällig wandte sich der Tyrann in diesem Augenblick nach ihm und gewahrte den verdächtigen Glanz seines Auges, den entrückten Ausdruck seiner Miene. Und sogleich begann er Verdacht zu schöpfen.

»Da nichts Besonderes vorliegt, kannst du gehen«, wandte er sich kurz an ihn. Worauf sich Lü Pu hastig zurückzog. –

Einen vollen Monat lang kam der Tyrann nicht mehr aus seinen Privatgemächern zum Vorschein und zeigte sich weder bei Hofe, noch nahm er an Ministerberatungen teil. So restlos nahm ihn die Neigung zu seiner ›Neuen‹ gefangen. Während einer leichten Erkrankung, die er sich in dieser Zeit zuzog, pflegte und versorgte ihn Zikade mit gemachter Hingabe Tag und Nacht, ohne aus den Kleidern zu kommen. Soviel rührende Fürsorge machte sie seinem Herzen erst recht wert und teuer. Eines Tages während seiner Erkrankung fand sich Lü Pu ein, um nach seinem Befinden zu fragen. Tung Tscho lag gerade zu Bett und schlief. Zikade saß am Kopfende hinter der Lagerstatt, vom Bettrahmen verdeckt. Als sie Lü Pu eintreten sah, richtete sie sich halb auf, so daß sie für ihn sichtbar wurde, und preßte bedeutungsvoll die Linke auf ihr Herz, während sie mit der Rechten stumm auf den Schläfer zeigte. Dabei setzte sie eine bekümmerte Miene auf und ließ ohne Unterlaß Tränen über die Wangen rollen. Lü Pu fühlte sein Herz wie zerbrochen.

Der Schlaf des Tyrannen aber war nur ein leichter Halbschlummer. Er hatte das Kommen seines Adoptivsohnes wohl bemerkt, und durch die halb geschlossenen Lider blinzelnd, gewahrte er, wie Lü Pu unverwandt nach dem Kopfende hinter die Lagerstatt starrte. Er richtete sich plötzlich auf und schaute nach rückwärts. Da sah er Zikade stehen, und alles war ihm klar.

»Hinaus!« schrie er Lü Pu zornig an. »Du wagst es, mit meiner Geliebten frivoles Spiel zu treiben? Hinaus!« Und er schlug den Alarmgong an und befahl den herbeistürzenden Dienern, Lü Pu hinauszujagen und künftig nie mehr in seine Privatgemächer einzulassen.

Mit Groll und Wut im Herzen zog Lü Pu ab.

Auf dem Heimweg begegnete er Li Ju, dem vertrauten Ratgeber des Kanzlers. Er berichtete ihm den Vorfall und beklagte sich über die Behandlung, die ihm zuteil geworden war.

In höchster Bestürzung suchte Li Ju den Kanzler auf.

»Ihr strebt nach dem Thron. Wie durftet Ihr da Euren treusten Paladin wegen eines geringfügigen Fehls maßregeln und verärgern? Wenn er abtrünnig werden sollte, wird Euer großer Plan scheitern.«

»Was rätst du mir?«

»Ladet ihn freundlich für morgen früh zu Euch. Schenkt ihm

Gold und Seide, besänftigt ihn mit guten Worten. Dann wird alles wieder gut werden.« Tung Tscho befolgte seinen Rat und schickte am nächsten Morgen nach Lü Pu und ließ ihn höflich in seine Privatgemächer bitten.

»Infolge meiner Krankheit hatte ich gestern meine Sinne nicht ganz beisammen und habe dich versehentlich gekränkt. Nimm es dir nicht zu Herzen und vergiß es!« redete er ihm gut zu und schenkte ihm zehn Pfund Gold und zwanzig Ballen Seide. Lü Pu bedankte sich, und damit war der Zwist beigelegt. Aber wenn er auch weiterhin körperlich dem Kanzler zur Seite stand, so blieb er doch mit seinem Herzen und seinen Gedanken unlöslich an Zikade gefesselt. –

Nach seiner Genesung begab sich der Kanzler zu Hofe, um sich nach längerer Zeit wieder einmal um die Staatsgeschäfte zu kümmern. Wie gewohnt, weilte Lü Pu in seinem nächsten Gefolge. Als er den Kanzler in eine längere Unterredung mit dem jungen Kaiser Hsiän Ti vertieft sah, benutzte er die Gelegenheit, um sich heimlich davonzustehlen. Er bestieg sein Roß und ritt geradenwegs zum Kanzlerpalast.

Im Vorhof band er sein Roß fest und begab sich gewappnet und mit seiner Halbmondhellebarde bewehrt, wie er war, stracks in die hinteren Gemächer zu seiner Zikade.

Zikade bedeutete ihm erschrocken: »Nicht hier! Im hinteren Bereich des Parks steht der Phönix-Pavillon. Es ist ein versteckter Platz, wir sind dort vor Lauschern sicher. Dort geht hin und erwartet mich.«

Lü Pu folgte sogleich ihrem Geheiß und begab sich in den Park zum Phönix-Pavillon. Er stellte sich an die gekrümmte Balustrade, die am Teichufer zu Füßen des Pavillons sich hinzog, und wartete.

Nach geraumer Weile sah er zwischen Blütengezweig und Weidengrün seine Geliebte auftauchen. Lieblich wie die Mondgöttin kam sie dahergeschritten. Mit Tränen in den Augen sprach sie zu ihm: »Ich lebte so glücklich im Haus des Ministers. Obwohl ich nur seine angenommene Sklavin war, behandelte er mich wie seine eigene Tochter. Als ich dann Euch, dem hehren Kämpen, vorgestellt und zum Weib versprochen wurde, sah ich bereits meine höchsten Lebenswünsche in Erfüllung gehen. Wer hätte gedacht, daß ich der schmutzigen Gier des nichtswürdigen Tyrannen zum Opfer fallen sollte! Ach, wie gern wäre ich schon längst gestorben! Nur weil ich Euch, dem edlen Helden, noch eine Aufklärung schuldig war, habe ich es über mich gebracht, einstweilen noch dieses Leben der Schande zu ertragen. Nachdem mir nun heute das Glück widerfahren ist, Euch zu sehen und zu sprechen, kann ich jetzt getrost sterben. Denn mein entehrter Leib ist des edlen Helden nicht mehr würdig. Vor Euren Augen will ich sterben, um Euch die Lauterkeit meiner Gesinnung zu beweisen!«

Mit diesen Worten begann sie, über die Balustrade zu klettern, als ob sie sich in den Lotosteich stürzen wollte. Lü Pu packte geschwind zu und zog sie zurück. Er war bis zu Tränen erschüttert.

»Von deiner Gesinnung war ich längst überzeugt. Es bedarf keines solchen Beweises. Leider hatten wir bisher keine Gelegenheit zu einer Aussprache.«

Sie zog ihn fest an sich.

»Wenn es mir nicht vergönnt sein sollte, in diesem Leben Euer Weib zu werden, so will ich in einer künftigen Existenz Euch angehören!« beteuerte sie schluchzend.

»Noch in dieser Existenz sollst du mein werden! Andernfalls will ich kein Held, sondern ein erbärmlicher Feigling sein!« beteuerte er seinerseits.

»Die Tage werden mir bis dahin zu Jahren! Oh, mein Held, habt Erbarmen und erlöst mich!«

»Habe Geduld! Heute konnte ich mir nur einen kurzen freien Augenblick stehlen. Ich fürchte, der alte Schurke wird mich bereits vermissen und Argwohn schöpfen. Er wird wohl gleich hier sein.«

Sie klammerte sich noch fester an seinen Waffenrock.

»Also fürchtet mein Held den alten Schurken? Dann will ich keinen neuen Sonnenaufgang erleben!«

»Verzweifle nicht, laß mir Zeit, einen guten Plan zu deiner Befreiung auszudenken.«

Er nahm seine Hellebarde von der Balustrade und wollte gehen. Zikade aber hielt ihn zurück.

»In die tiefe Abgeschlossenheit meiner Mädchenkammer dröhnte der Ruhm Eurer Taten wie Donnerrollen an mein Ohr. Ich glaubte immer, Ihr wäret der erste Held und Kämpe unserer Tage. Soll ich annehmen, daß sich mein Held vor einem anderen duckt? Oh, welche Enttäuschung!« rief sie ihm nach.

Ihre Worte machten ihn vor Scham erröten. Er kehrte um, lehnte wieder seinen Speer an die Balustrade und schloß sie in die Arme. Fest aneinandergepreßt standen sie so und konnten sich nicht trennen.

Inzwischen hatte der Kanzler das Verschwinden seines Paladins bemerkt. Er schöpfte sogleich Verdacht, verabschiedete sich in Hast vom Kaiser und fuhr eilends heim. Im Vorhof sah er das wohlbekannte Streitroß seines Paladins angepflockt stehen. Er forschte beim Torwächter nach dem Verbleib des Reiters.

»Er ist in die hinteren Gemächer gegangen«, beschied ihn der Torwächter.

Der Tyrann hieß sein Gefolge zurückbleiben und eilte in die hinteren Gemächer. Aber dort konnte er Lü Pu nirgends entdecken. Er rief nach Zikade. Aber auch von Zikade war nichts zu sehen und zu hören.

»Sie ist in den hinteren Parkbezirk, zu den blühenden Obstbäumen lustwandeln gegangen«, wurde er von den Dienerinnen beschieden.

Er machte sich zu den blühenden Obstbäumen im hinteren Parkbezirk auf, und da, zu Füßen des Phönix-Pavillons, am Ufer des Lotosteiches, sah er sie engumschlungen und zärtlich plaudernd beisammenstehen. Zur Seite, an der Balustrade, lehnte die Halbmondhellebarde seines Paladins.

Mit einem zornigen Ausruf scheuchte er das Pärchen auseinander. Lü Pu rannte in langen Sätzen davon. Der Tyrann packte seine Hellebarde und rannte ihm nach. Da er beleibt war, konnte er den schlanken, flinken Jüngeren nicht einholen. Da schleuderte er wütend die Hellebarde nach ihm. Lü Pu aber war auf der Hut und duckte sich gewandt zur Seite, so daß die Waffe ins Erdreich fuhr. Der Tyrann zog sie heraus und machte sich erneut auf die Verfolgung. Aber der Flüchtling war bereits außer Sicht- und Wurfweite.

Gerade als sein Verfolger durch das enge Parktor keuchte, kam ihm ein anderer Mann in den Weg gelaufen und prallte so heftig mit ihm zusammen, daß der schwerfällige Tung Tscho den Halt verlor und lang hinschlug. Sein Ratgeber Li Ju – das war der Mann, mit dem er zusammengeprallt war – half ihm auf die Füße und begleitete ihn zum Verschnaufen in die Bibliothek.

»Was führt dich her?« fragte der Tyrann verdrießlich.

»Ich wollte Unheil verhüten. Als ich Euch in auffälliger Hast von der Audienz weg nach Hause fahren sah, ahnte ich Schlimmes und eilte Euch nach. Meine Befürchtung wurde bestätigt, als ich hier erfuhr, daß Ihr mit allen Anzeichen zorniger Erregung allein in den Park gerast seiet, um nach Lü Pu zu suchen. Ich stürzte Euch nach, da sah ich Lü Pu wie auf der Flucht aus dem Park gelaufen kommen. ›Er will mich morden!‹ brüllte er mir zu. Ich rannte wie von Sinnen weiter und prallte versehentlich mit Euer Gnaden zusammen. Meine Unachtsamkeit ist unentschuldbar. Ich habe den Tod verdient.«

»Dieser freche Rebell und Bandit! Wagt es, sich mit meiner Geliebten einzulassen! Es ist einfach unerträglich! Ich habe ihm den Tod geschworen!« brauste der Tyrann auf.

»Mein Gnadenkanzler irrt. Darf ich ihn an die berühmte Geschichte von der Tafelrunde des Fürsten Tschuang von Tschu und der verräterischen Helmquaste erinnern? Als während der Tafel durch einen jähen Windstoß sämtliche Lichter im Saal verlöschten, wagte einer der Gäste unter dem Schutz der Dunkelheit an den Tisch der Damen zu eilen und der Favoritin des Fürsten einen Kuß zu rauben. Sie riß ihm während der Zärtlichkeit die Helmquaste ab, rief laut zum Fürsten hinüber, was ihr widerfahren sei, und riet ihm, beim Wiederhellwerden die Helme der männlichen Gäste nachprüfen zu lassen. Der kecke Missetäter werde an seiner fehlenden Helmquaste leicht erkenntlich sein. Der Fürst aber ging vornehm über den peinlichen Zwischenfall hinweg. Er forderte im Gegenteil seine sämtlichen Tafelgäste auf, ihre Helmquasten abzureißen, bevor die Kerzen wieder angezündet waren. Auf diese Weise machte er selber ein Wiedererkennen des Übeltäters unmöglich. Warum handelte er so? Weil er um einer Favoritin willen nicht einen seiner tapferen Ritter opfern wollte. Wie weise er daran handelte, hat sich später gezeigt. Denn gerade jener kecke Missetäter war es, der ihm dann in einer Schlacht gegen das Heer des Tsin-Reiches das Leben gerettet hat.

Eure Zikade ist nur ein schönes Weib, weiter nichts. Aber Lü Pu ist Euer treuester Paladin und der gewaltigste Kämpe im ganzen Lande. Seid weise und macht ihm Zikade zum Geschenk! Er wird Euch solche Großmut mit todesbereiter Treue lohnen.«

Tung Tscho versank in tiefes Nachdenken.

»Du hast recht. Ich will es mir überlegen«, sagte er endlich.

Sein Ratgeber dankte und empfahl sich. Tung Tscho begab sich in die hinteren Gemächer und stellte Zikade zur Rede.

»Warum verkehrst du heimlich mit Lü Pu?« fragte er. Weinend erklärte sie: »Ich ging im Park spazieren, um mich an der Baumblüte zu ergötzen. Da kam auf einmal Lü Pu auf mich zugestürzt. Ich rannte erschrocken davon. Er lief mir nach und rief mir zu, ich brauche doch vor dem Sohn des Kanzlers nicht davonzulaufen. Mit seiner Hellebarde verlegte er mir den Rückweg und trieb mich zum Phönix-Pavillon. Ich glaubte, er wolle mir in seiner Schlechtigkeit Gewalt antun, und wollte mich aus Verzweiflung in den Teich stürzen und ertränken. Ich war schon auf die Balustrade geklettert, aber der Frechling riß mich herunter und ließ mich nicht mehr aus seinem Arm. Ihr kamt gerade noch rechtzeitig, um mich zu befreien und vor Schmach zu bewahren.«

»Ich habe vor, dich heute Lü Pu zu schenken. Was meinst du dazu?«

Zikade heuchelte Schreck und Empörung.

»Mein Leib gehörte bisher einem Edlen. Wie könnte ich die Schmach verwinden, auf einmal einem Sklaven preisgegeben zu werden! Ich könnte die Erniedrigung nicht überleben!«

Bei diesen Worten griff sie nach einem Prunkdolch an der Wand, als ob sie sich erdolchen wolle.

Tung Tscho entwand ihr geschwind den Dolch und schloß sie in seine Arme.

»Es war nur ein Scherz. Ich wollte dich auf die Probe stellen«, beschwichtigte er sie.

Sie barg ihr Antlitz an seiner Brust und schluchzte: »Nein, nein! Ich weiß schon, dahiner steckt Euer Ratgeber Li Ju. Er ist dick freund mit Lü Pu und hat Euch sicher diesen gemeinen Rat eingeflüstert, um Lü Pu einen Gefallen zu erweisen. Was kümmert ihn Eure Ehre und mein bißchen Leben? Der gemeine Kerl! Ich möchte ihn bei lebendigem Leibe mit meinen Zähnen zerreißen!«

»Beruhige dich! Wie könnte ich je von dir lassen!«

»Ich danke Euch für Eure Liebe und Euer Mitgefühl! Aber ich fürchte, hier in der Hauptstadt werde ich vor Lü Pus Nachstellungen nimmermehr sicher sein.«

»Keine Sorge! Morgen werden wir ohne Lü Pu nach Meh wu übersiedeln. Dort wollen wir gemeinsam das Leben genießen und alle Freuden des Daseins teilen.«

Zikade war beruhigt, wischte ihre letzten Tränen ab und neigte sich dankend. –

Am nächsten Morgen sprach Li Ju beim Kanzler vor.

»Heute ist ein günstiger Tag. Ich würde empfehlen, Zikade noch heute Eurem Paladin ins Haus zu schicken«, drängte er.

Aber Tung Tscho wollte auf einmal nichts mehr davon wissen.

»Ich stehe mit Lü Pu im Vatersohnverhältnis. Es würde gegen die fünf menschlichen Grundbeziehungen verstoßen, wenn ich ihm mein Weib überließe. Ich will ihm aber seine neuliche Verfehlung nicht weiter nachtragen. Sprich in diesem Sinne mit ihm und beruhige ihn.«

»Ihr solltet Euch von diesem Weibe nicht in Eurem ursprünglichen Entschluß wankend machen lassen!« warnte sein Ratgeber.

Der Tyrann wechselte die Farbe und brauste zornig auf: »Würdest du etwa dein Weib, das du liebst, einem anderen abtreten? Genug! Ich will kein Wort mehr davon hören! Sonst lasse ich dich köpfen!«

Li Ju zog sich zurück. Draußen blickte er seufzend zum Himmel auf und sprach zu sich: Unser aller Verderben liegt in der kleinen Hand eines schwachen Weibes beschlossen! Ein späterer Poet hat an dieser Stelle einen Vers eingefügt:

Ein Minister wundersamer Plan! –
Um zu stürzen den Tyrann,
Baute nicht auf Schilder, Lanzen,
Nein – er ließ ein Mädchen tanzen!

Dreimal an des Tigerpasses Enge
Tobte fruchtlos Kampf und Handgemenge.
Andern Kämpen wollt es nicht gelingen –
Der Minister ließ ein Mädchen singen!

Ohne Lärm und Schlachtengong
Tief im Park am Phönixpavillon
Fügte Liebesflüstern leise
Heimlich sich zur Siegesweise. –

Noch am gleichen Tag erging der Befehl zum Aufbruch nach Meh wu. Sämtliche Würdenträger fanden sich ein, um dem Kanzler, wie gewohnt, das Ehrengeleit bis zur Stadt hinaus zu geben. Nach einem letzten Abschiedstrunk vor dem Stadttor stellten sie sich im Spalier am Straßenrand auf und ließen ehrerbietig grüßend des Kanzlers Karosse und seinen langen Troß an sich vorüberziehen. Unter dem Troß befand sich auch die Kutsche, in der Zikade saß. Aufmerksam ließ sie ihren Blick über die Gesichter der am Wegrand spalierbildenden Würdenträger schweifen, und schon von weitem entdeckte sie ihn, den ihr Blick suchte, Lü Pu. Im Vorbeifahren verstellte sie ihre Miene und trug geflissentlich ein tiefbekümmertes Aussehen zur Schau.

Lü Pu starrte ihr traurig nach, und nachdem der Troß vorbeigezogen war, bestieg er sein Roß und sprengte auf eine nahe Anhöhe. Von dort schaute er ihrer Kutsche so lange nach, bis sie im Dunst und Staub verschwand. Dabei seufzte er unablässig, als ob ihm das Herz schier zerbrechen wollte. Auf einmal hörte er sich von rückwärts angerufen: »Ei, ei, Lü Pu, was starrt Ihr hier in die Ferne und seufzet, anstatt mit dem Kanzler nach Meh wu zu ziehen?«

Lü Pu wandte sich um. Es war Minister Wang Yün, der ihn also angeredet hatte. Er neigte sich vor ihm stumm zum Gruß. Der Minister fuhr fort: »Ich fühlte mich die letzten Tage nicht ganz gesund und mußte das Haus hüten, deshalb hatte ich keine Gelegenheit, Euch zu sehen und zu sprechen. Heute mußte ich mich gezwungenermaßen aufrappeln, um dem Kanzler das Abschiedsgeleit zu geben. Ich bin glücklich, daß ich auf diese Weise die Ehre und den Vorzug habe, Euch zu begegnen. Aber Ihr seid mir noch die Antwort auf meine letzte Frage von vorhin schuldig.«

»Mein Starren und Seufzen galt jenem Mädchen, das Ihr mir als Weib angelobt hattet«, sagte Lü Pu düster. Der Minister heuchelte Überraschung.

»Wie! Das ist doch schon über einen Monat her! Ist sie Euch noch nicht vermählt?«

»Der alte Bandit hat vorgezogen, das Glück ihres Besitzes selber zu genießen.«

»Das ist ja unglaublich!« tat der Minister bestürzt. Lü Pu

berichtete in kurzen Worten, was sich inzwischen zugetragen hatte.

Der Minister blickte während seines Berichts bald kopfschüttelnd zum Himmel, bald stampfte er unmutig mit den Füßen.

»Er ist eine noch schlimmere Bestie, als man je gedacht hätte!« sagte er nach einer Weile des Schweigens und schüttelte Lü Pu teilnehmend die Hand. »Kommt mit! Wir wollen unter meinem Dach weiter beraten.«

Gemeinsam ritten sie zur Wohnung des Ministers. In einem verschwiegenen Gemach, wo man unter sich war, setzte man sich zu einem Imbiß und einem Becher Wein zusammen. Dann mußte Lü Pu nochmals erzählen, diesmal ausführlich mit allen Einzelheiten. Der Minister sprach: »Der Kanzler hat sowohl meine Hausehre wie auch Eure Ehre beleidigt. Mir hat er ein Mädchen, das mir soviel galt wie eine leibliche Tochter, geschändet, und Euch hat er die versprochene Gattin geraubt. Die Sache wird im ganzen Lande Gelächter und Schimpf hervorrufen. Es fragt sich nur, wer dabei der Gegenstand des Gelächters und Schimpfes wird, der Kanzler oder wir beide: Mir wird die Welt immerhin eine Entschuldigung zubilligen. Mein hohes Alter, das mir verwehrt, mit der Waffe in der Hand als Verteidiger und Rächer meiner Ehre aufzutreten. Daß aber auch Ihr, der gewaltigste Held und Kämpe unserer Tage, Euch solchen Schimpf bieten lasset, das wird die Welt nicht verstehen.«

Der also an seiner Ehre gekitzelte Lü Pu brüllte in unbändiger Wut auf und haute mit der Faust auf die Tischplatte, daß es nur so krachte. Der Minister versuchte, ihn zum Schein zu beruhigen, aber der andere wollte nichts davon hören.

»Ich schwöre, daß ich nicht eher ruhen werde, als bis ich den alten Banditen mit eigener Hand erschlagen und meine besudelte Ehre schneeweiß gewaschen habe!« erklärte er laut und feierlich. Der Minister legte ihm geschwind die Hand auf den Mund.

»Pst! Sprecht es nicht laut aus! Es könnte gehört werden und mich alten Mann mit ins Verderben ziehen.«

Lü Pu dämpfte seine Stimme und fuhr fort: »Ich habe nur noch ein Bedenken. Ich stehe zu dem alten Banditen im Verhältnis von Sohn und Vater. Ich fürchte, die Nachwelt könnte mich als pietätlosen Vatermörder tadeln, wenn ich meine Absicht verwirkliche.«

Der Minister entgegnete lächelnd: »Euer Bedenken ist grundlos. Euer Familienname lautet Lü, des Kanzlers Sippenname lautet Tung. Ihr seid doch bloß sein angenommener, nicht sein natürlicher Sohn. Hat er etwa väterliche Gefühle gezeigt, als er die Hellebarde nach Euch schleuderte?«

»Was Ihr da sagt, ist überzeugend. Ich war in einem Wahn befangen.«

»Wenn Ihr also entschlossen seid, dem Hause Han zu helfen, dann werdet Ihr in der Geschichte als Vorbild der Mannestreue fortleben, und Euer ruhmreicher Name wird durch hundert kommende Geschlechter seinen Duft bewahren. Wenn Ihr umgekehrt zu einem Thronräuber wie Tung Tscho hieltet, dann würde Euch der Griffel des Chronisten als ungetreuen Rebell in die Annalen eintragen, und Euer Name würde für alle Zeiten stinkend sein.«

Lü Pu erhob sich von der Tafel und verneigte sich. »Wohlan, mein Entschluß ist gefaßt. Ihr könnt Euch auf mich verlassen.«

»Werdet Ihr aber auch bis zum völligen Gelingen des Werks mittun? Auf halbem Wege umkehren, hieße großes Unheil heraufbeschwören.«

Lü Pu riß seinen Dolch aus der Scheide, stach sich in den Arm und wiederholte bei dem hervorquellenden Blut als Zeugen seinen Schwur. Der Minister dankte fußfällig und sprach: »Wenn die Ahnenopfer des Hauses Han keine Unterbrechung zu erleiden brauchen, dann wird das lediglich Euer Verdienst sein. Sobald die Stunde zum Handeln da ist, werde ich Euch meinen weiteren Plan mitteilen. Bis dahin heißt es schweigen!« Lü Pu nickte eifrig Zustimmung und ging. –

Noch am gleichen Abend lud der Minister zwei hohe Würdenträger, die ihm als Gesinnungsfreunde nahestanden, den kaiserlichen Oberkämmerer und den kaiserlichen Palastkommandanten, zu sich ins Haus und pflog mit ihnen geheime Beratung.

Der Oberkämmerer ergriff das Wort: »Unser kaiserlicher Herr ist soeben von einer Krankheit genesen und wünscht jetzt, die zahllosen Staatspapiere durchzuberaten, die während seiner Krankheit unerledigt liegengeblieben sind und sich zu Bergen türmen. Man könnte das als triftigen Vorwand benutzen, um den Kanzler an den Hof zu zitieren. Man müßte zu diesem Zweck einen geeigneten Mann nach Meh wu senden, der geschickt zu reden weiß. Inzwischen verschaffen wir uns vom Himmelssohn ein Geheimdekret für Lü Pu, das ihn beauftragt, am inneren Palasteingang eine bewaffnete Mannschaft in den Hinterhalt zu legen und den Kanzler zu überfallen und zu töten, wenn er seinen Einzug hält. Das erscheint mir der beste Plan.«

»Und wer wäre der schwierigen Aufgabe gewachsen, nach Meh wu zu gehen und den Kanzler zu beschwatzen?« warf der Palastkommandant ein.

»Kein anderer als der wortgewandte Reiteroberst Li Su. Er ist ein guter Freund und engerer Landsmann von Lü Pu und hegt überdies einen persönlichen Groll gegen den Kanzler, weil er sich bei der Beförderung übergangen fühlt. Da er seit jeher zu Tung Tscho gehalten und ihm stets brav gedient hat, dürfte er ihm unverdächtig erscheinen.«

Der Minister war einverstanden, wollte aber noch Lü Pus Meinung hören und lud ihn durch einen Eilboten zur Beratung. Als man ihn fragte, was er von der Wahl des Li Su zum Abgesandten halte, meinte er lächelnd: »Der Mann ist richtig. Er hat mich damals beschwatzt, daß ich meinem ersten Herrn untreu wurde und zu Tung Tscho überging. Zweifellos wird er auch den alten Banditen beschwatzen. Sollte er sich aber weigern, dann muß er selber sterben.«

Nun wurde Li Su herbeigeholt. Lü Pu sprach zu ihm: »Alter Freund, du hast mich damals beschwatzt, daß ich meinem früheren Herrn, dem Grafen Ting, zum Verräter wurde und in Tung Tschos Dienste überging. Jetzt ist die Stunde für dich gekommen, wieder einmal die Kraft deiner Zunge zu erproben. Tung Tscho, der alte Bandit, ist drauf und dran, unseren angestammten Herrscher um den Thron zu betrügen. Er bedrückt das Volk und reiht ununterbrochen eine Schandtat an die andere. Er ist bei Menschen und Göttern gleichermaßen verhaßt.

Du mußt dich nach Meh wu aufmachen und unter Berufung auf ein Geheiß des Kaisers den alten Banditen in die Hauptstadt locken. Der Kaiser sei von der Krankheit genesen und wünsche ohne Verzug, drängende Staatsgeschäfte mit seinem Kanzler durchzuberaten, mußt du als Vorwand angeben. Bei seinem Eintreffen werde ich ihn an der inneren Palastpforte mit meinen Leuten überfallen und die verdiente Strafe an ihm vollstrecken. Nur so und nicht anders können wir das glorreiche Haus Han vor dem Untergang retten und unsere Pflicht als treue Diener des rechtmäßigen Throns erfüllen. Was ist deine Meinung?«

»Auch mein Wunsch war es seit langem, den Banditen und Hochverräter Tung Tscho aus dem Weg zu räumen. Aber allein getraute ich mir nichts zu unternehmen. Der Vorschlag, den ich jetzt höre, entspricht ganz und gar meinen eigenen Wünschen, er ist für mich geradezu ein Geschenk des Himmels. Wie könnte ich auch nur einen Augenblick lang zögern oder anderen Sinnes sein!«

Zur Bekräftigung seiner Worte zerbrach Li Su einen Pfeil und tat einen feierlichen Schwur, daß er an dem gemeinsamen Werk mithelfen wolle.

»Die verdiente Rangerhöhung, die Euch der schurkische Kanzler vorenthalten hat, winkt Euch als Lohn Eurer tätigen Mithilfe«, setzte der Minister lächelnd hinzu. –

Am nächsten Tag bereits machte sich Li Su mit einem

kleinen Gefolge von zehn Berittenen auf den Weg nach Meh wu und meldete sich an der Pforte des Kanzlerpalastes. Da er sich auf ein kaiserliches Geheiß berief, zögerte Tung Tscho nicht, ihn zu empfangen.

»Welchen Inhalts ist das Geheiß des Himmelssohnes?« fragte er mißtrauisch.

»Der kaiserliche Knabe hat eingesehen, daß seine schwache Kraft den Aufgaben eines Herrschers nicht gewachsen ist. Nachdem er von seiner kürzlichen Krankheit genesen ist, wünscht er jetzt, die Würdenträger des Reichs im ›Saal der Lebensverlängerung‹ zu versammeln und ihnen seinen Thronverzicht mitzuteilen. Er wünscht, zu Euren Gunsten abzudanken.«

»Was sagt Minister Wang Yün dazu?«

»Er hat bereits Anordnung zum Bau des vorgeschriebenen Abdankungsaltars erteilt und wartet nur auf Euer Kommen.«

Tung Tscho hörte es mit stolzer Befriedigung.

»Mir träumte in letzter Nacht von einem Drachen, der sich schützend um meine Füße ringelte. Heute nun trifft diese Glücksbotschaft ein. – Die Stunde ist da! Und ich darf sie nicht versäumen!« sprach er, in Gedanken verloren.

Er traf einige Anweisungen zum Schutz seiner Residenz Meh wu und machte sich zeitig am nächsten Tag auf die Reise nach der alten Hauptstadt.

Vorher nahm er von seiner neunzigjährigen Mutter Abschied.

»Wohin geht die Fahrt, mein Sohn?« fragte die Alte.

»Zur Hauptstadt, auf den Thron der Han. Nicht lange, und du wirst Kaiserinmutter heißen.«

»Mich plagen seit kurzem Nervenzucken und Herzklopfen. Hoffentlich bedeutet das nichts Schlimmes!« seufzte die Alte.

»Wenn man die Erhöhung zur Kaiserinmutter zu erwarten hat, muß das nicht die Nerven hüpfen und das Herz vor Freude klopfen machen?« suchte er sie zu beruhigen.

Alsdann nahm er Abschied von Zikade.

»Wenn ich erst Himmelssohn bin, dann mache ich dich zur kaiserlichen Nebengattin ersten Ranges«, versprach er ihr.

Zikade dachte sich heimlich ihr Teil, ließ sich aber nichts anmerken, sondern zeigte eine glückstrahlende Miene und verneigte sich dankend.

Mit großem Gefolge und starker bewaffneter Deckung vorn und hinten brach der Kanzler in seiner Karosse zur Hauptstadt auf. Er war noch keine dreißig Meilen weit gekommen, als plötzlich ein Rad seiner Karosse brach. Er mußte aussteigen, und da kein anderer Wagen zur Stelle war, mußte er die Reise im Sattel fortsetzen.

Er war kaum zehn kleine Meilen weit geritten, als sein Roß auf einmal laut wiehernd scheute und bockte und sich so heftig aufbäumte, daß der Zügel riß.

Betroffen wandte sich der Kanzler an den Abgesandten Li Su.

»Vorhin ist ein Rad meines Wagens gebrochen, jetzt ist mir der Zügel gerissen. Ob das wohl etwas Besonderes zu bedeuten hat?«

»Gewiß, daß Ihr das Alte, Schlechtere gegen etwas Neues, Besseres vertauschen sollt. Ihr seid berufen, das Erbe der Han-Dynastie anzutreten. Bald werdet Ihr in der kaiserlichen Karosse von Nephrit fahren und auf einem goldenen Sattel reiten. Auf diese glückliche Wendung deuten die beiden Vorzeichen.« Also wußte der schlagfertige Li Su die Zweifel des Kanzlers zu zerstreuen und ihn froh zu stimmen.

Am zweiten Reisetag erhob sich unterwegs plötzlich ein gewaltiger Sturm, dickes Gewölk ballte sich zusammen und verfinsterte den Himmel, die Sonne nahm eine dunkelrote Färbung an.

»Hat das auch etwas Gutes zu bedeuten?« wandte sich der Kanzler von neuem an Li Su.

»Gewiß. Es kündet Euer Nahen auf den Drachenthron. Ein Drachen speit rotes Feuer, und seine Nüstern schnauben braunen Dampf.«

Tung Tscho fühlte sich höchst geschmeichelt und beruhigt. Ohne weiteren Zwischenfall erreichte man die Hauptstadt.

Wie üblich standen vor dem Stadttor die Würdenträger vollzählig zu beiden Seiten der Straße, um den Ankömmling feierlich zu begrüßen und einzuholen. Nur Li Ju, der treue Ratgeber des Kanzlers, fehlte. Er war unpäßlich und mußte das Bett hüten.

Der Kanzler begab sich zunächst nach Hause, um zu rasten und sich für die Audienz umzukleiden. Lü Pu fand sich ein und entbot ihm seine Glückwünsche.

»Wenn ich erst auf dem Neundrachenthron sitze, dann werde ich dich zum Oberbefehlshaber aller Reichstruppen machen«, bemerkte Tung Tscho huldvoll gelaunt. –

In der ersten Morgenfrühe des nächsten Tages machte sich der Kanzler im Staatsornat mit großem Gefolge zum kaiserlichen Palast auf. Die Straßen waren um diese Zeit noch menschenleer, und so war es nicht verwunderlich, daß ihm ein einsamer Wandermönch auffiel, der seinen Weg kreuzte. Er trug zu seiner schwarzen Kutte merkwürdigerweise eine Kapuze von weißem Trauertuch, von der Spitze seines Wandersteckens flatterte ein langer Stoffetzen, auf dessen beiden Enden deutlich sichtbar ein leeres Viereck, das Zeichen für Mund, aber auch für Wunde, aufgepinselt war.

»Hat der Kerl auch etwas zu bedeuten?« wandte sich der Kanzler wiederum an Li Su. Der war diesmal um eine passende Deutung verlegen.

»Nein. Bloß ein Verrückter«, sagte er kurz und hieß seine Leute, den Mönch davonzujagen. Daß das viereckige Schriftzeichen auf dem Tuchfetzen am Stockende »Wunde« bedeutete und daß die weiße Kapuze auf Totentrauer deutete, behielt er wohlweislich für sich.

Als die Sänfte des Kanzlers in den Palast einfuhr, standen wiederum in langem Spalier die Zivil- und Militärmandarine der Hauptstadt in ihren feierlichen Hofgewändern entlang des Fahrwegs und neigten sich respektvoll grüßend vor dem

Kanzler. Li Su ging mit gezogenem Schwert neben der Kutsche her. Die ›Halle der Lebensverlängerung‹, wo die Audienz abgehalten werden sollte, lag tief im Palastinnern, und es war ein weiter Weg bis dahin.

Man war am ›Tor der nördlichen Achsel‹ angelangt. Vor dem Tor standen in dichten Haufen Bewaffnete und sperrten den Weg für das sämtliche Gefolge des Kanzlers. Nur Li Su und die zwanzig Träger der Kanzlersänfte durften mit der Sänfte passieren.

Von weitem sah der Kanzler in dem leeren Vorhof vor den Eingangsstufen der Audienzhalle eine kleine Gruppe von Leuten stehen, darunter den Minister Wang Yün, den Palastkommandanten, den Oberkämmerer und Lü Pu. Sie alle hielten die blanke Waffe in der Hand.

»Was haben die blanken Waffen in ihrer Hand zu bedeuten?« fragte er verwundert Li Su. Aber Li Su blieb stumm.

Jetzt wurde die Sänfte vor dem Eingang der Audienzhalle abgesetzt. In diesem Augenblick schrie jemand mit lauter Stimme: »Der Rebell und Hochverräter ist da! Herbei, mutige Vollstrecker!«

Es war die Stimme des Ministers Wang Yün.

Gleich darauf quollen von beiden Seiten hinter der Halle her an die hundert Bewaffnete in den Vorhof, umringten die Sänfte und stachen mit Spießen und Hellebarden auf den Kanzler ein. Er pflegte sonst zu seinem Schutz immer einen Panzer unter seiner Amtstracht zu tragen. Aber heute, am Tag seiner vermeintlichen Thronbesteigung, hatte er geglaubt, ihn nicht anlegen zu brauchen.

Von zahlreichen Stichen in die Brust getroffen, sank er nach rückwärts in das Sänftenpolster zurück.

»Lü Pu, mein Sohn, wo bist du?« schrie er.

Da sprang Lü Pu hinter der Sänfte hervor und rief mit schneidender Stimme: »Auf kaiserlichen Befehl: Tod dem Rebellen und Hochverräter!«

Mit diesen Worten stieß er dem Tyrannen seine Hellebarde

durch die Kehle. Dann zog er, während Li Su mit einem Schwerthieb das Haupt des Tyrannen vom Rumpfe trennte, ein Schriftstück aus seinem Busen, schwenkte es vor aller Augen in die Luft und verkündete laut: »Auf kaiserlichen Befehl ward das Todesurteil an dem Rebellen und Hochverräter Tung Tscho vollstreckt! Ihr alle, Würdenträger und Krieger, stimmt mit mir ein in den Ruf: Wan sui! Zehntausend Jahre lebe unser Kaiser!«

Der Kopf des Tyrannen wurde an der belebtesten Stelle der Hauptstraße auf eine Stange gespießt und zur öffentlichen Beruhigung und Warnung ausgestellt. Am Fuße der Stange wurde sein Rumpf aufs Pflaster gelegt. Rumpf und Kopf wurden von den Vorübergehenden mit Steinwürfen, Stockschlägen und Fußtritten bedacht und geschmäht. Wang Yün sandte hierauf Lü Pu mit fünfzig Tausendschaften nach Meh wu, um die ungeheuren Reichtümer, die der Tyrann zusammengeraubt hatte, sicherzustellen und das Strafgericht an seinem Anhang zu vollstrecken.

Als die vier Truppenführer, die Tung Tscho vor seiner Abreise zur Bewachung der Stadt Meh wu zurückgelassen hatte, vom Tod des Tyrannen und vom Anmarsch einer starken Streitmacht unter Lü Pu hörten, zogen sie es vor, die Stadt ohne Widerstand preiszugeben und mit ihrer Truppe ›Fliegende Bären‹ eilig nach Westen abzuziehen.

Das erste, was Lü Pu beim Einrücken in Meh wu unternahm, war, daß er sich seine geliebte Zikade holte. Dann wurden die vielen Töchter aus guten Familien, die in den Harems des Tyrannen schmachteten, freigelassen. Alles, was zur Sippe und zum Anhang des Tung Tscho gehörte, wurde ohne Rücksicht auf Geschlecht und Alter niedergemetzelt, darunter auch die greise Mutter, ein Bruder und ein Neffe des Tyrannen. Auch die Köpfe des Bruders und Neffen wurden zur öffentlichen Warnung auf Stangen zur Schau gestellt.

Unermeßlich war die Ausbeute an Gold, Perlen, Edelsteinen, Seide, seltsamen Geräten, Korn und Lebensmitteln, die man in den Schatz- und Vorratskammern aufgehäuft fand. Als Lü Pu mit seiner riesigen Beute in der Hauptstadt wieder eintraf, veranstaltete Wang Yün ein Freuden- und Siegesbankett für die Würdenträger und einen großen Festschmaus für die Truppen.

Das geheimnisvolle Bild

Unsere Geschichte ereignete sich während jener Epoche, die den Namen Yung Lo, ›unendliche Freude‹, trägt. Damals lebte in der Provinz Petschi li im Kreise Hsiang ho, der zum Bezirk Schun tiän fu gehört, der frühere Gouverneur Ni Schou Kiän. Herr Ni hatte ein Vermögen im Werte von vielen Tausenden Goldbarren angesammelt. Die fettesten Äcker, die prächtigsten Häuser nannte er sein eigen. Seine verstorbene Gattin hatte ihm nur einen Sohn geschenkt; er hieß Schan Ki und war seit seiner Großjährigkeit verheiratet. Damals hatte der alte Herr Ni seinen Abschied vom Amte genommen und lebte seitdem still und zurückgezogen für sich wie ein einsamer Hecht. Trotz seines hohen Alters waren seine Nerven gesund, sein Geist frisch geblieben. Die Sorge um den pünktlichen Eingang seiner Pachterträge und um die zinsbringende Anlage seiner Gelder verschaffte ihm ständig neue Anregung und Beschäftigung. Sein Vermögen in müßiger Beschaulichkeit zu genießen, das war nicht seine Art. Als er nun schon neunundsiebzig Jahre zählte, da sprach sein Sohn eines Tages zu ihm: »Daß der Mensch siebzig Jahre lebt, gilt seit alters als etwas Ungewöhnliches. Jetzt zählst du gar neunundsiebzig, und im nächsten Jahre werden die achtzig voll sein. Willst du da nicht lieber die Verwaltung deines Vermögens in die Hand deines Sohnes legen und dir noch ein paar Augenblicke behaglicher Ruhe gönnen?« Der alte Herr schüttelte bedächtig sein Haupt und erwiderte: »Und wenn mir nur noch ein Tag zu leben bliebe, so wäre er der Arbeit gewidmet. Mein Mühen kommt ja schließlich dir zugute. Laß mich noch ein paar Zinsen ernten, es wird dein Vorteil sein. Solange diese zwei Beine noch gerade stehen, kümmere dich nicht um meine Geschäfte.«

Alljährlich im zehnten Monat pflegte Herr Ni der Reihe nach seine Landgüter zu besuchen, um die fälligen Pachtzinsen persönlich in Empfang zu nehmen. Das nahm gewöhnlich einen vollen Monat in Anspruch, und während dieser Zeit ließen es sich seine Pächter nicht nehmen, den freundlichen Greis mit dem Besten, was ihre Küche hergab, mit den fettesten Fasanen und den schwersten Weinen zu traktieren.

Eines Tages, als er gerade wieder einmal auf einem seiner Güter weilte, benutzte er eine freie Stunde des Nachmittags, um sich in der Umgebung zu ergehen und am Anblick der lieblichen Landschaft zu erfreuen. Da gewahrte er auf einmal am Rande eines Baches ein junges Mädchen, das eben auf einen vorspringenden Stein getreten war und sich anschickte, Wäsche im Wasser zu klopfen. In seiner Gesellschaft befand sich eine würdige weißhaarige Matrone. Wenn auch dörflich gekleidet, so war das junge Mädchen doch von ganz ungewöhnlichem Liebreiz: Tiefschwarz wie Lack glänzte ihr Haar. So blank wie die Welle zu ihren Füßen blickte ihr Auge. Ihre Finger glichen an Zartheit jungen Zwiebelsprossen. Die beiden Bogen ihrer Brauen wölbten sich so graziös, als wären sie vom Pinsel eines Künstlers gezeichnet. Das Kleid von grobem Stoff, das sie trug, hob ihre Schönheit nicht minder, als wenn sie in hauchfeine Seide gehüllt gewesen wäre. Ein paar Feldblumen im Haar machten den herkömmlichen Schmuck der goldenen Nadeln und Agraffen überflüssig. Zweimal acht Lenze mochte die Holde zählen.

Ihr Anblick entfachte jäh die eingefrorenen Gefühle des Greises. Stumm vor Bewunderung blieb er stehen und gaffte, bis das Mädchen mit Wäscheklopfen fertig war und sich an der Seite der Matrone auf den Nachhauseweg begab. Stockenden Herzens folgte er ihr von weitem und ließ sie nicht aus dem Auge, bis er sie in der Pforte eines von einer schlichten Bambushecke eingefaßten Häuschens verschwinden sah. Nun eilte der Greis hurtig nach seinem Gut zurück, ließ den Pächter kommen und berichtete ihm sein Erlebnis.

»Und nun geh«, sprach er zuletzt, »und forsche genau nach der Herkunft des Mädchens, vor allem suche in Erfahrung zu bringen, ob sie schon einem Manne versprochen ist. Wenn nicht, dann bin ich entschlossen, sie zur Nebenfrau zu nehmen. Erkundige dich, ob sie damit einverstanden wäre.«

Der Pächter, der nur darauf brannte, seinem Herrn gefällig zu sein, verbeugte sich stumm und schoß diensteifrig von dannen. Bald hatte er herausbekommen, daß das Mädchen mit Familiennamen Meh heiße und die Tochter eines tüchtigen Gelehrten, eines Doktors dritten Grades, sei. In früher Kindheit waren ihr beide Eltern gestorben, und seitdem lebte sie beständig bei ihrer Großmutter mütterlicherseits. Gegenwärtig zählte sie siebzehn Jahre und war noch keinem Mann versprochen. Nachdem er sich soweit unterrichtet hatte, begab sich der Pächter zu der alten Dame selbst und sprach also zu ihr: »Mein Herr hat sich von der vollendeten Anmut und Sittsamkeit Eurer Enkeltochter mit eigenen Augen überzeugt. Sein Wunsch ist es, sie zur Herrin seines Seitengemaches zu erheben. Vielleicht mögt Ihr geringschätzig darüber denken, aber erwägt, daß seine Hauptgattin schon lange von dieser Welt geschieden ist und augenblicklich keine andere Frau seinen Haushalt leitet. Natürlich wird sie, sobald sie seine Gattin geworden ist, alles, was sie braucht, schöne Gewänder, erlesene Gerichte, im Überfluß haben. Und was Euch selbst betrifft, so wird es meine Sorge sein, daß es Euch zeitlebens nicht an Kleidung und Reis und Tee mangelt. Und wenn es einmal zu Ende gehen sollte, dann wird Euch eine würdige Bestattung zuteil werden. Das einzige, was ich befürchte, ist, daß Ihr, edle Dame, die große Möglichkeit, die sich Euch bietet, nicht zu würdigen wißt.«

Der alten Dame erschien das, was sie eben gehört hatte, verlockend wie ein Stück geblümter Atlasseide, und augenblicklich erteilte sie ihre Zustimmung. Diese Heirat schien ihr vom Himmel vorausbestimmt zu sein, und so genügte die eine Unterredung, um die Angelegenheit glattzumachen.

Herr Ni war über die Maßen erfreut, als er den Bericht des Pächters vernahm. Auf der Stelle sandte er die herkömmlichen Brautgeschenke in das Haus der Erwählten, und dann beschaffte er sich den kaiserlichen Kalender und suchte einen glücklichen Tag für die Vermählung aus. Nur war er besorgt, sein Sohn möchte ihm daheim Schwierigkeiten bereiten, deshalb beschloß er, die Hochzeit gleich hier auf dem Lande zu feiern. Das gab wirklich ein seltenes Bild, die beiden am Hochzeitsabend zu sehen, den Greis neben der jungen Braut. Es war jene Szene, auf die der Dichter anspielt, wenn er schreibt:

Hier krähenschwarzer Krepp auf weißem Scheitel,
Dort rote Zier auf dunklem Wellenhaar.
Die dürre Kletterranke, die den zarten
Duftblütenvollen Stamm umklammert hält.
Hier trübe Wehmut, dort heimliches Bangen,
Es möchte dem Mut die Kraft nicht ganz entsprechen.

Doch als die Hochzeitsnacht gekommen war, bestand Herr Ni den Kampf, den er gesucht hatte, in Ehren und bewies, daß er nicht nur laut Register Ehemann war.

Am drittfolgenden Morgen setzte er seine junge Gattin in eine Sänfte und brachte sie nach seiner Residenz, wo er sie dem Sohn und der Schwiegertochter vorstellte. Alle Hausinsassen, männliche wie weibliche, hatten sich bei der Ankunft zur Begrüßung in zwei Reihen aufgestellt, machten ihren Kotau und einigten sich dahin, die neue Herrin zum Unterschied von der verstorbenen Hauptfrau, die Große Nai Nai geheißen hatte, respektvoll Kleine Nai Nai zu titulieren. Nachdem die Begrüßung zu Ende war, beschenkte der Hausherr alle reichlich mit Tuch und Seidenstoff, und allseitig herrschte große Befriedigung.

Bloß der Sohn Schan Ki war mißvergnügt. Zwar offen ließ er sich's nicht merken, aber kaum daß die Neuvermählten den Rücken gewandt hatten, da nahm er seine Frau beiseite, und nun fingen die zwei an über das Paar herzuziehen:

»Dieser Alte setzt sich ja über alle Sitte und Regel hinweg! Dabei gleicht sein Leben der schwachen Kerze, die jeden Augenblick ein Windhauch auslöschen kann. Er mußte doch bei solchem Unternehmen an die Folgen denken, muß doch wissen, daß er kaum noch fünf, höchstenfalls zehn Jahre zu leben hat, und dabei macht er diese unglaubliche Sache! Sucht sich so ein junges Ding, frisch wie ein Blütenzweig, zur Frau aus! Natürlich wird die Person, nach Umarmungen lechzend, Ansprüche stellen, denen seine armselige Kraft nicht gewachsen ist, er wird es hinnehmen müssen, daß sie ihn betrügt, kurz, ihre Ehe wird nur dem Namen nach eine Ehe sein. Wann hat man's denn aber auch erlebt, daß so ein alter Kerl so eine Junge freit! Kein Wunder, wenn die junge Frau ihn unerträglich findet und ›wilde Pfade‹ beschreitet! Wen aber trifft's, wenn ihr schandbares Treiben dann ruchbar wird? Uns, den guten Ruf unseres Hauses!

Weshalb ist sie denn überhaupt dem Alten gefolgt? Die Sache ist doch offenbar so, wie wenn jemand in die Fremde reist, um ein Jahr der Dürre daheim zu vermeiden, und wieder verschwindet, sobald das dürre Jahr um ist. Jetzt wird sie bald hier, bald da etwas auf die Seite bringen, mal ein großes Stück, mal ein kleines Stück, bald wird sie ein neues Kleid haben wollen, bald neuen Schmuck, sie wird den Alten abwechselnd mit ihren Reizen und ihrem Schmollen betören, so daß er ihr keinen Wunsch versagen mag; schließlich wird der Zeitpunkt kommen, wo sich der Satz bewahrheitet: ›Wenn der Baum umfällt, verlassen ihn die Vögel.‹ Ist der Alte ruiniert, so wird sie ihre Habe, die sie im Laufe der Zeit beiseite geschafft hat, packen und sich davonmachen. Sie wird für unser Haus das sein, was der Bohrwurm im Holz, die Made im Mehl ist. Und dann ist schließlich noch ein Punkt. Diese Person mit ihrem hübschen Gesicht ist doch eigentlich nur eine Dirne, sie hat doch keine Spur von feiner Art. Und diese Frau, halb Dirne, halb Magd, der ein schwacher Greis ins Netz gelaufen ist, sollen wir als Verwandte, als Stiefmutter anerkennen, sie gar

Kleine Nai Nai titulieren! Auslachen wird sie uns alle später mal, wenn sie uns den Rücken gekehrt hat, daß wir so dumm waren, sie zu respektieren und uns von ihr einschüchtern zu lassen.«

So und ähnlich gingen die gehässigen Reden zwischen den beiden Gatten hin und her, und es dauerte nicht lange, da wurden ihre boshaften Glossen von Mund zu Mund weitergetragen und gelangten schließlich zu Ohren des alten Herrn Ni. Der war zwar nicht erfreut darüber, verbarg aber seine Verstimmung tief in seinem Innern. Zum Glück war die junge Frau ein sanfter, friedlicher Charakter. Voll Ergebung gegen ihren Gatten, voll Freundlichkeit gegen alle, die ihr Respekt schuldeten, bewirkte sie, daß ein Hauch harmonischer Eintracht das ganze Haus durchwehte.

Zwei Monde waren vergangen, da fühlte die Kleine Nai Nai, daß ihr Schoß gesegnet sei. Indes ließ sie ihre Umgebung nichts davon wissen und weihte nur den alten Herrn Ni ein. Als sieben weitere Monate fast um waren, da gebar sie ein Knäblein. Es war genau am neunten Tag des neunten Monats. Das ganze Haus geriet natürlich außer sich vor Staunen. Zwei Tage später trat der Gouverneur sein achtzigstes Lebensjahr an! Da veranstaltete er für alle Freunde und Bekannten ein gewaltiges Festessen, um das frohe Ereignis des doppelten Geburtstages würdig zu feiern. Die Masse der Glückwünschenden staute sich in den Türen, und des Bewunderns war kein Ende:

Der alte Herr, so hieß es allgemein, ist so hochbetagt und bekommt noch einen ›kleinen Gebieter‹, da sieht man, daß ihm das Blut noch in unverminderter Kraft durch die Adern strömt. Der Himmel hat kundgetan, daß er ihm das höchste Alter beschieden hat.

Solches freute den Greis zu hören. Aber hinter seinem Rücken sprach inzwischen Schan Ki zu seiner Frau: »Wenn der Mann die Sechzig erreicht, dann endet seine Zeugungsfähigkeit, nun gar bei achtzig! Hat man schon erlebt, daß ein verdorrter Baumstamm frische Blüten treibt? Mag dieser

Sprößling von sonstwas für einer Mischung herrühren, auf keinen Fall ist es unseres Vaters Blut, unter keinen Umständen erkenne ich ihn als Bruder an.«

Als der Greis von dieser Bemerkung hörte, verwahrte er seine Betrübnis darüber abermals tief in seinem Innern.

Hurtig wie Pfeile lösen Tage und Nächte einander ab. Unmerklich war ein Jahr dahingegangen und der Tag gekommen, wo man die alte Zeremonie des Tsui pan beging. Da werden dem einjährigen Geburtstagskinde allerhand Spielsachen vorgelegt, um je nach der Wahl, die es unter ihnen trifft, seine besondere Veranlagung zu erkennen. Aus diesem Anlaß hatte sich wieder die ganze Verwandtschaft väterlicher- wie mütterlicherseits im Hause Ni zusammengefunden, um zu gratulieren und an der Zeremonie des Tsui pan teilzunehmen. Nur Schan Ki hielt sich fern, er war geflissentlich weggegangen. Herr Ni merkte die Absicht sehr wohl, unterließ es aber, ihn zurückzurufen, und leistete seinen Gästen Gesellschaft, den ganzen Tag bis zum Abend wacker mit ihnen zechend. Aber obwohl es sein Mund nicht aussprach, fühlte er sich doch insgeheim bedrückt. Seit alters gilt ja der Satz, daß es den Eltern nur dann wohl ums Herz ist, wenn sie bei ihren Kindern Liebe sehen.

Schan Kis Haupteigenschaft war der Neid. Es wurmte ihn, wenn er daran dachte, daß der Jüngere ihm sein Erbteil schmälern könnte, sobald er einmal erwachsen sein würde. Deshalb sträubte er sich, ihn als Bruder anzuerkennen. Hatte er sich anfangs auf boshafte Glossen beschränkt, so wurde im Laufe der Zeit sein Benehmen gegen die junge Frau und ihr Kind immer ausfälliger und gehässiger.

Der alte Herr Ni hätte es nicht vermöge seiner Geistesgaben zu hohen Ämtern bringen müssen, um nicht den Beweggrund in dem brüsken Verhalten seines Sohnes zu durchschauen. Aber andererseits verhehlte er sich nicht, daß er, von der Last der Jahre gebeugt, kaum hoffen dürfe, den Zeitpunkt der Großjährigkeit des zweiten Sohnes zu erleben. Früher oder später würde dieser in die Hand des Älteren so gut wie Nadel und Faden sein, seiner Willkür gänzlich preisgegeben. Wollte er jetzt den Älteren, wie sein ungebührliches Betragen es verdiente, maßregeln, so würde er dies den Jüngeren später um so empfindlicher entgelten lassen. Deshalb schien ihm einstweilen Nachsicht und Duldung geboten. Wie leid tat ihm doch der kleine hübsche Knabe! Wie bedauerte er die ach so junge, liebliche Frau, daß sie nun unverdient leiden mußte, er konnte nicht anders, als sich selbst zu schelten und seine zweite Heirat bitter zu bereuen.

Der Kleine hatte nun sein fünftes Lebensjahr erreicht. Da er klug und aufgeweckt, aber andererseits etwas spielerisch veranlagt war, beschloß der Gouverneur, ihn schon jetzt in die Obhut eines Erziehers zu geben, damit er dereinst Ruf und Wissen ernte. Gleichzeitig gab er ihm von jetzt ab einen neuen Namen, und zwar sollte er fortan Schan Schu heißen, im Unterschied zu seinem älteren Bruder Schan Ki, was beides ›würdige Nachfolge‹ bedeutete.

Dann bestimmte er einen glücklichen Tag, an dem der kleine Schan Schu seinen Erzieher mit einem Kotau begrüßen mußte und die Eröffnung des Unterrichts mit einem reichlichen Gastmahl gefeiert wurde. Dieser Erzieher hatte bisher bereits Herrn Nis Enkelsohn zu unterweisen gehabt, es traf sich also, daß von nun an Neffe und Onkel das kleine Schulzimmer teilten. Wer hätte gedacht, daß sich der ungeratene Schan Ki so wenig ein Herz und ein Eingeweide mit seinem leiblichen Vater fühlen würde, daß er nicht nur an diesem gemeinsamen Unterricht, sondern auch an dem Namen Schan Schu Anstoß nahm? Er war empört darüber, daß ihm durch diese Namengebung jenes Kind, in dem er nun einmal den Bruder nicht anerkennen mochte, als gleichwertig an die Seite gestellt wurde. Weiter aber eiferte er: »Gewöhnt sich jener Wicht erst einmal daran, von meinem Sohn alltäglich Onkel angeredet zu werden, so wird sich in ihm bald ein Gefühl der Überlegenheit herausbilden, das eines Tages in die schlimmste Tyrannei gegen meinen

Jungen ausarten muß.« Und flugs nahm er unter dem Vorwand einer Erkrankung den Sohn aus der gemeinsamen Unterrichtsstunde heraus und bestellte ihm einen eigenen Lehrer.

Herr Ni hatte die Geschichte von der Erkrankung anfänglich ernst genommen. Aber als der Enkel mehrere Tage hintereinander wegblieb, da wurde er stutzig und erkundigte sich bei dem Erzieher. Heftiger Zorn packte ihn, als er nun den wahren Sachverhalt erfuhr. Eigentlich wollte er seinen Ältesten gleich zur Rede stellen. Aber dann sagte er sich: ›Bei einem Menschen, der sich so gegen die Natur und den eigenen Erzeuger auflehnt, sind Worte vergebens. Laß ihn machen!‹ Einen Mundvoll Ärger in sich hineinschluckend, begab er sich in sein Wohngemach zurück. Aber aufgeregt, wie er war, achtete er nicht auf die Türschwelle, stolperte und schlug lang hin. Voller Bestürzung eilte seine Gattin herbei, richtete ihn auf und half dem halb Bewußtlosen bis ins Schlafgemach, wo sie ihn am Bettrand niedersetzen ließ. Sie selbst war im Kopf ganz benommen und ließ eilends den Arzt herbeirufen. Der Arzt holte ein Fläschchen mit Ingwerlösung hervor und besprengte damit das Gesicht des Greises, so daß er wieder zu sich kam, und dann verordnete er ihm Bettruhe. Der alte Herr war zwar wieder ganz klar bei Sinnen, aber er fühlte seinen Körper leblos wie einen Hanfstrick und steif wie ein Stück Holz, er konnte die Glieder weder anziehen noch strecken.

Seine junge Frau hielt am Kopfende seines Lagers getreulich wie ein Hund Wacht, kochte ihm stärkende Suppen und goß ihm die Medizinen auf, die der Arzt verordnet hatte. Als sich trotz sorgfältigster Pflege keine Besserung zeigte, nahm der Arzt einen Aderlaß vor und stellte fest, daß das Leben des Patienten höchstens noch nach Tagen zähle und eine Wiederherstellung ausgeschlossen sei. Als Schan Ki dies vernahm, bemühte er sich endlich auch einmal her, um sich flüchtig vom Stand der Erkrankung zu überzeugen. Kaum hatte er sich vergewissert, daß mit dem sicheren Ableben baldigst zu rechnen sei, da suchte er das Ende noch zu beschleunigen, indem er anfing, im ganzen Hause herumzupoltern und zu rumoren, an den Möbeln zu rücken und das Hauspersonal zu hetzen und zu schelten. In der Tat erregte dieses rücksichtslose Treiben die schwachen Nerven des alten Mannes aufs höchste, und sein Befinden verschlimmerte sich zusehends. Still schluchzend saß indes die junge Gattin unverweilt am Krankenlager, und das Kind leistete ihr Gesellschaft; es war nicht zu bewegen, zum Unterricht zu gehen und von der Seite des Vaters zu weichen.

Als Herr Ni sich den zunehmenden Ernst seines Zustandes nicht länger verhehlen konnte, da rief er den Ältesten vor sein Antlitz, zog eine Liste hervor, in der sein ganzer Grundbesitz, Feld für Feld, Haus für Haus sowie Kopf für Kopf das ganze Gesinde genau verzeichnet stand, und tat also seinen letzten Willen kund:

»Mein Sohn Schan Schu zählt eben fünf Jahre, er kann sich noch nicht einmal ohne fremde Hilfe kleiden. Auch seine Mutter ist noch zu jung, um mein Vermögen zu verwalten. Es hat deshalb keinen Zweck, eine Erbteilung vorzunehmen, und so setze ich dich zum Universalerben ein. Bis Schan Schu herangewachsen sein wird, vertritt bei ihm Vaterstelle, suche ihm später eine passende Frau und gibt ihm ein Häuschen und ein Stück Land dazu, so daß er nicht zu hungern und nicht zu frieren braucht.

Meine Verfügungen sind im einzelnen in dem Vermögensverzeichnis niedergelegt, das ich dir hiermit als meinen letzten Willen übergebe. Sollte meine Frau sich wieder zu verheiraten wünschen, so laß sie gewähren. Sollte sie aber vorziehen, ihre Tage als Witwe bei ihrem Kinde zu verbringen, so soll ihr auch das unbenommen bleiben. Führe diesen meinen letzten Willen, wenn ich nicht mehr sein werde, pünktlich aus und erweise dich damit als pflichttreuer und gehorsamer Sohn, damit ich beruhigt in das dunkle Reich der neun Quellen eingehen kann.«

Schan Ki nahm das Schriftstück aus des Vaters Hand entgegen, faltete es auseinander und überzeugte sich, daß es tatsächlich Punkt für Punkt den letzten Willen enthielt. Da lief ein breites Grinsen über sein Gesicht, und er beeilte sich, zu versichern: »Sei unbesorgt, Vater, dein Sohn wird deinen Willen peinlich genau erfüllen.«

Damit nahm er das Dokument an sich und ging vergnügt davon. Als er draußen war, konnte die junge Frau ihre Tränen nicht länger zurückhalten. Auf das Kind weisend, schluchzte sie: »Ihr behandelt diesen Knaben, als ob es Euer ärgster Feind wäre, und dabei ist es Euer eignes Blut! Alles habt Ihr dem Ältesten vermacht! Wovon sollen wir zwei leben?«

»Du erkennst meine Absicht nicht«, entgegnete der Gouverneur. »Ich sehe doch, daß Schan Ki ein schlechter Kerl ist. Wollte ich die Erbschaft teilen, dann wäre deines Sohnes Leben in Gefahr. Um nicht den Neid und Haß des anderen wachzurufen, blieb mir nichts anderes übrig, als ihm alles zu vermachen.«

Aber die Gattin wollte sich nicht beruhigen: »Mag dem so sein«, sprach sie, »so lautet doch eine alte Regel, daß es ungerecht ist, den Sohn der Nebenfrau schlechter zu behandeln als den der Hauptfrau. Zum Gespött werde ich für die Leute werden.«

»Das kann mich von meinem Entschluß nicht abbringen«, beharrte der Greis. »Du bist noch jung, deshalb befolge meinen Rat und gib schleunigst, solange ich noch atme, deinen Sohn unter die Obhut des Ältesten, du selbst wähle dir binnen Jahresfrist einen verständigen Gatten nach deinem Herzen, damit dir eine gesicherte und glückliche Zukunft blüht. Sieh zu, daß du aus Schan Kis Hause fortkommst, sonst hast du unaufhörliche Widerwärtigkeiten zu befürchten.«

»Was sind das für Worte!« fiel die Gattin ein. »Ich stamme aus einer Familie, die mit den Lehren des weisen Kung Fu Tse wohlvertraut war, und ich weiß wohl, daß ich nur einem Gatten folgen darf, um so mehr, als ich diesen Knaben habe. Wie könnte ich ihn im Stich lassen? Ob im Guten, ob im Schlechten, ich werde bei ihm ausharren!«

»Ist das wirklich dein fester, unabänderlicher Wille?« fragte eindringlich der Greis. »Wird dich dein Entschluß später nicht gereuen?«

Da bekräftigte die junge Frau ihren Entschluß durch einen feierlichen Schwur.

»Gut, dann sollst du um deine und deines Sohnes Zukunft nicht länger bangen!« Mit diesen Worten tastete der Greis unter sein Kopfkissen und langte ein Etwas hervor, das er seiner Frau überreichte. Diese meinte anfangs, es sei eine Vermächtnisurkunde, aber siehe da, es war ein drei Fuß langes, ein Fuß breites Gemälde. Das Gesicht der Gattin malte Enttäuschung.

»Was soll ich damit?« fragte sie.

»Es ist mein Porträt«, lautete die Antwort, »und es birgt ein kostbares Geheimnis. Du mußt es still verwahren, hüte dich, es vor fremden Augen zu zeigen. Wenn die Zeit da ist, daß dein Sohn erwachsen wird und Schan Ki sich nicht um ihn kümmern will, dann harre, bis dir ein Mandarin, erleuchtet und hohen Sinnes, begegnet, dem wirst du das Bild bringen, ihm den Inhalt meines letzten Willens mitteilen und seine Entscheidung nachsuchen. Er wird die Lösung des Rätsels finden, und für deinen und deines Sohnes Unterhalt wird reichlich gesorgt sein.«

Schweigend nahm die junge Frau das Porträt an sich. Noch einige Tage blieb der Greis am Leben, dann erlitt er eines Nachts einen Blutsturz und verlor das Bewußtsein, ach, alles Zureden der Gattin vermochte ihn nicht wieder zu erwecken, er war tot. Vierundachtzig Jahre waren ihm vom Schicksal vergönnt gewesen!

Auf mannigfache Art vertun wir unsere drei Zoll Lebensodem,
Bis einst der Tag kommt, der auch die stolzesten Entwürfe endet.

Inzwischen hatte Schan Ki sofort nach Empfang des Testaments sich die Schlüssel zu sämtlichen Schränken und Kammern aushändigen lassen und war nun Tag für Tag damit beschäftigt, den gesamten Hausrat und alle Vorräte Stück für

Stück genau nachzuzählen. Wie hätte er Zeit gefunden, sich auch nur einmal in das Zimmer des kranken Vaters zu begeben und nach seinem Befinden zu fragen! Erst als der Greis seinen letzten Seufzer ausgehaucht hatte und eine Dienerin ihm die Trauerkunde überbrachte, da eilte er mit seiner Gattin ins Sterbezimmer, rang sich ein paar Klagelaute ab, und ehe nur eine Stunde verging, da war er schon wieder zur Tür hinaus, es der Witwe überlassend, bis zum Tag der Beisetzung die Totenwacht zu halten.

Zum Glück hatte diese alles zur Bestattung Erforderliche, wie Totengewänder und Doppelsarg, schon rechtzeitig beschafft und bereitstellen lassen. Nachdem der Tote eingekleidet und in dem Saal der Kindesliebe aufgebahrt worden war, hielt sie klagend und jammernd ununterbrochen von morgens bis abends mit ihrem Knaben bei ihm Wacht, ohne auch nur einen Zollbreit von seiner Seite zu weichen. Schan Ki begnügte sich damit, die Trauergäste zu empfangen und zu zählen. Ihm war sehr froh dabei, und nach Klagen stand ihm durchaus nicht der Sinn.

Noch am gleichen Abend, sowie die Beisetzung stattgefunden hatte, unterzog er die Zimmer der Witwe einer gründlichen Untersuchung, ließ sich Kisten und Kasten öffnen und stülpte den Inhalt von unterst zuoberst. Er argwöhnte nämlich, es möchten sich irgendwo noch heimlich verborgene Gelder des Toten finden. Die junge Frau, besorgt, daß auf diese Weise das Bild zum Vorschein kommen möchte, war so klug, einige Truhen, die sie einst mit in die Ehe gebracht hatte und in denen sich nur Kleidung und Wäsche befand, eilfertig zu öffnen und jenen beiden bereitwillig zur Durchsicht anzubieten. Hieraus schlossen die zwei, daß sie wohl nichts zu verbergen habe, und nachdem sie noch etwas in den Sachen herumgewühlt hatten, entfernten sie sich bald darauf. Als sie draußen waren, da konnte die Arme, der ihr bitteres Los nun zum vollen Bewußtsein gekommen war, nicht länger an sich halten und brach in heftiges Schluchzen aus. Und das Kind, als es die Mutter weinen sah, stimmte gleichfalls herzbrechend mit ein. Es war, wie es im Liede heißt:

Ein Lehmkloß, wem da nicht die Träne quillt,
Ein Herz von Eisen, das da nicht in Mitleid schmilzt.

Am nächsten Morgen ließ Schan Ki Zimmerleute rufen und gab ihnen Weisung, die Gemächer des Verstorbenen nach einem neuen Plan gänzlich umzubauen. Sie sollten künftig seinem Sohn als Aufenthalt dienen, wenn er einmal groß und verheiratet sein würde. Die Witwe dagegen wurde mit ihrem Kinde in drei bescheidene Räume ganz hinten im Garten verbannt, deren kahle Nacktheit lediglich durch ein wackliges Bettgestell, einen grob geschnitzten Tisch und mehrere Holzschemel unterbrochen war. Von ihrer Dienerschaft verblieb ihr nur eine kleine zwölfjährige Magd, die ihr täglich das Essen aus der Herrschaftsküche bringen mußte. Doch da man in der Küche nicht die geringste Rücksicht darauf nahm, ob für sie und ihren Knaben ausreichend zu essen übrigblieb, entschloß sie sich, ihre natürliche Scheu aufzugeben, verlangte nur etwas Reisvorrat und kochte sich auf einem eigenhändig hergestellten Herd aus Lehm ihren täglichen Reis von nun an selbst. Fleißige Nadelarbeit von frühmorgens bis spät in die Nacht brachte ihr genug ein, hin und wieder etwas Gemüse und Zutaten hinzuzukaufen. Gleichzeitig mußte sie von dem Erlös ihrer Hände Arbeit auch das Schulgeld für den Jungen bestreiten, den sie in die Nachbarschaft zum Unterricht schickte.

Schan Ki sandte ihr wiederholt die Heiratsvermittlerin zu, um sie zu einer Wiederheirat zu bewegen. Aber schließlich stellte er seine Bemühungen ein, als er sah, daß sie an ihrem Schwur, immer Witwe zu bleiben, unerschütterlich festhielt. Da im übrigen ihre sanfte, geduldige Art jeden Anlaß zu einem von ihm ersehnten Streit vermied, stellte er endlich die Form seines Umgangs mit ihr dahin ein, daß er sie und ihr Kind einfach übersah.

So war Schan Schu zu seinem vierzehnten Lebensjahr herangewachsen. Seine Mutter, vorsichtig und bedacht, wie sie war, hatte sich bisher gehütet, ihm gegenüber die Geschichte mit dem geheimnisvollen Bild auch nur mit einem Wort zu erwähnen. Denn sie fürchtete, seinem unreifen Mund könnte eine unbedachte Äußerung entgleiten, die ihnen zum Schaden gereichen würde. Aber Schan Schu war inzwischen schon so verständig und hellhörig geworden, daß sie ihm das Geheimnis kaum mehr lange verschweigen konnte.

Eines Tages äußerte er den Wunsch nach einem neuen Wams aus Seide. Als seine Mutter ihm bedeutete, daß ihr das Geld dazu fehle, da meinte er erstaunt:

»Mein Vater war Gouverneur, ich und mein Bruder sind seine einzigen Kinder. Meinen Bruder sehe ich heute in Reichtum und Luxus, für mich aber langt's nicht zu einem einfachen Wams aus Seide! Was hat das zu bedeuten? Da du kein Geld dafür hast, so werde ich meinen älteren Bruder aufsuchen und ihn selbst darum bitten.« Und schon wandte er sich zur Tür, da hielt ihn seine Mutter zurück und redete ihm also zu: »Ist denn ein seidnes Wams so wichtig, daß man deswegen andere Leute behelligen muß? Ein altes Wort lautet: ›Je spärlicher das Glück beginnt, desto reichlicher endet es.‹ Begnüge dich in der Jugend mit Linnen, dann kannst du später Seide tragen. Fängst du aber schon früh mit Seide an, dann reicht es später nicht mal zum Linnen. Warte noch die zwei Jahre ab, bis du mit dem Studium fertig bist, dann wird deine Mutter mit Freuden bereit sein, sich selbst zu verkaufen, damit du dir neue Kleider beschaffen kannst. Inzwischen stehe davon ab, deinen jähzornigen Bruder zu behelligen!«

»Du hast recht«, nickte Schan Schu zustimmend. Aber insgeheim dachte er bei sich: ›Das gewaltige Vermögen, das mein Vater besaß, gebührt von Rechts wegen meinem Bruder und mir zu gleichen Teilen, und das entspricht auch zweifellos seinem Willen. Wie kommt es, daß mein älterer Bruder sich so gar nicht um uns kümmert? Und wie kann nur meine Mutter von so etwas sprechen, daß sie sich verkaufen will, um mir die

Mittel zu einem Anzug zu verschaffen? Das ist doch höchst seltsam! Mein Bruder ist schließlich kein menschenfressender Tiger, warum sollte ich Angst haben, ihn selbst zu sprechen?‹ Und ohne der Mutter ein Wort zu sagen, begab er sich nach dem Herrenhaus, ließ sich vor den Bruder führen und begrüßte ihn mit höflicher Verneigung.

»Was suchst du hier?« fragte dieser erstaunt.

»Ich bin«, erwiderte jener, »genau wie du der Sohn eines hohen Mandarins, der die grüne Yadetafel am Gürtel tragen durfte. Und doch muß ich mich in blaugefärbten Kattun kleiden und mir den Spott der Leute gefallen lassen. Deshalb bin ich gekommen, um ein Stück Seidenstoff für ein neues Wams von dir zu erbitten.« »Da mußt du deine Mutter drum bitten.«

»Nein, du bist der Verwalter der väterlichen Erbschaft, nicht meine Mutter.«

Mit großen Augen nach dem Sprecher starrend, hochrot im Gesicht, fuhr jetzt der Ältere los: »Wer hat dich diese Redeweise gelehrt? Da kommst du an, forderst Anzugstoff und willst mir obendrein mein Erbrecht bestreiten! Was soll das heißen?«

»Was den Nachlaß betrifft«, erwiderte der Jüngere ruhig, »so wird er wohl eines Tages unter uns geteilt werden. Heute verlange ich nur etwas Stoff, um mich standesgemäß anzuziehen.«

»Was schwatzest du, ein ›wild Gesäter‹, da von standesgemäß? Mag meines Vaters Vermögen noch so groß gewesen sein, es gehört eben mir, dem rechtmäßig geborenen Sohn, und fällt später an meinen rechtmäßig geborenen Sohn. Dich ›wild Gesäten‹ aber geht das einen Dreck an! Sicher steckt irgend jemand dahinter, der dich angestiftet hat, hier mit unverschämten Forderungen aufzutreten. Aber ich rate dir, reize mich nicht, sonst lasse ich dich und deine Mutter woandershin bringen, und dann ist es mit eurem behaglichen Leben vorbei!«

»Wieso bin ich ein ›wild Gesäter‹? Ich bin ebensogut Sohn des Gouverneurs wie du! Und was meinst du mit reizen? Hast du vielleicht einen Plan fertig, um mich und meine Mutter aus dem Wege zu räumen, damit du allein über das Erbe verfügen kannst?«

Jetzt packte den Älteren die Wut:

»Kleine Bestie, du wagst es, mir frech zu kommen! Warte!« Dabei hielt er ihn mit der linken Hand am Ärmel fest und versetzte ihm mit der rechten sieben bis acht Faustschläge ins Gesicht, so daß ihm die Wangen grün und blau anliefen. Schreiend riß sich der Kleinere los und stob dahin wie ein Rauch. Bei der Mutter angelangt, klagte er ihr sein Leid und erzählte ausführlich den ganzen Hergang.

»Ich warnte dich doch«, versetzte diese ärgerlich, »deinen Bruder zu reizen! Du hast nicht auf mich gehört, nun geschieht dir ganz recht, daß du Schläge bekommen hast.«

So sprach zwar ihr Mund, doch gleichzeitig rührte sich ihr mütterliches Herz, und während sie ihm mit lindem Finger über seine Beulen strich, stahlen sich leise zwei Tränen über ihre Wangen, dann sann sie nach links und dachte nach rechts, wie sie den Zorn Schan Kis beschwichtigen möchte. Schließlich sandte sie die kleine Magd zu ihm und ließ ihm ausrichten, er möchte doch die Ungebühr des Bruders mit dessen unerfahrener Jugend entschuldigen.

Aber der Groll des Älteren war damit keineswegs besänftigt. Ganz früh am nächsten Morgen rief er die Ältesten seiner Sippe zu sich. Auch Frau Ni und Sohn mußten erscheinen. Als alle vollzählig beisammen waren, brachte er das eigenhändig geschriebene Testament des Verstorbenen zum Vorschein, ließ es von der Witwe und ihrem Sohn vor aller Augen besichtigen und hielt dann folgende kurze Ansprache:

»Werte Anverwandte und Sippenälteste! Nicht etwa aus Unlust, für jener beiden Unterhalt zu sorgen, habe ich mich zu einer Trennung entschlossen. Aber nachdem Schan Schu sich gestern unterfangen hat, mir mein Erbe streitig zu machen, muß ich für die Zukunft von seiner zänkischen Natur das Schlimmste befürchten. Um weiterem Streit vorzubeugen, verweise ich beide, Mutter und Sohn, von heute ab nach dem östlichen Vorwerk. Dort können sie ihr eigenes Häuschen bewohnen und haben achtundfünfzig Mu Landes zu ihrer Verfügung. Diese Anordnung entspricht peinlich genau dem letzten Willen des Alten Herrn. Nicht um Haaresbreite wagte ich, eigenmächtig davon abzuweichen. Und nun neige ich mich voll schuldigen Respektes und ersuche euch, werte Anverwandte und Sippenälteste, um eure geneigte Zeugenschaft.«

Die Verwandtschaft kannte von früher her Schan Kis unleidliche Art. Außerdem bestand kein Zweifel an der Echtheit des Testaments. Wer hätte da Lust gehabt, sich überflüssigerweise durch Widerspruch seinen Groll zuzuziehen? So gab es also allerseits nur schöne Worte zu hören, die einen, die besonders unterwürfig um seine Gunst bemüht waren, äußerten:

»Um tausend Goldstücke ist die Unterschrift eines Toten nicht käuflich, die Prüfung Eures Dokuments erübrigt weitere Worte.«

Die anderen aber, die immerhin Mitleid mit Schan Schu und seiner Mutter fühlten, begnügten sich zu sagen:

»Manch einer kann sich nicht mehr als eine Mahlzeit am Tage leisten, manch eine muß darauf verzichten, jemals Hochzeitsgewänder zu tragen. Wann kommt denn jemand so gänzlich umsonst zu einem Haus? Hier ist eine Wohnung zum Wohnen, da ist ein Acker zum Bebauen vorhanden. Nun bedarf es nur noch einigen Fleißes, und eine dünne Reisbrühe ist auch nicht zu verachten. Zum Leben reicht's für beide.«

Die junge Witwe sah ein, daß die Trennung nach dem Wortlaut des Testaments unvermeidlich sei, und im übrigen empfand sie den Aufenthalt im hintersten Gartenwinkel sowieso als lästig. Sie nahm also ihren Sohn bei der Hand, verneigte sich noch einmal vor der Seelentafel des verstorbenen Gatten und empfahl sich von Schan Ki, seiner Frau und der anwesenden Verwandtschaft. Dann bestieg sie ein Saumpferd und begab sich nach dem östlichen Vorwerk. Ein paar Stücke alten Hausrats und ihre zwei Truhen voll Kleidung und Wäsche ließ sie sich nachtragen.

Bei ihrer Ankunft gewahrte sie ein unwirtliches, seit Jahren völlig verwahrlostes Gebäude, rings von Gras und Unkraut umwuchert, mit spärlichen Ziegeln auf schadhaftem Dach, dessen zahlreiche Ritzen und Löcher dem Regen bereitwillig Einlaß boten. Wie sollte ein Mensch hier drinnen hausen! Nun, sie griff zum Besen und fegte zunächst zwei Räume sauber, wo sie eine Lagerstatt herrichtete und den Hausrat einstellte. Dann ließ sie den Pächter kommen und mußte von ihm hören, daß die achtundfünfzig Mu Landes, die zum Hause gehörten, ganz schlechter Boden waren, dessen Ertrag selbst in guten Jahren den Besitzer kaum ernährte, geschweige denn in dürren Zeiten, wo der Anbau überhaupt nicht lohnte.

Frau Ni war aufs tiefste niedergeschlagen. Ihrem aufgeweckten Jungen entging ihre Betrübnis nicht, und er sprach zu ihr:

»Wir sind zwei Brüder desselben Vaters, warum ist er in seinem Testament so einseitig verfahren? Das muß doch einen Grund haben! Vielleicht stammt das Schriftstück gar nicht von der Hand des Alten Herrn. In Erbschaftsangelegenheiten pflegen die Behörden nicht nach hoch oder niedrig zu fragen. Warum willst du dich nicht an einen Mandarin wenden? Mag er über die empörende Ungleichheit, wie wir bedacht sind, entscheiden. Gewiß werden wir's nicht zu bereuen haben.«

Die Mutter vermochte dem ahnungsvollen Drängen des Kindes nicht länger zu widerstehen und entschloß sich endlich, ihm das Geheimnis, das sie nun schon seit zehn Jahren bei sich trug, zu offenbaren:

»Mein Sohn, laß ab, die Echtheit des Testaments anzuzweifeln. Es stammt tatsächlich von deines Vaters Hand. Du warst damals noch so klein, und er befürchtete heimliche Anschläge deines älteren Bruders gegen dein Leben. Deshalb überließ er dem Größeren die Erbschaft ungeteilt, um ihn friedlich zu stimmen. Aber kurz vor seinem Tode händigte er mir ein Bild ein und sprach dazu zwei- bis dreimal eindringlich folgende Worte: ›Das Bild birgt ein Geheimnis. Warte auf die Zeit, da dir ein Mandarin, erleuchtet und hohen Sinnes, begegnen wird. Dem überbringe das Bild und bitte ihn, das Geheimnis zu lösen. Sei versichert, weder dir noch deinem Sohne wird es am Notwendigen fehlen, von der Bitternis der Armut sollt ihr verschont bleiben.‹«

»Warum hast du mir das nicht schon längst erzählt?« fiel der Knabe lebhaft ein. »Wo ist das Bild, dein Sohn brennt darauf, es zu sehen.«

Frau Ni öffnete eine Truhe und brachte eine in Tuch gehüllte Rolle zum Vorschein. Nachdem die Tuchhülle abgestreift war, zeigte es sich, daß die Rolle aus einem Doppelblatt Ölpapier bestand, und auseinandergerollt war es ein auf Karton gezogenes drei Fuß langes und einen Fuß breites Gemälde. Frau Ni breitete es über einen Stuhl aus, und dann ließ sie sich zugleich mit ihrem Sohne auf dem Boden nieder, verneigte sich vor dem Bild und sprach es mit Inbrunst in der Stimme also an:

»In einer Dorfhütte sind Weihrauchkerzen leider schwer zu finden. Ich flehe um Nachsicht ob meines respektlosen Mangels an Form.«

Als Schan Schu mit seinen Kotaus fertig war, erhob er sich, um das Bild näher zu betrachten. Es stellte einen sitzenden Mann dar, der auf weißem Haupthaar ein Barett vom Schwarz der Krähe trug. So wundervoll war er gemalt, daß man glauben mochte, er sei lebend. Mit der einen Hand hielt er ein kleines Kind an seine Brust gepreßt, die andere Hand zeigte abwärts, als ob sie nach dem Erdboden deute.

Nachdem beide das Bild eine Zeitlang befühlt und betastet hatten, ohne das Rätsel irgendwie lüften zu können, verpackten sie es sorgfältig wieder in der Hülle und brachten es an seinen alten Platz. In ihrem Herzen aber blieb quälende Unruhe zurück.

Einige Tage später machte sich Schan Schu auf den Weg nach dem Nachbarort, um einen gelehrten Meister zu finden, der ihm den Fall zu deuten vermöchte. Gerade wie er nun seine Schritte am Tempel der Kwan Yin vorüberlenkte, begegnete er einem Trupp von Leuten, die an Tragstangen über den Schultern mehrere geschlachtete Ferkel und Lämmer mit sich schleppten. Sie waren eben im Begriff, ihre stattliche Last in den Tempel zu schaffen, um der gnadenreichen Göttin ein Dankopfer darzubringen. Schan Schu blieb stehen und vernahm, wie ein Greis, der, auf einen langen Bambusstecken gestützt, neben ihm unter der gaffenden Menge stand, jene Leute nach dem Anlaß ihres Opfers fragte. Die Leute antworteten:

»Wir standen unter der Last einer falschen Mordanklage, die für uns eigentlich den Tod nach sich ziehen mußte. Der erleuchteten Weisheit des Herrn Tong, unseres neuen Kreismandarins, verdanken wir es, daß der wahre Sachverhalt an den Tag kam und wir freigesprochen wurden. Zu Beginn der Untersuchung, die uns drei Jahre im Kerker festhielt, hatten wir das feierliche Gelübde getan, der Göttin Kwan Yin im Falle unserer Errettung ein Dankopfer darzubringen. Heute sind wir gekommen, um unser Gelöbnis einzulösen.«

Und dann erzählte auf weiteres Fragen des Greises einer der Leute die ganze Geschichte. Als er geendet hatte, hörte Schan Schu den Greis sagen:

»Ein Mandarin, so erleuchtet und hochgesinnt wie Herr Tong, ist selten zu finden. Die ›hundert Familien‹ unseres Kreises können sich beglückwünschen.«

Alles, was er da gehört hatte, barg Schan Schu sorgfältig in seinem Busen, dann eilte er rasch nach Hause und berichtete Wort für Wort den ganzen Hergang seiner Mutter.

»Da es hier einen so trefflichen Mandarin gibt«, so schloß er, »warum zögern wir da noch, ihm das Bild zu bringen und die Angelegenheit zu unterbreiten?«

Die Mutter stimmte zu und erkundigte sich nach dem nächsten Termin, an dem der Kreismandarin öffentliche Sitzung abhalten würde. An dem betreffenden Tage erhob sie sich ganz früh, als der Morgen kaum graute, vom Lager, hieß ihren Vierzehnjährigen die Bildrolle in die Hand nehmen und begab sich mit ihm zur Kreishauptstadt vor das Tribunal des Mandarins. Dort warf sie sich zu Boden und tat in lauten Schreien kund, daß sie Gerechtigkeit heische. Nicht wenig erstaunt, an Stelle einer förmlichen Anklageschrift lediglich eine Bildrolle von der Klägerin überreicht zu sehen, fragte der Mandarin, was das zu bedeuten habe. Da erzählte nun Frau Ni in allen Einzelheiten die Geschichte von dem schlechten Verhalten Schan Kis und von dem letzten Auftrag, den ihr der alte Gouverneur vor seinem Tode erteilt hatte. Als ihr Bericht zu Ende war, nahm Herr Tong die Rolle an sich und ersuchte Frau Ni, einstweilen nach Hause zu gehen und zu warten, bis er das Bildnis geprüft habe und ihr weiteren Bescheid zugehen lassen werde.

Kaum hatte Herr Tong seine Sitzung beendet, da zog er sich ins Innere seines Yamens zurück, breitete das drei Fuß lange und einen Fuß breite Bild auseinander und unterzog es einer sorgfältigen Prüfung. Kein Zweifel, es war das Porträt des verstorbenen Gouverneurs Ni. Mit einer Hand hielt er ein kleines Kind umfaßt, mit der anderen Hand zeigte er nach unten, wie auf den Erdboden. Nach sorgfältigem Nachdenken sprach der Mandarin bei sich:

›Daß das Kind den jungen Schan Schu darstellt, darüber ist kein Wort zu verlieren. Was nun die eine Hand betrifft, die nach unten zeigt, so bedeutet das offenbar, daß jemand die Gefühle des Greises ergründen soll, die ihn bewegen würden, wenn er heute noch auf Erden wäre.

Andererseits liegt ein eigenhändig geschriebenes Testament vor, und da kann die Behörde schwer eingreifen. Aber wiederum, wenn er von einem stummen Geheimnis gesprochen hat, das in dem Bild eingeschlossen sein soll, so muß er einen vernünftigen Grund dazu gehabt haben. Wenn ich diesen Fall nicht enträtseln kann, dann habe ich mir meinen Namen für immer verscherzt.‹

Seitdem ließ ihm das Bild keine Ruhe mehr. Täglich pflegte er sich in seine Betrachtung zu vertiefen und zu sinnen und zu brüten. Aber obwohl er sich in tausend Mutmaßungen erging, war alles vergebens; das Rätsel blieb ungelöst. Bis ein Zufall schließlich die Lösung von selbst herbeiführte.

Es war eines Tages nach dem Mittagessen, eine Dienerin hatte ihm eben den Tee gebracht, und er saß gerade wieder in sinnende Betrachtung über das Bild vertieft, da geschah es, daß er aus Versehen eine volle Schale umstieß, so daß sich der Tee über das Bild ergoß. Um es zu trocknen, trug er aus dem Zimmer nach dem Vorhof und hängte es draußen an einen Pfeiler in die Sonne. Wie nun so die vollen Lichtstrahlen drauffielen, da wurde es durchscheinend, und da bemerkte er plötzlich, wie unter der Farbe die deutlichen Umrisse von Schriftzeichen auftauchten. Aufs äußerste betroffen, löste Herr Tong die beiden zusammengefügten Blattschichten der Rolle behutsam auseinander, und da stellte es sich heraus, daß dazwischen ein Schriftstück verborgen lag, das die Unterschrift des verstorbenen Gouverneurs trug. Der Text des Schriftstückes lautete wie folgt:

»Ich, ein alter Mandarin, der ich fünf hohe Staatsämter bekleidete, habe mehr denn achtmal zehn Jahre erfüllt. Zwischen Morgen und Abend erwarte ich meinen Tod, und ich werde ohne Groll sterben. Indes Schan Schu, der Sohn meiner Nebengattin, hat erst ein Jahr vollendet, und seine Zukunft ist gefährdet. Schan Ki nämlich, der Sohn meiner Hauptgattin, ermangelt aller kindlichen Liebe und brüderlichen Gesinnung. Es ist zu befürchten, daß er später dem jüngeren Bruder nach dem Leben trachtet. So hinterlasse ich ihm zum ungeteilten Erbe allen meinen Grundbesitz, einschließlich der beiden großen Wohnhäuser, die ich kürzlich bauen ließ, mit einziger Ausnahme eines zur Linken der Hauptgebäude gelegenen alten Häuschens, das meinem Sohne Schan Schu zufallen soll. Es ist zwar unansehnlich, doch birgt es einen Schatz. Unter seiner linken Mauer liegen in fünf Porzellankübeln fünftausend Barren Silbers vergraben. Unter seiner rechten Mauer liegen ebenfalls in fünf Porzellankübeln fünftausend Barren Silbers und obendrein in einem Porzellankübel eintausend Barren Goldes vergraben. Dieser Betrag entspricht genau dem Wert der Ländereien, die ich dem Älteren vermachte. Sollte sich später einmal ein Mandarin finden, erleuchtet und hohen Sinnes, der diesem meinem Willen zur gerechten Durchführung verhilft, so soll ihm mein Sohn Schan Schu zum Zeichen des Dankes dreihundert Barren Goldes überlassen.

Dies schrieb mit eigener Hand ergebenst der Greis von einundachtzig Jahren.

Jahr . . . Gouverneur Ni.‹

Monat . . . (Siegel)

Tag . . .

Der Umstand, daß es sich hier um die Hebung eines großen Gold- und Silberschatzes und die Aussicht auf reichen Lohn handelte, taten das Ihre, um den an Einfällen reichen Geist des Mandarins Tong in erhöhte Tätigkeit zu setzen und ihm den Speichel im Munde zusammenfließen zu lassen. Seine Augenbrauen schoben sich dicht zusammen, so angestrengt dachte er nach. Und bald hatte sein Hirn einen Plan geboren. Ein Amtsdiener erhielt den Befehl, sofort zu Schan Ki zu eilen und ihn auf der Stelle herzubringen. Das Weitere werde ihm mündlich eröffnet werden.

Um auf Schan Ki zurückzukommen, so führte er, seitdem er Alleinerbe des väterlichen Besitzes geworden war, ein restlos zufriedenes Dasein und frönte nach Herzenslust allen seinen Neigungen. Wie gewöhnlich befand er sich gerade wieder im Trubel einer ausgelassenen Fröhlichkeit, als plötzlich der Amtsbote des Kreismandarins erschien und ihm eine dringliche Ladung überbrachte. Die Sache dulde keinen Augenblick Aufschub. Die Botschaft kam so überraschend, daß Schan Ki keine Möglichkeit hatte, irgendwelche Hinderungsgründe vorzuschieben, und wohl oder übel mitkommen mußte.

Der Mandarin Tong hatte gerade die Sitzungshalle betreten,

als der Bote eintraf und meldete, daß Schan Ki an Ort und Stelle sei. Der Mandarin befahl, ihn vor den Richtertisch zu führen.

»Bist du der ältere Sohn des ehemaligen Gouverneurs Ni?« fragte er ihn.

»Meine Wenigkeit ist's.«

»Deine Stiefmutter hat Anklage gegen dich erhoben: du habest sie und deinen jüngeren Bruder aus dem Hause gejagt und dich des gesamten Vermögens und aller Gebäude deines verstorbenen Vaters bemächtigt. Ist das wahr?«

»Schan Schu, der Sohn der Nebenfrau, ist seit früher Jugend an meiner Seite und unter meiner Pflege aufgewachsen. Es war neulich sein und seiner Mutter eigner Wunsch, eine getrennte Wohnung zu beziehen. Ich habe sie nicht aus dem Hause gejagt. Was die Erbschaftsregelung betrifft, so beruht sie auf dem eigenhändig niedergelegten schriftlichen Willen des Verstorbenen. Ich habe mich nie unterfangen, den geringsten Verstoß dagegen zu unternehmen.«

»Wo befindet sich das eigenhändige Testament deines Vaters?«

»Bei mir in der Wohnung. Wenn Ihr erlaubt, wird meine Wenigkeit eilen und das Schriftstück untertänig vor Euren Augen niederlegen.«

»Die Anklageschrift spricht davon, daß sich der Wert der Erbschaft deines Vaters auf zehntausend Silberbarren beziffert, das ist eine stattliche Summe. Sollte das Testament vielleicht gefälscht sein? In der Erwägung, daß du der Nachkomme eines hohen Mandarins bist, der die grüne Yadetafel am Gürtel trug, soll noch glimpflich mit dir verfahren werden. Morgen werde ich Lokaltermin in deinem Haus abhalten, Frau Ni nebst Sohn werden gleichfalls dazu geladen sein. Sollte sich eine ungleiche Erbteilung herausstellen, so werde ich der Gerechtigkeit ihren Lauf lassen und für eine unparteiische Entscheidung Sorge tragen.«

In strengem Tone erteilte hierauf der Mandarin den Befehl,

Schan Ki nach seinem Hause zurückzugeleiten und gleichzeitig Frau Ni die Ladung für morgen zum Lokaltermin zu überbringen.

Schan Ki war über den ernsten Ton des Mandarins nicht wenig erschrocken. Ihm bangte, es möchte sich bei der bevorstehenden Prüfung der Angelegenheit herausstellen, daß er den letzten Willen des Gouverneurs tatsächlich nicht restlos genau ausgeführt hatte. Um jeden Preis galt es jetzt, die Zeugenschaft der Sippengenossen zu gewinnen. Noch am selben Abend schickte er Silberpäckchen an die Ältesten aller ›drei Stämme‹, nämlich der Verwandten seines Vaters, seiner Mutter und seiner eigenen Verwandten. Er ließ sie dringend ersuchen, sich am nächsten Morgen pünktlich bei ihm einzufinden und ihm mit ihrem einhelligen Zeugnis beizustehen, wenn der Mandarin nach der gewissenhaften Ausführung des Testamentes forschen sollte.

Die Ältesten der drei Stämme hatten seit dem Ableben des alten Gouverneurs von seinem Sohne keine ›Platte‹ und keinen ›Weinbecher‹ je zu sehen bekommen, und als ihnen jetzt auf einmal so ein Silberpäckchen zuging, da mußten sie an das Wort denken:

In guten Zeiten brennt man keinen Weihrauch,
Erst in der Not umklammert man die Füße Buddhas,

und sie konnten sich nicht enthalten, insgeheim zu lachen. Nun, sie gedachten jedenfalls das Silbergeschenk als willkommene Gabe zu behalten und für geeignete Anschaffungen zu verwenden. Sie wollten abwarten, wie die Angelegenheit morgen laufen würde, und je nachdem ihr Verhalten einstellen. Mit Recht heißt es in einem zeitgenössischen Gedicht:

Heute brauchte er nicht mit schwerem Silber die drei Stämme zu kaufen,
Hätte er früher ein Stück geringer Seide für den Knaben geopfert.

Als sich Frau Ni im Besitz ihrer Ladung sah, fühlte sie sich bei dem Gedanken beruhigt, daß sich der Kreismandarin nunmehr ihrer Sache angenommen hatte. Am nächsten Morgen in keuscher Frühe begab sie sich mit ihrem Sohn in die Stadt vor sein Tribunal. Herr Tong sprach zu ihr:

»Da es mich deiner Verlassenheit und deines vaterlosen Knaben jammert, habe ich mich entschlossen, euch zum Recht zu verhelfen. Doch wie ist es mit dem eigenhändig geschriebenen Testament des Verstorbenen, das Schan Ki in der Hand hat?«

»Ein solches Testament ist tatsächlich vorhanden, aber mein Gatte setzte es lediglich in der Absicht auf, das Leben meines Kindes sicherzustellen. Seinen wahren Gefühlen entsprach der Inhalt keineswegs. Der edle Mandarin wird sich selbst davon überzeugen, wenn er das handschriftliche Vermögensverzeichnis des Gouverneurs prüft.«

»In Erbschaftssachen ist es auch für den besten Richter schwer, gerecht zu entscheiden. Das ist eine alte Erfahrung. Heute kann ich nur soviel sagen, daß für deinen und deines Sohnes Lebensunterhalt ausreichend gesorgt sein wird. Aber gib dich keinen allzu kühnen Erwartungen hin.«

Frau Ni verneigte sich dankend und versetzte: »Wenn wir nur vor Hunger und Kälte geschützt sind! Mit Schan Ki an Wohlleben zu wetteifern, möchte ich mich niemals vermessen.«

Nach dieser Unterredung hieß der Mandarin Frau Ni und ihren Sohn sich zurückzuziehen und seine Ankunft im Hause Schan Kis zu erwarten.

Schan Ki hatte beizeiten die Empfangshalle seines Hauses sauber fegen und peinlich in Ordnung bringen lassen. Außerdem war in der Mitte der Halle ein tigerfellgeschmückter Ehrensessel aufgestellt worden, und unweit davon ließ ein bronzenes Räucherbecken wohlriechende Düfte aufsteigen. Seit früher Stunde waren die Anverwandten in großer Anzahl herbeigeholt worden, auch Frau Ni und ihr Sohn hatten sich inzwischen eingefunden, und nun ging der Hausherr herum und begrüßte einen Gast nach dem andern und wußte jedem etwas Schmeichelhaftes zu sagen. Obwohl sein Bauch voll Grimm und Erregung war, bemühte er sich, nach außen die

Gleichmut selber zu verkörpern. Indessen standen die anderen, den weiten Hof vor der Empfangshalle füllend, und legten sich insgeheim Worte zurecht, die sie an den Mandarin zur Begrüßung richten wollten.

Es dauerte auch nicht lange, da hörte man von weitem die lauten ›Platz! Platz!‹-Rufe der Trabanten des Mandarins. Schnell ordnete Schan Ki noch einmal seine Kleidung und machte sich zum feierlichen Empfang fertig. Seine Sippengenossen, soweit sie gereiften Alters und in den Bräuchen der Welt erfahren waren, warfen sich in eine möglichst würdige Haltung und blickten erwartungsvoll nach dem Haupttor. Die jüngeren Familienmitglieder dagegen hielten sich in respektvoller Entfernung auf, scheu an die Mauern gequetscht und mit dem Rücken nach den Großen, und wagten nur gelegentlich verstohlene Blicke rückwärts zu werfen.

Jetzt kamen, paarweise geordnet, Vorläufer und Trabanten in Sicht, und hinter ihnen nahte unter grünseidnem Baldachin eine geschlossene, mit Darstellungen der fünf heiligen Berge gezierte Sänfte. Drin saß er, der hochweise, der hochmögende Mandarin. Am Haupttor der Residenz Ni angelangt, knieten die Läufer und Trabanten nieder und meldeten mit kurzen Rufen die Ankunft ihres Herrn.

In diesem Augenblick fiel die ganze Versammlung wie auf ein Kommando in die Knie und verneigte sich grüßend. Jetzt gab der Türhüter laut das Zeichen zum Wiederaufstehen und Platzmachen und gleich darauf wurde die Sänfte hereingetragen und in die Mitte des Hofes niedergesetzt. Heraus stieg gemessen und ohne Hast der Mandarin Tong.

Bedächtig vorwärtsschreitend, war er bis nahe an die Pforte der Empfangshalle gelangt, da stockte er plötzlich und machte in die leere Luft hinein mehrere tiefe Verbeugungen, auch öffnete er den Mund und brachte einige Worte hervor, als ob er ein unsichtbares Gegenüber begrüße. Die Versammelten waren sprachlos vor Staunen, als sie sein seltsames Benehmen gewahrten. Jetzt schritt er weiter, unter beständigen Verneigungen, bis er in der Mitte der Halle angelangt war. Vor dem tigerfellgeschmückten Ehrensessel stehend, begann er nach abermaliger tiefer Verneigung eine Flut von höflichen Redensarten hervorzusprudeln, von der Kälte und der Wärme zu sprechen, kurz von Dingen, mit denen man gewöhnlich eine Unterhaltung eröffnet. Auf einmal wandte er sich um, ergriff einen an der Seite stehenden Sessel, stellte ihn dem tigerfellbedeckten Ehrensessel gerade gegenüber und ließ sich, unter neuen Verbeugungen vor dem Nichts, in ihm nieder.

Entgeistert hatten die Anwesenden sein Tun verfolgt, es dünkte ihnen, er müsse mit einem Gott oder mit einem Gespenst Zwiesprache gehalten haben; so standen sie und gafften und wagten sich nicht vom Fleck zu rühren. Jetzt hörten sie, wie Herr Tong laut sagte:

»Eure befehlende Gattin hat die Ordnung ihrer Erbschaftsangelegenheit in die Hände des Spätergeborenen gelegt. Sind ihre Angaben richtig?«

Er machte eine Pause im Sprechen und schien aufmerksam zu lauschen. Dann schüttelte er den Kopf, setzte eine erstaunte Miene auf und fuhr fort:

»Was, so ein schlechter Kerl ist der Älteste?«

Wieder schwieg er einige Augenblicke, dann kamen die Worte:

»Auf welche Weise soll denn Euer Jüngster seinen Unterhalt finden?«

Pause. Und dann ging es weiter.

»Aber wovon soll er denn in dem kleinen Hause an der Ostseite leben?«

Erneute Pause. Nun rief er:

»Wie Ihr befehlt. Wie Ihr befehlt!«

Nach einer kleinen Weile:

»Der Spätergeborene gehorcht und wird diese Summe Eurem Jüngsten aushändigen.« Jetzt neigte er sich wieder mit über der Brust gekreuzten Händen und rief mit einer Geste der Abwehr:

»Aber wie kann ich eine so dicke Gabe annehmen? . . . Nun,

da Ihr mich so angelegentlich drängt, kann ich mich Eurem Befehl nicht länger widersetzen . . . Der Spätergeborene wird also nicht verfehlen, Eurem Zweiten jenes Dokument zu behändigen.«

Er erhob sich vom Sessel und machte wieder mehrere Verbeugungen, dann sprach er:

»Der Spätergeborene kommt mit.«

Während die ganze Versammlung immer noch entgeistert starrte, schritt er jetzt wieder dem Ausgang der Halle zu, und dabei hielt er bald nach Ost und bald nach West suchende Ausschau. Auf einmal fragte er erstaunt:

»Wohin seid Ihr gegangen, Exzellenz Ni?«

»Hier ist keine Exzellenz Ni«, rief jetzt der Türhüter dazwischen.

»Seltsam, seltsam«, kam es von Herrn Tongs Lippen. Nun wandte er sich an Schan Ki:

»Eben war Euer verehrter alter Vater hier zugegen. Ich habe ihm gegenüber gesessen und mich einen halben Tag mit ihm unterhalten. Ihr habt doch jedes Wort verstanden?«

»Nicht ein Wort«, lautete die dreiste Antwort.

»Aber das war er ganz bestimmt, mit seinem hohen Wuchs, mit seinem langen, wie Mondschein glänzenden, dreigezackten Bart, mit dem Barett von Krepp so schwarz wie Krähengefieder auf seinem weißen Haar, mit seinen blassen Wangen und seinen vorstehenden Backenknochen, seinen durchdringenden Augen, seinen buschigen Brauen und großen Ohren, seinem goldenen Gürtel um das rote Obergewand. Nun, sieht der Alte Herr Ni so aus?«

Jetzt überlief es die Anwesenden mit kaltem Schweiß. Entsetzt fielen sie in die Knie und schrien: »Ja, das ist er! So hat er im Leben ausgesehen!«

»Natürlich war er hier«, bemerkte Herr Tong trocken, »wie hätte ich ihn sonst so genau beschreiben können. Er erzählte mir, daß hier östlich vom Hauptgebäude noch ein kleines Häuschen steht, stimmt das?«

Schan Ki konnte nicht umhin, die Richtigkeit zu bestätigen.

»Gut, dann wollen wir gehen und das Häuschen besichtigen. Ich habe dir dort noch etwas zu eröffnen.«

Alle waren fest überzeugt, der Geist des alten Gouverneurs müsse Herrn Tong tatsächlich erschienen sein, wie hätte er ihn sonst so lebenswahr schildern können? Und sie standen stumm vor Entsetzen und sperrten den Mund weit auf. Sie ahnten freilich nicht, woher Herr Tong seine Kenntnis geschöpft hatte.

Was schert der Schurke sich um gut und weise?
Nur vor Gespenstern und vor Geistern ist ihm bange!
Wenn Tong, der Mandarin, nicht klug Verstellung übte,
Wohl schwerlich hätte der Entartete sich ihm gefügt.

Während Schan Ki den Weg wies, folgte hinderdrein der Mandarin und in respektvoller Entfernung die gesamte Verwandtschaft, bis man vor dem alten Haus an der Ostseite stand. Dieses Gebäude hatte ehemals dem alten Herrn Ni, bevor er die erste Sprosse der Amtsleiter erklommen, zur Behausung gedient. Seit Errichtung der beiden neuen Wohngebäude hatte er das alte Haus ausräumen lassen und nur noch als Speicher benutzt, wo gewöhnlich Reis- und Weizenvorräte eingelagert wurden. Es war lediglich von einem Magazinwächter bewohnt.

Herr Tong schritt einmal rings um das Haus herum, dann ließ er sich genau vor seinem mittleren Eingang nieder und wandte sich an den nebenstehenden Schan Ki:

»Der Geist deines Vaters hat mir soeben alle Einzelheiten über dieses Gebäude mitgeteilt und mich ermächtigt, es deinem Bruder Schan Schu zu übergeben. Was ist deine Ansicht?«

Schan Ki warf sich zu Boden, machte Kotau und sprach:

»Ich unterwerfe mich vollständig der weisen Entscheidung Eurer Leuchte.«

Jetzt forderte der Mandarin das handschriftliche Vermögensverzeichnis des alten Ni und unterwarf es einer langen, sorgfältigen Prüfung. Zwischendurch des öfteren murmelnd: »Eine schöne Erbschaft! Eine schöne Erbschaft!«

Als er das Schlußblatt durchgelesen hatte, wo der letzte Wille aufgezeichnet stand, rief er lachend aus:

»Da steht ja wörtlich dasselbe, was mir dein alter Vater soeben mitgeteilt hat. Das große Unrecht, das du begangen hast, war keineswegs von ihm gewollt, komm her, Schan Ki, und lies selbst, laut Testament gehört dieses Haus mit umliegendem Gelände deinem Bruder Schan Schu, desgleichen alles, was zum Haus gehört. Du wärst von Sinnen, wolltest du's bestreiten.«

Schan Ki überrechnete sich heimlich den geringen Wert der paar Stücke zerbrochenen Hausrates, die drin standen; und was die eingelagerten Reis- und Weizenvorräte betraf, so hatte er sie schon vor einem Monat zu acht Zehnteln verkauft, der Verlust des Restes fiel also gar nicht ins Gewicht. Und ohne weiteres Bedenken erklärte er unterwürfig:

»Hohe Terrasse der Gnade, Eure Entscheidung ist klar wie die Sonne.«

»Gut, als Zeugen deiner Zustimmung rufe ich deine Verwandten auf, für den Fall, daß dich dein Wort später reut.« Nunmehr fuhr er mit erhobener Stimme fort:

»Wie der alte Herr Ni mich soeben belehrte, liegen hier unter der Hausmauer zur Linken in fünf Porzellankübeln fünftausend Silberbarren vergraben. Er befahl mir, sie dem zweiten Sohn zu übergeben.«

Zweifelnd entgegnete Schan Ki:

»Wenn das wirklich der Fall wäre, so mag sie mein Bruder haben, und sei es auch der doppelte Betrag. Meine Wenigkeit würde ihm den Besitz nicht um Haaresbreite streitig machen.«

»Gut, also Widerspruch werde ich später nicht dulden.«

Jetzt ließ der Mandarin seine Leute sich mit Hacken und Spaten versehen und die Erde an den Grundmauern der östlichen Hausseite ausheben. Und da kamen wirklich fünf große Porzellankübel zum Vorschein, bis zum Rande gefüllt mit schimmerndem Silber. Die probeweise Nachzählung des Inhalts ergab genau die Zahl von tausend Barren.

Wie gebannt hatten die Umstehenden dem Schauspiel des Ausgrabens und Nachzählens zugeschaut und kamen aus dem Staunen nicht heraus. Schan Ki aber zweifelte nun nicht länger, daß seines Vaters Geist dem Mandarin tatsächlich erschienen sei. Wie hätte er sonst von dem Schatz wissen können, dessen Existenz ihm selbst völlig verborgen gewesen war? Nun ließ sich wieder die Stimme des Mandarins vernehmen:

»Unterhalb der westlichen Grundmauer liegen gleichfalls in fünf Porzellankübeln fünftausend Silberbarren vergraben und außerdem in einem weiteren Kübel tausend Goldbarren. Von letzteren befahl mir der Geist des Gouverneurs vorhin, dreihundert als Lohn für meine Mühewaltung anzunehmen. Ich weigerte mich dessen standhaft, aber da er mich zwei-, dreimal dringend ersuchte, konnte ich nicht umhin, mich seinem Wunsche zu beugen.«

»Die ersten fünftausend Barren«, widersprach jetzt Frau Ni unter lebhaften Kotaus, »übertreffen bereits weit meine Erwartungen. Wenn sich jetzt die gleiche Anzahl auch an der rechten Hausseite finden sollte, dann werde ich mir erlauben, entgegen dem Befehl des Frühergeborenen, die Annahme zu verweigern.«

»Wie kannst du an meiner Angabe zweifeln«, versetzte der Mandarin, »ich empfing sie aus dem Munde deines verstorbenen Gatten. Es handelt sich nicht um leere Worte.«

Und er befahl seinen Leuten, nunmehr an der westlichen Hausseite nachzugraben. Wirklich kamen wieder Porzellankübel zum Vorschein, diesmal sechs, einer davon mit Goldbarren gefüllt, die anderen mit Silber. Als Schan Ki diese Masse gelben und weißen Metalls sah, da loderte sein Auge in wildem Feuer, und er verwünschte sich, daß er den Schatz nicht auf der Stelle selbst an sich nehmen durfte. Aber da er zuvor sein Wort gegeben hatte, wagte er seinen Mund nicht aufzutun.

Der Mandarin fertigte jetzt eine amtliche Bescheinigung

aus, die Schan Schu als Eigentümer des Schatzes bestätigte, und händigte sie ihm ein. Schan Schu und seine Mutter waren außer sich vor Freude und dankten Herrn Tong mit zahllosen Kotaus. Schan Ki dagegen hatte den Bauch voll Wut, aber er mußte sich gleichfalls zu mehreren Kotaus bequemen und einige höfliche Worte von Dank und Hoher Gnadenterrasse stammeln. Schließlich ließ der Mandarin einige Lederbeutel mit den dreihundert Goldbarren vollfüllen, die ihm selbst zustanden, bestieg seine Sänfte und kehrte nach seiner Residenz in die Kreisstadt zurück. Keinem Menschen fiel es ein, ein Wort der Mißbilligung über die Mitnahme des Goldes zu äußern, vielmehr entsann man sich des alten Satzes: Wenn die Möwe mit dem Hummer streitet, hat der Fischer zu lachen.

Am nächsten Tage machten Frau Ni und ihr Sohn einen Dankbesuch. Bei dieser Gelegenheit händigte ihnen der Mandarin das Porträt und das geheime Testament ein. Nun erst begriffen sie das Rätsel des Bildes und verstanden auch, was die nach unten gerichtete Hand zu bedeuten hatte: es sollte ja damit auf den vergrabenen Schatz hingewiesen werden.

Der Inhalt der zehn Kübel Silber wurde zum Ankauf von Feldern und Gärten und zum Bau eines schönen Wohnhauses verwendet. Später, als Schan Schu verheiratet war, schenkte ihm seine Frau drei Söhne, die sich alle drei einen Namen als tüchtige Gelehrte machten. Von der Nachkommenschaft des alten Gouverneurs gedieh nur dieser eine Zweig zu hoher Blüte. Schan Kis zwei Söhne dagegen taugten nur zu Müßiggang und Ausschweifung und brachten das ganze väterliche Erbe durch. Nach seinem Tode mußten die beiden schönen Grundstücke veräußert werden und gelangten in den Besitz des jüngeren Bruders.

Die Menschen in der Umgegend aber, die die Geschichte der Familie Ni von der Wurzel bis zum Gipfel miterlebt hatten, konnten nicht umhin, das Walten des Himmels darin zu erkennen, der noch in den Nachkommen die Schlechten straft und die Guten segnet.

Die törichte Buhle

Hinweggefegt die letzten Horden der Mongolen,
Neu aufgerichtet Thron und Reich, die sie gestohlen.
Der Drache schwang sich majestätisch in die Lüfte,
Und tänzelnd streicht der Phönix über Fels und Klüfte.

Zur Linken schützt, so weit der Horizont, das Meer
Und rechts der Großen Mauer und Gebirge Wehr.
Nun Rüstung abgelegt und Waffen fortgebannt,
In Ehren wieder Amtsornat, Zivilgewand.

Friede!– nun regt sich allenthalben freudiges Gedeihn,
Und güldene Hochzeitsbecher funkeln in der Sonne Schein.

Diese Strophen beziehen sich preisend auf die bauliche Pracht und günstige Lage der neuen Reichshauptstadt, die unser regierendes Herrscherhaus der Ming an jener Stelle im Norden des Reichs errichtete, wo früher Yen king, die Residenz des Fürstentums Yen, lag. Nördlich angelehnt an den Schutzwall hoher Gebirge und starker Pässe, südlich ganz China zu Füßen, entstand hier etwas, was man mit Recht eine goldene Stadt, einen himmlischen Bezirk nennen konnte, ein bauliches Fundament von tausendjährigem Bestand.

Als Hung Wu (1368-1399), der erste Ming-Herrscher, den Mongolendreck aus dem südlichen China hinausgefegt hatte, da errichtete er seinen Thron unten am Yang tse an der geweihten Stelle, wo die kin ling, die ›goldenen‹ Gräber der alten Sung-Kaiser, lagen. Das war Nanking, die südliche Hauptstadt.

Als später Kaiser Yung Loh (1403-1425), vormals Fürst von Yen, siegreich auch den Norden befriedet und die letzten Mongolen zum Lande hinausgejagt hatte, da erhob er seine bisher fürstliche Residenz Yen King zur Reichshauptstadt. Sie hieß fortan Peking oder nördliche Hauptstadt. Daß sich nun eine bisher öde, kahle, armselige Landschaft in eine Stätte voll Pracht und Herrlichkeit verwandelte, vergleichbar einer kostbaren, blumenbestickten Damastdecke, das war einzig der Tatsache dieser Thronverlegung von Süd nach Nord zu danken. Es war einhundertfünfzig Jahre später, als Wan Li (1573-1620) Kaiser wurde – das neunte Mal, daß der Neffe dem Onkel auf den Thron folgte. Wan Li ist der elfte Himmelssohn, den unser regierendes Herrscherhaus stellte. Er war ein besonders begnadeter und erleuchteter Fürst, in dem sich staatsmännische Weisheit mit kriegerischer Fähigkeit paarte. Unter ihm blühte das Reich und regierte die Vernunft. Mit zehn Jahren bestieg er den Thron und hat ihn achtundvierzig Jahre lang innegehabt.

Dreimal während seiner Regierung hatte er mit Empörung und kriegerischen Wirren zu tun und ward dreimal erfolgreich Herr der Lage. In zwei Fällen handelte es sich lediglich um örtliche Unruhen, angestiftet von unbotmäßigen Provinzstatthaltern, der eine ein Präfekt in der Provinz Kweh tschou, der andere Statthalter der mongolischen Landstriche von Choldos und Alaschan an der Grenze der Provinz Kan su.

Ernster war der dritte Fall. Der machtgierige japanische Diktator Hideyoshi fiel mit einem ganzen Heer in Korea ein. Es kam zum richtigen Krieg. Aber auch in diesem Falle blieb der Himmelssohn Sieger. Die fremden Fürsten nah und fern beugten sich vor ihm in Achtung und Ehrfurcht und wetteiferten, ihm zu huldigen und Tribut an den Hof zu schicken. Es erfüllte sich der Spruch:

Der Segen, der vom guten Herrscher kommt,
Dem ganzen Volk und Land zum Segen frommt.
Von Furcht ist nun die Welt befreit,
Und Friede tief herrscht weit und breit. –

Es war in der Ming-Zeit, im 20. Jahre der Regierungsepoche Wan Li (1592), als sich der Beherrscher von Japan empörte und den Reichsfrieden durch einen Einfall in Korea störte. Auf den Notruf des Königs von Korea sandte ihm der Himmelssohn zu Schiff eine Streitmacht zu Hilfe.

Um zu beschleunigter Lieferung des für die Truppen benötigten Korns anzureizen, waren damals auf Vorschlag des Finanzministers für die Söhne von Kornlieferanten einstweilig besonders erleichterte Prüfungsbestimmungen in Kraft gesetzt worden. Diese Erleichterungen hatten einen beträchtlichen Zustrom von Söhnen reicher Eltern zu den Reichsprüfungen gezeitigt. In beiden Hauptstädten, in Nanking und Peking, hatten sich an die tausend Prüflinge mehr als sonst eingefunden, wobei die verwöhnten jungen Leute neben der Aussicht, ohne den lästigen Umweg vorheriger Provinzprüfungen gleich den erstrebten Akademikergrad zu erlangen und leicht Karriere zu machen, wohl auch die geselligen Freuden und Zerstreuungen der Hauptstädte lockten.

Unter den Prüflingen in der nördlichen Hauptstadt befand sich auch der junge Li Kia aus Schao hsing in der Provinz Tsche kiang. Mit einem Landsmann und Studienfreund namens Liu zusammen besuchte er mit gleichem Eifer die Stätten der Bildung und des Vergnügens. Da hatte er nun in einem Blumenhof die Bekanntschaft der berühmten Kurtisane Tu Meh gemacht. Als jüngste von zehn Geschwistern geboren, war sie im Blumenhofviertel allgemein unter dem Namen Tu schi niang, ›Fräulein Tu Nummer zehn‹, bekannt.

Wie soll man ihre Reize schildern?

In ihrem Auge lag der feuchte Schimmer der Herbstwelle.
Der feine Schwung ihrer Brauen gemahnte an die fernen
Konturen bläulicher Höhen.
Dieser Teint vom fleckenlosen
Rein des Lotoskelchs!
Dieses Kirschrot der Lippen!
Dieser Duft, der ihrem Körper anhaftete!
Ach, ein fehlerloser Edelstein,
der aus Versehen in den Kot der Gasse geraten war!

Seit ihrem dreizehnten Lebensjahr war die schöne Tu eine gebrochene Melone. Heute zählte sie neunzehn Lenze. In den sechs Jahren, die dazwischen lagen, hatten wer weiß wie viele Kavaliere einer nach dem anderen um ihretwegen Sinn und Verstand verloren und ohne Reu Besitz und Habe als Kaufpreis für ihre Gunst vergeudet. In den Blumenhöfen lief ein Vers um, der sie also besang:

Wo je die schöne Tu zur Tafel weilt,
Wird jeder Gast von schwerem Rausch ereilt.
Wer je die schöne Tu zur Freundin zählt,
Die andern ›Puderlarven‹ flugs für Hexen hält.

Der junge Li war ein flotter Bursche, aber noch gänzlich unerfahren in der Liebe, als er in die Hauptstadt kam. Kein Wunder, daß er seit der ersten Begegnung mit der schönen Tu lichterloh brannte und die ganze Traglast unverbrauchter Liebesgefühle auf ihre Person ablud. Da er mit den Vorzügen seines schmucken, noblen Äußeren ein liebenswürdiges Wesen paarte und eine jederzeit offene Hand zeigte, wurde seine Neigung bereitwillig erwidert. Die schöne Tu wollte sich ohnehin schon längst den Klauen der habgierigen alten Vettel, in deren Dienst sie ihr gewinnbringendes Gewerbe betrieb, entwinden und einem ernsthaften Bewerber als Gattin in ein neues, bürgerliches Leben folgen.

Der junge Li, dieser aufrichtig und treu ergebene Bewerber, wäre ihr als Partner fürs Leben gerade recht gewesen. Leider hatte er bisher mit dem von ihr heimlich ersehnten Entschluß gezögert, da er überzeugt war, daß sein sittenstrenger Vater, der Provinzgouverneur Li, eine derartige Verbindung nicht billigen würde. Das tat jedoch ihrer wechselseitigen Zuneigung keinen Abbruch, und von früh bis abends lebten sie wie ein jungvermähltes Pärchen zusammen, tauschten Zärtlichkeiten ohne Ende und beteuerten sich mit berghohen und meerestiefen Schwüren ihre unverbrüchliche Liebe.

Das ging so eine Weile. Solange er zahlte, hatte der junge Li das Haus seiner Geliebten gänzlich mit Beschlag belegt. Andere, mochten sie noch so nobler Herkunft und ansehnlichen Standes sein, bekamen die schöne Tu überhaupt nicht mehr zu Gesicht. Die Besitzerin des Blumenhofes hatte nichts dagegen, solange der junge Mann noch mit dem Gelde um sich warf. Da war sie ihm ganz zu Diensten, da scharwenzelte sie um ihn herum, da las sie ihm jeden Wunsch ab, da hatte sie freundliches Lächeln und glatte Schmeicheleien für ihn übrig.

Aber die Tage und Monde gingen dahin. Und nach Ablauf eines Jahres war der Beutel des jungen Mannes erschöpft. Das Herz wollte zwar, aber die Hand versagte. Und damit war's mit dem Eifer und der Freundwilligkeit der alten Kupplerin vorbei.

Inzwischen war es dem gestrengen Vater daheim zu Ohren gekommen, daß sein Sohn Stammkunde eines gewissen Blumenhofes geworden sei. Es waren entrüstete väterliche Briefe eingetroffen, die den ungeratenen Sprößling zu sofortiger Heimreise aufforderten. Aber teils die Unfähigkeit, sich von der Geliebten loszureißen, teils die Angst vor dem väterlichen Zorn ließen den jungen Li einen Tag nach dem anderen vertrödeln und keinen Entschluß in ihm aufkommen.

Es ist eine alte Erfahrung, daß eine Beziehung, die auf Vorteil bedacht ist, in dem Augenblick endet, da der Vorteil aufhört. Schon zu mehreren Malen hatte die Alte der schönen Tu zugesetzt und eingeredet, daß es nun an der Zeit sei, den verarmten Galan fallen zu lassen. Vergebens. Die schöne Tu hielt weiter zu ihm. Nun versuchte es die Alte mit Sticheleien und kleinen Bosheiten. Sie hoffte, der junge Mann werde dem Haus aus gekränktem Ehrgefühl den Rücken kehren. Umsonst. Seine sanfte verträgliche Natur nahm alles geduldig hin und ließ es nicht zum Bruch kommen. Die Alte war am Ende ihres Witzes.

»Unser Betrieb ist ein offener Betrieb und auf Kundschaft angewiesen!« zischte sie ärgerlich die Jüngere an. »Kunden sind unsere Nahrung und Kleidung. Den alten Kunden zur Vordertür herauslassen und gleichzeitig den neuen Kunden zur Hintertür hereinlassen, das ist die Seele unseres Geschäfts. Der Betrieb muß lustig knistern und prasseln wie ein gutes Feuerchen, die Silberbatzen und die Seidenballen müssen sich zu Haufen schichten. Ein Jahr ist es nun schon her, daß dieser Li unser Haus belästigt. Von neuen Kunden ganz zu schweigen, nein, auch unsere gute alte Kundschaft bleibt aus, ist wie abgeschnitten, seit du diesem Li den Vorzug gibst. Kein Teufel läßt sich mehr blicken! Es ist, als ob sie samt und sonders Angst hätten, hier dem Oberteufel in die Quere zu kommen. Wo soll denn das hinführen, wenn der Betrieb nicht mehr raucht?«

»Ihr verurteilt den jungen Li zu Unrecht. Er ist keineswegs mit leeren Händen gekommen und hat ein schönes Stück Geld bei uns sitzen lassen«, muckte die Gescholtene auf.

»Das war einmal, aber heute ist heute!« geiferte die Alte. »Deine Sache ist es, dafür zu sorgen, daß er noch heute etwas herausrückt, damit ich wenigstens das Nötigste zum Essen für uns einkaufen kann. Andere Töchter schütteln das Geld für ihre Mütter nur so von den Bäumen! Mein Mißgeschick, daß gerade ich ein so unnützes Ding wie dich als Ernährerin haben muß! Alles wird mir armen alten Frau aufgebürdet! Wer schafft denn die Siebensachen herbei, die du zum täglichen Leben brauchst? Etwa du? Und nun mutest du mir gar noch zu, so einen Herrn Habenichts durchzufüttern! Wovon denn? Nein, das hat jetzt ein Ende! Rede mit dem Schnorrer, sage ihm, wenn er die nötigen Silberbatzen aufbringt, dann mag er dich meinetwegen aus dem Hause fortnehmen. Ich werde mir eine andere als Ersatz beschaffen, die besser für mich zu sorgen weiß. Auf solche Weise wäre dir und mir am besten gedient.«

Die schöne Tu hatte aufgehorcht.

»Ist der Vorschlag ernst gemeint?«

»Ich pflege es so zu meinen, wie ich es sage«, bestätigte die Alte. Sie war überzeugt, daß der verarmte Li nie in der Lage sein werde, die erforderliche Summe aufzubringen.

»Wieviel müßte er denn für mich zahlen?«

»Von jedem anderen Kavalier würde ich tausend Batzen verlangen. Da mich seine Armseligkeit jammert, will ich mich ausnahmsweise mit dreihundert begnügen. Aber eine Bedingung ist dabei: Binnen drei Tagen muß der Handel perfekt sein! Und hübsch Zug um Zug! Meine Linke soll das Geld einstreichen, während meine Rechte die Ware ausliefert! Ist das Geld binnen drei Tagen nicht zur Stelle, dann wundere dich nicht, wenn ich keine Umstände mache und diesen miserablen Habenichts, sei er nun Kavalier oder nicht Kavalier, rücksichtslos zum Hause hinauskratze und -prügele!«

Die schöne Tu dachte nach. Die dreihundert Batzen würde sich der junge Li gewiß bei seinen Freunden zusammenborgen können. Nur die Frist erschien ihr zu knapp.

»Könnten es nicht zehn Tage sein?«

»Meinetwegen, dir zuliebe. Aber wenn er dann das Geld noch nicht beisammen hat, dann . . .«

». . . müßte er schon eine Gesichtshaut von Eisen haben, wenn er sich wieder herwagen wollte. Nur fürchte ich, Euer Versprechen könnte Euch nachträglich reuen, falls er das Geld doch zur rechten Zeit beschafft.«

»Ich bin eine ehrsame Matrone von über fünfzig und habe schon scheffelweise Tempelopfer spendiert! Da werde ich doch nicht lügen! Falls du mir nicht traust, laß uns das Abkommen durch Handschlag bekräftigen. Du magst mich getrost Schweinehündin schimpfen, wenn ich wortbrüchig werden sollte!« erklärte die Alte wichtig und war fest überzeugt, daß der junge Mann die Summe niemals, auch wenn sie ihm hundert Tage Zeit ließe, auftreiben werde.

An diesem Abend wurde am Lagerrand eifrig beraten. »Ich bin von Herzen dabei«, versicherte der junge Mann. »Aber die vielen Unkosten der Prüfung haben meinen Geldbeutel völlig erschöpft. Er ist rein wie ausgespült. Wo soll ich die Summe hernehmen?«

»Du wirst doch wohl hier in der Residenz Freunde und Verwandte haben. Borge sie an. Du hast zehn Tage Zeit. Wenn es dir gelingt, dann bin ich dein Eigentum und brauche den üblen Atem dieser alten Raubkatze nicht länger über mich ergehen zu lassen.«

»Meine Freunde und Verwandten haben mir mein Bummelleben verübelt und sich von mir zurückgezogen. Aber wenn ich mit geschnürtem Bündel vor sie hintrete und meinen Abschiedsbesuch mache und bei dieser Gelegenheit den Mund auftue, werden sie mir vielleicht mit einem Reisezuschuß aushelfen. Auf solche Weise könnte ich die Summe möglicherweise zusammenbringen.«

Mit diesem Vorsatz nahm er anderen Morgens von ihr Abschied.

»Halte dich dazu und bringe mir baldige gute Kunde!« sprach sie zu ihm.

»Das brauchst du mir nicht erst noch einzuschärfen«, erwiderte er und wandte sich zum Gehen.

An diesem Vormittag begann er seine Abschiedsbesuche bei den verschiedenen Freunden und Bekannten. Überall begegnete er anfänglich freundlichen Mienen, und allgemein hieß man seinen Entschluß, endlich heimzureisen, gut. Aber wenn er dann auf die Reisekosten und seinen leeren Beutel zu sprechen kam und mit seinem Wunsch nach einem Darlehen herausrückte, dann dachten die Leute mit Recht bei sich: Dieser leichtsinnige junge Mann hat sich nun schon ein ganzes Jahr lang an den ›Stätten des Rauchs und der Blumen‹ herumgetrieben und seinem Vater schweren Kummer bereitet. Wer bürgt denn dafür, daß er es jetzt mit der angeblichen Heimreise ehrlich meint? Womöglich wird er das Geld, das er sich unter dem Vorwand der Reisekosten erschwindelt, schleunigst wieder an Weiber verplempern, und hinterher werden wir von seinem Vater, wenn er davon erfährt, wegen unserer Gutmütigkeit obendrein noch Tadel und Vorwürfe zu hören bekommen. Nein, das beste ist, man läßt ihn mit leeren Händen ziehen. Das sagten sie ihm nicht geradezu, sondern drückten es mit höflichen Wendungen aus, wie: »Zufällig ist unsere eigene

Kasse im Augenblick leer; leider, leider können wir dir nicht unter die Arme greifen. Zu schade! Zu ärgerlich!«

Solche und ähnliche Wendungen bekam er allerorten zu hören, und es fand sich nicht einer, der ihm auch nur zehn oder zwanzig Batzen vorgestreckt hätte.

Nach drei Tagen fruchtloser Besuche, die ihm auch nicht einen einzigen Kupferling eingebracht hatten, gab er die Sache entmutigt auf. Scham verbot ihm, die Geliebte aufzusuchen und von seinem Mißerfolg in Kenntnis zu setzen.

Er hatte seither ständig im Blumenhof der schönen Tu gewohnt und war ohne eigene feste Bleibe. Die letzten drei Tage hatte er sein Nachtquartier in den von ihm besuchten Häusern geschnorrt. Wo sollte er heute übernachten? Er begab sich zu seinem Landsmann Liu, und Liu behielt ihn freundschaftlich zu Gast. Seinem aufmerksamen Blick entging keineswegs das von Sorgen und Kummer zerfurchte Gesicht des jungen Li, und er erkundigte sich teilnehmend nach seinem Ergehen. Seufzend erzählte ihm der andere seinen Heiratsplan und sein Mißgeschick bei dem Versuch, ihn zu verwirklichen. Liu schüttelte bedenklich den Kopf.

»Das solltest du lieber bleiben lassen. Diese Tu ist unsere gefeierteste und teuerste Kurtisane. Unter tausend guten Goldbatzen und zehn Handvoll reiner Perlen ist die schwerlich zur Frau zu haben. Die Alte denkt gar nicht daran, sie für bloß dreihundert Batzen wegzugeben. Das ist nur ein Scheinangebot, um dich loszuwerden. Du bist ihnen nicht mehr erwünscht, seit du zahlungsunfähig geworden bist. Mit Rücksicht auf deine frühere gute Beziehung zu ihrem Haus wollten sie dir das nicht offen heraus sagen, um deine Gesichtshaut nicht zu schädigen. Sie rechnen darauf, daß du innerhalb der zehn Tage das Geld ja doch nicht beisammen hast. Wenn du dich dann trotzdem wieder bei ihnen blicken läßt, können sie dich mit Recht auslachen, und du bist der Blamierte. Das sind so die kleinen Tücken und Schliche, die diese verrufenen Weiber gegenüber unliebsamen Kunden bereit haben. Laß deine drei Sinne nicht länger von ihnen benebeln und höre auf meinen einfältigen Rat: brich diese Beziehung ab, je früher, desto besser!«

Der junge Li saß eine lange Weile stumm da und dachte nach. Er war von zwiespältigen Empfindungen bewegt. »Mache wirklich ernst mit deiner Heimreise!« fuhr der Freund fort, auf ihn einzureden. »Das bißchen Reisegeld wirst du unschwer auftreiben, dagegen die dreihundert Batzen Lösegeld für dein Blumenmädchen, die wirst du auch in zehn Monaten nicht zusammenbringen.

»Du hast recht«, gab der junge Li mit den Lippen zu, aber im Grunde seines Herzens vermochte er sich nicht zum Schnitt zu entschließen. Und so nahm er während der folgenden Tage seine vergeblichen Besuche wieder auf und klopfte bald hier an und sprach bald dort vor. Nach wie vor getraute er sich nicht zur Geliebten zurück und verbrachte die Nächte in der Behausung seines Freundes. So waren von der Zehntagefrist bereits sechs Tage verstrichen, ohne daß die schöne Tu den jungen Li zu Gesicht bekommen hatte.

Sie begann unruhig zu werden und sandte ihre kleine Dienerin auf die Suche nach ihm aus. Die Kleine entdeckte ihn auch glücklich auf der Hauptstraße.

»Herr Li! Meine Herrin wartet zu Hause auf Euch!« rief sie ihn an.

»Morgen! Heute habe ich keine Zeit!« entschuldigte er sich und wollte beschämt weiter. Aber befehlsgemäß hielt ihn die Kleine am Rockärmel fest.

»Meine Herrin wünscht, daß ich nicht ohne Euch zurückkehre. Ihr müßt unbedingt mitkommen!«

Nun, sein Herz hing ja immer noch an der schönen Tu, und so folgte er der Kleinen zum Blumenhof ihrer Herrin. Stumm und niedergeschlagen trat er vor sie hin. »Wie steht's denn mit unserem Plan?« fragte sie, und dann, seinen umflorten Blick deutend:

»Sind die Menschen etwa so lieblos gewesen, daß du die Summe nicht aufbringen konntest?«

Es ist leichter, den wilden Tiger zu jagen,
Als den Mund aufzutun und um Geld zu fragen!

zitierte er seufzend zur Antwort und fuhr fort: »Sechs Tage bin ich herumgelaufen, ohne ein schäbiges Quentchen Silberbruch, geschweige denn einen Batzen zu erzielen. Scham verbot mir, meiner duftenden Gebieterin so mit leeren Händen unter die Augen zu treten. Daher mein langes Ausbleiben. Nur weil es dein Wunsch und Befehl war, habe ich mich heute überwunden und bin gekommen. Glaube nicht, daß ich mir keine Mühe gegeben hätte. Die Welt ist nun einmal so herzlos.«

»Das bleibt unter uns! Die alte Raubkatze darf auf keinen Fall davon erfahren!« bedeutete sie ihm. »Und du bleibst heute vorläufig bei mir. Ich habe einen anderen Plan.«

Sie trug ihm zu essen und zu trinken auf, und bis Mitternacht erfreute man sich an zärtlichen Umarmungen. Dann vertraute sie ihm ihren neuen Plan an:

»Ich besitze, in diese wattierte Schlafdecke eingenäht, einhundertfünfzig Batzen Bruchsilber. Es sind meine heimlichen Ersparnisse. Nimm sie mit und strenge dich an, die restliche Summe zu beschaffen. Aber halte dich dazu! Wir haben nur noch vier Tage Zeit!«

In der ersten Morgendämmerung erhob er sich vom Lager und machte sich, von neuer Hoffnung belebt, zur Behausung seines Freundes Liu auf. Sein Bursche trug ihm, unter dem Arm zusammengerollt, die wertvolle Schlafdecke nach. Er erzählte dem Freund und trennte in seiner Gegenwart die Decke auf. Und siehe, da kamen, unter den Watteflocken des Futters versteckt, eine Menge kleiner Stücke Bruchsilber zum Vorschein. Er wog sie ab, wirklich, sie ergaben genau die Summe von einhundertfünfzig Batzen.

»Diese Frau hat Herz!« äußerte Liu in unverhohlener Bewunderung. »Ich hatte sie verkannt. Sie meint es aufrichtig, und da darf man sie nicht enttäuschen. Ich will dir helfen, die restliche Summe aufzutreiben.«

»Das wäre sehr edel von dir, und ich würde es dir gewiß später vergelten«, versicherte der junge Li.

Liu machte sich ohne ihn auf den Weg, und wirklich gelang es ihm, innerhalb von zwei Tagen weitere hundertfünfzig Batzen zusammenzubringen.

»Nicht eigentlich um deinetwillen, sondern aus Mitgefühl mit deiner edelmütigen Freundin habe ich es getan«, bemerkte er, als er das Geld dem jungen Li gab. Dem war zumute, als sei ihm das Glück in Person geradewegs vom Himmel heruntergestiegen, und über das ganze Gesicht strahlend, die volle Summe im Beutel, fand er sich erneut im Blumenhof der schönen Tu ein. Es war der neunte Tag, es fehlte also noch ein ganzer Tag bis zum Ablauf der Frist.

»Neulich konntest du keinen Kupferling auftreiben. Wie ist es dir denn diesmal so rasch geglückt?« fragte sie überrascht.

Der junge Li erzählte von seinem hilfsbereiten Freund. Sie legte die Hand über die Stirn und sprach nachdenklich: »Also ihm haben wir es zu danken, wenn sich unser Traum verwirklicht!«

In ausgelassenem Glückstaumel verbrachten sie die Nacht zum Zehnten.

Am Morgen sprach sie zu ihm: »Sobald du die Alte ausgezahlt hast, müssen wir das Haus verlassen. Was die Unkosten der Reise, die Schiffs- und Sänftenmiete betrifft, so habe ich mir gestern vorsorglich bei meinen ›Schwestern‹ vom Blumenhofviertel zwanzig Silberbatzen zusammengeborgt. Hier, nimm sie und verwende sie unterwegs.«

Der junge Li war gerade von dem Gedanken, wie er die Reise finanzieren solle, bedrückt gewesen, hatte aber den Mund nicht aufzutun gewagt. Nun war er auch von dieser Sorge befreit. Er wollte eben ein paar Worte freudigen Dankes äußern, als die Hausinhaberin an die Tür pochte.

»Schönchen, heute ist die Zehntagesfrist abgelaufen! . . .« begann sie. Da hatte der junge Li auch schon die Tür geöffnet.

»Dank für alle dicke Freundlichkeit«, fiel er in ihre Rede ein.

»Ich wollte Euch gerade herbitten. Hier.«

Und er zählte ihr lächelnd die dreihundert Batzen auf den Tisch. Damit hatte die Alte nicht gerechnet. Sie wechselte die Miene und schien anderen Sinnes zu werden.

Die schöne Tu kam ihr zuvor.

»In den sechs Jahren meines Hierseins habe ich Euch etliche tausend Batzen an Geld, Schmuck und Seide eingebracht. Heute verlasse ich das Haus und folge meinem Gatten. Das ist feierlich zwischen uns abgemacht. An der verlangten Summe fehlt nicht ein Kupferling, auch die Frist ist eingehalten. Falls Ihr Euer Wort brechen und mich nicht ziehen lassen solltet, begehe ich augenblicklich Selbstmord. Dann habt Ihr nicht nur das Geld, sondern auch mich verloren, also den doppelten Schaden. Bedenkt es wohl!«

Dem wußte die Alte keinen triftigen Einwand entgegenzuhalten. Nachdem sie eine Weile lang vergeblich Gedanken in ihrem Hirn gewälzt hatte, holte sie wortlos die Waage und wog das Geld ab. Es stimmte genau. »Nun gut. Da du gehen willst, so will ich dich nicht halten«, brummte sie. »Am besten gehst du gleich, noch heute. Deine Kleidung und dein Schmuck bleiben selbstverständlich hier.«

Mit diesen Worten schob sie die beiden Liebesleute zur Tür hinaus und schloß hinter ihnen ab.

Man war im neunten Monat. Die schöne Tu war eben aufgestanden und noch nicht einmal fertig frisiert und fertig angezogen. Nun, sie machte sich nichts weiter daraus, vollzog pflichtschuldig eine zweimalige Abschiedsverneigung, der junge Li hob grüßend die gefalteten Hände in Brusthöhe, und dann schritt das Pärchen zum Haupttor des Blumenhofs hinaus – in die Freiheit!

Dem Angelhaken hat der Karpfen sich entwunden.
Schwanzfuchtelnd schnellt er fort und bleibt verschwunden.

»Bleibe ein Weilchen hier stehen, bis ich eine Sänfte geholt habe«, sprach draußen der junge Mann zur Geliebten. »Sie soll dich zur Behausung meines Freundes Liu bringen. Dort wollen wir weiter beraten.«

»Es gehört sich, daß ich mich zuvor noch von meinen ›Schwestern‹ im Viertel verabschiede. Sie waren immer lieb zu mir und haben mir erst gestern eine dicke Gefälligkeit erwiesen. Die Artigkeit gebietet, daß wir uns bedanken.«

Und so suchten sie gemeinsam einen Blumenhof nach dem andern auf und nahmen unter Dankesworten von den ›Schwestern‹ des Viertels Abschied. Und zwar machte die schöne Tu bei den zweien den Anfang, die ihr am nächsten benachbart waren und ihr auch sonst am nächsten gestanden hatten, Fräulein Yüe Lang und Fräulein Su Su. Die beiden Freundinnen nahmen sich hilfsbereit der unfertigen Frisur ihrer Besucherin an, stellten ihr blau emaillierte Haarpfeile, jadene Ohrgehänge, goldene Ringe und Armreifen zur Verfügung und kleideten sie von Kopf zu Fuß mit neuem Glanz ein. Sie ließen es sich auch nicht nehmen, die Gäste mit einem ergiebigen Abschiedsmahl zu bewirten, und Fräulein Yüe Lang räumte ihnen sogar für die Nacht ihre eigene Schlafkammer ein. Am anderen Tage veranstalteten sie dann ein förmliches Bankett, zu dem zehn weitere ›Schwestern‹ des Viertels als Gäste hinzugezogen wurden. Es ging hoch her. Die versammelten Kurtisanen wetteiferten, ihre Kunst in Flöten- und Lautenspiel, in Gesang und Tanz zu zeigen. Bis tief in die Nacht währte das Gelage.

Bei der Tafel besprachen sich die ›Schwestern‹ untereinander.

»Sie war immer unsere lebenslustige Anführerin. Wer weiß, wann man sich wiedersieht. Wir sollten ihr unsere Anhänglichkeit durch ein würdiges Abschiedsgeschenk beweisen.«

»Das wollen wir uns aufsparen, bis die Stunde der Abreise feststeht. Ich werde euch vorher rechtzeitig benachrichtigen. Da sie eine weite, kostspielige Reise vorhaben und knapp bei Mitteln sind, bin ich dafür, eine tatkräftige Sammlung zu veranstalten, die sie der Sorge um ihre nächste Zukunft enthebt«, schlug Yüe Lang vor. Alles stimmte freudig ihrem

Vorschlag zu, und schwatzend und schnatternd ging man auseinander.

Auch diese Nacht verbrachte das Pärchen im Schlafgemach der liebenswürdigen Gastgeberin.

Beim fünften Trommelschlag in der Frühe wandte sich die schöne Tu fragend an den jungen Li:

»Wo werden wir künftig Aufenthalt nehmen? Hast du dir darüber schon Gedanken gemacht?«

»Bei mir zu Hause jedenfalls nicht. Mein Vater ist mir zur Zeit ohnehin nicht gewogen. Wenn er erfährt, daß ich ihm eine Kurtisane als Schwiegertochter ins Haus bringe, wird er noch gereizter, und unser Dortsein würde zur Qual werden. Ich habe schon alle möglichen Pläne gewälzt, bin aber noch zu keinem gescheiten Entschluß gelangt.«

»Ein Vater ist Stellvertreter des Himmels in der Familie. Daß du meinetwegen mit deinem Vater brichst und dich gegen ihn auflehnst, das möchte ich keinesfalls. Vielleicht wäre es am besten, wenn wir uns einstweilen in Su tschou oder Hang tschou niederlassen. Gehe du von dort zunächst allein in dein Vaterhaus zurück, biete Freunde und Verwandte als Fürsprecher auf und versuche mit ihrer Hilfe, den ›großen alten Herrn‹ geneigt zu stimmen. Alsdann hole mich ab und führe mich bei deiner Familie ein. So würden wir beide wohl am sichersten fahren.«

»Du hast recht, so werden wir es machen.«

Sie kleideten sich an, empfahlen sich unter Danksagungen bei Fräulein Yüe Lang und begaben sich zur Behausung von Freund Liu.

Als ihn die schöne Tu zu Gesicht bekam, warf sie sich vor ihm zu Boden und begrüßte ihn mit Stirnaufschlag. »Ohne Euern edelmütigen Beistand wären wir nicht zum Ziel gelangt«, sprach sie zu ihm. »Möge es uns eines Tages vergönnt sein, Eure Güte zu vergelten.«

Liu verneigte sich artig zum Gegengruß.

»Daß Eure Gefühle ungeachtet seiner jämmerlichen Lage die

gleichen blieben, das hebt Euch, verehrte Dame, hoch über den Durchschnitt der Frauen, und das hat mich gerührt. Daß Euer ergebener Diener ein wenig den Wind gespielt hat, der das Feuer anfachte, ist wahrlich nicht der Rede wert«, entgegnete er.

Bei heiterem Bechern wurde ein passender Reisetag aus dem Kalender ausgesucht, und dann ging es ans Packen. Pünktlich zur festgesetzten Stunde des Aufbruchs fand sich ein Schwarm von Sänften mit den brieflich verständigten ›Schwestern‹ des Blumenhofviertels im Hause Lius ein. Als Sprecherin nahm Yüe Lang das Wort: »Schwester Tu Meh, du hast mit deinem Gatten eine weite Reise vor. Eure Mittel sind knapp. Um dir unsere Anhänglichkeit zu beweisen, haben wir eine kleine Reisebörse für dich zusammengesteuert. Hier, nimm! Möge dir dieses Kästlein unterwegs eine kleine Hilfe sein.« Mit diesen Worten überreichte sie der scheidenden Freundin eine gewichtige verschlossene Goldlackkassette. Die schöne Tu nahm sie an sich, ohne sie zu öffnen oder neugierige Fragen nach dem Inhalt zu stellen. Dazu war auch keine Zeit, denn draußen stand schon der Reisekarren bereit, und die Karrenführer drängten zum Aufbruch. Noch ein dreifacher Abschiedsbecher, dann bestieg man den Karren. Freund Liu und der ganze Schwarm von Sänften gaben bis vor das ›Tor der erhabenen Bildung‹ das Geleit. Dann trennte man sich unter Tränen. Am Fluß Lu ho verließen sie den Karren, um die Reise von nun an zu Wasser fortzusetzen. Sie hatten das Glück, Passage auf einer besonders großen und bequemen Reisebarke zu finden, die von einer amtlichen Dienstfahrt nach Kwa tschou am Yang tse zurückfuhr. Gerade dort wollten sie hin. Freilich verschlang die im voraus bezahlte Miete den letzten Rest der Barschaft des jungen Li. Aber die zwanzig Batzen, die ihm seine Geliebte anvertraut hatte? werden die geschätzten Leser fragen. Nun, davon hatte er sich vor allem neu eingekleidet. Er war ja in der letzten Zeit seines Verkehrs mit Fräulein Tu völlig abgerissen gewesen. Auch hatte er einige Decken und Schlafpolster für unterwegs beschafft. Dazu kamen die Ausgaben für die Karren- und Schiffsmiete. Kurz, als er an Bord ging, hatte er keinen Kupferling mehr im Beutel. Die schöne Tu brauchte nicht erst zu fragen, um seiner Miene den Grund der neuerlichen Verstimmung abzulesen.

»Mach dir keine unnötigen Gedanken! Die ›Schwestern‹ haben vorgesorgt!« beruhigte sie ihn und schloß das Goldlackkästchen auf. Er stand verlegen dabei und wagte nicht hinzublicken, als sie den Deckel aufklappte und die Hand hineinsteckte. Sie langte einen rotseidenen Beutel heraus und warf ihn auf den Tisch.

»Öffne selbst!« ermunterte sie ihn.

Er wog den Beutel prüfend in seiner Hand. Ei, war der schwer! Dann schüttete er den Inhalt auf den Tisch und zählte. Es waren genau fünfzig Batzen Silber! Die schöne Tu schloß das Kästchen wieder ab und verriet mit keinem Wort, ob es noch mehr enthielt.

»Also du siehst, die ›Schwestern‹ haben reichlich vorgesorgt. Nicht allein, daß wir unterwegs keinen Mangel zu leiden brauchen, wir haben auch genug, um irgendwo einige Zeit zu wohnen und zu leben«, bemerkte sie. Er konnte sich vor Freude und Staunen kaum fassen. »Was wäre aus mir ohne dich, die gütige Herrin meines Schicksals, geworden! Verdorben und gestorben wäre ich und hätte nicht einmal ein Fleckchen Erde für ein anständiges Begräbnis gefunden. Soviel Liebe! Soviel Edelmut! Bis an mein Lebensende, noch als Greis mit weißen Haaren werde ich es dir danken!« beteuerte er in überschwenglicher Gefühlsaufwallung und war von da ab stets zu Tränen gerührt, wenn das Gespräch unterwegs auf die vergangenen Zeiten kam.

Nach einigen Tagen Fahrt auf dem Kaiserkanal war der Hafenplatz Kwa tschou erreicht. Das ist die Stelle, wo der Kaiserkanal den Yang tse nördlich kreuzt. Hier blieb die Amtsbarke liegen, und man mußte auf eine gewöhnliche Mietbarke umsteigen. Am nächsten Tage in aller Frühe sollte es quer über den großen Strom und dann südwärts Richtung Su tschou weitergehen.

Es war ein schöner milder Mittwinterabend. Die beiden jungen Leute saßen am Bug auf Deck und weideten sich am Anblick des wasserklaren Vollmonds. Der junge Li sprach:

»Die ganze Zeit haben wir bisher in der Kabine gesteckt und konnten kaum ein Wort wechseln, ohne von neugierigen Ohren belauscht zu werden. Jetzt haben wir eine Barke für uns allein und sind ungestört. Wir haben auf unserer Reise einen entscheidenden Abschnitt erreicht. Der rauhe Norden liegt hinter uns, vor uns breitet sich der heitere Süden. Wäre das nicht der rechte Augenblick für ein wenig festliches Bechern? Was hält meine edle Herrin davon?«

»Ich finde auch, daß wir schon lange nicht mehr fröhlich geplaudert und gelacht haben. Dein Vorschlag kommt völlig meinen eigenen Wünschen entgegen«, erwiderte sie. Darauf schleppte er Wein und alles Zubehör herbei. Sie lagerten sich vorn am Bug auf Decken und Ruhepolstern und tauschten große und kleine Becher, bis sie halb berauscht waren.

»Du hast so eine wundervolle Stimme!« begann er auf einmal, ihr einen frisch gefüllten Becher reichend. »Wenn du sangst, lauschten sechs Blumenhöfe in der Runde. Damals, als ich deine erste Bekanntschaft machte, waren meine beiden Seelen beim Klang deiner Weisen immer wie entrückt. Später hießen dich Kummer und Sorgen schweigen. Wie lange ist es her, daß ich jene Weise nicht mehr gehört habe, die wie das Locken und Antworten des Phönixpärchens klingt! Sieh, unten fließt der Strom so glatt, droben scheint der Mond so klar, kein Mensch stört die Stille der Nacht. Willst du nicht mir zuliebe ein Lied singen?«

Die schöne Tu war just auch zum Singen aufgelegt, und so lüftete sie ihre Kehle und lockerte ihr Stimmband, und mit dem Fächer den Takt anschlagend, ließ sie langgezogene Töne und Melodien hervorquellen. Die Weise war einem bekannten Theaterstück der Mongolenzeit entlehnt. Es war die Arie an jener Stelle, wo der Held nach siegreich bestandener Palastprüfung seiner Schönen den Becher kredenzt, genannt ›Das Erröten des jungen Pfirsichs‹. Sie sang, und auf ihren Gesang an diesem Ort und zu dieser Stunde konnte man mit Fug die Worte des Dichters anwenden:

Die Töne stiegen zum Nachthimmel auf,
Und lauschend hemmten die Wolken den Lauf.
In feuchte Tiefen drang die Melodei
Und lockte als Hörer die Fische herbei.

Das Pärchen irrte, wenn es sich vor Lauschern sicher wähnte. Auf einer der Reisebarken, die in der Nähe hielten, befand sich um diese Stunde ein junger Mann namens Sun Fu. Er stammte aus der Gegend von Hui tschou in der nahen Provinz An hui und zählte zu den reichsten Erben des ganzen Landes. Kein Wunder! Seit Generationen hatte sich in seiner Familie das gewinnbringende Salzhandelsmonopol von Yang tschou vererbt. Er befand sich auf der Rückreise von Nanking, wo er sich gleichfalls die erleichterten Prüfungsbedingungen zunutze gemacht hatte. Der lebenslustige Zwanziger war seit Jahren ein eifriger Besucher der ›grünen Gemächer‹, wo das Lächeln ›roter Puderlarven‹ für Geld zu kaufen ist. Er besaß ungeachtet seiner Jugend eine beträchtliche Erfahrung im galanten Tändelspiel der Minne und hatte sich zu einem skrupellosen Draufgänger und Frauenjäger entwickelt.

Der Zufall, der mitunter so merkwürdig ins menschliche Geschehen eingreift, wollte es, daß besagter Lebemann in dieser Nacht allein und gelangweilt an Bord seiner Barke pokulierte, als das prickelnde Geräusch einer melodischen Kantilene von fern seine Ohrmuschel kitzelte. Es hörte sich wunderbar lieblich an, wie das harmonische Girren eines verliebten Phönixpärchens. Er stellte sich ganz vorn an den Bug des Schiffes und lauschte. Nach einer Weile hatte er heraus, daß die Töne von einer in der Nähe haltenden Barke herkamen. Von Neugier gepackt, sandte er, nachdem der Gesang verstummt war, seinen Diener auf Erkundigung aus. Die betreffende Barke sei von einem gewissen Herrn Li gemietet, wußte der Diener zu berichten. Was es mit der Sängerin auf sich habe, das hatte er nicht in Erfahrung bringen können.

»So kann nur eine Kurtisane singen«, dachte Sun bei sich. Seine Begehrlichkeit war geweckt, und die ganze Nacht wälzte er sich ruhelos auf dem Lager und überlegte, wie er wohl die Unbekannte zu Gesicht bekommen könnte.

In der Frühe des fünften Trommelschlages sauste und rauschte es an das Kabinenfenster. Ein jäher Schneesturm war heraufgezogen und peitschte den Strom zu ungestümen Wellen. Der Himmel war schwer von rötlichem Gewölk verhangen, und in tollem Tanz wirbelten dichte Schneeflocken hernieder. Bei solchem Wetter war natürlich an Überfahrt nicht zu denken. Sämtliche Barken blieben im schützenden Hafen liegen.

Sun dankte im stillen dem Himmel für die willkommene Verzögerung und befahl seinem Steuermann, den Standort zu wechseln und dicht neben der Barke des Herrn Li anzulegen. In einen warmen Fuchspelz eingemummelt, eine Zobelfellmütze auf dem Kopf, stieß er das Kabinenfenster auf und schaute neugierig heraus, scheinbar um sich das Schneetreiben zu betrachten.

Drüben auf der Nachbarbarke hatte die schöne Tu zufällig soeben ihre Morgentoilette beendet und war gerade dabei, mit zarter Hand den Bambusvorhang ihres Kabinenfensters aufzuziehen und das Becken mit dem schmutzigen Waschwasser in den Fluß zu schütten. Für einen kurzen Augenblick konnte der Beobachter die zarten Linien ihres feinen Gesichts in der dunklen Fensteröffnung auftauchen sehen. Der kurze Anblick ihrer seltenen Schönheit genügte, um seinen Geist wanken und sein Herz hüpfen zu machen. Mit angestrengten Pupillen starrte er unentwegt hinüber in der Hoffnung, nochmals einen Blick von ihr zu erhaschen. Aber sie kam nicht wieder zum Vorschein. Nach längerem tiefem Nachsinnen kam ihm ein Einfall. Auf die Brüstung des offenen Fensters gelehnt, schmetterte er aus voller Kehle die folgende Strophe eines beliebten neuen Liedschlagers hinaus:

Rings von Schnee bedeckt das Feld,
Auf dem Hügel schläft der Held,
Aus dem monderhellten Wald
Naht sich eine Feengestalt.

Der geräuschvolle Singsang konnte drüben unmöglich überhört werden. Richtig, jetzt steckte der junge Li seinen Kopf zum Fenster hinaus und äugte. Gerade das hatte der Sänger beabsichtigt. Geschwind hob er die Hände zum Gruß und fragte nach dem ›hochansehnlichen Namen‹ des ›geschätzten älteren Bruders‹. Es folgte von Fenster zu Fenster eine gegenseitige förmliche Vorstellung, daran schloß sich ein kleiner Plausch über akademische und Prüfungsangelegenheiten, und schon war die Bekanntschaft geschlossen.

»Der jüngere Bruder schätzt es als besonderes Glück, daß ihn der Himmel für den unvermuteten Aufenthalt hier durch eine so wertvolle Bekanntschaft entschädigt«, schmuste Sun. »Wie wäre es, wollen wir nicht an Land gehen und unsere Bekanntschaft in einer Weinstube bei einem guten Tropfen feiern? Ich hoffe stark, daß mein älterer Bruder nichts dagegen einzuwenden hat.«

»Treibende Wasserpflanzen pflegen sich nicht gegenseitig aufzuhalten. Ich möchte Euch keinesfalls belästigen«, sträubte sich der junge Li höflich.

»Keine Rede von Belästigen! Unterwegs auf der Reise sind wir allesamt Brüder!« zitierte Sun den weisen Kung tse und ließ von seinen Bootsleuten ohne weitere Umstände den Laufsteg zur Nachbarbarke hinüberlegen. Mit aufgespanntem Regenschirm mußte sein Diener den jungen Li herübergeleiten, dann folgte er ihm nach neuer förmlicher Begrüßung über den Laufsteg an Land. Im Oberstock einer nahen Weinstube ließ man sich an einem Tisch mit Aussicht auf den Fluß nieder, und

Sun ließ besten Wein und einige erlesene Platten anfahren. Man trank sich zu, erfreute sich am Anblick der verschneiten Flußlandschaft und unterhielt sich zunächst über ernste literarische und akademische Dinge. Allmählich wußte Sun das Gespräch auf das leichtere Thema der Liebesabenteuer zu lenken. Nun, sie waren beide auf diesem Gebiet erfahren, und so war bald eine angeregte und immer vertrauter werdende Unterhaltung in Gang.

»Wer war das eigentlich, der gestern nacht auf Eurer werten Barke so wunderschön gesungen hat?« fragte Sun auf einmal mit gedämpfter Stimme.

»Die berühmte Kurtisane Tu Meh aus Peking!« bekannte der junge Li offenherzig. Er befand sich in jenem leicht berauschten Zustand, wo ein Mann gern mit seinen Erfolgen in der Liebe prahlt.

»Wie kam sie dazu, ihr Blumenhofviertel zu verlassen und Euch zu begleiten?«

Arglos legte der junge Li seine Geschichte von der Wurzel bis zum Gipfel vor ihm bloß.

»So eine Schönheit heimzuführen ist sicherlich für Euch ein wonniges Gefühl. Aber wie wird sich denn Eure geschätzte Familie dazu stellen?« bemerkte Sun.

»Um die Meinung der Familie könnte ich unbesorgt sein, wenn bloß nicht mein alter Herr so streng in seinen Anschauungen wäre. Die Ungewißheit, was er sagen wird, hat mir schon erhebliche Kopfschmerzen bereitet.«

»Wo gedachtet Ihr denn Eure Schöne unterzubringen, falls der verehrte ›hohe Herr‹ sie nicht als Schwiegertochter anerkennt? Habt Ihr Euch deswegen schon mit Eurer Schönen beraten?« bohrte Sun zielbewußt weiter.

»Ja, diese Möglichkeit haben wir bereits ins Auge gefaßt«, erwiderte der andere mit düster zusammengeschobenen Brauen.

»Die verehrte Dame Eurer Wahl hat sich gewiß einen trefflichen Plan ausgedacht?«

»Sie möchte, daß wir uns vorläufig irgendwo in den Bergen und am Wasser bei Su tschou oder Hang tschou ein Häuschen mieten und daß ich zunächst allein zu meinen Angehörigen zurückkehre und mit Hilfe der Fürsprache von Freunden und Verwandten den alten Herrn für die Verbindung zu gewinnen versuche. Falls das glückt, soll ich sie dann nachträglich bei meiner Familie einführen. Was hält Euer erhabener Verstand davon?« Sun heuchelte eine längere Weile tiefes Nachdenken, und die anfängliche Heiterkeit seiner Miene wich mehr und mehr einem Ausdruck der Besorgtheit.

»Bei der kurzen Dauer unserer Bekanntschaft könntet Ihr es mir, fürchte ich, verübeln, wenn ich offen und ehrlich meine Ansicht äußere«, rückte er endlich zögernd mit der Sprache heraus.

»Im Gegenteil, ich zähle und verlasse mich ganz auf Eure hohe Einsicht. Sprecht getrost!«

»Nun gut. Ich halte es für ganz ausgeschlossen, daß ein Mann von so hoher Stellung und von so eckigen Moralbegriffen, wie es Euer Herr Vater ist, eine nicht standesgemäße Heirat in seinem Hause duldet. Er hat Euch Euer Herumtreiben an lockeren Stätten verübelt, und da soll er es billigen, wenn Ihr ihm ein Mädchen von zweifelhaftem Ruf ins Haus bringt? Wer von Euren ehrenwerten Freunden und Verwandten wird es ferner wagen, eine Ansicht zu vertreten, die von der Eures erhabenen alten Herrn abweicht? Ihr würdet Euch völlig umsonst um ihre Fürsprache bemühen. Jedes Wort wäre vergeblich und würde nur den häuslichen Frieden gefährden. Andererseits scheint mir auch der idyllische Plan, mit Eurer Schönen auf dem Lande zu hausen, als kein Plan von Dauer und Bestand. Wollt Ihr, der Akademiker, etwa zu Hacke und Spaten greifen, wenn Eure Mittel erschöpft sind? Das eine wie das andere erscheint mir gleich aussichtslos.«

Der junge Li nickte zustimmend und dachte mit Schrecken an die fünfzig Batzen von neulich, die bereits auf die Hälfte zusammengeschmolzen waren. Was sollte werden, wenn sie erst ganz verbraucht waren?

»Ganz im Vertrauen hätte ich noch etwas zu bemerken. Aber wollt Ihr mich auch anhören?« fuhr der andere fort.

»Zu gütig. Bitte, sprecht Euch aus!«

»Seit alters sagt man den Frauen nach, daß sie unbeständig wie die flüchtige Welle sind. Um wieviel mehr gilt das von der Sorte, die aus dem Bereich des ›Rauchs und der Blumen‹ stammt. Bei dieser Art Weiber ist doch alles zur größeren Hälfte Schein und Verstellung. Eine so berühmte Kurtisane wie Eure Dame hat doch Bekanntschaften und Liebschaften zu aller Welt unterhalten. Vielleicht sitzt irgendwo unten im Süden so ein früherer Freund von ihr, den sie mit Eurem Beistand aufsuchen möchte. Ihr dürft dabei die Rolle des Schützers und Reisebegleiters spielen.«

»Ausgeschlossen!« warf der junge Li ein.

»Gut, sei dem so, wie Ihr meint. Aber diese jungen Burschen südlich vom Yang tse sind ein verdammt lockerer Schlag. Ihr würdet doch Eure Schöne einige Zeit allein in der Wohnung lassen müssen. Wer garantiert Euch, daß nicht irgend so ein südlicher Galan eines Nachts mit der Leiter über die Mauer steigt und in das unbewachte Nest eindringt? Wenn Ihr sie aber, um dieser Möglichkeit vorzubeugen, von vornherein mit nach Hause nehmt, so setzt Ihr Euch dem väterlichen Zorn aus. Ihr seht, werter Freund, Euer Plan versagt nach jeder Richtung. Die Beziehung zwischen Vater und Sohn ist eine der fünf menschlichen Grundbeziehungen. Wollt Ihr Euch wirklich wegen einer Frau von zweifelhaftem Ruf mit Eurem Vater überwerfen, Euch wegen einer Buhldirne aus dem Haus werfen lassen? Wollt Ihr es in Kauf nehmen, daß die Welt Euch nicht mehr ernst nimmt und als Mann ohne Grundsätze verachtet? Daß die künftige Gattin in Euch nicht mehr den Gatten, der Bruder nicht mehr den Bruder, der Freund nicht mehr den Freund respektiert? Wie wollt Ihr dann innerhalb der menschlichen Gesellschaft noch einen festen geachteten Platz einnehmen? Überlegt es Euch wohl!«

Der junge Li fühlte sich von seinem Redestrom völlig fortgerissen. Mit den Füßen unruhig die Fußmatte hin und her schiebend, sann er angestrengt nach.

»Was soll ich nach Eurer erhabenen Ansicht anfangen?« fragte er ratlos.

»Ich wüßte einen passenden Ausweg, aber ich fürchte, Ihr seid so rettungslos in die Liebe zu Eurer Dame versunken, daß Ihr meinen Rat nicht befolgen wollt. Und zwecklos möchte ich meine Worte nicht verschwenden.« »Ach, wieder wie einst als Kind in froher Unbefangenheit durch den Garten des Vaterhauses tollen können! – Wenn Ihr wirklich einen guten Plan wißt, der mir das ermöglichen könnte, dann wäret Ihr mein Wohltäter! Legt Euch, bitte, keinen Zwang auf und redet frei heraus!«

»So hört. Euer Vater zürnt Euch doch hauptsächlich deswegen, weil Ihr bei Eurem Bummelleben des letzten Jahres mit dem Geld um Euch geworfen habt, als ob es Sand wäre. Wenn Ihr jetzt mit leeren Händen heimkehrt, müßt Ihr darauf gefaßt sein, daß Ihr verstoßen und enterbt werdet. Ich wäre nun bereit, Euch tausend Batzen zu zahlen, falls Ihr den Gegenstand Eurer Leidenschaft an mich abtreten würdet – vorausgesetzt, daß Ihr die moralische Kraft dazu aufbringt. Mit diesen tausend Batzen in der Hand würdet Ihr bei Eurem gestrengen Herrn Vater ein ganz anderes Ansehen gewinnen. Es dürfte nicht schwerhalten, ihm einzureden, daß Ihr Euch in Peking durch irgendeine nützliche Beschäftigung in irgendeinem Amt selbst erhalten und auf diese Weise die tausend Batzen ersparen konntet. Das würde ihm zweifellos großen Eindruck machen und ihn günstig stimmen. Das gute Einvernehmen zwischen Vater und Sohn würde wieder hergestellt sein, und Ihr wäret alle Eure jetzigen Sorgen los. Überlegt Euch meinen Vorschlag genau. Es ist nicht etwa, daß ich auf die Reize Eurer Dame erpicht wäre, ich mache den Vorschlag ganz selbstlos, aus reiner Freundschaft für Euch.«

Nun, der junge Li war kein Held, sondern ein unfertiges, weiches Muttersöhnchen. Die Rede des anderen hatte ihn an seiner schwachen Stelle getroffen. Bloß keinen häuslichen Konflikt! Davor schauderte ihm. Er stand auf, verneigte sich feierlich und sprach:

»Eure weise Belehrung hat das Stroh hinweggeräumt, mit dem mein Verstand verstopft war. Nur möchte ich mit der Frau, die mir über tausend Meilen Weggenossin war, nicht allzu roh brechen. Gestattet, daß ich mich empfehle, um mich mit ihr zu besprechen. Falls sie geneigt ist, werde ich Euch Bescheid geben.«

Das Schneetreiben hatte inzwischen aufgehört. Es ging bereits auf den Abend. Man trank noch einen Becher, Sun bezahlte die Zeche, und gemeinsam kehrte man zu den Barken zurück.

Schließt ein Fremdling sich dir an,
Vertrau ihm nur drei Zehntel an.
Den Rest sollst du für dich behalten
Und nicht dein ganzes Herz entfalten.

Den ganzen Tag hatte die schöne Tu am gedeckten Tisch gesessen und vergebens gewartet. Nun war es Abend geworden, und sie hatte bereits die Lampe anstecken müssen, als er sich endlich einfand. Sie glaubte, aus seiner Miene Erregung und Verdruß zu lesen. Den Willkommensbecher, den sie ihm darreichte, wies er mit stummem Kopfschütteln zurück. Ohne dem gedeckten Tisch Beachtung zu schenken, warf er sich aufs Lager. Enttäuscht deckte sie ab und half ihm beim Auskleiden. »Was ist dir heute widerfahren, daß du so bedrückt bist?« fragte sie einmal und noch zwei-, dreimal.

Er hatte nur Seufzen zur Antwort und schlief ein. Von Unruhe gequält, dachte sie nicht an Schlaf und blieb angekleidet am Bettrand sitzen.

Gegen Mitternacht wurde er munter. Sein Rausch war verflogen. Wieder hörte sie ihn seufzen.

»Was bedrückt dich, daß du beständig seufzen mußt?« fragte sie erneut.

Er streifte die Decke zurück und richtete sich auf. Dann setzte er ein paarmal zum Sprechen an, brachte aber nur Tränen hervor. Sie umarmte ihn zärtlich und drang mit sanften Worten in ihn:

»Wir kennen uns nun schon das zweite Jahr und haben tausend Bitternisse gemeinsam getragen. Aber nun haben wir doch alles Schwere glücklich hinter uns. Vor uns liegt der große Strom und der heitere Süden, vor uns breitet sich die lachende Zukunft. Warum bist du plötzlich wie verwandelt? Was ist der Grund deiner Betrübnis? Wir stehen im Gattenverhältnis zueinander und haben uns auf Tod und Leben füreinander verschworen. Da darf es kein Geheimnis zwischen uns geben. Also sprich!«

Endlich gab er ihrem Drängen nach und tat den Mund auf.

»Damals, als ich am Abgrund und am Ende meiner Kraft war, hast du mein Geschick in deine Hand genommen und, anstatt mich aufzugeben, getreulich zu mir gehalten. Kein Wort reicht aus, um deinen Edelmut zu preisen. Aber wenn ich andererseits an die hohe Stellung und die eckige, kantige Art meines sittenstrengen Vaters denke, dann bangt mir vor seinem gehäuften Zorn. Ich sehe mich bereits verstoßen und enterbt und uns unstet durchs Land irren. Wo werden wir ein sicheres Dach finden? Wie wollen wir uns vor Not schützen? Das alles hat mir gestern Freund Sun von der Barke nebenan beim Zechen klargemacht. Er hat mich sehend gemacht, und nun ist mein Herz wie zermalmt.«

Betroffen hatte sie aufgehorcht.

»Und was gedenkst du zu tun?«

»Er hat mir einen trefflichen Plan vorgezeichnet. Nur fürchte ich, du wirst ihm nicht zustimmen.«

»Warum nicht, wenn der Plan gut ist? Wer ist übrigens dieser Sun?«

»Ein junger Akademiker und höchst angenehmer Gesellschafter, Sohn eines reichen Salzkaufmanns. Neulich nachts war er zufällig auf deinen Gesang aufmerksam geworden, und als er auf dich und deine schöne Stimme zu sprechen kam, habe ich ihm unsere Geschichte erzählt und dabei auch die Schwierigkeiten erwähnt, die uns bei mir zu Hause erwarten. Da hat er mir nun einen hochherzigen Vorschlag gemacht. Er bietet mir tausend Batzen, wenn ich dich ihm überlasse. Mit den tausend Batzen könnte ich getrost vor meinen Vater hintreten, und du wärest auch versorgt. Aber wie soll ich die Trennung von dir überwinden? Das ist es, was mich so bedrückt.« Als er geendet hatte, begann er zu heulen.

Sie zog eilig die Hand von ihm zurück, und es war kalter Hohn, der aus ihrer Antwort klang:

»Ein feiner Plan! Und der ihn erdacht, ist wahrlich ein Held von Selbstlosigkeit! Du wirst also mit tausend Batzen in der Tasche großartig heimkehren. Ich aber werde anderweit untergebracht und versorgt und kein lästiges Gepäckstück mehr für dich bedeuten. Der Liebe und der guten Form geschieht in gleicher Weise Genüge; wahrlich, in jeder Richtung ein ausgezeichneter Plan! – Wo sind die tausend Batzen?«

»Ich habe sie noch nicht in Empfang genommen. Ich wollte erst deine Zustimmung abwarten.«

»Gut. Morgen früh gehe hinüber und bringe ihm mein Jawort! So eine günstige Gelegenheit darf man sich auf keinen Fall entgehen lassen! Aber lasse dir die tausend Batzen auch hübsch genau abwiegen und dich bei dem Geschäft ja nicht hineinlegen! Erst wenn du sie nach Zahl und Gewicht für richtig befunden und ausgezahlt erhalten hast, kann ich beruhigt hinübergehen auf die Barke des edlen Herrn Sun.«

Sie stand auf, zündete die Lampe an und begann sich sorgfältig zu waschen und zu frisieren.

»Nun, da wären wir ja wieder soweit: den alten Kunden hinauslassen, den neuen Kunden hineinlassen! Also mit dem Bund fürs Leben ist es nichts!« so kam es bitter von ihren Lippen, während sie Schminke und Puder auflegte und sich mit wohlriechenden Salben einrieb. Mit Bedacht legte sie ein Schmuckstück nach dem andern an und hüllte sich in knisternden Brokat. Endlich war das umständliche Werk der Toilette beendet. In strahlendem Glanz stand sie da. Ein blendender Schimmer, ein berauschender Duft ging von ihr aus wie nie zuvor. Inzwischen war es heller Morgen geworden.

Da fand sich auch schon ein Bote von der Nachbarbarke ein. Herr Sun hatte es verflucht eilig.

Die schöne Tu warf einen prüfenden Blick auf den jungen Li. Er blickte ganz zufrieden, beinahe vergnügt drein. »Beeile dich und gehe hinüber! Aber laß dir zuvor das Geld abwiegen und auszahlen!« trieb sie ihn an.

Worauf der junge Li dem Boten zur Nachbarbarke folgte und drüben seine Bestellung ausrichtete.

»Oh, mit der Vorauszahlung hat es keine Schwierigkeit. Allerdings, eine gewisse Sicherheit müßte ich haben. Wie wäre es mit dem Schmuck Eurer Schönen?« erklärte Sun. Der junge Li kam zurück und fragte die schöne Tu, ob sie auf diese Bedingung eingehen wolle. Sie zeigte auf ihre Goldlackkassette.

»Trag sie hinüber. Sie dürfte als Sicherheit genügen.« Erfreut nahm Sun die Kassette in Empfang und trug nun keine Bedenken, dem Überbringer die vereinbarten tausend Batzen auszuhändigen. Gewissenhaft prüfte die schöne Tu persönlich Gewicht und Güte des Metalls nach und überzeugte sich, daß keine Übervorteilung vorlag.

Nunmehr begab sie sich an Deck, trat ganz nahe an den Bordrand und winkte Sun heran. Dem war bei ihrem Anblick bereits der Geist aus dem Leibe gewichen. Dann öffneten sich ihre Zinnoberlippen, und das Gehege ihrer blendendweißen Zähne tat sich auf.

»In dem Kästchen, das ich Euch als Pfand überließ, befindet sich der Reisepaß des Herrn Li. Wollt Ihr mir bitte das Kästchen für einen Augenblick zurückgeben, damit ich den Paß herausnehmen kann?«

Sun hatte kein Bedenken, ihrem Wunsche zu entsprechen. Er wähnte sie so sicher in seinem Besitz wie die Schildkröte im Kübel.

Die schöne Tu langte einen Schlüssel hervor und schloß das Kästchen auf. Es enthielt mehrere Schubfächer. Sie bat den jungen Li, das oberste Schubfach herauszuziehen und den Inhalt zu besehen. Er fand es gefüllt mit Emaillehaarpfeilen, Brillantagraffen, juwelenbesetzten Spangen, Ringen und Ohrbehängen. Es war Schmuck im Werte von etlichen hundert Goldunzen. Sie packte den ganzen Inhalt und verstreute ihn vor aller Augen in die Wellen des Stromes. Entsetzt schauten der junge Li und Sun und die Bootsleute ihrem absonderlichen Tun zu.

Nun ließ sie ihn das zweite Schubfach aufziehen. Es barg eine lange Flöte von purem Gold und eine kurze Zwölfröhrenflöte von grünem Nephrit. Auch sie wanderten in die Flut.

Dann kam das dritte Fach an die Reihe. Es enthielt alte Gemmen und kostbare Zierstücke von massivem rotem Golde im Schätzungswert von einigen tausend Batzen. Unerbittlich überantwortete sie die gleißende Pracht der Tiefe.

Inzwischen hatten sich auf den benachbarten Barken und am Ufer neugierige Zuschauer in dichten Haufen angesammelt. Erregte Zurufe wurden laut:

»Jammerschade! Das ist ja Wahnsinn! Haltet ein!«

Nun lag das vierte und letzte Schubfach bloß. Es barg eine Dose mit einer Handvoll großer Perlen von jener seltenen Sorte, die nachts leuchten, sowie grüne Katzenaugen, rote Rubine, weiße Diamanten und einen Haufen anderer Edelsteine. In die bewundernden Ausrufe des Entzückens vom Ufer und von den Barken her mischte sich donnergleich ein einziger Schrei des Entsetzens, als sich die schöne Tu anschickte, auch diese glitzernde Pracht, deren Wert unschätzbar schien, Stück für Stück unbarmherzig den Wellen preiszugeben. Aber diesmal fielen ihr der junge Li und der junge Sun in den Arm und wehrten ihr mit vereinten Kräften ihr Vorhaben.

Den einen stieß sie unwillig zurück, zum anderen erhob sie grollend ihre Stimme:

»Unsägliche Leiden und Bitternisse hatten wir gemeinsam getragen! Schwer genug hatte es uns das Schicksal gemacht, das ersehnte Ziel zu erreichen! Da seid Ihr mit Eurem frivolen Anschlag dazwischengekommen und habt mit Eurer verleumderischen Zunge unsere Liebe zerschnitten, unser Glück zuschanden gemacht! Als Todfeind hasse und verabscheue ich Euch! Aber Ihr sollt der Vergeltung nicht entrinnen! Im Schattenreich werde ich als Anklägerin vor den Richter der Unterwelt treten, und zeitlebens werden Euch die Geister der Rache hetzen! Oder habt Ihr etwa gewähnt, Ihr würdet mit mir die Freuden des Lagers teilen können?«

Und dann zum jungen Li gewandt:

»Der Schmuck, den ich den Wellen opferte, war mein Eigentum! In den Jahren, die ich im Bereich des ›roten Staubs‹ verbrachte, hatte ich ihn mir auf weite Sicht zusammengespart, als Heiratsgut für den Fall, daß ich den Mann finden würde, der bereit wäre, mir lebenslang die Treue zu halten. Die angebliche Sammlung der ›Schwestern‹ bei unserer Abreise aus Peking war abgekartetes Spiel! Zehntausend Batzen war der Wert meiner Ersparnisse! Und für tausend Batzen warst du Tor bereit, mich preiszugeben! Was dir ein falscher Freund einschwatzte, mit tausend Batzen deinen Vater zu gewinnen, konntest du mit meiner Hilfe zehnfach erreichen! Wer hätte gedacht, daß du meine Treue mit schnödem Undank lohnen, das Geschwätz des ersten besten Fremdlings hören und mich auf halbem Wege preisgeben würdest? Ach, ich selbst war in deinen Augen freilich kein Edelstein und keine Perle, die zu hüten sich gelohnt hätte!

Leute, ihr habt alle mit angesehen, welche Schätze dieses Kästchen barg! Ihr alle seid Zeugen, daß nicht mich, sondern ihn der Vorwurf des Undanks trifft!«

Ergriffen, mit feuchten Augen hatte die umstehende Menge ihrer langen Rede gelauscht. Die allgemeine Stimmung wandte sich gegen den gewissenlosen jungen Li, es fielen Worte der Entrüstung und Empörung, die Haltung wurde drohend.

Beschämt wollte der junge Li die schöne Tu um Verzeihung bitten, da hatte sie sich bereits in den Strom gestürzt. Im Sprunge hielt sie das Juwelenkästchen fest umklammert.

»Rettet sie! Fischt sie heraus!« schrie die Menge wild durcheinander.

Aber es war schon zu spät. Nur eine weißliche Wolke brodelnden Gischts zeigte noch für kurze Zeit die Stelle an, wo sie untergegangen war, um nie wieder zum Vorschein zu kommen.

Ach, daß eine berühmte Kurtisane von so blumiger Schönheit eines Tages ihre letzte Ruhestatt in Fischmagen finden mußte! –

Die Menge hatte eine immer drohendere Haltung angenommen. Zähne knirschten, Fäuste ballten sich. Es schien sicher, daß man in Kürze zu Tätlichkeiten übergehen werde. Dieser Gefahr wollten sich die beiden Galane nicht aussetzen, und so trieben sie ihre Bootsleute an und verließen in größter Eile, jeder in anderer Richtung, den Schauplatz des Dramas.

Der junge Li hatte zwar seine tausend Batzen gerettet, aber sie brachten ihm kein Glück. Tag und Nacht verfolgte ihn das Bild der Ertrunkenen, quälte ihn das Gewissen. Er wurde trübsinnig, und sein Trübsinn wandelte sich in unheilbaren Wahnsinn.

Auch dem jungen Sun hatte das Erleben jenes Tages den Seelenfrieden geraubt. Ein heftiges Fieber warf ihn darnieder. In seinen Wahnträumen glaubte er die Ertrunkene vor sich zu sehen und sie zu hören, wie sie ihm seine Schurkerei vorhielt. Er erholte sich nicht wieder und starb nach einem Monat im Fieberdelirium. Allgemein betrachtete man sein frühes Hinscheiden als Werk der rächenden Flußgeister. –

Es begab sich, daß einige Zeit später Freund Liu nach bestandener Prüfung auf der Heimfahrt von Peking mit seinem Boot im Hafen von Kwa tschou anlegte. Da widerfuhr es ihm nun, daß er beim Waschen an der Bordwand aus Versehen sein kupfernes Waschbecken umkippte und in den Fluß fallen ließ. Auf seine Bitte suchten Fischer, die in der Nähe fischten, die Stelle mit ihrem Schleppnetz ab. Und sie suchten mit Erfolg, aber was sie herausfischten, war nicht das Waschbecken, sondern eine zierliche Bronzedose. Liu öffnete sie, und siehe, er fand sie gefüllt mit schimmernden Perlen und seltenen Edelsteinen von unschätzbarem Wert. Liu entlohnte die Fischer reichlich und barg den Schatz unter dem Kopfkissen seiner Lagerstatt. In dieser Nacht hatte er ein Traumgesicht: Ein junges Weib tauchte aus den Fluten des Stroms und kam in seine Bootskammer geschwebt. Er erkannte in ihr die schöne Tu aus dem Blumenhofviertel von Peking wieder. Sie schwebte grüßend auf ihn zu und erzählte ihm ihre traurige Geschichte, wie sie von dem herzlosen Li enttäuscht und gegen tausend Batzen an einen Fremden verschachert worden war.

»Ihr, mein Herr, hattet Euch damals hochherzig gezeigt und uns mit einhundertfünfzig Batzen ausgeholfen, um mir die Freiheit und den Ehebund mit Eurem treulosen Freund zu ermöglichen. Später, wenn ich häuslich geborgen sein würde, gedachte ich Euch Euren Edelmut zu vergelten. Unseligerweise sollte es nicht dazu kommen und mein Leben vor der Zeit enden. Gleichwohl habe ich meine Dankesschuld gegen Euch keinen Augenblick vergessen. Und so habe ich Euch die kleine Schatzdose aus meinem früheren Besitz durch Fischer als Geschenk und kleines Zeichen meiner aufrichtigen Erkenntlichkeit darbringen lassen. Auf Nimmerwiedersehn!« Sie verschwand, und er wachte plötzlich auf. Da wurde ihm klar, daß die schöne Tu umgekommen war. Er betrauerte sie mehrere Tage lang mit Tränen und Seufzern. – Die kritische Nachwelt hält sich bei Prüfung dieser Geschichte mit den minderwertigen Charakteren der beiden Galane nicht weiter auf. Da gibt es nur eine Stimme der Verurteilung. Aber was unfaßlich scheint, ist die Haltung der schönen Tu. Warum konnte diese hochgesinnte Frau, würdig der edelsten Vorbilder des Altertums, keinen besseren Partner wählen? Glänzende Phönixe genug standen ihr zu Gebote. Wie konnte sie sich gerade an diesen Jämmerling von jungem Li verlieren? Das heißt doch die glänzende Perle, den strahlenden Edelstein an einen Blinden wegwerfen! Wie konnte sie es fertigbringen, um dieses Jämmerlings willen ins Wasser zu gehen? Hatte sie das nötig? Schade, schade um sie!

Gäb's nicht der amourösen Abenteuer lockres Spiel,
Gäb's Stoff zum Schwätzen für die Leute auch nicht viel.
Denn was erregt zumeist des Klatsches Triebe? – Die Liebe!
Doch wär des Abenteuers Ablauf schon vorweg bekannt,
Dann wär das amouröse Thema länger nicht pikant.

Goldjunker Sung macht den zerrissenen Filzhut wieder ganz

Was Schicksal dir nicht zugedacht,
Das läßt sich nicht erzwingen.
Ward Eheglück dir vorbestimmt,
Dann muß es auch gelingen.

Und stürmt und wogt es rundherum
Auch noch so wild zuzeiten.
Gibt's drin doch eine Fahrbahn, wo
Dein Kahn mag sicher gleiten.

Während der Regierungsepoche Tschong te, ›geradlinige Tugend‹ (1506-1522), lebte in der Kreisstadt Kun schan hsiän, die zur Präfektur Su tschou gehört, an der großen Wasserstraße des Wusung-Flusses ein Bürger namens Sung Tun. Er stammte aus altem, angesehenem Geschlecht, das dem Thron viele Beamte und hohe Würdenträger gestellt hatte. Er lebte mit seiner Frau, einer geborenen Lu, von den Pachtzinsen, die ihnen etliche von Vätern und Großvätern ererbte Ländereien einbrachten. Irgendwelche Berufs- oder Erwerbstätigkeit übte er nicht aus. Beide Gatten waren schon über vierzig, durften sich aber noch immer nicht eines Sprößlings oder wenigstens eines halb zählenden Töchterleins erfreuen.

Eines Tages sprach Sung Tun zu seiner Frau: »Seit alters sagt man:

Korn im Speicher
Beut Hunger Trutz,
Sohn im Haus
Beut Alter Schutz.

Jetzt sind wir beide schon über das vierte Jahrzehnt hinaus und immer noch kinderlos. Licht und Schatten schnellen dahin wie

Pfeile. Bald werden vor unseren Augen Blumen tanzen, und auf unseren Häuptern wird Schnee liegen. An wem werden wir Stütze und Anhalt finden, wenn sich unser Leben sachte dem Ende zuneigt? . . .« Seine weitere Rede wurde von Schluchzen erstickt.

»Deine Vorfahren haben nur gute Werke gehäuft und niemals Sünden und Missetaten begangen. Das gilt auch von dir, dem einzigen lebenden Abkömmling deines Geschlechts. Zum Lohn wird auch der erhabene Himmel dafür sorgen, daß du nicht der letzte deines Geschlechts bleibst«, suchte ihn die geborene Lu zu trösten. »Für einen Adoptivsohn – darauf wolltest du doch hinaus? – ist immer noch Zeit. Nach den Gesetzen der Natur wäre es verfrüht, wenn wir uns schon jetzt dazu entschließen wollten. Sonst müssen wir gewärtig sein, daß wir so einen fremden Menschen, den wir an Sohnes Statt annehmen, den wir hegen und pflegen und großpäppeln, eines Tages auf halbem Wege als überflüssig wieder abschieben und beiseite tun müssen. Das wäre verlorene Liebesmüh. Erspare dir also deine einstweilen unbegründeten Kummertränen!«

Sung Tun gab ihr kopfnickend recht. Er hatte sich seine Kummertränen noch nicht trockengewischt, als sein Ohr ein lautes, vernehmliches Räuspern vernahm, das aus der nahen Empfangshalle herkam. Gleich darauf hörte er eine männliche Stimme fragen:

»Ist Yü Fong zu Hause?« –

Es muß hier bemerkt werden, daß es damals in Su tschou ein neumodischer Brauch war, sich gegenseitig unter nahen Bekannten und Freunden erfundene ›Außennamen‹ beizulegen. Der Brauch war ebenso bei großen wie bei kleinen Leuten im Schwange. Jeder Bürger führte neben seinem richtigen Namen einen solchen Verstecknamen, der nur im engsten und vertrautesten Kreise bekannt war. Yü Fong, ›Nephritgipfel‹, war der Außenname, der Versteckname unseres Sung Tun. –

Sein schräg geneigtes Ohr hatte am Tonfall die Stimme seines guten Freundes Liu Schun Tsüan erkannt. Dieser Liu, mit Beinamen Yo Tsai, war Besitzer einer von Vätern und Großvätern ererbten schönen großen Wohn- und Frachtdschunke. Sie diente ihm und seiner Frau gleichzeitig als ständige Behausung und einträgliche Erwerbsquelle. Denn er pflegte mit seinem Fahrzeug fremde Waren von und nach allen möglichen Gegenden des Reiches zu befördern und zu verfrachten. Dieses Frachtgeschäft brachte ihm alljährlich einen stattlichen Haufen von guten, gediegenen Silberbatzen ein, so daß er ein recht auskömmliches Leben führen konnte. So fehlte es auch der Behausung, die er sich an Bord seiner Dschunke eingerichtet hatte, an nichts, was zu einer behaglichen Wohnung und zu einem tadellosen, vollständigen Hausrat gehört. Der Wert seines Fahrzeugs war auf die stattliche Summe von vier- bis fünfhundert Batzen zu beziffern. Der ganze Schiffsleib war aus feinstem Zedernholz gezimmert.

Liu war keineswegs der einzige seines Schlags. Auf den Wasserwegen der Provinzen südlich des Yang tse-Stromes gab es noch gar manchen Schiffseigner, der das gleiche gewinnbringende Gewerbe betrieb.

Sung Tun und Liu also waren dicke Freunde. Bei ihrer Begrüßung ersparten sie sich die förmliche Verneigung und begnügten sich mit dem einfachen Gruß, wobei sie lediglich die zusammengefalteten Hände in Brusthöhe erhoben.

»Was ist der Grund, daß mein vielbeschäftigter Freund Yo Tsai sich die Muße nimmt, mich aufzusuchen?« fragte Sung bei der zweiten Schale Tee.

»Ich möchte mir etwas von dir borgen.«

»Wie? Sollte es deiner kostbaren Dschunke noch an etwas ermangeln, daß du dich zu meiner kalten Hütte herbemühst, um mich anzuborgen?«

»Wegen irgendeines anderen Gegenstandes brauchte ich nicht den Weg zu machen und dich zu behelligen. Aber etwas hast du in deiner herrschaftlichen Wohnung, was mir fehlt. Darum wagte ich herzukommen und den Mund aufzutun.«

»Sofern dir mein kaltes Heim tatsächlich etwas zu bieten

hätte, bitte, ich werde mich gewiß nicht lumpen lassen. Was ist es denn, das du brauchst?«

Umständlich und bedächtig beschrieb der Besucher den gewünschten Gegenstand oder vielmehr die beiden gewünschten Gegenstände.

Kein Heroldswams, auf dessen Rücken
Ein kaiserlicher Machtspruch zu erblicken,
Kein Harnisch, keine Brünne ohne Ritzen,
Um gegen Stahl die Brust zu schützen.

Ganskückenflaumgelb rohe Seide,
Mit feinstem Nadelstich genäht zum Kleide.
Nach Fasten und gewaschen rein
Zum Tempeldienst schlüpft man hinein.

Dazu, der Gottheit Gunst zu kaufen,
Papiernes Flittergeld in Haufen.
Beim Beten dann ein Schleier dicht
In Würde hüllt das Angesicht.

Auf heilige Höh zum Tempel alt
Die Schar der frommen Pilger wallt.
Und frisch entfacht an Kesselgluten,
Gen Himmel Räucherschwaden fluten.

Die Sache war die, daß Sung und Frau in Anbetracht ihrer Kinderlosigkeit alle möglichen Gottheiten um Kindersegen anzuflehen pflegten. Um nun auch äußerlich der Gottheit in ziemlicher Aufmachung gegenüberzutreten, hatten sie sich würdige, weite Andachtskutten aus blaßgelbem Grasleinen schneidern lassen, die sie bei jedem solchen Tempelbesuch anzuziehen pflegten. Auch gehörte zu ihrer Ausrüstung noch ein aus gleichem Stoff gefertigter geräumiger Beutel, in dem sie den für Opferzwecke benötigten Kram, wie Räucherwerk, Flittergold und ›Buddhapferdchen‹, mitzunehmen pflegten. Nach vollbrachtem Opfer und Gebet wurden dann Kutte und Beutel daheim wieder in der Andachtskammer aufgehängt, die dem häuslichen Buddhadienst geweiht war.

Liu war sechsundvierzig Jahre alt, also fünf Jahre älter als sein Freund Sung. Auch seine Ehe war kinderlos geblieben.

Da hatte er nun gehört, daß es unweit von Su tschou vor jenem Stadttor, das tschang men, ›Pforte zum Himmel‹, genannt wird, einen ganz neuen Tempel gäbe, den ein reicher Salzkaufmann aus Hui tschou in Erfüllung eines Gelübdes und zum Dank dafür, daß sein Gebet um Kindersegen erhört worden war, zu Ehren der göttlichen Gnadenmutter Kwan yin gestiftet hatte. Dieser Tempel, so hatte er gehört, solle sich eines außerordentlichen Ruhmes und Zulaufs erfreuen; die Brandopfer und Gebete von Leuten, die sich Kinder wünschten, wollten gar nicht abreißen.

Da faßte nun Liu den Plan, ein paar Tage zufälliger Muße zu nutzen, um mit seinem Hausboot an der Ahornbrücke bei Su tschou anzulegen und dem berühmten Tempel beim Himmelstor einen Besuch abzustatten. Dazu fehlte es ihm nun aber an einer würdigen Andachtskutte und Opfertasche. Und so hatte er sich zu seinem Freund Sung aufgemacht, um sich besagte zwei Ausstattungsstücke von ihm zu leihen.

Sung nahm sein Anliegen mit nachdenklichem Schweigen auf. Der andere, sein Schweigen mißdeutend, sprach:

»Mir scheint, Yü Fong, daß es dir nachträglich leid um deine großzügige Zusage ist. Aber sei beruhigt, im Falle etwaiger Beschädigung deines Eigentums würde ich doppelten Ersatz leisten.«

»Unsinn! Davon kann keine Rede sein«, fuhr Sung auf. »Mir geht vielmehr etwas anderes durch den Kopf. Allem Anschein nach verfügt dieser neue Tempel der Gnadenmutter Kwan yin über besonders wundertätige Macht. Wohlan, ich selber hätte nicht übel Lust, mich dir anzuschließen, falls du mich auf deiner kostbaren Dschunke mitnehmen willst. Wann gedachtest du denn deinen Tempelbesuch zu unternehmen?«

»Sofort.«

»Gut. Ich besitze außer meiner eigenen Andachtskutte noch eine zweite nebst zugehöriger Opfertasche, die mein ›schlichtes

Trampel‹ zu benutzen pflegt. Die kann ich dir leihen. Wir werden uns zusammen aufmachen.«

»Ausgezeichnet.«

Sung verschwand nach drinnen und verständigte sein ›schlichtes Trampel‹. Die geborene Lu billigte sein Vorhaben und gab ihre Kutte mit Freuden her. Mit zwei Kutten und zwei Taschen über dem Arm kam Sung wieder zum Vorschein und händigte das eine Paar seinem Freunde aus.

»Ich werde schon immer vorausgehen und auf meinem Boot alles zu deinem Empfang rüsten. Aber spute dich und laß mich nicht zu lange warten! Mein Boot liegt beim kleinen Westtor an der Viergespannbrücke. Übrigens brauchst du deinen Reisnapf nicht mitzuschleppen. Du bist natürlich zu Tisch mein Gast. Für eine einfache fleischlose Tempelmahlzeit ist bereits gesorgt«, sprach Liu und empfahl sich.

Sung packte geschwind etwas Räucherwerk, Flittergold und ›Buddhapferdchen‹ – fünffarbige Papierstreifen mit aufgedrucktem Buddhabildnis und einem Roß, das, beim Verbrennen in Rauch aufgehend, in die Lüfte aufsteigen und die Gebetswünsche der Gläubigen vor das Antlitz der Gottheit tragen soll – in seine Opfertasche, rollte sie nebst der gelben Andachtskutte zu einem Bündel zusammen, streifte einen neuen sauberen Reisemantel aus ungefärbter Rohseide über und eilte mit seinem Bündel in der Hand zum kleinen Westtor, wo er das wartende Hausboot seines Freundes bestieg.

Unter einem günstigen Wind dahinsegelnd, legte man die siebzig kleinen Meilen Wegstrecke in knapp einem halben Tag zurück, dann war man am Ziel und machte an der Ahornbrücke halt. Hier übernachtete man, denn inzwischen war es später Abend geworden. Man befand sich zehn kleine Meilen westlich der Stadtmauern von Su tschou an jener Stelle, wo sich der Wu sung-Fluß unweit des Tai hu-Sees mit dem Kaiserkanal kreuzt. Eine Stätte lebhaften Verkehrs von Handel und Schiffahrt, wo sich Kaufleute aus allen vier Himmelsrichtungen ein Stelldichein geben. Wohin das Auge blickt, Handelsbarken und Dschunken aller Größen in unablässiger Folge, dicht Ruder an Ruder einander ablösend. Irgendeines Dichters Pinsel hat die frühe Morgenstimmung der Örtlichkeit mit folgenden Strichen gezeichnet:

Unter bleichendem Mond
Frühnebel füllt den Raum.
Die ersten Vöglein zwitschern.
An den Ahornblättern am Ufer
Der grelle Widerschein
Von Feuerbecken der Fischer
Schreckt das schläfrige Auge.

Vom Tempel droben
auf dem ›Kalten Berg‹
Draußen vor der Stadt
Zu nachtschlafener Zeit
Dröhnt Glockengebimmel
An des Kauffahrers Ohr.

In der grauen Dämmerung des nächsten Morgens erhoben sich die beiden vom Lager und machten sich für den Tempelbesuch fertig. Zunächst wurde der äußere Mensch im Badezuber einer gründlichen Reinigung unterzogen. Dann wurde streng nach klösterlicher Vorschrift frugal gefrühstückt. Darauf Mund ausgespült und nochmals Hände gewaschen. Dann hinein in die blaßgelben Andachtskutten und die Opfertaschen mit den für das Jenseits bestimmten Gaben und Botschaften um den Hals gehängt. Dergestalt würdig vorbereitet und gerüstet, ging man an Land und stieg bedächtig und gemessen feierlichen Schrittes auf den ›Kalten Berg‹ hinauf zum Tempel der Gnadenmutter Kwan yin.

Die Sonne ging gerade eben erst auf, als man oben anlangte. Die äußere Tempelpforte war schon offen, aber die Andachtshalle noch geschlossen. Man wandelte eine Weile in den überdachten Wandelgängen rechts und links des Hauptgebäudes auf und ab und besah sich mit Muße die Einzelheiten der baulichen Anlage. Wirklich, es war eine würdige und schöne Andachtsstätte.

Während man so in Betrachtung vertieft war und unter Seufzern der Bewunderung seine Meinung tauschte, tat sich kreischend die Pforte zur Tempelhalle auf. Ein Priester trat heraus. Er begrüßte die frühen Besucher – sie waren die ersten – und geleitete sie in die Halle. Sie lag dunkel und leer da. In den Altarleuchtern staken noch keine Kerzen. Der Priester setzte seine gläserne Laterne zu Boden, holte Kerzen, steckte sie in die Leuchter und zündete sie an.

Hierauf ließ er sich von den Besuchern die mitgebrachte schriftliche Aufzeichnung ihres himmlischen Anliegens vorlegen. Nachdem er den Inhalt geprüft hatte, kniete er vor dem Götterbild der Gnadenmutter nieder und tat ihr in feierlichem und ausführlichem Gebet, begleitet von seiner priesterlichen Fürbitte, das Anliegen seiner beiden Klienten kund.

Nun war es an den beiden, sich ihrerseits kniefällig vor dem Antlitz der Gottheit zu neigen, ihr Räucherwerk in Brand zu setzen und den mitgebrachten Vorrat an Flittergold und ›Buddhapferdchen‹ durch das Medium des Rauchs in die himmlischen Gefilde zu entsenden.

Damit war das fromme Werk vollbracht. Man sagte dem Priester Dank, spendierte ihm als Honorar für seine Bemühungen je ein halbes Hundert Kupferlinge und machte sich auf den Heimweg.

An der Tempelpforte trennten sich die beiden Freunde unter gegenseitiger Bedankung. Liu hatte es eilig, zu seinem Hausboot an der Ahornbrücke zu kommen. Denn er erwartete an Bord Besuch aus der Stadt. Sung dagegen wollte gemächlich zum Lü men-Stadttor wandern und von dort aus auf einer Mietdschunke die Heimfahrt antreten. Es war ja noch so früh am Tag, und er hatte Zeit.

Wie er so in der morgendlichen Stille seines Wegs dahinschritt, drangen auf einmal menschliche Wehlaute an sein Ohr. Es klang wie Röcheln und Stöhnen. Er wandte den Blick nach der Stelle, wo die Laute herkamen. Da gewahrte er, am Fuße der Tempelmauer aufgeschlagen, ein kleines, dürftiges Binsenmattenzelt. Er trat näher heran und schaute hinein. Drinnen sah er einen alten, anscheinend sterbenskranken Mönch auf einer armseligen Strohmatte liegen. Der Arme gab auf seinen Anruf und seine Fragen keine Antwort. Offenbar lag er in den letzten Zügen.

Bei Sung regte sich Mitgefühl. Unverwandt schaute er nach dem bedauernswerten alten Mann, der so gänzlich verlassen und hilflos dalag, und fragte sich, ob er ihm irgendwie helfen könne.

Zufällig kam ein Einheimischer des Wegs daher, der ihm Auskunft über den Alten erteilte.

»Fremdling, Ihr solltet Euch etwas um den Sterbenden kümmern. Hier böte sich Euch Gelegenheit, ein gutes Werk zu verrichten«, so begann er.

»Und worin sollte mein gutes Werk bestehen?« fragte Sung.

»Wisset, dieser alte Bettelmönch kam vor drei Jahren aus der Provinz Schen hsi hierhergewandert. Er wollte sich hier Geld zum Bau einer Einsiedlerklause zusammenbetteln, fand aber leider nicht einen einzigen Patron. Es reichte bloß zu dieser elenden Hütte aus Binsenmatten. Darin haust er seitdem. Er ist sehr fromm und nimmt es sehr streng mit den Klostervorschriften. Wie er versicherte, hat er sein Lebtag noch keinen Bissen Fleisch, keine Zwiebel, keinen Knoblauch oder sonstige weltliche Kost angerührt. Dafür betet er täglich unermüdlich immer wieder die ganze Diamantsutra her. Es gibt hier in der Nähe eine Wirtschaft für klösterliche Kost. Dort pflegte er jeden Vormittag eine einfache Mahlzeit einzunehmen, den ganzen übrigen Tag fastet er. Hin und wieder fand sich eine mitleidige Seele, die ihm etwas Reis oder Geld spendete. Wenn es Geld war, so behielt er nicht einen Kupferling bei sich, sondern trug alles getreulich in seine Gastwirtschaft, um seine dortigen Verpflegungsschulden zu bezahlen. Kürzlich erkrankte er ernstlich. Seit einem halben Monat nimmt er keine

Nahrung mehr zu sich, weder flüssige noch feste. Bis vorgestern konnte er noch sprechen. Wir fragten ihn, wie er es so ohne jegliche Nahrung aushalten könne und warum er sich nicht schon längst empfohlen und Schluß mit dem elenden Dasein gemacht hätte. Darauf gab er zur Antwort, er müsse noch ein ihm vorbestimmtes Zusammentreffen abwarten, das dauerte noch zwei Tage. Seit gestern kann er nun auch nicht mehr sprechen. Er ist schon an die achtzig Jahre alt. Es kann jeden Augenblick mit ihm zu Ende gehen.

Fremdling, falls es Euch des armen alten Mannes jammert, dann solltet Ihr ihm zu einem bescheidenen Sarg oder wenigstens zu einer anständigen Einäscherung verhelfen. Damit würdet Ihr ein gutes Werk vollbringen. Vielleicht bezieht sich seine Andeutung von dem ihm vorbestimmten Zusammentreffen auf Eure werte Person?«

Für Sung gab es kein langes Bedenken. Er hatte soeben an die Gnadenmutter ein Gebet um Nachkommenschaft gerichtet. Wenn er jetzt ein gutes Werk vollbrächte, so würde das natürlich zur Kenntnis der Gottheit gelangen und sie vielleicht gnädig und geneigt stimmen.

»Gibt es denn hier in der Nähe ein Sarggeschäft?« fragte er.

»Ja, im nächsten Dorf. Da wohnt ein Sargschreiner namens Tschen.«

»Würdet Ihr mich zu ihm hin begleiten?«

Der andere war einverstanden und übernahm die Führung. Sie trafen den Sargschreiner Tschen in seiner Werkstatt an. Er war gerade damit beschäftigt, seinen Gesellen Holzblöcke zum Zersägen zuzuteilen und die verschiedenen Holzarten zu erklären.

»Meister, hier bringe ich Euch einen Kunden. Er möchte einen Handel mit Euch abschließen.«

»Wünscht der Herr, daß ich ihm eigens einen Sarg von ausgesucht dauerhaftem Holz anfertige? Mein bescheidener Laden kann ihm mit besten, doppelt gebeizten und mit echtem eisenhaltigem ›Witwenquell‹-Wasser präparierten Hartholzplanken dienen. Oder wünscht der Herr einen fertigen Sarg von einfacher Machart zu kaufen? Dann braucht er bloß einen nach Wahl im Lager auszusuchen«, gab der Meister zur Antwort.

»Ich möchte mir einen fertigen aussuchen», sagte Sung.

Meister Tschen zeigte ihm einen.

»Das ist ein erstklassiges Stück. Kostet drei Silberbatzen.«

Während Sung noch rechnete, mischte sich sein Begleiter ein:

»Der Herr möchte den Sarg jenem alten Einsiedler droben in der Mattenhütte beim Tempel zukommen lassen. In Anbetracht des guten Werks solltet Ihr keinen so unvernünftig hohen Preis fordern«, redete er dem Schreiner zu.

»Gut, dann will ich mich mit dem Selbstkostenpreis begnügen: ein Silberbatzen sechs Groschen und keinen Kupferling weniger«, gab der Meister nach.

»Einverstanden. Das ist ein anständiger und rechtschaffener Preis«, erklärte Sung.

Er rechnete im stillen nach: In einen Zipfel seines Taschentuchs eingewickelt, trug er ein Stück Bruchsilber im Wert von etwas über einen halben Batzen bei sich. Ferner war ihm von dem im Tempel verausgabten Kleingeld noch ein Rest von knapp hundert Kupferlingen verblieben.

Mehr Bargeld führte er im Augenblick nicht bei sich. Es war wenig genug und reichte noch nicht einmal für die Hälfte des Preises. Nein, da dünkte es ihm besser, sich das Geld ganz einfach von seinem Freund Liu zu leihen. Der Weg bis zu dessen Hausboot an der Ahornbrücke war ja nicht weit.

»Mit dem Preis bin ich einverstanden. Aber das Geld muß ich mir erst von einem Freund borgen. Einen Augenblick Geduld. Ich werde gleich wieder da sein«, sprach er zum Schreiner.

»Wie es dem Herrn beliebt«, gab sich Meister Tschen zufrieden. Aber der Begleiter faßte seinen Vorschlag anders auf.

»Wenn Ihr schon Barmherzigkeit üben wolltet, dann solltet

Ihr Euch nicht nachträglich um Euren guten Vorsatz drücken wollen. Wozu seid Ihr überhaupt in das Sarggeschäft mitgegangen, wenn Ihr gar kein Geld bei Euch habt?« raunte er ihm vorwurfsvoll zu.

Er hatte noch nicht ausgeredet, da wurden von draußen Bemerkungen vorüberkommender Leute laut wie:

»Der arme alte Einsiedler! Noch vor einem halben Monat konnte man sich an seiner Stimme erbauen, wenn er seine Sutra herbetete. Und nun ist er stumm und tot!«

Auf tausendfache Art ist uns vergönnt,
Die drei Zoll Lebensodem zu verwenden.
Doch für uns alle kommt einmal der Tag,
Da Pläne und Entwürfe enden.

»Fremdling, hört Ihr, was sich die Leute erzählen? Der alte Einsiedler droben ist tot! Nun guckt er sich im Jenseits die Augen nach Euch aus und wartet darauf, daß Ihr seinen Leib zur Ruhe bettet. Denn ohne ehrliches Begräbnis kann er keinen Einlaß in den Himmel finden und muß als armes, obdachloses Gespenst im Freien umherirren«, drängte Sungs Begleiter.

Sung blieb zwar zunächst stumm, dachte aber im stillen angestrengt nach. Er sagte sich: Ich habe nun schon einen Sarg beim Schreiner für ihn ausgesucht; wenn ich wegen der Bezahlung jetzt erst zur Ahornbrücke laufen wollte, so ist noch sehr fraglich, ob ich Freund Liu auf seinem Hausboot antreffen würde; vielleicht ist er ausgegangen, und ich müßte wer weiß wie lange warten, bis er zurückkommt. Inzwischen wird sich womöglich ein anderer Käufer einfinden, der dem Schreiner mehr Geld bietet als ich und mir den Sarg wegschnappt. Dann wäre ich dem alten Einsiedler gegenüber wortbrüchig geworden; nein, das geht nicht an! Und kurz entschlossen zog er sein Taschentuch aus der Ärmeltasche und kramte das darin eingewickelte Stück Bruchsilber heraus. Er ließ sich eine kleine Geldwaage geben und wog das Stück ab. Als die Waage das Gewicht mit sieben Zehnteln einer Unze angab, tat er peinlich überrascht. Das war natürlich geheuchelt, in Wirklichkeit wußte er das Gewicht des kleinen Silberbrockens – er bildete das restliche Kernstück eines Fünfzigunzenbarrens und wog schwerer, als sein Ansehen vermuten ließ – schon längst und genau.

Er händigte den Brocken Meister Tschen zunächst als bare Teilzahlung aus. Dann zog er seinen feinen neuen Reisemantel aus guter, heller Hu tschou-Bastseide aus und bot ihn zur Deckung des noch fehlenden Betrages an.

»Der Mantel ist mehr als einen Batzen wert. Falls Ihr ihn an Zahlungs Statt verschmähen solltet, so nehmt ihn einstweilen als Pfand, bis ich das restliche Kaufgeld herbeigeschafft habe«, schlug er vor.

Meister Tschen war es zufrieden und nahm den Mantel an Zahlungs Statt mit an.

Hierauf löste Sung aus seinem Haarschopf eine silberne Spange im ungefähren Gewicht von einer zehntel Unze und reichte sie seinem Begleiter.

»Hier. Darf ich Euch bemühen, sie in Kupferlinge einzutauschen? Den Erlös bitte ich zur Deckung kleiner Unkosten beim Begräbnis zu verwenden.«

Von seinem Edelmut angesteckt, erhoben die im Laden anwesenden Zuschauer und Zuhörer Einspruch:

»O nein! Der fremde Herr hat mit dem Sarg bereits die Hauptlast der Ausgaben auf sich genommen. Was die übrigen kleinen Nebenausgaben betrifft, so ist es für uns Einheimische Ehrenpflicht, daß wir das nötige Geld gemeinsam aufbringen.«

Und so durfte Sung seine Haarspange behalten.

Nachdem so das Geschäftliche geregelt war, wandte Sung seinen Schritt wieder zu der Einsiedlerhütte am Tempel zurück. Durch den Augenschein überzeugte er sich, daß der alte Mann tatsächlich verschieden war. Unwillkürlich wurden seine Augen feucht, es war ihm so trüb und traurig zumute, als ob ihm ein lieber Anverwandter gestorben wäre. Warum ihm der Tod eines völlig Fremden so naheging und ihn zutiefst bewegte, vermochte er sich selber nicht zu erklären. Schließlich konnte er den traurigen Anblick nicht länger ertragen und ging von dannen.

Am Lü men-Stadttor angelangt, mußte er erfahren, daß das große Fahrgastschiff, das er eigentlich zur Heimfahrt benutzen wollte, bereits abgefahren war. Über seinem guten Werk hatte er sich verspätet. Er mietete ein kleines Boot zur Rückfahrt.

Es war schon späte Nacht, als er endlich wieder daheim war. Seine Frau wunderte sich über dreierlei: erstens, daß er tief in der Nacht ankam, zweitens, daß sein schöner neuer Reisemantel verschwunden war, und drittens, daß er eine so ernste und gedrückte Miene zur Schau trug. Sie argwöhnte, daß er unterwegs in irgendwelche Händel geraten sei.

Allen ihren Fragen, mit denen sie ihn bestürmte, wich er mit einem stummen Kopfschütteln aus und vertröstete sie mit den Worten ›Das ist eine lange Geschichte‹ auf später.

Zunächst einmal ging er stracks in die Andachtskammer, hängte die beiden Kutten und Opfertaschen wieder an ihrem gewohnten Platz auf und erwies dem Buddhabildnis mit Kniefall und Stirnaufschlag die schuldige Reverenz. Dann erst setzte er sich zu Tisch und erzählte, was er unterwegs erlebt hatte.

»Recht hast du an dem armen alten Einsiedler getan und verdienst keinen Tadel!« lobte die geborene Lu.

Ihr Beifall wandelte seine Gedrücktheit in Heiterkeit. Und froh und unbeschwert teilten beide bis zur Morgenstunde des fünften Trommelschlags das eheliche Lager.

In dieser Nacht erschien unserem Sung der alte Einsiedler im Traum. Er stand auf einmal an der Tür, verneigte sich tief und sprach also:

»Mein Wohltäter, dein Schicksal hatte dir eigentlich einen Sohn versagt. Auch sollte die Zahl deiner Lebensjahre eigentlich jetzt ablaufen. Weil du aber auf dem Gefilde deines Herzens Güte und Mitgefühl sprossen ließest, hat dir der Himmelsfürst eine Verlängerung deines Lebens um sechs Jahre zugebilligt. Im übrigen besteht zwischen deinem und meinem Lebensfaden eine vorbestimmte Verflechtung. Es ist mir beschieden, daß ich als dein Sohn wiedergeboren werden und in deinem Hause aufwachsen soll, auf daß ich dir das Gute, das du an mir getan hast, mit kindlicher Liebe vergelte.«

Auch die geborene Lu hatte in dieser Nacht ein Gesicht. Sie träumte, daß ein von goldenem Glanze umflossener Lohan, einer der achtzehn Leibjünger Buddhas, in der Schlafkammer erschien und sich huldvoll über sie neigte. Als sie mit einem kleinen Schrei erwachte, da fuhr gleichzeitig auch ihr Mann aus dem Schlaf. Jedes erzählte dem anderen seinen wundersamen Traum. Man erging sich halb gläubig, halb zweifelnd in Betrachtungen, und der gottesfürchtigen Seufzer war kein Ende.

Säe Bohnen,
Du erntest Bohnen.
Säe Melonen,
Du erntest Melonen.

Drum nimm die Lehre
Und tue gut!
Wie andern du tust,
Wird man dir lohnen.

Von Stund an fühlte die geborene Lu ihren Schoß gesegnet, und als zehn Monde voll waren, gebar sie ein Knäblein. Es erhielt den Zunamen Kin Lang, ›Goldjunker‹, zum Gedächtnis daran, daß ihr in jener Nacht ein von goldenem Glanz umflossener Lohan im Traum erschienen war. Daß sie und ihr Mann darob über die Maßen glücklich waren, bedarf keiner besonderen Erwähnung.

Zu gleicher Zeit wurde Freund Liu von seiner Frau mit einem Töchterlein beschenkt. Es erhielt den Namen I Tschun, ›Lenzwunsch‹. Als die Kinder gediehen und heranwuchsen, fehlte es nicht an Anregungen von befreundeter Seite, daß man sie miteinander verloben sollte. Liu und Frau waren mit ganzem Herzen dafür. Aber Sung konnte sich nicht dazu entschließen. Er hatte an der Herkunft des Mädchens auszusetzen. Die Tochter eines einfachen Schiffers, der keine Ahnen von Rang und Namen aufzuweisen hatte, deuchte ihn keine standesgemäße Partnerin für seinen Sohn. Er sprach seine Meinung zwar nicht offen aus, übte aber stillschweigende Ablehnung.

Goldjunker war gerade sechs Jahre alt geworden, als sein Vater erkrankte und starb – genau wie ihm der alte Einsiedler damals im Traume vorhergesagt hatte. Es gibt ein altes Sprichwort:

Des Hauses glückliches Gedeihn
Hängt ab vom Hausherrn ganz allein.
Und packen auch zehn Weiber an,
Sie schaffen nicht, was einer kann.

Nach Sungs Ableben gab es in der Provinz Kiang su mehrere Jahre hintereinander Mißernte und Teuerung. Die geborene Lu zeigte sich der schwierigen Lage, die sich daraus auch für ihren Hausstand ergab, nicht gewachsen. Eine gewissenlose Ortsbehörde nützte die Hilflosigkeit der Witwe und des vaterlosen Kindes aus, um ungebührliche Steuern und Abgaben von ihnen zu erpressen. In ihrer Not wußte die bedrängte Frau sich keinen anderen Rat, als nach und nach ihren gesamten ländlichen und städtischen Grundbesitz zu verkaufen, um ihre Steuerschulden decken und einen Notgroschen beiseite legen zu können. An Stelle des herrschaftlichen Anwesens, das seit Generationen Besitz der Familie Sung gewesen war, mußte sie sich jetzt mit einer kleinen, armseligen Mietwohnung begnügen. Eine Zeitlang war es versteckte Armut, in der sie dahinlebte. Aber nachdem im Laufe von zehn Jahren der Hügel ihrer bescheidenen Notgroschen hohl und leer gegessen war, wurde es wirkliche und wahrhaftige Armut, die nun offen zutage trat. Der Gram darüber zehrte an ihrer Gesundheit und raffte sie dahin.

Der nun sechzehnjährige Sohn brauchte das letzte noch vorhandene Bargeld auf, um seiner Mutter ein leidlich anständiges Begräbnis zu verschaffen. Dann stand er völlig mittellos da. Es waren ihm nur die beiden nackten Hände zum Lebensunterhalt verblieben. Da er keine Miete zahlen konnte, jagte ihn der Hauseigner auf die Straße. Nun war er auch obdachlos geworden.

Zum Glück verfügte er wenigstens über etwas geistiges Kapital: seit frühester Jugend hatte er sich des Schreibens und Rechnens beflissen und leistete in diesen beiden Künsten Beträchtliches.

Es traf sich zufällig, daß ein angesehener Akademiker seiner Heimatstadt, der Doktor zweiten Grades Fan, um diese Zeit zum Landrat des Kiang schan-Kreises in der Provinz Tsche kiang ernannt worden war und einen jungen, des Schreibens und Rechnens kundigen Sekretär suchte, den er mit an seinen Amtssitz nehmen wollte. Da wurde ihm nun von gewisser Seite Goldjunker empfohlen. Er ließ ihn sich zuführen und war von vornherein von seiner jugendlichen Wohlgestalt und seinem feinen Wesen äußerst eingenommen. Als er dann sein Können beklopfte, da stellte es sich heraus, daß der junge Mann tatsächlich in allen Schriftarten und Rechenkünsten trefflich bewandert war. Von Stund an behielt er ihn bei sich und stellte ihn in seiner Kanzlei als Gehilfen an. Aber nicht nur das, er schenkte ihm auch neue Sachen zum Anziehen, ließ ihn mit an seiner Tafel speisen und erwies ihm alle Art Gunst und Huld. Schließlich nahm er ihn an einem ausgewählten Glückstag mit an Bord der Reisedschunke, die ihn nach seinem neuen Amtssitz in der Provinz Tsche kiang bringen sollte.

Wie zum Kampfgetümmel gerne
Kriegerische Trommeln rattern,
Lockt zur Abfahrt in die Ferne
Windgeschwellter Segel Knattern.

Obzwar äußerlich verarmt und heruntergekommen, blieb Goldjunker trotz allem der edle Sproß aus altem, edlem Geschlecht. Obwohl er jetzt zum Gefolge und Hausstand des Mandarins Fan gehörte, wahrte er gleichwohl Abstand zu seinesgleichen. Er dachte nicht daran, sich mit Dienerschaft und Gesinde gemein zu machen und in Staub und Dreck herunterziehen zu lassen. Weil er seinen Stolz wahrte und seiner angeborenen und anerzogenen vornehmen Art und Sprechweise treu blieb, mußte er von seiten seiner niedriggeborenen Dienerkollegen viel Neckerei und Hänselei einstecken. Besonders die Gesindeältesten verargten ihm, daß er sich trotz seiner Jugend so gar nicht foppen ließ und in seiner Arbeit so tüchtig war, daß ihm nichts Ernsthaftes anzuhaben war.

Die Reise war von Kun schan hsiän aus zunächst auf dem Wasserwege vonstatten gegangen. Von Hang tschou sollte es zulande weitergehen. Kurz bevor man an Land ging, wurde das gesamte Gesinde Goldjunkers wegen bei Herrn Fan vorstellig:

»Alter Gebieter, daß sich der junge Knecht Goldjunker in Eurem Dienst mit Schreib- und Rechenarbeit nützlich macht, mag ganz in Ordnung sein. Aber es wäre angemessen, daß er sich uns, seinen Kollegen, gegenüber größerer Bescheidenheit und Artigkeit befleißigt. Er weiß überhaupt nicht, was sich gehört. Ihr behandelt ihn eben zu Unrecht mit allzu großem Wohlwollen. Ihr laßt ihn ganz wie Euresgleichen neben Euch sitzen und am gleichen Tisch mit Euch essen. An Bord konnte man es noch in dieser Hinsicht mit der Rechnung nicht allzu genau nehmen. Wenn wir aber jetzt zulande weiterreisen und in großen Herbergen absteigen, solltet Ihr, alter Gebieter, mehr Bedacht darauf nehmen, daß Eure Würde und der Abstand zwischen Herr und Knecht gebührend gewahrt bleibe. Wir, die Leute Eures Gesindes, haben uns deswegen eingehend beraten und sind einstimmig der Meinung, daß es am ratsamsten wäre, wenn Ihr den jungen Knecht Goldjunker eine schriftliche Leibeigenschaftsurkunde unterzeichnen ließet. Dann bestünde alle gewünschte Klarheit. Er wird sich dann später an Eurem Amtssitz hüten, sich weitere Ungehörigkeiten und Frechheiten herauszunehmen.«

Herr Fan besaß jene Art Ohren, die aus Watte gemacht zu sein scheinen. Er gab der Beschwerde des Gesindes statt, befahl Goldjunker zu sich in seine Schiffskammer und legte ihm eine Leibeigenschaftsurkunde zur Unterschrift vor. Aber dagegen lehnte sich der Stolz des Jünglings auf. Er, der edle Sproß aus altem Haus, sich förmlich als leibeigener Knecht verdingen? Nie und nimmer.

Als er trotz wiederholter Aufforderung fest bei seiner Weigerung blieb, packte Herrn Fan die Wut. Er ließ ihm das neue Wams und alles geschenkte Zeug, das er anhatte, durch die grauköpfigen Gesindeältesten vom Leibe reißen und setzte ihn halbnackt und bloß mit seinem Hemd bekleidet an Land. Stolz, wie er war, ließ Goldjunker die Unbill stumm über sich ergehen. Zwar traten ihm Tränen der Wut in die Augen, aber er beherrschte sich. Er flennte nicht, er heulte nicht, er klagte nicht, er bettelte nicht um Gnade. Er beobachtete noch aus der Ferne, wie ein Gewimmel von Sänftenträgern und berittenen Gefolgsleuten den Mandarin Fan in Empfang nahm, als er seinen Fuß an Land setzte. Aber es fiel ihm nicht ein, seinem ehemaligen Gönner nachzulaufen und zu Füßen zu fallen. Stolz wandte er sich ab und zog in entgegengesetzter Richtung seine Straße. Es war die Straße des Bettelns, die er nun nach dem Beispiel so manchen erlauchten Vorbilds aus der Geschichte ziehen mußte.

Am Stadttor flöteblasend hat
Ein Kanzler Wu gesessen.
Von einer Waschfrau holte sich
Ein Fürst von Han sein Essen.

Bei Tage also lungerte Goldjunker auf Gassen und Märkten herum und bettelte. Bei Nacht suchte er sich seine Schlafstätte in alten verfallenen Tempeln. Aber er mochte noch so tief heruntergekommen sein, er wahrte selbst in dieser elenden Lage trotz allem noch immer sozusagen drei Zehntel seiner früheren Vornehmheit, indem er es beharrlich vermied, sich jenem lästigen Geschmeiß zuzugesellen, das an den Straßenecken die Vorübergehenden in schamlos aufdringlicher Weise anbettelt. Nach knechtischer Art auf den Knien einherrutschen und bei Mißerfolg den unflätigen Schimpfton der Bettlersprache anschlagen, das brachte er nicht fertig. Auch in Bettlerlumpen blieb er gesittet und zurückhaltend. Bekam er etwas, so nahm er es dankbar; bekam er nichts, so trug er seinen Hunger mit Würde. Nach und nach allerdings wurden seine ehemals blühenden, runden Wangen gelb und mager. Seine strotzende Jugendfrische von einst schwand mehr und mehr dahin.

Die Blüte hold
Traf kühles Naß,
Ihr Rosa zart
Ward welk und blaß.
Das Duftkraut kaum
Im Herbstreif stand,
Sein Duft im Nu
Verflog und schwand.

Es war Ende Herbst. Nach Wochen brütender Hitze blies ein ›Goldwind‹ von Nordost und preßte kühle Luft in den ausgedörrten Raum über der mittleren Ebene. Ein jäher, ergiebiger Regenguß war die Folge. Er währte von der Doppelstunde des Drachen (sieben bis neun Uhr vormittags) bis zur Doppelstunde des Pferdes (elf bis ein Uhr mittags). Goldjunker hatte im Tempel des Kriegsgottes Kwan ti Zuflucht gesucht. Da saß er nun frierend und klappernd in seinen dünnen Bettlerlumpen, und obendrein knurrte ihm der Magen. Endlich hörte der Regen auf. Goldjunker schnürte seinen Leibgurt enger und schritt zur Tempelpforte hinaus auf die Straße.

Er war kaum einige Schritt gegangen, da traf sein Blick unversehens auf ein wohlbekanntes Gesicht. Es war niemand anders als Liu, der alte gute Freund seines verstorbenen Vaters, der da fast mit ihm zusammenprallte.

Aus Scham wagte sich Goldjunker nicht zu erkennen zu geben. Mit scheu gesenktem Blick huschte er an ihm vorüber.

Aber der andere hatte ihn bereits erkannt. Er lief ihm nach und hielt ihn von hinten fest.

»He, seid Ihr nicht Goldjunker, der junge Herr Sung? Wie kommt Ihr denn zu dieser armseligen Aufmachung?«

Goldjunker hob grüßend die Hände zur Brust.

»Verzeiht, wenn Euch der kleine Neffe in Anbetracht seiner Lumpen nicht zu grüßen wagte. Da der alte Onkel aber die Güte hatte, mich trotzdem einer Befragung zu würdigen, so will ich ihm geziemend Rede stehen. Mir ist es also ergangen . . .« Und mit stellenweise tränenerstickter Stimme berichtete er sein trauriges Schicksal.

Onkel Liu war sichtlich bewegt.

»Mitgefühl ist natürliche Menschenpflicht«, sagte er. »Wohlan, ich will Euch auf mein Boot aufnehmen, da könnt Ihr Euch als mein Gehilfe nützlich machen. Und ich wette, Ihr werdet bei mir alle Tage satt zu essen haben und nicht zu frieren brauchen.«

Goldjunker fiel ihm dankbar zu Füßen.

»Wenn mich der alte Onkel wirklich bei sich aufnehmen wollte, ich würde ihn als zweiten Vater und mich als wiedergeboren ansehen.«

Der alte Liu führte ihn zum Flusse hinab an die Stelle, wo sein Hausboot lag. Er ging zunächst allein an Bord, um die Sache mit seiner Frau zu bereden. Die geborene Hsü begrüßte seinen Entschluß als für beide Teile nutzbringend. Hierauf winkte Liu den jungen Mann zum Vorderdeck aus an Bord. Er gab ihm zunächst einmal einen alten Wettermantel aus Drillich, den er selber am Leibe trug, zum Anziehen. Dann führte er ihn zum Achterdeck in die Bootskammer und stellte ihn seiner Frau und seiner Tochter Lenzwunsch vor. Nach der Vorstellung zog sich Goldjunker bescheiden wieder aufs Vorderdeck zurück.

»Wir möchten dem jungen Herrn etwas zu essen vorsetzen«, sprach Liu zu seiner Frau.

»Zu essen ist schon noch etwas da, aber es ist kalt«, erwiderte die geborene Hsü.

»Aber heißer Tee ist noch im Kessel«, mischte sich die Tochter ein.

Sie griff flugs zur Schöpfkelle, schöpfte aus dem Kessel eine irdene Kanne mit kochendem Tee voll und brachte dem frierenden Goldjunker das heiße Getränk.

Ihre Mutter holte indessen aus dem vergitterten Speiseschrank einige Gemüsereste und setzte sie zusammen mit einer Schüssel kaltem Reis dem neuen Bootsgenossen vor.

»Hier, junger Herr, Ihr müßt vorliebnehmen. So einfach wie zu Hause auf dem festen Lande ist bei uns fahrenden Schiffersleuten die Essensbeschaffung natürlich nicht.«

Es ging noch ein feiner Sprühregen hernieder. Goldjunker hatte keine Kopfbedeckung, und die Regentropfen rannen ihm nur so übers Gesicht und in die Reisschüssel. Onkel Liu, der es bemerkte, rief seiner Tochter zu, sie möchte den alten breitkrempigen Wetterhut aus Filz bringen, der in der hinteren Bootskammer liege.

Lenzwunsch lief und holte den Hut. Als sie sich ihn näher besah, bemerkte sie, daß er an der einen Seite aufgeplatzt war. Geschwind riß sie die in ihrem Haarknoten steckende Nähnadel mit eingefädeltem Faden heraus und nähte die schadhafte Stelle zu. Dann legte sie den Hut auf das Mattendach der Bootskammer.

»Holt Euch den Filzhut und setzt ihn auf!« rief sie nach vorn. So kam Goldjunker auch noch zu einem Wetterhut. Onkel Liu gönnte ihm Zeit, sich mit kaltem Reis und heißem Tee zu stärken. Dann aber gab er ihm Beschäftigung. Er sollte das Deck scheuern, die Wohnräume ausfegen und in Ordnung bringen und ähnliche kleinere Arbeiten mehr verrichten. Er selbst ging an Land, um einige Besuche zu erledigen, und kam erst gegen Abend wieder.

Als er am andern Morgen Goldjunker müßig auf dem Vorderdeck herumsitzen sah, sagte er sich, man dürfe den Neuling nicht verwöhnen, und in barschem Tone schalt er ihn:

»He, Goldjunker, was soll das heißen, hier untätig herumsitzen? Ihr eßt meinen Reis, Ihr tragt meinen Rock. Auf, tummelt Euch! Und wenn es keine andere Arbeit gibt, macht Euch mit Seilflechten und Tauwickeln nützlich!«

»Ganz zu Euren Diensten!« versicherte Goldjunker eifrig. Onkel Liu warf ihm ein Bündel ungeschälter Hanfstengel hin und hieß ihn, ein Seil davon flechten.

Mußt unter fremdem Hüttendach du Zuflucht nehmen,
Dann heißt's sich bücken und zum Buckel sich bequemen.

Von Stund an befleißigte sich Goldjunker vom frühen Morgen bis zum späten Abend emsiger Arbeit und stahl sich keine Zeit zum Faulenzen. Da er in zwei Künsten, im Rechnen und im Schreiben, so durchaus fertig und bewandert war, ließ ihn Onkel Liu Rechnungen und Frachtscheine ausstellen, wenn fremdes Gut zur Verfrachtung an Bord genommen wurde. Und es unterlief ihm niemals der geringste Rechenfehler. Seine Fertigkeit sprach sich unter den Schiffersleuten herum. Bald kam es dazu, daß ihn auch fremde Frachtschiffer und Händler einluden, sein Rechenbrett für sie zur Hand zu nehmen und für sie Rechnungen und Schiffslisten aufzusetzen. Und sie alle schätzten und liebten ihn und konnten untereinander nicht genug rühmen, was für ein artiger Jüngling und wie verständig und anstellig bei all seiner Jugend dieser junge Herr Sung sei.

Onkel Liu und Frau aber schauten ihn in Anbetracht dessen, daß er sich so mit Fleiß nützlich machte, aus schwärzlicher Pupille an und behandelten ihn mit allem erdenklichen Wohlwollen.

Sie schenkten ihm die beste Kleidung und gaben ihm gut zu essen. Vor Besuchern und Gästen gaben sie ihn als ihren Adoptivneffen aus. Goldjunker seinerseits fühlte sich zufrieden und glücklich in seiner neuen Lage. Er hatte alles, was er sich wünschte. Seelisch und leiblich bei bestem Wohlbefinden, gewann er gar bald auch äußerlich seine frühere prangende Jugendfrische und Fülle zurück. Unter den Schiffersleuten weit und breit war niemand, der den schmucken Jüngling nicht bewundert und gepriesen hätte.

Tage und Nächte flogen dahin wie Pfeile. Unmerklich waren zwei Jahre dahingegangen. Da dachte Onkel Liu eines Tages im stillen bei sich: Man wird langsam alt. Es ist nachgerade an der Zeit, daß man für die einzige Tochter, die man besitzt, einen Mann sucht, damit man für seine alten Tage eine Stütze hat. Es müßte einer sein wie dieser Goldjunker, so einer wäre mir zu zehn Zehnteln lieb und recht. Aber noch weiß ich nicht, was meine Alte dazu meint.

An diesem Abend saß er länger als gewöhnlich mit seiner Frau beim heißen Punsch. Tochter Lenzwunsch saß auch dabei. Auf die Tochter zeigend, sprach er zu seiner Frau:

»I Tschun ist nun erwachsen. Aber noch ist sie ledig und unversorgt. Was tun?«

»Das ist eine höchst wichtige Sache, die ebenso auch uns beide angeht. Denn schließlich brauchen wir jemanden, an dem wir für unsere alten Tage Stütze und Anhalt finden. Warum bist du nicht längst dahinterher?« erwiderte die geborene Hsü.

»Oh, ich habe mir die Sache schon lange durch den Kopf gehen lassen. Bloß den Richtigen finden, das ist die Schwierigkeit. Wenn es einer wäre wie unser Goldjunker hier an Bord, dann wollte ich schon zufrieden sein. Der kann etwas, der ist tüchtig. So einen wird man unter tausend vergebens suchen.«

»Warum hast du denn keine Schritte unternommen, um ihn dir als Eidam zu sichern?«

»Aber, aber! Wo denkst du hin!« wehrte Onkel Liu in gemachter Verstellung ab. »Wie könnten wir unsere Tochter einem Habenichts anvertrauen wie ihm, der kein eigenes Heim und rein gar nichts zu bieten hat, der lediglich von unserem Gnadenbrot lebt!«

»Aber dafür ist er ein Sproß aus altem, edlem und hochachtbarem Hause! Überdies scheinst du ganz vergessen zu haben, daß schon vor Jahren, als sein Vater noch lebte, Verhandlungen wegen seiner Verlobung mit unserem Kind im Gange waren. Wenn er zur Zeit auch in ärmliche Verhältnisse geraten ist, so ist er doch andererseits ein stattlicher, ansehnlicher und obendrein tüchtiger junger Mann, der etwas leistet, der trefflich schreiben und rechnen kann und unserem Hause alle Ehre machen würde, wenn wir ihn als Eidam bekämen. An ihm würden wir Eltern bestimmt eine Stütze im Alter haben.«

»Ist das deine ernstliche Meinung?«

»Gewiß.«

»Dann ist es gut.«

Onkel Liu fühlte sich beträchtlich erleichtert. Er hatte für gewöhnlich einen gelinden Respekt vor der geborenen Hsü und würde nie gewagt haben, in wichtigen Fragen gegen ihre Meinung zu entscheiden. Nun rief er Goldjunker herein und verlobte ihn ohne viel Umschweife in Gegenwart der Gattin mit Tochter Lenzwunsch. Goldjunker zierte sich anfangs bescheiden und tat so, als ob er der Ehre nicht würdig wäre. Schließlich aber willigte er in die angebotene Heirat, die ihn nicht einen Kupferling an Aufwand kosten sollte, gehorsamst ein. Worauf Onkel Liu flugs zu einem Astrologen lief und sich einen geeigneten Glückstag für die Vermählung aussuchen ließ, an dem die völlige Akkordanz der beiderseitigen Aspekte gewährleistet war. Alsdann ging die Fahrt nach der Heimatstadt Kun schan hsiän. Hier wurde zunächst die feierliche Bekappung des Bräutigams vorgenommen. Er zählte jetzt achtzehn Jahre, da war es an der Zeit, ihn nach altem Herkommen mit der Kappe der Mannbarkeit zu bekleiden. Aus zweifach festlichem Anlaß kleidete ihn Onkel Liu von Kopf zu Fuß aufs feinste ein, so daß die natürliche Anmut des Jünglings nun voll zur Geltung kam.

Kein Wunderkind wie Tsao Tschi zwar,
Doch schöner noch als Pan Yo gar.

Mutter Liu ihrerseits staffierte ihr Töchterlein mit festlicher Kleidung und Brautschmuck aus. Als der Glückstag herankam, lud man die beiderseitigen Verwandten als Hochzeitsgäste ein und veranstaltete ein großes Freudenmahl an Bord. In aller Form wurde Goldjunker mit Lenzwunsch vermählt und als Eidam in die schwiegerelterliche Schiffsbehausung aufgenommen. Am Tage nach der Hochzeit fanden sich die Verwandten zum üblichen Glückwunschbesuch von neuem ein, und noch drei Tage lang wurde mit weidlichem Schmausen und Zechen Hochzeit gefeiert.

Überflüssig zu erwähnen, daß sich die jungen Leute von Herzen zugetan waren. Goldjunker fügte sich trefflich in die schwiegerelterliche Wohngemeinschaft ein. Onkel Lius Gewerbe aber blühte und gedieh seitdem von Tag zu Tag mehr und mehr.

Unmerklich gingen ein Jahr und zwei Monate dahin, da war für Lenzwunsch die Zeit erfüllt, und sie genas eines Mägdleins. Es wurde von seinen Eltern so liebevoll wie ein Schatz von Gold gehegt und wanderte abwechselnd von der Brust der Mutter in die Arme des Vaters. Doch kaum ein Jahr alt, erkrankte es an Blattern und starb trotz aller ärztlichen Bemühungen nach zwölftägigem Krankenlager dahin. Der Tod des geliebten Kindes betrübte Goldjunker über die Maßen. Er war in seinem Schmerz untröstlich und fühlte sich in seinem Gemüt zutiefst verwundet. Herzeleid führte dazu, daß er nun selber an Auszehrung erkrankte und körperlich zusehends verfiel. Bei Tage fröstelte er, bei Nacht lag er in Fieberglut. Der Appetit schwand ihm, er magerte so erschreckend ab, daß ihm das Fleisch wegzuschmelzen schien und die Knochen zutage traten. Jede Bewegung fiel ihm schwer, er schleppte sich mehr, denn daß er ging.

Seine Schwiegereltern hofften anfangs auf baldige Genesung. Sie ließen es nicht an Befragung von Ärzten und Wahrsagern, an Arzneien und lebensweckenden Heildrogen fehlen. Ein Jahr lang sahen sie mit an, wie er sich dahinschleppte. Aber sein Leiden nahm statt ab eher zu. Schließlich glich er nur noch zu drei Zehnteln einem menschlichen Wesen, zu sieben Zehnteln einem Gespenst.

Als es nun gar auch mit seiner Fähigkeit zu rechnen und zu schreiben aus war, da wurde er ihnen vollends ein Nagel im Auge, und sie wünschten, daß er baldigst reinen Tisch mache und hinwegstürbe. Aber er wollte nicht sterben.

Da faßte die beiden alten Leute unbändige Wut, und sie bereuten nur allzusehr, daß sie ihn zum Schwiegersohn gewählt hatten.

»Ist das die Stütze des Alters, die wir erträumt hatten?« so pflegten sie sich gegenseitig grollend zu fragen. »Ist uns mit so etwas von Sohnersatz gedient, was weder zum Leben noch zum Sterben taugt und ganz offensichtlich jenem eklen Gewürm gleicht, das sich noch im Tode krümmt und ringelt und nicht zur Ruhe kommt? Sollen wir mit ansehen, wie so etwas das ganze Leben unseres blumenholden Kindes verpfuscht? Nein, wir sollten Rat schaffen und uns einen geschickten Plan ausdenken, wie wir diese Hausplage ehebaldigst loswerden können. Und dann sollten wir uns schleunigst nach einem anderen, besseren Eidam umsehen. Das wäre die einzige Lösung für uns.«

Und nun wurde von den Alten des langen und breiten eifrig beraten und schließlich ein heimlicher Plan entworfen. Die Tochter wurde nicht mit ins Vertrauen gezogen. Man sagte ihr lediglich, es sei irgendwo nördlich vom Yang tse-Strom eine Ladung Frachtgut an Bord zu nehmen.

Onkel Liu steuerte sein Hausboot also in die Gegend von Wu schen hsiän im Bezirk Tschi tschou fu, der zur Provinz Anhui gehört.

Es war eine öde, abgelegene Gegend, in die man geraten war. Irgendwo ragte trübselig ein einsamer Berg aus der Ebene, sonst weit und breit Wasser. Man befand sich auf einem zur Lagune erweiterten toten Seitenarm des Yang tse-Stromes. Überall wilde Ufer, die stellenweise zu steilen Abhängen anstiegen. Nirgends eine Spur von menschlicher Ansiedlung. Ein leichter Gegenwind hatte sich erhoben. Onkel Liu steuerte mit Absicht verkehrt, so daß sein Schiff im Ufersand der Strominsel auf Grund geriet.

Er hieß Goldjunker ins Wasser waten und sich gegen die Bordwand stemmen, damit das Fahrzeug wieder flottkäme. Das war ein gewollt unmögliches Verlangen. Goldjunker war in seinem leidenden Zustand viel zu schwach dazu. Als er sich nun trotzdem mit trägen Bewegungen und schleppenden Schrittes anschickte, das Geheiß auszuführen, ging das dem ungeduldigen Onkel Liu nicht rasch genug. Und zornig polterte er los:

»Schwindsüchtiges Gespenst! Wenn du nicht Saft und Kraft genug hast, um den Kahn flottzumachen, dann mache dich wenigstens am Strande nützlich und lies etwas dürres Reisig auf, damit ich nicht noch Geld für Brennholz auszugeben brauche.«

Betreten holte sich Goldjunker ein Buschmesser und schleppte sich mühsam ans Ufer. Nachdem er eine ziemliche Strecke Wegs durch Sand gewatet und über Steine gestolpert war, gelangte er in ein dicht bewachsenes Gehölz. Da war nun zwar kein Mangel an Bäumen und Buschwerk, aber wo sollte er die Kraft hernehmen, um das Buschmesser zu schwingen und Äste abzuhauen? Er begnügte sich damit, etliches dürres Gezweig und Astwerk vom Boden aufzulesen und mit dem Buschmesser von lästigen Dornen und Stacheln zu säubern. Nachdem er einen genügend großen Vorrat gesammelt hatte, teilte er ihn in zwei Haufen und verschnürte die Haufen mit Hilfe von dürren Lianensträngen in zwei Bündel. Die beiden gewichtigen Bündel aufzubuckeln, dazu fehlte es ihm an Kraft. Er half sich damit, daß er noch eine weitere, besonders lange, dürre Kletterranke abschnitt, mit ihrer Hilfe die beiden Bündel zusammenknotete und das Ende der Ranke um den Unterarm schlang, um die Last hinter sich herzuschleifen. Ähnlich wie ein Ochsenhüter, der seinen Ochsen am Seil hinter sich herzerrt, zog er so unter Mühsal und Beschwerden seines Wegs. Es war eine lange Strecke, die er bis zum Strand zurückzulegen hatte. Unterwegs gab es noch einen Aufenthalt. Er hatte das Buschmesser im Gehölz liegengelassen. Nun mußte er noch einmal zurücklaufen, um das vergessene wertvolle Werkzeug zu holen. Er steckte es unter das Reisig in ein Bündel.

Als er endlich bei sinkender Sonne müden und schleppenden Schrittes unten am Strande anlangte, harrte seiner eine böse Überraschung: Die Stelle, wo Onkel Lius Fahrzeug gelegen hatte, war leer! Von dem Schiff war weit und breit nichts zu sehen! Wohin er blickte: Wasser, darüber abendlicher Dunst, dazu ein wüstes, sandiges Eiland, auf dem er ganz allein sich einsam und verlassen befand. Er ging noch eine Strecke suchend am Ufer entlang. Aber der rote Sonnenball, der im Westen unterging, zeigte ihm kein anderes Bild. Nirgends eine Spur von Schiff und Mensch. Er schrie sich die Kehle heiser. Aber aus der Totenstille ringsum kam keine Antwort.

Da ward ihm klar, daß ihn sein Schwiegervater böswillig ausgesetzt hatte. Das war zuviel für ihn. Von Verzweiflung überwältigt, sank er bewußtlos um. Als er nach geraumer Zeit wieder zu sich kam, sah er mit einem Male vor sich am Ufer einen alten Mönch stehen. Wo mochte der bloß hergekommen sein? fragte er sich verwundert.

Seinen Stecken in den Sand stemmend, hub der Alte an:

»Werter Patron, wo habt Ihr Eure Gefährten gelassen? Das hier ist kein Ort, um den Fuß rasten zu lassen.«

Goldjunker stand geschwind auf, verneigte sich grüßend, nannte seinen Namen und erzählte, wie er von seinem Schwiegervater unter einem Vorwand an diesem wüsten Gestade böswillig ausgesetzt worden sei. Nun sitze er ganz verlassen hier und wisse nicht wohin. Und er flehte den ehrwürdigen Alten um Hilfe und Rettung an.

»Wenn Ihr für eine Nacht vorliebnehmen wollt, so kommt mit in die schlichte Schilfhütte, die mir als Einsiedlerklause dient. Es ist nicht weit zu ihr.«

Goldjunker nahm die Einladung dankbar an und folgte dem Alten. Nach einer halben kleinen Meile Wegs sah er wirklich eine schilfgedeckte Hütte vor sich. Sie traten ein. Der Alte schlug Feuer aus Steinen, entfachte ein Herdfeuer und setzte eine dicke Reissuppe zum Kochen auf. Erst ließ er schweigend seinen hungrigen Gast essen, dann hub er wieder an:

»Bestand zwischen Euch und Eurem werten Schwiegervater irgendwelche Feindschaft, irgendwelcher Groll? Dann laßt es mich des näheren wissen.«

Goldjunker erzählte ausführlich, wie er von Onkel Liu als Eidam in seine Familie aufgenommen und später nach dem Tod seines Kindes erkrankt und ausgesetzt worden war.

»Hegt Ihr im Busen Haß gegen Euren werten Schwiegervater?« forschte der alte Klausner weiter. Goldjunker verneinte.

»Ich kam als Bettler zu ihm. Er hat mich mit Güte überhäuft, hat für meinen Lebensunterhalt gesorgt und mir seine Tochter zur Gefährtin gegeben. Daß ich in Siechtum verfiel und deswegen von ihm verstoßen wurde, habe ich meinem Unstern zuzuschreiben. Wie könnte ich wagen, deswegen Groll und Haß gegen ihn zu hegen?«

»Eure Worte zeugen von edler und wackerer Gesinnung. Vernehmt, was ich Euch zu sagen habe! Eure werte Gesundheit leidet daran, daß Euer Gemüt, das Gehäuse der sieben Leidenschaften, verwundet ist. Diese Art Krankheit läßt sich nicht mit Pillen und Arzneien kurieren. Da gibt es nur ein wirksames Heilmittel: ein gesäubertes und geläutertes Herz. – Seid Ihr in Eurem Leben schon der Lehre Buddhas teilhaftig geworden? Habt Ihr schon heilige Sutras gelesen?«

»Nein.«

Der Alte zog aus dem Ärmel seiner Kutte eine Schriftrolle hervor und reichte sie dem Jüngling.

»Das hier ist die Diamantsutra. Man nennt sie so, weil sie das Herz demantfest macht. Mein seliger Tempelabt hat sie mir seinerzeit vermacht. Jetzt vermache ich sie Euch. Lest täglich zwei Abschnitte, und alle Eure eitlen Gedanken werden vergehen und dahinschwinden. Um Krankheit zu bannen und um Euer Leben zu verlängern, für all das wird Euch diese Sutra von unendlichem Nutzen sein.«

Nun, Goldjunker war ja eine Wiedergeburt jenes alten Einsiedlers vom Tempel der Kwan yin auf dem Kalten Berg bei Su tschou, von dem zu Eingang der Erzählung berichtet wurde. Da hielt es für ihn nicht schwer, eine heilige Sutra zu lesen. Das hatte er in seiner früheren Existenz ergiebig genug geübt. Jetzt brauchte er einen Abschnitt nur einmal laut zu lesen, da haftete er bereits in seinem Gedächtnis, und er konnte ihn auswendig hersagen. Das war die Folge dessen, daß sich die frühere Anlage des verstorbenen Einsiedlers vermöge Seelenwanderung ohne Unterbrechung in ihm forterben konnte.

Nachdem Goldjunker einen Abschnitt der heiligen Sutra gelesen hatte, hockte er Seite an Seite neben dem alten Klausner auf der Andachtsmatte nieder und begann mit geschlossenen Augen das Gelesene in singendem Tonfall aus dem Gedächtnis herzubeten. Und so sang und betete er die ganze Nacht durch, bis er gegen Morgen einschlief.

Als er wieder zu sich kam, fand er sich auf einer sanft ansteigenden Waldwiese im Grase sitzen. Von dem alten Klausner und seiner Schilfhütte war nichts mehr zu sehen. Dagegen hielt er die heilige Schriftrolle, die ihm vermacht worden war, noch in der Hand und an die Brust gepreßt. Den Eingangsabschnitt hatte er noch genau im Gedächtnis.

Darob befiel ihn ehrfürchtiges Staunen. Er stand auf und schöpfte Wasser aus einem nahen Tümpel und spülte sich den Mund rein. Hierauf betete er laut den ersten Abschnitt der heiligen Sutra her. Und siehe, alle Verzagtheit und Mattigkeit fielen von ihm ab. Er fühlte mit einem Schlage seine Seele von allem Druck und aller Sorge befreit und erlöst, seinen Leib aber wieder gesund und stark.

Es wurde ihm zur Gewißheit, daß tags zuvor irgendein Heiliger seine Wundermacht betätigt habe, um ihm Rettung zu bringen. Daß hierbei ein ursächlicher Zusammenhang mit einem gewissen guten Werk bestand, das sein Vater einst an einem sterbenden Eremiten verrichtet hatte, konnte er freilich nicht wissen. Nun, er neigte sich nach dem leeren Luftraum hin und dankte mit Stirnaufschlag seinem unsichtbaren Retter.

Was aber nun weiter? Ungeachtet allen himmlischen Beistands befand er sich leiblich gleichwohl in der mißlichen Lage einer im Ozean treibenden Wasserpflanze. Er war obdachlos, und in seinem Magen regte sich Hunger.

Aufs Geratewohl dahinwandernd, gewahrte er von weitem auf einmal zwischen dem Gehölz einer waldigen Anhöhe vor sich die undeutlichen Umrisse einer Baulichkeit. Er vermutete eine menschliche Wohnstätte und machte sich schon darauf gefaßt, daß es ihm nun wohl nicht erspart bleiben würde, eine alte Übung aufzuwärmen und an fremden Türen um Essen zu betteln.

Aber diesmal hatte es die Vorsehung anders bestimmt. Diesmal sollte sein Ungemach zu seinem Glücke ausschlagen.

Die Straße ging zu Ende,
Da ist ein Pfad zur Stelle.
Der Brunnen, der versiegte,
Da sprudelte eine Quelle.

Goldjunker ging auf die Anhöhe zu. Beim Näherkommen gewahrte er keinen Rauch als Anzeichen einer menschlichen Behausung. Kein menschlicher Laut drang an sein Ohr. Öde und erstorben lag die Gegend vor ihm.

Aber etwas anderes entdeckte er. Zwischen den Baumstämmen sah er überall in den Erdboden gesteckte Spieße, Speere, Hellebarden und Schwerter ragen. Er faßte sich ein Herz und schritt ungeachtet der stacheligen Sperre weiter. Da kam er an die Baulichkeit, die er von weitem bemerkt hatte.

Es war ein alter, verfallener Tempel, dem Erdgott geweiht. Er ging hinein und machte eine zweite Entdeckung. In der Tempelhalle fand er, unter Binsenhalmen und Fichtenzweigen versteckt, acht große, schwere Kisten. Sie waren mit Eisenreifen umspannt und überdies mit Vorhängeschlössern gesichert. Goldjunker dachte im stillen: Die Kisten gehören vermutlich einer Räuberbande und enthalten geraubtes Gut. Und die Spieße und anderen greulichen Waffen sind von den Räubern draußen vor dem Tempel gewiß zu dem Zweck aufgepflanzt worden, um Fremdlingen Angst zu machen und sie vom Betreten des Tempels abzuschrecken. Die Herkunft der Kisten ist zwar etwas dunkel, aber einstweilen stehen sie herrenlos umher. Was kann mich hindern, sie mir anzueignen?

Und er dachte sich im stillen einen Plan aus, wie er zu Werke gehen wollte. Zunächst mußte er zum Ufer zurück. Dort wollte er geduldig warten, bis ein Schiff vorüberkäme, das er zu Hilfe rufen könnte. Um später den alten Tempel wiederfinden zu können, brach er unterwegs Fichtenzweige ab und steckte sie entlang des Pfades von Zeit zu Zeit als Wegweiser in den Erdboden.

Endlich kam er aus dem Walde heraus und ans Ufer zurück. Dort wartete seiner eine erfreuliche Überraschung. Es sollte sich erweisen, daß nunmehr für ihn die Stunde gekommen war, da er in vollen Zügen die Gunst eines gnädigen Schicksals genießen durfte.

Zufällig hatte kurz vorher unweit der Stelle, wo er aus dem Walde herauskam, eine große Handelsdschunke am Inselufer angelegt. Sie hatte unterwegs eine Havarie gehabt. In einer reißenden Gegenströmung des Yang tse-Stromes war das Steuerruder des Fahrzeuges entzweigebrochen. Da hatten die Schiffer die Dschunke in den gleichen toten Seitenarm des Stromes bugsiert, in den tags zuvor Onkel Liu sein Boot gesteuert hatte. Hier, in dem seichten und stillen Lagunengewässer, wollte man das beschädigte Steuerruder in aller Ruhe ausbessern. Verstellung übend, gab sich Goldjunker den Anschein, als sei er von Angst und Schrecken gehetzt, und erzählte den fremden Kauffahrern folgendes Gemisch aus Dichtung und Wahrheit: Er sei ein junger Amtsanwärter namens Tsiän aus der Provinz Schen hsi und habe seinen Onkel auf einer geschäftlichen Reise durch die Provinzen Hu peh und Hu nan begleitet. Als sie durch die hiesige Gegend kamen, sei ihr Schiff von Flußpiraten überfallen und ausgeplündert worden. Seinen Onkel hätten die Piraten kurzerhand umgebracht. Sein eigenes armseliges Leben hätten sie aus Mitleid mit seiner Jugend und seinem kränklichen Zustand einstweilen verschont. Sie hätten ihn dann hier auf die einsame Insel in einen alten verfallenen Erdgottempel verschleppt, wo sie auch die geraubten Schätze untergebracht hätten. Einen Mann aus der Bande hätten sie zu seiner und zur Bewachung des Raubgutes ihm zur Seite im Tempel gelassen, die ganze übrige Bande sei wieder zu einem anderweitigen Raubzug davongefahren. Zum Glück sei sein Wächter in der vergangenen Nacht am Biß einer giftigen Natter verstorben. So hätte er aus dem Tempel entweichen und hierher ans Ufer flüchten können. Nun bitte er die Herren flehentlich, daß sie ihn an Bord ihrer Dschunke mitnehmen möchten.

Die Kauffahrer wollten seiner Erzählung zunächst nicht recht Glauben schenken. Darum fuhr Goldjunker fort:

»In der Tempelhalle stehen acht große, schwere Kisten. Alles, was sie enthalten, ist Eigentum meines Onkels und meiner Familie. Der Tempel liegt drüben im Walde, nicht weit von hier. Ich bitte die Herren inständig, sich ans Ufer zu bemühen, sich durch den Augenschein von der Wahrheit meiner Worte zu überzeugen und die Kisten freundlichst an Bord der Dschunke schleppen zu lassen. Mit Freuden will ich den Herren auch eine von den acht Kisten als Dankesgeschenk überlassen. Aber die Herren müssen sich sputen und rasch ans Werk gehen. Sollten die Piraten unvermutet dazwischenkommen, so wäre es nicht allein um die Bergung der kostbaren Kisten geschehen, sondern es möchte den Herren auch noch sonstiges Ungemach erwachsen.«

Nun, diese Kaufleute waren tausend Meilen gereist, um geschäftlichen Gewinn zu machen. Als sie jetzt von verborgenen Schätzen hörten, die zu heben seien, da waren sie nur gar zu gern dabei. Sie wählten aus ihrem Gefolge sechzehn junge, kräftige Burschen aus, die sie, mit Stricken und acht Tragstangen ausgerüstet, als Lastträger mitnahmen. Goldjunker übernahm die Führung.

Bei dem alten Tempel angelangt, fand man drinnen wirklich acht große, gewichtige Kisten vor. Je zwei Mann schleppten an einer übergeschulterten Tragstange eine Kiste, und sie hatten an ihrer Last gewaltig zu schleppen. Beim Abmarsch versäumte Goldjunker nicht, die allenthalben aufgepflanzten Spieße und sonstigen Waffen aus dem Erdboden zu ziehen und im Walddickicht zu verstecken.

Die Kisten wurden glücklich an Bord gebracht, das Steuerruder war auch bald wieder ausgebessert, und so konnte das Schiff wieder abfahren.

»Wohin befehlt Ihr, werter Gastfreund?« erkundigten sich die Kaufleute artig bei Goldjunker. Er stand bei ihnen seit der Hebung des Schatzes in hohem Ansehen.

»Vorläufig nach Nanking. Ich möchte dort Verwandte besuchen.«

»Das trifft sich günstig. Wir wollen nach Kwa tschou, da müssen wir sowieso an Nanking vorbei.«

Und so steuerte man aus dem toten Seitenarm in den Yang tse und setzte die Fahrt stromabwärts fort. Nachdem man eine Strecke von fünfzig kleinen Meilen auf dem Strom zurückgelegt hatte, legte man an und schaltete einen Rasttag ein. Man wollte doch den geschätzten Gast aus Schen hsi, der noch dazu mit dem viel verheißenden Familiennamen Tsiän, ›Geld‹, benamset war, mit einem Festessen gebührend feiern. Da wurde also an Land geschickt und guter Wein und frisches Fleisch und was sonst an guten Dingen zu einer Festtafel gehörte, eingekauft und dann zu Ehren des Gastes ergiebig getafelt. Er sollte sich von den ausgestandenen Schrecken einmal gründlich erholen und ob seiner glücklichen Errettung feiern lassen.

Am Tage darauf ging die Fahrt weiter. Ein kräftiger Westwind hatte sich erhoben und erlaubte, die Segel zu setzen. In flotter Fahrt erreichte man nach einigen Tagen Kwa tschou. Goldjunker hatte sich entschlossen, die Kaufleute, die ihn so zuvorkommend behandelt hatten, aus Artigkeit noch ein Stück Wegs zu begleiten, und war daher bis Kwa tschou an Bord ihrer Dschunke verblieben.

Für die kurze Fahrt von Kwa tschou zurück nach Nanking – zu Wasser eine Strecke von hundert kleinen Meilen – mietete er sich ein kleineres Fährboot.

Von seinen acht Schatzkisten lud er bloß sieben auf das Fährboot um. Eine Kiste beließ er getreu seinem Versprechen den gastfreien Kaufleuten als Geschenk. Was die Kaufleute beim Öffnen der Kiste darin vorfanden und wie sie den Inhalt unter sich verteilten und verwendeten, gehört nicht mehr zur Erzählung.

Goldjunker setzte also nach Nanking über, ging aber vorsichtshalber noch außerhalb der Stadtmauern bei der Mündung des Drachenflusses an Land und nahm in einer nahegelegenen Vorstadtherberge Quartier. Anderntags ließ er Schlosser kommen und seine Kisten sachgemäß öffnen. Er fand sie bis zum Rande angefüllt mit Gold und Silber und Perlen und Edelsteinen! Es verhielt sich so, daß die Piraten in jene acht Kisten die Ausbeute einer mehrjährigen Raubtätigkeit untergebracht hatten.

Goldjunker verkaufte zunächst den Inhalt einer Kiste auf dem freien Markt und erzielte dafür einen Erlös von mehreren tausend Silberbatzen. Da er fürchtete, in der Vorstadt durch Aufwand aufzufallen und sich verdächtig zu machen, siedelte er in die Großstadt Nanking über. Da kaufte er sich nun ein eigenes Anwesen und dingte sich Sklaven und Hausgesinde und begann das Leben eines Mannes von Welt zu führen. Er kleidete sich nur noch in feinste Seide und aß nur noch Leckeres und Gebratenes. Vom Inhalt der restlichen sechs Kisten behielt er die schönsten und künstlerischsten Gegenstände für seinen eigenen Hausgebrauch, alles übrige münzte er nach und nach in Geld um und erzielt dafür einige zehntausend Silberbatzen.

Das große Anwesen, das er unweit des ›Phönix‹-Tores erworben hatte, ließ er neu herrichten und mit prächtigen

Wohnhallen und einem schönen Park und zierlichen Lauben und Pavillons ausstatten. Möbel, Hausrat, Geschirr und Küchengerät, alles wurde neu und in erlesener Güte beschafft. Nach der Straßenseite zu aber eröffnete er eine stattliche Pfandleihe. Des weiteren erwarb er draußen vor der Stadt mehrere Gutshöfe mit Äckern und Feldern. Für die Unterbringung seines vielköpfigen Gesindes in der Stadtwohnung benötigte er einige Dutzend Leutekammern. Für die Bewirtschaftung seiner ländlichen Besitzungen stellte er zehn Aufseher an. Ferner hielt er sich ein persönliches Gefolge von vier ausgesucht hübschen Leibpagen, die stets um ihn und seiner Befehle gewärtig sein mußten. In prächtiger Karosse und mit berittenem Gefolge pflegte er auszufahren. Wenn er heimkam, warteten am Tore schon Scharen von Bettlern, um nach den Münzen zu haschen, die er freigebig austeilte. Bald war die ganze Stadt voll vom Ruhm des reichen fremden Junggesellen, der sich ›Rat‹ Tsiän nannte.

Besserung des Drum und Dran
Sieht man schon von außen an.

In dem Maße, wie Goldjunker das Leben eines Reichen führen durfte, setzte sein Leib Speck an. Sein Knochengerüst bekam wieder ein erfreuliches Fleischpolster, seine Haut wurde wieder straff und glatt, sein Gesicht erhielt wieder Farbe und Glanz. Das war nicht mehr das Aussehen des abgezehrten und verschrumpften Hungerleiders von ehedem, was er jetzt zur Schau trug. Das war nicht mehr die Aura von kalter und saurer Ärmlichkeit, die seine Person jetzt umgab.

Glück in Fülle
Macht froh und frei,
Mond im Herbst
Glänzt doppelt neu.

Hier spaltet sich unsere Erzählung. Um wieder von Lenzwunsch zu reden, so hatte sie damals, als ihr Vater Goldjunker an dem wüsten Inselgestade aussetzte und Brennholz holen ließ, vermeint, er hätte doch gar kein bißchen Verstand, einem kranken Menschen eine solche Aufgabe zuzumuten. Eigentlich hatte sie ihren Gatten davon abhalten wollen, dem unverständigen Geheiß Folge zu leisten. Aber dann unterließ sie es wieder, um ihrem Vater gegenüber nicht trotzig und aufsässig zu erscheinen und seinen Unmut zu erregen. Ihre Unruhe wuchs, als sie bemerkte, wie ihr Vater, kaum daß Goldjunker seinen Blicken entschwunden war, mit auffälliger Hast das auf Sand gefahrene Schiff vom Ufer losstakte, den Bug nach dem offenen Gewässer lenkte und draußen überdies noch die Segel setzte. Da konnte sie sich nicht enthalten, laut zu schreien und ihrem Vater zuzurufen, wie er denn abfahren könne, da ihr Gatte doch noch an Land sei.

Aber ihre Mutter hielt ihr mit einem »Pst!« den Mund zu und fauchte sie also an:

»Was heißt hier Gatte? Meinst du etwa jenes ausgezehrte Jammergespenst?«

»Mutter, was willst du damit sagen?« schrie I Tschun entsetzt auf.

»Daß sich dein Vater mit Rücksicht auf sein unheilbares Leiden und aus Besorgnis, er möchte womöglich noch uns anstecken, einen Plan ausgedacht hat, um uns diesen Jammerlappen, dieses lebende Totengerippe endgültig vom Hals zu schaffen!«

I Tschun war sprachlos vor Empörung. Sie fühlte ihre Kehle wie zugeschnürt, aus ihren Augen sprudelten Tränen. Voll Wut lief sie aus der Wohnkammer aufs Deck und begann an den Segelleinen zu zerren und machte sich an der Takelage zu schaffen. Sie hatte sich in den Kopf gesetzt, die Segel herabzulassen und das Fahrzeug wieder nach der Insel zu steuern. Aber ihre Mutter fiel ihr in den Arm und zerrte sie mit Gewalt in die Wohnkammer zurück.

I Tschun stampfte mit den Füßen, trommelte mit den Fäusten an ihre Brust, rief Himmel und Erde an und schluchzte unaufhörlich:

»Gebt mir meinen Goldjunker zurück! Ich will meinen Goldjunker wiederhaben!«

Indessen hatte ein günstiger Wind das Schiff bereits einige zehn kleine Meilen von der Insel hinweggetragen. Jetzt kam auch Onkel Liu dazu, um seiner verzweifelten Tochter gütlich zuzureden:

»Mein Kind, höre mich an! Dieser schwindsüchtige Todeskandidat war nicht der Richtige für dich. Was sollte denn aus dir werden, wenn er über kurz oder lang stirbt, wenn deine Eltern nicht mehr sind und alles um dich herum in Trümmer geht? Ein Leben voll Leid und Bitternis würde dir beschieden sein! Da war reinliche Trennung das beste, und zwar je früher, desto besser. So bleibt es dir erspart, daß deine ganze grünende Jugend verpfuscht wird. Im übrigen wird dein Vater dafür sorgen, daß du einen anderen, besseren Gatten bekommst. Laß darum ab, dich wegen des ersten noch weiter zu grämen!«

»Aber Vater, was sind das für Sachen! Das heißt doch wider alle Menschlichkeit und gute Sitte handeln! Das ist doch offene Verletzung himmlischer Satzung! Ihr Eltern habt doch selber meine Verbindung mit Goldjunker gewollt und gesegnet. Da ich ihm nun einmal als Gattin angehöre, muß ich auch im Leben und Sterben zu ihm halten. Wie darf ich ihm je untreu werden! Ihr hättet mehr Geduld haben und seine Genesung abwarten sollen! Wie konntet Ihr ihn nur auf diesem öden, menschenverlassenen Eiland aussetzen! Falls er sterben sollte, so stirbt er um meinetwillen, und ich werde ihn auf keinen Fall überleben! Vater, habe Erbarmen mit deinem Kind! Lenke zurück! Bedenke die schlimmen Folgen, wenn deine Tat ruchbar werden sollte!«

Aber Vater Liu wollte nichts davon wissen. »Wer weiß, wo der Kerl überhaupt steckt!« sagte er wegwerfend. »Vermutlich wird er, als er uns nicht mehr fand, seinen Schritt nach der nächstgelegenen Ortschaft gelenkt haben und sich mit Betteln durchschlagen. Eine Suche nach ihm dürfte zwecklos sein. Außerdem sind wir von dem Eiland schon zu weit abgekommen. Dank dem günstigen Winde, unter dem wir losgefahren sind, dürften wir jetzt schon an die hundert kleine Meilen entfernt sein. Also nimm Vernunft an und finde dich mit der Trennung ab!«

Doch Lenzwunsch dachte nicht daran, sich abzufinden. Heulend lief sie an Deck und schickte sich an, über die Bordwand zu klettern und ins Wasser zu springen. Der raschen Hand der Mutter gelang es zum Glück, sie noch rechtzeitig festzuhalten und zurückzuziehen. Darauf tat Lenzwunsch den feierlichen Eid, daß sie sich doch eines Tages das Leben nehmen wolle, und ihres Jammerns und Klagens war kein Ende. Jetzt war es an den Eltern, sich mit der unbeugsamen Haltung der Tochter abzufinden. Sie konnten einstweilen nichts anderes tun, als sie die ganze Nacht über strengstens zu bewachen.

Um es nicht zum Äußersten kommen zu lassen, entschlossen sie sich, dem Verlangen der Tochter nachzugeben und am nächsten Tag nach dem Eiland zurückzufahren. Aber ein Gegenwind verzögerte die Fahrt. Das Schiff konnte an diesem Tag kaum die halbe Wegstrecke zurücklegen. Während des ganzen Tages fuhr die Tochter mit Weinen und Wehklagen fort und wollte sich durchaus nicht beruhigen.

Am Nachmittag des dritten Tages erreichte man endlich das Eiland und legte an der gleichen Stelle an, wo Vater Liu neulich das Schiff absichtlich hatte auf Grund laufen lassen. Lenzwunsch ließ es sich nicht nehmen, selber an Land zu gehen und nach dem vermißten Gatten zu suchen. Bald fand sie auch am sandigen Gestade die beiden Reisigbündel, die Goldjunker damals herangeschleppt hatte. Das Buschmesser, das in dem einen Bündel steckte, erkannte sie als zum väterlichen Schiff gehörig wieder. Es war ein augenfälliger Beweis, daß kein anderer als ihr Goldjunker die beiden Reisigbündel ans Ufer geschleppt hatte. Aber von ihm selber fehlte leider jede Spur. Es ließ ihr keine Ruhe, sie wollte unbedingt ins Innere der Insel vordringen und weiter nach ihm forschen. Notgedrungen und widerwillig schloß sich ihr Vater Liu an. Lange Zeit suchten die beiden die dunkelsten Tiefen des Waldes ab, erklommen Höhen und stiegen in Täler. Aber von Goldjunker war keine Spur zu entdecken. Da mahnte Vater Liu zur Umkehr, und man begab sich zum Schiff zurück.

Die ganze Nacht lag Lenzwunsch schlaflos und leise in die Kissen weinend. Der nächste Morgen graute kaum, da war sie schon munter und setzte ihrem Vater so lange zu, bis er dreinwilligte, sie erneut an Land zu begleiten. Aber die Suche in der Wildnis verlief genauso ergebnislos wie tags zuvor.

Wieder an Bord, fragte sich Lenzwunsch betrübt, wie denn Goldjunker in solcher menschenleeren Wildnis irgendwelche Nahrung erbetteln könne. Schwerkrank und kaum fähig, sich fortzubewegen, würde er sich wohl ganz bestimmt, so mutmaßte sie, in der Verzweiflung ins Wasser gestürzt und seinem Leben freiwillig ein Ende gemacht haben. Die Vermutung wurde ihr, je mehr sie grübelte, zur traurigen Gewißheit, und Verzweiflung packte sie selber. Sie versuchte zum zweitenmal, ins Wasser zu springen, aber Vater Liu vereitelte ihr Vorhaben.

»Vater, Mutter, laßt mich sterben! Da ja sowieso bald alles um mich herum, was mir lieb und teuer war, dahingestorben sein wird, wozu soll ich noch länger leben? Je früher ich sterbe, desto früher werde ich meinen Goldjunker wiedersehen!« jammerte die trostlose Tochter.

Die Eltern waren über die Festigkeit ihres düsteren Vorsatzes zutiefst betroffen und bewegt.

»Mein Kind, ich gebe zu, wir Alten haben unrecht an dir getan. Unser Fehlplan, von der Stimmung des Augenblicks eingegeben, ist schuld an allem Unglück«, lenkte Vater Liu kleinlaut ein. »Aber was geschehen ist, ist geschehen. Daran ändert auch nachträgliche Reue nichts. Nun aber nimm ein wenig Rücksicht auf deine betagten Eltern! Du bist unser einziges Kind. Wenn du uns verläßt, was bleibt uns als Trost und Stütze in unserem Alter? Darum übe Großmut und verzeihe deinen Eltern ihr wohlgemeintes Unrecht! Laß sie nicht auf ihre alten Tage allein! Ich meinerseits will dir den Gefallen tun und für eine öffentliche Vermißtenanzeige Sorge tragen. In allen Marktplätzen und größeren Ortschaften, wo wir den Strom entlang durchkommen, werde ich an Mauern und Hauswänden an besonders auffälliger Stelle Plakate anschlagen, die zu Nachrichten über den Verbleib deines vermißten Goldjunker aufrufen. Dann wollen wir drei Monate abwarten. Sollten wir innerhalb dieser Frist keine Nachricht über ihn erhalten, dann müssen wir ihn wohl als tot und verschollen betrachten. In diesem Falle mache ich mich anheischig, falls du wünschst, ein frommes Werk zu verrichten und eine würdige Totenmesse für ihn zu veranstalten, und ich werde dabei, dessen sei versichert, mit dem Gelde nicht geizen und knausern.«

Seine väterlichen Worte verfehlten ihre Wirkung nicht. Wesentlich beruhigt, fiel ihm die Tochter zu Füßen und sprach unter Dankestränen:

»Wenn du mir diese Liebe antun willst, dann werde ich dereinst in Frieden meine Augen schließen.«

Und fortan waren alle düsteren Selbstmordgedanken aus ihrem Busen verbannt.

Vater Liu hielt Wort. Er setzte Plakate auf und schlug sie in allen größeren Ortschaften, durch die man entlang des Stromes kam, an auffälliger Stelle an Wänden und Mauern an. Dann wartete man drei Monate ab. Als die Wartefrist abgelaufen war, ohne daß eine Kunde von dem Vermißten in der Heimatstadt Kun schan hisän eingetroffen wäre, gab Lenzwunsch jede weitere Hoffnung auf, daß Goldjunker noch am Leben sein könne.

Sie legte Trauerkleider von grobem Hanf und Trauerfrisur an. Dann baute sie sich in ihrer Kammer eine Seelentafel mit den Namenszügen des vermeintlich Verstorbenen auf und verrichtete vor ihr zweimal täglich Andachten mit Brand- und Trankopfern. Vater Liu aber berief eine Rotte von neun Bonzen und ließ sie drei Tage und drei Nächte lang eine würdige Totenmesse zelebrieren.

Auch als der Lärm der Totenmesse vorüber war, hörte Lenzwunsch nicht auf, ihren Goldjunker am frühen Morgen und am späten Abend zu beweinen, wie es nach altem Gesetz trauernden Witwen vorgeschrieben ist. Ihre laute Klage rührte auch die Insassen gar manchen fremden Schiffes und entlockte ihnen Seufzer der Teilnahme. Es blieb nicht aus, daß die traurige Geschichte zu Ohren der nächsten Freunde und Bekannten kam, und da gab es niemanden, der nicht den armen Goldjunker bedauert und die arme Lenzwunsch bemitleidet hätte. Volle sechs Monate hielt sie mit ihrer täglichen Totenklage durch, dann erst wurde sie still.

Eines Tages sprach Vater Liu zu seiner Frau:

»Seit einigen Tagen läßt unsere Tochter keine Klage mehr laut werden. Offenbar hat sie sich allmählich beruhigt und in ihrem Herzen abgekühlt. Da wäre es vielleicht gut, sie nunmehr zu einer Wiederverheiratung zu ermuntern. Denn auf die Dauer ist es doch kein Zustand, daß wir alten Leute bloß eine blutjunge, alleinstehende Wittib, die noch ein halbes Kind ist, als einzige Stütze in der Not haben.«

Seine Frau gab ihm recht.

»Aber«, fügte sie hinzu, »es steht zu befürchten, daß sie nicht will. Darum sollten wir sachte vorgehen und ihr noch Zeit lassen.«

Also ließ man einen weiteren Monat darüber hinweggehen. Es kam der Vierundzwanzigste des zwölften Monats. An diesem Tage feierte Vater Liu – er war inzwischen mit seinem Hausboot nach Kun schan hsiän zurückgekehrt, um Neujahr in der Heimat zu verleben – im Kreise der Familie und Verwandtschaft Wiedersehen und trank sich dabei einen kleinen Rausch an. In der Punschstimmung redete er seiner Tochter auf einmal zu:

»Der neue Lenz steht nahe bevor. Nun mache Schluß und lege endlich deine Trauer ab!«

»Aber Vater, wie könnte ich! Trauer um den Gatten währt bis zum Tod!« widersprach Lenzwunsch.

Vater Liu starrte sie aus weitaufgerissenen Augen an.

»Was heißt hier Trauer bis zum Tod! Solange dein Vater es erlaubt, magst du Trauer tragen, wenn er es verbietet, dann hast du sie gefälligst abzulegen!« lallte er mit schwerer Zunge.

In Anbetracht seines Zustandes griff die Mutter vermittelnd in die Debatte ein:

»Mag sie die Trauer noch bis Jahresende weiter tragen. In der Neujahrsnacht aber wird Schluß gemacht! Da wollen wir fröhlich feiern und keine Seelentafel und keine Trauertracht mehr um uns sehen!«

Die Tochter aber ließ sich nicht kleinkriegen.

»Ihr habt Euch damals gegen meinen Gatten verschworen. Ihr habt seinen Tod auf dem Gewissen. Jetzt wollt Ihr mir verbieten, daß ich Trauer trage, und mutet mir gar noch zu, daß ich mich wieder verheirate! Wie könnte ich meinem Goldjunker jemals untreu werden! Nein, lieber will ich in Trauer sterben als ohne Trauer leben!« erklärte sie unter Tränen.

Vater Liu wollte zornig loswettern. Aber die Mutter ließ es nicht erst dazu kommen. Sie packte die widerspenstige Tochter unter Scheltworten am Nacken und schob sie kurzerhand in ihre Schlafkammer.

Es kam der Abend des Dreißigsten, der letzte Abend des alten Jahres. Lenzwunsch verrichtete vor der Seelentafel ihres Goldjunker die übliche Andacht mit Speise- und Trankopfer, mit Räucherwerk, Gebet und Klagegeschrei, bis ihr die Mutter Einhalt gebot. Dann setzte sie sich an die Seite der Eltern zum Nachtmahl nieder. Da rührte sie nun weder Punsch noch Braten noch all die anderen gewürzten guten Festspeisen an. Die Eltern konnten es nicht mit ansehen.

»Mein Kind, wenn du auch durchaus deine Trauer nicht ablegen willst, so gönne dir wenigstens einen Bissen Fleisch und etwas Gewürztes. Was ist schon dabei? Junge Menschen wie du brauchen kräftige Nahrung zum Leben«, redeten sie ihr zu.

»Was liegt mir an dem bißchen Leben! Die kleinste Schale

Reis ist mir schon zuviel. Wozu brauche ich noch Gebratenes und Gewürztes?« entgegnete die Tochter.

»So trinke wenigstens einen Becher dünnen Punsch! Das wird dich aufheitern.«

Lenzwunsch schüttelte den Kopf.

»Nicht einen einzigen Tropfen brächte ich beim Gedenken an meinen lieben Goldjunker drunten im Schattenreich durch die Kehle.«

Sprach's, stand auf und ging schluchzend in ihre Schlafkammer. Angesichts solcher Standhaftigkeit gaben die Eltern von da an jeden weiteren Versuch auf, sie ihren Wünschen gefügig zu machen.

Ein späterer Dichter hat die standhafte Treue der Schifferstochter mit folgenden Strophen besungen:

Von hochgebornen Jungfraun keusch und hehr
Weiß manche Chronik rühmlich zu berichten.
Wo stünde in Annalen je geschrieben
Von einem Schiffermägdlein, einem schlichten?
Und doch – an Treue standhaft bis zum Tod
Und Wille felsenhart und niemals weich –
Die von der Zedernbarke darf sich zählen
Den Heroinen der Antike gleich.

Sprechen wir wieder von Goldjunker. Die ersten zwei Jahre seines Aufenthaltes in Nanking hatte er sich um weiter nichts gekümmert, als seinen Hausstand zu vervollkommnen und sein Gesinde in Schwung zu bringen. Dann aber fanden alte Erinnerungen wieder Raum in seiner Seele. Zwar das Gedenken an die Schwiegereltern war ihm verleidet und vergiftet, aber an seine Gattin Lenzwunsch dachte er noch immer in alter Liebe. Er kam von ihr nicht los und vermochte auch keiner anderen Frau seine Neigung zuzuwenden.

Da übergab er nun eines Tages das gesamte Anwesen seinem Haushofmeister in Obhut, packte dreitausend Silberbatzen als Reisegeld zusammen, mietete sich eine schöne Reisebarke und machte sich mit vier Dienern und zwei Leibpagen als Gefolge nach seiner Heimatstadt Kun schan hsiän auf. Dort zog er unauffällig Erkundigungen nach Onkel Liu und Familie ein. Sie wären alle drei am Leben und vor drei Tagen mit ihrem Hausboot nach dem Städtchen I tschong gefahren, erfuhr er aus dem Munde von Nachbarn.

Goldjunker kaufte einige Ballen Kattun ein und fuhr nach I tschong. Dort stieg er in einem angesehenen Gasthof ab und brachte seine Ware an den Mann. Dann machte er sich auf die Suche nach Onkel Lius Hausboot. Er fand es im Flußhafen liegen. Von weitem sah er seine Lenzwunsch auf dem Achterdeck stehen. An ihrem schlichten Trauerkleid aus grobem Hanf und an ihrer schmucklosen Frisur erkannte er, daß sie ihm die Treue gehalten und unvermählt geblieben war. Er war darob zutiefst gerührt.

In seine Herberge zurückgekehrt, besprach er sich mit dem Wirt:

»Drunten am Fluß ist mir ein schmuckes Hausboot aus Zedernholz aufgefallen. An Bord gewahrte ich eine schöne junge Frau in Trauertracht. Ich erkundigte mich und erfuhr, daß ein gewisser Liu Schun Tsüan aus Kun schan hsiän Besitzer des Schiffs sei. Die junge Frau in Trauer wäre seine Tochter. Ich selbst traure nun schon bald drei Jahre um meine teure Lebensgefährtin. Es ist nun mein Wunsch, jene schöne junge Frau als zweite Gattin zu gewinnen.«

Er machte eine Pause, zog aus seiner Ärmeltasche ein Päckchen mit hundert Silberbatzen, reichte es Herrn Wang, dem Wirt, und fuhr fort:

»Hier, ein unansehnliches Punschgeld! Nehmt es vorläufig als kleines Zeichen meiner Erkenntlichkeit! Falls Ihr Euch der Mühe unterziehen wollt, für mich die Rolle des ›Axtgriffs‹ zu übernehmen, so würde ich es Euch im Falle und am Tage des Gelingens gebührend dick vergüten. Was die Brautgeschenke betrifft, so soll es mir auf tausend Batzen nicht ankommen. Ich bin in dieser Hinsicht nicht kleinlich.«

Herr Wang strich die hundert Batzen ›Punschgeld‹ schmunzelnd ein und machte sich alsbald zu Onkel Lius Hausboot auf. Er lud ihn in eine Weinstube und nötigte ihm den Ehrenplatz auf.

»Was verschafft mir altem Burschen und einfachem Schiffersmann die dicke Ehre? Da muß wohl etwas Besonderes dahinterstecken«, meinte verdutzt Onkel Liu.

»Laßt uns erst drei Becher trinken, dann werde ich mir erlauben, mein Gebiß aufzutun.«

»Nein, erst sagt offen heraus, war Ihr vorhabt! Vorher kann ich mich auf keinen Fall an den Tisch setzen«, beharrte, argwöhnisch geworden, Onkel Liu.

»Dann laßt Euch erklären! In meiner bescheidenen Herberge ist ein fremder Herr abgestiegen, ein gewisser Rat Tsiän aus der Provinz Schen hsi. Es ist ein arg reicher und vornehmer Herr, sein Vermögen zählt nach Zehntausenden von Batzen. Besagter Herr trauert seit fast drei Jahren um seine Ehegefährtin. Nun tragt er Verlangen nach der liebreizenden Schönheit einer gewissen jungen Frau, nämlich Eures befehlenden Lieblings. Er möchte sie zur zweiten Gattin gewinnen. Was die Brautgeschenke anlangt, so ist er gewillt, tausend Batzen dafür auszugeben. Er hat mich ersucht, den Mittelsmann zu spielen, und ich hoffe sehr, daß Ihr mir nicht mit Ablehnung begegnen werdet.«

Onkel Liu zeigte eine betrübte Miene.

»Euer Vorschlag klingt bestechend. Meine Tochter einem vornehmen und reichen Herrn vermählt zu sehen, wie sollte das nicht mein höchster Wunsch sein? Allein meine Tochter ist äußerst fest und standhaft gewillt, ihrem verstorbenen Ersten die Treue zu halten und ihre Keuschheit zu wahren. Ein Wörtchen von Wiederheirat, und sie äußert sogleich Selbstmordabsichten. Zu meinem Bedauern kann ich Eurem Befehl daher nicht gehorchen. Und was Eure überschwengliche Gastlichkeit betrifft, so wage ich nicht, von ihr Gebrauch zu machen.«

Sprach's und machte Miene, aufzustehen. Herr Wang zog ihn nochmals auf seinen Sitz nieder.

»Die Kosten der Gasterei trägt Herr Rat Tsiän. Er hat schon dafür bezahlt, und ich möchte nicht gern, daß er sich umsonst in Unkosten gestürzt hat. Wenn auch die Sache selber nicht zustande kommt, so wollen wir es uns trotzdem schmecken lassen. Wir vergeben uns damit nichts.«

Onkel Liu konnte nicht gut nein sagen, blieb sitzen und ließ die Gasterei über sich ergehen. Während des Gelages kam Herr Wang nochmals auf seinen Auftrag zu sprechen. Er betonte, wie ehrlich und aufrichtig sein Auftraggeber es meine, und legte Onkel Liu nahe, sich ganz zwanglos mit seiner Frau darüber zu beraten.

Onkel Liu schüttelte bedenklich den Kopf. Er dachte an die wiederholten Versuche der Tochter, ins Wasser zu springen, und an die Angst, die die Eltern um sie ausgestanden hatten. Aber er schlug dem anderen sein Anliegen auch nicht gerade rundweg ab.

Wieder daheim, berichtete Herr Wang seinem Auftraggeber über die gescheiterte Verhandlung. Goldjunker erkannte daraus mit geheimer Freude, wie standhaft Lenzwunsch ihm die Treue hielt. Seinem Unterhändler gegenüber aber tat er gleichgültig.

»Diese Heiratssache ist damit für mich abgetan und erledigt«, erklärte er. »Doch etwas anderes. Ich möchte die schöne Zedernholzdschunke gern für einige Zeit mieten. Ich benötige sie, um eine Ladung Ware nach dem oberen Yang tse zu verfrachten. Dieses Anliegen wird mir Herr Liu doch wohl schwerlich ablehnen?«

»Da bedarf es keiner Worte. Natürlich wird er in diesem Falle Eurem Befehl gehorchen. Ein Frachtschiff steht jedem Handelsmann offen«, bejahte der Wirt und begab sich erneut zu Onkel Liu, der sich auch wirklich mit der gewünschten Vermietung seines Schiffs einverstanden erklärte.

Goldjunker schickte am nächsten Tag zunächst seine Diener mit dem Gepäck und Bettzeug voraus an Bord. Die Ware ließ er vorläufig noch in der Nähe am Hafenkai aufgestapelt liegen.

Alsdann begab er sich selber hin. Er hatte seine feinste und neuste Kleidung angelegt. Seine Leibpagen in grüner Sammetlivree schritten, der eine mit einem schwelenden Räucherkessel, der andere mit einem aus Jade geschnittenen Hauszepter in der Hand, als Gefolge hinter ihm her.

Die Eltern Liu sahen in dem Ankömmling ganz einfach den ›Rat‹ Tsiän aus Schen hsi, also einen ihnen gänzlich Fremden. Über sein Wer und Woher machten sie sich weiter keine Gedanken. Die feine Witterung, wie sie zwischen Liebenden besteht, konnte man bei ihnen nicht erwarten.

Lenzwunsch stand, als der Fremdling ankam, ganz hinten auf dem Achterdeck und spähte aufmerksam nach ihm hinüber. Obgleich sie nicht entfernt zu glauben wagte, es sei ihr Goldjunker, war sie doch bei seinem Anblick aufs äußerste betroffen und dachte insgeheim bei sich, daß er zu sieben, acht Zehnteln Ähnlichkeit mit ihrem Goldjunker habe. Die Eltern geleiteten den Ankömmling in die für ihn hergerichtete Schiffskammer. Da hub er auf einmal an und sprach:

»Mich hungert im Leib, ich möchte etwas zu essen haben. Wenn das Essen schon kalt ist, schöpft mir etwas heißen Tee aus dem Kessel in die Kanne.«

Lenzwunsch horchte auf und begann in ihrer anfänglichen Meinung unsicher zu werden. Da hörte sie den angeblichen ›Rat‹ Tsiän seine Diener also anrasaunen:

»He, was soll das heißen, hier untätig herumzulungern? So etwas ißt meinen Reis und trägt meinen Rock! Auf, tummelt euch! Und wenn es keine andere Arbeit gibt, macht euch mit Seilflechten und Tauwickeln nützlich!«

Es waren die gleichen Worte, mit denen damals Onkel Liu ihn, Goldjunker, am ersten Tag seines Bordaufenthalts anrasaunt hatte. Lenzwunsch erinnerte sich wohl und begann noch unsicherer zu werden. Da brachte Onkel Liu auch schon persönlich dem vornehmen Fahrgast eine dampfende Schale Tee. Der tat zum dritten Male seinen Mund auf und sprach:

»Ihr habt da in der hinteren Bootskammer einen alten, zerrissenen Filzhut. Leiht mir ihn zum Tragen!«

Ohne sich weiter dabei Gedanken zu machen, nahm der einfältige alte Liu den geäußerten Wunsch stumpfsinnig entgegen und rief ihn laut seiner Tochter nach dem Achterdeck zu.

Jetzt wurde ihr fast zur Gewißheit, was sie anfangs nicht für möglich gehalten hatte. Sie lief und brachte ihrem Vater den alten, zerrissenen Filzhut von ehemals. Wieder auf ihrem alten Platz, summte sie halblaut vor sich hin:

Der Filzhut zwar
Zerrissen war,
Doch hat die Magd
Ihn unverzagt
Gestopft und wieder
Ganz gemacht.

Gedenkend dessen,
Der ihn trug,
Ihr Antlitz leider
Nimmermehr
Wird froh und heiter
Wie vorher.

Goldjunker lauschte. Er verstand den tieferen Sinn des Singsangs, der vom Achterdeck her klang, sehr wohl. Den alten Filzhut in der Hand nachdenklich betrachtend, erwiderte er mit folgenden halblaut gesummten Gegenstrophen:

Vom Geisterreich
In Menschgestalt
Ein Toter kehrte wieder.
Die alte Heimat
Aber, ach!
Erkannte ihn nicht wieder.

Obzwar nach Haus
Als reicher Mann

Er kam in seidner Pracht,
Ein alter Filzhut
Dennoch hat
Das Herz ihm weich gemacht.

An diesem Abend eröffnete sich Lenzwunsch ihren Eltern:

»Unser Fahrgast, der Herr Rat Tsiän, ist kein anderer als Goldjunker! Wie anders wüßte er sonst von dem alten Filzhut, den wir an Bord haben? Ferner die Gesichtsähnlichkeit und zum dritten die versteckten Andeutungen in allem, was er sagte. Das alles spricht für meine Vermutung. Ihr solltet ihn ›beklopfen‹ und behutsam aushorchen.«

»Törichtes Kind, dein Goldjunker, jenes schwindsüchtige Gespenst, weilt heute längst nicht mehr unter den Lebenden. Sein bißchen Fleisch und Knochen dürfte inzwischen bis auf den letzten Rest verwest und vermodert sein«, meinte Vater Liu lächelnd.

»Gesetzt auch den Fall, er wäre damals nicht umgekommen, so würde er sich doch nur als Bettler und Landstreicher haben fortfristen können. Wie hätte es ihm möglich sein können, sich zu der Vornehmheit und zu dem Reichtum eines Rat Tsiän emporzuschwingen?«

»Du hast es anfänglich deinen Eltern schwer verargt, als sie dir zuredeten, die Trauer abzulegen und dich wieder zu verheiraten. Du wolltest lieber ins Wasser springen und dich ertränken!« fiel die Mutter ein. »Heute möchtest du den reichen, vornehmen Fremdling flugs als deinen Gatten anerkennen. Was für ein Umfall in deiner Gesinnung! Du solltest dich wahrlich schämen!«

Lenzwunsch wurde tatsächlich über und über rot und wagte den Mund nicht mehr aufzutun.

Vater Liu aber winkte seine Frau beiseite.

»Ama, du solltest lieber nicht in solcher Weise reden. Ehen sind vom Schicksal vorbestimmt. Laß dir verraten, daß mich gestern der ehrenwerte Gasthofwirt Herr Wang zu einer vertraulichen Besprechung in eine Weinstube geladen und daselbst höchst anständig traktiert hat. Und was war der Anlaß? Er kam als Unterhändler eben unseres Fahrgasts, des reichen Rats Tsiän aus Schen hsi. Der ist Witwer und hat es auf unsere Tochter als neue Gattin abgesehen. Tausend Batzen will er für die Verlobungsgeschenke ausgeben! Was sagst du nun? Mit Rücksicht auf die bisher streng abweisende Haltung unserer Tochter habe ich mich gestern beherrscht und bin nicht weiter auf das verlockende Angebot eingegangen. Aber jetzt, nachdem sie endlich ganz von selbst bekundet hat, daß sich in ihrem Busen wieder neues Leben regt, sollten wir die seltene Gelegenheit beim Schopfe packen und sie ohne viel Umstände mit diesem Rat Tsiän verloben. Dann dürften wir beide für den Rest unseres Lebens ausgesorgt haben.«

»Recht hast du, Alter!« pflichtete Mutter Liu eifrig bei. »Vielleicht spielte schon von seiner Seite ein Hintergedanke mit, als er unser Hausboot mietete? Alter, noch morgen mußt du ihn aushorchen.«

»Weiß schon. Laß mich nur machen!« erklärte Vater Liu.

Anderntags, gleich nach dem Frühstück, suchte er seinen Fahrgast auf. Er fand ihn ganz in Gedanken verloren auf dem Vorderdeck an die Bordwand gelehnt. Er hielt den alten Filzhut in der Hand, drehte und wendete ihn wie zum Zeitvertreib unablässig zwischen den Fingern hin und her und starrte ihn unentwegt an.

»Herr Rat, findet Ihr etwas Besonderes an dem alten Filz, daß Ihr ihn so angelegentlich beguckt?« eröffnete Vater Liu die Unterhaltung.

»Mir gefällt an ihm die Stelle, wo er genäht und ausgebessert ist. Die Nadelarbeit zeugt von einer wunderbar feinen und geschickten Hand.«

»Er ist von meiner Tochter ausgebessert worden. Aber was ist daran schon groß zu bewundern? – Beiläufig, vorgestern überbrachte mir der Gasthofbesitzer Wang einen gewissen Auftrag des Herrn Rat. Wir haben die Sache auch schon besprochen. War denn der Auftrag ernst gemeint?«

»Was hat er Euch denn ausgerichtet?« erkundigte sich seinerseits der Fahrgast.

»Ihr wäret nun schon fast drei Jahre Witwer und möchtet meine Tochter zur zweiten Frau haben.«

»Nun, und wäret Ihr gewillt, sie mir zu geben?«

»Und ob! Ich alter Kerl wüßte nicht, was ich lieber täte! Nur leider hat sich meine Tochter eidlich verschworen und fest in den Kopf gesetzt, daß sie zeitlebens keusch bleiben und nicht wieder heiraten will. Deshalb wagte ich nicht, so leichthin mein Jawort zu geben.«

»Woran ist Ihr werter Schwiegersohn so früh verstorben?«

»Er litt unglücklicherweise an Auszehrung. Er war damals an Land gegangen, um Brennholz einzusammeln, und kam nicht wieder zum Vorschein. Da bin ich, ohne mir viel Gedanken über meine Fahrlässigkeit zu machen, ohne ihn abgefahren. Später habe ich in öffentlichen Plakaten nach dem Vermißten suchen lassen und drei Monate lang auf Nachricht gewartet, aber leider vergeblich. Es rührte sich nichts. Vermutlich hat er sich im Strom ertränkt.«

»Ihr irrt, Euer werter Eidam lebt! Er ist einem seltsamen Heiligen begegnet, und der hat ihn gesund gemacht. Nicht nur das, er hat einen Schatz gefunden und ist zu großem Reichtum gelangt. Wenn Ihr Euren Eidam wiedersehen wollt, dann bittet Euren befehlenden Liebling herbei!«

Vater Liu brauchte seine Tochter nicht erst herbeizurufen. Sie hatte sich bereits in die Nähe geschlichen und mit schräg geneigtem Ohr die ganze Unterhaltung Wort für Wort belauscht. Jetzt trat sie aus ihrem Versteck hervor und begann unter Tränen gegen ihren Goldjunker loszuschelten:

»Böser, drei Jahre lang habe ich um deinetwillen streng getrauert und tausend Bitternisse erduldet! Willst du mich jetzt noch länger auf die Folter spannen und nicht endlich mit der Wahrheit herausrücken?«

Auch Goldjunkers Augen wurden feucht.

»Mein teures Lieb! Nun aber schnell! Komm an meine Brust

und laß dich begrüßen!« rief er aus und schloß sie gerührt in seine Arme.

Jetzt endlich war auch Vater Liu überzeugt.

»Mutter, allem Augenschein nach haben wir es nicht mit irgendeinem Rat Tsiän, sondern wirklich mit unserem Goldjunker zu tun. Nun aber heißt es für uns Abbitte leisten!« raunte er seiner Ama zu. Die beiden Alten nötigten das junge Paar in die Wohnkammer. Reuig schickten sie sich an, ihre alten Knie zum Entschuldigungskotau vor dem wiedergefundenen Eidam zu beugen. Aber der wehrte ihnen großmütig:

»Schwiegereltern, erspart Euch solche übertriebene Förmlichkeit! Aber eines bitte ich mir aus: Falls ich eines Tages wieder von Krankheit und Auszehrung befallen werden sollte, dann übt nicht nochmals Tücke an mir!«

Sein Tadel machte die beiden Alten vor Scham erröten. Lenzwunsch aber legte zur gleichen Stunde ihre häßliche Trauertracht ab und kleidete und frisierte sich neu und schön. Die hölzerne Seelentafel warf sie kurzerhand ins Wasser.

Goldjunker rief seine Diener und Pagen herbei und hieß sie ihren Respekt vor den Schwiegereltern mit Fußfall und Stirnaufschlag erweisen. Die beiden Alten eilten hierauf in die Küche, schlachteten ein fettes Huhn und bereiteten zu Ehren des jungen Paares ein üppiges Festmahl. Da wurde nun ergiebig Wiedersehen gefeiert.

Beim Mahle gab Frau Liu ihrem Eidam Einzelheiten zum besten, wie streng es Lenzwunsch mit den Trauervorschriften genommen und wie sie sich während der ganzen Zeit jeglicher weltlichen Speisen enthalten hatte. Goldjunker war zu Tränen gerührt. Er kredenzte seiner treuen Gattin einen vollen Becher und legte ihr mit eigener Hand saftige Scheiben des fetten Huhns und dazu gewürzte Tunke und sonstige Leckerbissen vor, die sie so lange entbehrt hatte. Dann wandte er sich auf einmal in strengem Ton an die Schwiegereltern:

»Ihr wart es, die Ihr den tückischen Plan ersonnen und mir nach dem Leben getrachtet habt. Zwischen uns ist jedes Band der Liebe und Verwandtenpflicht zerschnitten. Eigentlich sollte ich Euch überhaupt nicht mehr kennen! Wenn ich Euch jetzt wohl oder übel bei Tische dulde und mitschmausen und mittrinken lasse, so tue ich das lediglich aus Rücksicht auf Eure Tochter.«

Lenzwunsch legte sich begütigend ins Mittel:

»Mein Gatte, hättest du ohne ihre Tücke jemals einen so stolzen Aufstieg nehmen können? Ihre Tücke wurde dir zum Glücke. Gedenke ferner des vielen Guten, das sie dir vorher angetan hatten! Von heute an laßt uns nur noch des Guten erinnern und allen Groll vergessen!«

»Teure Gattin, ich beuge mich in Ehrfurcht deinem erhabenen Gebot«, erklärte Goldjunker. »Im übrigen habe ich mir in Nanking ein schönes Heim geschaffen. Es gehören reichlich Felder und Äcker und Gärten dazu. Kurz, es ist genug für uns alle zum Leben da. Wohlan, Ihr alten Leute, es ist an der Zeit, daß Ihr nunmehr Euer unstetes Schifferleben aufgebt. Kommt mit und folgt mir in mein Heim nach Nanking! Dort mögt Ihr fortan der Ruhe und des Behagens pflegen. Wäre das nicht schön?«

Die Schwiegereltern nahmen unter überschwenglichen Danksagungen seinen Vorschlag freudig an. Am übernächsten Tage fuhr man gemeinsam nach Nanking und bezog das gemeinsame Heim. Drei Tage lang verweilte sich Goldjunker in Nanking, dann bestieg er erneut das Schiff und begab sich mit seiner Gattin nach der alten Heimat Kun schan hsiän, um dort die Ahnengräber zu besuchen und den verstorbenen Eltern eine feierliche Seelenmesse darzubringen. An sämtliche Angehörigen seiner ganzen Sippe teilte er dabei reichliche Geschenke aus.

Nachdem er so seinen Verpflichtungen gegen die alte Heimat Genüge getan hatte, ging es wieder nach Nanking zurück.

Wie nun daselbst alle miteinander in Freuden lebten und in Frieden Reichtum und Ansehen genossen, das gehört nicht mehr zur Erzählung. Bloß eines sei noch erwähnt. Es fiel

Lenzwunsch auf, daß Goldjunker allmorgendlich die Hauskapelle aufzusuchen und im Angesichte Buddhas eine heilige Sutra herzubeten pflegte. Als sie ihn darob befragte, erzählte er ihr von der seltsamen Begegnung, die er damals auf dem wüsten Eiland mit dem geheimnisvollen Eremiten gehabt hatte, und wie ihn dieser von seinem Leiden geheilt und ihm in der Diamantsutra ein wunderkräftiges Mittel zur Stärkung und Lebensverlängerung vermacht hatte. Da regte sich auch in ihrem Herzen gläubiges Verlangen, und sie wünschte, von ihm in Buddhas Lehre unterwiesen zu werden. Von da an beteten sie allmorgendlich die heilige Sutra gemeinsam her und hielten ohne Ermüden für ihr ganzes Leben an diesem frommen Brauche fest. Sie erreichten beide das gesegnete Alter von neunzig Jahren und starben ohne irgendwelche Krankheit eines sanften und schmerzlosen Todes. Ihre Söhne und Enkel aber zählten später zu den reichsten Bürgern der Stadt Nanking, und es waren etliche unter ihren Abkömmlingen, die es in den Ämterprüfungen zu Erfolg und Ehre brachten.

Ein späterer Dichter hat ihrer wundersamen Geschichte folgenden Epilog gewidmet:

Ohm Liu war im Wohltun Gent,
Doch blieb dabei nicht konsequent.
Das war Goldjunkers Mißgeschick,
Doch dieses Unglück ward sein Glück.
Die Demantsutra bannte Tod
Und rettete aus schwerer Not.
Der Filzhut, der zerrissen war,
Vereinte neu ein liebend Paar.

Meister Tschuang tse, den irdenen Kübel als Trommel benutzend, übt hohe Magie

Was Geld? Was Stand? – ein kurzer Lenztraum,
In früher Morgenstunde hingeträumt.
Was Amt? Was Ruhm? – ein Wolkenfetzen,
Hintreibend flüchtig und in Nichts zerfließend.
Blutsbande selber können sich als trügerisch erweisen.
Und Liebe wandelt unversehens sich in Haß.

Wozu den Nacken unter güldne Joche beugen?
Wozu mit Jaspisketten eure Glieder fesseln?
Ein saubres Herz! der Wünsche wenig!
Fort Alltagsstaub! fort weltlich Trachten!
Dann werdet unbeschwert ihr zephirleicht durchs Dasein gleiten,
Und sonnenlichte Heiterkeit wird euch den Busen weiten.

Zur Zeit der ausgehenden Tschou-Dynastie (12.-3. Jahrhundert v. u. Z.) lebte ein Weiser von hohen Graden namens Tschuang mit Zunamen Tse Hsiu. Er war gebürtig aus der Stadt Mong I im Lande Sung. Er versah bei Hofe ein Amt als Aufseher im fürstlichen ›Lack‹-Garten.

Nebenbei saß er mit Fleiß zu Füßen eines Weisen von gewaltigem Ruf. Das war kein anderer als Li Po Yang, der Stammvater der erhabenen Lehre vom *Tao*, bekannt unter dem Namen *Laotse*, ›altes Kind‹, weil er als Kind mit weißem Flaum auf dem Kopfe zur Welt gekommen war.

Tschuang tse hatte oft ein merkwürdiges Traumgesicht, das bei Tag und Nacht ständig wiederzukehren pflegte. Ihm träumte, er sei ein Schmetterling und flatterte mit ausgebreiteten Schwingen zwischen den Gräsern und Blumen des ›Lack‹-parks einher. Das träumte er so deutlich, daß er beim Erwachen noch immer das Gefühl hatte, als ob er schwebe und als ob sich ihm an Arm und Achsel ein Flügelpaar spanne. Er verwunderte sich darob gar sehr. Als sich der gleiche Traum immer wieder einstellte, ließ es ihm schließlich keine Ruhe mehr. Eines Tages, während einer Pause in der Vorlesung über das I king, das ›heilige Buch der Wandlungen‹, offenbarte er sich Meister Lao tse.

Nun, Meister Lao tse war ein gewaltiger Weiser, dem verborgene Dinge wie Seelenwanderung und Wiedergeburt in dreifacher Existenz kein Geheimnis waren.

Und so zeigte er seinem Jünger gewisse ursächliche Zusammenhänge bei der Weltschöpfung auf, wie sich das anfängliche Chaos allmählich durch Teilung zur Natur mit ihren vielfältigen Arten und Gattungen geformt, wie der Himmel das Element Wasser gezeugt hatte, wie aus dem Element Wasser das Element Holz und aus dem Element Holz die mannigfach grünende und blühende Pflanzenwelt hervorgegangen war. In jener fernen Urzeit, so lehrte der Meister, sei Tschuang tse ein weißer Riesenfalter gewesen mit Flügeln, so groß wie Wagenräder. Da habe er nun ständig aus hunderten von Blüten- und Blumenkelchen den feinsten Auszug köstlicher Pflanzensäfte geschlürft und Strahlenkraft von Sonne und Mond in sich aufgesogen und so eine besondere Stärkung und Verlängerung seines Lebensodems erlangt.

Im Laufe seiner Wanderfahrten sei er auch an das ferne Gestade des ›azurblauen Jaspisteiches‹ gekommen und hätte dort vom Blütenstaub des verbotenen Achatpfirsichs genascht. Zur Strafe dafür wäre er vom ›azurblauen Phönix‹, dem Blumenwächter der Fee Hsi Wang Mu, der ›Fürstinmutter des Westens‹, zu Tode gepickt worden. Aber seine Seele hätte sich nicht im All aufgelöst, sondern weiter erhalten und in ihm, Tschuang tse, Wiedergeburt und neues irdisches Dasein gewonnen. Daß er jetzt so festen Sinnes des Tao beflissen sei und gerade ihn, Lao tse, den Künder der Lehre von der seelischen Ruhe und Abgeklärtheit, den Künder der Lehre vom *Wuweh*, von der Nichteinmischung in das Walten des Alls, zum Vorbild und Lehrmeister erkoren habe, das sei wohl gerade auf seine ungewöhnliche Schmetterlingsherkunft zurückzuführen.

Des Meisters Hinweis auf die frühere Existenz war dem Jünger Offenbarung. Es dünkte ihn, als habe er bisher geträumt und sei nun mit einemmale wachgerüttelt worden. Er spürte förmlich den leichten Luftzug um die Achseln, den der Flügelschlag seines Schmetterlings-Ichs erregte. Von Stund an fühlte er sich von aller Erdenschwere losgelöst und gleichsam durchs Dasein schweben. Was bedeuteten ihm noch die Dinge dieser Welt? Menschliche Gefühle? Irdische Alltagsmaßstäbe wie alt und jung, morsch und blühend, Besitz und Verlust? Das alles sah er nicht anders an wie flüchtige Wellen, treibendes Gewölk. Mit keiner Faser seines Ichs haftete er mehr an solchem irdischen Alltagskram.

Als Meister Lao tse ihn also zuinnerst wach und erkennend geworden sah, stülpte er seinen Büchersack um, holte sein fünftausend Worte zählendes Geheimbuch *Tao te king* ›Weisheitsbuch der Allkräfte‹ hervor und vermachte es ihm.

Tschuang tse las und lernte es nicht nur auswendig, sondern übte und erprobte auch die darin versteckten geheimen Bannformeln und Zauberregeln solange, bis er die Kunst der höheren Magie völlig meisterte. Fortan konnte er sich nach Belieben verwandeln, sein Ich spalten, sich unsichtbar machen und als Geist auftreten.

Nunmehr quittierte er seinen Dienst bei Hofe, nahm Abschied von Meister Lao tse und begab sich auf die Wanderschaft. In ausgedehnten Forschungsreisen durchs ganze Reich fuhr er fort, seinen Drang nach kosmischem Erleben und Erkennen zu befriedigen.

Obzwar Philosoph und Stammvater der Lehre von einem einsiedlerischen Dasein in Stille und Verborgenheit, hielt er bis dahin noch immer an einer der fünf bürgerlichen Bindungen und Grundbeziehungen fest: der Ehe. Zu dreien Malen hintereinander hatte er geheiratet. Die Erste war ihm frühzeitig durch Krankheit dahingerafft worden. Die Zweite hatte er wegen Untreue verstoßen. Die geborene Tiän, von der in unserer Erzählung die Rede ist, war seine Dritte. Sie stammte aus einer vornehmen Sippe, die im Lande Tsi ansässig war. Als er auf seiner Wanderschaft durchs Land Tsi kam, wurde sie ihm von den Eltern Tiän aus Hochachtung und Bewunderung für seine Person als Gattin angetragen. Sie übertraf seine beiden ersten Frauen noch bei weitem an äußeren Reizen und glich an Schönheit einer wahren Fee. Nun, Tschuang tse war von Natur kein Sinnenmensch. Seine Beziehung zu der schönen Dritten beschränkte sich auf besonders rücksichtsvolle Behandlung und Achtung. Es bestand zwischen den beiden eine Art kühler Fischliebe.

Später, auf der Reise durch das Land Tschu, schickte ihm König Weh von Tschu, der viel Rühmliches von seiner Weisheit gehört hatte, eine Gesandtschaft entgegen und lud ihn feierlich ein, das Kanzleramt in seinem Land zu übernehmen. Die Gesandtschaft überbrachte ihm als königliche Geschenke hundert Barren an gelbem Gold, tausend Ballen feinster Seide, dazu eine Prunkkarosse mit einem Viergespann. Aber Tschuang tse lehnte beides ab, Angebot und Geschenke.

»Habt ihr den Opferstier gesehen, wenn er, den Leib in Prunkdecken gehüllt, vor dem Maul ein Bündel von feinstem, duftendem Heu, feierlich zum Opferaltar geführt wird? Wenn er unterwegs gewöhnliche Pflugochsen sich auf dem Feld abschuften und abschinden sieht, dann möchte er sie bedauern und sich selber wunder wie glücklich preisen. Nachher aber, wenn er im Tempelhof Schlachtmesser und Henkerbeil vor seinen Augen funkeln sieht, möchte er – leider vergebens – wünschen, lieber einer jener armen geplagten Pflugochsen zu sein.«

Und so verschmähte er das ehrenvolle Angebot des Königs und reiste mit seinem Weib weiter in das Land Sung. Dort ließ er sich in der Präfektur Tsao tschou nieder und lebte fortan als Einsiedler in der Wildnis des Nan hua schan, des ›südlichen Blütenbergs‹. –

Eines Tages erging sich Tschuang tse lustwandelnd am Bergabhang, als er zur Seite des Wegs ein verwildertes Gräberfeld gewahrte. Nachdenklich blieb er stehen.

»Ob alt oder jung, hier gibt es keinen Unterschied. Ob Toren oder Weise, für alle Menschen gibt es ein Zurück zur Erde. Sind sie aber erst einmal unter der Erde, aus dem Grab gibt es kein Zurück mehr in die Welt der Lebenden«, sprach er vor sich hin und verharrte eine Weile in tiefem Nachsinnen. Dann ging er ein paar Schritte weiter.

Auf einmal kam er an einen frischen Grabhügel, dessen Erdschollen noch nicht trocken waren. Am Grabrand aber sah er ein ganz in Trauerweiß gekleidetes junges Weib kauern. Sie hielt einen weißen Fächer in der Hand, mit dem sie unablässig die feuchten Erdschollen befächelte. Er wunderte sich ob ihres Tuns.

»Junge Frau, wer liegt denn unter diesem Grabhügel begraben? Warum befächelt Ihr so angelegentlich diese Erdschollen? Das muß doch wohl eine besondere Bewandtnis haben?« fragte er.

Ohne sich zu erheben, fuhr die junge Frau unbekümmert fort, mit Eifer ihren Fächer über dem Grab zu schwenken; dazu flötete sie halblaut mit einer Stimme, die sich anhörte wie liebliches Schwalbengezwitscher, Sätze, die so bizarr klangen, daß das Wort am Platze war:

Es anzuhören, macht vor Lachen tausend Münder
Explodieren.
Es auszusprechen, fordert ein gerüttelt Maß von
Nichtgenieren.

»Der da drunten im Grabe liegt, war der Tölpel von Ehemann Eurer ergebenen Magd«, so sprach sie. »Sein Mißgeschick wollte, daß er von hinnen schied. Ich habe seine Gebeine hier verscharrt. Zu Lebzeiten hat er mich auf seine Weise geliebt. Bis zum Tode wollte er nicht von mir lassen. Seine letzten Worte waren: ›Wenn du nach meinem Tode durchaus einen anderen Mann freien willst, dann warte wenigstens, bis ich begraben bin und die Erde auf meinem Grabe trocken geworden ist. Dann habe ich nichts dagegen.‹ Nun habe ich mir durch den Kopf gehen lassen, wie man es anstellen könne, daß das Grab recht bald trocken wird. Und so kam ich auf den Gedanken, das Grab mit meinem Fächer zu befächeln.«

Tschuang tse bezwang sich, nicht laut herauszulachen. ›Dieses Frauchen muß ja mächtig temperamentvoll sein, daß sie es gar so eilig hat!‹ dachte er bei sich. ›Dabei bestand nach ihrer Angabe zu seinen Lebzeiten Liebe zwischen ihm und ihr. Wie erst, wenn dem nicht so gewesen wäre?‹ Und sich wieder an die junge Witwe wendend, fuhr er artig fort:

»Wenn Ihr das Grab recht schnell trocken gefächelt haben wollt, so könnt Ihr das leichter haben. Eurem zarten Handgelenk gebricht es an der erforderlichen Kraft. Überlaßt die Arbeit des Fächelns meiner Wenigkeit. Ich will gern die ganze Kraft meines Armes für Euch einsetzen.«

Jetzt erst erhob sich die junge Frau, verneigte sich tief vor dem Fremden und begrüßte ihn mit einem ergebungsvoll gehauchten wan fu! ›zehntausendfaches Glück!‹ »Habt vielen Dank, werter Herr!« sprach sie und reichte ihm mit beiden Händen den weißseidenen Trauerfächer.

Tschuang tse brauchte nur ein wenig Zauber auszuüben – die Hand in Grabhöhe ausgereckt, den Fächer zwei- dreimal darüber hingeschwenkt – und siehe, schon war das Grab trocken und hatte sich alle Feuchtigkeit des Erdreichs verflüchtigt.

»Habt Dank, werter Herr, für Eure kraftvolle Mühewaltung!« sprach, übers ganze Gesicht strahlend, die junge Frau, und ihre zarte Hand nestelte aus der Frisur eine silberne Spange, die das Haar seitlich über der Schläfe zusammenhielt. Sie wollte durchaus, daß er beides, Spange und Fächer, als Belohnung und Andenken behalten solle.

Tschuang tse behielt bloß den Fächer, die Spange lehnte er ab. Die junge Frau aber eilte frohgemut von dannen.

Das kleine Erlebnis schwang in des Meisters Gemüt weiter und ließ ihn nicht zur Ruhe kommen. Wieder daheim, setzte er sich in der ›Grashalle‹ seiner Behausung nieder und betrachtete nachdenklich den mit einfacher weißer Seide bespannten Fächer. Dabei formte sich in seinem Hirn ein Versgebilde, und sein Mund murmelte halblaut folgende Zeilen:

Wenn nicht aus Liebe, wozu hatte sie gefreit?
Einmal gefreit, gibt's Liebe dann auf Zeit?
Hätt er geahnt, wie bald ihr Fühlen
Nach seinem Tode würde sich erkühlen,
Er hätt das Wörtchen ›ach!‹ so oft verwendet,
Das Wörtchen ›Liebe‹ weniger verschwendet.

Seine Gattin, die geborene Tiän, hatte sein seltsames Gehaben von rückwärts belauscht. Jetzt trat sie vor ihn hin und stellte ihn zur Rede. Als großen Meister des Tao pflegte sie ihn auch in der ehelichen Zwiesprache mit ›Meister‹ anzureden.

»Meister, was bedeutet diese tiefsinnige Anwandlung, und von wannen kommt dieser Fächer in Eure Hand?« wollte sie wissen.

Er erzählte ihr von seiner Begegnung mit der jungen Witwe draußen auf dem Gräberfeld, wie sie bemüht gewesen sei, mit ihrem Fächer das frische Grab trocken zu fächeln, um recht bald wieder heiraten zu können.

»Den Fächer hat sie mir als Andenken und Belohnung für meine Mithilfe beim Fächeln verehrt«, schloß er.

Die geborene Tiän tat arg entrüstet und empört über das unmoralische Verhalten jener hitzigen Witwe, die es mit ihrer Wiederverheiratung gar so eilig hatte. »Pfui, so ein unmoralisches Geschöpf!« schmetterte sie ein über das andere Mal in den leeren Raum und, zum Meister gewandt, stellte sie fest:

»So etwas von treulosem Eheweib dürfte es nicht gleich wieder auf der Welt geben!«

Der Meister entgegnete sehr gelassen mit einem abermaligen Sechszeiler:

Als er am Leben noch, tat sie ihm schön mit Lächeln.
Nun, da er tot, hat Eile sie, sein Grab zu fächeln.
Der Tigerkatze Fell zu malen, hält nicht schwer.
Doch ihr Skelett aus Bein zu zeichnen, um so mehr.
Erforschen läßt sich leicht des Menschen Angesicht,
Doch was dahinter steckt verborgen, leider nicht.

Seine Worte machten die geborene Tiän sehr böse. Ein alter Satz lautet:

Groll respektiert nicht der Verwandtschaft Norm.
Im Zorn vergißt man leicht die gute Form.

Kurz, wütend wie sie war, vergaß die geborene Tiän den gebotenen Anstand soweit, daß sie dem Meister mitten ins Gesicht spuckte.

»Wie kann man solche Frivolitäten aussprechen und alle Frauen gleich schlecht machen! Als ob es keinen Unterschied zwischen gebildet und ungebildet gäbe!« schnob sie ihn an. »Ganz zu schweigen von dem Unrecht, das Ihr anständigen Frauen antut, haltet Ihr Euch selber etwa für gänzlich makellos und tadelfrei?«

»Verlieren wir uns nicht in leere Theorie, halten wir uns vielmehr an das praktische Leben«, unterbrach der Meister kühl ihren Wortschwall. »Nehmen wir an, daß ich, Tschuang tse, ganz unvorhergesehen sterben sollte. Soll ich mir etwa einbilden, daß ein so blumenholdes, jaspisgleiches Geschöpf wie meine verehrte Gattin mich Tölpel von Ehemann auch nur fünf oder drei Jahre einsam betrauern würde? Schwerlich.«

»Ein treuer Staatsdiener dient nicht zween Herren, eine ehrbare Frau wechselt nicht von einem Gatten zum anderen hinüber. Wie stünde es einer ehrsamen Frau aus guter Familie an, ihren Tee in zweierlei Häusern zu trinken, ihre Lagerstatt in zweierlei Häusern aufzuschlagen?« protestierte die geborene Tiän mit Nachdruck. »Was mich jedenfalls betrifft, ich brächte es, falls mich das Unglück, meinen Gatten zu verlieren, treffen sollte, zeit meines Lebens – von drei, fünf Jahren ganz zu schweigen – nicht fertig, eine so zucht- und sittenwidrige Handlung zu begehen, wie Ihr sie anzudeuten beliebtet! Noch im Schlafe dürfte dieser mein ernsthafter Vorsatz und fester Wille zu mindestens drei Zehnteln wachbleiben!«

»Wohl kaum«, wagte Tschuang tse zu zweifeln und reizte damit die geborene Tiän erst recht zu Entrüstung.

»Oho, an Tugend und Willensstärke nehmen wir Frauen es mit euch Mannsvolk noch lange auf!« ereiferte sie sich und wurde ausfällig. »Nehmen wir doch Euch selbst als Beispiel. Kaum, daß Eure Erste die Augen zugemacht hatte, habt Ihr eine Zweite genommen. Kaum, daß Ihr Eure Zweite aus dem Haus gejagt hattet, habt Ihr eine Dritte genommen. Mich dünkt, Ihr habt Euch in der Ehe geradezu als Muster von Lieb- und Treulosigkeit aufgeführt! Nun schließt Ihr von Euch ohne weiteres auf andere und meint, Eure Mitmenschen seien genauso schlecht wie Ihr selber. Aber für anständige Frauen wie mich gilt noch immer der Grundsatz, daß auf einen Gaul nur ein Sattel gehört. Das ist der Standpunkt, auf dem anständige Frauen wie ich fest und ohne Wanken fußen. Wie könnt Ihr nur so töricht verallgemeinern? Ihr reizt ja damit die Nachwelt zu Spott und Tadel! Einstweilen seid Ihr noch gar nicht tot, wohl aber treffen Eure ungerechten Anwürfe Eure Mitmenschen tödlich!«

Bei diesen Worten riß sie ihm zornentbrannt den weißen Trauerfächer aus der Hand und zerriß ihn in kleine Fetzen.

»Nur keine Aufregung!« bemerkte Meister Tschuang tse gelassen. »Wenn du dich so in Tugend ereiferst, so soll es mir nur recht sein.«

Seitdem wurde kein Wort mehr über das Thema gewechselt. –

Es war einige Tage später, da erkrankte der Meister ganz plötzlich. Seine Krankheit erwies sich als ernst, sein Zustand wurde von Tag zu Tag bedenklicher. Die geborene Tiän saß klagend und jammernd am Kopfende seines Bettes. Der Meister sprach zu ihr:

»Nach dem gegenwärtigen Stand meiner Krankheit dürfte

wohl zwischen Morgen und Abend mit meinem Abschied auf immer zu rechnen sein. Schade, daß du den weißen Trauerfächer von neulich entzweigerissen hast. Hättest du ihn aufgehoben, so würdest du für ihn noch gute Verwendung zum Befächeln meines Grabes haben.«

»Meister, laßt ab von solchem häßlichen Argwohn!« erwiderte die geborene Tiän. »Eure Magd besitzt Bildung und kennt die Vorschriften von Anstand und Sitte. Sie weiß, daß sie bis an ihr Lebensende nur einem einzigen Gatten angehört. Nie und nimmer, das schwört sie Euch, wird ihr Sinn nach einem zweiten Gatten stehen! Falls der Meister ihr keinen Glauben schenkt, wohlan, die ergebene Magd ist bereit, noch vor dem Meister freiwillig aus dem Leben zu scheiden und damit die Aufrichtigkeit ihrer Gesinnung zu beweisen.«

»Es genügt mir, deine hochherzige Absicht zur Kenntnis zu nehmen«, sprach der Meister. »Wenn ich erst tot bin, werde ich aus dem Schattenreich weiter auf dich blicken.«

Sprach's und verschied.

Die geborene Tiän betätschelte liebkosend seinen Leichnam und hub ein großes Wehgeschrei an, ganz wie es der Brauch vorschreibt. Daß sie die Nachbarn von Ost und West einlud, dem feierlichen Akt des Einbettens und Einsargens beizuwohnen, verstand sich von selbst. Sie hüllte sich von Kopf bis zu Fuß in Trauerweiß. Bei Tag trug sie eine Trauermiene zur Schau, bei Nacht stimmte sie laute Totenklage an. Im Gedenken an die Liebe, die ihr der Meister zu Lebzeiten geschenkt hatte, gebärdete sie sich schier wie besessen oder wie trunken. Schlaf und Nahrung, beides verschmähte sie.

Unter den Landbewohnern vor und hinter dem Berge gab es gar manche, die Meister Tschuang tse als Weisen und weltflüchtigen Einsiedler kannten und schätzten. Und es fehlte nicht an Besuchern, die herbeikamen, um ihr Beileid und ihre Verehrung zu bezeugen. Im großen ganzen ging es dabei natürlich nicht so geräuschvoll und lebhaft her, wie es bei Trauerfällen in der Stadt üblich ist. –

Es war am siebenten Tag nach dem Ableben des Meisters, da meldete sich plötzlich ein vornehmer, fremder Jüngling im Trauerhaus zu Besuch. Es war ein Doktor ersten Grades, ein junger Mann von unvergleichlich vorteilhaftem Äußeren, ein flotter, eleganter Kavalier wie kaum ein zweiter, mit Wangen so frisch wie gemalt und mit Puder bestäubt, mit Lippen so rot wie mit Zinnober betupft. Er trug einen purpurnen Rock und ein dunkelblaues Barett, einen golddurchwirkten Gürtel und zinnoberrote Pantoffeln. In seiner Begleitung führte er einen Graukopf von Diener mit sich. Er gab sich als Prinz, als Enkel des Königs von Tschu aus. Vor Jahren hätte sein königlicher Großvater mit Meister Tschuang tse verabredet, daß er dereinst dem Meister huldigen und in die Schar seiner Jünger aufgenommen werden solle. Nun sei er gekommen, dem Meister seine Aufwartung zu machen.

»Schade! Schade!« rief er aus, als er hörte, daß der Meister bereits verstorben sei, und hieß den Graukopf geschwind ein weißes Trauergewand aus dem bambusgeflochtenen Reisekorb heraussuchen. Er vertauschte es gegen seinen schönen Purpurrock, dann trat er vor den Sarg und huldigte dem Geist des Toten mit einem viermaligen Stirnaufschlag und folgender Ansprache:

»Meister Tschuang tse! Ein widriges Schicksal versagte Eurem ergebenen Jünger das Glück, Euch von Angesicht zu Angesicht zu begegnen und in Ehrfurcht dienend Eurer erhabenen Belehrung teilhaftig zu werden. Nun ist es sein Wunsch, hundert Tage lang bei Eurem Grabe zu verweilen und um Euch Trauer zu tragen, um Euch so die Aufrichtigkeit seiner stillen Verehrung erschöpfend zu bezeugen.«

Er vollzog unter reichlichen Tränen nochmals vier Stirnaufschläge, dann erhob er sich und ließ durch seinen alten Diener der Dame des Hauses seinen Wunsch entbieten, ihr persönlich seine Aufwartung zu machen.

Die geborene Tiän zierte und sträubte sich anfangs, den Besucher zu empfangen. Darauf ließ ihr der Prinz bestellen:

»Seit Alters gestatten es Brauch und höflicher Anstand, daß sich Gattin und Nebenfrauen vor guten Freunden des Hausherrn zeigen dürfen und nicht zu verstecken brauchen. Überdies stand meine Wenigkeit Eurem verehrten Gatten nicht nur als Freund, sondern auch als Jünger nahe.«

Nunmehr zögerte die geborene Tiän nicht länger, zum Vorschein zu kommen und sich vor dem prinzlichen Besucher zu zeigen. Es wurden die üblichen Höflichkeitsfloskeln über Name und Alter und Wetter ausgetauscht.

Beim ersten Anblick der menschlichen Vorzüge und Reize des Prinzen spürte die geborene Tiän ihr Herz von heftigem Liebesverlangen bewegt, und sie bedauerte heimlich den gemessenen Abstand, den sie als Dame des Hauses wahren mußte. Wie gern hätte sie mit der Dienerin getauscht, die ihm beim Servieren des Tees den Ärmel streifen durfte.

»Obzwar der Meister tot ist, hält es für seinen ergebenen Jünger schwer, von der alten Verehrung für ihn zu lassen«, sprach der Prinz. »Vergönnt ihm daher den Wunsch, einhundert Tage lang in Eurer geschätzten Behausung Aufenthalt zu nehmen, auf daß er zum einen seiner Trauerpflicht gegenüber dem teuren Toten Genüge leiste und zum andern Gelegenheit habe, Einblick in etwa hinterlassene Schriften des Meisters zu tun und in Ehrfurcht seine letzten Weisungen entgegenzunehmen.«

»Dem Freund und Jünger des Hausherrn steht nichts im Wege, hier solange Aufenthalt zu nehmen, als es ihm beliebt«, beeilte sich die geborene Tiän zu versichern.

Und sie rüstete ihm eine Mahlzeit und wartete ihm mit Speise und Trank auf. Nach der Mahlzeit überreichte sie ihm zwei Schriftrollen. Die eine war das Nan hua tschen king, das ›Weisheitsbuch des Einsiedlers vom Südlichen Blütenberg‹, verfaßt von Meister Tschuang tse, die andere war das Tao te king, das ›Weisheitsbuch von den Kräften des All‹, verfaßt von Meister Lao tse. Der Prinz nahm sie unter eifrigen Dankbeteuerungen an sich.

Hierauf wurde in der strohgedeckten Empfangshalle ein Schrein mit der Seelentafel des Verstorbenen aufgebaut. Ein kleines Seitengebäude zur Linken der Grashalle wurde als Gast- und Wohnkammer für den Prinzen hergerichtet.

Die geborene Tiän machte sich die Lage zunutze, indem sie tagtäglich unter dem frommen Vorwand, daß sie vor der Seelentafel in der Grashalle Totenklage halten wolle, an der bewußten Seitenkammer vorüberstrich und dabei ihren prinzlichen Gast in manch angeregtes Geplauder zu verstricken wußte.

Die wechselseitige Beziehung wurde allgemach vertrauter. Die Sprache der Brauen und der Blicke tat das ihre, um Gefühle anzudeuten, die man schicklicherweise nicht geradezu mit Worten aussprechen konnte. Hierbei stand es so, daß der Prinz bloß zu fünf Zehnteln, die geborene Tiän dagegen zu vollen zehn Zehnteln bei der Sache war. Was sie mit heimlicher Freude begrüßte, war der Umstand, daß ihre Behausung tief in den Bergen versteckt und abseits von andern menschlichen Wohnstätten lag. So hatte sie kein lästiges Gerede zu fürchten, falls sie sich einen kleinen Fehltritt leisten würde. Was sie bedauerte, war der Umstand, daß ihr Trauerfall so frisch war und erst so kurze Zeit zurücklag. Andernfalls würde sie weit weniger Hemmung zu spüren brauchen. Es kam hinzu, daß in diesem Falle das Liebeswerben mehr von ihr als von ihm ausging. Für sie als Frau hielt es natürlich schwer, den Mund aufzutun.

Ein halber Mond etwa mochte darüber hinweggegangen sein, da konnte die junge Frau ihre ›Affen- und Pferdegelüste‹ nicht länger beherrschen. Eines Tages lud sie den alten Graukopf, des Prinzen Leibdiener, heimlich in ihr Wohngemach, gab ihm zunächst reichlich zu essen und von bestem, schwerem Wein zu trinken und lullte ihn dazu mit allerlei schönen, gefälligen Worten ein.

»Ist dein Herr eigentlich schon vermählt?« fragte sie auf einmal so nebenhin.

»Nein, noch nicht.«

»Welcher Art müßte denn die Betreffende sein, die er sich zur Gattin erwählen möchte?«

»Mein prinzlicher Gebieter hat einmal geäußert, wenn er eine von Eurer Art bekäme, von solchem Ebenmaß der Glieder und solcher Anmut der Erscheinung, wie Ihr sie besitzt, dann würde er seines Herzens Sehnsucht und Verlangen vollauf befriedigt und gestillt fühlen«, bekannte mit weinseliger Offenheit der Graukopf.

»Meinst du das auch wirklich und wahrhaftig? Oder flunkerst du mir etwas vor?« drängte die junge Frau.

»Wie könnt Ihr einem Mann von meinem gesetzten Alter zutrauen, daß er flunkert!« verwahrte sich der Graukopf.

»Gut, dann möchte ich dich um deinen Mittlerdienst bitten. Falls dein Herr die geringe Magd nicht verschmähen sollte, ist es mein sehnlichster Wunsch, sein gehorsames und treu ergebenes Weib zu werden.«

»Mein junger Gebieter hat dem alten Knechte gegenüber schon einmal den Gedanken an eine solche Verbindung geäußert, und er hat gemeint, das würde in seinen Augen eine ganz vortreffliche, wunderschöne Verbindung ergeben. Bloß steht ihr eine Kleinigkeit im Wege: das Jünger-Meisterverhältnis, in dem mein junger Gebieter zu Eurem verstorbenen Gatten steht. Er fürchtet den Tadel der Mitwelt.«

»Oh, das war nur ein leeres Abkommen, das seinerzeit zwischen deinem Herrn und meinem verstorbenen Mann bestanden hat. Es ist nie verwirklicht worden, es ist nie dazu gekommen, daß euer Herr mit dem Gesicht nach Norden zu Füßen des Meisters gesessen und seiner Lehre gelauscht hätte. Also rechnet diese Jünger-Meister-Beziehung als gar nicht vorhanden. Überdies liegt unsre Klause weit abseits von den Menschen in den Bergen versteckt, Nachbarschaft ist nicht vorhanden. Von wem hätten wir Gerede und Tadel zu befürchten? Nein, Alterchen, keine Ausflüchte! Ob auf krummem oder geradem Wege, du mußt diese Angelegenheit unbedingt in

Ordnung bringen! Es soll dir auch nicht an einem gehörigen Becher Freudenwein fehlen.«

Der Graukopf erklärte sich schließlich bereit. Beim Fortgehen hieß ihn die junge Witwe noch einmal umkehren.

»Falls dein Herr sein Jawort erteilt, dann komme sofort hier in meine Wohnkammer und bringe mir Botschaft, ganz gleich, ob es früh am Morgen oder spät in der Nacht ist. Ich warte hier auf dich!« legte sie ihm noch ans Herz.

Die nächsten Stunden verbrachte sie in unruhigem Hangen und Bangen. Wohl einige zehn Male strich sie längs der Halle, die den Sarg mit dem Toten barg und in der sie den geliebten Jüngling bei der Andacht wußte, auf und ab und bedauerte dabei, daß sie ihn nicht mit einem Garn am Fuße fesseln und zu sich in die Kammer ziehen und an ihren Busen drücken konnte.

Als die gelbe Dämmerung heran war, konnte sie es vor Ungeduld kaum mehr aushalten. Sie wartete noch, bis es ganz dunkel geworden war, um von drinnen aus nach der links seitlich gegenüberliegenden Gastkammer zu spähen und womöglich irgend etwas zu erlauschen. Plötzlich vernahm sie von der Stelle her, wo die Seelentafel aufgebaut war, ein Geräusch.

Sie dachte schon, daß womöglich der Geist des Toten herumspuke, tat erschrocken einen Satz nach rückwärts und rannte eilig wieder aus der Halle hinaus nach den hinteren Gemächern zurück. Aber dort hielt es sie auch nicht lange. Ihre Neugierde war stärker als die Furcht. Sie ergriff eine brennende Lampe und schlich sich nochmals nach vorn, um das Innere der Totenhalle abzuleuchten. Da sah sie nun quer über den Opfertisch unter der Seelentafel ihr Alterchen, den Graukopf, lang ausgestreckt daliegen und seinen Rausch ausschnarchen. Sie getraute sich nicht, ihn zu wecken und zu schelten, ließ ihn weiterschnarchen und kehrte beruhigt in ihre Wohnkammer zurück. Da saß sie nun wach und harrte von Stunde zu Stunde und von Trommelschlag zu Trommelschlag auf Kunde.

Der neue Tag war längst herangebrochen, als sie endlich die sehnsüchtig erwarteten Schritte nahen hörte. Aber es war nicht die erwartete Freudenbotschaft, die der Graukopf mitbrachte.

»Es klappt nicht«, brummte er.

»Warum nicht? Hast du deinem Herrn das Betreffende, was wir gestern abend besprachen, nicht klar und deutlich ausgerichtet?« fragte die junge Frau bestürzt.

»Das schon, ausgerichtet habe ich es ihm, und mein prinzlicher Gebieter fand es auch recht vernünftig, aber ... Kurz und gut, er meinte: ›Was die äußeren Vorzüge der Dame anlangt, so bedarf es darüber überhaupt keiner Worte. Was die Jünger-Meister-Beziehung betrifft, gut, auch darüber bedarf es keiner weiteren Erörterung. Aber da bleibt noch ein dreifaches Bedenken, nämlich ...‹ doch ich fürchte, es ist unziemlich, davon zu sprechen.«

»Nur los! Welche drei Bedenken?«

»Also, mein Prinz meinte: ›Da steht irgendwo in der Mitte des Anwesens ein garstiges, unheimliches Ding aufgebaut. Angenommen, ich wollte mit der Dame das fröhliche Zeremoniell einer Vermählung vollziehen, da würde die Nähe des düsteren Dings mein Herz bis zur Unerträglichkeit bedrücken, und für das Auge ist es auch kein gerade schöner Anblick. Das ist das erste Bedenken.

Weiter. Das Gattenverhältnis, das zwischen der Dame und Meister Tschuang tse bestand, war von der herzlichsten, liebevollsten Art. Er war überdies der berühmte Weise, der sich die geheimen Kräfte des All untertan gemacht hatte. Was bin ich dagegen? Mit meinem armseligen Wissen und Können reiche ich nicht entfernt an den Meister. Sie wird mich nicht voll nehmen und gering achten, fürchte ich. Das ist das zweite Bedenken.

Und endlich: mein Reisegepäck und meine Reisegelder sind noch unterwegs, ich sitze einstweilen mit leeren Händen hier und wüßte nicht, wo ich die Mittel für die herkömmlichen Verlobungsgeschenke und für einen würdigen Hochzeitsschmaus hernehmen sollte. Das ist das dritte Bedenken. Und das sind die drei Gründe, weshalb die Sache nicht klappen kann.«

Die junge Frau entgegnete:

»Oh, mit diesen drei Schwierigkeiten hat es samt und sonders nichts Ernstliches auf sich. Zunächst jenes garstige, unheimliche Ding vorn in der Halle. Es ist schließlich nicht mit dem Fußboden verwachsen und verwurzelt. Ich habe weiter hinten eine alte, unbenutzt und leerstehende Rumpelkammer. Dahin werde ich es von Bauernknechten aus der Gegend schaffen lassen. Damit wäre die erste Schwierigkeit aus dem Wege geräumt.

Zum Zweiten: Mein ehemaliger Mann soll ein großer Heiliger und Weiser gewesen sein? Haha! Vor meiner Zeit hat er in seinem eigenen Haus so wenig Ordnung zu halten gewußt, daß er genötigt war, seine liederliche Zweite aus dem Haus zu jagen! Also häuslicher Skandal! Im Urteil der Mitmenschen fiel der Tadel dafür auf ihn selber zurück. Er war eben selber ein Lüdrian und übte schlechten Einfluß aus.

Weiter. Als ihn damals König Weh von Tschu in blinder Bewunderung für seinen leeren Ruhm mit dicken Geschenken an seinen Hof ziehen und zu seinem Kanzler machen wollte, da hat er sich in Erkenntnis seiner Unzulänglichkeit um die ehrenvolle Berufung gedrückt und sich hierher in die Einsamkeit verkrochen.

Weiter. Es ist noch gar nicht lange her, es war im vorigen Monat, da hat er eines Tages auf einem einsamen Spaziergang am Berghang ein fremdes Weib, eine hübsche junge Witwe, getroffen und dabei überrascht, wie sie sich abmühte, mit ihrem Fächer das frische, noch feuchte Grab ihres Mannes möglichst rasch trockenzufächeln. Ihr Trottel von Mann hatte ihr nämlich angeblich auf dem Sterbebett das Versprechen abgenommen, daß sie sich nicht eher wieder verheiraten dürfe, als bis sein Grab trocken geworden sei, und nun hatte sie es eilig damit. Und was tut mein Mann? Er ist dem fremden Weib beim Fächeln behilflich und bringt obendrein ihren Fächer als Andenken und Liebespfand mit nach Hause! Ein Beweis, daß er es selber auf eine Heirat mit der Fremden abgesehen hatte. Ich habe ihm den Fächer damals aus der Hand gerissen und in Stücke zerfetzt. Einige Tage vor seinem Tode fängt er doch wieder von dem Fächer zu reden an und macht mir deswegen eine häßliche Szene und kränkt mich schwer! Sieht das nach Treue und Liebe aus? Dein Gebieter ist jung an Jahren und reich an Wissen und Bildung, wer weiß, zu welchen hohen Ämtern er es dermaleinst bringen wird. Überdies ist er von edler Herkunft und gar ein Prinz. Meine Wenigkeit wiederum darf sich rühmen, eine Tochter aus dem edlen Geschlecht der Tiän im Lande Tsi zu sein. Also dürften wir nach Stand und Herkunft ebenbürtig sein. Wenn dein Herr jetzt seinen Weg hierher in mein Haus gefunden hat, so offenbart damit zweifellos der Himmel seinen Willen, daß wir zueinander gehören und ein Paar werden sollen. Damit dürfte das zweite Bedenken deines Herrn zerstreut sein.

Was endlich die Unkosten für Brautgeschenke und Hochzeitsschmaus betrifft, so ist das meine Sache. Wer verlangt denn von deinem Herrn Brautgeschenke? Und eine Hochzeitstafel herzurichten, das übernehme ich auf meine eigenen Kosten. Das ist eine Kleinigkeit für mich. Außerdem werde ich dir noch zwanzig Silberbatzen aus meiner Schatulle mitgeben. Davon soll sich dein Herr eine neue Festgewandung anschaffen. Du aber eile und tue das Deine, daß die Angelegenheit in Ordnung geht. Wenn er sein Jawort erteilt, dann wollen wir nicht lange zögern. Nach dem Kalender wäre heute gerade ein rechter Glückstag. Setzen wir also den heutigen Abend für die Hochzeit fest.«

Der Graukopf nahm die zwanzig Batzen in Empfang und begab sich zu seinem Herrn zurück. Er erstattete ihm genauen Bericht über alles, was ihm aufgetragen war, und der Prinz erklärte sich einverstanden.

Sein Jawort machte die junge Frau himmelhoch jauchzen.

Sie zog auf der Stelle ihren weißen Trauerrock aus und vertauschte ihn mit einem schönen, neuen, farbenfreudigen Festgewand. Während sie sich schön machte und Wangen und Lippen kunstvoll mit Puder und Schminke bearbeitete, holte auf ihr Geheiß der Graukopf einige kräftige Knechte aus dem nächsten Dorf herbei. Sie mußten den schweren Sarg mit Meister Tschuang tse's Leiche mittels Tragstangen aus der vorderen Halle herausschaffen und nach der hinteren Rumpelkammer bringen. Dann ließ sie den gleichen Raum, der eben noch Totenhalle gewesen war, sauber fegen und zum festlichen Hochzeitssaal herrichten.

An diesem Abend strahlten ›Grashalle‹ und ›Duftkammer‹ im festlichen Schimmer zahlreicher Kerzen und Laternen. Die beiden Brautleute, er, der junge Prinz von Tschu, in seinem neuen purpurnen Festrock, im reichen Schmuck von Haarspangen und Gürtelquasten einem wohlgeschliffenen Edelstein vergleichbar, sie, die hochgeborene Tochter aus dem edlen Geschlecht der Tiän, in ihrem langen, roten, goldbestickten Brautkleid mit der kurzen, gelbseidenen Tunika darüber, einem prächtigen Stück Goldgeschmeide ähnlich, boten einen Anblick von unbeschreiblicher Schönheit, als sie Seite an Seite auf gemeinsamem Andachtsteppich niederknieten und im Schein blumenumwundener Hochzeitskerzen die herkömmlichen feierlichen Verneigungen vor Himmel, Erde, Ahnen und vor sich selber vollzogen und dann Hand in Hand, ein Bild zärtlichster Liebe, innig aneinandergeschmiegt in die hellerleuchtete Brautkammer schritten. Dort wurde der herkömmliche Trunk aus gemeinsamem Hochzeitspokal getan. Gerade wollte man zum Brautbett schreiten, um sich gegenseitig den Gürtel zu lösen und das Beilager zu vollziehen, da stockte plötzlich der Schritt des Prinzen, er konnte sich keinen Zoll fortbewegen, seine Miene verkrampfte sich, er fiel jäh um und, seine Hände auf die Brust pressend, stöhnte er: »Oh, mein Herz! Wie das sticht! Ich halte es kaum aus!«

Die geborene Tiän, aus zärtlicher Besorgtheit die herkömmlich gebotene Scheu und Zurückhaltung außer acht lassend, warf sich über ihn und begann hilfreich seine Brust zu reiben und zu kneten. Auf ihre besorge Frage, was für eine Bewandtnis es mit dem plötzlichen Anfall habe, vermochte er vor Schmerzen keine Antwort zu geben. Aus seinem Mund quoll Schaum und Speichel. Anscheinend ging es mit ihm zu Ende.

Voller Bestürzung hatte sich inzwischen der Graukopf zu der Gruppe gesellt.

»Hat dein Herr schon früher solche Zustände gehabt?« fragte ihn die geborene Tiän.

»Gewiß, schon zu wiederholten Malen. Alle zwei Jahre pflegt sich ein solcher Anfall einzustellen. Und es gibt keine Arznei dagegen – außer einem Mittel ganz besonderer Art.«

»Welches Mittel?«

»Es ist ein etwas absonderliches Mittel. Unser erster Hofarzt hat es seinerzeit verschrieben. Man braucht dazu weiches Hirnmark aus dem Schädel eines noch lebenden Menschen. In heißem Punsch aufgelöst und flüssig eingenommen, schafft es bei derartigen Anfällen sofortige Heilung. Wenn sich in früheren Jahren so ein Anfall ereignete, dann pflegte auf Vorschlag des Hofarztes der König von Tschu irgendeinen zum Tode verurteilten Häftling eigens für den Zweck zur Verfügung zu stellen, ihn hinzurichten und seinem Schädel das benötigte Hirnmark entnehmen zu lassen. Wie aber soll man hier mitten in der Bergwildnis das Mittel beschaffen? Schade, diesmal scheint das Leben des armen Prinzen verwirkt zu sein.«

»Eines Lebenden Hirn dürfte hier freilich nicht aufzutreiben sein. Aber wie wäre es mit einem eben Verstorbenen? Würde dessen Hirnmark für den gedachten Zweck brauchbar sein?«

»Nach dem Gutachten unseres Hofarztes ist auch das Hirn eines Toten für den Zweck brauchbar, sofern der Betreffende noch nicht länger als hundert Tage tot und sein Hirn noch nicht vertrocknet ist.«

»Oh, es ist gerade erst zwanzig Tage her, seit mein Mann gestorben ist. Warum sollte man nicht seinen Sarg aufbrechen und sein Hirn herausholen?« fiel die geborene Tiän geschwind ein.

»Sofern Ihr das übers Herz bringt, was ich bezweifle.«

»Oh, ich bin doch jetzt die Frau deines prinzlichen Herrn geworden, und eine Frau soll ihrem Mann mit Leib und Seele untertan sein. Täte es mir schon um mein eigenes Leben nicht leid, wenn ich es ihm opfern müßte, um wieviel weniger brauche ich mich zu bedenken, da es sich nur um verwesendes Totengebein handelt!«

Und sie hieß den Graukopf an der Seite des Prinzen zu bleiben und ihm, wenn nötig, Beistand zu leisten. Sie selbst lief in den Geräteschuppen und holte sich eine Axt zum Holzspalten. Die Axt in der Rechten, eine Lampe in der Linken, so lief sie nach hinten in die Rumpelkammer, wo der Sarg stand. Dort setzte sie die Lampe auf ein Wandbrett über dem Sarge ab. Dann krempelte sie ihre weiten Ärmel hoch, so daß sie den Unterarm freibekam, packte mit beiden Händen die Axt und ließ sie, die Zähne zusammenbeißend, in hohem Schwung mit aller Kraft auf das Kopfende des Sarges niedersausen. – Nun werdet ihr, geschätzte Leserschaft, an sich mit Recht bezweifeln, wie die schwache Kraft eines Weibes imstande sein soll, das eisenharte Holz eines dauerhaften Sarges aufzuspalten. Aber in diesem Falle verhielt es sich so, daß Meister Tschuang tse in weiser Voraussicht der Zukunft die Anordnung getroffen hatte, daß sein Sarg aus weichem Fichtenholz gezimmert werden sollte und Decke und Wände bloß die geringe Dicke von ein bis zwei Zoll haben sollten. Kurz, nachdem mit dem ersten Axthieb ein beträchtliches Stück Holz herausgesplittert war, genügten mehrere weitere Axthiebe, um den Sargdeckel vollends aufzubrechen. Sie hielt mit der Arbeit inne und schickte sich gerade an, ein wenig zu verschnaufen, als sie plötzlich aus dem Sarginnern her ein Geräusch vernahm. Es hörte sich wie Seufzen an. Gleich darauf hob sich der Sargdeckel in die Höhe, und der totgeglaubte Meister Tschuang tse kam zum Vorschein. Er dehnte und reckte sich zu sitzender Haltung auf.

Obwohl beherzt, war die geborene Tiän auch nur ein Weib. Entsetzen lähmte ihre Muskeln, machte ihre Knie schlottern, ließ ihr Herz in wilden Sprüngen hüpfen. Die Axt entglitt ihrer kraftlosen Hand und fiel zu Boden.

»Hilf mir in die Höhe, Frau!« ließ sich befehlend des Meisters Stimme vernehmen.

Was blieb ihr anders übrig als zu gehorchen? Sie reichte ihm die Hand und half ihm, sich vollends aufzurichten und aus dem Sarg zu steigen.

Er nahm die Lampe zur Hand und stapfte bedächtig der Schlafkammer zu. Sie, zagen Schrittes, eine Handvoll Angstschweiß unterwegs auswringend, trippelte hinterdrein. Was sollte werden, wenn er die beiden Fremdlinge, den Prinzen und den Graukopf, drinnen vorfinden würde? Sie wagte es nicht auszudenken. Am liebsten hätte sie statt jeden Schrittes nach vorwärts zwei Schritte nach rückwärts getan.

Endlich war man da. Die Schlafkammer zeigte die gleiche festliche Aufmachung, schwellende Teppiche, strahlende Beleuchtung wie vorher. Aber vom Graukopf und seinem jungen Gebieter war keine Spur mehr zu sehen.

Die geborene Tiän, zwar insgeheim noch von bangen Zweifeln bewegt, atmete auf und schöpfte wieder Mut. Und schon hatte sie allerlei listige Ausflüchte zur Hand, um die heikle Sachlage zu beschönigen und zu bemänteln.

»Die ergebene Magd weilte seit Eurem Ableben mit ihren Gedanken Tag und Nacht bei Euch. Als sie vorhin das Geräusch Eurer Stimme aus dem Sarginnern vernahm, erinnerte sie sich sogleich der alten Geschichten, die man von der Rückkehr abgeschiedener Geister erzählt, und in der Hoffnung, auch Ihr möchtet wieder zum Leben erwacht sein, griff sie geschwind zur Axt, um Euch aus dem Sarg herauszuhelfen. Und nun seid Ihr wirklich – gelobt sei der Himmel, gelobt sei die Erde! – zum Leben wiedererwacht! Eure ergebene Magd ist darob zehntausendfach beglückt!«

»Hab Dank für deine dicke Anhänglichkeit«, brummte Meister Tschuang tse. »Aber da ist etwas, was mich wunder nimmt: es ist noch nicht lange her, daß meine verehrte Gattin um mich trauert. Wieso sehe ich sie heute nicht in schlichtem Trauerweiß, vielmehr prächtig angetan mit rotem Atlaskleid und goldbestickter Tunika?«

Die geborene Tiän war um eine passende Erklärung nicht verlegen.

»Anläßlich eines so glücklichen Ereignisses, Euch lebend dem offenen Sarg entsteigen zu sehen, erschien mir ein garstiges Trauergewand unpassend und anstößig. Deshalb vertauschte ich es den Umständen gemäß mit diesem festlicheren Kleid. Ich wollte damit der frohen, glücklichen Bedeutung Rechnung tragen, die Eurer Rückkehr aus dem Schattenreich anhaftet.«

»Gut, mag hingehen«, brummte der Meister. »Aber da ist noch etwas Weiteres, das mich befremdet: warum hast du den Sarg nicht vorn in der würdigen Grashalle, sondern hinten in der alten Rumpelkammer aufstellen lassen? Sollte dahinter etwa auch irgendeine glückliche ›Bedeutung‹ stecken? Das kann ich mir kaum denken.«

Diesmal blieb ihm die geborene Tiän eine passende Erklärung schuldig. Sie wußte keine Antwort zu geben.

Des Meisters Blick schweifte über den gedeckten Tisch mit den vielen Schüsseln und Schalen und Bechern und Pokalen. Er ersparte es sich, danach zu fragen, welche Bewandtnis es mit diesem nächtlichen Festmahl habe.

»Punsch her! Es verlangt mich zu trinken«, befahl er kurz.

Er legte gar gewaltig los und goß zu mehreren Malen den Inhalt eines großen voll gefüllten Trinkhorns, gefertigt aus dem Horn des Rhinozeros, hinunter. Sie, die Sachlage gründlich mißverstehend und die eitle Hoffnung nährend, die Asche einer erloschenen Beziehung zu neuer Glut anfachen zu können, versah mit emsiger Beflissenheit den Dienst an der Punschkanne und entfaltete dabei alle Künste der Gefallsucht. Wie sie sich vor ihm spreizte und ihn mit honigsüßen Worten umgurrte, das grenzte schier an Narretei. Auf solche Weise gedachte sie ihn zu betören und zu einem neuen ehelichen Beilager zu verführen.

Da war es nun für sie eine böse Enttäuschung, als er im Rausche nach Tusche, Pinsel und Papier verlangte und folgende vier Sätze hinschrieb:

Zuerst warst du's, die schuldig ihre Gattenschuld geblieben,
Jetzt, da du Gattenliebe heischst, mag ich dich nimmer lieben.
Denn wollte ich erneut mich dir zum Ehebund versprechen,
Dein Axthieb, fürcht ich, würde selbst einer Gottheit Sarg erbrechen.

Während die geborene Tiän den Vierzeiler las, lief sie vor Verlegenheit über's ganze Gesicht rot an, ihr sonst so behendes Mundwerk stand still und brachte keinen Laut mehr hervor.

Meister Tschuang tse aber schrieb einen weiteren Vierzeiler nieder:

Wo blieb die Witwentreu, auf hundert Nächte bloß bemessen?
Kaum sah den Neuen sie, da ist der Erste schon vergessen!
Wozu erst warten, bis das Grab vom Fächerfächeln trocken?
Kaum daß er zugemacht, hat ihre Axt den Sarg erbrochen.

Und zu der Treulosen gewandt, fuhr er fort:

»Gib acht! Ich werde jetzt zwei gewisse Personen erscheinen lassen.«

Er zeigte mit der Hand auf den Hof hinaus. Sie wandte den Kopf nach der bezeichneten Richtung. Da sah sie den Prinzen von Tschu in Begleitung des alten Graukopfes über den Hof auf die Schlafkammer zugeschritten kommen. Voller Bestürzung wandte sie sich nach Meister Tschuang tse um. Aber der war verschwunden. Wiederum wandte sie den Kopf nach draußen. Und jetzt war der Prinz mitsamt dem Graukopf verschwunden.

Doch was heißt hier ›Prinz‹ und ›Graukopf‹? Die gab es in Wirklichkeit gar nicht. Meister Tschuang tse, der nach Belieben sein Ich spalten, verwandeln und unsichtbar machen konnte, hatte, seine Zaubermacht gebrauchend, den Prinzen und seinen Diener in eigener Person gespielt!

Für die Nerven der geborenen Tiän war seine Zauberei freilich zuviel. Sie fühlte, daß sie kein Gesicht mehr besaß. Verwirrt und verstört, wie sie war, löste sie ihre seidene Schärpe vom Leib, schlang sie um einen Deckenbalken zur Schlinge und erhängte sich. O weh, aus und vorbei war es mit ihr. Und ihr Tod war wirklicher Tod.

Meister Tschuang tse aber knüpfte ihre Leiche los und legte sie in den gleichen Sarg, dem er vorhin entstiegen war. Hierauf, einen irdenen Kübel als Trommel benutzend und darauf den Takt schlagend, stimmte er, an den Sarg gelehnt, zum Gedächtnis der Toten folgenden Sang an:

Dem Kübel gleich – ein irdner Klumpen wohlgeformt,
doch leer – oh!
Sie lebte mit mir ein Stück Leben – doch ihr Gatte
war ich nicht – oh!
Und sie schon gar nicht war mein Weib. Ein Zufalls-
treffen war's, mehr nicht – oh!
Wir wohnten zwar im gleichen Haus, doch zwischen
uns breit klaffte eine Kluft – oh!
Es war ein Beieinanderleben und ein Auseinander-
fliehn. Ist's etwa edler Frauen Art – oh!
Gesinnung je nach Leben oder Tod zu wechseln?
Gesinnung, wahre, kam nun an den Tag – oh!
Wozu wohl wäre sie mir nütze, wenn sie nicht gestorben?
Als sie lebte – oh!
Ihr Trachten war's, den Einen loszuwerden und den
Nächsten zu ergattern. Nun sie gestorben – oh!
Geht leer sie in die große Leere ein. Ihr letzter
Dienst an mir? – oh!
Mit ihrer groben Axt mich gröblich zu beehren.
Mein letzter Dienst an ihr? – oh!

Ihr Trost mit einem Trauersang zu spenden. Dank
ihres Axthiebs Krachen – oh!
Vermocht ich wieder zu erwachen. Was ich sang zu
ihren Ehren – oh!
Das kann – vielleicht – zur Selbsterkenntnis sie
bekehren. Hihi!
Ich trommle für sie länger nicht,
Als bis der irdne Kübel bricht.
Denn um posthum zu huldigen ihr,
Was ist sie im Vergleich zu mir?

Nachdem er seinen Sang mit lauter Stimme und Trommelbegleitung zu Ende gesungen hatte, brummte er noch halblaut einen Vierzeiler hinterher:

Nun du gestorben, treibt es mich, dich zu bestatten,
Als ich gestorben, trieb es dich, dich zu begatten.
Wär wirklich ich gestorben und nicht mehr am Leben,
Dann wär ich aller Welt Gelächter preisgegeben.

Er lachte kurz und grimmig auf und schlug mit einem letzten kräftigen Trommelwirbel den Porzellankübel in Scherben. Dann nahm er einen brennenden Feuerwisch zur Hand und steckte, angefangen von der ›Grashalle‹, sein gesamtes Anwesen in Brand. Alle Räumlichkeiten, große und kleine, mitsamt der Rumpelkammer hinten und dem hölzernen Sarg drin und mit allem Hausrat wandelten sich in Schutt und Asche. Bloß zwei Gegenstände blieben vom Feuer unversehrt und der Nachwelt erhalten: die beiden Schriftrollen Tao te king, das ›Weisheitsbuch von den Kräften des Alls‹, und das Nan hua tschen king, das ›Weisheitsbuch des Einsiedlers vom Südlichen Blütenberg‹. Gebirgsdörfler aus der näheren Umgebung haben die beiden Schriftrollen später aufgefunden. Sie sind von Hand zu Hand gegangen, und ihr Text ist bis auf den heutigen Tag überliefert geblieben.

Meister Tschuang tse begab sich auf die Wanderschaft und bereiste nach allen vier Himmelsrichtungen die Lande. Bis an sein Lebensende ist er fortan unbeweibt geblieben. Es heißt, er sei am Nan ku-Paß seinem früheren Lehrer Meister Lao tse begegnet und mit ihm irgendwohin von dannen gezogen. Er gewann schließlich die große Vollendung und ward zum Gottmenschen.

Das Perlenhemd

Jetzt, werte Leserschaft, vernehmt die Geschichte des Perlenhemdes, die an Merkwürdigkeit ihresgleichen sucht und allen jungen Leuten eine nützliche Lehre sein mag. Die Hauptperson unserer Geschichte ist ein gewisser Hsing Ko aus der Familie Kiang, die im Kreise Tsao yang hsiän ansässig war, der zur Präfektur Hsiang yang fu in der Doppelprovinz Hu kwang gehört. Hsing Kos Vater, Herr Kiang Schi Tso, war Großkaufmann und pflegte seit vielen Jahren die Provinz Kwang tung zu bereisen. Er hatte seine Frau verloren, als Hsing Ko gerade neun Jahre zählte, und da er sonst daheim keine Angehörigen hatte und sich einerseits ungern von seinem einzigen Kinde trennen mochte, anderseits das zur lieben Gewohnheit gewordene Umherreisen in Kwang tung nicht missen konnte, so hatte er sich entschlossen, fortan den Jungen als Begleiter auf seinen Geschäftsreisen mitzunehmen. Der Kleine war ein aufgewecktes schmuckes Bürschlein.

Feine Brauen, Augen blank,
fester Schritt, gerader Gang,
rot die Lippen, Zähne blitzen,
flink und klug die Worte flitzen.

Wahrlich, an hellem Verstand nahm er es mit manchem gelehrten Hause auf, an Witz gab er dem erfahrenen Alter nichts nach. Die ganze Verwandtschaft und Bekanntschaft pries ihn als ein unschätzbares Juwel. So war es nur begreiflich, daß Vater Kiang aus Angst vor dem Neid der Leute dieses Juwel unterwegs nicht als seinen eigenen Sohn, sondern nur als seinen Neffen, seines Schwagers Sohn, als den jungen Lo ausgeben wollte. Die Los waren auch Kaufleute und hatten gleichfalls die Provinz Kwang tung ständig bereist, nicht erst seit einer Generation wie Herr Kiang, sondern bereits seit drei Generationen. Da gab es in der ganzen Provinz kein Gasthaus, keine große Kommissionsfirma, wo die Los nicht wohlbekannt und fast wie zu Hause gewesen wären. Ursprünglich war Vater Kiang immer mit seinem Schwager Lo zusammen gereist. Doch infolge einiger unglücklicher Prozesse hatte Lo schwere geschäftliche Verluste gehabt und seit mehreren Jahren das Reisen aufgeben müssen. Er erfreute sich großer Anhänglichkeit bei seinen Geschäftsfreunden in Kwang tung, und wo immer sich Herr Kiang jetzt zeigte, wurde er mit teilnehmenden Fragen nach dem beliebten Lo bestürmt. Da herrschte nun allgemeine Freude, als es diesmal hieß, der hübsche, muntere Knabe an Herrn Kiangs Seite sei ein junger Lo-Sprößling. Das war nun also schon die vierte Generation, in der die Familie Lo die Provinz bereiste!

Hsing Ko entwickelte sich rasch zu einem gelehrigen Gehilfen seines Vaters und war nach einigen Jahren mit allen Kniffen und Schlichen des Geschäfts vertraut. Er war gerade fünfzehn geworden, als sein Vater starb. Ein Glück nur, daß diesen der Tod daheim und nicht unterwegs auf der Reise ereilte, so daß seine abgeschiedene Seele nicht ruhelos umherzugeistern brauchte. Hsing Ko weinte und klagte sein Teil, dann blieb ihm nichts anderes übrig, als seine Augen trockenzuwischen und seine Sohnespflicht gegenüber dem Toten zu erfüllen, ihn auf geziemende Art einzubetten und einzusargen und ihm mit buddhistischem Gebets- und Opferwerk den Eingang ins Jenseits nach Kräften angenehm zu machen.

Während der siebenmal sieben Tage nach dem Hinscheiden fand sich die ganze Sippe väterlicher- und mütterlicherseits im Trauerhause zum Kondolieren und Opferspenden ein. Unter den Gästen war auch Herr Wang, mit dessen Tochter Hsing Ko seit früher Kindheit verlobt war. Mit Staunen wurde allseits bemerkt, daß der Haussohn trotz seinem jugendlichen Alter schon die Reife eines Erwachsenen zeigte und wie gut er so allein mit den vielerlei Obliegenheiten des Trauerzeremoniells fertigwurde. In Anbetracht dessen redete man Vater Wang zu einer beschleunigten Heirat der Tochter zu. Doch Vater Wang wollte nicht recht. Da bewog man, kaum daß der Sarg in die Erde versenkt war, den jungen Hsing Ko dazu, von sich aus einen Schritt beim künftigen Schwiegervater zu unternehmen. Nach einigem Sträuben entschloß sich der Jüngling, eine Vermittlerin hinzuschicken. Aber Herr Wang bat nochmals um einigen Aufschub. Er habe die Aussteuer noch nicht beisammen, auch sei es nicht recht passend, so kurz nach einem Todesfall die fröhliche Feier einer Hochzeit zu begehen, kurz, er wolle wenigstens den Ablauf des ersten Trauerjahres abwarten. Hsing Ko mußte sich also noch ein Jährchen gedulden. Sowie er aber das zu Beginn des zweiten Trauerjahres übliche Opfer vor der Seelentafel des Toten dargebracht hatte, legte er sein grobhanfenes Trauergewand ab und schickte die Mittlerin erneut zu Herrn Wang. Der war diesmal einverstanden. Einige Tage später trafen die vorgeschriebenen sechserlei Brautgeschenke ein, und wieder ein paar Tage später hielt die Braut Einzug in Hsing Kos Heim. Es war, wie es in der Ode ›Der Mond über dem Westfluß‹ heißt:

Vertauscht ist nun der Wandbehänge Trauerweiß mit freudgem Rot.
Statt groben Hanfrocks weiche Seidenpracht.
Festlicher Kerzenglanz im bunten Brautgemach.
Gefüllt der Brautpokal, der Hochzeitsschmaus bereitet.
Man preist der Brautausstattung üppige Fülle
Und rühmt der Gattin seltene Reize.
Es naht die Nacht, in der aus Wolken Wonnen rieseln,
und morgens drängt die Schar der Gratulanten.

Die junge Frau war die jüngste von drei Schwestern. Die beiden älteren waren bereits verheiratet, und alle drei waren so ungewöhnlich schön, daß man sie im Kreise Tsao yang hsiän die drei Wunder nannte und mit folgender Strophe besang:

Von allen Schönen im ganzen Reich
kaum eine kommt Wangs Töchtern gleich.
Wem eine Wang als Frau vergönnt,
mit Recht sich ›Kaisers‹ Eidam nennt.

Nun, Hsing Ko seinerseits war ein schmucker, talentvoller Bursche, und so kann man sagen, die beiden gaben ein treffliches Paar ab. Eines fand am anderen soviel Wohlgefallen, wie das bei Neuvermählten nicht allzu häufig vorkommt. So blieben sie auch nach dem dritten Morgen seit der Vermählung, als schon das Alltagskleid wieder zu seinem Rechte gelangt war, noch tagelang unzertrennlich beisammen, verweilten engumschlungen von früh bis spät im oberen Gelaß und ergingen sich in unerschöpflichen Zärtlichkeiten und nimmermüdem Liebesspiel.

Das dritte Trauerjahr war um, da kam es Hsing Ko in den Sinn, daß er nun schon seit drei Jahren keine Geschäftsreise mehr unternommen habe und daß es in der Provinz Kwang tung noch so manche Außenstände von früher her einzutreiben gebe. Und er besprach sich des Nachts mit seiner Gattin darüber. Die brach sofort in Tränen aus, als sie nur das Wort ›verreisen‹ hörte, und auch ihm war der Gedanke einer längeren Trennung so schmerzlich, daß sie beschlossen, die Reise noch um ein Jahr zu verschieben. Als das Jahr um war, wählten sie schweren Herzens einen glücklichen Tag zur Abreise aus und machten sich fünf Tage vorher ans Einpacken. Man befand sich gerade im zweiten Jahresmonat, in jener günstigen Zeit, in der es weder zu kalt noch zu warm ist.

»Und wann sehen wir uns wieder?« wollte die junge Frau wissen.

»Genau übers Jahr.«

Sie wies mit der Hand nach der Zeder vorm Fenster.

»Also wenn diese Zeder wieder junge Triebe ansetzt, werde ich von Stund an sehnsüchtig Ausschau nach dir halten.«

Der Tag des Abschiednehmens war gekommen. Die letzte Nacht hatten beide Gatten kein Auge zutun können, unaufhörlich waren ihre Seufzer, ihre Tränen geflossen. Um die Stunde des fünften Trommelschlags hatte sich Hsing Ko erhoben und angekleidet, und zu guter Letzt hatte er der Geliebten ein kostbares, ganz aus feinen Perlen gewirktes Hemd übergeben. Es sei ein teueres Familienerbstück, sie möchte es in der heißen Zeit auf dem bloßen Leibe tragen, es werde ihr angenehme Kühlung spenden. Noch einige häusliche Anordnungen, und dann eine letzte zärtliche Verabschiedung.

»Harre in Geduld auf mich! Und noch eines: Es herrschen hierzulande etwas leichte Sitten, und an lockeren Gesellen ist kein Mangel. Du bist eine schöne Frau, tu mir den Gefallen und zeige dich nicht vor der Tür!«

»Sei ganz unbesorgt, und kehre recht bald zurück! Hörst du?« –

In Begleitung eines jungen Dieners zog Hsing Ko von dannen.

Ach, von allen tausend Leiden
bittrer nichts als Tod und Scheiden!

Es läßt sich denken, daß Hsing Ko, als er sich nach so langer Abwesenheit wieder in Kwang tung zeigte, überall von den alten Geschäftsfreunden aufs freudigste begrüßt wurde. Kaum daß er seinen Fuß in die Hauptstadt Kanton gesetzt und seine Anwesenheit durch Übersendung der mitgeführten Geschenke geziemend kundgetan hatte, da wurde sein Gasthof von Besuchern nur so bestürmt, und zwei, drei Wochen lang wollten die Festgelage nicht abreißen. Hsing Ko verfügte von Haus aus über keine allzu robuste Gesundheit, die Strapazen der Reise hatten ihn ohnehin ziemlich mitgenommen, und nun dieses unmäßige Zechen – kurz, er erkrankte und wurde den ganzen Sommer lang von Wechselfiebern geschüttelt. Als er im Herbst endlich wiederhergestellt war und das vernachlässigte Geschäft wiederaufnehmen konnte, da wurde ihm klar, daß an eine Rückkehr zu der mit der Gattin verabredeten Zeit nicht mehr zu denken sei. –

Doch kehren wir jetzt zu der Daheimgebliebenen zurück.

Eingedenk der Mahnung des Gatten, hatte sie tatsächlich mehrere Monate lang keinen Blick auf die Straße hinaus getan, den Fuß nicht vor die Schwelle gesetzt. Nun war die Neujahrsnacht herangekommen. In den Straßen herrschte das übliche lärmende Festtreiben, zischten die Raketen, platzten die Frösche, krachten die Feuerschwärmer. Und während die Häuser der Nachbarschaft von fröhlichem Familientrubel widerhallten, saß die arme Verlassene in der drückenden Stille ihres freudlosen Gemachs, dachte sehnsüchtig des abwesenden Geliebten und empfand ihre frostige Einsamkeit doppelt peinvoll. Am nächsten Tag, dem ersten des neuen Jahres, wollten die beiden Zofen Blankwolke und Schmelzschnee die Herrin etwas von ihren trüben Gedanken ablenken, und so redeten sie ihr ernstlich zu, sich doch einmal das muntere Treiben auf der Straße zu besehen. Das Haus Kiang bestand aus zwei gesonderten, durch niedrige Seitengalerien verbundenen einstöckigen Gebäuden, von denen das eine der Straße, das andere dem Garten zugewandt war. Im ersten Stock des letzteren lagen die Frauengemächer, und dort hatte sich die junge Frau seit dem Weggang ihres Gatten immer aufgehalten. Auf das Zureden ihrer Zofen ließ sie sich nun bewegen, zum ersten Male seit langer Zeit den ersten Stock des Vordergebäudes zu ersteigen. Sie ließ die Fenster öffnen und lugte hinter herabgelassenen Vorhängen auf die menschengefüllte Straße hinab.

»Sollte unter den vielen, die hier von Ost und West vorüberströmen, nicht vielleicht auch ein Wahrsager sein?« sprach sie, zu den Zofen gewandt. »Man könnte ihn über meinen Gatten befragen.«

»Heute wird's schwer sein, einen zu finden«, meinte Blankwolke. »Heute mag niemand an Geschäft und Gewerbe denken.«

»Verlaßt Euch ganz auf mich, Herrin!« fiel die flinke Zofe Schmelzschnee ein. »Binnen fünf Tagen bringe ich Euch einen Wahrsager.«

Es war drei Tage später, als Schmelzschnee, die nach beendetem Frühstück gerade im Hofe stand, von der Straße her das bekannte Rasseln der kleinen Trommel hörte, mit der gewöhnlich blinde Wahrsager die Aufmerksamkeit der Leute auf sich lenken. Hurtig sprang sie auf die Straße hinaus. Auf ihren lauten Zuruf wandte sich der Blinde um und lenkte seinen Schritt in die geöffnete Tür des Hauses Kiang.

Sein Erscheinen bedeutete kein geringes Ereignis für das stille Haus, die junge Frau kam eilends die Stiege heruntergeklettert, und in gespannter Erwartung stand das gesamte Personal um den Blinden herum, der im vorderen Empfangszimmer Platz nehmen mußte.

»Worüber begehrt man Auskunft?«

»Über eine Person, die sich auf Reisen befindet«, erwiderte an Stelle ihrer Herrin eine der beiden Zofen.

»Ich verstehe: die Dame des Hauses wünscht Nachricht von ihrem abwesenden Gatten?«

»So ist's.«

Der Blinde warf seine Zauberstäbchen. Dann orakelte er:

Blauer Drache regiert die Stund,
Hexagramm tut Wohlstand kund,
Gatte halbwegs naht mit Hasten,
führt Gold und Seide in tausend Kasten.
Kein Sturm und Wetter ihn versehrt,
zehnfältig Reichtum ihn beschwert.
Blauen Drachen Element Holz regiert,
Holz im Lenze neu gebiert.
Im Lenz war's, als er zog hinaus,
ein Mond noch, und er ist zu Haus.

Die junge Frau war von diesem Spruch hochbeglückt. Sie ließ dem Wahrsager auf der Stelle drei Silberbatzen hinzählen und schickte ihn seines Weges. Frohe Hoffnung beflügelte ihren Schritt, als sie die Stiege zum oberen Gemach wieder emporklomm. Es traf in diesem Falle der alte Satz zu:

Eine saftige Pflaume zu erblicken
kann durstge Gaumen schon erquicken.
Leckere Speisen zu sehn im Bild
bisweilen ärgsten Hunger stillt.

Ach Hoffnung, wie leicht machst du uns zu Narren! Jedenfalls, die junge Frau glaubte dem Wahrsager aufs Wort und fand von jetzt an Gefallen daran, im vorderen Obergemach zu verweilen und hinter dem Vorhang nach Ost und West zu spähen. Und als nun gar der zweite Monat heran war und die Zeder im Garten neue Triebe anzusetzen begann, da steigerte sich ihre Unruhe von Tag zu Tag mehr, und sie war vom Vorhang gar nicht mehr wegzubringen. In diese Tage gespannter Erwartung fiel ihre Begegnung mit jenem jungen fremden Kavalier.

Wir mögen tausend Meilen auseinanderstehn,
wenn Schicksal will, wir müssen uns doch finden.
Wir mögen uns von Aug zu Auge sehn,
wenn Schicksal nicht will, wird uns nichts verbinden.

Besagter junger fremder Kavalier war ein Herr Tschen aus dem Kreise Hsin an hsiän, der zur Präfektur Hui tschou gehört. Er zählte vierundzwanzig Jahre, eine schmucke, stattliche Erscheinung. Er war ein reicher Kornhändler und soeben, ausgerüstet mit einigen tausend Unzen Silber, nach der Präfekturhauptstadt Hsiang yang fu gekommen, um dort Reis und Erbsen einzukaufen. Die Herberge, in der er gewöhnlich abzusteigen pflegte, lag etwas außerhalb vor dem Stadtwall. Heute war er zu einem geschäftlichen Besuch im Leihhaus ›Palast der Fülle‹ in die Stadt gekommen. Der Zufall wollte es, daß dieses Leihhaus auf der Großen Marktstraße gerade gegenüber dem Hause Kiang gelegen war, und so kam es, daß er seinen Schritt am Hause Kiang vorüberlenken mußte. Der Zufall wollte es ferner, daß er in der Figur und im Gang auffallend dem jungen Hsing Ko ähnelte und auch denselben Quastenhut und denselben fischbauchweißen Seidenrock trug, wie ihn jener gewöhnlich zu tragen pflegte. Kurz, als ihn Frau Kiang hinter ihrem

Vorhang von weitem kommen sah, dachte sie nichts anderes, als daß es der heimgekehrte Gatte sei. Mit bebender Hand schob sie den Vorhang beiseite und beugte sich aufgeregt zum offenen Fenster hinaus, das Auge starr auf den Ankömmling gerichtet. In diesem Augenblick schaute Herr Tschen empor, und wie er da die schöne junge Frau am Fenster sah, die ihn so unverwandt anstarrte, da spürte er einen wonnigen Kitzel, und er konnte sich's nicht versagen, ihr seinerseits einen schmachtenden Blick zurückzusenden. Schon aber war Frau Kiang ihres Irrtums gewahr geworden. Eine Welle schämiger Röte ergoß sich über ihre Wangen, rasch hatte sie den Fensterflügel zugezogen und war hinter dem Vorhang verschwunden. – Der eine Strahl aber aus dem Auge der schönen Unbekannten hatte genügt, um einen beträchtlichen Fetzen von Herrn Tschens Seele auf und davon flattern zu lassen. Wie im Traume war er zu seiner Herberge zurückgekehrt, und den ganzen Tag und die folgende Nacht konnte er keine Ruhe mehr finden.

›Meine Frau daheim hat zwar auch ihre Reize‹, sagte er sich, ›aber kann sie sich auch nur entfernt mit dieser hier vergleichen? Nur eine Nacht mit dieser zusammen! Mein ganzes Kapital würde ich mit Freuden dafür ausschütten! Da hätte sich's doch gelohnt, als Mensch auf dieser Welt gelebt zu haben. Aber wie, wie . . .?‹

Und während er sich seufzend und grübelnd auf seiner Lagerstatt von einer Seite zur anderen wälzte, kam ihm plötzlich ein Gedanke. Mutter Pi! die alte Perlenhändlerin in der Kleinen Ostgasse dicht bei der Großen Marktstraße, mit der er schon manches Mal geschäftlich zu tun gehabt hatte. Die so gut zu reden wußte, die tagsüber die Straßen ablief und in jedem Haus bekannt war, das war die Rechte, die mußte Rat schaffen!

Er konnte es gar nicht erwarten, bis es Morgen wurde; da erhob er sich, wusch sich und kleidete sich an, steckte hundert Unzen Silber und zwei Barren Gold zu sich und machte sich eilends auf den Weg nach der Stadt. Mutter Pi war gerade im

Hofe mit Perlensortieren beschäftigt, als sie den Türklopfer anschlagen hörte.

»Wer ist da?« fragte sie, während sie schnell die Perlen in ein Tuch raffte.

»Tschen aus Hui tschou«, tönte es von draußen.

Beruhigt öffnete sie. »Tretet bitte näher, Herr Tschen! Aber entschuldigt bitte den Mangel an Form. Die alte Person ist noch nicht gewaschen und nicht frisiert. Was ist der werte Anlaß Eueres frühen Besuchs?«

»Ich wollte Euch unter keinen Umständen verfehlen, drum kam ich so früh.«

»Wolltet Ihr der alten Person etwa Perlenschmuck abnehmen?«

»Ein paar Perlen könnte ich bei der Gelegenheit mit erstehen, aber es handelt sich um ein anderes wichtiges Geschäft.«

»Außer mit dem Perlenhandel befaßt sich die alte Person mit keinem anderen Geschäft.«

»Können wir hier in der Tür ungestört sprechen?«

Mutter Pi schloß die Haustür und bat den Besucher ins Wohnzimmer. Dort nötigte sie ihn zum Platznehmen.

»Wie lauten die Befehle des hohen Herrn?«

Tschen vergewisserte sich, ob auch niemand anderes in der Nähe sei, dann zog er aus seinem Ärmel ein in blaues Tuch gewickeltes Päckchen hervor und breitete es behutsam auf dem Tisch auseinander. Zum Vorschein kamen hundert schöne Silberunzen.

»Nehmt erst, werte Adoptivmutter, dann will ich sprechen.«

Mutter Pi wußte nicht, wie ihr geschah.

»Wie komme ich dazu?«

»Ich sehe, es ist Euch noch zu armselig, – hier, nehmt das dazu!«, und er schob hastig zwei blanke gelbe Goldbarren vor sie auf den Tisch hin.

»Sie wiegen genau zehn Unzen. Nehmt, nehmt! Ihr würdet mich kränken, wenn Ihr ablehnen wolltet. Es ist ganz in Ordnung, daß Ihr nehmt, denn ich kam, um von Euch einen

Gefallen zu erbitten. Nicht umgekehrt ist's. Nur Ihr, werte Adoptivmutter, könnt mir bei dem großen Geschäft helfen, das ich meine. Ihr müßt mir diesmal beistehen. Künftig werde ich Euch gewiß mit weiteren Anliegen verschonen. Bedenkt, ich bin nicht der erste beste!«

Nun, meine werten Leser, es ist ja nur natürlich, daß jedes Maklerherz auf klingenden Gewinn erpicht ist und beim Anblick von gelbem und weißem Metall Feuer fangen muß. Konnte es bei Mutter Pi anders sein?

»Der hohe Herr möge nicht länger in Rätseln sprechen«, sagte sie, indem sich ihr Gesicht zu breitem Lächeln verzog. »Ihr wißt, die alte Person war ihr Lebtag nie auf einen einzigen Käsch von anderer Leute Geld versessen, sie kennt nicht einmal den Wert von weißem und gelbem Metall. Nur weil der hohe Herr es so dringend wünscht, will sie das hier einstweilen in Verwahrung nehmen. Doch sollte sie den Befehlen des hohen Herrn nicht nachkommen können, dann müßte er's unbedingt wieder an sich nehmen.«

Damit schob sie die beiden Goldbarren zu dem Silberhäufchen, schlug das blaue Tuch wieder darüber und verschwand in ihrem Schlafzimmer, wo sie das gewichtige Bündel sorgsam versteckte.

»Verzeiht, hoher Herr, daß die alte Person einstweilen noch mit ihrem Dank zurückhält. Sagt zunächst, welcherart ist das wichtige Geschäft?«

»Es handelt sich darum, daß Ihr mir unbedingt helfen müßt, einen Schatz zu heben, von dessen Besitz mein Leben abhängt. Der Schatz steckt in einem gewissen Haus in der Großen Marktstraße.«

»Die alte Person läuft seit zwanzig Jahren hier jede Straße, jede Gasse ab. Noch nie hat sie von einem solchen Schatz gehört. Wo soll er denn verborgen sein?«

»Wem gehört das Grundstück gerade gegenüber dem Palast der Fülle?«

»Dem jungen Herrn Kiang Hsing Ko. Er ist seit einem Jahre

verreist. Das Haus ist zur Zeit nur von einigen Weibspersonen bewohnt.«

»Und gerade unter diesen Weibspersonen ist der Schatz, den ich meine!«

Herr Tschen rückte den Stuhl dichter an sein Gegenüber heran und erzählte lebhaft und ausführlich sein gestriges Erlebnis. Mutter Pi wiegte nachdenklich den Kopf hin und her, als er geendet hatte.

»Hier wird sich schwerlich etwas machen lassen. Die jungen Leute sind knapp vier Jahre verheiratet und haben immer unzertrennlich und munter wie die Fische im Wasser zusammen gelebt. Die junge Frau ist die Tugend selber, sie setzt keinen Fuß vor die Tür. Der Gatte ist ein etwas empfindlicher Herr, er hat mir einmal eine Kleinigkeit übelgenommen, und da bin ich seit Jahren nicht mehr über seine Schwelle gekommen. Ich weiß nicht einmal, wie seine junge Frau aussieht. Ich fürchte, mein Mißgeschick verwehrt mir, Euere gütige Spende zu behalten.«

Kaum war sie mit Sprechen zu Ende, da ließ sich ihr Besucher verzweifelt auf beide Knie niederfallen, und sie hatte große Mühe, ihn emporzuziehen und wieder auf den Stuhl zu drücken.

»Mein Leben ist in Euere Hand gegeben, teuere Adoptivmutter!« rief er leidenschaftlich aus. »Ihr müßt Rat finden! Hundert Unzen Silber sollt Ihr am Tage des Gelingens obendrein erhalten. Wenn Ihr mir aber Eueren Beistand versagt, dann bin ich noch heute eine Leiche!«

»Sprecht nur nicht so etwas aus!« fiel erschrocken Mutter Pi ein. »Es ist gut. Ich tue mit. Beruhigt Euch und hört mich an!«

»Sprecht, sprecht! Was ist der erstaunliche Plan meiner Adoptivmutter?«

»Die Sache erfordert allerdings eine behutsame Hand. Wir müssen mit Wochen, vielleicht mit Monaten rechnen. Den Plan in einer bestimmten kurzen Frist zur Ausführung zu bringen, darauf könnte ich mich nicht einlassen.«

»Wenn Ihr ihn nur überhaupt zum Gelingen bringt, dann soll mir's auf ein paar Tage mehr oder weniger nicht ankommen.«

»Erwartet mich morgen nach dem Frühstück im Palast der Fülle! Verseht Euch auf alle Fälle mit Geld und verbreitet, Ihr hättet einen Handel mit mir abzuschließen. Das Weitere überlaßt mir. Sobald Ihr die alte Person über die Schwelle des Hauses Kiang schreiten seht, kehrt getrost nach Hause zurück; dann ist Euer Glück schon halb entschieden. Auf keinen Fall treibt Euch vor ihrem Hause herum. Ihr würdet damit alles verderben. Die alte Person selber wird Euch Kunde bringen.«

»Jubelnd füge ich mich Eueren hochgeschätzten Befehlen.«

Und in strahlender Laune strebte Herr Tschen seiner Herberge zu.

Mit seinem besten Staat angetan, machte er sich am nächsten Vormittag nach dem Frühstück auf den Weg zum Palast der Fülle. Ein Bursche mußte ihm einen mit vierhundert Unzen gefüllten ledernen Koffer hinterhertragen. Im ersten Stock des dem ›Palast‹ gegenüberliegenden Hauses waren die Fenster, wie er im Vorbeigehen bemerkte, dicht geschlossen und verhängt. Nach höflicher Begrüßung des Leihhausbesitzers ließ er sich auf einer Bank am Eingange nieder, erwartungsvoll nach Osten ausschauend. Bald erschien denn auch Mutter Pi, ein Köfferchen aus feinem Bambusgeflecht unterm Arm.

»Was habt Ihr da drin?« fragte Tschen, sich fremd stellend.

»Eine Kollektion Perlen und Kopfzierat. Möchte der hohe Herr etwas kaufen?«

»Gewiß.«

Sie traten beide in das Leihhaus ein und begannen eine laute Unterhaltung über den beabsichtigten Kauf. Mutter Pi öffnete ihr Köfferchen und brachte zehn Perlenschnüre sowie mehrere kleinere Etuis zum Vorschein, die verschiedene Stücke Kopfzierat nach der neuesten Mode, wie Haarpfeile aus Gold, Eisvogelfedern aus Cloisonné und ähnliches mehr, enthielten. Das gleißte und funkelte, daß das Auge davon fast geblendet war.

Tschen wählte ein paar Schnüre von Perlen der gröberen weißen Sorte sowie verschiedene Haarspangen und jadene Ohranhänger und legte alles auf einen Haufen:

»Das da möchte ich kaufen.«

Mutter Pi verdrehte die Augen und heuchelte Erstaunen.

»Der hohe Herr kann alles haben, wenn er will. Doch getraue ich mir kaum den Preis zu nennen.«

Tschen durchschaute ihre Absicht. Er öffnete nun seinerseits seinen ledernen Koffer und schüttete den blanken silbernen Inhalt auf ein Tischchen aus.

»Nun, dieser Silberhaufen dürfte Euch wohl genügen!« rief er laut und mit Nachdruck.

Von dem Leihhauspersonal hatten sich inzwischen sieben, acht unbeschäftigte Angestellte herangemacht und verfolgten interessiert die Entwicklung der Dinge.

»Der hohe Herr erlaubt sich wohl einen Spaß mit der alten Person?« meinte patzig Mutter Pi. »Nein, er mag sein Silber ruhig behalten!«

Unter den Umstehenden hatten sich sogleich zwei Parteien gebildet. Die eine Partei fand die Forderung der Händlerin zu hoch, die andere zu niedrig. Zwischen beiden Ansichten taten sich himmelweite Klüfte auf. Die Händlerin wollte durchaus nicht mit ihrem Preis heruntergehen, und Tschen wiederum wollte die ausgewählten Stücke zwar nicht wieder aus der Hand lassen, aber auch nicht eine Unze draufzahlen. Jetzt nahm er den Schmuck in die Hand, trat damit vor die Schwelle unter den Dachfirst und begann Stück für Stück im Tageslicht gemächlich um und um zu drehen und genau zu besehen. Das eine erkannte er als echt an, vom anderen behauptete er, es sei unecht. Die in der Sonne funkelnde Pracht und das laute Hin und Her und Durcheinanderschreien der beiden Parteien erregte natürlich die Aufmerksamkeit der Passanten, und bald hatte sich eine neugierige Menge auf der Straße angesammelt.

»Er mag kaufen oder nicht kaufen, mir ist's ganz einerlei!«

zeterte die Händlerin. »Nur soll er mir nicht meine kostbare Zeit rauben!«

»Natürlich werde ich kaufen!« schrie Tschen zurück, und die Verhandlung nahm einen immer erregteren Ton an.

Der Lärm war allmählich auch ins Haus Kiang gedrungen, und die schöne junge Frau konnte sich's nicht versagen, verstohlen hinter dem Vorhang hinüberzulugen. Oh, wie das verführerisch zu ihr heraufblitzte und -funkelte! Offenbar konnten sich Händlerin und Käufer über den Preis des Schmucks nicht einig werden. Das schien ihr eine willkommene Gelegenheit, sich ihre Langeweile etwas zu vertreiben. Zofe Blankwolke mußte also hinunter und die Alte heraufbitten.

»Meine Herrin möchte Euere Ware besehen«, sagte Blankwolke, die Alte am Rockärmel zupfend.

»Zu welchem Hause gehörst du?« wollte sich Mutter Pi erst vergewissern.

»Zum Hause Kiang.« Hurtig raffte die Händlerin ihre Schätze in das Köfferchen, ließ das Schloß zuschnappen und wandte sich zum Gehen.

»Ich habe nicht soviel Zeit wie Ihr zu vertrödeln«, brummte sie noch dem jungen Tschen zu.

»Legt noch etwas drauf und laßt mich kaufen!« bestürmte er sie zum Schein.

»Ach was! Ihr seid mir der rechte Käufer! Ich habe schon viel zuviel Zeit mit Euch verloren!« Und schon war sie drüben im Eingang des Hauses Kiang verschwunden.

Das Herz von heimlicher Freude geschwellt, packte indessen Tschen sein Silber wieder in den Koffer und begab sich, wie verabredet, in seine Herberge zurück.

Das Auge sieht schon Siegesbanner wehn,
von ferne hört das Ohr Triumphgetön.

Als Mutter Pi der jungen Frau gegenüberstand, da wunderte sie sich freilich nicht, daß Herrn Tschens Sinn von ihrem Anblick völlig in Verwirrung geraten war. ›Mir wäre es nicht anders gegangen, wenn ich ein Mann wäre‹, dachte sie im stillen. Nach einigen Begrüßungsfloskeln begann Frau Kiang: »Wieso wurdet Ihr mit Euerem Käufer nicht einig?«

»Ach der! Lächerlich! Was versteht der vom Wert meiner Ware! Er war mir zufällig in den Weg gelaufen. Überzeugt Euch bitte selber!«

Und sie öffnete ihr Köfferchen und reichte der schönen Frau ein paar Schmuckstücke.

»Nun, hohe Dame, könnt Ihr daran den geringsten Fehler entdecken? Und diese Perlen, sind sie nicht erstklassig? Und da soll ich mich mit solch einem hergelaufenen Menschen noch lange müßig herumstreiten?«

»Was bot er Euch dafür?«

Die Händlerin nannte die Summe, die Tschen geboten hatte.

»Das erscheint mir allerdings viel zuwenig.«

»O Juwel des Hauses, das nenne ich Sachkenntnis! Ihr besitzt wahrlich zehnmal mehr Urteilskraft als solch ein Mannsbild!«

»Wollt Ihr eine Tasse Tee bei mir trinken?«

»Bemüht Euch nicht! Die alte Person hat noch Dringendes zu erledigen. Sie hat leider schon zuviel Zeit mit diesem Fremden vertrödelt.«

Geschäftig schloß sie ihren Koffer ab.

»Darf ich der hohen Dame zumuten, den Koffer einstweilen hierzubehalten, bis ich zurückkomme?«

Und ohne einen Widerspruch abzuwarten, empfahl sie sich geschwind. –

Fünf Tage lang ließ sie sich nicht blicken. Endlich, am Nachmittag des sechsten Tages, gerade während eines kräftigen Regenschauers, klopfte es wieder an die Pforte des Hauses Kiang, und in triefenden Sachen, mit einem zerbrochenen Schirm in der Hand, erschien Mutter Pi.

»Zehntausendfaches Glück, hohe Dame! Und verzeiht meine Unpünktlichkeit!«

»Wo hattet Ihr denn die letzten Tage gesteckt?«

»Bei meiner verheirateten Jüngsten. Eben war ich auf dem

Heimweg, da komme ich in dieses fürchterliche Wetter, und zum Überfluß geht mir unterwegs der Schirm entzwei. So ein Pech!«

»Macht's Euch bequem!«

Zofe Blankwolke setzte Tee und Gebäck vor. Nachdem sich die Alte gestärkt und etwas verschnauft hatte, begann sie:

»Bei diesem Regenwetter kann ich sowieso nicht an mein Geschäft denken. Aber würde die edle Dame mich dreist schelten, wenn ich den Wunsch ausspreche, Eueren Schmuck bewundern zu dürfen? Etwas Kostbares zu besehen tut dem Bauche immer wohl.«

Bereitwillig schloß die junge Frau ihre große Schatztruhe auf und kramte nacheinander eine Menge Agraffen, Spangen, Emailleblumen, Ketten und ähnliches heraus.

»Welch herrlicher Schmuck!« schmeichelte die Alte. »Daneben ist allerdings mein armseliger Plunder nicht wert, von Euch eines Blickes gewürdigt zu werden.«

»Ihr übertreibt. Gerade wollte ich mir nochmals Euere Ware besehen. Auch möchte ich gern Eueren genauen Preis wissen.«

»Bei einer so sachverständigen Kundin, wie Ihr es seid, brauche ich nicht viel Worte zu verlieren. Ihr wißt den Wert selber am besten zu schätzen.«

Sie öffnete ihr Bambusköfferchen und breitete den Inhalt auf dem Tische aus. Stück für Stück schätzte Frau Kiang den Wert ab, und stets traf sie annähernd den richtigen Preis.

»Ich sehe, wir brauchen uns nicht zu zanken. Die alte Person beansprucht nur einige wenige Tausendkäschschnüre Verdienst.«

»Gut, ich kaufe Euere Ware. Allerdings kann ich im Augenblick nur die Hälfte anzahlen. Sobald mein Mann von der Reise zurück ist – es handelt sich nur um einige Tage –, werde ich den Rest begleichen. Seid Ihr einverstanden?«

»Aber bitte, ein paar Tage früher oder später, das hat nicht das geringste zu besagen. Nur darf ich bitten, daß Ihr mir in gutem feinem Silber zahlt.«

»Ganz wie Ihr wünscht.«

Frau Kiang packte den heißbegehrten Schmuck sorgfältig beiseite und versäumte nicht, das glücklich abgeschlossene Geschäft mit ein paar Bechern Wein zu begießen.

»Es ist für gewöhnlich etwas eintönig bei mir. Wenn Ihr nichts Besseres vorhabt, so kommt öfters herüber und leistet mir Gesellschaft. Wir wohnen ja nicht weit voneinander.«

»Ihr verschwendet Euere Gunst an eine Unwürdige. Mein krauses Gewäsch beeinträchtigt nur Euere häusliche Ruhe.«

»Mit Euch zu plaudern ist mir Gewinn.«

Jetzt erschienen die beiden Zofen und setzten zwei Paar Becher und zwei Paar Eßstäbchen auf den Tisch, dann folgten zwei Schalen Pökelfleisch, zwei Schalen Hühnerragout, zwei Schalen gebackener Fisch und mehrere Schalen mit Gemüsen, Reis und Früchten, insgesamt sechzehn Schalen. Mutter Pi nahm wacker von dem Dargebotenen und bedauerte nur im stillen, daß sie nicht schon längst diese einträgliche Bekanntschaft geschlossen hatte. Sie war einem guten Tropfen nie abhold gewesen und ließ sich's schmecken, bis es Abend geworden war und der Regen etwas nachgelassen hatte. Dann erhob sie sich zum Gehen. Frau Kiang nötigte sie, noch den silbernen Ehrenpokal zu leeren, und wollte sie durchaus noch länger dabehalten. Sie müsse ja auch noch das Geld für die vereinbarte Anzahlung in Empfang nehmen.

»Dafür ist's heute zu spät. Lassen wir das bis morgen!« wehrte die Alte ab, die auf eine ergiebige Ausdehnung ihrer vorteilhaften Besuche bedacht war. »Mein Köfferchen darf ich wohl inzwischen in Euerer Obhut lassen? Ich möchte nicht gern, daß es der Regen durchweicht.«

»Also auf morgen!«

Mutter Pi langte ihren zerbrochenen Regenschirm aus der Ecke im Treppenflur und trollte sich.

Einer würdigen Matrone Mund
redet Gesunde krank und Kranke gesund. –

In erzwungener Untätigkeit hatte Tschen inzwischen seine Zeit in der Herberge totgeschlagen. ›Bei diesem Regenwetter‹, so hatte er sich heute gesagt, ›werde ich Mutter Pi gewiß zu Hause antreffen.‹ Und der Nässe und des Straßenkots nicht achtend, hatte er sich auf den Weg zur Stadt gemacht. Aber sein Gang war vergeblich gewesen. Da hatte er in einer Weinschenke seinen Ärger für sich allein mit ein paar Bechern hinuntergespült. Dann hatte er sich erneut zu Mutter Pis Haus begeben. Wieder umsonst. Nun war er eine Weile lang ungeduldig vor ihrem Haus auf und ab gestrichen. Endlich sah er sie, das Gesicht in lenzliche Röte getaucht, unsicheren Ganges im Dämmerdunkel des Abends heranschwanken.

»Wie steht meine Sache?« fragte er, sie mit zur Brust erhobenen Händen flüchtig begrüßend. Sie winkte ab und lallte: »Noch viel zu früh. Heute war erst mal die Aussaat. So schnell kann kein Halm sprießen. Noch fünf, sechs Jährchen, vorher wird Euch keine Frucht ins Maul fallen. Zerbrecht Euch nicht den Kopf! Die alte Person hat keine Zeit zu müßigem Geschwätz.«

Er sagte sich angesichts ihres trunkenen Zustands, daß im Augenblick schwerlich mehr aus ihr herauszuholen sei, und machte einfach kehrt. – Am nächsten Tage, als sie ihren Rausch ausgeschlafen hatte, kaufte die alte Pi zwei Hühner und einige frische Fische ein, ließ sie in einer Garküche schön braun und knusperig braten, verstaute sie in zwei Körbe, kaufte auch noch einen Korb Obst und einen Krug guten alten Wein dazu und begab sich um die zeitige Mittagsstunde zum Haus Kiang. Ein Junge aus der Nachbarschaft mußte ihr die Körbe und den Weinkrug hinterherschleppen. Frau Kiang ließ es sich nicht nehmen, zu Ehren ihrer Besucherin die Treppe hinunterzusteigen und sie am Hauseingang zu empfangen, als gelte es, eine ansehnliche Respektsperson zu begrüßen. Mutter Pi fühlte sich natürlich nicht wenig geehrt.

»Hier habe ich einen Tropfen wässerigen Weines und etwas Zukost mitgebracht«, sprach sie. »Hoffentlich wird die edle Dame meine kümmerliche Gabe nicht zurückweisen.«

»Aber liebe Frau, ich stehe noch in Euerer Schuld. Wie darf ich da Geschenke von Euch annehmen? Und wie Ihr Euch angestrengt habt!«

Eine Weile ging das Höflichkeitsgeplänkel so hin und her, dann setzte man sich zu Tisch und ließ sich die mitgebrachten Dinge – die Bratsachen waren zuvor in der Küche frisch aufgewärmt und zerlegt worden – trefflich munden. Es war nun schon das dritte Mal, daß Mutter Pi im Hause Kiang Gastfreundschaft genoß. Da durfte sie es schon wagen, dem Gespräch eine gewollt vertrauliche Wendung zu geben.

»Wie lange ist denn der werte Gatte schon fort? Eigentlich ist's unrecht von ihm, die edle Dame so allein zu lassen.«

»Ein Jahr ist's her, und eigentlich wollte er längst zurück sein. Ich begreife die Verzögerung gar nicht.«

»Wie kann man solch holde Blume, solch Juwel von Frau im Stich lassen! Freilich soll es mitunter vorkommen, daß man seinen Juwelenschatz gegen einen Batzen Gold vertauscht. Wer weiß! Diese Reisekaufleute pflegen sich's in der Fremde gern gut gehen zu lassen. Der Mann meiner Jüngsten ist auch so einer, der reist immer in Gesellschaft eines jungen Mädchens, das ihm die Zeit verkürzen muß, darüber vergißt er seine Häuslichkeit; und wenn er mal nach drei Jahren Abwesenheit zurückkehrt, da hält's ihn kaum zwei Monate daheim, gleich treibt's ihn wieder in die Ferne, und seine arme Frau läßt er einsam und verlassen dasitzen.«

»Von der Sorte ist mein Mann keinesfalls.«

»Es war ja auch nur eine müßige Vermutung, die ich aussprach. Natürlich ist zwischen Himmel und Erde ein gewaltiger Unterschied. Immerhin . . .«

Die Unterhaltung stockte, und man ging zu einem Gesellschaftsspiel über. –

Von da an wurden die Besuche der Alten immer häufiger. Frau Kiang hatte sich so an sie gewöhnt, daß sie sich entsetzlich verlassen vorkam, wenn sie nur einen Tag ausblieb.

Und während die listige Alte beharrlich die Saat des

Zweifels in das Herz der schönen jungen Frau streute, wußte sie anderseits mit ihrem freundlichen Getue auch die Zofen und das andere Hauspersonal für sich zu gewinnen. Es gibt vier Sorten von Menschen, die wir nicht mehr loswerden können, wenn sie sich erst mit unseren Bediensteten vertraut gemacht haben: der Wandermönch, der Bettler, der Galan und die Kupplerin, das Schlimmste aber von allen ist die Kupplerin.

Mit ihrer geschmeidigen Rede, ihren süßen Worten hatte sich Mutter Pi im Hause Kiang derart einzunisten gewußt, daß es war, als ob sie bei sich selber ein und aus ginge. Ihr Spiel währte nun schon mehrere Monate lang. Wenn sich Tschen ungeduldig nach dem Stand der Dinge erkundigte, bekam er immer nur die eine Antwort zu hören, es sei noch zu früh. Mittlerweile war es Sommer geworden, man befand sich im zweiten Drittel des fünften Monats. Die sengende Glut dieser Tage bot der Kupplerin einen neuen Vorwand, ihrem Ziele näher zu rücken. Sie begann mit einemmal über die Unbequemlichkeit ihres engen ›Schneckenhauses‹ von Heim zu klagen. Es sei gen Westen gelegen und die Luft darin während des Sommers zum Ersticken. Wieviel besser habe es dagegen Frau Kiang in ihren schönen, hohen, luftigen Räumen.

»Wenn es Euch nichts ausmacht, so übernachtet doch einfach bei mir«, hatte Frau Kiang sie freundlich eingeladen.

»Das möchte ich mit Freuden; aber wenn nun der Herr Gatte unerwartet zurückkommt?«

»Er wird sich zur Heimkunft nicht gerade die Nachtstunden aussuchen.«

»Dann wird also die alte Person so frei sein, heute abend ihr Bettzeug herüberschaffen zu lassen.«

»Unnötig! Für Bettzeug ist bei mir reichlich gesorgt. Gebt nur Eueren Leuten daheim Bescheid, daß Ihr den ganzen Sommer über zur Nacht mein Gast sein werdet.«

Die Alte tat so und fand sich gegen Abend, mit einem Frisierkästchen in der Hand, wieder ein.

»Warum schleppt Ihr Euch damit? Alles, was Ihr zur Toilette braucht, könnt Ihr bei mir haben«, meinte Frau Kiang.

»Ich bin nun einmal darin eigen, daß ich mit niemand anderem Kamm und Waschwasser teilen mag. Ich würde mir aufdringlich vorkommen, wenn ich Euere feinen Toilettensachen benutzen wollte, und Eueren Mädchen möchte ich auch nicht lästig fallen. Wo geruht übrigens die edle Dame die alte Person nächtigen zu lassen?«

Frau Kiang wies auf einen kleinen niedrigen Diwan vor ihrem großen Himmelbett.

»Da! Ich möchte Euch etwas in der Nähe haben, dann können wir nachts vor dem Einschlafen recht schön plaudern.« Die beiden Zofen mußten den Diwan mit frischem Bettzeug beziehen und auch einen hübschen Vorhang aus feiner geblümter Seide aufstecken.

Von da an verbrachte Mutter Pi, wenn sie tagsüber ihre Besorgungen in der Stadt erledigt hatte, Nacht für Nacht im Hause Kiang. Ihre Lagerstatt stand kaum einen Schritt von dem Bett der jungen Frau entfernt, und wenn sich auch zwei Vorhänge dazwischen spannten, so war es doch, als ob die beiden Kopf an Kopf schliefen.

Jede Nacht wurde das Garn der Unterhaltung fleißig gesponnen, ein Wort gab das andere, das Gespräch gestaltete sich zusehends intimer und wich auch nicht vor heiklen Themen aus, die man sonst auf Gassen und Märkten erörtert. Um in der anderen die schlummernden Lenzgefühle zu entfachen, pflegte die Alte in gekünstelter Weinseligkeit öfters erotische Abenteuer ihrer Jugendjahre zum besten zu geben und wußte dann mit ihren derb aufgetragenen Schilderungen die zarten Wangen ihrer schönen Zuhörerin abwechselnd erblassen und erröten zu lassen.

Nun war der Siebente des siebenten Monats herangekommen. Es war der Geburtstag der jungen Frau. Mutter Pi versäumte nicht, am frühen Vormittag zum Gratulieren zu kommen und zwei Geschenkpakete mitzubringen. Frau Kiang lud sie ein, ihr mittags beim Verzehren der üblichen Lebensnudeln Gesellschaft zu leisten.

»Tagsüber habe ich leider noch einige dringende Besorgungen zu erledigen«, entschuldigte sich Mutter Pi, »aber am Abend komme ich bestimmt, und dann werden wir zusammen den Sternenhimmel besehen. Heute nacht feiert doch der ›Rinderhirt‹ seine Vermählung mit der ›Weberin‹.«

Fort war sie. Ein Zufall führte ihr nach wenigen Schritten Herrn Tschen in den Weg. Sie bedeutete ihm stumm, ihr zu folgen. In einer etwas abseits gelegenen Gasse machte sie endlich halt. Mit hochgezogenen Brauen begann Tschen vorwurfsvoll loszulegen: »Ich muß Euch wirklich hartherzig schelten, werte Adoptivmutter! Der Lenz ist hin, der Sommer vergeht, jetzt wird es bald Herbst, und Euere einzige Botschaft für mich lautet stets: Noch zu früh. Wie lange wollt Ihr mich noch hinhalten? Jeden Tag kann der Ehemann zurückkommen, und dann ist's mit meinen Aussichten vorbei. Aber das werde ich nicht überleben, ich werde Selbstmord begehen und Euch vor dem Richter der Unterwelt verklagen.«

»Pst! Gerade wollte ich Euch aufsuchen, ein guter Zufall kam mir zuvor. Hört: Heute abend oder nie! Paßt genau auf, wie Ihr Euch verhalten müßt . . .«

Und sie erklärte dem aufmerksam Lauschenden das nähere Drum und Dran und Wie und Wo. Er war gänzlich entflammt.

»Ein herrlicher Plan! Das gibt eine dicke Belohnung für Euch, wenn es gelingt!«

Und in gehobener Stimmung strebte er seiner Herberge zu.

Vollendet ist der Anschlag. Jetzt ist's Zeit,
verbotnen Duft zu stehln, zu packen keck den Stein.
Getan das Werk! Zum Griff die Hand bereit!
Nun mag die Wolke berstend ihre Fluten spein.

Ein feiner Regen rieselte an diesem Abend vom trüben Himmel herab. Die Dunkelheit machte es der Kupplerin leicht, sich ungesehen mit ihrem Schützling dem Hause Kiang zu nähern. Tschen mußte sich in der Nähe der Pforte hinter einem Mauervorsprung verbergen, dann faßte ihre Hand den Türklopfer und schlug kräftig an.

»Ach, da habe ich eben ein seidenes Schweißtuch auf der Straße verloren«, klagte sie der Zofe Blankwolke, die ihr, mit einer Papierlaterne in der Hand, aufmachte. »Vielleicht ist meine Schwester so gut, etwas zu leuchten.«

Blankwolke ließ sich täuschen und trat auf die Straße hinaus, um zu suchen. Während sie, die Augen auf den Boden geheftet, sich gemach entfernte, holte Mutter Pi den jungen Mann rasch aus seinem Versteck hervor und schob ihn leise durch die offene Tür ins Haus. Im Treppenflur, in einem finsteren Winkel unter der Stiege, hieß sie ihn sich einstweilen niederzukauern und das Weitere still abzuwarten.

Dann trat sie wieder in die Tür und rief der Zofe draußen zu:

»Es ist gut, Schwester! Das Tuch hat sich gefunden.«

Infolge einer etwas zu raschen Wendung, mit der Blankwolke sich umkehrte, verlosch plötzlich ihre Laterne.

»Ach, die Laterne ist ausgegangen!« sagte sie. »Ich will schnell in die Küche gehen und sie neu anstecken. Wartet einen Augenblick, damit ich Euch die Treppe hinauf leuchte.«

»Unnötig«, wehrte die schlaue Alte ab, »ich finde mich auch im Dunkeln gut zurecht.«

Sie schloß die Haustür und tastete sich am Treppengeländer die Stufen aufwärts.

»Habt Ihr mir etwas mitgebracht?« begrüßte die junge Frau ihren späten Gast.

Mutter Pi zog ein seidenes Tüchlein aus ihrem Ärmel hervor.

»Hier habe ich einen armseligen Fetzen Tuch, den mir mal ein Fremder aus der nördlichen Hauptstadt verehrt hat. Viel wert ist er zwar nicht, aber ich hoffe, Ihr seht das Herz an und nicht die Sache.«

»Ah, also ein Andenken an einen früheren Liebhaber?«

»Na, so ungefähr habt Ihr's erraten«, gab lachend die Alte zurück.

Unter heiterem Geplauder ließ man sich an reich gedeckter Tafel nieder.

»Wir zwei werden das üppige Mahl schwerlich bewältigen«, meinte Mutter Pi, nachdem sie gehörig zugelangt hatte. »Wollen wir nicht dem Küchenmeister und den Mägden ein paar Schüsseln und Becher spendieren, damit sie auch ihr Teil an der Geburtstagsfeier haben?«

Arglos stimmte die junge Frau dem Vorschlag zu und schickte vier voll beladene Schüsseln und zwei Krüge schweren Weines in die Küche hinunter. Der Küchenmeister und die beiden Mägde griffen wacker zu und begaben sich, von dem üppigen Schmaus erledigt, bald darauf zur Ruhe.

»Warum wohl der werte Gatte gar nicht heimkehrt?« begann mit einem Male die Alte.

»Ein und ein halbes Jahr ist er nun schon fort!« seufzte nachdenklich die Gefragte.

»Dann ist Euere Wartezeit ja schon um ein halbes Jahr länger als die des ›Rinderhirten‹ und der ›Weberin‹. Die dürfen doch wenigstens einmal im Jahr zusammensein. – Ja, diese Geschäftsreisenden! Wo sie auch hinkommen mögen, überall umschmeicheln sie andere Winde, locken sie andere Blumen, glänzt ihnen schneeig ein anderer Mond, und die arme Gattin lassen sie daheim sitzen und trauern!«

Frau Kiang senkte das Köpfchen und schwieg.

»Die alte Person hat sich wieder mal verplappert«, beeilte Mutter Pi sich zu entschuldigen. »Doch in dieser frohen Stunde, da der ›Rinderhirt‹ und die ›Weberin‹ Hochzeit machen, steht es uns schlecht an, traurigen Gedanken nachzuhängen. Heißa, wir wollen lustig sein und zechen!«

Und sie schenkte ihrer schönen Gastgeberin einen Becher nach dem anderen voll, bis sich bei ihr ein leichter Rausch einstellte. Jetzt lud sie auch die beiden Zofen zum Trinken ein.

»Da, laßt es euch munden! Es ist Glückswein von der Hochzeitstafel des ›Rinderhirten‹ und der ›Weberin‹. Und mag euch später auch mal ein Liebster beschieden sein, von dem euch nichts einen Schritt, einen Zoll scheiden möge!«

Blankwolke und Schmelzschnee mußten wohl oder übel die also dargebotenen Becher annehmen, und da sie beide des Trinkens gänzlich ungewohnt waren, so konnte es nicht ausbleiben, daß sie kurz darauf, die eine nach Ost, die andere nach West, müde umsanken. Ihre Herrin schickte sie schleunigst zu Bett und blieb nun mit der Alten allein an der Tafel. Unerschöpflich floß der Redestrom der Alten, und mit jedem Becher wurde ihre Rede gewagter und verfänglicher.

»Wieviel Lenze zähltet Ihr eigentlich bei Euerer Hochzeit?« forschte sie neugierig.

»Siebzehn.«

»Ei, ich wurde schon mit dreizehn entjungfert.«

»So jung habt Ihr geheiratet?«

»O nein, geheiratet habe ich erst mit achtzehn. Aber im Nachbarhaus, wo ich Unterricht in Nadelarbeit nahm, machte ich die Bekanntschaft des Haussohnes, und der hat mich so zeitig verführt. Doch ich will's nicht leugnen, mir hatte es der schmucke Bengel auch im Nu angetan.«

Die Wangen der jungen Frau glühten, ein heißes Leuchten flackerte in ihren Augen. Erregt versetzte sie der Alten einen leichten Klaps auf die Schulter und rief:

»Und hat man bei Euch daheim nichts gemerkt? Es konnte doch nicht verborgen bleiben, daß Ihr eine ›Gelbblume‹ geworden wart?«

»Freilich, meine Mutter hat's gemerkt. Und da sie Skandal befürchtete, hat sie mir ein Mittel gegen das Kinderkriegen eingegeben.«

›Jetzt muß es gelingen‹, dachte die Alte und bemerkte in diesem Augenblick eine Motte, die um die Lampe herumschwirrte. Schwupp! schlug sie mit dem Fächer zu, und sie schlug absichtlich so ungeschickt zu, daß die Lampe infolge des Luftzuges verlöschte. Stockdunkel lag der Raum da.

»O weh, was habe ich da angerichtet! Ich will schnell hinuntergehen und eine andere Lampe holen.«

Schon hatte sie sich zur Tür gewandt und den Treppenflur betreten. Draußen aber stieß sie im Dunkeln auf Tschen, der sich bereits seit geraumer Zeit die Treppe hinaufgeschlichen und hinter der Tür gelauscht hatte. So geräuschlos wie möglich schob sie ihn ins Zimmer und drückte ihn auf ihr eigenes Lager nieder. Dann entfernte sie sich zum Scheine treppabwärts. Nach einer Weile erschien sie wieder, und zwar ohne Lampe.

»Schade, drunten in der Küche ist das Feuer schon ausgegangen und im ganzen Hause kein Mensch mehr auf. Was nun?«

»Hu, so im Dunkeln grault mich's vor Gespenstern. Ich schlafe sonst immer bei Licht.«

»Ängstigt Euch nicht. Ich werde heute nacht mit in Euerem Bett schlafen.«

»O fein!«

»Legt Euch nur schon nieder, ich will erst noch die Tür zuriegeln.«

Hurtig legte die junge Frau ihre Kleider ab und schlüpfte ins Bett.

»Kommt Ihr endlich?« tönte es ungeduldig hinter dem Vorhang her.

»Sofort, sofort!«

Mit behutsamer Hand hatte die Alte an ihrer Stelle Herrn Tschen unter die seidigen Decken geschoben.

»Seltsam, wie glatt und weich sich Euere Haut trotz Euerer Jahre noch anfühlt«, hauchte schlaftrunken die junge Frau, indes ihre Hand den Leib ihrer vermeintlichen Bettgenossin sanft entlangstrich. Sie erhielt diesmal keine Antwort. Ein heißer Körper schmiegte und preßte sich eng und enger an den ihren. Die Halbberauschte, deren durch den Wein und die Unterhaltung erhitzten Sinnen kein Wille mehr Widerstand bot, mochte nicht nachdenken. Sie schloß die Augen und ließ geschehen. –

Eine Schöne
in frostiger Kammer
einsam durch qualvolle Nächte
in Lenzverlangen sich verzehrend –
er, Kavalier,
jung, weitgereist
und liebelechzend,
seit Monden nach Erfüllung gehrend –
ihre Verbindung
Labsal,
Regen auf dürstende Flur.
Fremd einander, kaum geschaut,
schienen sich längst vertraut.

»Wer seid Ihr?« fragte sie, nachdem die Wolke ihre letzten Schauer entladen hatte.

»Ich bin . . .«, und er erzählte seine Geschichte.

»Scheltet mich nicht dreist und vermessen!« mischte sich, auf einmal wieder am Bettrand auftauchend, Mutter Pi ein. »Nur Mitleid trieb mich. Konnte ich mit ansehen, wie Ihr Euere grünende Jugend einsam vertrauert, wie er aus Gram in den Tod rennen wollte? Vorsehung hat euch zusammengeführt.«

»Gut, nun ist's einmal geschehen. Aber mit tausend gegen eins ist zu wetten, daß mein Mann davon erfahren wird. Was dann?«

»Keine Sorge! Niemand außer mir ist Mitwisser. Und was Euere beiden Zofen betrifft, so werden wir uns deren Verschwiegenheit erkaufen. Ergötzt Euch immerhin weiter Nacht für Nacht. Nur gedenkt in späteren Tagen ein klein wenig meiner geringen Dienste.«

Frau Kiang war beruhigt. Um die Stunde des fünften Trommelschlags erst vermochten die zwei Liebenden sich voneinander loszureißen. Es fiel ihnen schwer genug, aber die Alte trieb Tschen zum Aufstehen und brachte ihn glücklich unbemerkt zur Haustür hinaus.

Nacht für Nacht trieben sie nun seitdem ungehindert ihr Spiel. Bald kam er allein, bald in Gesellschaft der Alten. Die beiden Zofen waren teils durch süße Worte gewonnen, teils durch Drohungen eingeschüchtert worden. Ihre Herrin hatte ihnen schöne neue Kleider geschenkt, und von Tschens Seite fiel auch manches Stück Silberbruch für sie ab. So öffneten sie bereitwillig, wenn Tschen anklopfte, und hielten den Mund. Abends kam er, des Morgens ging er, wie Leim und Lack hafteten sie zusammen, gleich Gatten hatten sie sich aneinander gewöhnt. Um sie immer fester an sich zu ketten, sparte Tschen nicht mit noblen Geschenken, kostbaren Gewändern, teuerem Geschmeide. Die Restsumme, die sie der Alten noch für den Schmuck schuldete, hatte er längst aus seiner Tasche beglichen und obendrein die versprochenen hundert Silberunzen draufgelegt. An die tausend Unzen hatte ihn nun sein Abenteuer schon gekostet. Und die Alte, die auch von Frau Kiang Geschenke im Werte von dreißig Unzen erhalten hatte, war bemüht, das Verhältnis recht in die Länge zu ziehen, um möglichst viel Gewinn herauszuschlagen. Aber ein altes Wort sagt: Auch der schönste Schmaus nimmt einmal ein Ende.

Laternenfest und Lust vorbei!
Zur Einkehr mahnt die Tsing-ming-Weih.

Als Tschen eines Nachts der Geliebten davon sprach, daß er nun an die Weiterreise und an die lange vernachlässigten Geschäfte denken müsse, da wollte sie auf der Stelle mit ihm ziehen. So schrecklich war ihr der Gedanke einer Trennung.

»Unmöglich! Was sollte ich vor meinem Herbergswirt, vor den Leuten auf dem Schiff sagen? Und wie sollte ich mich vor deinem Gatten rechtfertigen, wenn er uns rachsüchtig nachspürt? Nein, Teuere, gedulde dich bis übers Jahr um die gleiche Zeit, dann bin ich wieder da, und bis dahin habe ich ein sicheres Liebesnest und alles zu deiner Flucht wohl vorbereitet. Ich werde dir rechtzeitig Kunde geben. Kein Teufel soll uns dann auf die Spur kommen.«

»Tausend gegen eins: Du kommst nicht wieder.«

»Ich schwöre dir's, ich komme!«

»Gut, dann will ich dir nicht hinderlich sein. Aber sende mir bitte Nachricht, sobald du daheim bist. Und richte deinen Brief an Mutter Pi. Es wird mich etwas trösten, wenn ich eine Kunde von dir erhalte. Hörst du?«

Die Stunde der Trennung war gekommen.

»Hier, nimm das als Andenken an mich mit«, sprach sie zum Abschied und reichte ihm das Perlenhemd, das ihr einst der Gatte geschenkt hatte. »Es ist ein altes Erbstück in der Familie meines Mannes. Du mußt es jetzt anziehen, da wir der heißen Zeit entgegengehen. Es wird dich angenehm bis auf die Knochen durchkühlen. Und wenn du es trägst, denke stets, ich sei es, deine treue Sklavin, die dich zärtlich umschmiegt.«

Ein Tränenstrom war seine Antwort. Mit eigener Hand hatte sie, bevor er sich ankleidete, ihm die geschmeidigen Maschen des schimmernden Gewebes um die Glieder gelegt. Bald darauf hatte sich die Haustür zum letzten Male hinter ihm geschlossen.

Von dem Gatten nahm sie Abschied
unter Tränenströmen heiß,
doch sein teuerstes Vermächtnis
gibt sie heut dem Liebsten preis.
Weib, wie unstet ist dein Trachten!
Einer Welle gleicht dein Sinn.
Für die fremde wilde Elster
gab sie ihren Phönix hin! –

Tag für Tag trug nun Tschen das Perlenhemd am Leibe, nur nachts legte er es ab, aber auch dann mochte er sich nicht einen Zoll von ihm trennen: er nahm es mit in sein Bett und preßte es während des Schlafes fest an sich. Ein günstiger Wind begleitete seine Fahrt, und knapp zwei Monate später legte seine Dschunke an der Ahornbrücke von Su tschou an. Er löschte dort seine Ladung, denn der Kai von der Ahornbrücke ist ein bedeutender Umschlagplatz für Reis und andere Lebensmittel.

Der Zufall fügte es, daß er an einem der nächsten Tage im Hause seines Gastfreundes in Su tschou die Bekanntschaft eines netten jungen Mannes aus der Präfekturhauptstadt Hsiang yang fu machte, woher er soeben gekommen war. Der junge Mann, der ihm nicht nur an Jahren glich, sondern auch an Aussehen und Haltung merkwürdig ähnelte, nannte sich Lo und war – meine geschätzten Leser werden es erraten – kein anderer als unser Hsing Ko. Hsing Ko hatte in Kanton einen Vorrat an Perlen und Schildplatt, feinen Hölzern und Parfümen eingekauft und sich dann einer Reisegesellschaft angeschlossen, deren Ziel die Stadt Su tschou war. Er wollte die Gelegenheit benutzen, das berühmte Su tschou kennenzulernen. Hatte er doch so oft den Satz gehört:

Droben des Himmels heitre Pracht,
drunten Su tschou, Hang tschou lacht.

Zudem war Su tschou ein stattlicher Binnenhafen. Warum sollte er sich dort nicht einmal nach geschäftlichen Möglichkeiten umsehen? Im zehnten Monat des vergangenen Jahres war er denn in Su tschou eingetroffen, und zwar immer noch unter seinem bewährten Decknamen Lo.

Zwischen ihm und Tschen hatte sich rasch ein auf wechselseitiger Sympathie beruhender reger Verkehr entwickelt; man lud sich häufig abwechselnd ins gastliche ›Zelt‹ ein und war schließlich das beste Freundespaar geworden. Endlich war es für Hsing Ko an der Zeit, die Heimfahrt anzutreten. Am Tag vor der Abreise suchte er den neuen Freund auf, um sich zu verabschieden. Tschen bewirtete ihn in alter Herzlichkeit, und unter traulichem Geplauder saß man noch einmal ›Knie an Knie‹ lange beieinander.

Man befand sich gerade im letzten Drittel des fünften Monats, und in der Luft lag warme, sengende Glut. Vom Wein erhitzt, hatten es sich beide Freunde mit ihrer Kleidung etwas bequem gemacht und einen Knopf nach dem anderen gelöst. Da gewahrte nun Hsing Ko mit einemmal unter dem geöffneten dünnen Seidenrock des anderen die Maschen eines Perlenhemdes, das ihm recht bekannt vorkam. Er stutzte, gab aber seinem Erstaunen keinen Ausdruck und begnügte sich lediglich damit, die Vorzüge eines solchen kühlenden Hemdes zu loben. Tschen, in der Weinlaune etwas redselig geworden und gewohnt, mit einem guten Freunde wie diesem Lo pikante Erlebnisse rückhaltlos auszutauschen, hakte mit Vergnügen an dem Thema Perlenhemd fest.

»Bruder Lo, Ihr wißt doch Bescheid in Euerer Stadt. Kennt Ihr zufällig das Haus Kiang in der Großen Marktstraße?«

»Ich habe den Namen gehört, doch ich war viel auf Reisen und kenne die Leute persönlich nicht. Wozu die Frage?«

»Nun, ich will es Euch nur gestehen: ich habe dort ein wenig die ›kriechende Kürbisranke‹ gespielt«, und arglos berichtete er sein Erlebnis mit der schönen Frau Kiang.

»Und seht dieses Perlenhemd«, schloß er, während ein paar Tränen auf die schimmernden Maschen niedertropften, die er hervorzerrte und wehmütig betrachtete, »das hat sie mir beim Abschied als Andenken mitgegeben. Und da es sich gerade so trifft, hätte ich nun noch eine Bitte an Euch. Darf ich Euch einen Brief für sie mitgeben? Ich werde ihn Euch morgen früh noch rechtzeitig vor Euerer Abreise in die Herberge senden.«

»Gewiß, gewiß«, murmelte Hsing Ko mechanisch, seinen Schmerz hinunterwürgend.

›Er kann die Geschichte nicht gut erfunden haben‹, überlegte er. ›Wie käme er sonst zu dem Perlenhemd?‹

Ihm war, als würden ihm die Eingeweide von spitzen Nadeln zerstochen, es hielt ihn nicht länger bei der Tafel. Unter irgendeinem Vorwand erhob er sich und empfahl sich in Hast. Unterwegs bedauerte er, daß ihm nicht ein Zaubermittel zu Gebote stand, Raum und Entfernung damit zusammenschrumpfen zu lassen und sich im Nu an Ort und Stelle Gewißheit zu verschaffen.

Am nächsten Tag begab er sich in aller Frühe zu seinem

Schiff. Er war soeben an Bord gestiegen, da kam im letzten Augenblick vor der Abfahrt tatsächlich noch Tschen angeschnauft und übergab ihm ein Päckchen. Er möchte es ja richtig abliefern, beschwor er ihn. Wortlos, mit erdfahlem Gesicht nahm es Hsing Ko entgegen.

Kaum war das Schiff in Fahrt und Tschen außer Sicht, da ging er ans Öffnen. Auf der Hülle stand zu lesen: ›Dieser Brief ist gefälligst abzugeben nahe der Großen Marktstraße in der Ostgasse bei der ehrenwerten Frau Pi.‹

Ingrimmig riß er die Hülle auf. Als Inhalt kam zum Vorschein ein sechs Fuß langer pfirsichrosafarbener Schal aus feinstem Seidenkrepp, ferner ein länglicher Pappbehälter, enthaltend eine Phönixkopfagraffe, aus lammfellglattem Jade geschnitzt, und zum dritten ein Brief. In dem Briefe stand kurz:

›Werte Adoptivmutter! Wollt bitte diese zwei unansehnliche Andenken in die Hand der herzliebsten Frau Kiang legen und ihr bestellen, ich fände mich bestimmt im nächsten Frühjahr zu einem Wiedersehen ein.‹

Voll Wut riß Hsing Ko das Schreiben entzwei und ließ die Fetzen in den Strom flattern. Und schon hatte er die kostbare Agraffe gegen die Bordwand gestemmt und in zwei Stücke gebrochen. Aber da kam ihm die Überlegung wieder:

›Ich Tor!‹ schalt er sich, ›wie konnte ich nur so unbesonnen sein! Das sind doch wichtige Beweisstücke für mich.‹

Und er packte den Schal und die Agraffenhälften wieder zusammen und barg sie sorgfältig in seinem Koffer. Unterwegs trieb er die Schiffer zu größtmöglicher Eile an, er konnte den Tag der Ankunft gar nicht erwarten. Während der langen Fahrt hatte er freilich auch Zeit zum Nachdenken, und da mischte sich in seine Entrüstung gemach ein leises Gefühl der Reue. Wie durfte er um eines elenden Fliegenkopfes Gewinn sein junges Weib so über Gebühr vernachlässigen? Mußte er sich nicht selbst anklagen?

Das Wiedersehen zwischen den beiden Gatten fiel reichlich

frostig aus. Er bezwang sich zwar, vermochte aber kaum ein Wort hervorzubringen; sie, das Herz ausgebrannt, ein schämiges Rot in den Wangen, schlug betreten den Blick nieder. Er schien nur Sinn für sein Gepäck zu haben und machte sich geschäftig ans Auspacken. Dann empfahl er sich rasch wieder.

»Ich will die Schwiegereltern begrüßen.« In Wahrheit aber begab er sich zu seinem Schiff zurück, wo er die Nacht über blieb. Am nächsten Morgen erschien er wieder.

»Deine Eltern sind beide ernstlich krank«, sprach er zur Gattin. »Darum bin ich gleich über Nacht bei ihnen geblieben. Sie haben Sehnsucht nach dir. Es wird gut sein, wenn du sie sofort aufsuchst. Draußen steht eine Sänfte für dich bereit.«

Sie schloß ihre Schränke und Truhen ab, übergab ihm die Schlüssel und stieg in die Sänfte. Eine ältere Dienerin begleitete sie. Bevor sich die Sänfte in Bewegung setzte, winkte Hsing Ko die Begleiterin noch einmal heran und drückte ihr ein verschlossenes Schreiben in die Hand:

›Für meinen Schwiegervater.‹

Die junge Frau war nicht wenig erstaunt, beide Eltern bei bestem Wohlbefinden anzutreffen. Und diese wieder wunderten sich über das plötzliche Erscheinen ihrer Tochter. Sie sollten Aufschluß in dem Schreiben finden, das ihnen die Begleiterin überreichte. Darin stand:

›Scheidungsbrief,
ausgefertigt von Kiang Hsing Ko aus dem Kreis Tsao yang hsiän in der Präfektur Hsiang yang fu.

Meine seit früher Kindheit mir ordnungsgemäß anverlobte Gattin, geborene Wang, hat sich wider Erwarten seit Überschreiten der Schwelle meines Hauses verschiedentlich Verstöße gegen die ehelichen Pflichten zuschulden kommen lassen und sämtliche sieben gesetzlichen Scheidungsgründe erfüllt. Aus Rücksicht auf die innige Verbundenheit, die früher einmal zwischen uns bestanden hat, will ich von einer näheren Begründung absehen. Mein Wunsch ist, daß sie in ihr Elternhaus zurückkehrt. Ihrer anderweitigen Verheiratung steht nichts im

Wege. Die Richtigkeit dessen bestätigt mit seiner eigenhändigen Unterschrift

Kiang Hsing Ko.

Gegeben am . . . Tage des . . . Monats im zweiten Jahr der Epoche ,Vollkommene Wandlung'.‹

Dem Schreiben waren beigefügt die auseinandergebrochenen Hälften einer aus lammfellglattem Jade geschnitzten Phönixkopfagraffe und ein pfirsichrosafarbener Schal.

In heller Bestürzung suchte der alte Wang auf der Stelle seinen Schwiegersohn auf.

»Werter Schwiegersohn, ich bürge dafür, daß meine Tochter Euere Schwelle in blanker Untadeligkeit überschritten hat. Was soll sie inzwischen begangen haben?«

»Euer geringer Schwiegersohn möchte nicht gern davon sprechen. Fragt Eueren befehlenden Liebling selber.«

»Sie sitzt bei mir und weint. Ich fürchte, sie wird kaum den Mund auftun wollen. Ach, daß mein alter Bauch sich mit solchem Kummer beladen muß! Sie war doch stets klug und verständig! Es will mir nicht in den Sinn, daß sie sich heimliche Liebesgenüsse verschafft haben soll. Sollte sie sich aber wirklich einen geringen Verstoß haben zuschulden kommen lassen, dann bitte ich Euch, aus Schonung für mein altes Haupt und meinen guten Ruf, übt Nachsicht! Sechs Jahre seid ihr glücklich zusammen gewesen, immer habt ihr euch vertragen, nie den geringsten Streit gehabt, und auf einmal . . . Welcher geringfügige Splitter mag Euch nur ins Auge geraten sein? Was würden die Leute dazu sagen! Man würde Euch herzlos schelten.«

»Bitte, nehmt Platz! Ich will mich ganz kurz fassen: Es gab in meinem Haus ein altes Familienerbstück, ein Perlenhemd. Ich hatte es vor meiner Abreise Euerem befehlenden Liebling anvertraut. Bitte, fragt sie, ob sie es noch besitzt. Wenn ja, dann will ich kein halbes Wort mehr von Scheidung sagen. Andernfalls dürfte es für Euch an der Zeit sein, über meinen Entschluß nicht länger zu staunen.«

Herr Wang machte sich schleunigst auf den Nachhauseweg.

»Was hat es mit diesem Perlenhemd auf sich?« bestürmte er seine Tochter. »Hast du es etwa an jemand verschenkt?«

Ein herzbrechendes Schluchzen war die einzige Antwort. Herr Wang stand vor einem Rätsel.

»Hör auf mit dem zwecklosen Flennen!« mischte sich Mutter Wang ein. »Erzähle uns lieber den wahren Sachverhalt. Dann werden wir weiter Rat schaffen.«

Das Schluchzen wurde noch heftiger. Herr Wang reichte seiner Frau den Scheidungsbrief, den Schal und die Agraffenstücke.

»Sieh zu, was du aus ihr herausbekommst! Ich mag diese Szene nicht länger mit ansehen.«

Und ärgerlich schlug er die Tür zu. Frau Wang jammerte es der rotgeschwollenen Augen ihrer Tochter, und sie lief in die Küche, um einen heißen Punsch zur Beruhigung aufzugießen. Inzwischen saß die Unglückliche allein im Zimmer und grübelte vergeblich darüber nach, wie wohl die Geschichte ihrem Gatten zu Ohren gekommen sein mochte und was wohl der Schal und die Agraffe zu bedeuten haben mochten.

»Ach, jetzt begreife ich«, seufzte sie, »die zerbrochene Agraffe bedeutet wahrscheinlich, daß unsere Ehe entzwei ist, und mit dem Schal soll ich mich offenbar erdrosseln. Im übrigen ist er so rücksichtsvoll, nichts weiter zu verraten, um mir Schande zu ersparen. Ach, er hat recht. Darf ich Elende nach allem noch einen Tag länger leben?«

In raschem Entschluß stieg sie auf einen Sessel und schickte sich an, den langen Schal um einen Deckenbalken zu schlingen, um sich daran aufzuhängen.

In diesem Augenblick erschien Mutter Wang in der Tür, mit einer Kanne dampfenden Punsches in der Hand. Schnell hatte sie die bedrohliche Sachlage überblickt. Ohne sich erst Zeit zu nehmen, die Kanne wegzusetzen, stürzte sie sich auf die Tochter, riß sie vom Sessel, stieß ihn dabei um, stolperte, und in einem Knäuel lagen Mutter und Tochter am Boden, während der dampfende Inhalt der Kanne sich über den Teppich ergoß. Aber hurtig hatte sie sich wieder aufgerappelt und die Tochter nachgezogen.

»Törichtes Ding!« schalt sie. »Eine Knospe, die noch gar nicht einmal richtig aufgeblüht ist, machst du mit deinen knapp zweiundzwanzig Jahren solche Dummheiten! Ganz abgesehen davon, daß er seine Scheidung vielleicht noch rückgängig macht, warum sollst du schlimmstenfalls nicht einen anderen braven Mann bekommen? Du hast doch noch ein schönes, langes Leben vor dir! Hör endlich auf, dir übertriebene Sorgen zu machen!«

Inzwischen war auch Vater Wang zurückgekehrt und sprach ihr gleichfalls väterlich begütigend zu. Der Erfolg war, daß sich drei Tage später Frau Kiang unter dem Einfluß der liebevollen elterlichen Pflege beruhigt hatte und die leidige Geschichte sich gemach in ihrem Bewußtsein zu verflüchtigen begann.

Sie nisteten einst im gleichen Busch,
dann flatterten sie auseinander, husch! –

Kaum war Hsing Ko seinen Schwiegervater losgeworden, da nahm er sich die beiden Zofen Blankwolke und Schmelzschnee vor. Erst schnallte er sie mit Riemen an die Wandpfeiler fest, dann begann er sein Verhör. Sie sträubten sich anfangs, Rede zu stehen, aber ein paar Schläge machten sie gesprächig.

»Also die alte Pi war die Verführerin«, murmelte er ingrimmig, nachdem die beiden den Hergang vom Kopf bis zum Schwanz berichtet hatten.

Am nächsten Morgen überrumpelte er die Ahnungslose in ihrem Hause, von einigen mit Bambusstöcken versehenen Burschen begleitet. Ohne ihr Zeit zum Reden zu lassen, ließ er einen Schwall von Hieben dicht wie Schneeflocken auf ihren Rücken wirbeln. Da die Alte in der Erkenntnis ihrer unleugbaren Schuld zerknirscht und reumütig tat, verzichtete er großmütig darauf, ihr auch noch die Wohnung zu zertrümmern, und ließ es mit der Tracht Prügel bewenden.

Die beiden mitschuldigen Zofen wurden zur Strafe entlassen. Eine Maklerin wurde bestellt, die sie an eine andere Herrschaft verkaufen mußte. Das nächste war, daß er sämtliche Sachen seiner Frau in sechzehn große und kleine Koffer verpackte. Die Koffer wurden sorgfältig abgeschlossen und überdies mit doppelten Sperrstreifen versehen, deren Inschriften ausdrücklich jedes Öffnen untersagten. Trotz der Scheidung lebte nämlich die alte Liebe zutiefst in seinem Herzen noch fort und packte ihn stets mit neuem Weh, sobald er nur eines Gegenstandes ansichtig wurde, der ehemals seiner Frau gehört hatte. –

Unsere Geschichte spaltet sich an dieser Stelle. Es muß erwähnt werden, daß gerade in jenen Tagen der neu ernannte Kreismandarin von Ho pu hsiän in der Provinz Kwang tung, der Doktor ersten Grades Herr Wu aus Nanking, auf der Fahrt nach seinem Amtssitz die Stadt Hsiang yang fu passierte. Herr Wu reiste ohne weiblichen Anhang und hatte schon immer unterwegs Umschau nach einer passenden Nebenfrau gehalten. So viele junge Mädchen ihm aber auch zugeführt worden waren, nie war eine darunter nach seinem Geschmack gewesen. Als er nun in den Bereich des Kreises Tsao yang hsiän kam, konnte es nicht ausbleiben, daß der Ruf der schönen Wang-Tochter, die noch oder vielmehr wieder zu haben sei, an sein Ohr drang. Er besann sich diesmal nicht lange und beauftragte eine Mittlerin, den Handel für fünfzig Goldunzen abzuschließen. Vater Wang war mit Freuden einverstanden, nur befürchtete er Schwierigkeiten von seiten des früheren Schwiegersohnes und hielt es für richtig, ihn persönlich zu verständigen. Hsing Ko erhob nicht den leisesten Einwand und war sogar nobel genug, kurz vor dem festgesetzten Hochzeitsabend sämtliche sechzehn große und kleine Koffer mit der Habe seiner einstigen Gattin wohlverschlossen und unangetastet von Kulis an Bord der Dschunke des Kreismandarins Wu schaffen zu lassen. Es seien ein paar Hochzeitsgeschenke für die Braut, ließ er bestellen. Sein generöser Akt fand bei den Leuten die verschiedenste Beurteilung. Die einen priesen seine rührende Anhänglichkeit, die anderen machten sich über ihn lustig und nannten ihn einen sentimentalen Narren, die dritte Partei schalt ihn einen charakterlosen Schwächling. Die junge Frau selbst hatte auf soviel Großmut nicht zu rechnen gewagt. –

Doch kehren wir nun zu Tschen zurück. Wie schon berichtet, hatte er vor der Ahornbrücke in Su tschou seine Schiffsladung Lebensmittel an den Mann gebracht. Dann war er heim nach Hsin an hsiän gereist. Unablässig beschäftigte ihn der Gedanke an seine schöne Geliebte, und des Morgens und Abends entlockte ihm der Anblick des teueren Perlenhemdes zahllose kurze und lange Seufzer. Dabei blieb es auch, als er längst wieder daheim bei seiner Gattin weilte. Dieser fiel das beständige Seufzen und wehmütige Betrachten des Perlenhemdes natürlich auf, und ihr weiblicher Instinkt sagte ihr, daß dahinter unbedingt eine dunkle Liebesaffäre stecken müsse. Wenig erbaut von ihrer Entdeckung, entwendete sie dem schlummernden Gatten eines Nachts seinen liebevoll gehegten Schatz und versteckte ihn zwischen dem Getäfel der Schlafzimmerdecke. Es gab eine heftige Szene, als Tschen beim Erwachen das Perlenhemd vermißte. Sein Verdacht fiel sofort auf die Gattin. Sie leugnete. Da geriet er ins Rasen, stülpte Kästen und Schubfächer um, kramte in Koffern das Unterste zuoberst, tobte in der ganzen Wohnung umher und beschimpfte seine Frau in gräßlicher Weise. Zwei Tage suchte er vergeblich, dann machte er sich reisefertig und verließ in Begleitung eines jungen Dieners wutentbrannt das Haus. Er wollte geradeswegs zur Geliebten zurück. Schon hatte er die Grenze des Kreises Tsao yang hsiän passiert, da wurde seine Dschunke dicht vor dem Ziele von Flußpiraten überfallen, die seine gesamte Habe plünderten und seinen Diener erschlugen. Er selbst hatte sich rechtzeitig im Schiffsheck verbergen können und wenigstens sein Leben gerettet. Von allen Barmitteln entblößt, traf er in der Präfekturhauptstadt Hsiang yang fu ein und suchte sofort seine frühere Herberge vor den Toren der Stadt auf. Sein Gedanke war, sich von der Geliebten Geld für die Rückreise vorschießen zu lassen. Um mit Frau Kiang in Verbindung zu treten, wollte er sich natürlich wieder der bewährten Hilfe von Mutter Pi bedienen. Wie groß war sein Schreck, als er von seinem Herbergswirt erfahren mußte, daß die Perlenhändlerin Pi in einen Eheskandal des Hauses Kiang verwickelt und genötigt gewesen sei, die Stadt zu verlassen. Sie sei bereits seit längerem nach einem weit entfernten Distrikt verzogen. Frau Kiang weile auch nicht mehr in den Mauern der Stadt, sie sei mittlerweile geschieden und die Nebenfrau des Kreismandarins Wu geworden.

Tschen fühlte sich wie von einem Kübel eisigen Wassers übergossen, es wurde ihm abwechselnd kalt und heiß, und noch am selben Tage zwang ihn ein heftiges Fieber aufs Lager nieder. Sein Leiden, das auf schwere Gemütsdepression zurückzuführen war, verschlimmerte sich von Tag zu Tag und beraubte ihn nachts des Schlafes. Zwei Monate lang lag er ganz apathisch und fühlte sich außerstande, aufzustehen. Dann trat die Sorge in den Vordergrund, woher er das Geld zur Bestreitung seines Aufenthalts in der Herberge nehmen solle. Da raffte er sich endlich auf und schrieb einen Brief an seine Gattin. Er sei unterwegs beraubt worden und liege infolge des ausgestandenen Schreckens schwerkrank danieder. Man möge ihm Geld schicken, auch wäre es ihm lieb, wenn jemand von der Verwandtschaft herkäme und sich seiner Pflege annähme. Ein dem Herbergswirt bekannter Amtsbote, der zufällig dienstlich nach Hsin an hsiän mußte, übernahm es gegen ein Entgelt von fünf Silberunzen, die der gefällige Wirt vorstreckte, Überbringer des Briefes zu sein.

Frau Tschen war auf Grund ihrer früheren Erfahrungen nicht geneigt, dem Schreiben ohne weiteres Glauben zu schenken. Hatte er nicht auf seiner letzten Reise tausend Unzen für irgendwelche dunkle Zwecke weggeworfen? Und dann dieses verdächtige Perlenhemd! Sicher war er diesmal wieder Seitenpfade gewandelt, und die Geschichte mit dem Raubüberfall war gemeiner Schwindel. Anderseits sagte sie sich, wenn er so dringend nach einem Angehörigen verlangt, ist vielleicht doch an seiner Krankheit etwas Wahres. Schließlich machte sie sich selbst kurzerhand auf die Reise. Ihr Vater und die alte vertraute Kammerfrau Wang nebst deren Mann mußten sie begleiten. Doch zwang unterwegs ein altes Lungenleiden ihren Vater zur Umkehr, und so traf sie mit den beiden Wangs allein in Hsiang yang fu ein. Zu ihrem Schreck mußte sie in der Herberge ihres Mannes, in der sie gleichfalls Quartier nahm, erfahren, daß ihr Mann bereits vor zehn Tagen verstorben sei. Der freundliche Wirt hatte ihn auf seine Kosten einbetten und einsargen lassen. Sie war verzweifelt, wollte unbedingt den Sarg geöffnet haben, um den Toten noch einmal zu sehen, und als der Wirt das nicht zuließ, kaufte sie einen teueren Außensarg dazu und sparte auch nicht an reichlichen Ausgaben für das übliche Papierwerk, wie es zu Ehren von Verstorbenen verbrannt wird, und für liturgischen Andachtsdienst, den einige buddhistische Priester verrichten mußten. Einen Monat verbrachte sie so, in ihr Trauerweiß gehüllt, am Sarge des Verschiedenen unter unaufhörlichem Jammern und Wehklagen, wie es einer tugendsamen Witwe geziemt. Dann ging sie daran, sich einen passenden Tag im Kalender auszusuchen, an dem sie in Begleitung des Sarges die Rückreise antreten wollte. Der Herbergswirt war nicht nur ein gefälliger Mann, er war auch ein praktischer Mann. War er bisher so rücksichtsvoll gewesen, der jungen Witwe jede Andeutung der beträchtlichen Auslagen, die er für den Verblichenen gehabt hatte, zu ersparen, so ging er jetzt noch einen Schritt weiter. ›Ist diese Frau‹, so sagte er sich, ›nicht viel zu hübsch, auf die Dauer unvermählt zu bleiben? Wäre das nicht eine passende Partie für meinen ledigen zweiten Sohn, zumal sie doch, nach ihren üppigen Ausgaben aus Anlaß des Trauerfalls zu schließen, über einen wohlgefüllten Beutel verfügen dürfte?‹

Als geeignete Mittlerin erkor er sich die alte Kammerfrau Wang, die er denn auch mit Hilfe einiger reichlich gespendeter Becher und einer in Aussicht gestellten lockenden Belohnung für seinen Plan gewann. Aber sie möchte ja recht taktvoll zu Werke gehen, hatte er ihr noch eingeschärft. Leider war die alte Wang eine einfältige Person, die von den Krümmungen und Windungen einer behutsamen Sprechweise keine Ahnung hatte, und machte, indem sie plump und geradeswegs aufs Ziel losging, den ganzen schönen Plan zunichte. Frau Tschen empfand das Ansinnen, daß sie so kurz nach dem Verlust ihres ersten Gatten wieder heiraten solle, als eine grobe Taktlosigkeit und überhäufte die ungeschickte Mittlerin mit einer Flut von Schmähungen. Diese wiederum, in ihrer Würde sehr gekränkt, rächte sich dadurch, daß sie noch in derselben Nacht mit ihrem Manne auskniff, nicht ohne fast die gesamte Barschaft und den gesamten Schmuck ihrer Herrin mitzunehmen. Der Wirt, der unter diesen Umständen kein allzugroßes Interesse an einem weiteren Verbleiben seines Gastes hatte, empfahl ihr mit sanften Worten, sich eine andere Herberge zu suchen.

»Ein Glück nur«, meinte er, »daß dieses Lumpenpack nur seine eigene Herrschaft und nicht etwa fremde Leute bestohlen hat, sonst wären die Folgen für die edle Dame noch weit peinlicher gewesen, und der Vorwurf wäre schließlich noch auf den werten Geist Eueres abgeschiedenen Gatten gefallen. Übrigens scheint meine häßliche rauhe Behausung auf die Dauer kein würdiger Aufenthalt für eine so junge, schöne, alleinstehende Dame wie Euch.«

Frau Tschen konnte sich dem zarten Druck seiner Worte nicht gut entziehen und mietete sich anderswo ein Quartier. Sie war durch den Verlust ihres Geldes und Schmuckes natürlich in die peinlichste Lage geraten und erging sich in ihrem einsamen Zimmer oft in herzzerreißenden Klagen. Zum Glück hatte sie in ihrer Nachbarin Frau Tschang eine teilnahmsvolle Seele gefunden. Durch ihr unaufhörliches Klagen gerührt, war sie einfach herübergekommen und hatte sich alle Mühe gegeben, die Unglückliche zu trösten. Auch übernahm sie es öfters, Kleidungsstücke für sie zur Pfandleihe zu tragen, wenn sie wieder einmal dringend Geld brauchte. Innerhalb kurzer Frist war ihr gesamter entbehrlicher Kleiderbestand versetzt. Was nun? Schon dachte sie daran, sich in einem guten Bürgerhause nach einer Stellung umzusehen, wo sie sich durch Nähunterricht ihren Unterhalt verdienen könnte. Denn von früh auf war sie in feiner Nadelarbeit wohlgeübt. Aber ihre aufgeweckte Nachbarin redete ihr diesen Gedanken wieder aus.

»Ihr werdet Euch doch nicht für so billige Dienste hergeben! Und wenn Ihr Euch dabei noch soviel vom Munde absparen wolltet, so würde es Euch doch nimmer soviel einbringen, wie Ihr braucht, um den Sarg Eueres Gatten würdig beizusetzen, wie es Euere Witwenpflicht ist. Außerdem würdet Ihr durch Annahme so untergeordneter Arbeit Euerem Ansehen schaden und Euch die ganze Zukunft verderben. Nein, ich weiß einen viel besseren Plan.«

»Und der wäre?«

»Ihr seid doch noch jung und hübsch. Heiratet!«

Frau Tschen versank eine Zeitlang in Nachdenken, dann seufzte sie und sprach:

»Ihr habt recht. Die Leute könnten mir nichts nachsagen, wenn es hieße, ich habe mich verkauft, um meine Witwenpflicht gegen den toten Gatten zu erfüllen. Derart begründet, wäre eine Wiederverheiratung einwandfrei!«

»Recht so! Und ich weiß auch schon einen geeigneten Partner für Euch. Er ist etwa Eueres Alters und ein stattlicher, vermögender junger Mann.«

»So, vermögend? Dann wird er aber doch schwerlich mit einer Witwe vorliebnehmen?«

»Seid unbesorgt. Er ist genau wie Ihr in der Lage, daß er seine ›Gitarre mit neuen Saiten bespannen‹ muß. Auch er war schon einmal verheiratet und hat mir wiederholt versichert, daß es ihm bei einer neuen Frau hauptsächlich auf äußere Vorzüge und guten Charakter ankomme, daß es ihm dagegen gleichgültig sei, ob die Betreffende schon vermählt gewesen oder noch Jungfrau sei. Ihr, meine Liebe, habt bei Eueren vielen Vorzügen wahrlich nicht zu befürchten, daß Ihr ihm mißfallen werdet.«

Es verhielt sich in der Tat so, daß Hsing Ko Frau Tschang gelegentlich ersucht hatte, für ihn als Mittler tätig zu sein, falls sie eine passende Partie finden sollte. Durch die Reize seiner ersten Frau verwöhnt, legte er allerdings viel Wert darauf, nicht gerade eine Häßliche zu bekommen. Nun, in dieser Beziehung brauchte sich Frau Tschen nicht zu verstecken. Wenn sie jener anderen auch an Schönheit des Antlitzes nicht gleichkam, so waren doch im übrigen ihre Körperformen nicht minder vollendet und verlockend.

Sofort am nächsten Tag suchte also Frau Tschang ihren Auftraggeber in der Großen Marktstraße auf. Es berührte ihn ganz besonders sympathisch, daß die ›Neue‹ für ihre Person nicht einen einzigen Käsch an Kaufgeld und Brautgeschenken beanspruchte, sondern lediglich die Bedingung stellte, daß ihr Zukünftiger die Kosten einer würdigen Bestattung ihres ersten Gatten trage. So genügten also einige wenige Gänge hin und her seitens der Mittlerin, um den Handel perfekt zu machen. Der noble Hsing Ko erstand ein Stück Acker, auf dem er den Sarg seines Vorgängers standesgemäß beisetzen ließ, schickte der Neuen eine schöne Ausstattung und reichlichen Schmuck, versäumte auch nicht, ihre versetzte Kleidung einzulösen, und dann hielt an einem Glückstag erster Ordnung Frau Tschen unter dem fröhlichen Gequietsche der Flöten und Schalmeien ihren Einzug in die festlich strahlende Brautkammer.

Zwar das frohe Hochzeitslärmen
ist für beide nicht mehr neu,
aber neues Liebeskeimen
macht es ihnen lieb und neu.

Eine Eigenschaft, die Hsing Ko an der neuen Gattin besonders schätzte, war ihr hausfraulicher Ordnungssinn. Eines Tages überraschte er sie zufällig beim Ordnen und Zusammenlegen von allerlei Kleidungsstücken. Da gewahrte er plötzlich zuoberst in einer geöffneten Truhe etwas matt Schimmerndes: ein Perlenhemd!

»Wie kommst du denn zu diesem Perlenhemd?« fragte er ganz überrascht.

»Es stammt von meinem ersten Gatten.«

Und sie erzählte, wie Tschen es einst von der Reise mitgebracht und ständig seufzend betrachtet und gekost hatte, und wie sie das nicht ansehen mochte und es ihm des Nachts weggenommen hatte, und wie das Perlenhemd schließlich die Ursache ihres Ehezwistes und ihrer Trennung geworden war.

»Eigentlich wollte ich es in den Tagen der Not gleichfalls versetzen, aber da ich es im Grunde unrechtmäßig erworben habe, getraute ich es mir nicht recht und habe es bis heute immer versteckt gehalten.«

»War dein früherer Gatte vielleicht ein gewisser Tschen Schang? von auffallend hellem Teint? bartlos? mit unbeschnittenen langen Fingernägeln an der linken Hand?«

»Stimmt alles.«

Hsing Ko schlug die Hände zusammen.

»O Vorsehung, nun erkenne ich zitternd dein Walten!«

Und er erzählte der aufhorchenden Gattin die seltsame Rolle, die nach himmlischem Ratschluß das Perlenhemd in seinem Leben gespielt hatte.

Aber die Seltsamkeiten unserer Geschichte sind damit keineswegs erschöpft.

Wieder einmal hatte Hsing Ko eine Geschäftsreise nach der Provinz Kwang tung unternommen. Eines Tages führte ihn sein Weg in die Hauptstadt des durch sein reiches Perlenvorkommen berühmten Kreises Ho pu hsiän. Mit einem alten Händler war er dort über den Erwerb eines Satzes Perlen einig geworden. Er hatte schon bezahlt, da mußte er die Entdeckung machen, daß ihm der Händler die größte und schönste Perle unterschlagen hatte. Das wollte er sich natürlich nicht bieten lassen, und in aller Ruhe packte er den Betrüger am Arm und begann ihm seine Ärmeltaschen nach der fehlenden Perle zu durchsuchen. Wütend riß sich der Alte los, strauchelte dabei und schlug lang hin. Als ihn Hsing Ko hilfsbereit aufrichten wollte, war er bereits tot. Nun wurde Hsing Ko von der Sippschaft des Verstorbenen beim Kreismandarin des Totschlags bezichtigt und sah sich bald darauf als Häftling in einer kahlen Zelle. Der betreffende Kreismandarin aber, der über ihn zu richten hatte, war kein anderer als Herr Wu aus Nanking, der neue Gatte der geschiedenen Frau Kiang.

Am Abend nach der Verhaftung Hsing Kos saß Herr Wu in seinem Arbeitszimmer bei der Lampe und studierte die Verteidigungsschrift, die Hsing Ko aus dem Kerker heraus eingereicht hatte. Ihm zur Seite stand seine Gattin und las, über seine Schulter gebeugt, ihrer Gewohnheit entsprechend, neugierig mit. Plötzlich stutzte sie. Stand da nicht ›Angeklagter Lo aus Tsao yang hsiän‹? Ein Strahl der Erinnerung durchzuckte sie. Hatte ihr erster Gatte auf seinen Geschäftsreisen nicht stets den Namen Lo aus Tsao yang hsiän geführt? Sollte etwa . . .? Mit einem Schlage waren in ihrer Brust die Gefühle der alten Tage wieder lebendig, und ein weher Schmerz trieb ihr die Tränen in die Augen. Erstaunt gewahrte der Mandarin ihre Bewegung.

»Der Angeklagte ist mein leiblicher Bruder«, log sie voller Erregung. »Ein kinderloser Onkel mütterlicherseits hatte ihn adoptiert, damit er seinen Stamm fortsetzen solle, daher sein Name Lo. Wer hätte gedacht, daß man ihn einmal solch schwerer Untat zeihen werde! Um Euerer ergebenen Magd willen, Herr, schenkt ihm die Freiheit! Laßt ihn, ich flehe, in seine Heimat zurückkehren!«

»Ich muß erst das Ergebnis der Untersuchung abwarten. So ohne weiteres kann ich ihn nicht begnadigen.«

Seine Gattin fiel auf die Knie und begann bitterlich zu schluchzen. »Wenn er sterben muß, kann Euere Magd auch nicht länger leben«, stieß sie hervor, sich verzweifelt an seinen Rockärmel krallend.

»Meine Gattin beruhige sich! Vielleicht findet sich Rat«, suchte er sie sanft zu beschwichtigen.

In der Verhandlung am nächsten Morgen traten die beiden Söhne des Verstorbenen als Ankläger auf und behaupteten, Hsing Ko habe ihren Vater im Streit um ein paar Perlen vorsätzlich zu Boden geschlagen.

»Nein. Er hatte mir eine gekaufte Perle unterschlagen. Ich wollte ihn ganz ruhig untersuchen, da geriet er in Wut, strauchelte und schlug hin. Sein hohes Alter mag seinen jähen Tod verursacht haben«, verteidigte sich Hsing Ko.

Die Zeugenaussagen lauteten widersprechend.

»Wie alt war euer Vater?« fragte der Mandarin.

»Siebenundsechzig Jahre.«

»In diesem Alter tritt leicht ein Herzschlag ein«, meinte Herr Wu.

Die beiden Söhne beharrten auf ihrer Anklage.

»Gut, dann muß die Leiche amtlich seziert werden«, verkündete jener streng. »Es hängt alles davon ab, welche Verletzungen sie aufweist. Der Befund der Sektion wird für mein Urteil maßgebend sein.«

Diese Wendung war der klagenden Partei höchst peinlich. Der Verstorbene hatte zu den reichsten und angesehensten Leuten des Bezirks gehört. Unmöglich konnten es seine Söhne dulden, daß sein Körper von einem öffentlichen Leichenbeschauer roh zerschnitten werde. Sie fielen also gleichzeitig nieder und beschworen den Mandarin unter Kotaus, er möchte sich zu einer Besichtigung in ihr Haus bequemen und von einer Sektion Abstand nehmen.

»So, ihr scheut also die Sektion?« brauste der Mandarin auf. »Daraus erkenne ich, wie leichtfertig euere Anklage aufgebaut ist. Von einer weiteren Verfolgung der Sache kann unter diesen Umständen keine Rede sein. Der Angeklagte ist sofort auf freien Fuß zu setzen!«

Ungnädig ließ er den beiden Klägern ihre Anklageschrift zurückreichen und hob die Sitzung auf. Der glückliche Hsing

Ko dankte mit inbrünstigen Kotaus, während seine Gegner betreten von dannen schlichen.

Von Ungewißheit gepeinigt, hatte Herrn Wus Gattin indessen wie auf einem mit Nadeln gespickten Kissen gesessen.

»Wie ist der Ausgang?« bestürmte sie ihren Gatten, als er von der Sitzung zurückkehrte.

»Nicht anders, als mich gestern dein mitleidvoll flehender Blick erwarten ließ: Er ist unschuldig.«

»Tausend, zehntausendfachen Dank!« sprudelte sie überglücklich heraus. »Die Magd war übrigens lange von ihrem Bruder getrennt. Wäre es ihr wohl vergönnt, ihn zu begrüßen? Es drängt sie, Kunde vom Befinden der Eltern zu erhalten.« – Noch am gleichen Tage sah sich Hsing Ko im hinteren Empfangssalon des Kreisvorsteherjamens dem Mandarin Wu gegenüber. Mit wohlwollender Höflichkeit bot ihm Herr Wu einen Sessel an.

»Mein werter Herr Schwager kann sich bei seiner Schwester bedanken, daß sie ihm in diesem Prozeß eine so eifrige Fürsprecherin gewesen ist. Sonst, wer weiß, vielleicht wäre das Urteil anders ausgefallen.«

Hsing Ko blieb der Sinn dieser Worte verborgen. Stumm schlürfte er seinen Tee.

»Darf ich Euch in die Bibliothek bitten?« fuhr der Mandarin fort. Gleichzeitig flüsterte er einem Diener einen leisen Befehl zu.

Hsing Ko glaubte zu träumen, als er im nächsten Augenblick seiner früheren Gattin gegenüberstand. Ohne der Regeln des vorgeschriebenen Begrüßungszeremoniells zu achten, sanken sich beide laut aufschluchzend in die Arme.

Jetzt war aber die Reihe an Herrn Wu, sich zu wundern. So ergreifend hatte er sich das Wiedersehen zwischen Bruder und Schwester nicht vorgestellt.

»Das sieht mir nicht nach geschwisterlicher Zärtlichkeit aus. Bitte, heraus mit der Wahrheit!«

Beide fielen zu Boden.

»Die schlechte Magd hat zehntausendmal den Tod verdient«, stammelte errötend die junge Frau, die sich zuerst gefaßt hatte. »Er ist mein früherer Gatte.«

Und beide berichteten ihre Geschichte. Als sie geendet hatten, stahl sich über die Wange des Mandarins eine Träne der Rührung.

»Der geringe Mandarin hat sich von Euerer unerschütterlichen Liebe und Zuneigung überzeugt. Er möchte fürder nicht zwischen Euch stehen. Überdies hat es der Himmel nicht gewollt, daß ihm aus der dreijährigen Ehe mit Euerer früheren Gattin Nachkommenschaft erblühte. Euer Weg ist frei!«

Und er ließ auf der Stelle eine kleine Sänfte kommen, die die junge Frau der Herberge ihres wiedergefundenen ersten Gatten zuführen mußte. Und die sechzehn Koffer Heiratsgut, die sie einst in die Ehe mitgebracht hatte, ihr wohlgefüllt und wohlverschlossen nachzuschicken, vergaß der treffliche Mandarin auch nicht.

Daheim in Hsiang yang fu angelangt, machte Hsing Ko seine beiden Gattinnen miteinander bekannt. Sie waren um ein Jahr im Alter auseinander, und so machte er Tschens Witwe als Ältere zu seiner Hauptfrau, die Jüngere zur Nebenfrau. Diese Degradierung tat zwar der alten Gattenliebe keinen Abbruch, war aber immerhin ein gerechter Lohn für den Fehltritt, den die Jüngere begangen hatte. Im übrigen vertrugen sich beide Frauen ausgezeichnet miteinander und nannten sich Schwestern.

Das ist die wahre Geschichte von Hsing Ko und seinem Perlenhemd.

O Himmel, wie wunderlich sind deine Wege! Ein Perlenhemd und eine Frau ließest du ihn verlieren. Ein Perlenhemd und zwei Frauen schenktest du ihm wieder!

Eine pietätvolle Tochter versteckt einem gütigen Vater zuliebe den neugeborenen Stammhalter

In den Tagen der Mongolenherrschaft (1280-1368) lebte im Bezirk Tung ping fu ein großer Landeigner namens Liu mit Zunamen Tsung Schan, im Munde der Leute gewöhnlich yüan wai, ›Herr Rat‹, genannt. Das war der übliche Ehrentitel, den sich reiche Leute seines Schlags seit der Tang-Zeit (7. Jahrhundert) für schweres Geld kaufen konnten. Der Reichtum, den er besaß, war in der Tat einem Platzregen vergleichbar, den der Himmel in verschwenderischer Fülle über ihn ausgeschüttet hatte.

Doch zum Leidwesen des Sechzigers hatte der Himmel ihm einen männlichen Leibeserben versagt. Seine Lebensgefährtin, die um zwei Jahre jüngere geborene Li, hatte ihm lediglich eine Tochter geschenkt. Sie wurde im Hause noch immer mit ihrem Mädchennamen Tschao tsiä, ›Fräulein Willkommen‹, genannt, auch nachdem sie inzwischen eine junge Frau Tschang geworden war. Sie zählte jetzt siebenundzwanzig Lenze. Der dreißigjährige Ehemann Tschang hatte in ihre Familie hineingeheiratet. Er wohnte mit im schwiegerelterlichen Anwesen. Daß von seiner Seite bei dieser Hineinheirat lediglich geschäftliche Berechnung ausschlaggebend gewesen war, stand außer Frage. Denn Tschang war ein ganz elender, kleiner Profitjäger und immer darauf bedacht, sich rücksichtslos aus der Haut seiner Mitmenschen Riemen zu schneiden. Eines Tages glücklicher Alleinerbe des großen, sohnlosen Besitzes zu werden, das war sein Hintergedanke gewesen, als er damals seine Mittelsleute ins Haus Liu schickte und um die Haustochter warb. Nun hatte er es geschafft und kam sich wunder wie schlau vor. Zu seiner Enttäuschung fühlte sich der Vater indes noch rüstig genug, um die Verwaltung seines

Besitzes in eigener Hand zu behalten. Er dachte einstweilen gar nicht daran, den Eidam mit hineinreden zu lassen. Und ein weiteres Hindernis kam hinzu, das seinen hochfliegenden Plänen im Wege stand.

Da lebte noch so ein lästiger Neffe mit im Hause, Sohn eines leiblichen Bruders von Rat Liu, also gar leiblicher Neffe. Yin Sun, so hieß der Neffe, war früh verwaist und arm, und so wurde er von Kind auf als eine Art Pflegesohn im Hause des reichen Onkels mit aufgezogen und durchgefüttert. Er war jetzt fünfundzwanzig Jahre alt und Student. Onkel Liu hatte ein besonderes Auge für ihn übrig, weil er sich sagte, daß er von seinem eigenen Fleisch und Blut und im übrigen ein verständiger junger Mann von Bildung sei.

Freilich, wie konnte er gegen die energische Gattin aufkommen, die mit ganzer Seele für Tochter und Eidam Partei nahm? Die geborene Li konnte es nicht vergessen, daß sie mit der Schwägerin zu deren Lebzeiten ewig Streit und Hader gehabt, und hatte nun den alten Groll auf die Person ihres unglückseligen Sprößlings übertragen. Er war ihr gleichsam ein Nagel im Auge. Bei allem Wohlwollen, das Vater Liu seinem Schützling heimlich schenkte, konnte er doch gegen die drei Verbündeten, Frau, Tochter und Eidam, nicht gut aufkommen und so restlos Schutz gewähren, wie er eigentlich gewünscht hätte. Das war die eine Angelegenheit, die ihm innerlich naheging. Und sie war für ihn eine Quelle ständiger Aufregung und Beunruhigung.

Nun lebte im Haushalt ein sehr hübsches, schmuckes Ding von junger Magd namens ›Kleinpflaume‹. Weil sie gar so fein und artig im Wesen war, hatte Mama Liu sie dem Hausherrn zur persönlichen Bedienung zugewiesen, um ihm etwas Freude und Trost im Alter zu spenden. Und sie hatte auch nichts dagegen einzuwenden gehabt, daß er das hübsche Ding ganz einfach zu seinem ›Seitengemach‹ machte und sein Ergötzen bei ihr suchte. Kurz, Kleinpflaume ging von ihm schwanger. Und nun war die große Frage voller Spannung: Würde sie ihn in seinem vorgerückten Alter doch noch mit einem Leibeserben beglücken? Das war die zweite Herzensangelegenheit, die ihn stark beschäftigte. Und sie war ihm Quell froher Hoffnung. Überdies der Grund, weshalb er seinen Besitz noch nicht an den Eidam ausliefern wollte.

Der verfolgte inzwischen unentwegt sein Ziel, den lästigen Neffen aus dem Hause zu graulen. Unablässig erfand er künstliche Anlässe, ihn zu verdächtigen und ins Unrecht zu setzen. Beständig wußte er die eingewurzelte Abneigung der Schwiegermutter gegen den Sprößling der verhaßten Schwägerin zu schüren und zu nähren. Das gab tagtäglich häßlichen Zank und Streit. Ohne seinen Willen wurde der friedliche Neffe, der nur seine Bücher und die Ruhe liebte, immer wieder in widerlichen Tratsch und Klatsch hineingezerrt und dem Ansturm keifender und scheltender Stimmen ausgesetzt, denen er nicht gewachsen war, ebensowenig wie Vater Liu. Um des lieben Friedens willen und aus Angst, daß es schließlich noch zu Tätlichkeiten kommen werde, steckte er dem Neffen heimlich ein paar Geldscheine zu und schickte ihn außer Hauses, damit er fortan für sich wohne und ungestört weiterstudieren könne. Es war bitter genug für den Armen. Zwar fand er eine alte, verlassene Behausung, die er sich mit Hilfe einiger Möbelstücke, die ihm der gutherzige Onkel noch heimlich zukommen ließ, notdürftig zur Studierklause einrichtete. Aber was sollte später aus ihm werden? Das Geld, das er mitbekommen hatte, würde er nach und nach verbrauchen. Und dann? Er war ein unpraktischer Büchermensch, der außer seinem gelehrten Wissen nichts gelernt hatte, wovon man Geld verdienen konnte. Überdies haftete der Schimpf an ihm, daß er von seiner Sippe aus dem Haus gejagt worden war.

Nicht zufrieden mit diesem einen Erfolg, brütete der boshafte Tschang schon wieder einen Teufelsplan aus. Er sagte sich: Wenn diese Person tatsächlich einem Kind das Leben schenken sollte, dann bestehen zwei Möglichkeiten: entweder es ist eine kleine Schwägerin, dann wird nur die Hälfte des

Besitzes auf mich und meine Frau abfallen, oder es ist ein kleiner Schwager, dann erbt der alles, und ich und meine Frau, wir gehen ganz mit leeren Händen aus. Nicht auszudenken! Dem muß unbedingt vorgebeugt werden. Die Person, diese Magd Kleinpflaume, mußte noch vor ihrer Niederkunft so oder so um die Ecke gebracht werden. Das stand für ihn fest.

In diesem Sinne begann er seiner Frau in den Ohren zu liegen und versuchte sie für einen heimlichen Anschlag gegen die Magd zu gewinnen. Frau Willkommen nahm sein Ansinnen mit zwiespältigen Gefühlen auf. Folgsamkeit gegenüber dem Gatten und Pietät gegenüber dem alten Vater lagen miteinander im Widerstreit. Ja, wenn es sich darum gehandelt hätte, daß der Besitz zwischen ihr und dem verhaßten Vetter Yin Sun geteilt werden sollte, dann würde sie ihrem Manne zuliebe zu jeder Schandtat bereit gewesen sein, um eine solche Teilung zu verhindern. Schließlich hatte sie als leibliche Tochter mehr Erbrecht als dieser Vetter. Aber andererseits, wenn sie durch Kleinpflaume noch zu einem verspäteten Brüderlein kommen sollte, wäre das nicht entzückend? Würde sie da nicht ihre helle Schwesterfreude daran haben? Und überdies würde ihr Vater seine Vaterfreude an einem Söhnlein haben und seinen innigsten Herzenswunsch erfüllt sehen. Nein, das konnte sie ihm nicht antun, ihm diese Freude zu verderben! Und so gewann bei ihr natürliches Familiengefühl die Oberhand gegenüber der vorgeschriebenen ehelichen Folgsamkeit. Aber wie konnte sie sich gegen ihren tückischen Gatten durchsetzen? Auf die Mutter war kein Verlaß. Die hielt es, parteiisch und voreingenommen, wie sie war, von vornherein mit dem Eidam. Tagelang ging es ihr im Kopf herum, wie sie es am besten anfangen solle. Sie mußte etwas Entscheidendes unternehmen, denn immer unverhüllter setzte ihr der Gatte mit seinen finsteren Plänen gegen die arme Kleinpflaume zu.

An sich ein leichtes, sie aus dem Weg zu räumen. Was will sie, eine einzelne, gegen gleich drei Verbündete machen? Aber

Neid hin, Erbschaft her – meinen guten alten Vater um seine Hoffnung auf Erhaltung des Stammes betrügen – unmöglich! Mit Fluch und Schimpf beladen, würde ich vor allen späteren Geschlechtern dastehen, wenn ich da mittun wollte. Aber offen darf ich es meinem Manne nicht sagen, daß ich nicht mittun kann. Dann würde er seinen Anschlag mit Hilfe der Mutter eben hinter meinem Rücken ausführen. Wenn ich jetzt auf eigene Faust etwas unternehme, muß es heimlich geschehen, weder er noch Mutter dürfen etwas davon wissen. Also ging es ihr durch den Sinn.

Ihr werdet fragen: Was war es, das sie nun auf eigene Faust und heimlich unternahm? Laßt euch sagen, sie hatte eine etwas weitläufig verwandte gute alte Tante im Sinne. Die lebte seit Jahren draußen auf dem sogenannten östlichen Vorwerk, das mit zum väterlichen Landbesitz gehörte und von ihr gepachtet war. Sie hatte immer zum besten mit dieser Tante gestanden und sich ihr immer anvertraut, wenn sie irgend etwas bedrückte und sie Rat und Zuspruch brauchte. Bei dieser würdigen Dame wollte sie die werdende Mutter einstweilen unterbringen, in deren Obhut sollte sie ihre Niederkunft abwarten und überstehen, bei der würde sie geborgen und mitsamt ihrem Kind in Sicherheit sein. Und so nahm sie eines Tages Kleinpflaume beiseite und sprach also zu ihr:

»Ich möchte dir im Vertrauen etwas sagen. Nachdem der junge Herr Yin Sun aus dem Hause gejagt worden ist, trachtet mein Mann danach, Alleinerbe zu werden. Er sieht es mit Mißgunst, daß du guter Hoffnung bist. Auf einen Schutz durch meine Mutter kannst du nicht rechnen. Die nimmt für ihn Partei. Laß dich warnen und sei auf der Hut!«

»Sehr edel von Euch, daß Ihr mir das dem verehrten Herrn Rat zuliebe sagt. Aber wie soll ich mich, allein wie ich bin, gegen die Mehrheit schützen? Darf ich auf Euren gütigen Beistand zählen?« flehte die Kleine bestürzt.

»Gewiß. Aber es hält schwer. Er ist schließlich mein Mann. Da für ihn ein Vermögen auf dem Spiele steht, wird er rücksichtslos sein Ziel verfolgen, auch wenn ich nicht mittue. Wie kann ich wissen, was er heimlich hinter meinem Rücken aushecken wird?«

»Was soll aber dann werden?« drängte die Kleine unter Tränen. »Wäre es nicht am besten, wenn ich den Herrn Rat ins Vertrauen zöge und sein Eingreifen erbitten würde?«

»Zwecklos. Er ist ein alter Mann, und der Schutz, den er dir angedeihen lassen kann, ist begrenzt. Man muß ihm Aufregungen ersparen. Es würde zu einem gehörigen Familienskandal kommen, wenn du die Sache ausplaudern wolltest. Überdies würdest du dadurch deine Lage noch verschlimmern und dir meinen Mann vollends zum unversöhnlichen Feind machen. Nein, ich habe einen anderen Plan. Den wollte ich mit dir besprechen.«

»Welchen? Welchen? Ich bin ganz Ohr, Eure erhabene Meinung zu hören.«

»Ich habe eine Tante auf dem östlichen Vorwerk wohnen. Ich verstehe mich sehr gut mit ihr. Ich werde dich zu ihr bringen. In ihrem Heim und unter ihrer Obhut magst du heimlich entbinden und das Kleine, sei es nun Knabe oder Mägdlein, einstweilen aufziehen. Für deinen und des Kindes Unterhalt, Nahrung und Wäsche und Kleidung, werde ich sorgen. Aber es muß streng geheim bleiben. Ich werde meinen Leuten hier weismachen, du wärest pflichtwidrig davongelaufen, unbekannt wohin. Wie ich meine Mutter und meinen Mann kenne, werden sie das nur gar zu gern hören und aufatmen und werden gar nicht daran denken, nach deinem Verbleib zu forschen. Dein Verschwinden paßt ja so trefflich in ihre Pläne und befreit sie von der Mühe, etwas gegen dich zu unternehmen. Später, bei passender Gelegenheit, wenn sich der Sinn meiner Mutter etwas gewandelt hat, werde ich dann den Mund auftun und meinen Eltern das Geheimnis offenbaren. Dann werden sie dich in Ehren zurückholen. Dein Kind wird inzwischen schon etwas herangewachsen sein, und du wirst in aller Augen groß und geachtet dastehn. So und nicht anders müssen wir handeln, wenn dein und deines Kindes Leben gesichert sein soll.«

»Eure dicke Güte überwältigt mich! Selbst mit meinem Leben könnte ich sie nur schwer vergelten!«

»Schon gut. Es war mir unerträglich, meinen guten Vater um den erhofften Stammhalter gebracht zu sehen, wenn du einer gewissen Gifthand zum Opfer fallen solltest. So, wie die Verhältnisse liegen, blieb mir nichts anderes übrig, als mich hinter dem Rücken von Mutter und Mann heimlich mit dir zu verständigen. Aber wirst du später, wenn du vielleicht ein Knäblein zur Welt gebracht hast und im Glück schwimmst, auch noch daran denken, was ich in dieser Stunde für dich getan habe?«

»Wie könnte ich es je vergessen! Wie heilige Schriftrollen und Sutras werde ich Eure hochherzige Tat im Gedächtnis bewahren!«

Nun wurde eifrig getuschelt und beraten, bei welcher passenden Gelegenheit und wie im einzelnen man den Plan in die Tat umsetzen wollte. –

Eines Tages zur Erntezeit machte sich Rat Liu zu einer Reise über Land auf. Er wollte auf einem seiner Gutshöfe die Felder besichtigen und den Getreideschnitt überwachen. Es ging ihm sehr gegen den Strich, daß er die Leitung des Haushalts und der geschäftlichen Angelegenheiten für die Dauer seiner Abwesenheit in die Hände des Eidams und der Tochter legen mußte. Denn er hatte guten Grund zu der Befürchtung, daß dieser habgierige Neidling irgendeine Tücke gegen die junge werdende Mutter Kleinpflaume aushecken und dabei in den beiden Frauen, Mutter und Tochter, leider nur zu willfährige Verbündete finden werde. Aber es blieb ihm nichts anderes übrig.

Kurz vor dem Weggang bat er zunächst die Dame des Hauses zu sich:

»Mama, ist dir die Redensart ›Wein in geborgtem Fasse keltern‹ bekannt?«

»Nicht daß ich wüßte.«

»Dann laß dir erklären. Nimm an, jemand borgt sich vom Nachbarn ein Faß und keltert seinen Wein darin. Wenn der Wein fertiggegoren ist, füllt er ihn um und behält ihn für sich. Das Faß dagegen gibt er dem Eigentümer zurück. Man wendet das Bild gern an, wenn es sich um Nachwuchs durch eine Nebenfrau handelt. Also, da ist unsere Magd Kleinpflaume. Sie ist durch mich in gesegneten Umständen. Wenn sie nächstens ein Kind zur Welt bringt, sei es ein Knäblein oder ein Mägdlein, dann hat das geborgte Faß seine Schuldigkeit getan. Dann kannst du als Eigentümerin über die Magd wieder nach Belieben verfügen, du kannst sie weiterverleihen, verpfänden, verkaufen, ganz wie du willst. Ich hatte sie mir von dir nur zeitweilig ausgeborgt, um in ihrem Schoß den Wein einer Nachkommenschaft zu keltern. Nachkommenschaft, das war mir die Hauptsache! Ist dir nun der Sinn der Redensart klar?«

»Ja, ich verstehe. Ich werde auf ihr Wohl bedacht sein. Du kannst die Reise auf das Landgut völlig ohne Sorge antreten.«

Hierauf berief Rat Liu den Eidam zu sich. Es waren höchst sonderbare Weisungen, die nun erfolgten. Der Eidam mußte jenes dicke Bündel von Urkunden herbeischaffen, alles Quittungen und Verträge über Darlehen, die Rat Liu im Laufe der Jahre allen möglichen Schuldnern gewährt hatte. Dann hieß er die Magd Kleinpflaume die Lampe anzünden und zu seinem Lehnsessel bringen, nahm eine Fackel zur Hand, entfachte sie an der Lampe und verbrannte über der lodernden Flamme der Fackel ganz gelassen Blatt für Blatt des dicken Bündels wertvoller Schuldscheine.

Der Eidam, dem sein Tun förmlich ins Herz schnitt und Wahnsinn dünkte, konnte sich schließlich nicht länger beherrschen. Er streckte die Hand aus und suchte aus dem brennenden Haufen verkohlter Papiere noch das eine oder andere Blatt zu retten, zog aber mit einem Schmerzenslaut die verbrannte Hand sogleich wieder zurück. Rat Liu gewahrte es mit höhnischem Lachen.

»Siehst du, auf solche Art kann man auch sein Geld verwenden, und es ist nicht die schlechteste Art!« spottete er.

»Aber diese vielen Schuldscheine, die sich seit langen Jahren bei dir angehäuft haben, sind doch ein wertvolles Stück Familienbesitz! Wie kannst du sie so leichthin in Rauch und Asche aufgehen lassen?« fragte Mutter Liu aufgeregt und empört.

»Ach, was liegt schon an dem bißchen Sündengeld! Weiß ich denn, ob ich noch einmal einen Sohn haben werde, dem ich es vermachen könnte? Solange er noch im Mutterschoß keimt, ist es schon besser, wenn kein Sündengeld da ist. Dann bin ich die Last einer schweren Verantwortung los, und gewisse andere Leute sind der Versuchung enthoben, Pläne und Ränke gegen mich zu schmieden. Möchte überhaupt wissen, was so Gutes an vielem Reichtum ist, daß andere Leute so erbittert darauf spekulieren. Im Hause ist noch immer genug zum Leben für uns alle da. Warum sollte ich nicht auch einmal ein gutes Werk verrichten, indem ich die Schuldscheine verbrannte und so einer Menge armer Teufel ihre Schuld erließ? Weg! Erledigt! Vielleicht wird sich der Himmel zum Lohn meiner erbarmen und mir doch noch zu einem Sprößling verhelfen, auf daß mein Stamm nicht erlösche. Wer weiß.«

Nach dieser Rede verließ Rat Liu das Haus und machte sich auf die Reise zum Landgut.

Schwiegersohn Tschang vermeinte sehr richtig, aus dem eben Gehörten eine versteckte Spitze gegen seine Person herausgehört zu haben. Entartet, wie er war, ging es ihm also durch seinen verderbten Sinn: Ganz offenbar hat er mich verdächtigt, als ob ich irgendeinen heimlichen Anschlag gegen dieses Ding von Magd, seine Kebse, vorhätte. Nun, dann hat es ja sowieso keinen Zweck, Tugendbold zu spielen. Wohlan, benutzen wir die günstige Gelegenheit seiner Abwesenheit auf dem Lande zum Handeln! Seien wir in Wirklichkeit der Schurke, für den er mich hält! Befreien wir ihn von seiner Wahnvorstellung von Nachkommenschaft!

Und er besprach sich mit seiner Frau. Der war es klar, daß

es nunmehr Ernst werde und keine Zeit mehr zu verlieren sei. Vorsorglich hatte sie schon vor Tagen die Tante auf dem östlichen Vorwerk eingeweiht. Nun hieß es aber rasch handeln, ehe es zu spät war. Sie verständigte heimlich Kleinpflaume und schickte sie im Morgengrauen des nächsten Tages, während alles noch schlief, unbemerkt aus dem Hause auf den Weg zur Tante.

Am Abend tischte sie dem Gatten einen kleinen Schwindel auf:

»Denke dir, das Ding, diese Magd Kleinpflaume, ist auf und davon! Heute vormittag hatte ich sie in den Ort geschickt, Wollgarn einkaufen. Seitdem hat sie sich nicht wieder blicken lassen. Vermutlich hat sie Angst gehabt, daß wir etwas Böses gegen sie im Schilde führen, und die Gelegenheit benutzt, um zu entlaufen. Was nun?«

»Laß sie laufen! Um so besser für uns. Dann haben wir endlich Ruhe und brauchen uns ihretwegen nicht noch zu bemühen. Daß Mägde ihrer Herrschaft entlaufen, ist im übrigen etwas Alltägliches.«

»Aber wenn es Vater erfährt? Es wird ihm sehr nahegehen.«

»Wir haben sie weder beschimpft noch geschlagen noch ihren Mutterleib angerempelt. Sie ist aus eigenem Entschluß entlaufen. Dein Vater hat also nicht den mindesten Anlaß, uns deswegen zu grollen und Vorwürfe zu machen. Wir wollen vorläufig deine Mutter verständigen und mit ihr beraten, was weiter zu tun ist.«

Sie begaben sich gemeinsam zu Mutter Liu und erzählten ihr die Neuigkeit.

»O weh, da habt ihr etwas Schönes angerichtet! Denn ihr beide steckt doch wohl dahinter? Laßt euren Vater ja nichts davon erfahren! Er hatte sich schon wer weiß wie auf den künftigen Sprößling gefreut, den er bei seinen Jahren noch erhoffen durfte. Ein böser Schlag für ihn!« meinte Mutter Liu bestürzt.

»Mutter, du irrst! Es ist nicht unsere Schuld! Ganz ohne unser

Zutun ist sie heute morgen in aller Frühe auf und davon gelaufen«, beteuerte die Tochter.

Mutter Liu hegte zwar noch heimliche Zweifel, ob Tochter und Schwiegersohn wirklich so ganz unbeteiligt an dem Vorfall seien. Aber gewohnt, sie stets in Schutz zu nehmen, fand sie sich schnell mit der vollendeten Tatsache dieser Flucht ab. Was hätte man denn schließlich Besseres wünschen können? Das enthob doch der Mühe eigenen Eingreifens und Nachhelfens. So war doch nun Ruhe im Hause. Ihrem Verbleib nachforschen? Wozu? Es bestand gar kein Verlangen, sie wieder herbeizuschaffen. Allerdings, Vater Liu – den würde es gehörig aufregen. Wie sollte man es ihm beibringen? Wenn man wartete, bis er es von dritter Seite erführe, würde er bestimmt Verdacht gegen seine eigenen Angehörigen schöpfen. Am besten gleich auf der Stelle selber zu ihm eilen und ihm offen und ehrlich die Wahrheit sagen. So wurde es beschlossen. Und gemeinsam machten sich Mutter, Tochter und Schwiegersohn auf den Weg zum Landgut.

Als Vater Liu die drei vereint ankommen sah, wähnte er nicht anders, als daß sie ihm die Freudenbotschaft der Geburt des ersehnten Sprößlings persönlich überbringen wollten. In seiner Wißbegierde glich er einem Stoßfalken, als er jetzt mit der erwartungsvollen Frage »Nun?« auf die Ankömmlinge losstieß.

Welch grausame Enttäuschung mußte er da erleben, als er jetzt das völlig Unerwartete vernahm. Er stand vor Schreck eine geraume Weile stumm und wie zur Bildsäule erstarrt da. Dann winkte er den Seinen mit müder Hand ab. Er wollte allein sein.

Allmählich begann es in seinem Hirn zu arbeiten: Sicherlich haben die daheim der Armen mit ihren Bosheiten so lange zugesetzt und den Aufenthalt verleidet, bis sie es nicht mehr ertragen konnte und davongelaufen ist. So etwas kommt vor. Nur schade, daß sie auch die Frucht im Leibe mit fortgenommen hat!

Er tat einen tiefen und langen Seufzer.

Und sein Hirn arbeitete weiter: Angesichts der Feindschaft, der die Arme in meinem Hause gleich von drei Seiten ausgesetzt war, hätte gar keine Gewähr bestanden, das Kind, falls es zur Welt gekommen wäre, am Leben zu erhalten. Vielleicht ganz gut so, daß sie ausgerissen ist und irgendwo sonst Zuflucht gesucht hat. Nun können ihre Widersacher weder ihr noch dem Kind ans Leben. Abgetan, erledigt. Wieder unterbrach er seine Denktätigkeit, um ein paar Kummertränen zu zerquetschen. Er fühlte sich schon wesentlich ruhiger und wieder im Vollbesitz seines seelischen Gleichgewichts. Und sein Hirn arbeitete weiter, diesmal nach einer neuen, tatkräftigen Richtung: Aber sie sollen sich verspekuliert haben! Worauf hatten sie es denn abgesehen? Auf mein Geld! Was ich mühsam erarbeitet und errafft, erspart und angehäuft habe, diesen ganzen flüchtigen schnöden Reichtum, soll ich ihn etwa dieser Bande ausliefern? Haha! Das wäre noch schöner! Da ich doch keinen männlichen Erben habe, nun gut, tun wir ein gutes, gottgefälliges Werk und verteilen wir etwas von dem Segen für Zwecke der Wohltätigkeit!

Und mit grimmigem Behagen im Bauch ließ er an Toren und Mauern des Gutshofs große Plakate anschlagen, auf denen kundgetan war, daß am nächsten Tag, um die und die Stunde im nahen ›Tempel der weitgeöffneten Urkraft‹ eine große Almosenverteilung an Bedrängte und Ortsarme stattfinden würde.

Dem habgierigen Eidam wollte es durchaus nicht in den Sinn, wie man das schöne Geld einfach auf die Straße werfen könne. Aber mit Rücksicht auf die grimmige Laune des Schwiegervaters wagte er nicht, gegen seine absonderliche Anordnung aufzumucken. Und so eilte er nach Hause und schaffte, wenn auch widerwillig, wie anbefohlen, eine ganze Fuhre mit Kisten und Kasten voller Münzgeld heran.

Anderntags zog die ganze Familie mit der Geldfuhre zum ›Tempel der weitgeöffneten Urkraft‹. Dort hatte sich bereits armes Bettelvolk in hellen Haufen eingefunden. Welch Anblick bot sich dar!

Lastträger, notgedrungen feiernd, weil sie ihre von der Tragstange wundgescheuerten schwieligen Buckel ausheilen lassen müssen. Verunglückte mit verbundenen Köpfen und umwickelten Handstümpfen. Blöde und Irre. Stumme, die sich mit Hilfe von Handschellen verständlich zu machen suchen. Blinde, die aus Versehen gegenseitig ihre Blindenstecken vertauschen und sich darob wüst beschimpfen. Krüppel und Lahme, die sich mühsam an Wänden und Mauern hintasten und ärgerlich fluchen, wenn sie straucheln und in Erdrinnen stolpern. Das lärmt und zetert und zeigt mitleidheischend auf das hungernde Kind an der Hand; das lärmt und zetert aber auch, weil es ganz allein auf der Welt dasteht und entweder den Ernährer oder die sorgende Hausfrau entbehren muß. Das stößt sich und schubst sich, das wirft sich dem Wohltäter zu Füßen und klopft mit der Stirn auf die harten Steinfliesen des Tempelhofs und plappert ohne Unterlaß:

Wohltun kund und offen gemacht,
Hat stets noch heimlich Segen gebracht!

Was füglich auch heißen könnte:

Frisch ans Werk und heut getan!
Was ficht uns das Morgen an?

Und Rat Liu tat also kund:

»Bei der heutigen Almosenverteilung gibt es tausend Kupferlinge je Familie. Von Einzelpersonen ohne Anhang erhalten Erwachsene gleichfalls je tausend, Kinder je fünfhundert Kupferlinge.«

Nun war unter den Bettlern ein ganz Schlauer namens Liu Neun. Der rechnete sich geschwind aus, daß er vorteilhafter fahren würde, wenn er seinen Balg, den er mitgebracht hatte, nicht als sein eigen ausgeben, sondern als fremdes Bettelkind auftreten lassen würde. Und er nahm den Ortsschulzen, der die

Aufsicht bei der Verteilung führte, beiseite und machte ihm einen Vorschlag:

»Wenn ich mit meinem Jungen an der Hand daherkomme, fallen auf mich bloß tausend Kupferlinge. Lasse ich ihn aber als fremdes alleinstehendes Kind auftreten, dann springen für mich überdies noch fünfhundert heraus. Wenn du das notfalls in deiner Amtseigenschaft bezeugen und den kleinen Schwindel decken willst, dann teile ich den Überschuß mit dir, und wir saufen uns eins.«

Der Schulze erklärte sich bereit.

Und so traten Vater und Sohn als zwei Einzelpersonen auf. Tochtermann Tschang leitete die Verteilung mit der ihm eigenen rechnerischen Genauigkeit. Tat ihm doch jeder Kupferling leid, den er auf Anordnung des schnurrigen Schwiegervaters weggeben mußte. Als der Balg von Liu an die Reihe kam, richtete er an den Ortsschulzen die zweifelnde Frage: »Ist der Junge wirklich alleinstehend, oder gehört er zu jemandem?«

Worauf der Schulze verabredungsgemäß drauflos log: ›Alleinstehender Waisenknabe‹, und der angebliche Waisenknabe seine fünfhundert ausgezahlt erhielt.

Sein Vater nahm ihm im Gedränge heimlich seine Zuteilung ab und wollte sich mit der Beute davonmachen. Der Ortsschulze aber hatte ihn nicht aus den Augen gelassen, eilte ihm nach und heischte seinen versprochenen Anteil. Da kam er aber bei dem durchtriebenen Bettler schlecht an:

»Der Junge ist mein Junge! Sein Geld ist mein Geld! Wie komme ich dazu, dir etwas davon abzugeben? Du willst doch nicht gar behaupten, daß du der Vater meines Kindes bist?« so fauchte er den verdutzten Schulzen an.

»Aber wir hatten es doch vorhin so ausgemacht! Warum willst du mir jetzt meinen Anteil vorenthalten? Siehst du nicht ein, daß du dich als recht undankbarer Geselle, ja als Gauner und Räuber aufführst?« redete der Schulze vergebens auf ihn ein.

Der Gauner blieb ihm eine grobe Antwort nicht schuldig.

Aus dem Wortwechsel drohte ein Handgemenge zu werden. Rat Liu, auf den Lärm aufmerksam geworden, schickte den Tochtermann aus, auf daß er den Streit schlichte. Aber wie konnte der gegen einen Proleten aufkommen, dem Anstand und artige Form gänzlich fremd waren? Seiner Sache sicher – der Schulze würde sich schwerlich selber bloßstellen, indem er den Schwindel, an dem er ja mit beteiligt war, aufdeckte –, fuhr er frech und unbekümmert fort, den Schulzen zu beschimpfen und obendrein wegen seiner eigenen Sohnlosigkeit zu verhöhnen.

Tochtermann Tschang, der aus dem allem nicht recht klug werden konnte, gab schließlich den Versuch auf, dem Grobian das Maul zu stopfen, und kehrte, das Gesicht rot und erhitzt vom vergeblichen Eifer des Schlichtens, zu Rat Liu zurück. Er konnte ihm nur berichten, daß der eine sich beständig mit seinem Sohn gebrüstet und den anderen wegen dessen Sohnlosigkeit angepöbelt und verhöhnt habe. Rat Liu fühlte sich unwillkürlich selbst getroffen, indem er seiner eigenen Sohnlosigkeit gedachte.

»Unkraut vergeht nicht, aber unsereins bringt es zu keinem jungen Reis!« rief er seufzend aus und versank in trübes Nachdenken.

Gattin und Tochter fühlten ihr Herz gleichermaßen verwundet und leisteten dem bekümmerten Hausvater eine Weile seufzend und schluchzend Gesellschaft. Nur der Tochtermann blieb ungerührt. Er räkelte sich abseits herum und wußte nicht recht, wie er sich verhalten solle.

Die Verteilung war beendet. Das Bettlervolk hatte sich zerstreut und verzogen. Man war bereits wieder auf dem Heimweg, da kam auf einmal vom Tempel her ein verspäteter Nachzügler hinterhergelaufen. Als er heran war, verbeugte er sich artig grüßend nach Rat Liu und seinen beiden Damen hin.

Was meint ihr, wer der Nachzügler war? Kein anderer als der verstoßene Neffe Yin Sun!

»Was führt dich hierher?« sprach ihn Rat Liu an.

»Hunger! Denn alles, was Ihr, werter Onkel und verehrte Tante, damals dem geringen Neffen mitgegeben habt, ist inzwischen restlos für den Lebensunterhalt verbraucht. Ich bin in Not. Als ich heute von der Almosenverteilung im Tempel erfuhr, habe ich mich in der Hoffnung eigens aufgemacht, auch mitbedacht zu werden.«

Stotternd und stammelnd brachte er es heraus.

Rat Liu war zutiefst erschüttert. Der eigene Neffe zum Bettler und Almosenempfänger herabgesunken! Nur zu gerne hätte er in die Tasche gegriffen und ihm geholfen. Aber die Gegenwart von Frau, Tochter und Tochtermann, die eisiges Schweigen wahrten, gebot ihm Zurückhaltung. Verstellung übend, fuhr er den Neffen schroff an:

»Was, das ganze schöne Geld, das ich dir damals mitgegeben habe, vertan! Hast du denn gar nichts Vernünftiges damit angefangen? Irgendein Gewerbe? Irgendeinen Handel?«

»Verzeihung, von beiden versteht der geringe Neffe nichts. Das einzige, was er erlernt hat, ist ein wenig Schriftgelehrsamkeit. Und so hat er das Geld von damals allmählich beim Studium aufgebraucht.«

»Unnützes Stück Möbel! Bildest du dir etwa ein, daß ich weiter soviel Geld für deinen Unterhalt vergeuden kann?« wetterte der Onkel in scheinbarem Zorn und tat so, als ob er ihn mit seinem Stock züchtigen wolle. Mutter Liu, endlich von einer menschlichen Regung gepackt, legte sich ins Mittel. Nach Tochter und Tochtermann hindeutend, raunte sie ihm zu:

»Vater ist schlechter Laune. Lauf zu! Fort!«

Aber der Neffe rührte sich nicht vom Fleck und hub an, jämmerlich um Geld zu betteln. Bis Rat Liu mit erhobenem Stock auf ihn losging. Da rannte er weg. Der Onkel zornig hinter ihm her. So gut war sein Zorn gespielt, daß seine Leute, auch der Neffe, an echten Zorn glaubten.

Wohl eine halbe kleine Meile weit waren so Onkel und Neffe auf der Landstraße hingerannt und damit außer Hörweite der anderen gelangt.

»Lieber Onkel, was habe ich denn getan, daß Ihr so böse auf mich seid?« rief, sich umdrehend, der Neffe im Laufen zurück.

»Yin Sun! Keine Angst! Bleib stehen!« kam es von hinten. Es klang auf einmal ganz väterlich und freundlich. Yin Sun blieb augenblicklich stehen und warf sich mit einem Plumps dem herankeuchenden Onkel zu Füßen. Der fuhr ihm sanft streichelnd über den Kopf und klopfte ihm beruhigend auf die Schulter.

»Mein Junge!« kam es mit gepreßter Stimme. »Versteh mich recht: Noch immer halte ich dich lieb und teuer als leiblichen Sohn meines leiblichen Bruders, demnach als mein eigen Fleisch und Blut. Aber ich kann nicht so, wie ich gern möchte. Die Verhältnisse daheim . . . Sohnlos, wie ich bin, muß ich den Atem eines Fremden im Haus dulden. Deine Tante ist im Grunde gutherzig, aber es gebricht ihr an Einsicht und Weitsicht. Mit ihrer Weiberlogik nimmt sie nun einmal einseitig Partei für diesen fremden Eindringling, diesen Tochtermann. Es will ihr nun einmal nicht eingehen, daß ich mich mit diesem Sippenfremden nicht anfreunden kann, das um so weniger, als er ein ausgesprochen schlechter Mensch ist. Aber Geduld! Bis es zur Erbteilung kommt, und der Tag wird kommen, werde ich so oder so deine Tante bekehrt und ihren Sinn gewandelt haben.

Du aber achte genau auf das, was ich dir jetzt sage: Um die Zeit des Totenfestes herum halte dich auf der Stätte unserer Familiengräber auf und widme dich gewissenhaft und mit Fleiß ihrer Instandsetzung, wie es Pietät von einem Nachfahren heischt. Innerhalb eines Jahres werde ich dich zum reichen Mann gemacht haben! Heute nimm einstweilen mit dem vorlieb, was ich hier im Stiefelschaft versteckt bei mir habe. Hier, nimm! Es sind Banknoten im Werte von zwanzig Silberbatzen. Du wirst damit über die nächste Zeit hinwegkommen. Du verstehst, ich konnte sie dir nicht gut offen vor den anderen geben. Darum vorhin mein scheinbarer Groll. Darum verjagte ich dich zum Schein mit dem Stock in der Hand. Ich wollte außer Hörweite der anderen kommen. Es war gutgemeintes Theater, was ich spielte. Und nun, mein Junge, geh in Frieden und beherzige meine Worte!«

Eifrig nickend, versprach es der überglückliche Neffe. Rat Liu aber kehrte um und schloß sich wieder den Seinen an.

Dem Tochtermann tat es zwar in der Seele weh, die Verschleuderung von soviel schönem Geld mit ansehen und dabei sogar tätig mitwirken zu müssen, aber er tröstete sich mit der Gewißheit, daß das immer noch überreiche Vermögen eines Tages endgültig ihm zufallen und nicht etwa anderswohin spazieren würde. Von der Sorge um einen Leibeserben, der ihm den Segen wegschnappen könnte, dünkte er sich ein für allemal befreit. So sah er sich bereits am Ziel seiner Wünsche: Herr über Haus und Habe des reichen Schwiegervaters zu werden. Darüber hinaus packte ihn jetzt ein neues Trachten, das ihm Sippenehrgeiz eingab: Er wollte seine eigene, recht bescheidene Sippe, die bisher von der Sippe Liu überschattet gewesen war, mehr und mehr aus ihrem obskuren Dunkel heraus in den Vordergrund rücken und wichtig machen. Und so verbannte er die guten Schwiegereltern, denen er doch alles zu verdanken hatte, mehr und mehr in einen hinteren Winkel seines Hirnkastens und führte sich so selbstherrlich auf, als ob er nicht im Hause Liu, sondern bei sich selber zu Hause wäre.

Daß Rat Liu sein überhebliches Gebaren kaum mehr ertragen konnte, läßt sich denken. Aber auch in Mutter Lius Busen begann es allgemach zu kochen. Daß ihr wachsender Unmut nicht zum Überkochen kam, war lediglich dem Umstand zu danken, daß die Tochter ihr mit wirklicher Hingabe und Tüchtigkeit alle Sorgen des Haushalts abnahm. Das dämpfte ihren Unmut einigermaßen.

Ungeachtet ihrer häuslichen Tüchtigkeit war die Tochter anderseits zu sehr Frau ihres Mannes – eines Mannes von niederer Denkweise, von hartgesottener Ichsucht und Gewissenlosigkeit –, um sich nicht ganz allgemach seiner Natur anzugleichen und in seine eigene Bahn hineinzugleiten. Sie selber war sich dessen gar nicht bewußt. Andere aber bemerkten die erschreckende Wandlung. Und sofern sie Herz hatten, wurden sie darob von Abscheu erfüllt.

Es kam der Fünfte des fünften Monats, der Tsing ming-Tag, das liebliche ›Fest der lichten Klarheit‹, an dem man der lieben Toten gedenkt und ihnen an ihren Gräbern opfert. Angesichts der vielgeschäftigen und selbstherrlichen Stellung, die sich Tochtermann Tschang im Hause Liu nach und nach angemaßt hatte, wäre es nur natürlich und naheliegend gewesen, daß er auch die Fürsorge für die Gräber der Liu-Sippe mit in seinen Aufgabenbereich einbezog und die Verrichtung der feierlichen Dienste, die Sitte und Herkommen an diesem Tag geboten: das Fegen, Säubern und Ausschmücken der Grabstätte, das Opfern zu Ehren der Verstorbenen, als seine Obliegenheit und Ehrenpflicht ansah. Weit gefehlt.

Zwar hatte er mit gewohnter Geschäftigkeit auch diesmal sorgfältige Vorbereitungen getroffen und setzte ganze Reihen von Lastträgern mit Körben und Schachteln voll Opfergerät und Eßvorräten an den Tragstangen in Marsch, als er jetzt in Begleitung seiner Frau eine geraume Weile vor den Schwiegereltern zu den Grabstätten aufbrach. Aber während er in früheren Jahren zunächst den Gräbern der Sippe Liu und erst hinterher den Gräbern seiner eigenen Sippe die Ehre gegeben hatte, gedachte er es diesmal in folgerichtiger Fortsetzung der von ihm neuerdings betriebenen Macht- und Prestigepolitik gerade umgekehrt zu machen. Als erstes Marschziel hatte er diesmal die Grabstätte der Sippe Tschang anbefohlen.

»Warum gehen wir nicht wie sonst zuerst zu den Gräbern meiner Familie und warten dort ab, bis die Eltern nachgekommen sind, um gemeinsam mit ihnen zu opfern?« wagte Frau Willkommen schüchtern einzuwenden.

»Nachdem du mein Weib geworden bist, wirst auch du, wenn du einmal gestorben bist, deinen Ruheplatz auf der Grabstätte meiner Sippe, der Tschang, finden. Darum ist es ganz in der Ordnung, daß wir zuerst meine Familiengräber besuchen«, belehrte er sie.

Sie war in der Zwischenzeit viel zu sehr gattenhörig geworden, um sich noch groß gegen seinen Willen aufzulehnen. Und so fügte sie sich drein und begleitete ihn folgsam zur Grabstätte der Sippe Tschang.

Als die Eltern Liu eine Doppelstunde später zu den Gräbern aufbrachen, bemerkte der Rat zu seiner Frau:

»Sie werden wohl schon längst dort sein, da sie so zeitig aufgebrochen sind.«

»Sicherlich. Inzwischen werden sie alles schön ausgepackt und zum Opfer gerichtet haben und nur noch auf uns warten«, mutmaßte Mama Liu. Aber als sie bei der Grabstätte eintrafen, fanden sie sich in ihrer Annahme getäuscht. Von dem jungen Paar kein Schatten, kein Laut. Rundum Schweigen und Einsamkeit. Doch man entdeckte Spuren von jemandem, der vorher dagewesen sein mußte: eine Schicht frischer Erde auf dem Hügel, der sich über der großen Ahnengruft wölbte, die Wege zum Hügel und dessen Umgebung sauber gefegt, wucherndes Unkraut, Disteln und Schlinggewächse ausgerupft, welkes Laub, verdorrtes Astwerk weggeräumt, und dort lag auch noch das Gerät, das der Jemand bei seinen Verrichtungen benutzt hatte: Besen, Spaten, Schaufel, Gärtnermesser. Und noch mehr:

An einer Stelle vor dem Hügel fand sich ein Häuflein noch warmer Asche, offenbar Überbleibsel eines Brandopfers; auch war der Erdboden ringsum noch feucht von verschüttetem Opferwein.

Rat Liu reimte sich im stillen zusammen, daß der Jemand nur Neffe Yin Sun gewesen sein könne. Es war ja so abgekartet. Aber er behielt sein Wissen für sich und stellte sich dumm.

»Wer mag denn da schon vor uns hier oben gewesen sein?« rief er überrascht aus, und zur Frau gewandt, fuhr er fort:

»Seltsam. Jemand war da. Aber unsere jungen Leute können es nicht gewesen sein, sonst hätten sie hier auf uns gewartet.

Sollte jemand Fremdes unseren Gräbern die Ehre erwiesen haben? Das ist doch kaum anzunehmen. Hm.«

Man beschloß, auf das junge Paar zu warten. Aber es kam und kam nicht. Vater Liu wurde ungeduldig.

»Verrichten wir unsere Andacht schon immer allein! Wer weiß, wann sie nachkommen werden«, schlug er vor.

Gemeinsam knieten beide auf die mitgebrachten Kissen nieder und vollzogen die vorgeschriebenen Verneigungen und Stirnaufschläge zu Ehren der Ahnen Liu.

Nach verrichteter Andacht ließ Vater Liu den Blick über die stille, grünende Landschaft schweifen.

»Wo möchtest du, daß wir beiden Alten dermaleinst, wenn die hundert Jahre unseres Lebens abgelaufen sind, begraben liegen?« fragte er.

Sie zeigte auf eine anmutig ragende Anhöhe in der Nähe. »Dort oben unter der mächtigen alten Kiefer, die ihre Äste wie einen Schirm breitet, denke ich es mir wunderschön, begraben zu liegen.«

Er schüttelte traurig den Kopf.

»Dieser Platz auf der Höhe ist uns leider nicht vergönnt. Vielmehr werden wir wohl mit dem Tümpel dort drunten vorliebnehmen müssen.«

Er wies auf ein Stück feuchten, morastigen Wiesengrundes in der Niederung.

»Aber wir haben doch wahrlich Geld genug, um uns ganz nach Wahl den schönsten Begräbnisplatz leisten zu können! Wieso verfällt deine Wahl gerade auf dieses garstige Stück Sumpfgelände?« widersprach sie lebhaft

»Deine Anhöhe dort steht unter dem wohltätigen Einfluß des Drachen. Ihre Lage gilt weit und breit als ausnehmend günstig. Darum ist sie als Grabstätte nur Familien mit männlichem Nachwuchs vorbehalten. Von Gräbern, die da oben liegen, weht ein Glückshauch, er bringt Glanz und Segen über Söhne und Enkel. Welche Gemeinde würde uns sohnlosem Ehepaar eine so günstige Begräbnisstätte überlassen? Für unsere Gebeine ist jenes schlechte Stück Sumpf gerade gut genug. Leute ohne Nachwuchs haben nun einmal kein Anrecht auf bessere Grabstätten.«

»Aber wir haben doch in unserer Tochter und unserem Schwiegersohn Nachwuchs!« wandte Mutter Liu ein.

»Richtig, die beiden – ich hatte gar nicht mehr an sie gedacht. Bis sie kommen, wollen wir uns die Wartezeit mit etwas Schwätzen kürzen. Treiben wir ein wenig Frage-und-Antwort-Spiel!«

»Wie heiße ich mit Familiennamen?«

»Liu. Das weiß doch jedes Kind. Wozu die Frage?«

»Gut, Liu. Und was bist du für eine Geborene?«

»Eine geborene Li.«

»Wieso lebt eine geborene Li in meinem Haus?«

»Lächerliche Frage. Natürlich, weil ich dich geheiratet habe.«

»Schön. Nennen dich die Leute auf der Straße Mama Liu oder Mama Li?«

»Natürlich Mama Liu. Das Sprichwort sagt:

Selbst unter Tieren ist's so Brauch,
ob Hund, ob Hahn,
Es schließt sich Huhn dem Gockel,
Hündin ihrem Köter an.

Durch die Heirat bin ich mit meiner ganzen Person, mit Fleisch und Knochen in die Familie Liu hineingewachsen.«

»Schön, du gehörst also mit deiner ganzen Person zu mir, einem Liu. Weiter, was ist unsere Tochter für eine Geborene?«

»Eine Liu.«

»Und wie heißt ihr Mann mit Familiennamen?«

»Tschang.«

»Wird sie demnach, wenn die hundert Lenze ihres Lebens erfüllt sind, ihren Ruheplatz bei den Gräbern der Liu oder der Tschang finden?«

»Natürlich bei den Tschang.«

Mama Liu spürte bei ihrer Antwort in der Nase einen Juckreiz wie von Essig. Es schauerte sie. Sie war dem Weinen nahe. Er gewahrte es mit heimlicher Genugtuung. Endlich geht ihr ein Licht auf, sagte er sich im stillen und fuhr fort:

»Um darauf zurückzukommen, wie konntest du demnach vorhin behaupten, wir hätten Nachwuchs? In Wahrheit sind wir ein absterbender Stamm ohne junge Triebe«, sagte er dumpf.

Jetzt war es mit dem letzten Rest ihrer Selbstbeherrschung vorbei. Sie wurde von heftigem Schluchzen geschüttelt.

»Warum mußt du daran rühren? Ja, wir sind sohnlos. Bitter genug für uns!« rief sie aus.

»Liebe Mama, jetzt bist du endlich sehend geworden! Immerhin ein Trost, daß wenigstens noch ein männlicher Sproß aus meinem Stamme da ist, der pietätvoll den Gräbern meiner Ahnen die schuldige Ehre erweist und der einst uns, wenn wir einmal sterben, würdig begraben und auch unseren Gräbern die schuldige Ehre erweisen wird. Unsere Tochter ist für uns so gut wie verloren. Durch ihre Heirat gehört sie eben zu den Tschang. Was haben wir noch groß für eine Beziehung zu ihr?«

Mutter Liu nickte stumm. Es bedurfte keiner weiteren Belehrung mehr. Sie war erweckt und sehend geworden. Hinzu kamen das unverzeihliche taktlose Ausbleiben des jungen Paares zur heutigen Feierstunde und sein sonstiges taktloses Verhalten im Hause. Nein, bestimmt würde sie nie wieder in den früheren Irrtum ihrer verfehlten Parteinahme für den Tochtermann, diesen fremden Eindringling, zurückfallen. Sie war kuriert.

Just in diesem Augenblick ihrer Erleuchtung erschien Neffe Yin Sun auf der Bildfläche. Er wollte sein Gartengerät holen, das er – geflissentlich – auf der Grabstätte hatte liegenlassen. Als er der beiden ansichtig wurde, trat er näher und begrüßte sie mit artiger Verbeugung.

Nicht kühl und abweisend wie sonst, sondern recht wohlwollend erwiderte die gestrenge Tante diesmal seinen Gruß.

»Nun, was führt dich denn hierher?« kam es freundlich.

»Der geringe Neffe hielt es anläßlich des heutigen Festtages für seine Pflicht, etwas frische Erde auf die Gräber zu schichten und Disteln und Unkraut wegzujäten.«

Tante Liu zu ihrem Gatten gewandt:

»Da sieht man's: Blutsverwandtschaft bleibt eben Blutsverwandtschaft. Er ist eigens hergekommen, um sich unserer Familiengräber anzunehmen, sie zu säubern und frische Erde aufzuschütten. Unser junges Paar dagegen?«

Worauf der Onkel sich mit gemachter Strenge an den Neffen wandte:

»Warum hast du nicht auch gleich eine Traglast Opfergerät und Opferspeisen mitgebracht und alles schön vorbereitet, damit wir jetzt ans Werk gehen können? Recht flüchtig und gedankenlos von dir!«

»Verzeihung, gedacht habe ich schon daran, aber es fehlte mir leider an Geld dazu. Es reichte mir gerade zu drei Bechern Opferwein und ein wenig Papierflitter für ein bescheidenes Brandopfer. Das Geld dafür mußte ich mir obendrein erbetteln, das Gartengerät borgen. Aber ich wollte wenigstens schlecht und recht meiner Pietätspflicht genügen.«

»Hast du gehört, Mama? Er, der nichts hat, ist betteln und borgen gegangen, um seine Pietätspflicht zu erfüllen! Jene beiden aber, die mit ganzen Traglasten von Opferzeug losgezogen sind, halten es nicht für nötig, pünktlich zu erscheinen. So leicht nehmen sie es mit ihrer Pflicht!«

Er hätte sich seine Worte ersparen können. Das Maß ihres Zornes gegen das pflichtvergessene junge Paar war sowieso übervoll. Der Onkel aber wandte sich wieder an den Neffen:

»Sieh einmal dort hinüber, wo das stattliche Landgut liegt und sich mit seinen Feldern so weit dehnt, daß keine Krähe den ganzen Besitz überfliegen kann, ohne im Flug zu ermüden und sich rastend niederzulassen. Die Leute haben hier in der Nähe auch ihr Erbbegräbnis. Es ist eine prächtige Anlage. Marmorne Tierbilder, Widder und Tiger, säumen den Eingangspfad.

Warum bist du nicht dorthin opfern gegangen? Es hätte sich vielleicht gelohnt. Warum treibt es dich hierher zu unserer schlichten Grabstätte?«

Die Tante nahm dem Neffen die Antwort aus dem Mund:

»Er ist eben ein Liu-Nachfahre, darum treibt es ihn hierher. Was hätte er auf fremden Grabstätten zu schaffen?«

Vater Liu nickte befriedigt. Was für eine gelehrige Schülerin sie doch war! Wie ein Schulmeister, der wiederholen läßt, wollte er ganz sicher gehen.

»Sprachst du vorhin nicht von unserem Nachwuchs, den wir angeblich in unserer Tochter und ihrem Mann hätten?«

»Ich war eben in Irrtum befangen. Von jetzt an gehört Neffe Yin Sun zu uns ins Haus! Du aber tu mir den Gefallen und halte mir nicht immer wieder meine früheren Fehler vor!«

»Teure Tante, wollt Ihr mich wirklich wieder bei Euch aufnehmen? Ich wage es kaum zu glauben!« rief der Neffe beglückt aus.

»Es bleibt dabei. Für deine Kleidung und Nahrung und Bücher und alles, was du sonst brauchst, wird von uns gesorgt. Du sollst künftig keine Not mehr leiden!«

»Knie nieder und bedanke dich bei der guten Tante!« mahnte der Onkel schmunzelnd.

Gehorsam kniete der Neffe nieder und dankte mit Stirnaufschlag.

»Der geringe Neffe gibt sich vertrauensvoll in Eure Hand. Wenn Ihr Euch in Ansehung des Umstandes, daß in seinen Adern das Blut der Liu fließt, ein wenig seiner annehmen wollt, werdet Ihr ihn überglücklich machen.«

Mutter Liu wischte gerade noch eine Träne der Rührung ab, als endlich Tochter und Tochtermann eintrafen.

»Warum so spät?« fragten beide Eltern wie aus einem Munde.

»Es lag mir ob, zuerst den Gräbern meiner eigenen Sippe die Ehre zu erweisen. Das hat uns etwas aufgehalten«, gab der Tochtermann zur Antwort.

»Warum seid ihr nicht zuerst hierhergekommen und habt eure alten Eltern solange warten lassen?« forschte Mutter Liu streng.

»Ich gehöre zur Familie Tschang. Nach den Vorschriften der guten Form, die uns Meister Kung tse hinterlassen hat, geziemt es uns, den Gräbern der Tschang den Vorzug einzuräumen«, trumpfte der Tochtermann patzig auf.

»Und du, Tochter?«

»Sie gehört als meine Frau jetzt auch zu den Tschang«, kam er seiner jungen Frau zuvor.

Wie das haargenau damit übereinstimmte, was Mutter Liu vorhin aus dem Munde des Gatten belehrt worden war! Sie kochte vor Wut und funkelte die beiden eine Weile stumm aus weitgeöffneten Augen an. Dann brach es zornig aus ihr heraus: »Gut, da du jetzt zur Familie Tschang gehörst, mit welchem Recht schaltest und waltest du noch in unserem Hause?«

Und mit raschem Griff hatte sie der Tochter den Schlüsselkasten entrissen, den diese als Abzeichen ihrer hausfraulichen Herrschergewalt stets bei sich zu tragen pflegte.

»Von jetzt an gibt es eine reinliche Scheidung: Mögen die Tschang sich um die Angelegenheiten Tschang kümmern, im Hause Liu werden fortan die Liu regieren!« Sie überreichte den Schlüsselkasten dem überraschten Neffen Yin Sun.

»Hier, fortan wirst du die Leitung unseres Haushaltes übernehmen.«

Soviel rasche Entschlußkraft hatte Rat Liu seiner eben erst bekehrten Gattin denn doch nicht zugetraut. Er war nicht weniger verdutzt als das junge Paar. Aber während er im stillen frohlockte, sah es im Innern der also gemaßregelten jungen Leute trüb und düster aus. Woher bloß diese plötzliche Sinneswandlung? Sie hat uns doch sonst so verhätschelt! fragten sie sich vergebens. Von der Erleuchtung, die kurz vorher dank einem gewissen Frage-und-Antwort-Spiel über Mutter Liu gekommen war, konnten sie freilich nichts ahnen.

Es war auch ein vergebliches Ablenkungsunternehmen, als

der Tochtermann jetzt mit gewohnter Geschäftigkeit Befehle erteilte und Anordnungen traf und die mitgebrachten Opfergeräte und Opferspeisen auspacken und vor dem Grabhügel aufbauen lassen wollte. Da schnob ihn der Schwiegervater böse an:

»Dummes Zeug! Meine Liu-Ahnen legen keinen Wert auf den schäbigen Rest einer Opfermahlzeit, den deine Ahnen ihnen übriggelassen haben! Morgen ist auch ein Tag. Da werden wir Liu selber ein würdiges Opfermahl richten.«

Es war eine sehr unlustige Stimmung, in der man sich auf den Heimweg machte. Man marschierte getrennt. –

Wieder daheim, machte der Tochtermann der Gattin gegenüber seinem angestauten Ingrimm Luft:

»Wer denkt denn, daß ein so nichtiger Anlaß deine Eltern derart verärgern würde! Daß wir erst meine Familiengräber besucht und uns etwas verspätet haben – was ist schon groß dabei? Und nun bringen sie es fertig und entziehen uns die Schlüsselgewalt über Haus und Hof, Küche und Keller, Kasse und Vorratskammern! Man könnte hochgehen vor Wut! Und das Merkwürdigste dabei, daß die Maßnahme von deiner Mutter ausgegangen ist, die uns doch sonst so gewogen war!«

»Sie zählen eben nur diesen Yin Sun als voll und zur Familie gehörig. Wäre damals die Magd Kleinpflaume nicht aus Angst vor deinen Anschlägen aus dem Haus gelaufen und hätte hier einen Stammhalter zur Welt gebracht, dann wäre es freilich nicht dazu gekommen, daß die Schlüsselgewalt an den Vetter Yin Sun überging. Übrigens hätte ich persönlich nicht das Geringste gegen so ein kleines Brüderchen einzuwenden gehabt, im Gegenteil. Daß aber gerade dieser Vetter jetzt Herr im Hause werden soll – man könnte tatsächlich vor Wut hochgehen.«

»Ausgerechnet der, mit dem man früher dauernd auf Kriegsfuß gestanden hat! Der wird es uns gehörig entgelten lassen, wie wir ihn damals behandelt haben! Mit dem schlechtesten Atem seiner Gurgel wird er uns anhauchen! Es ist zum Verzweifeln – ob man's nicht doch lieber einmal bei deiner Mutter versucht? Vielleicht, daß sie sich doch noch einmal erweichen läßt?«

»Zwecklos. Sie war es ja selber, die die neue Regelung angeordnet hat. Bei ihr können wir schwerlich auf Sinneswandlung rechnen. Nein – aber ich wüßte einen anderen Rat. Man könnte es dahin bringen, daß Yin Sun gar nicht erst dazu kommt, seine Herrschaft anzutreten«, sprach sie sinnend.

»Das wäre ja wundervoll! Und das wolltest du fertigbringen? Aber wie? Welches ist dein Plan? Sprich! Erkläre dich näher!« drängte er.

Aber sie wollte nicht recht mit der Sprache heraus. »Laß mich nur machen und frag nicht groß! Du wirst schon sehen.« –

Rat Liu hatte für den nächsten Tag ein großes Festmahl angesetzt. Alle Honoratioren aus der Nachbarschaft waren zu Gast geladen. Vor ihnen als Zeuge wollte er seinen Neffen Yin Sun zum Vermögensverwalter und gleichzeitig Alleinerben feierlich einsetzen. Mutter Liu war aus ganzem Herzen damit einverstanden.

Als die Tochter davon erfuhr, sagte sie sich, daß nunmehr keine Zeit zu verlieren sei. Und sie faßte ihre Entschlüsse. Zunächst schickte sie ihren Mann unter einem Vorwand außer Hauses. Der würde bei der Durchführung ihres Planes nur störend im Wege sein. Alsdann jagte sie einen Knecht als reitenden Boten zum östlichen Vorwerk. Er mußte der Tante eine briefliche Botschaft überbringen. –

Es muß hier eingeschaltet werden, daß die Magd Kleinpflaume inzwischen in der Obhut der Tante und in aller Heimlichkeit glücklich entbunden und einem gesunden Knäblein das Leben geschenkt hatte. Es stand jetzt im zweiten Lebensjahr und gedieh prächtig. Frau Willkommen hatte es sich nicht nehmen lassen, Mutter und Kind laufend mit Kleidung, Wäsche und Nahrung zu versorgen, so daß es ihnen an nichts gebrach. Auch pflegte sie von Zeit zu Zeit hinter dem Rücken von Mann und Eltern selber hinzufahren, um sich durch

Augenschein von des Kindes und der Mutter Befinden zu überzeugen. So hatte sie die ganze Zeit über mit wahrhaft schwesterlicher Liebe über dem Brüderlein gewacht und es heimlich betreut. Da sie Grund hatte, immer noch die Gifthand des Neidlings von Tochtermann zu fürchten, hatte sie ihr Geheimnis eigentlich noch einige Jahre länger wahren und das Brüderchen erst noch etwas heranwachsen lassen wollen, bevor sie es dem Vater zuführen würde.

Nun aber verboten die Umstände längeres Abwarten. Die Schlüsselgewalt und Erbschaft dem unbeliebten Vetter überlassen, das war zuviel von ihr verlangt. Dem mußte sie zuvorkommen.

Noch am gleichen Nachmittag machte sie sich in der Kutsche zum östlichen Vorwerk auf. Die Tante war bereits brieflich verständigt. Kleinpflaume und Kind hielten sich fertig angekleidet zur Abfahrt bereit.

Im Schutze der Dunkelheit ging die heimliche Übersiedlung vonstatten. Die Eltern und das Gesinde schliefen bereits, als Frau Willkommen sich durch die hintere Gartenpforte einschlich und Mutter und Kind verstohlen in ihre Schlafkammer brachte. Hier waren sie einstweilen am besten versteckt und aufgehoben. Und dann kam ihre große Stunde. Wie gewohnt, machte sie am nächsten Morgen zur Frühstückszeit den Eltern ihren morgendlichen Pflichtbesuch. Während sie sich aber sonst auf ein paar herkömmliche Fragen nach Schlaf und Befinden und ein paar gute Wünsche zu beschränken und gleich wieder in ihren eigenen Wohnbereich zu huschen pflegte, verweilte sie sich heute und verwickelte Vater Liu zu seiner Verwunderung in ein Zwiegespräch.

»Tiä tiä, Väterchen, daß du deinen Schwiegersohn nicht als Sohn anerkennst, das mag hingehen; aber warum erkennst du mich nicht länger als deine Tochter an?« eröffnete sie das Gespräch.

»Warum sollte ich nicht? Aber du stehst mir nicht so nahe wie mein leiblicher Neffe Yin Sun.«

»Warum? Ich bin doch dein leibliches Kind.«

»Das schon, aber du bist durch Heirat eine Tschang geworden, während er eben ein Liu ist. Das ist doch klar.«

»Zugegeben, er steht dir näher als ich, so hat er trotzdem kein Anrecht auf dein Vermögen.«

»Nanu. Da müßte schon einer dasein, der mir verwandtschaftlich noch näher steht als er. Aber wo ist so einer?«

»Ich fürchte, er ist da, und du weißt es nur nicht. – Einen Augenblick, ich bin gleich wieder zurück«, bemerkte sie, schalkhaft lächelnd, und verschwand.

Die Eltern nahmen ihre Worte nicht weiter ernst. Verlegenes Herumreden einer enttäuschten und gekränkten Haustochter, mutmaßten sie. Auf einmal sahen sie sie wieder hereinkommen, aber nicht allein – ihr zur Seite die verschollen geglaubte Magd Kleinpflaume mit einem artigen Knäblein an der Hand!

Auf den Kleinen zeigend, wandte sich die Tochter lächelnd an Vater Liu:

»Sollte dir der da nicht noch etwas näherstehen als der Neffe Yin Sun?«

Aber die Aufmerksamkeit der Eltern war zunächst noch ganz von der Erscheinung der wiedergekehrten Magd in Anspruch genommen.

»Wo kommst du denn her? Du warst doch damals so plötzlich aus dem Dienst entlaufen?«

»Aus dem Dienst? Es galt dem Dienst an meinem Kind, daß ich davonlief!«

»Deinem Kind? Wo ist es?«

Kleinpflaume zeigte strahlend auf den Kleinen an ihrer Hand.

»Hier! Das ist er!«

»Das wäre dein Sohn? Also mein Sohn? Höre ich recht? Oder träume ich? Wie ist das alles hergegangen? Sprich! Erzähle!« drängte freudig erregt Rat Liu.

»Fragt Eure Tochter!«

Beide Eltern bestürmten die Tochter, sie solle erzählen. Und

Willkommen erzählte. Wie sie befürchten mußte, daß der Tochtermann aus Neid und Habgier der werdenden Mutter und ihrer Leibesfrucht nach dem Leben trachtete, wie es sie des guten alten Vaters jammerte, wie sie es nicht ertragen konnte, ihn um seine letzte und einzige Hoffnung auf einen Stammhalter betrogen zu sehen, wie sie sich deshalb insgeheim mit der werdenden Mutter verständigte und sie auf das östliche Vorwerk bei der Tante in Sicherheit brachte, wie sie dann Mutter und Kind heimlich mit Kleidung und Nahrung versorgte, wie sie das Brüderlein eigentlich noch etwas heranwachsen lassen wollte, ehe sie es dem Vater zuführen und ihr Geheimnis lüften würde, wie aber die Vorgänge des gestrigen Tages sie zu raschem Handeln gezwungen hatten – das alles berichtete sie ausführlich von der Wurzel bis zum Wipfel.

»Es war alles dem Ratschluß und der Tatkraft Eurer Tochter zu danken. Hätte sie damals nicht so gehandelt, wer weiß, ob Euer Sohn heute noch am Leben wäre!« bezeugte und bestätigte die junge Mutter ernst.

Vater Liu war es, als ob er aus tiefem Traum erwacht, nach schwerem Rausch nüchtern geworden wäre. Sein Herz füllte sich mit Dankbarkeit gegen die brave Tochter, die er denn doch zu Unrecht verkannt hatte. Jetzt hieß Kleinpflaume das Knäblein an ihrer Hand den Mund auftun und das vorher eingelernte Kosewort Tiä tiä, Väterchen, plärren, nicht nur einmal, sondern gleich da capo und nochmals immer wieder da capo. Aber schon der erste zärtliche Laut aus dem Kindermund genügte, um Vater Liu weich und schwach zu machen, als ob sein Körpergestell nicht von Knochen, sondern von Hanfstricken zusammengehalten würde. Endlich hatte er sich wieder gesammelt. Zu Mutter Liu gewandt, tat er folgende gerechte Entscheidung kund:

»Blutsverwandtschaft bleibt natürlich Blutsverwandtschaft. Daran ist nicht zu rütteln. Aber unsere Tochter hat sich auch wacker und anhänglich gezeigt und Familiensinn bewiesen, indem sie die schändlichen Absichten eines gewissen Jemand vereitelt und das Wohl ihrer eigenen Familie, der Liu, gewahrt und gesichert hat. Dank ihrem tatkräftigen Eingreifen bin ich jetzt glücklicher Vater eines Sohnes, meine Hoffnung hat sich erfüllt, mein Stamm braucht nicht zu verdorren und abzusterben, er hat ein frisches junges Reis angesetzt und wird weiter grünen. Wir beide aber brauchen, wenn es soweit ist, nicht mit der elenden Pfütze in der Niederung vorliebzunehmen, jetzt können wir uns deinen Lieblingsplatz unter der schirmenden Kiefer auf stolzer Drachenhöhe als würdige Ruhestätte leisten. Das alles ist Geschenk unserer braven, anhänglichen Tochter. Nun, sie soll ihren alten Vater nicht undankbar finden! Ich treffe hiermit folgende Entscheidung: Ich teile mein Vermögen in drei gleiche Teile. Ein Drittel erhält unsere Tochter, ein Drittel mein Neffe, ein Drittel mein Sohn. Alle drei Bedachten sollen hinfort einträchtig hier in meinem Haus zusammen leben und mit vereinten Kräften den Familienbesitz hüten und nähren. Ich habe gesprochen.«

Am gleichen Tag fand das große Festmahl zur Feier der Erbteilung statt. Rat Liu tat den geladenen Ehrengästen seine Entscheidung feierlich kund und stellte ihnen die drei Miterben vor. In Stellvertretung der Haustochter mußte der Tochtermann antreten. Er war eilends zurückberufen worden. Alle drei, Tochtermann, Neffe und der kleine Haussohn, mußten vortreten und den Ehrengästen an der Tafel ihre Reverenz erweisen. Damit waren sie vor Zeugen zu Miterben eingesetzt.

Fortan verlief das Familienleben im Hause Liu in ungetrübter Eintracht. Mutter Liu liebte und hegte den kleinen Sprößling, als ob es ihr eigenes Kind wäre. Wie Vater Liu zu der Frau, die ihm den ersehnten Stammhalter geschenkt hatte, stand, bedarf keiner weiteren Worte. Die Haustochter und der Neffe Yin Sun teilten sich dergestalt in das Amt der gemeinsamen Vermögensverwaltung, daß sie die inneren Geschäfte des Haushalts, er die äußeren Geschäfte leitete. Der Tochtermann, sosehr es ihn auch wurmte, hatte im Hause Liu nichts mehr zu sagen. Er war als unnützes Stück Möbel gerade noch geduldet.

Der kleine Haussohn schließlich wuchs, umhegt und gehütet von einem zärtlichen Vater, einer liebevollen großen Schwester und gleich zwei treusorgenden Müttern, zu einem wohlgeratenen, trefflichen Jüngling heran.

Und so bewahrheitete es sich wieder einmal, daß gute Werke, im stillen getan, ihren Lohn finden und daß Liebe, dem eigenen Fleisch und Blut erwiesen, vom eigenen Fleisch und Blut Gegenliebe erntet.

Die Tochter des Bettlerkönigs

In den Tagen der Sung-Dynastie lebte in Hang tschou, der damaligen Reichshauptstadt, ein Bettler namens Kin Lao Ta. Er war kein gewöhnlicher Bettler, sondern bekleidete die Würde eines Chefs der hauptstädtischen Bettlergilde. Es bestand nämlich unter den zahlreichen Bettlern, die eine ständige Begleiterscheinung des in der Stadt zusammenströmenden Reichtums bildeten, der alte Brauch, sich aus der Mitte der Ihren ein Oberhaupt zu wählen, dem die anderen mit sklavischem Gehorsam unterworfen waren wie Untertanen ihrem König. Dafür sorgte der Bettlerkönig, wie er im Volksmunde hieß, in mannigfacher Weise für das Wohl seiner Untergebenen. In der günstigen Jahreszeit, wenn die Witterung tagsüber das Verweilen in den Straßen gestattete und die Schreie nach Almosen nicht vergeblich ertönten, pflegten die Bettler ihrem Oberhaupt täglich einen bestimmten Teil ihrer Einkünfte abzuliefern, den dieser gewissenhaft verwaltete und als Fonds für die Zeiten der Not aufsparte. Wenn später Regen und Schnee Straßen und Plätze menschenleer fegten und das Geschäft des Bettelns lahmlegten, dann konnten sich die Bettler an ihr Oberhaupt wenden, das ständig gewaltige Kessel voll dampfender Reissuppe für die Hungrigen bereithielt und bei Bedarf zum Schutz gegen Kälte und Nässe auch warme und trockene Kleidung verteilte. Der Tribut, der regelmäßig aus den Händen der Bettler in die Kasse ihres Oberhauptes floß, häufte sich allmählich zu ansehnlichen Beträgen, und der Chef ließ diesen Fonds keineswegs müßig liegen, sondern ihn zinsbringend im Pfandleihgeschäft arbeiten. Dabei fiel natürlich auch für ihn persönlich ein stattlicher Nutzen ab, und so war es leicht möglich, daß so ein Bettlerkönig, wenn er nicht gerade Spieler und Müßiggänger war, im Laufe der Zeit zu behaglichem Wohlstand gelangte und nicht im entferntesten daran dachte, mit anderen zu tauschen.

Allerdings gab es da einen leidigen Punkt. Das war der Mangel an äußerer Geltung. So ein Bettlerkönig mochte Besitzer von ausgedehnten Ländereien werden und Vermögen, für Generationen ausreichend, anhäufen, immer blieb er doch Bettler und als solcher außerhalb der bürgerlichen Gesellschaft. Wer hätte ihn, wenn er sich unter den Menschen zeigte, mit Achtung und Ehrerbietung begrüßt? So blieb ihm nichts anderes übrig, als sich innerhalb der eigenen Schwelle an seinem Glanze zu weiden. Freilich als ehrlos in dem Sinne, wie man es im Hinblick auf die vier Klassen der Dirnen, Komödianten, Sklaven und Söldner verstand, konnte man die Bettler nicht bezeichnen. Daß jemand besitzlos ist, braucht ja noch kein Makel an der persönlichen Ehre zu sein. Auch weist die Geschichte verschiedene Beispiele auf, wie einstige Bettler zu hohen Ehren und Stellungen gelangten.

Doch halten wir uns nicht länger mit allgemeinen Betrachtungen auf, und kehren wir zu dem erwähnten Kin Lao Ta zurück. Schon siebenmal hatte sich innerhalb seiner Familie die Würde eines Bettlerkönigs vom Vater auf den Sohn vererbt, bis sie zu ihm gelangte. Was Wunder, wenn er ein gewaltiges Besitztum sein eigen nennen konnte. Da war zunächst seine prächtige Behausung in der Stadt, dann gab es fette Äcker und üppige Gärten, die ihm reiche Ernten abwarfen. Das Feinste an Stoffen war gut genug für seine Kleidung, die erlesensten Gerichte zierten seine Tafel, zum Bersten volle Kornspeicher, bis zum Rand gefüllte Geldsäcke und eine stattliche Schar von Dienern, Knechten und Mägden vervollständigten seine Habe. So konnte man ihn denn, wenn auch nicht zu den reichsten, so doch zu den vermögenden Leuten der Hauptstadt zählen.

Um seinen Wohlstand recht behaglich genießen zu können und von dem lästigen Umgang mit seinen ärmeren Zunftgenossen verschont zu bleiben, hatte Kin Lao Ta seit einiger Zeit die Ausübung seiner Chefwürde einem nahen Verwandten übertragen, der unter dem Beinamen ›der Aussätzige‹ bekannt war. Gleichwohl hieß er selbst im Munde der Leute weiter der Bettlerkönig. Er zählte damals etwas über fünfzig Jahre und lebte als Witwer und ohne Söhne. Lediglich eine Tochter war seiner früheren Ehe entsprossen. Sie hieß Yü Nu, die Edelsteinsklavin, und war ein junges Mädchen von vollendeter Schönheit. Wollte man sie beschreiben, so möchte man jene Strophe zitieren, in der es heißt:

Ihre fehlerlose Grazie wetteiferte mit dem Glanze des Jaspis,
Ihre Grazie beschämte die Anmut der Blumen,
Ihr strahlender Liebreiz machte sie würdig,
Die Zierde im Brautzug eines Fürsten zu bilden.

Kein Wunder, daß der Bettlerkönig diese Tochter hegte wie ein kostbares Kleinod. Von Kind auf hatte er sie sorgfältig unterrichten lassen, so daß sie bereits mit fünfzehn Jahren alle Schwierigkeiten der Literatur spielend bewältigte und mit eigener Hand vollendete Kompositionen, gereimt und in Prosa, schreiben konnte. Auch war sie in allen weiblichen Arbeiten geschickt und verstand sich überdies meisterhaft auf das Spiel der Flöte und der zwölfsaitigen Laute.

Es läßt sich begreifen, daß Kin Lao Ta den Ehrgeiz besaß, eine Tochter von solchen Vorzügen nur einem Angehörigen der Mandarinenklasse zur Frau zu geben. Aber damit hatte es freilich seine Schwierigkeiten. Denn an dem jungen Mädchen haftete nun einmal das Odium, im Hause eines Chefs der Bettlergilde aufgewachsen zu sein. Und welche achtbare Familie hätte es über sich gebracht, dieses Haus eines Heiratsantrages zu würdigen? Wohl bemühten sich zahlreiche Familien aus den gewöhnlichen Erwerbsständen um den Besitz der schönen reichen Edelsteinsklavin, aber Kin Lao Ta wollte unter keinen Umständen einer Verbindung mit diesen Kreisen zustimmen, in denen auf Ruhm und Ehren nicht zu rechnen war. So kam es, daß das junge Mädchen bereits ihr achtzehntes Lebensjahr erreicht hatte und immer noch unverlobt war.

Da erhielt Kin Lao Ta eines Tages den Besuch eines befreundeten Graubarts aus der Nachbarschaft, der also zu ihm sprach:

»Ich kenne da einen jungen Mann aus gutem Hause. Er heißt Mo Ki und wohnt nicht weit von hier, unterhalb der Großen Friedensbrücke. Er ist jetzt zwanzig Jahre alt und besitzt außer einem angenehmen Äußeren auch große Fähigkeiten. Vor kurzem hat er seine erste Staatsprüfung bestanden, die ihm den Weg zur Beamtenlaufbahn eröffnet. Leider sind ihm beide Eltern gestorben, und da er in dürftigsten Verhältnissen lebt, war es ihm bisher nicht möglich, eine Heirat einzugehen; nun möchte er gern in eine reiche Familie hineinheiraten, wo er gleichzeitig als Adoptivsohn im Hause Aufnahme finden kann. Wäre das nicht eine passende Partie für Eure Tochter? Was meint Ihr dazu?«

Kin Lao Ta war Feuer und Flamme und beauftragte den Graubart, die Rolle des Vermittlers zu übernehmen. Der Graubart begab sich alsbald zur Großen Friedensbrücke und machte Herrn Mo Ki seine Aufwartung. Nachdem er sich seines Auftrages entledigt hatte, fuhr er fort:

»Allerdings möchte ich Euch nicht verschweigen, daß mein Auftraggeber einer Familie angehört, in der sich seit Generationen das Amt eines Bettlerchefs fortgeerbt hat. Aber Herr Kin Lao Ta übt schon seit längerer Zeit dieses Amt nicht mehr aus, und überdies dürfte der doppelte Vorteil seines Reichtums und der Anmut seiner Tochter jenen kleinen Nachteil bei weitem aufwiegen. Falls der Herr Doktor sich also nicht daran stoßen sollte, würde ich mich verpflichten, Euch in kürzester Zeit zu einer prompten Erledigung der Angelegenheit zu verhelfen.«

Mo Ki sann eine Weile nach. Er sagte sich: ›So wie meine augenblickliche Lage ist, stehe ich ohne Existenzmittel da. Wollte ich auf dem üblichen Wege heiraten, so wüßte ich nicht, woher ich das Geld nehmen sollte, um die herkömmlichen Brautgeschenke zu kaufen. Wer will es mir daher verübeln, wenn ich mich jetzt in jenes wohlhabende Haus aufnehmen lasse? Was schert mich das Gerede der Leute?‹ Und laut setzte er hinzu:

»Euer weiser Vorschlag klingt bestechend. Aber Ihr kennt meine klägliche Lage. Wie soll ich die herkömmlichen Brautgaben beschaffen?«

»Darüber macht Euch keine Gedanken. Das ist meine Sache! Gebt mir nur Eure Einwilligung, das weitere kostet Euch nicht mal einen Fetzen Papier.«

Mit dem Jawort Mo Kis in der Tasche, begab sich der Graubart zu Herrn Kin Lao Ta zurück, und damit war die Angelegenheit perfekt. Ein glücklicher Tag wurde anberaumt, und ohne weitere Umstände ging die Hochzeit vonstatten. Als Mo Ki den Fuß über die Schwelle seines künftigen Heims setzte und nun zum ersten Mal die bezaubernde Schönheit seiner Braut gewahrte, da empfand er ein unbeschreibliches Glücksgefühl. Er konnte es kaum fassen. Da durfte er nun ein herrliches Weib als Gattin umarmen, prächtige Räume standen ihm als Wohnung zur Verfügung. Mit leidigen Nahrungs- und Kleidungssorgen brauchte er sich künftig nicht abzuquälen. Alles, was er zum Leben benötigte, stand ihm überreich zur Verfügung. Und all dieses Glück war ihm umsonst zugefallen, ohne daß er auch nur die geringste Kupfermünze auszugeben brauchte! Und mit welcher Rücksicht war man ihm begegnet! Hatte ihm doch der fürsorgliche Schwiegervater vor dem Hochzeitstage sogar noch eine vollständig neue Ausstattung zukommen lassen! Aber auch von seiten seiner Freunde und Bekannten erfuhr er nur freundliche Teilnahme. Man kannte ja seine ärmlichen Verhältnisse, und niemand wagte, seine jetzige Verbindung als unstandesgemäß zu belächeln. Kurz, Mo Ki fühlte sich wie auf Wolken getragen.

Ein Monat war seit dem Tage der Hochzeit verstrichen, da richtete der Bettlerkönig nachträglich ein gewaltiges Hochzeitsmahl her, zu dem sein Schwiegersohn alle seine Studiengenossen, so viele er nur auftreiben konnte, junge Doktoren, Kandidaten und angehende Mandarine, als Gäste laden mußte, denn es schmeichelte Herrn Kin Lao Ta, wenn nun der langentbehrte Glanz von Bildung und Stand in seinem Hause Einzug hielt. Seine eigenen Sippen- und Zunftgenossen blieben wohlweislich von der Teilnahme ausgeschlossen. Sieben Tage hintereinander hatte das Festgelage bereits gewährt, als ihm ein unliebsamer Zwischenfall ein jähes Ende bereiten sollte. Der ›Aussätzige‹ konnte es nämlich nicht verwinden, bei den Einladungen übergangen worden zu sein, und im Grunde mußte man ihm recht geben, wenn er sich in heftigen Worten also beim Gastgeber beschwerte:

»Ich bin ebensogut wie du Chef der Bettlergilde. Der Unterschied besteht nur darin, daß du von deinen Vätern, die vor dir mehrere Generationen hindurch gleichfalls die Chefwürde besessen haben, eine Masse Vermögen ererbt hast. Im übrigen sind wir nach Abstammung Arme eines und desselben Stromes, und wenn Edelsteinsklavin, meine leibliche Nichte, heiratete, so gehörte es sich, auch mich als Gast zu einem Glas Hochzeitswein zu bitten. Jetzt veranstaltest du, einen Monat nach der Hochzeit, ein Riesengelage, das nun schon sieben Tage anhält. Alle Welt hast du eingeladen, für mich aber hat es nicht zur schäbigsten drei Zoll langen, einen Zoll breiten Einladungskarte gelangt. Vielleicht meinst du, weil dein Schwiegersohn angehender Mandarin ist, durftest du mich übergehen? Aber laß ihn Minister, laß ihn Kanzler werden, deshalb bleibe ich doch immer durch Heirat sein Onkel, und von Rechts wegen gebührte mir bei deinem Gelage der erste Platz an der Tafel. Hast du mir gegenüber so wenig Anstandsgefühl?«

Sprach's und stürmte wutentbrannt hinweg, gewillt, den andern die Festfreude gründlich zu verekeln. Es dauerte auch nicht lange, so erschien er wieder auf der Bildfläche, aber diesmal an der Spitze einer seltsamen Gefolgschaft von einem halben Hundert zerlumpter Gestalten. Was für ein Anblick war das!

Diese schäbigen, durchlöcherten Hüte, diese zerfetzten Röcke, diese jämmerlichen, aus Filzlappen und Teppichresten zusammengestoppelten Mäntel, diese Knotenstöcke in der einen Hand, dieser zerbrochenen Eßtöpfe mit den Überresten einer dreckigen Grützemahlzeit in der anderen Hand! Das stieß in allen Tonarten herzzerreißende Jammerrufe aus! Das staute sich am Tor und begehrte mit gellendem Geschrei Einlaß! Das bellte wie Hunde, das zischte wie Schlangen, das kreischte wie Affen! Das grölte Gassenhauer und verübte auf Holzklappern eine ohrenbeleidigende Begleitmusik! Und gar diese greulichen, mit rotem Ziegelstaub beschmierten Fratzen! Es war, als ob eine Rotte höllischer Geister losgelassen wäre, vor denen selbst Tschung Kweh, der unüberwindliche Teufelsbezwinger, die Flucht ergriffen haben würde. Verdutzt über das Getöse, ließ Kin Lao Ta das Haustor ein wenig öffnen und nachsehen, was los sei. Aber da hatten schon fremde Fäuste den Türflügel gepackt und weit aufgerissen. Ein Strom von Bettlern, an der Spitze der »Aussätzige«, ergoß sich in das Anwesen und stürmte geradeswegs in die Festhalle, wo man fröhlich beim Gelage saß. Als erster ließ sich der ›Aussätzige‹ an der Tafel nieder und riß mit beiden Händen die besten Gerichte und die edelsten Weine an sich. Und mitten im Kauen rief er unausgesetzt nach seiner ›Nichte‹ und seinem ›Neffen‹ und verlangte stürmisch, sie möchten auf der Stelle kommen und ihrem ›Onkel‹ guten Tag sagen. Die übrigen Bettler folgten seinem Beispiel und fielen wie ein Schwarm Schmeißfliegen über die Schüsseln und Platten her. Entsetzt waren die Gäste aufgesprungen und auseinandergestoben. Mo Ki mitten unter ihnen. Er nahm bis zum nächsten Morgen Zuflucht im Hause eines Freundes. Seine junge Frau aber schloß sich betrübt in ihrem Gemach ein, und aus ihren beiden Augen rannen um die Wette zwei Tränenbäche.

Inzwischen war der überrumpelte Hausherr dabei, den Eindringlingen gütlich zuzureden. Zwei-, dreimal versicherte er, die heutige Veranstaltung sei von seinem Schwiegersohn ausgegangen, da habe er nichts dreinzureden gehabt. Das nächste Mal aber werde er selber der Gastgeber sein, und dann wolle er seine eigene Sippe bedenken. Mit ein paar reichlichen Batzen Geld, gleichmäßig unter die Anwesenden verteilt, mit zwei Faß besten Weines und ein paar Dutzend lebenden Gänsen und Hühnern, für den ›Aussätzigen‹ bestimmt, erkaufte er sich schließlich gegen Mitternacht den friedlichen Abzug seiner ungebetenen Gäste.

Als Mo Ki am nächsten Morgen bei der Rückkehr seinem Schwiegervater unter die Augen trat, herrschte beiderseits verlegenes Schweigen. Mit diesem Schweigen verhielt es sich so, wie wenn der Stumme auf einen Zypressenkern beißt und nicht aussprechen kann, daß es ihm bitter geschmeckt hat.

Indes verzehrte sich Edelsteinsklavin in dem peinlichen Gedanken an den niederen Ruf ihres väterlichen Hauses, und sie brannte darauf, sich und ihrem Gatten eine geachtete Zukunft zu erzwingen. So trieb sie ihn unablässig an, seine Vorbereitungen zum nächsten Staatsexamen mit größtem Eifer fortzusetzen, und ohne auf den Preis zu sehen, kaufte sie ihm alle Werke der alten und neuen Literatur zusammen, die er zum Studium brauchte. Auch scheute sie keine Kosten und Ausgaben, wenn es sich darum handelte, wertvolle Beziehungen anzuknüpfen und zu pflegen, die ihm förderlich sein konnten. Nach drei Jahren emsiger Vorbereitungen fand dann die große Staatsprüfung statt, und da gelang es Mo Ki, vor allen Mitbewerbern die Siegespalme zu erringen.

Welches Triumphgefühl weitete seine Brust, als er an diesem Tage nach dem herkömmlichen Empfang im Rubinenpark des Kaisers in festlichem Ornat, mit dem schwarzseidenen Doktorbarett geziert, auf stattlichem Rappen durch die Straßen der Hauptstadt ritt und die bewundernden Blicke der Menge auf sich ruhen sah! Doch da sollte ihm zum zweiten Mal die Stimmung verdorben werden. Als er sich nämlich bereits dem Hause des Schwiegervaters näherte, umdrängten ihn auf einmal Scharen von Gassenjungen und riefen, mit Fingern auf ihn zeigend, im Chor: »Seht, da kommt der Schwiegersohn des Bettlerkönigs!« Und da war es ihm abermals, als müsse er einen bitteren Geschmack im Halse hinunterwürgen. Zwar ließ er sich bei der Ankunft seinem Schwiegervater gegenüber nichts merken und begrüßte ihn zuvorkommend wie immer, aber im Inneren war er voll Galle und dachte bei sich: ›Ich Tor, hätte ich früher geahnt, zu welchen Ehren ich es bringen würde, dann hätte ich mich mit meiner Heirat nicht überstürzt. Heute würden sich die edelsten und reichsten Häuser um die Ehre einer Verbindung mit mir reißen! So habe ich mir einen Bettlerkönig als Schwiegervater ausgesucht und damit meinen blanken Namen mit unauslöschlichem Makel besudelt! Ja, noch meine Kinder werden es sich gefallen lassen müssen, daß man sie als Enkel eines Bettlerkönigs verhöhnt. Meine Frau aber ist klug und in ihrem Benehmen untadelig; sie wird sich hüten, mir auch nur einen der sieben Scheidungsgründe zu liefern. So bleibt mir keine Möglichkeit, diese unselige Ehe rückgängig zu machen. Wie wahr ist doch der Satz, daß man vor wichtigen Entschlüssen dreimal überlegen soll, sonst hat man's ewig zu bereuen!‹

Diese und ähnliche trübe Gedanken bewegten ihn nun ständig und ließen ihn düster dreinblicken, und wenn Edelsteinsklavin ihn zärtlich fragte, was ihn bedrücke, dann blieb er stumm und wandte sich unwillig ab.

Dummer Mo Ki, im Rausche des Augenblicks hattest du vergessen, daß du einmal ein Nichts warst! Die Erinnerung an die Wohltaten jener Frau, der du Ruhm und Aufstieg verdanktest, war dir dahingeschmolzen wie Eis im Tauwind!

Es währte nicht lange, da erhielt Mo Ki seine erste amtliche Berufung, und zwar auf den Posten eines Schatzmeisters im Bezirk Wuh weh kün. Da der neue Amtssitz von der Hauptstadt aus auf dem Wasserwege zu erreichen war, mietete Mo Ki eine Dschunke und machte sich samt Frau, Dienerschaft und Hausrat auf die Fahrt. Nach einigen Tagen war der Funkelsteinfluß erreicht, auf dem Reise talaufwärts weitergehen sollte. Es war bereits später Abend, als man dort anlangte, und Mo Ki ließ deshalb die Dschunke am Flußufer halten, um während der Nacht zu rasten. In dieser Nacht fand Mo Ki keinen Schlaf. Er kleidete sich deshalb an und ging an Deck. Es war eine helle, mondklare Nacht. Ringsum, wohin sein Blick schweifte, lag die Landschaft stumm und einsam da, und kein Mensch war zu entdecken. Auch die Mannschaft hatte sich bereits schlafen gelegt. Wie gewöhnlich, wenn er allein war, verfiel er ins Grübeln, und da stieg ihm plötzlich ein häßlicher Gedanke auf. Wie, wenn er sich jetzt in der Stille der Nacht, wo kein Zeuge zugegen war, kurz entschlossen seiner Frau entledigte? So oder nie würde er diese lästige Fessel loswerden und die Freiheit zu einer neuen Heirat gewinnen! Sein Entschluß war gefaßt. Er stieg in die Kajüte und weckte seine junge Frau, die in festem Schlummer lag. Trotz ihres Widerstrebens mußte sie sich ankleiden und ihm an Deck folgen, um angeblich mit ihm den Mondschein zu genießen. Er verstand es, sie dicht an den Bordrand zu führen, an eine Stelle, wo die Reling eine Lücke zeigte, ein Stoß – und Edelsteinsklavin war in der glitzernden Flut verschwunden. Ohne ihr noch einen Blick nachzuwerfen, stürzte Mo Ki voll Hast in die Kajüte, rüttelte die schlafende Besatzung wach und befahl ihr, unter Zusicherung einer Extraprämie, ungesäumt ein Stück weiter flußaufwärts zu fahren. Gehorsam und ohne sich weiter Gedanken zu machen, stachen die Leute vom Ufer ab, legten die Ruder kräftig ein und fuhren etwa eine Meile weiter talaufwärts. Dann mußten sie wieder haltmachen, und nun teilte ihnen Herr Mo Ki seelenruhig mit, seine Frau sei soeben beim Betrachten des Mondes verunglückt und ins Wasser gestürzt, eine Rettung sei unmöglich gewesen. Gleichzeitig griff er in die Börse und verteilte unter die Leute eine Handvoll Silberstücke. Diese sahen sich an, dachten sich ihr Teil und schwiegen. Was ging sie die Angelegenheit des fremden Herrn an? Und was die paar Dienerinnen betraf, die das Gefolge der Herrin bildeten, so waren sie einfachen Gemüts und glaubten fest an einen Unglücksfall, vergossen ein paar Tränen des Bedauerns, und bald war die Geschichte vergessen. –

Doch kehren wir zu dem Zeitpunkt zurück, wo Mo Kis Schiff die Unglücksstätte in Eile verließ. Nennt es nun Zufall oder Bestimmung, wie ihr wollt, kurz, gleich darauf traf aus entgegengesetzter Richtung ein zweites Schiff ein, um an der gleichen Stelle, wo zuvor das erste gelegen hatte, haltzumachen. An Bord dieses Schiffes befand sich, gleichfalls auf der Fahrt zum Amtssitz begriffen, der neuernannte Gouverneur der Provinz Huai Hsi, Her Hsü To Hu, nebst Frau und Gefolge. Auch ihn hatte der herrliche Mondschein nicht schlafen lassen, und eben lehnte er an der Seite seiner Gattin, in stumme Betrachtung versunken, am offenen Kajütenfenster, da tönte es vom nahen Ufer ganz deutlich wie Wimmern und Klagen herüber. Kein Zweifel, diese Wehlaute rührten von einer weiblichen Stimme her.

Rasch befahl er einigen seiner Leute, ans Ufer hinüberzusetzen und nach der Unglücklichen zu forschen, die dort ihren Jammer der Verschwiegenheit der Nacht anvertraute. Es dauerte nicht lange, da kehrten die Leute mit einer jungen Frau zurück, die, ungeachtet ihres wirr aufgelösten Haares und ihrer vor Nässe triefenden, schlammbeschmutzten Kleidung, an Schönheit immer noch mit dem bleichen Mondschimmer wetteifern durfte, der die Tränen auf ihren Wangen in flüssige Perlen verwandelte. Schluchzend begann die Fremde zu berichten:

»Ich bin Edelsteinsklavin, die Tochter des Bettlerkönigs Kin Lao Ta in Hangtschou . . .« Nun, wir kennen ja ihre Geschichte bis zu dem Augenblick, da sie von ihrem herzlosen Gatten in die glitzernde Flut gestoßen worden war. Zum Glück war hier der Fluß nicht eben tief gewesen, und nachdem eine sanfte Strömung die Halbohnmächtige eine kleine Strecke fortgetrieben, hatte sie festen Boden unter den Füßen gefühlt und sich glücklich ans nahe Ufer hinüberretten können.

Voll Teilnahme hatte der Gouverneur ihrer Erzählung gelauscht. Nun vertraute er die Erschöpfte der Obhut seiner Gattin an, die ihr einen ihrer behaglichen Räume im Schiffsinnern überließ, sie in warme Decken packen ließ und für neue Kleidung und leibliche Stärkung sorgte. Dann berieten sich beide Gatten kurz miteinander, worauf sie an das Lager der jungen Frau traten, ihr freundlich die Wange streichelten und zu ihr sprachen: »Um Eure Zukunft bangt Euch nicht! Von heute ab betrachtet Euch als unsere Adoptivtochter, und es soll Euch an nichts fehlen.«

Überglücklich fügte sich Edelsteinsklavin in ihr neues Los. Gleichzeitig erhielt die Dienerschaft den strikten Befehl, die junge Frau künftig als Tochter des Gouverneurs zu respektieren und im übrigen Stillschweigen zu bewahren.

Einige Tage später war der Statthalter an seinem Regierungssitz angelangt, und nun verging während der nächsten Wochen kaum ein Tag, an dem nicht Mandarine aus allen Teilen der Provinz eintrafen, um dem neuen Vorgesetzten ihre Aufwartung zu machen. Unter der Zahl dieser Besucher aber befand sich auch Mo Ki. Denn sein Amtsbezirk gehörte gleichfalls zum Befehlsbereich des Gouverneurs. Als dieser den jungen Mandarin verabschiedet hatte, tat er einen Seufzer und dachte bei sich: ›Schade, schade! Eine so vollendete Geistesbildung, gepaart mit so herzloser Gesinnung! Wie ist das nur möglich?‹ Darauf sank er in tiefes Sinnen, und als er aus seinem Sinnen erwachte, hatte sich ein kluger Plan in seinem Hirn geformt.

Zunächst ließ er einige Monate verstreichen, dann lud er eines Tages alle Mandarine seines Amtssitzes zu einem Essen, in dessen Verlauf er also zu den Versammelten sprach: »Wißt, daß ich eine Tochter besitze. Ich darf sie getrost als schön und klug bezeichnen. Auch ziert ihr Haar bereits die Nadel der Heiratsmündigkeit. Sprecht, wen schlagt ihr mir als passenden Schwiegersohn vor?«

Einmütig nannten alle Herrn Mo Ki als Würdigsten. Der Gouverneur strich sich über den Bart und meinte bedächtig:

»Auch ich hatte ihn längst im Auge, aber glaubt ihr nicht, daß diesem ehrgeizigen jungen Mann mein Haus zu gering erscheinen wird?«

»Herr, er stammt aus dürftigsten Verhältnissen. Ihr würdet ihm der edle Stamm sein, an dem die schwanke Efeuranke Halt findet. Wäre es nicht unsinnig, die Gunst, in Euer Haus aufgenommen zu werden, auszuschlagen?«

»Gut, wenn das eure Meinung ist, so geht und befragt ihn. Aber tut, als ob der Vorschlag von euch ausginge.«

Einige der Anwesenden gingen darauf zu Mo Ki. Überflüssig zu sagen, daß Herrn Mo Ki der Gedanke, die Tochter des Gouverneurs zu heiraten, einfach berauschte. Und er beschwor die Unterhändler, für größte Beschleunigung Sorge zu tragen. Ewig werde er es ihnen danken. Befriedigt nahm der Statthalter von der Zustimmung Mo Kis Kenntnis. Darauf sandte er die Unterhändler abermals zu ihm und ließ sie also sprechen:

»Dem Gouverneur und seiner Gemahlin ist diese Tochter derart ans Herz gewachsen, daß sie sich unmöglich von ihr trennen können und deshalb darauf bestehen müssen, daß der Schwiegersohn ins Haus der Braut heiratet. In Anbetracht seiner Jugend fürchten sie ferner, daß er sich vielleicht von seinem allzuheftigen Temperament fortreißen lassen und nach kurzer Zeit mit seiner jungen Frau Streit anfangen möchte. Es würde den Gouverneur und seine Gemahlin daher unendlich beruhigen, von ihm die Zusicherung zu erhalten, daß er seiner Gattin mit größter Schonung und Rücksicht begegnen wird.«

»Natürlich, selbstverständlich!« lautete die rasche Antwort des Herrn Mo Ki. Er konnte ja den Tag der Eheschließung kaum erwarten und sandte mit größter Beschleunigung die vom Herkommen vorgeschriebenen Verlobungsgeschenke. Jetzt war er ja zum Glück kein armer Student mehr wie damals zur Zeit seiner ersten Heirat. Heute war er in Amt und Stellung und konnte sich's schon leisten, teuren Gold- und Silberschmuck und prachtvolle Seidenstickereien für seine Braut auszuwählen. Dann wurde ein glücklicher Tag festgesetzt, und nun fieberte Herr Mo Ki in grenzenloser Ungeduld der Stunde der Vermählung entgegen.

Am Morgen des glücklichen Tages erschien die Frau des Gouverneurs bei Edelsteinsklavin, um sie in den Plan einzuweihen:

»Es bekümmert deinen Adoptivvater, zu sehen, wie du deine Jugend als Witwe frostig vertrauerst. Deshalb hat er dir einen jungen, stattlichen Mandarin als Gatten auserwählt, und der heutige Tag ist zur Hochzeit bestimmt. Du bist doch sicherlich damit einverstanden?«

Bescheiden entgegnete Edelsteinsklavin:

»Zwar verhehle ich mir nicht meine niedere Herkunft, auch bin ich mir meiner Gehorsamspflicht gegen Euch wohl bewußt. Aber bedenkt, daß ich bereits für Herrn Mo Ki mein Haar bräutlich geknotet und ihm ewige Treue geschworen habe. Wenn auch Herr Mo Ki, meiner geringen Herkunft überdrüssig, mich roh und herzlos verstieß, so bringe ich es doch andererseits nicht fertig, vom Gesetz der Gattentreue abzuweichen und eine neue Ehe einzugehen. Ich muß Euch daher für Euer Anerbieten danken!« Ein Tränenstrom beschloß ihre Worte.

Tröstend faßte nun die würdige Dame ihre Hand und fuhr lächelnd fort:

»Beruhige dich, meine Tochter, der für dich bestimmte junge Mandarin ist kein anderer als dein erster Gatte, Herr Mo Ki. Was er an dir gefehlt hat, soll durch eine neue Heirat mit dir wiedergutgemacht werden. Das ist der Plan meines Mannes. Schon haben seine Unterhändler alles mit Herrn Mo Ki geordnet. Sie durften ihm bloß allgemein von einer Tochter des Statthalters sprechen. So glaubte er, es handle sich um unsere leibliche Tochter, und hat stürmisch um sie geworben. Doch sei unbesorgt, im Augenblick, da er die bräutliche Kammer betritt, soll ihm eine verdiente Züchtigung und dir gerechte Genugtuung zuteil werden.«

Augenblicklich heiterte sich die Miene der jungen Frau auf.

Ihr Tränenstrom versiegte, und alle ihre Sorge war jetzt darauf gerichtet, sich würdig für die nahe Ankunft des Gatten zu schmücken.

Am selben Abend war es, als Mo Ki in festlicher Freiertracht auf reich geschirrtem Roß, einen purpurseidenen Überwurf um die Schultern, das schwarze Atlasbarett mit Goldblumen verziert, sich dem Hause des Gouverneurs näherte. Vor ihm schritten in doppelter Reihe Musikanten mit ihren Flöten, Zimbeln und Trommeln. Hinterher gab ihm eine stattliche Schar von Freunden und Kollegen das Geleit. Am Hause angelangt, stieg Mo Ki vom Pferd und schritt, vom Hausherrn in großer Amtstracht geleitet, zu Fuß über weiche Teppiche durch mehrere Vorhöfe zur mittleren Empfangshalle. Dort harrte seiner, von zwei Kammerfrauen gestützt, das Gesicht völlig von einem dichten roten Gazeschleier verhüllt, die Braut. Es folgten nun, nach dem mit lauter Stimme erteilten Kommando des Zeremonienmeisters, die vorgeschriebenen Verneigungen der zwei Verlobten, zunächst vor dem Himmel und vor der Erde, sodann vor den Eltern und schließlich voreinander selbst. Alsdann zog sich die Braut ins Brautgemach zurück, wo beim Schein von blumenumkränzten Kerzen das Hochzeitsmahl für das junge Paar bereitstand.

Als der Augenblick gekommen war, da sich Mo Ki der Tür des Brautgemachs nähern durfte, da war es ihm, als ob er schwebe, als ob seine Füße den Erdboden nicht berührten, so sehr fühlte er sich von einem unbeschreiblichen Hochgefühl getragen. Zum dritten Mal in seinem Leben kostete er nun die Wonne eines ungewöhnlichen Triumphgefühls, und zum dritten Mal sollte es ihm beschieden sein, aus dem neunten Himmel seiner Seligkeit jählings in die Tiefe zu stürzen.

Kaum hatte Mo Ki den Fuß über die Schwelle des bräutlichen Gemaches gesetzt, da sah er sich von einem halben Dutzend stämmiger Mägde umringt, die, mit Bambusknüppeln leichten und schweren Kalibers bewaffnet, einen wahren Hagelschauer von Hieben auf ihn niederprasseln ließen. Mo Ki wußte nicht, wie ihm geschah. Schon lag sein kostbares Barett zerknüllt am Boden. In Fetzen hing ihm der purpurne Umhang um die Schulter. Umsonst suchte er seinen schmerzenden Kopf mit beiden Händen vor den sicher gezielten Hieben zu decken. Verzweifelt sprang er bald nach Ost, bald nach West, aber es war ihm nicht möglich, der lebenden Bambushecke, die ihn von allen Seiten einschloß, zu entrinnen. Da ließ sich aus der Tiefe des matt erleuchteten Gemachs eine weiche, wohlklingende Stimme vernehmen:

»Haltet ein mit Schlagen und bringt den Elenden hierher!«

Augenblicklich hatten zwölf kräftige Fäuste Herrn Mo Ki gepackt und zerrten ihn an Haaren, Armen und Ohren vorwärts, so daß er wieder zu schweben meinte, aber anders als zuvor. Es war ein Bild, das an die berühmte Darstellung der sechs Versuchungen erinnerte, wie sie den heiligen Buddha zwicken und zwacken. Wie der Trupp haltmacht und Herr Mo Ki aufblickt, da sitzt vor ihm im Brautschmuck, das Antlitz vom Scheine der Kerzen hell bestrahlt, die längst totgeglaubte Edelsteinsklavin.

»Ein Gespenst! Ein Gespenst!« schreit Mo Ki und fährt entsetzt zurück. Da tönt hinter ihm die ruhige Stimme des Gouverneurs an sein Ohr:

»Ihr irrt, mein edler Schwiegersohn, habt Ihr den Funkelsteinfluß vergessen? Von ihm empfing ich diese Tochter!«

Herrn Mo Ki wankte der Boden unter den Füßen. Er fiel in die Knie, machte Kotau und murmelte verstört:

»Ich habe gefehlt. Könnt Ihr mir vergeben?«

»Das ist nicht meine Sache. Fragt meine Tochter.«

Mo Ki wagte kaum, einen scheuen Blick dorthin zu werfen, wo Edelsteinsklavin saß. Dann hörte er sie sprechen, in Worten, die ihn wie Keulenschläge trafen:

»Elender! Hast du niemals von jenem Wort des alten Ministers Sung Hong gehört: ›Im Glück vergeßt nicht die Freunde aus den Tagen der Not! Im Reichtum verstoßt nicht die treue Gefährtin, die einmal die Wassersuppe mit Euch teilte!‹ Einst kamst du bettelarm in mein väterliches Haus. Wer gab dir die Mittel zum Studieren? Wer ermöglichte dir, Verbindungen zu knüpfen, um zu Ruhm und Erfolg zu gelangen? Zum Dank für alle Wohltaten, für alle Zärtlichkeit, die ich überreich an dich verschwendete seit dem Tage, da ich mein Haar bräutlich für dich knotete, gabst du mich den Fluten des Funkelsteinflusses preis. Denn du schämtest dich meiner Herkunft! Aber der Himmel hatte Erbarmen und schickte mir in der Stunde der Not einen Retter und zweiten Vater. Du aber, ich kann deinen Anblick nicht ertragen! Grausamer, herzloser Schuft! Pfui!«

Mo Ki verharrte schweigend in seiner Kotaustellung, unfähig, ein Wort der Erwiderung zu stammeln. Der Statthalter aber hielt den Augenblick für gekommen, vermittelnd einzugreifen.

»Beruhige dich, meine Tochter«, sprach er besänftigend zu der Erzürnten. »Du siehst, wie bitter Mo Ki seine Schuld bereut. Gewiß wird er künftig wiedergutmachen, was er dir an Leid zugefügt hat. Stoß dich nun nicht länger an Vergangenes. Nachdem ich dich zur Adoptivtochter gemacht habe, bist du ein neuer Mensch geworden, und damit ist deine erste Verbindung erloschen. Beim Schein dieser blumenumkränzten Kerzen wirst du eine neue Ehe eingehen.«

Hierauf wandte er sich an Mo Ki, richtete ihn aus seiner knieenden Stellung auf und sprach zu ihm: »Da die Schuld bei Euch liegt, dürft Ihr Euch über Vorwürfe nicht beschweren. Für heute ist es geraten, Euch zurückzuziehen. Aber inzwischen wird meine Frau das Werk der Versöhnung vollenden, und morgen sollt Ihr ›die Tochter des Gouverneurs‹ heimführen und damit Euer sehnlichstes Verlangen erfüllt sehen.«

Mo Ki fühlte den leisen Spott der letzten Worte und fügte sich schweigend. Er war für immer von seinem Dünkel geheilt. Am nächsten Tage aber fand dann mit einem Gepränge, wie es dem hohen Range eines Gouverneurs entsprach, die eigentliche Hochzeitsfeier statt, und am Abend schlossen sich zwei wiedervereinte Gatten versöhnt in die Arme.

Fräulein Doktor pfropft ein fremdes Reis auf den Blütenast

Und nun, geschätzte Leserschaft, laßt euch eine Geschichte erzählen, die so voll wundersamer Krümmungen und merkwürdiger Windungen steckt, daß es sich wohl lohnt, sie anzuhören.

Sonst pflegt die wohlerzogene Tochter
eines guten Hauses
Aus der Verborgenheit der Jungfraukammer
nicht zu weichen.
Wann hätte man es je erlebt,
daß Unterrock und Ohrring
Sich ohne Scheu im offnen Hörsaal
vor Studenten zeigen?
Und doch war eine hochgemute Jungfrau,
die mit Ehren
In Waffenkunst und Bücherwissen
es zum Mann gebracht.
Und nicht nur das: zum Lebensbund
den Richtigen zu küren,
Auch dieses Werk hat sie gemeistert
und aus eignem Rat vollbracht.

In der Provinz Sse tschuan, in der Kreisstadt Min tschu hsiän, dic zum hauptstädtischen Regicrungsbezirk Tschong tu fu gehört, lebte ein hoher Befehlshaber namens Wen Tsui. Er stammte aus einer alten, verdienten Soldatenfamilie, in der sich seit Generationen Rang und Sold eines Hauptmanns der Kaiserlichen Leibgarde von Vater auf Sohn vererbt hatte. Er hatte die ersten beiden militärischen Prüfungen mit Erfolg bestanden und war im Zuge seiner Laufbahn zum General und Verteidigungskommissar für diesen Landesabschnitt befördert worden. Von Haus aus reich und begütert, von Natur großzügig und alles andere als geizig, führte er das üppige, glänzende Leben eines großen Herrn und Genießers. Nachdem seine erste Gattin früh dahingeschieden war, hatte er seine Seitengemächer mit einer ganzen Reihe von hübschen jungen Kebsen gefüllt, die mit ihren vielseitigen Künsten, wie Tanz, Gesang, Flöten- und Lautenspiel, Wärme, Frohsinn, Unterhaltung in sein frostiges Witwerdasein brachten. Von dieser verstorbenen Gattin besaß er lediglich eine jetzt siebzehnjährige Tochter namens Feh O. Sie war eine frische, jugendliche Schönheit von ganz apartem Reiz, der sich wohl daraus erklärte, daß sie – anders als ihresgleichen – sich seit früher Kindheit im Freien getummelt und Sport getrieben hatte. Soldatenkind, das sie war, hatte sie sich schon beizeiten in allen herkömmlichen Arten des militärischen Sports geschult und geübt; ihre Hauptstärke war Reiten und Bogenschießen. Sie war tatsächlich imstande, mit ihrem Pfeil auf hundert Schritt Entfernung ein schmales Weidenblatt zu treffen.

Obzwar in der äußeren Erscheinung von echt weiblicher Anmut und Weichheit, war sie in Wille und Charakterfestigkeit fast mehr als männlich. Im Gegensatz zu ihrem Vater, der ausschließlich Militär war und alles Zivil mit dem schrägen Blick der Geringschätzung ansah oder übersah, besaß sie überdies einen ausgesprochenen Hang für Wissen und Bildung. Da ihr dreijähriges Stiefbrüderchen, Geschenk einer der jungen Kebsen ihres Vaters, noch zu klein war, um gemeinsam mit ihr Unterricht zu nehmen, und da es anderseits nach gutem Brauch unschicklich gewesen wäre, einem Magister Zutritt zu ihren jungfräulichen Gemächern zu gestatten, faßte sie, um ihren Bildungsdurst zu stillen, einen eigenartigen und gleichzeitig hochgemuten Entschluß. Sie legte sich einen Jünglingsdoppelnamen zu, zog Jünglingstracht an und nahm an dem Unterricht in einer vornehmen höheren Knabenschule teil.

Fortan führte sie ein Doppelleben. Außer dem Hause und in der Schule war sie junger Student; wieder daheim und in den

›inneren Gemächern‹ zog sie ihre Mädchenkleidung an und war wieder das ›gnädige Fräulein‹.

So hatte sie es schon mehrere Jahre lang gehalten. Und wahrlich, man konnte füglich von ihr sagen, daß sie den Leib vollgestopft hatte mit Bildung und gelehrtem Wissen. Ihre Kenntnis der Geschichte und der heiligen Schriften von Meister Kung tse war einfach umfassend. Wenn die Zeit kam, daß hohe würdige Prüfungsbeamte erschienen, um Prüfung abzuhalten, da pflegte sie sich unerschrocken mit in die Examenshalle zu begeben und genau wie ihre Kommilitonen examinieren zu lassen. Und siehe, der Literaturstern leuchtete offensichtlich gnädig über ihrem Dasein. Sie hatte Glück und bestand nicht nur, sondern brachte es sowohl in der Kreisprüfung wie in der Bezirksprüfung sogar zu einem hohen Ehrenplatze ganz vorne in der vordersten Reihe der erfolgreichen Stufenleiter, die Doktorwürde ersten Grades, und durfte fortan den vielbegehrten Titel hsiu tsai, ›blühendes Talent‹, führen.

Da sie sich seit Jahren draußen immer nur in Jünglingstracht gezeigt hatte, nahm man sie draußen ganz allgemein als Haussohn des Generals Wen. Nach bestandender Doktorprüfung fanden sich darum auch zahlreiche Gratulanten in ihrem Hause ein. Seine Hochwürden der Präfekt und seine Würden der Kreismandarin gaben dem vermeintlichen Haussohn namens Wen sogar die Ehre ihres persönlichen Geleits. Nun, ihr Vater ließ schmunzelnd den kleinen Irrtum Irrtum sein und bewillkommnete die Gratulanten und hohen Ehrengäste in seiner Freude und in seinem väterlichen Stolz über den Erfolg seines angeblichen ›Haussohns‹ mit einem großen Festbankett. Daß der ›Haussohn‹ im Grunde Haustochter war, blieb weiterhin Familiengeheimnis.

Herr Wen tat ein übriges. So eine Doktorwürde war nicht leicht zu erringen. Dazu gehörte etwas. Er selber als Militär war ungewandt im Schreiben und in literarischem Stil. Er sagte sich, im schriftlichen Verkehr mit Zivilmandarinen könne es nur förderlich sein, wenn er in seinem gelehrten

Töchterlein eine ›helfende Hand‹ zur Seite haben würde, die ihm dienstliche Schreibereien abnehmen und in seine bislang kunstlosen, ungelenken Schriftstücke etwas ›Farbe‹ und literarischen ›Hauch‹ hineinbringen würde. Kurz, von Stund an wurde Feh O sein Sekretär. Und noch mehr. Ob es sich um wichtige Dinge oder Kleinigkeiten, häusliche oder dienstliche Angelegenheiten handelte, in allem und jedem überließ er fortan seiner Feh O die Entscheidung. Daß sie ein Mädchen war, schien ganz vergessen.

Feh O hatte vom gemeinsamen Unterricht her zwei Kameraden, die ihr besonders nahe standen. Der eine hieß Weh, mit Zunamen Hsüan Tschi, der andere Tu, mit Zunamen Tze Tschung. Beide ragten an geistigen Fähigkeiten beträchtlich aus der Herde heraus. Beide waren äußerlich flotte, elegante junge Leute. Und beide fühlten sich von Anbeginn zu ihrem Kommilitonen Kün Tjing – das war der männliche Deckname, unter dem Feh O draußen in der Schule und Öffentlichkeit auftrat – hingezogen. Beide spürten von Anbeginn, daß sie in ›Atem‹ und Anschauungen zueinandergehörten. Was den geringen Altersunterschied betraf, so war der neunzehnjährige Weh gerade zwei Jahre älter als Kommilitone Kün Tjing, Tu dagegen fast gleichaltrig, bloß um zwei Monate jünger als er, richtiger sie.

Seit Jahren hatte man zu dritt die gleiche Studierklasse geteilt, hatte man gemeinsam über den Büchern gesessen und gelernt. Aus der Lernkameradschaft war mit der Zeit dicke Freundschaft geworden. Fast wie leibliche Brüder standen die drei zueinander. Aber es gab doch einen feinen Unterschied bei diesem dreiseitigen Freundschaftsverhältnis. Die Jünglinge Tu und Weh dachten sich nichts weiter dabei. Sie nahmen sich und Tjing einfach als gute Freunde und Kommilitonen, die die gleiche Studierklause geteilt hatten. Das Mädchen Feh O dagegen verband mit dieser Freundschaft eine tiefergehende Absicht. Sie hatte es sich in den Kopf gesetzt, einen von beiden zu heiraten. Aber welchen? Das war die große Frage.

Wenn sie verglich, dann wollte es ihr dünken, daß der gleichaltrige Tu noch besser zu ihr passe als der ältere Weh. Er war ihr im Wesen so ähnlich und äußerlich entschieden ein feiner, schmucker Bursche.

Tu seinerseits spürte gar wohl die Zuneigung des anderen, dessen prangende Schönheit er heimlich bewunderte. Manchmal sprach er also zu ihm:

»Schade, schade, daß wir beide männlichen Geschlechts sind. Wenn ich ein Mädchen wäre, würde ich dich bestimmt zum Liebsten wählen. Und wenn du ein Mädchen wärest, würde ich keine andere als dich heiraten.«

»Warum sollt ihr euch denn nicht heiraten? So etwas ist heutzutage große Mode. Mit dem Unterschied zwischen den Urprinzipien yin und yang, weiblich und männlich, nimmt man es schon lange nicht mehr allzu genau«, bemerkte Weh scherzend. Mit gemacht ernster und strenger Miene fiel ihm Kün Tjing ins Wort:

»Pfui, so lose und frivole Gedanken auszusprechen! Scheinst ganz zu vergessen, daß wir nach unserer Erziehung junge Konfuzianer sind! Unsere gegenseitige Neigung ist rein geistiger Art, beruht lediglich auf gemeinsamem Gedankenaustausch. Wie kann man ernstzunehmende angehende Akademiker wie uns mit dem schandbaren Treiben von albernen Buhlknaben in Verbindung bringen! Das kostet dich zur Strafe unbedingt ein Festgelage, Freund Weh!«

»Er hat damit angefangen. Ich habe das Thema nur scherzhaft weiterbehandelt. Also muß er sich mit mir in die Strafkosten teilen. Überdies scheint mir auch Kün Tjing nicht ganz ohne Schuld. Denn wenn er wirklich dieser Art Liebe abhold wäre, dann würde sich Tu schwerlich zu seiner Neigung verstiegen haben. Also müssen wir uns alle drei in die Strafe teilen«, verteidigte sich Weh.

»Aber ich hatte es doch nur bedingt gemeint. Er hat die Hälfte meiner Rede unterschlagen. Und nun soll ich durch seine Schuld auch noch Schaden davontragen?« wehrte sich Tu.

»Du bist ja auch der Jüngste unter uns, mein Kleiner. Also gebührt dir schon ein wenig Nachteil.«

Allgemeines Gelächter.

Wieder daheim und nach Kleiderwechsel in ein Mädchen zurückverwandelt, warf sich Feh O auf den Diwan und dachte nach.

Lange genug habe ich Student gespielt. Jetzt fängt es an, unschicklich zu werden. Aber soll ich auf meine beiden guten Kameraden aus der Studentenzeit verzichten und mir anderweit einen Kameraden fürs Leben suchen? Undenkbar. Kann ich nicht. Es bleibt dabei, nur einer von den beiden kommt in Betracht. Aber welcher? Zugegeben, Tu würde mir mehr zusagen, aber Weh hat auch viele Vorzüge, ist keinesfalls Durchschnitt. Wer weiß, was für Erfolge ihm später noch beschieden sind ... wenn ich bloß wüßte, welcher der Richtige für mich ist ...

Unschlüssig und nachdenklich lenkte sie ihre Schritte zum Park. Tief drinnen versteckt, erhob sich ein zierlicher Wohnturm. Von seinem Balkon im oberen Stockwerk hatte man eine schöne Aussicht weit in die Runde. Das war immer ihre Zuflucht, wenn irgend etwas ihr Herz beschwerte. Dort in der Einsamkeit fand sie Ruhe und Sammlung. So auch heute.

Sie stieg hinauf und trat auf den Balkon hinaus. Gerade in diesem Augenblick flatterte mit plumpem Flügelschlag ein garstiger Rabe vorüber, so dicht am Balkon vorbei, daß sein Flügel sie beinahe gestreift hätte. Mit dem Blick verfolgte sie seinen Weiterflug. Auf etwa hundert Schritt Entfernung hemmte er seinen Flügelschlag und ließ sich auf dem Ast einer hohen Kiefer zum Rasten nieder. Dort saß er nun und krächzte sein mißtönendes ›Ya ya‹ weiter.

Feh O kam die Kiefer, die er sich zum Rastplatz gewählt hatte, bekannt vor. Natürlich, sie stand doch im Hof ihrer Familienschule, gerade vor dem Fenster jener Studierklause, die sie seit Jahren mit ihren beiden Kameraden zu teilen pflegte.

Unausstehlich, dieses abscheuliche Gekrächz! Warte, du

sollst einen Pfeil von meinem Bogen zu spüren bekommen! Der wird dich verstummen machen! fuhr es Feh O durch den Sinn.

Und sie stieg, so geschwind sie konnte, wieder hinab, lief in ihr Schlafzimmer und holte Bogen und Köcher, rannte zurück und hastete wieder hinauf. Als sie auf den Balkon hinaustrat, schallte ihr noch immer das mißtönende Gekrächz von drüben entgegen.

Wohlan, ich werde dieses garstige Geschöpf als vom Himmel gesandtes Orakel benutzen. Es soll Schiedsrichter in meiner Herzensangelegenheit sein, fuhr es ihr wiederum durch den Sinn.

Und sie spannte den Bogen, legte den Pfeil auf die Sehne und schoß ab.

»Enttäusche nicht meine Erwartung!« murmelte sie dabei beschwörend.

Schwirrend erreichte der Pfeil sein Ziel. Sie sah den Raben vom Ast herab zu Boden fallen. Geschwind eilte sie die Turmstiege hinab, lief in ihre Kammer, wechselte die Gewandung und machte sich als Jüngling Kün Tjing zur nahen Schule auf. Sie wollte sich durch Augenschein überzeugen, an welcher Stelle ihr Pfeil den Raben getroffen hatte.

Im Hof vor der Studierklause drüben ging um diese Zeit gerade der junge Tu auf und ab spazieren. Auch ihn störte das häßliche Gekrächz auf dem Kiefernast über ihm. Auf einmal hörte er einen Plumps. Unweit sah er den Raben am Boden liegen. Er lief hinzu, ihn zu besehen. Da sah er nun einen Pfeil im Kopf des Vogels stecken. Mitten durch das linke Auge und durchs Hirn war das tödliche Geschoß gefahren. Er zog den Pfeil heraus und betrachtete ihn nachdenklich.

Ein Geisterschuß fürwahr! Auge und Hirn durchbohrt! Wer mag der Schütze gewesen sein? dachte er bei sich. Er drehte den Pfeil hin und her und betrachtete ihn genauer. Auf einmal stutzte er. Auf den Pfeilschaft gepinselt, entdeckte er zwei Reihen winziger Schriftzeichen:

Den Pfeil verschieße ich nicht leer,
Der Schuß, der mach der Sehne Ehr!

Also lautete der Zweizeiler.

»Haha, der Schütze nimmt den Mund gehörig voll!« rief der kleine Tu lachend aus.

»Gib her und laß mich sehn!« wurde er in seinem Selbstgespräch von dem hinzueilenden Freund Weh unterbrochen. Tu reichte ihm den Pfeil zum Ansehen hin. Beide waren gerade in die gemeinsame Betrachtung vertieft, als Tu von einem Diener abberufen wurde. Er werde daheim von einem Besucher erwartet, wurde ihm bestellt. Worauf Tu den Pfeil zu Boden fallen ließ und ging.

Weh hob den Pfeil auf und unterzog ihn nochmals einer gründlichen Besichtigung. Und da entdeckte er unterhalb des Spruchs noch weitere drei winzige Schriftzeichen: ›Feh O Andenken‹.

Weh dachte betroffen bei sich:

Feh O? Das klingt doch nach Mädchen? Sollte wirklich ein weiblicher Schütze diese fabelhafte Meisterhand führen? Kaum glaublich! Wie würde Freund Tu erst gestaunt haben, wenn er diese drei Schriftzeichen bemerkt hätte! So stand er in tiefes Nachdenken versunken, den Pfeil zwischen den Fingern drehend, als auf einmal Freund Kün Tjing angelaufen kam.

»Hast du den Pfeil aufgehoben?« war seine erste erwartungsvolle Frage.

»Gewiß. Was hat es für eine Bewandtnis mit ihm, daß du danach fragst?«

»Steht auf dem Pfeilschaft eine Inschrift?«

»Das ist es ja gerade, warum ich in so tiefes Nachdenken versunken war.«

»Nachdenken? Worüber?«

»Die Inschrift ›Feh O Andenken‹ deutet auf einen weiblichen Schützen. Das macht mich so nachdenklich. Es ist doch schwer, anzunehmen, daß ein junges Mädchen ein solcher Meisterschütze sein kann.«

»Ich will dir nicht verhehlen: diese Feh O ist meine große Schwester.« Es kam gemacht gleichgültig heraus.

»Wie! Deine befehlende große Schwester ist eine so wunderbare Schützin? – Ist sie schon verlobt?«

»Noch nicht.«

»Wie ist sie von Aussehn?«

»Mir ziemlich ähnlich.«

»Dann muß sie eine Schönheit von höchsten Graden sein, sofern das Sprichwort nicht lügt:

Willst wissen, was an deiner Künftgen dran,
Sieh dir den künftigen Schwager an!

Höre, Kün Tjing, ich bin auch noch unverlobt. Würdest du die schöpferische Aura zwischen Himmel und Erde machen und den Vermittler für mich spielen?«

»Warum nicht? Bei uns zu Hause geht alles nach meinem Willen. Ich brauche nur soundso zu meinem Vater zu sprechen, genauso geschieht es. Freilich – wie meine Schwester dazu denkt, das weiß ich nicht.«

»Oh, ich nehme an, du bist für deine befehlende große Schwester das gleiche, was Seidenfutter für den Rock ist: geschmeidige Stütze und Anhalt. Wenn du als maßgebendes Familienoberhaupt dafür bist, wird sie wohl schwerlich dagegen sein.«

»Ich will dein Anliegen sorgfältig im Busen bewahren.«

»Fein. Wenn ich dein brüderliches Ja habe, dürfte mein Vorhaben schon zu neun Zehnteln geglückt sein!« frohlockte Weh. »Wer hätte gedacht, daß mein Eheglück in einem Pfeil verborgen liegen würde? Wie einen kostbaren Schatz muß ich diesen Pfeil aufbewahren, damit er später als Zeugnis und Beweis diene.«

Und er lief in die Klause und barg den Pfeil in einer Bücherkiste.

Dafür brachte er aus einem Kästlein einen aus grünem Jade geschnittenen Gürtelanhänger zum Vorschein. Er bestand aus mehreren lose zusammengereihten Gliedern, die bei der Bewegung aneinanderschlugen und dabei ein leises melodisches Klingeln hören ließen.

Er reichte das Schmuckstück seinem Freund.

»Hier, bitte, nimm! Ich verehre es deiner befehlenden großen Schwester als mein vorläufiges Gegengeschenk für ihren Pfeil und als Zeichen unseres Verlöbnisses.«

Kün Tjing nahm das klimpernde Schmuckstück, knüpfte es an seinen Gürtel und ging.

Von Stund an war Weh von dem Gedanken an die geheimnisvolle große Schwester des Kün Tjing, deren ungewöhnliche Schönheit mit Sicherheit zu vermuten, deren sportliche Fähigkeit bereits erwiesen war, förmlich besessen. Sie zur Frau gewinnen – der Gedanke machte ihn einfach zum Narren. Beileibe durfte von alledem Freund Tu nichts erfahren. Der hatte eigentlich mehr Anrecht auf die Schöne, denn er hatte ja den Pfeil zuerst aufgelesen. Wenn der nun den Sachverhalt wüßte, wer weiß, dann würde ein scharfer Wettbewerber in ihm erstehen. Also kein halbes Wörtlein darüber durfte Tu erfahren, das stand für Weh fest.

Mit besagtem Pfeil hatte es eine besondere Bewandtnis. Damals, als Feh O die Kunst des Bogenschießens zu erlernen begann, hegte die heranwachsende Jungfrau ganz insgeheim im Busen bereits den Gedanken an die Wahl des Zukünftigen. Darum die etwas anmaßende Inschrift auf den Schäften ihrer Pfeile. Sie war doppelsinnig. Der eine Sinn allerdings blieb ihr jungfräuliches Geheimnis. Die Wendung von dem ›Schuß‹, der der ›Sehne‹ würdig sein sollte, blieb für Außenstehende in ihrer verborgenen Bedeutung Rätsel. Damit war ihr Wunsch nach würdiger Paarung angedeutet. Und dann ihr Schuß nach dem Raben. Sie hatte genau berechnet, daß der getroffene Vogel genau vor dem Fenster der gemeinsamen Studierklause zu Boden fallen würde. Welcher von den beiden Gefährten, die ihr gleich lieb waren, würde ihren Pfeil als erster auflesen? Den wollte sie sich zum Lebensgefährten erküren. Ein himmlisches Orakel sollte ihr der Pfeil sein und die Entscheidung fällen, die ihr aus eigenem zu fällen so schwer, ja unmöglich fiel.

Darum die Hast, mit der sie zum Schulhof lief. Jetzt würde sich zeigen, wer ihr vom Himmel zum Lebensgefährten bestimmt war. Und nun folgten zwei Irrtümer. Sie wähnte fälschlich, daß Weh den Pfeil zuerst aufgehoben habe. Ihn allein fand sie vor und den Pfeil in seiner Hand. Daß in Wahrheit Tu der Finder gewesen war, ahnte sie nicht. Das war ihr Irrtum. Der kleine Schwindel von der angeblichen großen Schwester, den sie aus erklärlicher mädchenhafter Scheu auftischte, erzeugte den zweiten Irrtum, diesmal bei Weh. Der fiel in das Netz ihres Schwindels und vernarrte sich in die große Schwester, die es gar nicht gab.

Sie also betrachtete sich nun kraft Willen des Himmels als heimliche Verlobte des Weh. Ein wenig leid freilich tat es ihr um den kleinen Tu. So überaus hatte sie ihn lieb, daß es ihr recht schwer dünkte, ihn preisgeben zu müssen. Aber

Für eines braven Rößleins Rücken
Mögen sich nicht zween Sättel schicken,

sagte sie seufzend das alte Sprichwort leise vor sich hin. Der Himmel hatte gesprochen. Durfte sie sich gegen seinen klaren Willen auflehnen? Nun, bei späterer Gelegenheit würde sie vielleicht in der Lage sein, dem kleinen Tu Trost und Ersatz für die alte Liebe zu schaffen.

Am nächsten Tag trat Kün Tjing vor Weh hin.

»Vor meinem Vater und meiner Schwester habe ich deine Sache vorgebracht und wärmstens befürwortet. Beide haben ihr Jawort gegeben. Dein Geschenk hat meine Schwester angenommen. Mein Vater meinte im übrigen, das Weitere zu erörtern sei Zeit, bis du von der großen Herbstprüfung als Sieger zurückgekommen bist.«

»Also heißt es bis zum Winter warten. Nun gut, das macht

nichts. Etwas anderes. Nachdem das Jawort einmal erteilt ist, habe ich für später doch wohl nicht zu befürchten, daß es deinen Vater und deine Schwester gereuen könnte?«

»Niemals, ich stehe dafür ein.«

Freudig bewegt hob Weh seine zusammengefalteten Hände in Brusthöhe und neigte sich zu einer förmlichen Verbeugung.

»Vielen Dank, mein Freund, daß du dich für den Bund verbürgst! Ich werde mich eines Tages mit einer dicken Gegenleistung erkenntlich zeigen.« –

Aber wir wollen die geschätzte Leserschaft nicht ermüden, indem wir das Garn unserer Erzählung allzu weitschweifig spinnen.

Es war damals gerade Herbst. Die große Provinzialprüfung, die im Herbst jeden dritten Jahres abgehalten wurde, war diesmal fällig. Tu und Weh, schon in manchen früheren Prüfungen mit Auszeichnung bewährt, machten sich reisefertig. Sie wollten unbedingt, daß der Dritte im Bunde, Freund Kün Tjing, mit ihnen ziehen und gleichfalls an der großen Prüfung teilnehmen solle. Feh O beriet sich mit ihrem Vater. Der hatte Bedenken.

»In einer Mädchenlaune hast du dir den Spaß gemacht, eine Zeitlang Student zu spielen und die erste Doktorprüfung mitzumachen. Gut, ich habe Verständnis dafür. Aber der Spaß darf nicht zu weit gehen. Angenommen, du würdest an der Provinzprüfung teilnehmen und bestehen, was weiter? Du würdest dann mit auf der Liste der küjen, der ›aus der Masse Emporgehobenen‹, stehen. Ein küjen, ein Doktor zweiten Grades, hat schon etwas zu bedeuten. Dessen Personalien beguckt sich die hohe Prüfungskommission sehr genau. Dabei würde herauskommen, daß du in Wahrheit ein Mädchen bist. Das gäbe natürlich eine Sensation, Stoff für einen Sonderbericht an den Thron und Unannehmlichkeiten für mich. Ich müßte mich bei dem Thron wegen des kleinen Betruges, den wir begangen haben, feierlich entschuldigen, und ich würde eine Disziplinarstrafe zu gewärtigen haben. Nein, liebes Kind, es geht nicht. Unmöglich.«

Also, Freund Kün Tjing schützte Unpäßlichkeit vor und ließ die beiden anderen allein ziehen. Am Tage der Verkündung der Prüfungsergebnisse prangten ihre Namen mit ganz oben auf der Liste der erfolgreichen Prüflinge. Mit heimlichem Frohlocken nahm Feh O die Siegeskunde auf. Ihr Plan stand fest. Jetzt wollte sie bloß noch die Heimkehr ihres Verlobten Weh abwarten, dann mit ihrem Vater sprechen und – heiraten.

Aber es kam anders, als gedacht. Eine Wolke des Unheils entlud sich damals gerade über dem Haupte ihres Vaters. Der Militär Taotai des Kreises Min tschu hsiän, der ihm seit langem feind war, hatte ihn im Zuge einer vom Kriegsministerium angeordneten Rechnungsnachprüfung beim zuständigen Provinzialrichter denunziert. Er hatte ihn fälschlich bezichtigt, erstens Landesabgaben unterschlagen zu haben, zweitens sich zu Unrecht militärische Verdienste angemaßt und drittens sich eigenmächtig an Kornvorräten des Militärfiskus vergriffen und sich daran in ungeheurem Ausmaß bereichert zu haben. Auf die Anklageschrift, die der Provinzialrichter daraufhin gegen Herrn Wen beim Thron einreichte, erging ein kaiserlicher Entscheid an den zuständigen Provinzstatthalter, wonach dieser binnen einer gesetzten Frist die angeblich unterschlagenen Beträge von dem Angeklagten eintreiben sollte. Die Unheilskunde von diesem Entscheid machte das ganze Haus Wen zu einem einzigen Knäuel der Bestürzung und Ratlosigkeit. Woher sollte Herr Wen solche Riesenbeträge aufbringen? Es kam hinzu, daß einzelne mißgünstige Sekretäre und Schreiberlinge seines Yamens die Gelegenheit benutzen wollten, um ihrem Dienstherrn eins auszuwischen. Nur dank dem Ansehen, das der vermeintliche junge Doktor Kün Tjing in den Schreibstuben des Yamens genoß, und dank seiner beschwichtigenden Beredsamkeit konnte es vermieden werden, daß es zu lautem Krakeel und zur offenen Rebellion im eigenen Yamen kam. Aber das Unheil nahm trotzdem seinen Lauf. Da Herr Wen innerhalb der gesetzten Frist die angeforderten Gelder nicht aufbringen konnte, wurde er auf Betreiben seines Feindes, des Militärs Taotai, verhaftet und in den Schuldkerker der Präfektur verbracht. Umsonst verwandte sich Feh O in der Maske des vermeintlichen Haussohnes und erfolgreichen jungen Doktors Kün Tjing mit einem Gesuch um Haftentlassung und einer Gegenklageschrift gegen den intriganten Militär Taotai beim Präfekten. Der Präfekt, obzwar ihrem Vater gewogen und damals nach ihrer bestandenen Doktorprüfung selber Gratulant, bedauerte. Die Gegenklageschrift wolle er annehmen, aber dem Gesuch um Haftentlassung könne er nicht stattgeben. Umsonst auch, daß die beiden Freunde nach ihrer Heimkehr aus der Provinzhauptstadt sich ihrem Kameraden Kün Tjing zuliebe persönlich zum Präfekten aufmachten und Fürsprache einlegten.

»Bedaure. Höherer Befehl. Auf freundschaftliche Gefühle darf ich keine Rücksicht nehmen.«

Dabei blieb's. Und betreten schoben die drei Freunde ihre Hände in die Ärmeltaschen und wußten keinen Rat.

Freund Weh aber sagte sich: ›In diesem Zeitpunkt, da das Haus meiner Verlobten von Unheil heimgesucht wird, das Heiratsthema zur Sprache zu bringen, wäre höchst unpassend. Verschieben wir das bis nach der Hauptprüfung.‹

Sie sollte in Bälde in der Reichshauptstadt vor sich gehen. Bei ihr ging es um die endgültige Auslese derjenigen erfolgreichen Prüflinge, die ihre Eignung für die Ämterlaufbahn erwiesen hatten und anschließend sofort in den Staatsdienst übernommen wurden. Diese Auslese erhielt nach bestandener Prüfung den Titel tsin schi, was soviel bedeutet wie ›die zu den Ämtern Zugelassenen‹. Das waren die Doktoren dritten Grades.

Vor Antritt der Reise zur Reichshauptstadt nahmen Tu und Weh bewegten Abschied von ihrem zurückbleibenden Kameraden.

»Wir drei waren immer ein Herz und eine Seele«, sprach Weh. »Zu schade, daß du dich nicht gesund genug fühlst, um uns zu begleiten und mit uns ins Examen zu steigen. Nun wirst du uns später nachstolpern und nachhumpeln müssen – falls uns beiden Glück und Erfolg beschieden ist. Das vergällt uns die ganze Reise. Wir sind innerlich nicht froh dabei. Und ganz wider Erwarten dazu noch dieses häusliche Mißgeschick! Es ist, als ob uns das Herz mit einem scharfen Messer zerschlitzt wäre! Aber es ist nun einmal nicht zu ändern. Bestelle deinem verehrungswürdigen Vater unsere herzliche Teilnahme. Er möchte einstweilen versuchen, sein Los mit Ruhe zu tragen, und seine Vernehmung völlig gelassen abwarten. Wenn wir die Prüfung erst erfolgreich hinter uns haben, dann sind wir einen bedeutenden Schritt weiter. Dann kann er auf unseren Beistand zählen. Mit allen Kräften werden wir uns für ihn einsetzen und seine besudelte Ehre wieder blank scheuern.«

»Auf die hiesigen Behörden ist keine Hoffnung. Die halten zusammen und decken sich gegenseitig in ihrem Intrigenspiel gegen andere. Alle Schritte, die du hier zu Hause zugunsten deines Vaters unternimmst, sind von vornherein nutz- und zwecklos. Warte ab, bis wir die große Prüfung mit Erfolg hinter uns haben. Dann wird es das beste sein, wenn du selber in die Reichshauptstadt nachkommst. Dann wollen wir zu dritt weitere Beschlüsse fassen, wie wir deinem würdigen Vater einen Ausweg aus der Schwierigkeit ebnen und seine Ehre blank scheuern können. Das werden die maßgebenden Stellen in der Reichshauptstadt am besten fertigbringen und wir Jüngeren werden nach Kräften mithelfen. Das ist mein Rat. Beherzige ihn auf alle Fälle!« fügte Freund Tu hinzu. Und nochmals Weh, als er mit Kün Tjing allein war:

»Was die Angelegenheit deiner befehlenden großen Schwester betrifft, so bewahre sie tausend-, zehntausendmal in deinem Busen. Was auch immer kommen mag, wenn ich diesmal heimkehre, werde ich unbedingt auf Heirat dringen.«

»Sie hat deinen Gürtelschmuck als Unterpfand. Du wirst dich bestimmt nicht um deine Hoffnung betrogen sehen«, erwiderte Kün Tjing.

Unter Tränen nahm man Abschied.

Nun die beiden Freunde fort waren, hatte Feh O niemanden

mehr, bei dem sie Rat holen konnte. Ein Glück, daß die Behörden es nicht eilig hatten. Sie gewann Zeit und nutzte sie, um die Aufseher und Wärter des Kerkers durch Geld und Geschenke zu gewinnen. Sie erreichte damit, daß die Kerkerhaft für ihren Vater gemildert und erträglich wurde. Sie durfte ihn besuchen und verpflegen. Die Behörde nahm sich Zeit mit Verhören. Sie legte den Fall als noch ungeklärt einstweilen zu den Akten.

Eines Tages besuchte Feh O ihren Vater wieder einmal im Kerker.

»Man sollte«, so sprach Herr Wen zu seiner Tochter, »die kostbare Zeit, da die hiesige Behörde mit der Eröffnung der Verhandlung gegen mich zögert, nutzen und etwas unternehmen. Ich möchte am liebsten eine Verteidigungsschrift aufsetzen, eine genaue Rechnungslegung beifügen, beides in die Reichshauptstadt schicken und dort kräftig die Beschwerdetrommel rühren. Nur weiß ich nicht, wem man einen solchen Auftrag anvertrauen kann. Darum bin ich noch etwas schwankend und noch zu keinem Entschluß gelangt.«

»Oh, verlaß dich ganz auf deine Tochter! Ich selber werde gehen und die Sache in die Hand nehmen. Es war sowieso mein Plan. Meine beiden Freunde Tu und Weh haben mir neulich beim Abschied noch dringend zugeredet, ich möchte ihnen in die Hauptstadt nachkommen. Nach bestandener Prüfung wollen wir dort zu dritt etwas Entscheidendes für dich unternehmen. Wir halten brüderlich zusammen. Du kannst unbedingt auf ihren kräftigen Beistand zählen.«

»Willst du das wirklich? Dann wärest du ja ein Held unter deinesgleichen! Welch Glück, daß ich einen so tapferen Kerl zur Tochter habe! Wenn du selber hinreist, kann ich gewiß sein, daß die Sache richtig gemacht wird. Aber es ist eine weite Reise über tausend Meilen; fühlst du dich den Beschwerden auch gewachsen?«

»Mag mir die berühmte Ti Yung aus der Han-Zeit, deren Mut ihren Vater vor der Strafe der Verstümmelung bewahrte, als Beispiel leuchten! Sie war auch nur ein Mädchen und hat sich doch bis zum kaiserlichen Hof von Tschang an gewagt. Überdies bin ich seit langem daran gewöhnt, Mannesrolle zu spielen; gewandert und gereist bin ich auch schon oft als fahrender Scholar. Man hat mich bislang als Student und junger Mann genommen. Was kann mich da die weite Reise anfechten? Ich habe ja auch Pfeil und Bogen und weiß mich zu wehren. Und wenn man mich unterwegs über meine Person und nach dem Zweck der Reise aushorchen will, nun, ich habe Verstand genug im Kopf und werde mich schon herauszureden wissen. Über all das brauchen wir uns keine Gedanken zu machen. Nur eine Schwierigkeit besteht: ich kann als junges Mädchen nicht gut allein mit nur männlicher Begleitung reisen. Das wäre unziemlich. Aber auch da habe ich mir schon eine passende Lösung ausgedacht. Wir haben doch in unserer Dienerschaft das Ehepaar Wen Lung. Beide sind Angehörige des wilden Miao tse-Stammes und wissen von Kind auf mit Pfeil und Bogen trefflich umzugehen. Wie, wenn ich nun dieses wehrhafte Ehepaar als Begleitung mit auf die Reise nähme und die Frau gleichfalls in Männerkleidung steckte? Dann hätte ich die Frau als Zofe, ihren Mann als Diener. Nach außen aber würden wir als kleine Reisegesellschaft von drei wohlbewaffneten Männern auftreten. Was könnte uns unterwegs noch groß widerfahren?«

»Ausgezeichnet! So geht es. Dann wollen wir nur keine Zeit verlieren. Während ich meine Verteidigungsschrift aufsetze, macht euch schon immer reisefertig.«

Mitten während des Packens traf die frohe Kunde ein, daß Tu und Weh beide bestanden hatten. Beide tsin schi, Doktoren dritten Grades, geworden! Feh O war überglücklich.

»Nun ist die Lage mit einem Schlag erleichtert. Die beiden werden in der Hauptstadt schon Rat schaffen«, beruhigte sie strahlend beim letzten Kerkerbesuch ihren Vater, nahm Abschied und machte sich an dem im Kalender sorgfältig ausgesuchten Glückstag mit ihrer Begleitung auf die Reise.

Einen Reisepaß von früher, ausgestellt von ihrer Heimatbehörde auf den Namen Kün Tjing, Student, trug sie vorsorglich bei sich. Unterwegs aber wollte sie nicht versäumen, sorgfältig auf alle Neuigkeiten achtzugeben, die von Hof und Regierung kund und laut wurden, um über jede etwaige Wendung im Schicksal ihres Vaters auf dem laufenden zu bleiben.

Was meint ihr wohl, wie die Reisekleidung der Maid beschaffen war?

Ein Turban flott ums Haupt, verdeckend ihrer Schläfenwinker bläulichschwarze Linie. Von Leder Stiefel, eng sich schmiegend um zween zarte ›Bambussprossen‹-Füßchen. Ein Reiterwams, auf Taille kurz und knapp geschnitten. Darüber lässig schräg der Ledergurt, ein golden Löwenhaupt als Schnalle. Am Sattel rechts der Beutel, drin der Bogen mit dem Griff von Jaspis. Wenn sie ihn spannt, den Arm gereckt, den Leib gedehnt, welch edle Haltung! Und links der Köcher, Pfeile drin, mit Wildgansfedern schön gefiedert. Ha, wenn sie von der Sehne schnellen, dann kreischen getroffen Affen, taumeln aus den Lüften Adler. Was soll man höher preisen: die edle Bildung oder Waffenkunst des Junkers? Haha, wer möchte unter solcher Junkertracht ein Fräulein Doktor hold vermuten?

In einem knappen Tagesritt wurde Tschong tu fu, die Hauptstadt der Provinz Sse tschuan, erreicht. Diener Wen Lung war als Quartiermacher vorausgeschickt worden. Es war eine schmucke, saubere Herberge, in der man abstieg. Feh O überwachte das Gepäckabladen und die Unterbringung der Pferde im Stall und ihre Fütterung. Dann bezog sie ihre Kammer und hieß die Frau des Wen Lung das mitgebrachte Geschirr auskramen und von den mitgebrachten Eßvorräten eine Mahlzeit bereiten. Dazu bestellte sie sich einen Krug Wein aus der Herberge, schenkte sich ein und speiste und trank mit Ruhe und Behagen.

Ein bißchen Zufall und Ungefähr
Gehört nun mal zur rechten Mär.

Die von Feh O bewohnte Kammer ging auf einen kleinen ummauerten Brunnenhof hinaus, und gerade gegenüber erhob sich ein einstöckiger Wohnturm, der zum angrenzenden Nachbargrundstück gehörte. Man konnte von Fenster zu Fenster sehen.

Während Feh O in ihre Mahlzeit vertieft war, erschien drüben am halbgeöffneten Balkonfenster das Gesicht einer jungen Frau, die unentwegt herüberlugte. Als Feh O zufällig einmal aufblickte, zog sich ihr Gegenüber geschwind vom Fenster zurück, ohne indes ganz zu verschwinden. Ihr Schatten blieb hinter dem Fenstervorhang weiter sichtbar. Nach einer Weile tauchte ihr Gesicht wieder am offenen Fenster auf. Diesmal konnte Feh O einen vollen Blick von ihrem Antlitz und ihrer Gestalt erhaschen. Es war eine ungewöhnliche Schönheit.

Die ist ja entzückend! Daß es so etwas auf der Welt gibt! dachte Feh O in stiller Bewunderung.

Die geschätzte Leserschaft wird denken, wenn Feh O jetzt ein Jüngling gewesen wäre, dann würde ihr Herz bestimmt nicht ungerührt geblieben sein, und sie würde es sicherlich nicht verschmäht haben, ein galantes Abenteuer als Gabe des Schicksals mitzunehmen. Das würde zu einem höchst unterhaltsamen Wechselspiel der Brauen und Augenwinkel geführt haben, und es hätte daraus eine herrliche Romanze von grenzenloser Liebessehnsucht werden können.

Ganz recht, aber Feh O war nun leider selber weiblichen Geschlechts. Darum schenkte sie der zarten Aufforderung von drüben nicht den geringsten Raum in ihrem Busen. Vielmehr machte sie sich völlig unbeteiligt gleich wieder über die unterbrochene Mahlzeit, und als sie damit fertig war, eilte sie zum Statthalteryamen, um ihre Erkundigungen einzuholen. Das war ihr Hauptsache.

Gegen Abend kam sie in die Herberge zurück. Gerade hatte sie sich zum Ausruhen niedergelassen, als vom Nachbargrundstück her Stimmengeräusch hörbar wurde und sie veranlaßte, einen Blick nach drüben zu tun. Richtig, da sah sie ihr schönes Gegenüber wieder am Fenster stehen und unentwegt herüberstarren. Sie mußte innerlich lachen und bei sich denken: Arme Törin, wozu guckst du dir die Augen nach mir aus? Freilich, du kannst ja nicht ahnen, daß ich deinesgleichen bin! Seufzend griff sie nach einem Buch, da wurde sie schon wieder gestört. Es pochte und herein trat ein altes Mütterchen, eine kleine verdeckte Holzmulde unter dem Arm. Die Alte setzte die Mulde an der Tür nieder, begrüßte Feh O mit einem wan fu!, ›zehntausendfaches Glück‹, und hub an:

»Meiner Herrin, dem gnädigen Fräulein von nebenan, tat es leid, Euch heute so einsam und allein Eure Mahlzeit einnehmen zu sehen. Zum Zeichen dessen, daß sie Euch im Geiste Gesellschaft leistet, erlaubt sie sich, Euch durch mich ein paar Früchte zweierlei Art zu verehren. Sie sollen Euch an Stelle von Tee ein wenig erquicken.«

»Wie käme ich, ein einfacher Student, der zufällig hier auf Durchreise weilt und sich keinerlei Verwandtschaftsbeziehung zu dem gnädigen Fräulein rühmen kann, zu solcher Huld und Ehre!« wehrte Feh O dankend ab.

»Meine junge Herrin hat gesagt, sie hätte schon wer weiß wie viele fremde durchreisende Kavaliere zu Gesicht bekommen, aber noch keinen so elegant und wohlgestaltet und von so feinem Anstand wie Euch. Sie meinte gleich, Ihr müßtet wohl von sehr nobler Herkunft sein. Als sie dann erfuhr, daß Ihr der Haussohn eines hohen Befehlshabers seid, meinte sie weiter, die Küche dieser gewöhnlichen Herberge würde Eurem verwöhnten Gaumen gewiß nichts Würdiges zu bieten haben, und sie befahl mir, Euch diese Früchte zu bringen, um Euch etwas zum Durstlöschen zu bieten. Denn sie meinte, Ihr würdet von Eurem langen Ausgang sicher erhitzt und durstig sein.«

»Wer ist sie? Und wie kommt es, daß sie hier nebenan wohnt?«

»Sie ist die Tochter des weiland Fürsten und Statthalters

Tsing Yen Tsing. Seit dem Tode beider Eltern lebt sie hier in Anlehnung an den Haushalt ihrer Tante mütterlicherseits, und zwar aus folgendem Grunde: In ihrem elterlichen Schloß daheim fehlt es ihr zwar an nichts, das Schloß birgt Schätze im Wert von Zehntausenden von Goldbatzen; aber es fehlte ihr dort doch an etwas: an Gelegenheit, eine passende Gattenwahl zu treffen. Denn das Schloß liegt auf dem Lande, einsam und abgelegen von allem Verkehr. Kurz, sie ist noch unverlobt. Nun ist ihr ›Außen‹onkel, der Mann ihrer Tante mütterlicherseits, hier in Tschong tu fu eine hochangesehene Persönlichkeit. Er führt den Titel yüan wai, ›Rat‹, und ist der schwerreiche Besitzer aller besseren hiesigen Herbergen und Gaststätten. Es sind ihrer weit mehr als ein Dutzend, die ihm gehören, darunter auch diese Herberge hier mitsamt dem Nachbargrundstück und dem Wohnturm darin, den meine Herrin für sich allein mit etwas Dienerschaft bewohnt. Sie hat gerade diesen Wohnturm gewählt, weil er so schön ruhig und tief in einem Garten versteckt liegt.

Ihr Onkel hat natürlich die beste Gelegenheit, unter der Fülle von Kavalieren, die auf der Durchreise seine Herbergen in Anspruch nehmen, Umschau nach einem passenden Ehepartner für seine ›Außen‹nichte zu halten. Und er hat ihr auch schon manchen Vorschlag gemacht. Aber seine Wahl hat niemals ihre Zustimmung gefunden. Sie ist sehr eigen und hatte immer etwas auszusetzen. Nun hat er es aufgegeben. Er überläßt die Wahl ihr selber und mischt sich nicht mehr ein. Er möchte nicht, daß sie ihm später wegen eines Mißgriffs Vorwürfe macht. ›Verlaß dich künftig auf deine eigenen Augen und sieh zu, ob du den Richtigen entdeckst! Wenn du ihn gefunden zu haben glaubst, dann vertraue dich mir an. Dann will ich gern das Weitere für dich besorgen und die Heirat perfekt machen.‹ So hat er ihr erklärt und ihr die Möglichkeit geboten, da und dort hinter dem Wandschirm alle möglichen durchreisenden Kavaliere und illustren Fremdlinge in Augenschein zu nehmen. Aber merkwürdig, trotz der reichen Auswahl hat ihr bisher keiner gefallen. Erst als sie Euch sah, da war sie zum erstenmal zu allen zehn Zehnteln befriedigt und des Lobes voll. Man möchte fast wetten, daß Ihr und sie schon in einer früheren Existenz füreinander bestimmt wart und daß Euch jetzt der Himmel hergesandt hat, um den vorbestimmten Bund zu vollziehen.«

Was sollte Feh O darauf erwidern? Am liebsten hätte sie hell aufgelacht. Sie beschränkte sich auf ein schwaches Lächeln.

»Welches Glück für den geringen Scholar!« hauchte sie.

»Schön gesagt! Schön gesagt! Die alte Person wird gleich laufen und ihrer jungen Herrin getreulich berichten.«

»Bestellt ihr meine untertänigsten Empfehlungen! Ich wüßte ihre Huld und Güte hoch zu schätzen. Auf der Reise befindlich, wie ich zur Zeit bin, könnte ich leider nicht mit einem würdigen Gegengeschenk aufwarten. Aber im Herzen wäre ich zutiefst bewegt und gerührt ob des sichtbaren Beweises ihrer freundlichen Gefühle.«

Nachdem die Alte gegangen war, blieb Feh O eine Weile in tiefes Nachdenken versunken dasitzen. Auf einmal lachte sie kurz auf.

»Ich hab's! Da die junge Dame sich nun einmal in mich vergafft hat, soll sie auch belohnt werden. Nein, ganz umsonst soll sie ihr ›Lenzherz‹ nicht an mich verschwendet haben!« Und im Zimmer auf und ab schreitend, entwarf sie, die Worte halblaut vor sich hin summend, eine zierliche Stanze voller Andeutungen. Sie sollte Sendbotin ihrer Absage sein.

Schon in aller Frühe am nächsten Morgen stellte sich die Alte wieder ein. In einer bis zum Rand gefüllten Schüssel brachte sie, in einer fetten Reisbrühe schwimmend, vier sauber gerupfte und gargekochte leckere Suppenhühner mit, dazu eine Kanne Tee bester Sorte.

»Hier eine kleine Beigabe zu Eurem Frühstück.«

»Vielen Dank für Eure Freundlichkeit, gute Ma ma.«

»Ist nicht von mir. Auftrag meiner jungen Herrin. Noch vor

dem Schlafengehen hat sie gestern abend der alten Person anbefohlen, etwas Herzhaftes für Euer Frühstück zu richten.«

»Also wiederum sie die gütige Spenderin! Ich bin in Verlegenheit, wie ich ihr meinen Dank für die köstliche Gabe abtragen soll. – Doch halt – ich habe ein kleines Gedicht – vielleicht, daß ich es ihr zum Dank verehren könnte. Dürfte ich Euch, gute Ma ma, als Überbringerin bemühen?«

Feh O setzte sich an den Tisch, nahm einen mit Pfirsichblüten geblümten Briefbogen zur Hand und schrieb darauf die Stanze, die sie am Abend zuvor gedichtet hatte. Sie faltete den Briefbogen sorgfältig zusammen, steckte ihn in einen Umschlag, adressierte und versiegelte den Umschlag und übergab das fertige Brieflein der Alten.

Die Alte trabte hurtig davon und überbrachte das Brieflein ihrer Herrin. Das hochgeborene Fräulein Tsing öffnete und las:

›Dein gedenkend, die so gleich und artverwandt,
Fühle gleichwohl meinen Durst nicht fortgebannt
Ungeachtet Birnen rot und Goldorangen,
Aus dem Heim der edlen Düfte mir gesandt.

Nie zuvor – zu meiner Schmach muß ich gestehn –
Wagt nach einer Phonixhenne ich zu spähn.
Tief und ungeweckt in seiner Hülle
Schwieg mein Saitenspiel bisher noch stille.‹

Wider Erwarten war Fräulein Tsing über die Stanze nicht etwa betrübt, sondern im Gegenteil hocherfreut. Feh O hatte ihre Verse als Absage gedacht und hatte gemeint, daß die Absage deutlich genug herauszulesen sei. Das Wort ›artverwandt‹, das ihre Geschlechtsgleichheit verraten sollte, hatte die andere im Sinne von ›seelenverwandt‹ verstanden und war sehr erbaut darüber. Nicht entfernt kam sie auf den Gedanken, daß der Gegenstand ihrer Neigung ein junges Mädchen genau wie sie sein könnte. Die zweite Strophe aber nahm sie ganz einfach als Ausdruck knabenhafter Scheu und Keuschheit.

Wohlgemut also summte sie sich eine entsprechende Antwortstanze zusammen, die unter Hinweis auf das Vorbild des Dichters Sung Yü eine unmißverständliche Ermunterung enthielt, setzte sich an den Schreibtisch und schrieb ihr Poem auf ein Blatt feinen, schwarzgeäderten Seidenpapiers nieder, faltete es zum Brieflein und sandte es durch die Alte ihrem Gegenüber zu.

Feh O öffnete und las:

›Ostwärts über Mauern schweifte das Begehren
Des Poeten Sung Yü – kann man's ihm verwehren?
Wünschte Flügel sich, um in den Hain zu fliegen,
Mit der Phönixhenne sich im Tanz zu wiegen.

Dessen Geist ansonsten weiß zu meistern Töne,
Schuf bereits von neuestem Schnitte Verse schöne.
Wozu noch die armen Finger mühn und plagen,
Um der Laute zu entlocken trübe Klagen?‹

»Also auch dichten kann sie! Und wie! Unglaublich!« rief Feh O belustigt aus, als sie fertiggelesen hatte. Allerdings, jetzt hieß es auf der Hut sein und einen gescheiten Plan ersinnen, um aus der argen Verwicklung wieder herauszukommen. Tief genug hatte sie sich hineinverstrickt. Und sie erdachte einen kleinen Schwindel.

»Gute Ma ma«, so sprach sie zu der Alten, »ich weiß deiner Herrin für ihre schöne Absicht recht vielen Dank. Ich bin gewiß nicht unempfindlich und ohne Gefühl. Aber leider bin ich schon mit einer anderen verlobt. Ich möchte deine junge Herrin nicht gern enttäuschen und falsche Hoffnungen in ihr nähren. Darum sage ich's offen heraus. Also entbiete ihr meinen Gruß und bestelle ihr, die gewünschte Verbindung müßte sie wohl oder übel auf eine spätere Existenz verschieben.«

»Da es sich so verhält, dann will ich nur eilen und meine Herrin gleich aufklären, um ihr zu ersparen, daß ihr Herz und ihre sämtlichen Eingeweide sich weiterhin mit müßigen Hirngespinsten herumschleppen und dabei aufreiben und ruinieren«, erwidert die Alte und empfahl sich.

Nachdem sie fort war, unternahm Feh O wieder einen Gang in die Stadt zum Statthalteryamen. Dort erbat und erwirkte sie immerhin einen weiteren Aufschub in der Eröffnung des Hauptverfahrens gegen ihren Vater. Befriedigt über ihren Teilerfolg, kam sie gegen Abend heim.

Am nächsten Morgen war die Alte wieder da. Sie strahlte übers ganze Gesicht. »Ei, ei, junger Herr! Ihr seid mir ja einer! Uns so zu foppen und zu beschwindeln! Und eine blumenholde junge Dame wie ein lästiges Bündel abzuschütteln und wegzuwerfen! Ei, ei! Also, nachdem ich gestern abend meiner Herrin berichtet hatte, befahl sie mir, Erkundigungen bei Euren beiden Bediensteten einzuziehen. Und siehe da, beide beteuerten übereinstimmend, daß ihr noch frei wäret. Mein Fräulein, darob über die Maßen erfreut, hat sich noch am gleichen Abend ihrem Außenonkel, dem hochansehnlichen Herrn Rat, anvertraut. Er wird wohl gleich selber kommen, um Euch seine Aufwartung zu machen und das Weitere mit Euch zu besprechen. Wohl oder übel werdet ihr nun um die Heirat wohl nicht herumkommen. Hihi!«

Feh O stand da wie auf den Kopf geschlagen. Sie brauchte eine geraume Weile, ehe sie die Sprache wiederfand. Inzwischen schoß es ihr durch den Kopf: Jetzt aber nichts als packen und abreisen! Fort! Oder soll ich dieser Fremden zuliebe, die mein wahres Verhängnis ist, den Vorhang lüften und mein Geheimnis preisgeben? Niemals!

Und sie entließ die Alte und rief Diener Wen Lung und Frau herbei. Sie möchten die Herbergsrechnung bezahlen und schleunigst packen, die Pferde satteln und alles zum sofortigen Aufbruch fertigmachen. So lauteten ihre Weisungen. Während draußen die beiden befehlsgemäß ihre Vorkehrungen trafen und drinnen ihre Herrin in fieberhafter Unruhe und Ungeduld auf und ab schritt, erschien auf einmal der Herbergswirt und meldete devot:

»Mein hoher Patron, der Herr Rat Fu, wünscht dem jungen Herrn seine Aufwartung zu machen.«

Und schon trat er selber über die Schwelle, der Herr Rat. Ein würdiger Graukopf, angehender Siebziger. Mit freundlichem Räuspern trat er auf Feh O zu.

»Habe ich die Ehre mit dem werten jungen Herrn Doktor Kün Tjing aus dem Hause Wen?«

»Ganz recht. Das ist er«, fiel die Alte, mit dem Finger zeigend, ein. Sie hatte sich, vor Neugier getrieben, wieder herbeigemacht und zur Tür hineingeschoben.

Rat Fu hob die Hände in Brusthöhe und verneigte sich tief zum Gruß. Was blieb Feh O anderes übrig, als sich zum Gegengruß zu neigen und ihrem würdigen Besucher einen Sessel zurechtzurücken?

»Ohne triftigen Grund würde ich nicht gewagt haben, unseren geschätzten jungen Gastfreund so formlos zu überrumpeln«, hub der Besucher an. »Ich, der alte Geselle, habe eine Außennichte, die Tochter unseres früheren Provinzstatthalters Tsing Yen Sing. Sie ist noch unverlobt und hat sich durchaus in den Kopf gesetzt, nur einen Mann von Überdurchschnitt zu heiraten. Ich, der alte Geselle, möchte mir nicht anmaßen, über ihren Kopf hinweg in dieser Hinsicht eigenmächtig zu entscheiden. Vielmehr richte ich mich ganz nach ihrer eigenen Wahl. Nun hat sie sich mir gestern abend anvertraut und also erklärt: ›Nebenan in der Herberge wohnt zur Zeit ein junger Fremdling, Haussohn aus dem Hause des Militärkommandanten Wen im Kreise Min tschu hsiän. Er ist fein, wohlgestaltet, von edlem Anstand, kurz, weit über gewöhnlichem Durchschnitt. Dem würde ich gern mit Schippe und Kehrichtbesen als treue Gattin und gehorsame Hausfrau untertan sein.‹ Und sie bat mich dringend, ich möchte Euch aufsuchen und die ersehnte Heirat für sie zustande bringen. Ich, der alte Geselle, habe mich mit eigenen Augen überzeugt, daß ihr günstiges Urteil hinsichtlich Eurer Person nicht übertrieben ist. Auch mir gefallt Ihr. Nun, meine Nichte verfügt auch über etliche Zehntel Reiz und Aussehn, überdies ist sie einigermaßen mit Tusche und geistiger Bildung befeuchtet. Kurz, es will mich dünken, Ihr und sie würdet ein treffliches Paar abgeben. Ihr würdet, falls Ihr Eure Zustimmung erteilt, sicherlich keine Fehlentscheidung treffen.«

Innerlich schwitzend, wahrte Feh O nach außen kaltes Blut.

»Verehrter alter Schwiegeronkel, meine Wenigkeit wagt es Euch nicht zu verhehlen: ich habe von seiten Eurer befehlenden Nichte bereits hinreichende Beweise einer – leider – irrtümlichen Liebe und Zuneigung erfahren. Wie könnte ich selbst dabei unbeteiligt geblieben sein? Aber unserer Verbindung stehen zwei Bedenken im Wege: Einmal ist Eure befehlende Nichte die hochgeborene Tochter eines Fürsten und Statthalters, während ich bloß einfacher Student und Sohn eines schlichten Militärs bin. Ich fürchte, es wäre allzu vermessen, wenn ich mich so hoch emporranken und versteigen wollte. Zum andern ist mein Vater zur Zeit in ein peinliches Amtsverfahren verwickelt und in arger Bedrängnis. Ich bin gerade auf dem Weg in die Reichshauptstadt, um dort etwas für seine Rettung zu unternehmen. Das Verfahren schwebt noch, die Sachlage duldet keinen Aufschub. Darf ich in so kritischer Stunde an Heirat denken und mich einer Säumnis schuldig machen? Zu meinem Bedauern muß ich mich daher Eurem ehrenvollen Antrag versagen.«

Rat Fu strich bedächtig über seinen grauen Bart und erwiderte:

»Nun, werter Neffe, Ihr stammt immerhin aus altem, verdientem, mit Orden und Ehrenzeichen geschmückten Offiziersgeschlecht. Auch habt Ihr es als junger Akademiker bereits zu Erfolg und hohem Ruf gebracht. Schon heute kann man an den Fingern abzählen, daß Ihr Euren Flug künftig zu schwindelnd steilen Höhen der Ämterlaufbahn nehmen werdet. Was hat angesichts dessen der kleine Unterschied der Herkunft zu besagen, ob aus Militär- oder aus Zivilmandarinengeschlecht? Was nun die Angelegenheit Eures verehrungswürdigen Vaters betrifft, so geht sie natürlich vor, und ich bin ganz Eurer Meinung, daß Ihr unverzüglich nach der Hauptstadt reisen solltet. Dem steht indes nicht im Wege, daß wir zuvor die Verlobung festsetzen. Hochzeit kann dann später gefeiert werden, wenn Ihr von der Reise zurück seid. Die vorgeschlagene Regelung hätte den zwiefachen Vorteil, daß einerseits der Angelegenheit, die Euch so sehr am Herzen liegt, kein Abbruch geschieht und daß anderseits meine Nichte in ihrer Herzensangelegenheit Beruhigung fände. Nun?«

Angesichts solch freundlich zwingenden Druckes konnte Feh O unmöglich brüsk ablehnen und nein sagen, es sei denn, sie hätte ihr Geheimnis preisgeben müssen, und das konnte sie auf keinen Fall. In ihrer Not und Ratlosigkeit hatte sie jäh einen erlösenden Einfall. Da war doch noch der kleine Tu, der ihrem Herzen nicht weniger nahe, womöglich noch näher stand als Freund Weh, ihr Anverlobter durch Schicksal. Hatte sie sich nicht schon früher im stillen gelobt, ihm zu einer würdigen Ersatzpartnerin zu verhelfen? Dieses Fräulein Tsing, das wäre die Richtige für Freund Tu! Gut, sie wollte ja sagen, aber mit dem inneren Vorbehalt, daß ihr Ja sich auf ihren Freund Tu beziehen sollte. Er würde ihr schwerlich böse sein, wenn sie ihn später vor die vollendete Tatsache stellen würde. Und wenn er ihr mit der geringen Wahrscheinlichkeit von eins zu zehntausend doch gram sein sollte, dann würde sie eben gehörig fürsprechen. Oh, es würde sich schon noch alles einrenken und in Wohlgefallen auflösen. Das war entschieden besser, als jetzt dem Schicksal in den Arm zu fallen. Ihr Entschluß war gefaßt. Und sie erklärte:

»In Ansehung der hohen Ehre und Freundlichkeit, deren Ihr, verehrter alter Schwiegeronkel, und Eure befehlende Nichte meine Wenigkeit würdigen, stünde es mir nicht an, die gütige Hand, die mich hilfreich aus der Niederung meines Daseins emporziehen will, zurückzustoßen. Sobald ich aus der Hauptstadt zurück bin, werde ich nicht verfehlen, bei Euch vorzusprechen und um die versprochene Gattin anzuhalten. Als Unterpfand meines Jaworts möchte ich diesen Gegenstand dalassen . . .«

Sie brachte aus der Tasche ihrer Reithose jenen klingenden Gürtelanhänger aus lammfettglatten Jaspissteinen zum Vorschein und reichte ihn mit beiden Händen dem würdigen Rat Fu dar.

»Hier, für Eure befehlende Nichte, als Unterpfand des erteilten Jaworts«, wiederholte sie.

Schmunzelnd und mit tausend Freuden nahm Rat Fu das Schmuckstück entgegen und empfahl sich mitsamt der Alten, um seiner Nichte unverzüglich Bericht zu erstatten.

»Er hat sein Jawort erteilt!« verkündete er triumphierend und überreichte ihr das Verlobungsgeschenk.

Dann ließ er drüben zwei Gedecke auftragen. Er ließ es sich nicht nehmen, dem vermeintlichen Eidam schnell vor der Abreise noch ein kleines Abschiedsmahl zu verabreichen. Wesentlich erleichtert und innerlich froh über die getroffene Lösung, nahm Feh O wohlgemut daran teil und ließ sich's trefflich munden. Dann verabschiedete sie sich fröhlich von ihrem Gastgeber und schwang sich in den Sattel.

Es kostete manchen heißen und staubigen Tagesritt, ehe Feh O mit ihrer Begleitung die Reichshauptstadt Tschang an (Hsi an fu) in der fernen Provinz Schan hsi erreichte. Es war eine Reise voller Strapazen und Entbehrungen, und Feh O lernte nun am eigenen Leibe kennen, was es heißt, ›von Luft und Wind leben und sich auf Tau und Gras betten‹. Endlich war man am Ziel.

Wieder wurde Diener Wen Lung vorausgeschickt. Er hatte den Auftrag, die Herberge ausfindig zu machen, wo die beiden Freunde Tu und Weh ihr Quartier hatten. Er fragte sich mit Erfolg durch, fand aber nur noch den einen vor. Weh hatte sich beurlauben lassen und war bereits wieder auf dem Weg nach seiner Heimatstadt Min tschu hsiän.

Tu schickte dem Ankömmling und Dritten im Bunde eilends den Geschäftsführer seiner Herberge entgegen, damit er ihm den ersten Willkommen entbiete und ihn hergeleite. Und dann gab's freudiges Wiedersehn.

»Getreu eurem Rat, den ihr mir damals beim Abschied erteilt habt, bin ich gleich selber hergekommen«, berichtete Freund Kün Tjing. »Wozu vorher noch Briefe und Botschaften wechseln und Zeit vertrödeln? Es liegt mir so dringend am Herzen, daß wir nun gemeinsam etwas für meinen Vater unternehmen. Zu meiner Überraschung höre ich, daß Freund Weh schon wieder unterwegs ist. Ein Glück bloß, daß ich wenigstens noch dich vorfinde. Dann bin ich doch nicht gänzlich um meine Hoffnung betrogen.«

Tu fiel ein:

»Ich habe in der Sache deines Vaters bereits etwas unternommen. Also höre. Du hattest daheim vor unserer Abreise doch so eine schöne, genaue Gegenrechnung ausgearbeitet, worin du Punkt für Punkt und Ziffer für Ziffer die falsche Rechnung jenes verleumderischen Militärs Taotai zerpflückt und zerrupft und richtiggestellt hast. Diese Gegenaufstellung habe ich in Holzplatten einschneiden und als Drucksache vervielfältigen lassen. Dann habe ich einen Stoß dieser Drucksachen unter den Arm genommen, mich zeitig früh vor Beginn der Frühaudienz am Morgentor vor dem Kaiserpalast aufgestellt und die Drucksachen unter die hohen Herrschaften, Minister und Hofbeamten, die auf dem Wege zur Audienz an mir vorüberkamen, verteilt. Einen Tag habe ich den hohen Herrschaften Zeit gelassen, den Fall untereinander zu erörtern und dazu Stellung zu nehmen. Dann habe ich einen zweiten Schritt unternommen. Ich habe im Kriegsministerium einen guten Freund sitzen. Er ist Altersgenosse von mir und als Geheimschreiber mit im persönlichen Dienst des Ministers. Dem habe ich gleichfalls einen Abzug der Drucksache zugesteckt. Auf meinen Wunsch hat er sie mit unter die anderen Aktenstücke geschmuggelt, die dem Minister zur persönlichen Erledigung vorgelegt werden. Einen dritten Schritt habe ich noch vor: Ich werde den zuständigen Personalreferenten im Ämterministerium aufsuchen, bei ihm gehörig Krach schlagen und durchdrücken, daß der lästige Intrigant von Militär Taotai amtsversetzt wird.«

»Und die persönliche Verteidigungsschrift meines Vaters? Wirst du sie an zuständiger Stelle auch mit einreichen?«

»Nein. Du mußt wissen, heute ist die Lage bei Hofe so, daß der Zivilmandarin mehr gilt als der Militärmandarin. Das Verfahren gegen deinen Vater liegt in der Hand des Provinzialrichters, also einer zivilen Instanz. Dem würde die Verteidigungsschrift eines Militärs gar keinen Eindruck machen, höchstens einen schlechten; sie würde ihn im Gegenteil verärgern und die ganze Sache verderben. Glaube mir, der Weg, den ich gewählt habe, ist der einzig richtige. Du kannst dich getrost auf mich verlassen.«

»Vielen Dank! Ich sehe die Sache als grüner Student eben zu theoretisch an, mir fehlt deine praktische Erfahrung. Ich bitte dich recht herzlich um deinen weiteren freundlichen Rat und Beistand.«

»Unnötig, mich darum zu bitten. Du bist mir soviel wie leiblicher Bruder, bloß daß du einen anderen Familiennamen führst. Dein Leid ist mein Leid, deine Nöte sind meine Nöte.«

»Und warum ist Freund Weh schon wieder abgereist?«

»Ich bin nicht recht klug daraus geworden. Wir wohnten die ganze Zeit über hier zusammen. Gleich nach bestandener Prüfung sagte er etwas von einer dringlichen Privatangelegenheit, die ihn nach Hause riefe. Er müsse sich unbedingt mit dir besprechen. Auf meine Frage, um was es sich handle, wollte er nicht mit der Sprache heraus. Ich gab ihm zu bedenken, daß du doch sicherlich selber in die Hauptstadt nachkommen würdest, sobald du erfahren würdest, daß wir bestanden haben, und daß er dich womöglich verfehlen würde. Aber er meinte, es wäre nicht ausgemacht, daß du herkommen würdest; jedenfalls lasse es ihm keine Ruhe, er müsse abreisen, die Sache wäre sehr wichtig und könne nur daheim erledigt werden. Und so ließ er sich von seiner Behörde Urlaub geben und reiste ab. – Im Vertrauen, was hat er denn mit dir Wichtiges zu besprechen?«

Feh O dachte sich natürlich ihr Teil. Aber über ihre Herzensangelegenheit mit Weh konnte sie sich doch nicht gut vor Tu aussprechen. Sie stellte sich dumm.

»Weiß auch nicht. Wird wohl irgendwelchen häuslichen Kleinkram betreffen.«

»Meine ich auch. Aber warum hatte er es dann so verflucht eilig?«

Tu erhob sich kopfschüttelnd und bestellte in der Küche zunächst einmal Wein und ein erlesenes Willkommenmahl zu Ehren des Freundes. Dann hieß er Diener Wen Lung und Frau das Gepäck heraufschaffen. Sie brauchten sich nach keiner anderen Herberge umzusehen, sondern könnten gleich hier in seiner eigenen Herberge absteigen. Platz für alle drei sei reichlich genug vorhanden. Hierauf wies er seinem Freund eine freundliche Gastkammer an, ließ sie sauber fegen und herrichten und seine eigene Lagerstatt neben der des Freundes aufbauen. In dieser ersten Nacht wollte er Seite an Seite neben ihm ruhen und noch ergiebig und gemütlich mit ihm plaudern. Es gab ja soviel zu erzählen.

Mit einiger Beklemmung sah Feh O diesen häuslichen Vorkehrungen zu. Es war ihr gar nicht recht wohl dabei. Und es fuhr ihr durch den Sinn: Für gewöhnlich haben wir immer nur bei Tage zusammengehockt, gelesen und gelernt, Aufsätze zusammen gebaut, hin und wieder wohl auch zusammen pokuliert und gezecht. Aber niemals haben sie mich beim Zubettgehen oder Aufstehn und Anziehn beobachten können. Darum konnte ich ja auch bisher mein Geheimnis vor ihnen wahren. Heute soll ich die Schlafkammer mit ihm teilen. O weg, da gibt's schwerlich noch ein Verstecken. Da wird wohl der Pferdefuß zum Vorschein kommen. Was dann? Irgendwelchen triftigen Vorwand, daß ich getrennt schlafen müsse, habe ich nicht. Nun, ich will hübsch aufpassen, daß ich meine Unterwäsche gut vor ihm verberge, dann wird's vielleicht gehen.

Dachte sie. Indes, bei allem Geschehen unter dem Himmel kommt die Wahrheit schließlich doch einmal heraus. Zwar tagsüber fiel ihr das gewohnte Versteckspiel noch leicht. Da konnte sie sich ihm unter dem Vorwand, daß sie die erwähnte Druckschrift noch bei allen möglichen wichtigen Stellen und Persönlichkeiten austragen, also ihrer durchaus männlichen Pflicht und Aufgabe nachgehen müsse, mühelos entziehen, in der Stadt umherbummeln und die Zeit unterwegs totschlagen. Aber dann die langen Abende und die Nacht. Da konnte es bei dem engen Zusammenleben in der gemeinsamen Kammer nicht ausbleiben, daß sie sich bei dieser oder jener zufälligen Bewegung oder Verrichtung, in ihrer Haltung und ihren Gesten, kurz, in ihrem ganzen Gehaben eben anders als männlich gab und diese oder jene kleine Blöße verriet, die dem scharfen Auge des Freundes keineswegs entging und ihn bei zunehmender Beobachtung in zunehmendem Maße stutzig machte.

Eines Tages war sie wieder einmal in die Stadt ausgegangen. Da hatte sie nun aus Versehen den Schlüssel zu dem Rotlackkästchen, in dem sie ihre Besuchskarten aufbewahrte, steckenlassen. Freund Tu, nicht faul, machte sich die Gelegenheit zunutze, das Kästchen heimlich zu öffnen und zu durchschnüffeln. Es enthielt außer Besuchskarten auch etliche mit Pinsel und Tusche beschriebene Blätter. Darunter – merkwürdige Entdeckung – das Konzept zu einem Gebet, gerichtet an den Heiligen Hsü Sun, Schutzpatron der Bogenschützen. Das Gebet hatte folgenden Wortlaut:

›Ich, die gläubige Jungfrau Feh O aus dem Hause Wen, wohnhaft in der Kreisstadt Min tschu hsiän in der Präfektur Tschong tu fu, in Demut und kniefällig mich vor Deinem Antlitz neigend und Weihrauch brennend, flehe Dich, o erhabener Schutzgott, an: Leihe meinem Vater Wen Tsui Deinen göttlichen Beistand, auf daß er in Bälde aus dem Verfahren, in das ihn ein böser Feind verstrickt hat, blank und schuldlos hervorgehen und ruhigen Gewissens heimkehren möge! Mir selber aber verhilf dazu, daß die Hoffnung, die ich auf den Schicksalspfeil aus Bambus und auf das Unterpfand des klingenden Gürtelschmucks setze, nach Wunsch in Erfüllung gehen möge!«

Tu klatschte triumphierend in die Hände.

Da haben wir's! Das Geheimnis gelüftet! Hier liegt der Beweis klar vor Augen! Na warte, jetzt soll sie mir nicht mehr entwischen. Daß sie sich Flügel anlegt und gen Himmel fliegt, ist ja kaum zu befürchten ... bloß der zweite Satz des Gebets, aus dem werde ich noch nicht recht klug ... Schicksalspfeil und Gürtelschmuck als Unterpfand ... wie ist das zu verstehen? ... Sollte sie ... hm, sollte sie sich schon jemandem versprochen haben? ... Was dann?

Während es ob der aufregenden Entdeckung in seiner Brust noch wild und stürmisch tobte und wallte, erschien plötzlich sie, kühl und gelassen wie immer, vom Ausgang zurück.

Er begrüßte sie mit einem vielsagenden Lachen. Sie schaute prüfend an sich entlang von oben bis hinunter zu den Füßen.

»Was findest du lächerlich an mir? Habe ich mich verkehrt angezogen oder aufgeführt?«

»Angeführt hast du mich! Und zwar genial! Darüber muß ich lachen. Vor Bewunderung!«

»Wüßte nicht wieso.«

»Und wie angeführt! Denke doch einmal nach!«

»Wüßte wirklich nicht.«

»Dann will ich deinem Gedächtnis nachhelfen. Weißt du noch, wie ich damals, als wir zusammen studierten, manchmal im Scherz zu dir sagte, ich würde dich auf der Stelle heiraten, wenn du ein Mädchen wärest? Und nun – siehe da, wer hätte es gedacht! – stellt sich heraus, daß du wirklich ein Mädchen bist! Hättest du mir das nicht die ganze Zeit über verheimlicht, würde ich dich längst geheiratet haben. Nun, hast du mich etwa nicht angeführt?«

»Wer, von wem, wieso kannst du so etwas behaupten?« stotterte Feh O, übers ganze Gesicht rot werdend.

Tu zog aus der Ärmeltasche jenes Blatt Papier mit dem Gebetstext hervor, das er vorhin aus ihrem Kästchen entwendet hatte.

»Erkennst du diese Schrift als deine Handschrift an?« Das

genügte. Jetzt war es zu Ende mit dem Versteckspiel. Sie senkte stumm den Kopf. Er rückte dicht an ihre Seite und sprach heiter auf sie ein:

»Bisher grollte ich dem Schicksal, daß es uns beide als Fasanenhähne geschaffen hatte. Jetzt hat der Himmel meinen Wunsch erhört!«

Mit einem Ruck machte sich Feh O von ihm los und stand auf.

»Gut, das Geheimnis meines Geschlechts hast du erbrochen. Ich kann es nicht ableugnen. Aber eines weißt du noch nicht: Ich bin bereits an Freund Weh vergeben. Es tut mir leid, du kommst zu spät. Dein Werben ist zwecklos. Sei mir nicht böse!«

Tu stand verdutzt und brauchte eine Weile, sich zu sammeln.

»Wir standen dir gleich nahe, ich hatte sogar das Gefühl, daß ich dir um ein Zehntel näherstünde als er. Warum hast du ihm den Vorzug gegeben?«

»Schicksal.«

»Wieso Schicksal? Du bist doch frei in deinen Entschlüssen.«

»Denke an den zweiten Satz in dem Gebet, was da von dem Schicksalspfeil geschrieben steht.«

»Gerade dieser Satz ist mir unverständlich geblieben.«

»Da ich euch beide gleich gern hatte, wollte ich die Wahl dem Schicksal überlassen. Erinnerst du dich an den abgeschossenen Raben mit dem Pfeil im Kopf, den ihr damals im Garten vor der Studierklause auflaset? Die Schützin war ich! Bevor ich meinen Pfeil abschoß, gelobte ich zum Himmel, daß derjenige von euch beiden mein Gatte werden solle, der den Pfeil zuerst auffinden würde. Als ich nach getanem Schuß hinübereilte, fand ich Freund Weh vor mit dem Pfeil in der Hand. Von Stund an betrachtete ich mich kraft höherer Fügung als seine Verlobte. Nur sagte ich's ihm noch nicht offen, schwindelte ihm vielmehr etwas von einer großen Schwester vor, die so trefflich Bogen schießen könne. Worauf er um sie warb und mir einen klingenden Gürtelanhänger aus Jaspis als Verlobungspfand für sie anvertraute. Ich beließ ihn bis heute in seinem Glauben. Du siehst, es war Schicksal, das entschied und dem ich mich fügen mußte. Mit einem Mehr oder Weniger von Neigung hat meine Wahl gar nichts zu tun.«

Tu stimmte ein lautes, befreites Lachen an:

»Wenn sich das so verhält, dann gehörst du ja von Rechts wegen mir und nicht ihm! Darüber kann überhaupt kein Zweifel bestehn.«

»Wieso dir?«

»Ich war es, der deinen Pfeil damals zuerst aufgelesen hat. Ich stand gerade in Nachdenken versunken über den Sinn der acht Schriftzeichen, die ich auf den Pfeilschaft aufgepinselt fand, als Weh dazukam. Er hatte mich von drinnen aus den Zweizeiler vor mich hin summen hören und wollte wissen, was für eine Bewandtnis es damit hätte. Ich behielt den Pfeil in der Hand und ließ ihn die Inschrift mitlesen. Auf einmal wurde ich von einem Boten nach Hause gerufen. Jetzt überließ ich den Pfeil Freund Weh und lief weg. Ich war also der Finder. Gemäß deinem Orakel gebührt der Preis also mir. Du kannst ihn ja später selber befragen, er wird meine Darstellung bestätigen.«

»Eine Frage: Kannst du dich noch auf den Wortlaut des Spruches besinnen, der in den Pfeilschaft eingeritzt war?«

»Ich denke, ja. Etwa so:

›Den Pfeil verschieße ich nicht leer,
Der Schuß, der mach der Sehne Ehr!‹

Du wirst zugeben, daß ich so etwas nicht gut improvisieren kann.«

»Wahrhaftig, es stimmt. So lautet der Spruch. Demnach hat der Himmel für dich entschieden.«

Es klang sehr sanft und weich, wie sie das sagte.

»Aber wie bringen wir es dem armen Weh bei? Er hat die leere Hoffnung nun schon so lange genährt. Was soll er von mir denken, wenn er es erfährt?«

»Spätere Sorge. Übrigens kann er dir gar keinen Vorwurf

machen. Ich war eben der Finder und damit von Rechts wegen dein Verlobter.«

Er preßte sie fest an sich und suchte kleine Vorfreuden zu pflücken.

»Liebste, wenn ich daran denke: heute nacht mit dir auf einem Kissen und unter einer Decke . . . das wird eine Wonne, um die uns Menschen und Götter beneiden werden . . .«

Sie schlüpfte unter die Bettbehänge und ließ ihn gewähren. –

Frisur und Kleidung ordnend, erhob sich Feh O vom Lager.

»Mein Leben ist nun in deine Hand gegeben, und damit ist meines Lebens höchster Wunsch erfüllt. Aber« – sie tat einen Seufzer – »wie stehe ich nun vor Freund Weh da? Es ist doch nicht aus der Welt zu schaffen, daß ich ihn schnöde hintergangen habe.« Ein lauter Klaps ihrer Hand aufs Bett ließ Tu auffahren.

»Ich hab's!«

»Was hast du?«

»Die Lösung gefunden. Hör zu! Damals auf der Herreise habe ich doch in der Stadt Tschong tu fu Rast gemacht. Der Besitzer meiner Herberge hatte eine schöne Nichte, und die hatte sich in mich vergafft . . .«

»Was? Schöne Geschichte!«

»Keine Angst! Hör weiter! Die Nichte wohnte mir nämlich gerade gegenüber und hatte mich durchs Fenster beobachtet. Machte die mir doch durch ihren Onkel einen regelrechten Heiratsantrag! . . .«

»Unerhört!«

»Still! Da sie mir so arg zusetzten und ich mein Geheimnis doch nicht lüften durfte, bin ich zum Schein darauf eingegangen, habe der Närrin meinen Gürtelanhänger, mein Verlobungsgeschenk von Weh, einstweilen als Unterpfand unseres Verlöbnisses verehrt und sie auf die Zeit nach meiner Rückkehr von hier vertröstet – aber alles mit einem heimlichen Vorbehalt. Ich hatte nämlich meine ›Braut‹ im stillen dir als Braut zugedacht. Damals wähnte ich mich doch mit Weh verlobt. Du tatest mir so leid, und ich wollte dir zu einer würdigen Ersatzbraut verhelfen. Würdig wäre sie nämlich deiner gewesen. Wirklich, ein schönes Mädchen, gute Herkunft, Vermögen, Aussehen, Geist, alles beisammen. Nun, da ich jetzt dir angehöre, wird eben ganz einfach Weh deine Stelle einnehmen und sie heiraten. Wenn er kommt und mich fragt, werde ich ihm die Sache schon klarmachen. Fein ausgedacht, wie? – Übrigens habe ich ihm damals doch nur von meiner großen Schwester gesprochen. Also um mich selber habe ich ihn gar nicht betrogen. Das erleichtert mein Gewissen beträchtlich.«

Mit wachsendem Staunen hatte Tu zugehört.

»Erstaunliche Abenteuer, die du da auf der Reise erlebt hast! Meine Hochachtung! Aber es trifft dich kein Tadel. Nicht nur hast du auf anständigste Weise deiner Freundschaftspflicht gegen uns beide von Anfang bis Ende genügt, auch Weh wird voraussichtlich nach allem, was du von seiner Braut andeutest, mit deiner Lösung zufrieden sein und ohne Groll über unsere Verlobung hinwegkommen. Da ist nur noch eines, was mich etwas beunruhigt. Daß du unterwegs dein Geheimnis gewahrt hast, gut, das ist in Ordnung. Aber du, immerhin ein Mädchen, wenn auch als Mann verkleidet, auf der ganzen langen Reise immer in Gesellschaft von zwei männlichen Bediensteten – der Gedanke ist mir unbehaglich.«

Feh O lachte hell und fröhlich heraus.

»Darüber brauchst du dir bestimmt keine Gedanken zu machen. Wer sagt denn, daß sie beide männlichen Geschlechts sind? Ein Ehepaar sind sie, reifen, gesetzten Alters. Die Frau habe ich vorsorglich auch in Männerkleidung gesteckt. Sie hat mich unterwegs bedient und gleichzeitig auf ihren Mann aufgepaßt. Du siehst, ich war in bester Obhut. Übrigens beide aus dem wilden Stamm der Miao tse, wehrhaft wie ich. Wir brauchten unterwegs keine Angst zu haben.«

»Also ein Gefolge, seiner Herrschaft würdig. Großartig!

Nein, was du für glänzende Einfälle hast! Da sieht man eben, was ein bißchen Verstand ausmacht.«

»Ist noch nicht alles.«

Feh O kramte aus einem Koffer zwei Briefe hervor.

»Da, sieh, wie ich und meine ›Braut‹ uns gegenseitig angedichtet haben.«

Tu las und war begeistert.

»Wundervoll! Daß es so etwas von talentierten Mädchen auf der Welt gibt! Freund Weh wird seine Freude daran haben.«

Feh O tat wieder einen Seufzer.

»Aber mein armer Vater . . . ich kann nicht froh werden, solange ich ihn im Kerker weiß.«

»Unbesorgt! Nun ich ihn Schwiegervater nennen darf, werde ich mich doppelt für ihn anstrengen. Vor allem muß sein Widersacher, jener intrigante Militär Taotai, aus dem Wege geräumt werden. Amtsversetzt muß er werden, möglichst weit weg! Ich habe im Ämterministerium einen guten Freund sitzen. Mit dem werde ich reden. Laß mich nur machen!«

»Versetzung – das erscheint mir auch am wichtigsten. Ich verlaß mich auf dich.«

Wirklich hatte Tus Vorsprache im Ministerium Erfolg. Wenige Tage später war es, da stand der Name des Taotai mit auf der Liste jener Beamten, die dem Thron zur Beförderung und Versetzung empfohlen wurden. Nach der Provinz Kwang hsi wurde er versetzt.

»Also, der böse Feind wäre glücklich aus dem Wege geräumt!« konnte Tu seiner Verlobten verkünden. »Damit ist unsere Arbeit hier in der Hauptstadt getan. Jetzt will ich mir schleunigst meinen Amtsposten anweisen und Urlaub geben lassen. Dann geht's heim, und ich hole mir das Jawort von deinem Vater. Er wird inzwischen schon auf freien Fuß gesetzt sein. Die dahin gehenden Anträge des Statthalters und Provinzialrichters liegen bereits dem Thron zur Genehmigung vor.«

Feh O war überglücklich und schenkte ihm zum Lohn ihre Liebe in verdoppeltem Maß. Es währte nicht lange, da hatte Tu sowohl seinen Amtsposten – Kornabgabenaufseher irgendwo in der Provinz Schantung – als auch den erbetenen Heimaturlaub in der Tasche. Und dann machte man sich zu viert auf die Reise. Tu in der gepolsterten Mandarinensänfte, von Trägern getragen, nebenher Feh O und das reisige Dienerehepaar Wen Lung wie gewohnt zu Pferd, in Männertracht, mit Pfeil und Bogen bewehrt. Bis zur Schwelle des elterlichen Heims hielt Feh O daran fest, den Junker und Doktor Kün Tjing zu spielen.

Bei ihrer Ankunft fand sie ihren Vater bereits wieder auf freiem Fuß daheim und außer Gefahr. Die Amtsversetzung seines Widersachers hatte sich erfreulich schnell zu seinen Gunsten ausgewirkt. Feh O öffnete ihm die Augen darüber, daß er seine Freilassung Freund Tu zu verdanken habe, und schilderte ihm, was sie vereint in der Hauptstadt für ihn unternommen hatten. Vater Wen war gerührt.

»Wahrlich, ein großartiger Freundschafts- und Liebesdienst, den mir der junge Mann da erwiesen hat! Wie kann ich ihm seine wackere Tat lohnen?«

»Mit deinem väterlichen Jawort zu unserer Heirat«, fiel Feh O behende ein und beichtete. Angefangen vom Schicksalspfeil, legte sie ihm in kurzen Zügen die wundersame Geschichte ihrer Jugendliebe offen und wie es schließlich unterwegs zur Entdeckung ihres Geheimnisses und zur heimlichen Vermählung gekommen war. Ihr Abenteuer in Tschong tu fu und das Mitspiel von Freund Weh ließ sie vorläufig unerwähnt.

Vater Wen hörte ihren Bericht mit Schmunzeln.

»Geist und Schönheit, eine würdige Paarung, lasse ich mir gefallen, kann ich nur gutheißen.« Mit diesen Worten erteilte er freudig sein Jawort. »Nun aber Schluß mit der Maskerade! Und jetzt einen günstigen Kalendertag ausgesucht, an dem ich dich in der Brautsänfte deinem Zukünftigen zuführen kann!« kommandierte er militärisch kurz und bündig.

»Halt, nicht so stürmisch! Erst muß ich noch einen Freundschaftsdienst für Weh erledigen, und bis dahin muß ich meine Maskerade weiterspielen.«

»Freund Weh? Da fällt mir ein – richtig, gerade wollte ich auf ihn zu sprechen kommen. Er ist seit einiger Zeit wieder hier und schickte mir neulich einen Beauftragten ins Haus. Ich bin nicht ganz draus klug geworden, was er eigentlich wollte. Er ließ mir etwas bestellen von einer Tochter, die ich hätte und die er zu heiraten wünsche. Ich argwöhnte, daß er vielleicht Wind von der Doppelrolle bekommen habe, die du bislang gespielt hast, und daß er dich meine. Als ich behutsam auf den Busch klopfte, blieb er bei der angeblichen Tochter, deren Bruder mein Haussohn und sein guter Freund und Kamerad sei. Der hätte sich ihm für die Verbindung verbürgt. Also meinte er dich doch nicht. Ich wollte mich nicht in deine mir fremden Angelegenheiten einmischen, also hielt ich meinen Mund verkleistert und bedeutete ihm, er möchte wiederkommen, wenn du selber daheim seist.«

»O weh, wenn du ahntest, was da wieder dahintersteckt! Krümmung über Krümmung! Eine höchste verzwickte Sache, die ich dir nicht mit einem Wort erklären kann. Aber später wird dir alles verständlich werden . . .«

Die Unterhaltung wurde durch die Meldung des Pförtners unterbrochen:

»Doktor Weh kommt zu Besuch.«

Von innerer Unruhe getrieben, hatte er tatsächlich jemanden beauftragt, unter der Hand Erkundigungen über die angebliche große Schwester seines Freundes Kün Tjing einzuziehen. Die Auskunft, die der Jemand mitbrachte, lautete widerspruchsvoll: Einmal sollte der General Wen überhaupt keine Tochter haben, sondern nur zwei Söhne, einen erwachsenen und einen kleinen Buben, von anderer Seite hieß es wiederum, der General hätte nur eine erwachsene Tochter und einen kleinen Buben. Was sollte er davon halten? Er wurde darüber ganz konfus und erging sich in wilden Mutmaßungen. Als er jetzt von der Heimkehr der beiden Freunde erfuhr, machte er sich sofort zum Hause Wen auf. Er wollte sich endlich Klarheit verschaffen.

Feh O empfing ihn im gewohnten Stil: als Freund Kün Tjing in Männertracht. Nach Erledigung der üblichen Eingangsfloskeln über Wetter und Gesundheit ging Weh geradewegs auf sein Ziel los:

»Was ist mit deinem Versprechen betreffs deiner großen Schwester? Nur ihretwegen habe ich mir Urlaub geben lassen und bin hergehetzt.«

»Mein Wort, du bekommst eine ausgezeichnete Gattin.«

»Hm, die Auskunft, die mir neulich mein Beauftragter mitgebracht hat, lautet recht widerspruchsvoll und berechtigt mich zu Zweifeln.«

»Zweifle nicht! Dein Verlobungsgeschenk ist in ihrer Hand. Noch ein wenig Geduld, bis ich noch einiges geordnet habe, dann kannst du sie heimführen.«

»Wen? Deine befehlende große Schwester? Mir scheint, eine ganz andere.«

»Geh zu Freund Tu und befrage ihn! Von ihm wirst du Näheres erfahren.«

»Warum nicht von dir? Warum dieser Umweg?«

»Die Sache enthält gewisse Krümmungen, über die ich mich nicht gut äußern kann. Nur Freund Tu kann es.«

Das Gespräch war keineswegs dazu angetan, Wehs Zweifel zu beheben, im Gegenteil. Er erhob sich in Hast und eilte zu Tu.

Diesmal ließ er die herkömmlichen einleitenden Fragen nach Wetter und Befinden ganz weg und platzte gleich mit der Hauptfrage heraus:

»Was ist mit Kün Tjing und Schwester?«

Tu berichtete. Wie er mit Feh O in der Reichshauptstadt zusammengetroffen war und mit ihr in der gleichen Herberge und in der gleichen Kammer gewohnt und dabei seine große Entdeckung gemacht und sich heimlich mit ihr vermählt hatte, das berichtete er getreulich von der Wurzel bis zum Wipfel.

Weh stand vor Überraschung starr und dumm da wie eine Figur aus Holz. Endlich tat er den Mund auf:

»Also stimmt die eine Auskunft doch, die mir neulich mein Beauftragter brachte. Ich hielt es für unglaublich. Also ist es Tatsache: unser Kün Tjing ein junges Mädchen! Und wir haben uns die ganzen Jahre über von ihr hinters Licht führen lassen! Nun, die Sachlage ist klar: sie gehört mir.«

»Darf ich fragen, mit welchem Recht?«

»Denk an den Gürtelschmuck, den sie von mir als Unterpfand unseres Verlöbnisses annahm, damals, als sie mich mit dem Pfeil in der Hand traf.«

»Der Finder des Pfeils aber war ich. Du kamst später hinzu. Nicht wahr? Gut. Bevor sie den Schuß tat, hat sie insgeheim zum Himmel ein Gelübde getan: Denjenigen von uns beiden würde sie heiraten, der den Pfeil zuerst auflesen würde. Der Pfeil sollte ihr Orakel sein, und das Orakel hat eben für mich entschieden. Klar? Hätte ich das damals schon gewußt, würde ich den Pfeil bestimmt nicht aus der Hand gegeben und dir überlassen haben, als ich fortgeholt wurde. Überdies bezog sich eure damalige Absprache auf ihre große Schwester, nicht auf Feh O selber. Das wirst du schwerlich bestreiten können. Aber du brauchst dich trotzdem nicht zu grämen und entmutigen zu lassen. Gib bloß acht, daß dir deine Verlobte nicht wieder entgleitet!«

»Wie soll ich das verstehen? Nachdem der Pfeil zu deinen Gunsten entschieden hat, ist doch für mich gar keine Verlobte mehr zum Entgleiten da. Oder sollte sie doch eine große Schwester haben?«

»Hör zu!«

Und Tu erzählte ihm das Abenteuer von dem schönen Gegenüber in der Herberge von Tschong tu fu.

»Deine Verlobte! An Geist und Schönheit gleich ungewöhnlich. Unter dem Zwang der Umstände konnte Feh O ihre Werbung damals nicht gut ausschlagen. Sie ging darauf ein, aber unter dem heimlichen Vorbehalt, daß du der Verlöbnispartner sein solltest! Und zum Unterpfand dessen hat sie ihr deinen Gürtelschmuck dagelassen. Wenn man es heute recht bedenkt, war auch dieses Abenteuer höhere Fügung, und diesmal hatte der Himmel dich gemeint.«

»Ach so. Jetzt verstehe ich, warum sie selber sich nicht darüber äußern wollte und mich an dich verwies. Wie sagte sie gleich? Krümmungen. Das sind allerdings beträchtliche Krümmungen. Und eine Krümmung steht noch bevor. Meine Verlobte tappt doch auch im Dunkeln. Wer wird sie aufklären? Ich kann das doch nicht. Auch kann ich nicht gut als mein eigener Brautwerber auftreten.«

»Ich und Feh O werden beides für dich besorgen. Zuvor aber möchte ich dich bitten, den Brautwerber für mich zu machen. Es liegt mir daran, ohne Säumen meinem Schwiegervater meine Aufwartung zu machen und sein Jawort in allen Ehren und nach allen Regeln guter Form zu erbitten. Anschließend kannst du auf meine guten Dienste zählen.«

Weh lachte laut heraus.

»Ein Geschäft, Zug um Zug! Ausgezeichnet! Also einverstanden. – Nein, mich so zu blamieren! Während ich Narr in den hellen Tag hineinschlafe und träume, triffst du ins Schwarze und holst dir den Siegerpreis! Nun heißt's aber aufpassen, daß mir die andere nicht auch entgleitet. Dann würde ja alles gut werden. Also auf ans Werk! Fange ich als Brautwerber an, und dann kommst du dran.«

Weh warf sich in Besuchsstaat, schnallte seinen Prunkgürtel um, stülpte sein Amtsbarett auf und begab sich zum Hause Wen. Es war bereits für den Empfang des Bräutigams und die feierliche Abholung der Braut gerüstet. Feh O blieb für den Besucher unsichtbar. Sie war nun endgültig Haustochter und harrte im Brautschmuck des Freiers. Der Hausherr empfing den Besucher allein in der festlich hergerichteten Gasthalle. Weh brachte auftragsgemäß die Werbung für den Freund vor. Herrn Wen strich schmunzelnd über den Bart.

»Der Racker hatte sich in einer närrischen Mädchenlaune

durchaus in den Kopf gesetzt zu studieren. Sie hat dabei die Ehre und den Vorzug gehabt, an zwei so erleuchteten hohen Geistern wie Euch und Eurem Freund treue und verläßliche Kameraden zu finden. Wenn ich die beiderseits ersehnte Verbindung recht bedenke – sie das schwanke Binsenrohr, er der Fels aus edelstem Nephrit als starker Anhalt – hm, mich will bedünken, eine glückliche Verbindung.«

»Ausgezeichnet! Wundervoll gesagt!« schmeichelte Weh. Man plauderte eine Weile zwanglos, dann wurde auf einmal von draußen gemeldet:

»Herr Doktor Tu gibt sich die Ehre und kommt, die Braut abzuholen.«

Die im Hof bereitgestellte Musikbande fiel zur Begrüßung mit zum Himmel dröhnendem Trommellärm und Geschmetter ein. Eine Viermannsänfte wurde am Tor abgesetzt. Heraus stieg in dunkelroter Festrobe, das schwarzseidene Amtsbarett auf dem Haupt, er, der Freier. Wie er so hereingeschritten kam, im prangenden Lenz seiner grünenden Jugend, ein Edler von Aussehen und Haltung, da konnten sich die Zuschauer, draußen das gaffende Volk, drinnen die geladenen Gäste und das neugierig spalierbildende Gesinde, einmütiger Lobpreisung nicht enthalten.

In der Hallenmitte auf dem bereitliegenden Ehrenteppich nahm er Aufstellung und entbot mit dem vom Brauch vorgeschriebenen Kniefall und Stirnaufschlag seinem würdigen Schwiegervater die schuldige Ehrenbezeigung. Alsdann bat er seine Braut herbei. Gemeinsam mit ihr verrichtete er auf dem gleichen Teppich nochmals die vorgeschriebene Huldigung vor ihrem Vater. Ein paar Worte des Dankes an den Brautwerber, dann bestiegen Braut und Bräutigam unter dem fröhlichen Lärm von Trommeln und Tuben und quietschenden Flöten und Schalmeien ihre Sänften.

Daheim angelangt, vollzog das Paar wiederum auf gemeinsamem Teppich die herkömmlichen Stirnaufschläge vor Himmel und Erde, Eltern und Ahnen, dann opferte und brannte man Weihrauch vor den Seelentafeln der Altvordern im Haustempel. Nachdem solchergestalt der guten Form Genüge geleistet war, gaben sich die Freunde von einst, Gatte und Gattin von heute, den Freuden und Wonnen des Tages hin.

Währenddessen lief Weh mit heißen Augen und brennenden Lidern ruhelos herum. Es nagte doch ziemlich schmerzhaft an ihm, wenn er daran dachte, daß die beiden Kameraden aus der Jugendzeit nun glücklich am ersehnten Ziele waren, während er einsam und traurig übrigblieb und sein eigenes Glück noch völlig in der Schwebe hing.

Es ließ ihm keine Ruhe. Gleich am nächsten Tage trieb es ihn in das Haus der Neuvermählten. Zunächst brachte er, wie es unter Freunden und guten Bekannten nach der Brautnacht üblich ist, seine Glückwünsche an. Dann aber konnte er nicht umhin, seinem Herzen Luft zu machen.

»Und was wird aus mir?« fragte er bekümmert.

»Noch gestern abend haben wir uns eingehend darüber besprochen und unsern Plan gefaßt«, beruhigte ihn der junge Ehemann. »Noch heute werde ich mit meiner Frau nach Tschong tu fu aufbrechen. Du kannst ganz beruhigt sein. Wir haben es uns feierlich geschworen, daß wir uns dieser Freundschaftspflicht gegen dich getreulich entledigen wollen. Du kannst bestimmt auf gute Kunde zählen, wenn wir zurückkommen.«

»Innigen Dank! – Du wirst verstehen, es ist mir etwas weh ums Herz, wenn ich euch beide, meine guten Kameraden aus der Jugendzeit, jetzt im Glück schwimmen sehe, während ich armer Verlassener in frostiger Einsamkeit zurückbleibe. – Wenn man wenigstens eine kleine Vorstellung von seiner Zukünftigen hätte! Habe ja keine Ahnung, wie sie beschaffen ist.«

Tu verschwand auf eine Weile in seinem Schlafgemach. Als er wieder zum Vorschein kam, überreichte er dem Freund einen beschriebenen Briefbogen.

»Da, lies! Eine Probe ihrer Dichtkunst.«

Es war jenes Antwortgedicht, das Fräulein Tsing damals

ihrem angeschwärmten Kün Tjing in die Herberge geschickt hatte.

»Alle Achtung! Verrät Geist. Wenn ihr Äußeres entsprechend ist, brauchte ich dich nicht länger zu beneiden.«

»Alter Zweifler! Meine Frau hat auch ihre äußeren Reize in den höchsten Tönen gepriesen. Dann wird wohl etwas an ihr sein.«

»Es wäre wunderbar, einfach märchenhaft, gar nicht auszudenken, wenn dem so wäre und alles glücklich in Ordnung ginge! Also auf gute Nachricht!«

Und fort stürmte er, jetzt wesentlich froher gestimmt als zuvor.

»Verdenken kann man ihm seine Ungeduld nicht. Lange genug hat er gehofft und gewartet. Wir wollen uns nur gleich heute nach Tschong tu fu aufmachen und seine Sache in Ordnung bringen«, meinte mitfühlend Feh O, als ihr Tu in der Schlafkammer den Inhalt des Gesprächs mit dem frühen Besucher wiedererzählte. Noch am gleichen Vormittag brach man auf. Diesmal reiste sie als Dame und Mandarinengattin in der Sänfte. Diener Wen Lung und Frau wurden wieder als Gefolge mitgenommen.

In Tschong tu fu stieg man in der gleichen Herberge ab, in der damals Feh O ihr Abenteuer erlebt hatte.

Am Tag nach der Ankunft begab sich Tu in der Mandarinensänfte zum Hause von Rat Fu. Diener Wen Lung machte den Führer und mußte die große rote Besuchskarte seines Herrn abgeben. Rat Fu war nicht wenig überrascht. Ein junger tsin schi, ein Doktor dritten Grades und eben ernannter Mandarin gab ihm die Ehre? Was hatte das zu bedeuten? In Eile stürzte er in die Empfangshalle, um den Besucher geziemend zu begrüßen.

»Der kostbare Fuß des hohen Herrn würdigt den alten Burschen der Ehre, in den Staub seiner dürftigen Behausung zu schreiten. Darf man fragen, aus welchem Anlaß?«

»Der schlichte Scholar befindet sich hier auf der Durchreise.

Er hat von der trefflichen Tugend, der blendenden Schönheit und den ungewöhnlichen Geistesgaben Eurer befehlenden Nichte gehört. Nun kommt er als ›Mann von Eis‹ und Fürsprecher für einen unansehnlichen Freund, der es übrigens kürzlich zum tsin schi und ersten Amtsposten gebracht hat, um Eure befehlende Nichte als Mandarinengattin für jenen Freund zu erbitten. Das ist der Zweck meines Besuchs.«

»Zu meinem Bedauern muß ich Euch eröffnen: Daß ich, der alte Bursche, eine Nichte habe, ist richtig, aber sie ist bereits vergeben, und zwar an einen jungen Mann eigener Wahl. Ihr müßt wissen, meine Nichte ist in dieser Hinsicht eigen und wollte sich durchaus nicht von mir hineinreden lassen. Der Betreffende ist ein Doktor ersten Grades namens Wen aus Min tschu hsiän. Sie lernte ihn hier auf der Durchreise nach der Reichshauptstadt aus der Entfernung kennen. Sie besitzt auch ein Verlobungsgeschenk von ihm. Die Verlobung ist in aller Form abgemacht. Es tut mir leid, aber der hohe Herr kommt mit seinen Befehlen an den alten Burschen zu spät.«

»Der von Euch genannte Doktor Wen ist mir wohlbekannt, er ist ein guter Freund von mir. Aber mir ist auch wohlbekannt, daß er bereits anderweit gebunden ist. Gerade deshalb kommt er nicht selber her, um Eure befehlende Nichte zu freien. Vielmehr war ich so frei, herzukommen, um für den anderen Freund zu werben.«

»Das ist mir unverständlich. Doktor Wen ist doch ein junger Mann von Bildung und Wissen, kennt sich im Buch der Riten und in unseren Sitten und Gebräuchen aus. Der weiß doch, was sich gehört. Überdies hat er sein Wort durch ein Unterpfand verbürgt. Wie käme er dazu, ein junges Mädchen aus gutem Haus und von tadellosem Ruf frivol zu narren? Habt Ihr überhaupt ausreichende Vollmacht? Schließlich möchte meine Nichte doch lieber erst einen Bescheid von ihrem Verlobten abwarten.«

Tu brachte jenen Briefbogen mit dem Gedicht von der Hand der Nichte zum Vorschein.

»Hier. Erkennt Ihr diese Schrift als Handschrift Eurer ling schong an? Da mein Freund selber nicht herzukommen wünschte, gab er mir diesen Briefbogen als Ausweis mit. Daß ich heute als Brautwerber für einen anderen Freund auftrete, das eben ist die Antwort meines Freundes Wen auf jenes Gedicht Eurer Nichte.«

Rat Fu las und prüfte und konnte nicht umhin, die Schrift als Pinselstrich seiner Nichte anzuerkennen. Er wurde nachdenklich.

»Ich erinnere mich allerdings, daß Doktor Wen damals anfänglich behauptete, bereits verlobt zu sein. Ich glaubte ihm nicht, und auf mein Drängen und Zusetzen gab er schließlich sein Jawort. Sollte an seiner anfänglichen Behauptung vielleicht doch etwas Wahres gewesen sein? – Da muß ich mich doch erst einmal mit meiner Nichte besprechen. Der hohe Herr möge den alten Burschen für eine Weile entschuldigen. Bin gleich wieder zurück.«

Und er verschwand nach den Innengemächern.

Nach einer Weile kam er wieder zum Vorschein.

»Ich habe soeben mit ihr gesprochen. Sie ist zutiefst befremdet. Sie meint mit Recht, wenn es sich tatsächlich so verhalte, daß Doktor Wen ihr die Treue gebrochen habe, so müsse er ihr das persönlich bestätigen. Bei dieser Gelegenheit wünsche sie ihm den Gürtelschmuck als Abschiedsgeschenk persönlich zurückzugeben. Erst dann sei sie bereit, sich über eine anderweite Verbindung zu entscheiden.«

Tu lächelte.

»Ich wage dem verehrten alten Onkel gewiß nichts vorzu machen, aber es ist so: Dieser Gürtelschmuck gehörte gar nicht Doktor Wen, sondern meinem Freund Weh, für den ich hier als Brautwerber spreche. Doktor Wen hat ihn damals nicht für sich, sondern für unseren gemeinsamen Freund Weh Eurer Nichte als Unterpfand dagelassen. Unter dem Zwang der Umstände mußte er das damals geheimhalten. Er hat sein Jawort damals unter Druck erteilt und mit dem stillen Vorbehalt, daß es sich auf Freund Weh beziehen soll. Sein Vorbehalt war die verborgene Feder, die bei späterer Gelegenheit schnappen und das Triebwerk des Vertrags auslösen sollte.«

»Hm, mag sein, verstehe. Aber sagt selbst, hoher Herr, kann sich meine Nichte mit solcher Irreführung ohne weiteres abfinden? Sie besteht unbedingt darauf, daß Doktor Wen selbst herkommt und die Sachlage selber klärt. Erst dann wird sich – möglicherweise – weiterverhandeln lassen.«

»Doktor Wen selber kann nicht kommen. Aber mein ›einfältiges Trampel von Frau mit dem schlichten Dorn als einzigem Schmuck im Haar‹ sitzt draußen vor dem Tor in der Reisesänfte und kann Eure Nichte vollends aufklären; aber da intimer Natur, kann die Aufklärung nur ganz diskret von Frau zu Frau erfolgen. Falls ihr meiner ›bescheidenen Inneren‹ eine vertrauliche Zwiesprache unter vier Augen mit Eurer Nichte vergönnen wolltet, so kann ich dafür einstehen, daß hinterher Eure Nichte von allen Zweifeln befreit und restlos überzeugt sein wird.«

»Gut, da Eure verehrte Gemahlin zugegen ist; ich habe gegen eine persönliche Begegnung und vertrauliche Aussprache mit meiner Nichte nichts einzuwenden. Daß sie unbelauscht bleiben, dafür kann ich Gewähr bieten.«

Und er schickte nach der gleichen alten Kammerfrau, die damals in der Herberge Botendienste für seine Nichte verrichtet hatte, und hieß sie die fremde Dame aus der draußen wartenden Reisesänfte abholen und in die Innengemächer zu seiner Nichte geleiten.

Die alte Kammerfrau mußte die junge Schöne an ihrer Seite immer wieder verstohlen mustern. Dieser Gang, diese Haltung, diese Figur, dieses Antlitz – irgendwie kam sie ihr bekannt vor, als ob sie der gleichen Person schon früher einmal begegnet wäre. Wenn sie nur wüßte, wann und wo und bei welcher Gelegenheit! Nur die Kleidung machte sie unsicher. Unterwegs, während sie Seite an Seite durch verschiedene Höfe zu den hinteren Gemächern schritten, zerbrach sie sich den Kopf und kramte in ihrem Gedächtnis. Vergebens. Sie brachte es nicht heraus.

Fräulein Tsing begrüßte die Fremde vor der Tür zu ihrem Salon und geleitete sie hinein. Sie hauchten sich gegenseitig ein wan fu! als Gruß zu. Die Fremde eröffnete die Unterhaltung.

»Erkennt Ihr Euren Doktor Wen wieder?« fragte sie heiter lächelnd.

Fräulein Tsing musterte sie mit prüfendem Blick von oben bis unten. ›Auffallend ähnlich, zweifellos. Sollte sie seine Schwester sein?‹ dachte sie im stillen.

»Seid Ihr etwa mit dem jungen Doktor Wen verwandt? In welchem Grad, wenn ich fragen darf?«

»Sollte Euer Auge inzwischen stumpf geworden sein? Ihr verfügtet doch damals über eine so gute Sicht und Beobachtungsgabe! Also, damit Ihr's wißt: Jener Doktor Wen, den Ihr damals Eurer Huld und Liebe gewürdigt habt – ich bin es in Person!«

Fräulein Tsing fuhr betroffen zusammen. Mit angespannten Pupillen musterte sie nochmals und nochmals ihr Gegenüber. Wirklich, die Ähnlichkeit war unverkennbar.

»Nähere Leibesvisitation gefällig?« fragte die Besucherin im Scherz.

»Danke«, erwiderte Fräulein Tsing kurz und versank in tiefes Nachsinnen.

»Schi ah! Schi ah! Er ist's! Sie ist's!« platzte, in die Hände klatschend, die Alte in das Stillschweigen. »Schon vorhin, als ich sie herbrachte, machte ich mir unterwegs meine Gedanken über die Ähnlichkeit in Gesicht und Figur und Haltung und Gang. Nur kam ich nicht auf den Namen.«

Ihre Herrin hatte sich inzwischen wieder gesammelt. »Darf ich, bitte, die edle Dame fragen: Warum dann damals die Verkleidung als junger Mann?«

»Mein Vater war damals in ein mißliches Amtsverfahren verwickelt und saß in Kerkerhaft. Ich war auf der Reise nach der Reichshauptstadt. Ich wollte dort mit zwei guten Freunden, die eben ihr tsin schi-Examen bestanden hatten und frisch zu Amt und Würden gekommen waren, gemeinsam etwas zu seiner Rettung unternehmen. Nach Brauch und Herkommen durfte ich dabei als Haustochter nicht in der Öffentlichkeit auftreten, und als junges Mädchen eine so weite Reise unternehmen – nun, das ist etwas gewagt und heikel. Aus diesem zwiefachen Grund wählte ich Männertracht und gab mich als Haussohn aus. Daß ich damals so gar nicht auf Eure Gunst und Neigung eingehen wollte, werdet Ihr jetzt begreifen. Als mir Euer Oheim dann mit seinem förmlichen Antrag so arg zusetzte, habe ich notgedrungen ja gesagt. Ich konnte doch das Geheimnis meines Geschlechts nicht gut preisgeben. Aber ich gab mein Jawort mit dem heimlichen Vorbehalt, daß ich es in Stellvertretung eines guten Freundes erteilte. Auch den Gürtelschmuck gab ich in Stellvertretung für ihn als Unterpfand. Später wollte ich alles aufklären. Der Eigentümer des Gürtelschmucks darf sich übrigens rühmen, daß sein Name bei der kürzlichen tsin schi-Prüfung weit oben mit an der Spitze auf der Siegerliste geprangt hat. An Alter ist er Euch gleich. Somit bin ich mit meinem einfältigen Tölpel von Mann hergekommen, um Euch als Gattin für unseren Freund zu erbitten.«

Fräulein Tsing versank wiederum in stummes Nachdenken. Statt ihrer ergriff die Alte das Wort.

»Sehr edel von Euch gemeint. Vielen Dank für die löbliche Absicht. Aber – wer ist er? Wie heißt er? Wieso nennt ihn die edle Dame ›Freund‹? Das ist doch etwas verdächtig.«

»Er heißt Weh mit Familiennamen, Hsüan Tschi mit Zunamen und stammt aus gutem Hause in Min tschu hsiän. Von Kind auf besuchten wir drei, er und mein Mann und ich, als Jüngling verkleidet, die gleiche Schule und teilten später die gleiche Studierklause und stiegen gemeinsam in die gleichen Prüfungen und erwarben gemeinsam den gleichen Doktorhut eines hsiu tsai, eines ›blühenden Talents‹. An Jahren fast gleichaltrig und im Wesen verwandt, waren wir uns innig und treu verbunden und standen uns nahe wie Brüder von gleichem Fleisch und Blut, bloß daß wir verschiedene Familiennamen führten. Da er noch unverlobt ist, haben wir beiden anderen beschlossen, die Gattenwahl für ihn zu besorgen. Was übrigens sein Äußeres betrifft, so könnt Ihr ohne Sorge sein, er ist nicht nur kein Durchschnitt, sondern sogar Muster und Ausbund edelster, erlesenster Jugend. Er würde Euch bestimmt nicht enttäuschen und blamieren. Und, nicht zu vergessen, Ihr würdet durch ihn hochgeachtete Mandarinengattin werden.«

Das alles klang in den Ohren der jungen Dame gar lieblich und wohlgefällig. Sie erhob sich und ersuchte ihre Kammerfrau, dem Gast einstweilen Gesellschaft zu leisten. Sie wolle sich mit ihrem Onkel besprechen. Und sie verschwand.

Nach längerer Pause kehrte sie wieder.

»Einverstanden«, erklärte sie fröhlich.

»Einverstanden«, erklärte zu gleicher Zeit schmunzelnd der Oheim seinem Besucher Doktor Tu. Er war von dem, was ihm seine Nichte unter vier Augen berichtet hatte, restlos erbaut. Ein junger, schmucker tsin schi – aus gutem Haus – gleichaltrig – Ausbund edelster Jugend – was wollte man mehr? Und so erfolgte hüben wie drüben das Jawort mit einem Schlag. Und es war allseits eitel Freude. Während drüben im Damensalon Fräulein Tsing mit ihrer Besucherin bei Tee und Gebäck und allerlei Früchten und Süßigkeiten Verlobung feierte, traktierte hüben in der Gasthalle der ›alte Bursche‹ seinen Besucher mit Wein von der besten Sorte und einem üppigen Dankessen für die geleisteten guten Mittlerdienste. In herzlichstem Einvernehmen nahm man voneinander Abschied.

Wieder daheim in Min tschu hsiän, konnte Tu seinem sich in Ungeduld verzehrenden Freunde die ersehnte ›gute Nachricht‹ überbringen. Er mahnte ihn, nun aber schleunigst einen günstigen Kalendertag für die Heimholung der Braut auszusuchen und beizeiten für eine würdige Hochzeitsfeier alle Vorkehrungen zu treffen. Und dann kam der Abend, da der glückliche Freier seine Braut über die Schwelle seines elterlichen Heims geleiten und in festlich geschmückter Kammer beim Schein blumenumwundener Kerzen ihren Schleier lüften durfte. Die gegenseitige Inaugenscheinnahme ergab bei Braut wie Bräutigam den gleichen Eindruck: nach Wunsch!

In dieser Nacht konnte die Braut nicht umhin, ihren Gatten ein wenig auszuhorchen. Ein kleiner Rest von Zweifel war immer noch in ihrem Busen haftengeblieben.

»Was hat es eigentlich mit jenem Gürtelschmuck, diesen klimpernden Dingern aus Jade, für eine Bewandtnis?« wollte sie wissen.

»Er gehörte ursprünglich mir«, bestätigte er zu ihrer Beruhigung. Aber ganz beruhigt war sie immer noch nicht.

»Wie ist er aber dann damals in die Hand der anderen geraten?« forschte sie weiter, immer noch etwas mißtrauisch.

Er berichtete ihr die Geschichte des Schicksalspfeils, den Hergang seiner Auffindung damals im Garten vor der Studierklause, den kleinen Schwindel von der ›großen Schwester‹, auf den er hereingefallen war und an den er noch bis vor kurzem geglaubt hatte.

Nun war sie endlich beruhigt, waren ihre Zweifel in alle Winde zerstreut. Beide huben ein herzliches, befreiendes Gelächter an und waren sich darin einig: Bei allen Krümmungen, bei allem Auf und Ab und Durcheinander wurde es offensichtlich, daß sie vom Schicksal füreinander bestimmt, bereits in einer früheren Existenz einander zugesprochen gewesen waren. Daß sie sich endlich gefunden hatten, war nicht Zufall, sondern höhere Fügung!

Am Morgen nach der Brautnacht brachte er aus der Schublade, wo er ihn bislang aufbewahrt hatte, den Schicksalspfeil zum Vorschein. Er zeigte ihn seiner ›Neuen‹.

»Jetzt solltest du ihn aber der Schützin eigentlich zurückgeben«, forderte sie. Er bedeutete für sie doch noch einen kleinen Stachel der Beunruhigung, solange sie ihn, Andenken an die andere, in seinem Besitz wußte.

»Du hast recht.«

Und er setzte sich hin, griff zum Pinsel und schrieb ein kleines Poem nieder. Er steckte es zusammen mit dem Pfeil in einen Umschlag und sandte das Päckchen seinem Freund Tu ins Haus. Tu öffnete und las Schulter an Schulter mit seiner jungen Frau:

Von Jade die Gürtelringe kamen
schon zurück.
Zurück nun kehrt von Bambus auch
der Schicksalspfeil.
Sie stifteten nach beiden Seiten
Eheglück.
Auf seine Kosten kam zu guter Letzt
ein jeder Teil.
Haha! Haha!

Tu nahm den Pfeil in die Hand, drehte ihn zwischen den Fingern und beguckte ihn nochmals eingehend. Da gewahrte er auf einmal die drei winzigen eingekritzelten Schriftzeichen Feh O ki, ›Feh O Andenken‹. Die waren ihm damals in der Eile ganz entgangen.

»Feh O? Was hat der Name zu bedeuten?«

»Mein Mädchenname in früher Jugendzeit.«

»Ach so. Nun verstehe ich. Weh hielt Feh O also irrtümlich für den Namen deiner angeblichen großen Schwester. Na, wenn ich diese drei Schriftzeichen schon damals entdeckt hätte, dann würde ich den Pfeil bestimmt nicht wieder aus der Hand gegeben und Freund Weh überlassen haben.«

»Und dann würde ich keinen Grund gehabt haben, in der Herberge von Tschong tu fu die Braut für ihn mit zartrosa Seidengarn einzuwickeln und einzufangen. Nein, nein. Es mußte alles so kommen. Auch daß du damals die drei Schriftzeichen übersehen hast, war eine weise Absicht höherer Fügung.«

Tu nickte zustimmend.

»Du hast recht.«

Und er setzte sich hin, griff zum Pinsel, ließ seinen Geist spielen und warf im Nu ein Antwortpoem aufs Papier. Er sandte es in verschlossenem Umschlag Freund Weh ins Haus.

Weh öffnete und las Schulter an Schulter mit seiner jungen Gattin:

Zum frühern Eigner kehrten heim
von Jade die Ringe.
Woher du kamst, dorthin, o Pfeil,
nun wiederkehre!
Auf beiden Seiten Irrtum zeugten
beide Dinge.
Doch letztlich tappte beider Irrtum
nicht ins Leere!
Haha! Haha!

Von da an lebten beide jungen Paare in herzlicher Verbundenheit und innigem Verkehr miteinander und nebeneinander wie leibliche Brüder und Schwestern. Dank ihrem hohen akademischen Ansehen und ihrer Amtswürde gelang es beiden Freunden, mit vereinten Kräften dem verehrten Schwiegervater Wen zur endlichen Rehabilitierung und Blankwaschung seiner Ehre zu verhelfen. Wertvollen Beistand fanden sie in ihrem Bemühen bei den in der Gegend ansässigen würdigen ›Rotgürtelträgern‹, den ehemaligen Mandarinen im Ruhestand und sonstigen Ortshonoratioren. Wer von ihnen, meist gute Freunde und Altersgenossen des Generals Wen, hätte nicht gern für ihn Fürsprache erhoben? Und so wurde er Punkt für Punkt von der Anklage der Amtsunterschlagung freigesprochen. Allerdings mußte er sein Amt niederlegen und in den Ruhestand treten. Nun, der alte Herr nahm das philosophisch und keineswegs tragisch.

Die beiden Freunde Tu und Weh aber brachten es später zu hohen Ämtern und Leuchten des Staatsdienstes. Ihre jungen Frauen schenkten ihnen je ein Knäblein und ein Mägdelein, die schon in früher Kindheit wieder untereinander verlobt wurden. Und so riß der Faden einer innigen Beziehung zwischen den beiden befreundeten Familien über Generationen hinaus nicht mehr ab.

Das ist die wundersame Geschichte zweier junger Mädchen von Geist und Schönheit, die der ganzen Heimatprovinz Sse tschuan zu Ruhm und Zier gereichten.

Der kleine Detektiv
oder:
Ein Fünfjähriger wird vom Himmelssohn in Audienz empfangen

Zur Zeit der nördlichen Sung-Dynastie (960-1126), während der Regierung des Kaisers Schen Tsung (1068-1086), lebte in der Hauptstadt Kai fong fu ein hoher Würdenträger namens Wang Hsiang, Fürst von Min. Er war kein Geringerer als des Kaisers Kanzler und ein gar großer, vornehmer Herr. Sein Haushalt – er hatte seine ganze Sippe im weiten, geräumigen Kanzlerpalast untergebracht – zählte zu den reichsten und glänzendsten der Residenz. Damals war der Reformer Wang An Schi noch nicht Minister, waren seine verkehrten neuen Gesetze noch nicht eingeführt. An den vier Reichsgrenzen herrschte Ruhe, es gab noch keine Einfälle feindlicher Nachbarvölker. Die Bevölkerung durfte sich ihres Lebens freuen und sorglos ihrer gewohnten Beschäftigung nachgehen. Es war eine gesegnete Zeit, ein Zeitalter tiefsten Friedens.

Es war am Fünfzehnten des ersten Monats. Man feierte das Fest der ersten Vollmondnacht im neuen Jahre, Laternenfest. Haus für Haus, Familie für Familie zündete bunte Laternen an. Schon vorher, vom Dreizehnten an, herrschte lauter Festtrubel auf den zehn Hauptstraßen und neun Marktplätzen der Residenz und währte die ganze Nacht hindurch bis zum frühen Morgen.

Nach altem Brauch pflegen an diesem Fest der ersten Vollmondnacht auch hohe und höchste Würdenträger teilzunehmen, sich mitsamt ihren Familien unter das öffentliche Festtreiben in der Stadt zu mischen und die ganze Nacht mit durchzufeiern. Da zeigten sich nun auch Frauen und Töchter der Vornehmsten, die sonst streng abgeschlossen in der Verborgenheit der hinteren Gemächer leben, in der Öffentlichkeit.

Darunter manche Holde, deren seltene Schönheit imstande ist, Throne zum Wanken und feste Stadtwälle zum Einsturz zu bringen. Sie alle treibt ganz besonders der Wunsch, bei dieser Gelegenheit womöglich einen Blick vom Drachenantlitz des Himmelssohnes zu erhaschen. Denn der Himmelssohn selber pflegt sich das Festtreiben alljährlich in eigener Person von der hohen Zinne des Hsüan te mön, ›Tores der offenbarten Allkraft‹, mit anzusehen.

Und so kam die Nacht des Festes herauf. Das war eine Mondscheinnacht! Im Kampf zwischen Hell und Dunkel blieb diesmal der Mond Sieger. Mit lichtem Glanz erfüllte er den Raum. Es war schier taghell. Dazu allerorten die vielen bunten, wundersam geformten Laternen. Es war ein förmlicher Leuchtwettstreit zwischen Mond und Laternen.

An diesem Abend also begaben sich auch sämtliche Insassinnen der ›inneren‹ Gemächer des Fürsten von Min, alt und jung, von der Fürstengattin herab bis zur geringsten Magd, festlich gekleidet und herausgeputzt, auf die Straße zur Laternenschau. Zeltwände, von respektvollen Hauslakaien getragen, schlossen die in allen Farben schimmernde und glitzernde Gruppe wie ein Netz eine Schar bunter Schmetterlinge nach allen Seiten hin ein. –

Geschätzte Leserschaft, ihr werdet fragen, was ›Zeltwände‹ dabei zu tun hatten. Laßt euch erklären: Solche Zeltwände waren seit alters aus Gründen der Schicklichkeit im Gebrauch. Sie sollten den Damen der höheren Stände bei ihren Ausgängen in die Öffentlichkeit als beweglicher Schutzwall dienen und sie im Straßengewühl vor unliebsamer Berührung mit dem gemeinen Volk bewahren. Diese Zeltwände waren bald aus teurer Atlas- und Taffetseide, bald aus einfachem Linnentuch gefertigt. Der alte Brauch solcher Schutzwände – er ging auf die Tsin-Zeit (4. Jahrhundert westlicher Zeitrechnung) zurück – gehörte mit zum guten Ton in der vornehmen Gesellschaft von damals. –

Genug der Abschweifung. Fahren wir in der Erzählung fort.

Fürst Min hatte ein kleines Söhnchen namens Nan Kai. Es war der jüngste seiner dreizehn Sprößlinge, das Kind seiner jüngsten Nebenfrau. Der fünfjährige Nan Kai war ein selten kluges, aufgewecktes Bürschlein und auch äußerlich ungewöhnlich wohlgeraten. Seine Eltern liebten und hegten ihn begreiflicherweise wie ein kostbares Kleinod. Er war ihr erklärter Liebling. Aber auch sämtliche anderen Insassen und Insassinnen der inneren und äußeren Gemächer und das gesamte Gesinde, groß und klein, alle hatten ihre Freude an ihm.

An diesem Tage wurde auch der kleine Nan Kai auf die Straße zur Laternenschau mitgenommen. Daß auch er ein feines Wams trug und festlich herausgeputzt war, hatte nichts Besonderes zu besagen. Aber die Mütze! Es war ein ganzes Vermögen, was er auf dem Kopfe trug! Aus erbsengroßen Perlen und Edelsteinen war auf den Mützendeckel ein kunstvolles Muster eingestickt, das ein Phönixpärchen inmitten von Päonienblüten zeigte. Die Stirnseite zierte vorn in der Mitte ein großer, funkelnder ›Katzenauge‹-Edelstein. Die Mützenränder waren ringsum dicht besät mit anderen Juwelen von fünf verschiedenen Farben, wie Rubinen, Saphiren, Topasen, Malachiten und anderen mehr.

Der Fürst hatte seinen kleinen Liebling in die Obhut des alten Wang gegeben. Das war der verläßlichste unter seinen Leibdienern. Der alte Wang also nahm den Kleinen rittlings auf die Schultern und schloß sich der Damengruppe auf dem Wege zur Laternenschau an. Da er in den Regeln der Schicklichkeit Bescheid wußte, wagte er sich als Mann nicht mit unter die Damen innerhalb der Zeltwände, sondern schritt außerhalb zur Seite mit. So gelangte man schließlich zum ›Tor der offenbarten Allkraft‹.

Es fügte sich, daß gerade eben Kaiser Schen Tsung daselbst eingetroffen war und sich mit seinem Gefolge auf dem Balkon im ersten Stock des Torturmes niedergelassen hatte. Herolde und Anschläge taten einen Gnadenerlaß des Allerhöchsten kund, wonach es der Bevölkerung bei dieser Gelegenheit ausnahmsweise vergönnt war, die Blicke in Ehrfurcht zum Drachenantlitz der kaiserlichen Majestät emporrichten zu dürfen. Leibwächter und Stadtpolizei sollten die Menge diesmal nicht daran hindern.

Der Balkon war durch eine ungeheure Laterne erleuchtet. Sie zeigte die Form einer Riesenschildkröte, die auf ihrem Buckel einen Berg trug. Das kunstvoll aus Pergament und Glas gefertigte Gebilde strahlte, von innen erleuchtet, in allen Farben magischen Glanz aus.

In einer Ecke des geräumigen Balkons hatte die Hofkapelle Aufstellung genommen. Mit Trommeln und Pauken, Flöten, Tuben und Mundorgeln ließen die Musikanten heitere Festweisen uralter Palastmusik ertönen. Auf dem Balkon, zu beiden Seiten des kaiserlichen Sessels, entquollen mächtigen bronzenen Räucherkesseln Duftschwaden aus edelstem Sandelholz, die der erhabenen Nase der Majestät Schutz vor den Ausdünstungen der profanen Menge bieten sollten.

Unter dem Balkon, am Fuße des Turmes, war ein freier Platz abgesteckt. Dort durften Gaukler und Schauspieler, Tänzer und Tänzerinnen ihre hundertfältigen Künste der Majestät vorführen. Auf der anderen Seite stand dichtgedrängt ein Meer von Menschen, ein Gebirge von Menschen, die Volksmenge, und durfte zuschauen. So dichtgedrängt standen die Zuschauer Kopf an Kopf und Schulter an Schulter, daß nicht der schmalste Streifen Erdboden sichtbar blieb.

Eingekeilt in drangvoller Enge stand Diener Wang, reckte den Hals nach oben und gaffte. Allgemach wurde der Druck der kleinen lebenden Last auf seinen alten Schultern lästig spürbar. Er konnte sich nicht von der Stelle rühren, sich keine Bewegung, keine Luft verschaffen. Seine Schultern begannen steif zu werden, seine Knie fingen an zu zittern, seine Lenden wurden schlapp, sein Atem ging keuchend, Schweiß brach ihm aus den Poren.

Da, er war schon fast am Ende seiner Kräfte, spürte er auf einmal eine merkliche, angenehme Erleichterung. Er konnte sich dehnen und recken und seine Füße bequemer stellen. Er fühlte sich bedeutend freier als vordem und konnte nach Herzenslust gaffen und seine Neugier befriedigen. Das tat er weidlich eine geraume Weile. Doch plötzlich fiel ihm der kleine Nan Kai ein. Hastig fuhr er mit der Hand nach oben und tastete seine Schultern ab. Aber da saß kein Nan Kai mehr! Sein Platz war leer. Wohin und seit wann mochte er verschwunden sein? Bestürzt blickte sich der alte Wang nach allen Seiten um. Aber er sah nur in fremde Gesichter. Von seinem kleinen Schützling keine Spur! Vor Schreck drohten ihm seine Eingeweide zu platzen und sich in tausend Fetzen aufzulösen. Er mußte den Kleinen unbedingt suchen. Aber wo ihn finden? Und wie aus der Menge, in der er eingepreßt stand, herauskommen?

Mit Aufbietung aller Kräfte drängte und quetschte er sich schließlich durch den Menschenwall nach hinten ins Freie. Es kostete ihn freilich gehörig Schweiß und Mühe. Seine Knochen waren zermürbt, seine Sehnen betäubt, er mußte nach Luft schnappen, als er endlich draußen auf offenem Gelände stand. Suchend ließ er seine Blicke umherschweifen. Da entdeckte er plötzlich wohlbekannte Gesichter, einen Trupp Diener aus dem Kanzlerpalast.

»Habt ihr unseren jüngsten Haussohn gesehen?« rief er die Kollegen an.

Die Leute verneinten.

»Für das kleine Herrchen bist doch du verantwortlich. Was fragst du uns?« meinten sie erstaunt.

»Im Trubel und Gedränge hat ihn mir irgend jemand von der Schulter fortgenommen. Ich glaubte bestimmt, es sei einer von euch gewesen, der mich unter der Bürde schwitzen sah und mich aus Mitgefühl im Tragen ablösen wollte, um mich etwas verschnaufen zu lassen. Ich spürte die angenehme Erleichterung, achtete aber, ins Zuschauen und Gaffen vertieft, wie ich war, zunächst nicht darauf. Dann entsann ich mich auf einmal des kleinen Herrchens und gewahrte zu meinem Schrecken, daß er verschwunden war. Ich habe überall nach ihm gesucht, aber ihn nirgends entdecken können. Ihr wollt doch nicht etwa sagen, daß ihr ihn auch nicht gesehen habt?«

Entgeistert und mit weitaufgesperrten Mäulern hatten die anderen zugehört.

»Da hast du ja etwas Schönes angerichtet! Das ist eine verdammt ernste Sache! Wie konntest du nur so unachtsam sein! In einem solchen Menschengewühle den Kleinen wiederfinden wollen? Da kannst du lange suchen und Li und Tschang fragen. Es wird umsonst sein. Am besten, wir bahnen uns einen Weg zu dem Platz, wo du gestanden hast, und suchen dort nochmals nach.«

Vereint, mit Hilfe von Püffen und Ellenbogen, zwängte und schob sich das Dutzend Leute durch den Menschenwall nach vorn an die Stelle, wo der alte Wang gestanden hatte. Da fragte, vielmehr rief und schrie man nun, so laut man konnte, nach dem kleinen Nan Kai und bestürmte die Umstehenden um Auskunft nach seinem Verbleib. Aber ihre Stimmen wurden in dem allgemeinen Lärm und Getöse übertönt, und wer in dem wogenden Menschenmeer hätte auf ihr verzweifeltes Rufen und Fragen groß geachtet? Ihre Suche blieb vergeblich. Schließlich gaben sie es auf. Wieder hieß es, sich eine Gasse nach rückwärts ins Freie bahnen und erkämpfen. Müde und zerschlagen, die Augen halb blind vom vielen Suchen und Gucken, die Kehlen heiser vom vielen Rufen und Schreien, fand man sich nach und nach wieder zusammen. Alle waren gleichermaßen bedrückt und niedergeschlagen. Man riet und beriet hin und her.

»Vielleicht hat ihn einer von unseren Leuten schon nach Hause gebracht?« mutmaßte einer.

»Unsinn! Wir von der Dienerschaft sind doch alle hier beisammen. Es muß ein Fremder gewesen sein, der ihn an sich genommen hat«, widersprach man ihm.

»Vermutlich Räuber«, gab bedächtig und ernst der Älteste und Erfahrenste unter ihnen seine Meinung kund. »Die Prunkmütze, die unser kleines Herrchen aufhatte! Der gleißende

Tand daran mußte ja die begehrlichen Blicke von Räubern auf sich lenken. Er ist bestimmt geraubt worden. Bevor wir die Frauengemächer mit der Kunde in Schrecken und Aufruhr versetzen, sollten wir zunächst dem Fürsten allein Meldung erstatten, damit er ohne Verzug und viel Aufhebens die Präfektur verständigen und insgeheim Häscher aussenden lassen kann. Anderenfalls besteht die Gefahr, daß die Räuber durch Geschwätz, das von den inneren Gemächern nach außen dringt, gewarnt werden und sich der Verfolgung entziehen.«

Alles billigte seinen weisen Rat. Bloß der alte Wang hatte Bedenken. Er bekam es mit der Angst zu tun. »Wie soll ich bloß vor unseren alten Gebieter hintreten und ihm die Wahrheit ins Gesicht sagen? Wollen wir nicht lieber unter uns weitere Nachforschungen anstellen?« gab er schlotternd einzuwenden.

Doch sein Einwand wurde überhört. Die Sache duldete nach allgemeiner Ansicht keinen Aufschub. Und in geschlossenem Trupp machte man sich auf den Heimweg.

Zu Hause zogen sie zunächst insgeheim und ganz unauffällig Erkundigungen nach dem Verbleib des kleinen Nan Kai ein. Nachdem sie sich vergewissert hatten, daß er nicht im Kanzlerpalast sei, meldeten sie sich beim Fürsten.

Da standen sie nun allesamt verlegen und betreten vor ihrem alten Gebieter, knucksten und drucksten herum, und keiner getraute sich mit der Sprache heraus. Bis schließlich der Fürst das Wort ergriff.

»Es ist noch gar nicht lange her, daß ihr zur Laternenschau ausgegangen seid. Wie kommt es, daß ihr allesamt schon wieder nach Hause zurückgekommen seid? Auch scheint ihr mir beträchtlich aufgeregt und durcheinander zu sein. Was ist vorgefallen?«

Der Älteste als Sprecher berichtete den Hergang, wie dem alten Wang im Festgewühl das ihm anvertraute kleine Herrchen abhanden gekommen sei. Im Anschluß an den Bericht trat der alte Wang vor, kniete nieder, legte die Stirn auf den

Boden und bekannte sich völlig zerknirscht des Todes schuldig.

Seltsam, der Fürst blieb völlig gelassen und zeigte nicht die geringste Spur von Zorn oder Bestürzung. Im Gegenteil, er lächelte sogar.

»Wozu die Aufregung? Er wird sich ganz von selber nach Hause zurückfinden«, sagte er ruhig.

»Aber wie soll er das? Er ist sicherlich von irgendwelchen schlechten Kerlen geraubt worden. Euer Gnaden sollten den Präfekten von Kai fong fu verständigen und ihn ersuchen, unverzüglich Häscher auszusenden und die Räuber aufzuspüren. Anderenfalls wird er wohl verschwunden bleiben«, gaben die Diener zu bedenken.

Der Fürst schüttelte bedächtig den Kopf.

»Unnötig.«

Sein gelassener Gleichmut blieb den braven Dienern ein Rätsel. Da war nun eine Notlage, die ihrer Meinung nach ein ebenso rasches Eingreifen heischte wie etwa eine himmelhohe Feuersbrunst das Löschen. Der Fürst zeigte in Haltung und Miene nicht die geringste Bewegung, als ob es sich um die alltäglichste Sache handle, als ob es nur eines Glases kalten Wassers bedürfe, um den Riesenbrand zu löschen.

Unschlüssig zogen sie sich zurück. Dann eilten sie wieder in die Stadt zum Festplatz am ›Tor der offenbarten Allkraft‹, um nun der Fürstin Meldung von dem Unglück zu erstatten. Sie wohnte mit ihrer weiblichen Begleitung noch immer zwischen den Zeltwänden von reserviertem Platz aus der Vorstellung unter dem kaiserlichen Balkon bei.

Die Unglücksbotschaft zeitigte bei ihr genau die gegenteilige Wirkung wie beim Fürsten. In größter Bestürzung brach sie augenblicklich auf und kehrte mit ihren Damen und der weiblichen Dienerschaft schleunigst heim. Kummer in der Miene, Tränen mit Mühe zurückdämmend, trat sie ihrem Gemahl gegenüber. Er suchte sie zu beruhigen.

»Wenn es sich um ein anderes Kind handelte, dann allerdings

bestünde Grund zur Besorgnis, und sofortige Nachforschungen wären dringend geboten. In diesem Falle aber ist es unser dreizehntes, unser kleiner Nan Kai, der verlorengegangen ist. Der findet sich bestimmt ganz allein nach Hause zurück. Wir brauchen uns nicht im geringsten zu beunruhigen.«

»Zugegeben, er ist besonders klug und aufgeweckt, aber mein hoher Gemahl möge sein zartes Alter bedenken. Er zählt doch erst knapp fünf Jahre! Wie soll sich ein so kleines Kind allein aus der Gewalt von Räubern befreien und heimfinden können!«

Der Chor der Kammerfrauen und Wärterinnen fiel ein:

»Man hört Schreckliches von den Untaten dieser Kindsräuber erzählen. Sie sollen den bedauernswerten Kleinen die Füße abhacken oder ätzende Salbe in die Augen schmieren, so daß sie erblinden, oder sie auf hunderterlei andere Art verstümmeln und schließlich als Bettelkinder zugerichtet auf die Straße schicken und zum Betteln zwingen. Wenn Euer Gnaden nicht schleunigst behördlich nachforschen lassen, dann wird unser kleines Herrchen mit Sicherheit ihrer Gifthand zum Opfer fallen.«

Der Chor endete in lautem Jammern und Weinen. Er wurde abgelöst und unterstützt vom Chor der männlichen Dienerschaft:

»Euer Gnaden sollten unbedingt beim Präfekten Anzeige erstatten. Vielleicht würden sich auch große öffentliche Suchplakate, auf denen ein hoher Finderlohn ausgeschrieben steht, als nützlich erweisen. Manch einer wird sich gern die Belohnung verdienen wollen und seinen Kopf anstrengen, um den Verbleib unseres kleinen Herrchens ausfindig zu machen.«

In dem aufgeregten Durcheinander von gutgemeinten Ratschlägen blieb allein der Fürst nach wie vor unbewegt und gelassen, ja sogar heiter.

»Mögt ihr euch noch soviel gute Ratschläge ausdenken, alles überflüssig. Geduldet euch ein paar Tage, und er wird ganz von allein zurückkommen.«

»Ein so engelgleiches Kind! Wie kann man bei seinem Verlust nur so gleichgültig bleiben und sich die Sache so bequem machen!« rief die Fürstin in bitterem Vorwurf aus.

»Ich verbürge mich mit meinem fürstlichen Wort dafür: Meine werte Gemahlin soll in Kürze das Kind wiederhaben, und zwar so gesund und wohlbehalten wie vordem. Darum nochmals, keine unnötige Angst und Aufregung!« beharrte der Fürst.

Sein Gleichmut und seine Zuversicht, die sie Gleichgültigkeit dünkte, blieben der Fürstin unbegreiflich. Ungläubig zog sie sich mit dem ebenso ungläubigen Gesinde zurück. Sie war entschlossen, durch die Dienerschaft auf eigene Faust Nachforschungen anstellen zu lassen. –

An jenem Abend, da der alte Wang mit dem kleinen Nan Kai auf dem Rücken ins dichteste Menschengewühl eingepfercht dastand und ganz Auge und Ohr war, geschah es, daß sich auf einmal jemand von rückwärts sachte an ihn heranmachte, seine Hand ausstreckte und den Kleinen behutsam von seinen Schultern herabnahm, um ihn so rittlings wie vordem auf seine eigenen Schultern zu setzen. Nan Kai war so ins Zuschauen vertieft und von all dem Rummel ringsum so erregt und betäubt, daß er die Ortsveränderung zunächst gar nicht wahrnahm.

Aber auf einmal fiel ihm auf, daß sein Träger nicht mehr ruhig an seinem Platze verweilte, sondern sich sehr hurtig fortbewegte, und zwar nach rückwärts durchs Menschengewühl schob und drängte.

»He, alter Wang, wohin so eilig?« rief der Kleine nach unten, den Blick noch immer auf den Festplatz gerichtet. Keine Antwort. Da erst richtete er die Pupille abwärts und besah sich seinen Träger genauer. Das war ja gar nicht der alte Wang! Der trug ja eine ganz andere Kappe, einen ganz anderen Rock und Gürtel. Ein fremder Mann! Aufgeweckt und klug, wie er für seine jungen Jahre war, sagte sich der Kleine sogleich: Ich werde entführt! Unter Ausnützung des Lärmes und Trubels von einem bösen Manne entführt! Was sollte er jetzt machen? Ringsum lauter fremdes Volk, keine bekannten Gesichter. Da wäre Rufen und Schreien zwecklos gewesen. Seine Kinderstimme wäre in dem Lärm sowieso übertönt worden. Sein kleiner Verstand arbeitete weiter:

Gewiß hat es der Kerl auf die Perlen und Edelsteine auf meiner Mütze abgesehen. Um mich selber ist mir nicht bange, wenn er mich entführt. Aber die Mütze. An der bin ich zu erkennen. Wenn sie gestohlen wird, werde ich schwer wiederzufinden sein. Ich muß sie verstecken. So sagte er sich.

Und schon streckte er seine Patsche nach der Mütze aus, nahm sie vom Kopf und schob sie behutsam in seine weite Ärmeltasche. Ganz lautlos tat er das. Nicht die mindeste Angst oder Aufregung tat er kund. Kein Wort, kein Schrei kam über seine Lippen. Er weinte nicht, er greinte nicht. Ganz ruhig ließ er sich weiter huckepack tragen und stellte sich so, als ob er gar nichts von der Veränderung bemerke.

Sie waren jetzt dicht vor dem Tung hua mön, ›Tor der östlichen Blüte‹, angelangt. Da begegnete ihnen auf einmal ein geschlossener Trupp von fünf großen Palastsänften. Der kleine Nan Kai sagte sich: Da sitzen gewiß hohe Würdenträger oder Hofbeamte drin. Das ist eine Gelegenheit. Wenn ich jetzt nicht den Mund auftue und um Hilfe schreie, worauf will ich sonst noch warten?

Er ließ die Sänften dicht herankommen, bis man sie fast streifte, dann streckte er beide Ärmchen aus, klammerte sich an einer Sänftenquaste fest und hub aus Leibeskräften an zu schreien:

»Hilfe! Zu Hilfe! Räuber! Räuber!«

Erschreckt durch die gellenden Hilferufe, die die allgemeine Aufmerksamkeit auf ihn lenken mußten, ließ der Räuber seine lebende Beute augenblicklich über den Buckel abwärts zu Boden rutschen, tauchte im dichtesten Menschengewühl unter und suchte das Weite.

Der Sänftenvorhang wurde beiseite geschoben, ein Jemand

guckte heraus. Als er den holden, hellwangigen Engel von Findling am Boden gewahrte, wie er in seiner Not und Verlassenheit laut schreiend Hilfe heischte, da frohlockte er insgeheim. Er hob den Kleinen vom Boden auf zu sich herein und barg ihn behutsam an seiner Brust.

»Wo kommst du her?«

»Ich bin von einem Räuber entführt worden.«

»So? Und wo steckt denn dein Räuber?«

»Als ich vorhin zu schreien anfing, da hat er mich abgesetzt und sich im Menschengewühl davongemacht.«

Wie klar und verständig die Antworten aus dem Kindermunde kamen! Der Jemand in der Sänfte fuhr dem Kleinen streichelnd über das Köpfchen.

»Brav, brav! Brauchst keine Angst zu haben. Ich bringe dich in Sicherheit, an einen Ort, wo du wunderschöne Spiele spielen kannst.«

Er setzte den Kleinen auf seine Knie und gab den Sänftenträgern ein Zeichen. Und weiter ging's, durch das ›Tor der östlichen Blüte‹ mitten hinein in den Kaiserpalast. –

Ihr werdet fragen: Wer war denn der Jemand in der Sänfte? Nun, ein kaiserlicher Kämmerling, ein Obereunuch von hohem Range und Ansehen bei Hofe, der zu den nächsten Vertrauten der Majestäten gehörte. Er hatte in der Umgebung des Kaisers der Laternenschau und Vorstellung vom Balkon des Hsüan te-Tors aus mit beigewohnt. Jetzt schickte sich der Kaiser zum Aufbruch und zur Rückkehr in den Palast an. Da war er mit vier Kollegen etwas früher aufgebrochen, um beizeiten die nächtliche Festtafel für den Kaiser und seine Gäste zu richten. Denn die Aufsicht über die kaiserliche Küche und Tafel gehörte mit zu seinen Obliegenheiten. Er versah neben anderen Ämtern auch das Amt eines Truchsessen.

Da war ihm nun unterwegs das kleine Erlebnis mit dem hübschen Findling begegnet. Und er hatte ihn in seiner Sänfte mit in den Palast genommen.

Im Innenhof des Palastes angelangt, übergab er seinen Schützling der Obhut seiner persönlichen Gefolgsleute.

»Bringt ihn in meine eigene Schlafkammer! Gebt ihm gut und reichlich zu essen, als Nachtisch Früchte, Kuchen und Zuckerwerk! Bereitet ihm ein weiches, warmes Pfühl zum Schlafen! Und hütet euch, ihn zu ängstigen und zu erschrecken!«

So und ähnlich erteilte er Befehl auf Befehl, Weisung auf Weisung, vorsorglich und fürsorglich. Es ist ja eine bekannte Eigentümlichkeit an der Wesensart von Verschnittenen, daß sie, denen die Natur eigene Kinder versagt, sich gerade besonders kinderlieb gebärden.

Am nächsten Morgen bei der Frühaudienz traten die fünf Obereunuchen, die tags zuvor den kleinen Findling aufgelesen hatten, vor den kaiserlichen Thron, machten die vorgeschriebenen drei Kniefälle und neun Stirnaufschläge und berichteten ihr Erlebnis:

»Wan sui ye ye! Erhabener Gebieter und Herr über zehntausend Jahre! Die geringen Sklaven möchten eine Meldung erstatten. Gestern abend auf dem Rückwege vom Dienst bei der Laternenschau lasen wir unterwegs, es war außerhalb vom ›Tor der östlichen Blüte‹, einen kleinen Findling von der Straße auf. Sie haben ihn in den Palast mitgenommen. Denn die geringen Sklaven sind der Meinung, daß der Fund eine glückliche Vorbedeutung hat. Zweifellos will der Himmel damit zu erkennen geben, daß unser erhabener Gebieter und Herr über zehntausend Jahre demnächst mit einem männlichen Leibeserben gesegnet werden wird. Die geringen Sklaven sind darob über die Maßen erfreut. Noch wissen sie nicht, welcher Herkunft der Findling ist. Denn ohne ausdrückliches Geheiß Eurer Majestät wagten sie nicht, eigenmächtig Nachforschungen anzustellen. Dies ihre untertänige Meldung.«

Es verhielt sich in der Tat so, daß um diese Zeit des Kaisers Ehegestirn noch nicht in vollem Glanze strahlte. Er wartete noch immer voll Sorge auf einen künftigen Thronerben. Was er nun eben von der zufälligen Auffindung eines Findlings vernahm, deutete auch er im günstigen Sinne, als Vorzeichen, daß ihm in Kürze ein Thronerbe beschieden sein würde. Freude breitete sich über sein Drachenantlitz, und er befahl:

»Schafft mir den Findling sofort zur Stelle, auf daß ich ihn in Augenschein nehme!«

Jener Obereunuch, der den Knaben in seiner Sänfte mitgenommen hatte, eilte in sein Schlafgemach, hob den kleinen Nan Kai, der noch in tiefem Schlummer lag, aus dem Bett und barg ihn an seiner Brust.

»Auf allerhöchsten Befehl: Du sollst vor dem kaiserlichen ›Gespan‹ erscheinen! Aber du brauchst keine Bange zu haben.«

Der Kleine war so verständig, um aus der Wendung ›vor dem kaiserlichen Gespan erscheinen‹ zu entnehmen, daß der Kaiser ihn in Audienz zu empfangen wünsche. In aller Ruhe, ohne Zittern und Zagen, holte er seine Prunkmütze aus dem Ärmeltaschenversteck hervor und setzte sie sich aufs Haupt.

Im Audienzsaal angelangt, stellte ihn der Obereunuch auf seine eigenen kleinen Füße und ließ ihn allein vor den Thron treten.

Von einem winzigen Bürschlein wie Nan Kai konnte man natürlich nicht erwarten, daß er schon den höheren Stil der Hofetikette beherrschte, jene wohlgesetzte, kunstvoll gedrechselte Redeweise voll bergehoher Lobhudeleien, jene tänzerische Grazie und Eleganz in Haltung und Bewegung, wie sie bei Hofe üblich sind. Immerhin verrichtete er die vorgeschriebenen drei Kniefälle und neun Stirnaufschläge mit so viel artigem und für sein Alter überraschendem Anstande, daß der Himmelssohn darüber ganz außer sich vor Entzücken geriet und, seiner gewohnten würdevollen Haltung vergessend, vor Vergnügen mit den Füßen stampfte. Und sein kaiserlicher Mund tat sich auf und fragte:

»Kleines Kerlchen! Weißt du deinen Namen? Wessen Kind bist du?«

Nan Kai richtete sich kerzengerade in die Höhe:

»Ich heiße Nan Kai und bin der jüngste Sohn von Eurer Majestät ergebenem Diener Wang, Fürsten von Min.«

Was für eine verständige Antwort! Und wie klar und deutlich der Kindermund sie herausbrachte! Der Kaiser kam aus dem Staunen nicht heraus.

»Wie bist du hierhergekommen?«

»Gestern abend hatte sich meine Familie zur Laternenschau am Hsüan te mön aufgemacht, um dort in Ehrfurcht Eurer Majestät ansichtig zu werden. Ich war auf den Schultern unseres alten Dieners Wang mitgenommen worden. Während des Lärmes und Getümmels hat mich ein Räuber auf seine eigenen Schultern gesetzt und ist mit mir davongelaufen. Ein glücklicher Zufall fügte es, daß wir beim Tung hua mön an einen Zug von Palastsänften gerieten. Ich dachte sogleich, daß mir von ihnen Rettung kommen könne, und schrie aus Leibeskräften um Hilfe. Worauf der Räuber mich auf die Straße setzte und sich eilends davonmachte. Mich aber hob jener Obereunuch in seine Sänfte und nahm mich mit in den Palast. So bin ich hierhergekommen. Daß ich jetzt des Himmelssohnes erhabenes Antlitz schauen darf, preise ich wahrlich als zehntausendfaches Glück.«

»Wieviel Jahre zählst du eigentlich?«

»Der ergebene Untertan Eurer Majestät ist fünf Jahre alt.«

»So jung noch und kann schon so trefflich Rede und Antwort stehen! Zu einem solchen Sohne kann man den Fürsten von Min beglückwünschen!« rief der Kaiser bewundernd aus und fuhr fort:

»Seit deinem Verschwinden gestern abend wird deine ganze Familie gewiß in großer Angst und Sorge um dich sein. Ich werde dich noch heute deinem Vater zurückschicken. – Nur schade, daß der Räuber ungestraft davonkommt. Denn wie soll man seiner habhaft werden?« setzte er in Gedanken versunken mißmutig hinzu.

»Wenn Eure Majestät seiner habhaft zu werden wünschen, so hat das weiter keine Schwierigkeit«, fiel Nan Kai rasch ein.

Des Kaisers düstere Miene hellte sich auf. Überrascht blickte er auf.

»Und wie denkst du, daß man das zuwege bringen könnte, den Räuber zu fassen?«

»Ich hatte unterwegs, als der Räuber mich auf seinen Schultern davontrug und ich merkte, daß er nicht zu unserer Dienerschaft gehörte, einen Einfall. In dem Knopf meiner Prunkmütze steckt für gewöhnlich eine Nähnadel mit buntem Faden. Meine Mutter hat die Nadel in der Absicht hineingesteckt, daß sie mir Schutz gegen Unheil gewähren und böse Dämonen abschrecken soll. Während ich nun die Mütze vom Kopfe nahm, um sie in der Ärmeltasche zu verstecken, kam es mir in den Sinn, die Nadel mit dem bunten Faden aus dem Knopfe rasch herauszuziehen und sie ganz leise in die Naht am Rockkragen des Räubers zu stecken. Ich sagte mir, daß er so ein Kennzeichen an sich trüge, an dem er wiedererkannt werden könne. Eure Majestät brauchen nun bloß Häscher auszuschicken und insgeheim nachforschen zu lassen. Wenn sie einen Mann mit einer Nadel und einem Faden am Rockkragen finden, dann ist es der gesuchte Räuber von gestern abend. Und so kann man ihn leicht fassen.«

»Erstaunlich! Ein so kleines Kind und solcher Verstand! Ich müßte mich ja von seinem Kinderverstande beschämen lassen, wenn ich es jetzt nicht fertigbrächte, des Räubers habhaft zu werden!« rief der Kaiser voll Bewunderung aus. Und zu Nan Kai gewendet:

»Ich ändere meinen Entschluß. Du bleibst vorläufig hier im Palast, bis wir den Räuber erwischt haben. Erst dann werde ich dich zu deinen Eltern nach Hause schicken.«

Und zu seiner Umgebung sich wendend, fuhr er fort: »Ein solch seltenes Wunderkind müssen unbedingt auch die Damen der inneren Palastgemächer zu sehen bekommen.«

Und er schickte einen vertrauten Obereunuchen aus mit dem Befehl, die Kaiserin unverzüglich in den Audienzsaal zu bitten.

Eine Weile darauf erschien die Kaiserin Kin Schong mit den Damen ihres Gefolges. Nachdem sich die Majestäten gleich echowerfenden Bergwänden den herkömmlichen Morgengruß zugerufen und wechselseitig Gesundheit und langes Leben gewünscht hatten, nahm der Kaiser das Wort:

»In eines unserer Außengemächer wurde ein Wunderkind eingeliefert. Meine hohe Gemahlin möge es einstweilen zu sich in ihren Palast nehmen und einige Tage für mich hüten und wohl betreuen. Der Himmel hat es uns gesandt als glückliches Vorzeichen, daß wir in Bälde einen Sohn bekommen werden.«

Die hohe Dame dankte artig für die zugedachte Huld und sagte zu, daß sie das kaiserliche Geheiß getreulich erfüllen werde. Aber das sagte sie nur so. Im Grunde wurde sie nicht recht klug aus dem seltsamen Wunsche, und der Kaiser las aus ihren Mienen Zweifel und Unschlüssigkeit. Darum setzte er hinzu:

»Wenn meine hohe Gemahlin näheren Aufschluß wünscht, so möge sie das Kind mit in ihren Palast nehmen und es selber befragen. Es wird klare Auskunft erteilen.«

Worauf die Kaiserin sich empfahl und in ihre Gemächer zurückkehrte. Den kleinen Nan Kai nahm sie mit.

Kaiser Schen Tsung aber setzte auf der Stelle einen Geheimerlaß auf und ließ ihn durch jenen Obereunuchen, der den Findling aufgelesen hatte, dem Statthalter von Kai fong fu überbringen. In dem kaiserlichen Handschreiben stand das und das geschrieben und wurden Seiner Großwürden dem Statthalter die und die Weisungen erteilt. Zum Schluß wurde ihm eine Frist gesetzt, binnen deren er dem Kaiser die Festnahme des Räubers melden sollte.

In Anbetracht der Tatsache, daß sich der Kaiser persönlich der Sache annahm, war sich der Statthalter darüber im klaren, daß es sich hier um keinen alltäglichen Kriminalfall handle. Wie hätte er wagen dürfen, die Ausführungen des kaiserlichen Gebots auch nur um einen Augenblick zu verzögern und zu verschleppen! Und so berief er auf der Stelle Seine Würden den

Landrat Hou, Leiter der Kriminalabteilung seiner Behörde, zu sich und eröffnete ihm wie folgt:

»Es ist mir soeben ein kaiserlicher Geheimerlaß zugegangen. Wir sollen binnen drei Tagen einen Kerl fassen, der am Abend des Laternenfestes auf dem Festplatz beim ›Tor der offenbarten Allkraft‹ einen Kinderraub begangen hat.«

»Hm, ohne das Zeugnis des gestohlenen Kindes selber oder sonstige Zeugen des Raubes werden wir den Kerl kaum zu fassen bekommen«, meinte der andere zweifelnd.

Seine Großwürden winkte Seine Würden die Stufen zu seinem Amtssessel hinauf, neigte sich über den Tisch zu ihm herab und flüsterte ihm so leise, daß es die umstehenden Amtsbüttel, Sekretäre und Yamendiener nicht verstanden, die Geschichte von dem geheimen Erkennungszeichen, der Nadel mit dem eingefädelten bunten Faden am Rockkragen des Räubers, ins Ohr.

»Das ist allerdings etwas anderes. Unter diesen Umständen kann ich mich dafür verbürgen, den Täter binnen drei Tagen gefaßt zu haben, vorausgesetzt allerdings, daß die Fahndung streng geheim bleibt«, erklärte Seine Würden nunmehr zuversichtlich und bestimmt.

»Na also. Nun macht Eure Sache gut! Denkt immer daran, daß es sich um keinen alltäglichen Raubfall handelt, sondern daß Seiner Majestät persönlich an der Aufklärung der Sache gelegen ist.«

Seine Würden Herr Hou bejahte mit lautem, vernehmlichem »Jawohl!« und empfahl sich.

In seinem Dienstzimmer versammelte er eine Schar Häscher um sich, alles ausgesuchte Leute mit scharfen Augen und kräftigen, flinken Fäusten, und entwickelte ihnen seinen Kriegsplan.

»Daß am Abend des Laternenfestes unter Ausnutzung des Gedränges und Getümmels Verbrecher am Werke sind, ist nichts Neues und Einmaliges. Es handelt sich zweifellos um eine ganze Bande, die planmäßig arbeitet und auf Menschenraub ausgeht. Im vorliegenden Falle konnte die geplante Kindesentführung zufällig noch verhindert werden. Aber wer weiß, in wieviel anderen Fällen die Handstreiche der Bande geglückt sind. Die Zahl ihrer Opfer dürfte nicht gering sein. Nun, die Zeit ihrer neuesten Untaten liegt nicht weit zurück. Es ist seitdem kaum ein Tag verstrichen. Die Bande wird vermutlich noch beisammen sein und einen Teil der Beute in irgendwelchen Schenken und Spelunken im Vergnügungsviertel der ›Blumenstraßen‹ und ›Weidengassen‹ verjubeln und verprassen. Namen und Herkunft der Bandenmitglieder sind uns zwar unbekannt, auch haben sie keinerlei Spuren hinterlassen, denen wir nachgehen könnten, doch mit Hilfe jenes geheimen Erkennungszeichens dürfte es uns nicht schwerfallen, sie aufzuspüren. Wir sind unser ein halbes Hundert. Wohlan, laßt uns in Zehnergruppen ausschwärmen und das Vergnügungsviertel durchkämmen! Zweifellos werden sie dort noch irgendwo zu fassen sein.«

Am selben Abend also setzte man sich, nach Zehnergruppen getrennt, zur verabredeten Streife in Marsch, Wachtmeister Tschang mit seiner Gruppe gen Ost, Wachtmeister Li mit seinem Trupp gen West und so fort. Es waren alles orts- und wegekundige Leute, die an der Streife teilnahmen. Ihre Aufmerksamkeit galt hauptsächlich anrüchigen Tee- und Weinstuben, Kaschemmen und Spelunken im Vergnügungsviertel. Wo man verdächtige Ansammlungen ganze kompakte Haufen von Saufkumpanen wahrnahm, da wurde der betreffende Häuserblock von außen sorgfältig eingekreist und abgeriegelt, während einzelne Leute in der Maske harmloser Gäste unauffällig, aber mit gespannten Sinnen die Trinkstube absuchten. –

Es verhielt sich in der Tat so, daß am Abend des Laternenfestes die zwölfköpfige Bande eines gewissen Bandenführers, der in Verbrecherkreisen unter dem Namen ›Kranichklaue‹ bekannt war, wieder einmal ausgezogen war, um unter Ausnutzung des Trubels und Gedränges in den Straßen diese und jene Untaten zu behen.

Im Schutz von Dämmerung und Nacht,
Da wird ihr dunkles Werk vollbracht.
Den Prunk, den eitle Protzen zeigen,
Den machen sie sich gern zu eigen.
Paar Hände flink und helle Augen
Ist alles, was sie dazu brauchen.
Ja, spuckeleicht man's ihnen macht.
Ihr guten Leute, nur nicht schadenfroh gelacht!
Nebst anderen Verlusten, leicht zu tragen,
Gibt's auch manch liebe Menschen zu beklagen.

Einzelne Mitglieder der Bande hatten schon den ganzen gestrigen Tag vor dem Außenportal des Kanzlerpalastes herumspioniert und Schmiere gestanden. Da hatten sie nun beobachtet, wie der kleine Nan Kai, das jüngste Haussöhnchen, festlich gekleidet und mit seiner von Perlen und Edelsteinen schimmernden Prunkmütze angetan, auf den Schultern des alten Dieners hinter den Zeltwänden der Damen mit hinausgetragen wurde. Und sie waren ihm heimlich nachgegangen und hatten ihn nicht mehr aus den Augen gelassen. Auf dem Festplatz vor dem ›Tor der offenbarten Allkraft‹ hatte sich dann einer von ihnen dicht hinter dem alten Diener aufgepflanzt. Eine günstige Leere erspähend, da die Aufmerksamkeit des Alten und seines Schützlings abgelenkt war, hatte er dann mit beiden Händen zugegriffen, das Kind auf seine eigenen Schultern gehoben und sich mit ihm davongemacht. Soweit war alles nach Wunsch und Plan verlaufen. Doch nun beging der Räuber einen Denkfehler.

In verhängnisvoller Selbsttäuschung unterschätzte er das kindliche Alter seines Opfers. Gut, mochte es schon verständig genug sein, um seine Lage zu verstehen, dann würde es allenfalls unterwegs zu flennen und jammern anfangen, so sagte er sich. Nun, das war bei kleinen Kindern nichts Ungewöhnliches, das brauchte ihn nicht weiter zu beunruhigen. Daß der Knirps aber aufgeweckt genug war, um ihn in ernste Gefahr zu bringen, das hatte er freilich nicht in Rechnung gestellt. Und so trug er kein Bedenken und beging die Unvorsichtigkeit, seinen Weg dicht neben den Palastsänften zu nehmen. Um so größer war sein Schreck, als gerade in diesem heiklen Augenblick der Knirps auf seinen Schultern sein gellendes Hilfegeschrei anhub. Die Rufe ›Räuber! Zu Hilfe!‹ schlugen wie plötzliches Glockengedröhn an sein schlechtes Gewissen. In der Verwirrung wußte er sich keinen besseren Rat, als den lästigen Schreihals schleunigst vom Buckel rutschen zu lassen und sich selber wie ein Rauch zu verflüchtigen. Schon ganz und gar nicht aber hatte er an die Möglichkeit gedacht, daß der Knirps sogar die Geistesgegenwart besitzen würde, ihm unterwegs in aller Ruhe ein geheimes Merkmal an den Rockkragen zu heften, an dem man ihn, den Räuber, später wiedererkennen würde.

Nach und nach fand sich die Bande wieder vollzählig in ihrem geheimen Schlupfwinkel – welcher Art und wo er gelegen war, werdet ihr später erfahren – zusammen. Einer nach dem anderen erstattete Bericht und brachte seine Beute, wie goldene und silberne Haarpfeile, Perlenketten, juwelenbesetzte oder jadegeschnittene Armreife und Spangen, Zobelfellmützen mit Ohrenklappen, Fuchsschwanzhalskragen und ähnliches, zum Vorschein. Alle hatten sie etwas erbeutet, nur einer kam mit leeren Händen. Er berichtete wieso und warum. Seine Kameraden machten ihm Vorwürfe.

»Warum hast du dir nicht bloß die Prunkmütze zur Beute gewählt? Da hättest du doch leichtes Spiel gehabt.«

»Ich ging aufs Ganze. Der ganze Knirps war ja ein einziges Prunkstück. Sämtliche Knöpfe an seinem Wams mit Perlen oder Edelsteinen eingelegt, an den Handgelenken und Fußknöcheln Spangen und Reifen aus Gold. Und schließlich, ganz davon abgesehen, ein solcher fünfjähriger Balg hat für sich allein auch schon seine zwei Silberbatzen Wert. Wie konnte ich mir so etwas entgehen lassen!« rechtfertigte sich der andere.

»Es scheint, vor allzuviel Appetit hast du dir nicht Zeit zum richtigen Kauen genommen. – Und wo mag das Kind jetzt stecken?«

Der andere zuckte mit den Achseln.

»Was weiß ich! Konnte mich nicht weiter drum kümmern. Auf sein Hilfegeplärr kamen ja die Kerle, die als Begleitmannschaft hinter den Palastsänften hertrotteten, wie Tiger und Wölfe herbeigesprungen. Was hätte ich gegen sie ausrichten können? Ein wahres Glück, daß ich mich selber durch schleunige Flucht noch in Sicherheit bringen konnte. Was kümmert man sich in solcher Lage, wo es ums nackte Leben geht, noch groß um Beute?«

Man ließ seine Rechtfertigung gelten.

»Hu, da mußt du allerdings böse in der Klemme gesteckt haben. Ein Glück, daß die Sache noch so glimpflich abgelaufen ist. Nun gut. Erledigt.«

»Und nun, Brüder, laßt uns eins saufen und den Schreck mit Punsch dämpfen!« entschied Anführer Kranichklaue.

Die Bande hatte die Gepflogenheit, jeden erfolgreichen Raubzug mit einem Riesengelage zu feiern, das eine ganze Reihe von Tagen und Nächten währte und bei dem täglich abwechselnd ein anderes Bandenmitglied die Rolle des Gastgebers spielte und täglich eine andere Gaststätte gewählt wurde. Es waren immer abseits gelegene, verschwiegene Weinkneipen, in denen man dann nach Herzenslust zechte und völlerte. Diesmal einigte man sich auf eine einsame einstöckige Weinkneipe am Rande des ›Jaspisfurt‹-Parks. Dort wähnte man sich ungestört und unbelauscht. Und so ließ man sich nieder und machte sich zechend und grölend einen guten Tag und eine vergnügte Nacht. –

Es war zu vorgerückter Nachtstunde, als Rottenführer Li Yün auf seinem Streifgang in die Gegend am ›Jaspisfurt‹-Park kam. Schon von weitem schallten aus den erleuchteten Fenstern im Obergeschoß der dort gelegenen Weinkneipe wüster Zechlärm und Gegröle vieler Stimmen entgegen. Oben war man gerade beim Fingerknobeln, dem beliebten Nachtischgesellschaftsspiel. Li Yün unterschied deutlich die lauten Ausrufe und Zahlen, die dieses Spiel zu begleiten pflegen.

Rottmeister Li Yün war ein beherzter Bursche. Er postierte seine Leute einstweilen unweit vom Hauseingang im Parkgebüsch, gebot ihnen, sich für weitere Befehle bereit zu halten, und betrat zunächst allein die Schenke. Aufmerksam spähend und beobachtend, durchschritt er die Trinkstube im oberen Stock, ließ sich an einem kleinen Einplatztisch nieder, rief den Bediener herbei und bestellte zu essen und zu trinken. Der Bediener lief, legte leere Teeschalen und Weinbecher und Bestecke von Eßstäbchen auf und verschwand nach unten in der Küche. Während er mit dem Heranschaffen von Speise und Trank auf sich warten ließ, markierte Li Yün den anspruchsvollen, ungeduldigen Gast. Er stand auf und schritt mit auf den Rücken gelegten Händen in der Trinkstube auf und ab, wobei er mit schrägem Blick die Zechkumpane an dem großen runden Tisch der Reihe nach einer unauffälligen, aber scharfen Musterung unterzog. Ihr ganzes Gehabe und Gebaren war ihm beim Eintreten auf den ersten Blick höchst verdächtig vorgekommen. Sein Verdacht ward zur Gewißheit, als er jetzt wahrhaftig am Rockkragen des einen ein buntes Fadenende entdeckte, das da in etwa Zollänge herunterbaumelte. Das geheime Erkennungszeichen! Jetzt hieß es zupacken.

Li Yün lief nach unten und rief in die Küche:

»He, Wirt, Ihr könnt Euch Zeit nehmen mit dem Anrichten und Punschheißmachen, ich will schnell noch laufen und einen Gast mit hereinholen.«

Er trat auf die Straße heraus und ließ einen leisen Pfiff ertönen. Worauf seine Leute aus dem Schatten der Gebüsche auftauchten und herbeigeeilt kamen.

»Alter Li, bist du ihnen auf der Spur?« fragten sie gespannt.

Li Yün zeigte mit dem Finger nach oben, nach den erhellten Fenstern der Trinkstube im Oberstock.

»Da oben stecken sie. Ich habe mich durch Augenschein überzeugt. Nun paßt auf, Leute! Wir werden hier den Eingang besetzt halten, bis Verstärkung heran ist. Wer von euch hat die schnellsten Beine?«

Einer trat vor.

»›Gut, du läufst, so schnell du kannst und rufst die Nachbarrotte zur Verstärkung herbei. Sobald die Kameraden zur Stelle sind, gehen wir vereint zum Angriff los.«

Es dauerte nur eine kleine Weile, da war der Schnelläufer mit einer zweiten Rotte von zehn Mann zur Stelle. Mit Gepolter und Geschrei wurde die Schenke gestürmt. Zunächst noch ein kurzer Aufenthalt vor der Küche.

»Auf kaiserlichen Befehl sollen wir die Bande festnehmen, die sich am Abend des Laternenfestes des Menschenraubes schuldig gemacht hat. Sie ist oben in der Trinkstube beisammen. Wirt, stellt uns noch ein paar von Euren Leuten zur Verfügung und helft mit, daß uns keiner von der Bande entwischt!« bedeutete Rottenführer Li dem verdutzten Wirt.

Nun, dem flößten die drei Worte ›auf kaiserlichen Befehl‹ gar gewaltigen Respekt ein. Er besann sich nicht lange, ließ einige junge, kräftige Küchenburschen sich flugs mit Bratspießen und Feuerschüreisen und ähnlichen Geräten bewaffnen und den Dienern der Obrigkeit Hilfe leisten. Angesichts solcher Übermacht verzichteten die überrumpelten Zechkumpane oben in der Trinkstube auf jeden Kampf oder Fluchtversuch. Ohne Widerstand ließen sie sich knebeln und abführen.

Laßt ab, bei Tag zu freveln
Und Missetaten auszuhecken!
Dann braucht bei Nacht kein Pochen
An eurer Haustür euch zu schrecken. –

Im allgemeinen pflegen sich Verbrecher angesichts der Polizei zu verhalten wie Mäuse angesichts der Katze: sobald sie sie nur von weitem auftauchen sehen, verkriechen sie sich. Die Wächter der Ordnung wiederum haben eine besonders feine Witterung für Verbrecher, ähnlich wie der mandschurische Geisterkranich für Schlangenbrut. Er wittert den eigentümlichen

Geruch, der von einer Schlangenhöhle ausgeht, schon hoch in den Lüften. Beide Arten von Mensch riechen, schnuppern sich schon von weitem. Ihre Begegnungen, sofern sie ohne amtlichen Anlaß rein privat von Mensch zu Mensch erfolgen, brauchen durchaus nicht immer feindselig zu verlaufen. Im Gegenteil, es besteht häufig zwischen beiden Seiten ein freundlicher Verkehrston, so etwas wie väterliches Wohlwollen von seiten der Polizei und kindliche Ergebenheit von seiten der Verbrecher. Die Hüter der Ordnung verschmähen es durchaus nicht, aus Verbrecherhänden gelegentlich ein kleines ›Betriebsgeld‹ anzunehmen, wofür sie sich dann damit erkenntlich erweisen, daß sie gegebenenfalls ein Auge zudrücken und den betreffenden Bösewicht, falls sie ihn auf frischer Tat erwischen, laufen lassen, vorausgesetzt, daß es sich um kleinere Vergehen nicht sonderlich wichtiger Art handelt. In diesem Falle aber war die Verhaftung vom Kaiser höchstselber anbefohlen worden und noch dazu unter Befristung! Wie durfte man da pflichtwidrig Milde walten und die Kerle wieder laufen lassen? Zumal man obendrein in der Nadel mit Faden ein Beweismittel von so untrüglicher, überwältigender Beweiskraft in der Hand hatte, einen stummen, heimlichen Zeugen, vergleichbar einem spähenden Auge auf dem Meeresgrund! Also behielt man die Bande in Gewahrsam. Vor der Knebelung vergaß man nicht, jenem Burschen, der die Nadel mit Faden im Rockkragen stecken hatte, zunächst einmal den Rock auszuziehen und vor allem das kostbare Beweisstück sicherzustellen. Die Kerle taten mit dem Maule zwar noch weidlich stark und protestierten dreist gegen ihre Festnahme. Aber das schlechte Gewissen stand ihnen auf der Stirn geschrieben. Ihre Miene war erdfahl, sie schlotterten am ganzen Körper, jede Faser an ihnen bibberte. Rasch durchsuchte man noch ihre Taschen, wobei aus jeder irgend etwas Diebesgut, Geld oder Schmuck, zutage gefördert wurde. Dann brachte man sie zur Präfektur und erstattete Seiner Würden Herrn Hou Meldung. Seine Würden wieder verständigte Seine Großwürden den Statthalter.

Der Statthalter begab sich noch zur Nachtzeit in die Amtshalle und übernahm persönlich das Verhör. Der Rock mit der Nadel und dem Faden am Kragen überzeugte ihn davon, daß die Häscher keinen Fehlgriff getan, sondern die Richtigen erwischt hatten. Dieses Beweisstück hätte allein schon genügt, um die Bande zu überführen. Um aber ganz sicher und gründlich zu gehen, schritt er zum mündlichen Verhör unter Anwendung der üblichen peinlichen Druckmittel, als da sind: Fingerpesse, Knöchelpresse, Aufknüpfen und Baumelnlassen, Bastonade mit dem leichten und schweren Bambusprügel. Er wollte ein klares Geständnis erzwingen.

Trotz aller Folterqualen blieben die Kerle, dickfellig, wie sie waren, zunächst bei sturem Ableugnen jeder Schuld. Sie wollten sich durchaus zu keinem Geständnis bequemen. Bis ihnen Seine Großwürden den Rock mit der Nadel und dem Faden am Kragen hinhielt.

»Wie kommt die Nadel an deinen Rockkragen?« wandte er sich an den Eigentümer des Rockes.

Dieser, den wahren Sachverhalt nicht ahnend, schwatzte irgend etwas drauflos und machte leere Ausflüchte. Seine Großwürden lachte geradeheraus.

»Und das wollen gelernte Räuber und Spitzbuben sein! Müssen sich von einem unmündigen Kind überführen und blamieren lassen!« Und wieder eine ernste Miene aufsetzend, fuhr er mit erhobener Stimme fort.:

»So wisset denn: In einem Kind hat sich der erhabene Himmel offenbart und kundgetan! Jawohl, ein Kind hat der Himmel als Werkzeug seiner Rache und Vergeltung gewählt! Erinnerst du dich noch, was am Abend des Laternenfestes geschah? Wie du mit dem geraubten Kind auf den Schultern an den Palastsänften vorüberkamst und das Kind plötzlich um Hilfe schrie, so daß du es vor Schreck zu Boden rutschen ließest? In diesem Augenblick trugst du bereits das geheime Erkennungsmal an dir! Das gestohlene Kind selber hat dir die Nadel mit Faden unterwegs an den Kragen geheftet. Willst du jetzt immer noch frech leugnen? Gib dir keine Mühe! Es ist zwecklos.«

Der Räuber schwieg eine Weile lang betreten. Dann tat er den Mund auf und legte ein volles Geständnis ab. Und dann gestanden auch die anderen.

Dabei kam heraus, daß die Bande schon seit Jahren ihr schändliches Handwerk betrieben hatte. Immer an den Jahresfesten kamen sie zusammen und gingen planmäßig unter dem Schutz der Dunkelheit und des Festtrubels auf Straßen- und Menschenraub aus. Denn nicht nur auf Geld, Schmuck- und Wertsachen hatten sie es abgesehen, mit Vorliebe stahlen sie auch Kinder und junge Mädchen, um sie mit Gewinn weiterzuverhandeln. Bergehoch häufte sich, was sie in all diesen Jahren an Missetaten begangen hatten. Gar nicht zu zählen waren ihre Banditenstreiche. Und all die Jahre war ihr Treiben unentdeckt geblieben. Wer hätte gedacht, daß am diesjährigen Laternenfest ein kleines Kind dank einer List sie zu Fall bringen würde! Der liebe Himmel selber, gerührt von der Unschuld und dem Leid des Kindes, hatte ihm die List eingegeben. Woraus man wieder die Wahrheit des alten Satzes ersieht:

Mag der Frevler anfangs auch gewinnen,
Seinem Schicksal wird er dennoch nicht entrinnen.
Mag er rennen auch ums Leben,
Einmal macht Vergeltung ihn erbeben.

Seine Großwürden ließ das Geständnis der Räuber zu Protokoll nehmen. Während er dann das für den Kaiser bestimmte Aktenstück Blatt für Blatt aufsetzte und zusammenfügte, erinnerte er sich auf einmal an ein anderes, bisher unerledigt gebliebenes Aktenstück. Es betraf den geheimnisvollen Fall der schönen Prinzessin Tschen Tschu, ›Echtperle‹. Sie war am Abend des vorjährigen Laternenfestes auf unerklärliche Weise verschwunden, und zwar gleichfalls vom Festplatz am Hsüan te mön, ›Tor der offenbarten Allkraft‹. –

Ihr werdet, geschätzte Leserschaft, fragen: Was hat denn

dieser Fall mit unserer Geschichte zu tun? Laßt euch sagen, er steht mit dem anderen Fall in engem Zusammenhang. Laßt jenen anderen Fall einstweilen beiseite und hört geduldig zu, wenn meine Wenigkeit euch jetzt von diesem neuen Fall erzählt. –

Er trug sich, wie gesagt, damals gleichfalls auf dem Festplatz vor dem Hsüan te mön-Tor zu. Die beiden erhöhten Laubengänge, die sich östlich und westlich gegenüber dem Tor halbkreisförmig hinzogen, gewährten die beste Aussicht auf den kaiserlichen Balkon und auf den Festplatz und waren daher nach altem Herkommen für die Damen des hohen Adels und der Hofgesellschaft reserviert. Schon am zeitigen Nachmittag hatte sich die vornehme Weiblichkeit aus den Palästen von Prinzen, Fürsten, Grafen und hohen Würdenträgern in Scharen dort eingefunden. Hinter den mitgebrachten Zeltwänden gegen neugierige Gafferblicke der Volksmenge geschützt, hatte man sich auf und vor den Laubengängen häuslich niedergelassen und, an leckeren Tafeln bankettierend und pokulierend, ein glänzendes Bild heiteren gesellschaftlichen Treibens unter freiem Himmel entfaltet.

Unter dem illustren Publikum befand sich auch der weibliche Anhang eines Fürsten von erlauchter Herkunft. Er war ein Abkömmling des Gründers der herrschenden Dynastie (nördliche Sung-Dynastie, 960-1126), zählte also zu den nächsten Anverwandten des Kaisers. Seine Damen hatten sich auch schon beizeiten eingefunden und vor dem östlichen Laubengang innerhalb ihrer Zeltwände zu fröhlichem Bankett niedergelassen. Zu dieser Damengruppe gehörte auch die knapp siebzehnjährige Prinzessin ›Echtperle‹, eine leibliche Tochter des Fürsten. Noch unvermählt und unverlobt, war sie eine jugendliche Schönheit von wahrhaft verführerischen Reizen. Ihr Antlitz wetteiferte an Blankheit mit dem Mond und an strahlendem Glanz mit der Sonne. Die natürliche Schönheit ihrer Erscheinung wurde durch den Schmuck und die festliche Kleidung, die sie heute angelegt hatte, dermaßen erhöht und gesteigert, daß jedes Auge, das ihrer ansichtig wurde, von soviel Glanz schier geblendet ward.

Noch halb ein Kind, nahm sie lebhaft Anteil und hatte ihre helle Freude an all dem, was um sie herum vorging. Als nun um die Zeit der Dämmerung die Stadtwächter die Straßensperre aufhoben und die Volksmenge gleich Meereswogen dicht an den Festplatz heranbrandete, als allenthalben die Laternen aufflammten und das große Feuerwerk mit Böllerschüssen, Raketen und Garben von sich unaufhörlich haschenden und jagenden bunten Leuchtkugeln, ›Blumengeschossen‹ und ›fließenden Sternen‹ anhub und das jubelnde Toben der von Bewunderung hingerissenen Volksmenge donnergleich gen Himmel schwoll und die Erde erbeben machte, da konnte sie es sich nicht versagen, aus dem engen Bezirk der schützenden Zeltwände ins Freie zu schlüpfen und mit gerecktem Hals nach allen Seiten herum zu äugen und zu spähen. Es ist eine alte Erfahrung:

Versäumnis, Schätze zu verstecken,
Muß Diebsgelüste heimlich wecken.
Reize zeigen gar zu offen,
Macht Lüsternheit und Frechheit hoffen.

Kurz, ihr bloßer Anblick genügte, um bei einer gewissen Bande schlechter Kerle, die in der Nähe auf der Lauer lagen, einen Feuerbrand des Begehrens zu entfachen. Der Wunsch, sich ihrer Person zu bemächtigen und einen finsteren Anschlag ausbrüten war eins.

Die Damen aus dem Haushalt des genannten Fürsten waren gerade ganz Auge und Ohr, als eine Frau in Nonnentracht in ihr Zelt geschlüpft kam. Sie begrüßte der Reihe nach sämtliche Anwesende von der Fürstin herab bis zur letzten Zofe mit ihrem buddhistischen Gruß, richtete an jede einzelne diese und jene teilnehmende Frage und spendete nach allen Seiten hin ihren geistlichen Zuspruch. Zuletzt wußte sie es unauffällig so einzurichten, daß sie der Prinzessin ›Echtperle‹ zur Seite blieb.

Gerade wollte die Fürstin eine Frage an die Nonne richten, als plötzlich die Zuschauermasse in einen allgemeinen Aufschrei ausbrach. Ein ›Blumengeschoß‹, eine Rakete, war fehlgegangen und, statt aufwärts gen Himmel zu steigen, ganz niedrig über dem Erdboden hinzischend, gerade in das Zelt der Prinzessin ›Echtperle‹ hineingefahren. Im Nu fingen die leichten Stoffwände des Zeltes Feuer, der Raum aber zwischen den Zeltwänden war von beizendem Pulverqualm, Schwefeldämpfen und stiebenden Funken erfüllt. Eine allgemeine Panik griff Platz. In heller Aufregung, kreischend und weinend, sich gegenseitig schubsend und zu Fall bringend, hasteten die erschreckten Zeltinsassinnen in wirrem Durcheinander aus dem brennenden Zelt ins Freie. Währenddes verharrte Prinzessin ›Echtperle‹, vor Schreck wie zur Bildsäule erstarrt und gelähmt, unschlüssig, wohin sich wenden, noch immer auf ihrem Platz.

»Keine Furcht! Folgt mir!« hörte sie sich auf einmal von der Nonne an ihrer Seite angerufen und fühlte sich gleichzeitig an der Hand gefaßt.

Wie willenlos ließ sich die Prinzessin von ihr fortziehen und ins Freie geleiten. Mühsam zwängten sich die beiden durch das Geschiebe und Gewoge der Menge. Endlich hatten sie sich zu einer Lücke in der Menschenmauer durchgekämpft. Dort hielt eine geschlossene Zweimannsänfte. Die Nonne half ihrem Schützling geschwind in die leere Sänfte. Ihre Fenster waren durch Vorhänge dicht verhängt.

»Falls ihr frei seid, tragt die ›kleine ältere Schwester‹ so schnell als möglich zu ihrem elterlichen Fürstenpalast. Ein reichliches ›Schnapsgeld‹ ist euch sicher. Ich komme zu Fuß nach«, wandte sie sich an die beiden Sänftenträger.

»Gemacht«, gaben die beiden Träger zur Antwort, hoben die Sänftenstangen auf ihre Schultern, und zwei Fußpaare hoben sich im Gleichtakt und trabten in flottem Laufschrit dahin. Gar nicht davon zu sprechen, daß die kleine Prinzessin ›Echtperle‹ noch halbes Kind und gänzlich weltfremd und arglos war;

auch erfahrene Männer würden unter den gleichen Umständen in der allgemeinen Verwirrung sich nicht lange besonnen haben und in die gleiche Falle getappt sein.

Inzwischen waren die Diener, die zum Gefolge der Damen jenes fürstlichen Haushalts gehörten, des Feuers Herr geworden. Sie hatten die brennenden Zeltwände umgerissen und zu Boden gezerrt und die Flammen ausgetreten und mit nassen Tüchern erstickt. So konnte zum Glück verhindert werden, daß das Feuer auf die Nachbarzelte übergriff.

Aber groß genug war der entstandene Schaden. Von der Fürstin bis herab zur letzten Wärterin, Zofe und Sklavin gab es nicht eine einzige Zeltinsassin, die nicht den Verlust dieses oder jenes Schmuckstücks, Haarpfeils, Ohranhängers, Spange, Armreifs zu beklagen hatte. Bei dem allgemeinen Durcheinander im Gedränge verloren oder gestohlen. Goldenes und silbernes Prunkgeschirr geraubt, Porzellanteller und Schalen zerschlagen. Auch von den Dienern und Aufsehern hatte manch einer im Wirrwarr seine Mütze oder einen Schuh verloren. Als sich die Damen nach der vorübergehenden Auflösung endlich wieder zur geschlossenen Gruppe zusammenfanden, siehe, da fehlte als einzige Prinzessin ›Echtperle‹. In allen vier Windrichtungen rief und suchte man nach ihr. Vergebens. Sie blieb verschwunden. Bekümmert machte man sich auf Befehl des Fürsten, der inzwischen verständigt worden war, vorzeitig auf den Nachhauseweg.

Noch in der gleichen Nacht erstattete er Anzeige beim Stadtpräfekten und veranlaßte öffentliche Maueranschläge und Vermißtenanzeigen des Inhalts: ›Wer Kunde vom Verbleib der Prinzessin bringt, soll dreitausend Batzen, wer sie selber zur Stelle schafft, soll fünftausend Batzen als Belohnung erhalten.‹

Alle Stadtviertel ließ er während der nächsten Tage nach ihr absuchen. Alles umsonst. Nichts rührte sich, kein Laut, kein Schatten von ihr. Allmählich wurde es still um sie. Sie blieb verschollen. –

Als ›Echtperle‹ an jenem Abend wohlgeborgen in der Sänfte

saß, meinte sie wunder, wie glücklich sie es getroffen hätte, und fühlte zutiefst Dank gegen jene Nonne, die sie geführt hatte. Nur ein Gedanke beunruhigte sie: Was mochte aus der Fürstin und den anderen Insassinnen des Unglückszeltes geworden sein? Darob fing ihr Herz wiederum vor Unruhe zu klopfen und zu pochen an, daß es sich anhörte, wie wenn ein junger Hirsch mit seinem Geweih unaufhörlich gegen einen Baum anrennt. Aber schon wurde die Sorge um die anderen wieder durch die eigene Sorge verdrängt. Warum liefen bloß die beiden Sänftenkulis so wie wild dahin? Das taktmäßige Auf und Ab und Klappklapp ihrer Fußsohlen schien sich immer mehr zu beschleunigen, je weiter sie rannten. Und warum wählten sie so merkwürdige Umwege? Statt sich an breite, bequeme Hauptstraßen zu halten, bogen sie in alle möglichen Seiten- und Winkelgäßchen ab und streiften bei ihrem rasenden Lauf fast die Mauerkanten und Hausecken.

Inzwischen war es draußen dunkle Nacht geworden. Der Straßenlärm entfernte sich immer mehr, bis er endlich völlig erstarb. Tiefe Stille umfing sie. Wo war sie nur hingeraten? Das war doch nicht der frühere Weg, die gleiche belebte Gegend, durch die sie auf dem Hinweg gekommen war? Der Prinzessin begann es bänglich zu werden. Zweifel stiegen in ihr auf.

Endlich, mit einem Ruck, hielten die Träger an und setzten die Sänfte ab. Und wieder etwas Merkwürdiges. Anstatt, wie es sich gehörte, den Sänftenschlag zu öffnen und der Insassin herauszuhelfen, ließen die beiden Träger die Sänfte ganz einfach stehen und rannten davon. Was hatte das wieder zu bedeuten? Kopfschüttelnd schob ›Echtperle‹ den Vorhang zurück, öffnete selber den Schlag und stieg aus. Mit angespannten Pupillen hielt sie Umschau. Der klare Vollmond erhellte die Nacht genügend, um ihr deutliche Sicht zu gewähren. Betroffen fuhr sie zurück. Wehe! Das war ja gar nicht ihr väterlicher Palast! In einer völlig unbekannten, einsamen Gegend sah sie sich vor dem Eingang zu einem alten verlassenen Tempel! Ein Taoistentempel. Beiderseits vor dem Eingang starrten ihr ein

Dutzend gräßlicher Teufelsfratzen entgegen. Regungslos standen sie da. Unheimliche Gestalten, mit Spießen und langen Messern bewaffnet, Dämonen, wie sie zum Gefolge des Höllenfürsten gehören und herkömmlich als Tempelwächter dargestellt werden. Auf einem Sessel mitten zwischen ihnen aber thronte ein furchterweckender Götze. Schrecklich sein grimmes Antlitz, mehr denn ein Fuß breit, mit dem schwarzen wallenden Vollbart und dem lodernden Blick unter den buschigen Brauen. War er bloß lebloses Bildnis? die übliche, aus Lehm und Pappe zusammengepappte Götzenfigur? Nein. Ganz deutlich sah sie, wie er die mächtigen Schultern hin und her schob. Der Götze lebte! Völlig eingeschüchtert und verängstigt, konnte sie nicht anders, als in die Knie zu knicken und sich mit Stirnaufschlag demütig vor ihm zu verneigen.

»Keine Angst! Zwischen mir und dir besteht eine alte Schicksalsbeziehung von einem früheren Dasein her. Es ist dir vorbestimmt, mir zu begegnen. Darum gebrauchte ich heute meine göttliche Macht und ließ dich durch meine dienstbaren Geister hierherschaffen.«

Mit dröhnender Stimme stieß er es hervor. Anstatt sich zu beruhigen, geriet ›Echtperle‹ noch mehr in Angst. Sie brach in lautes Weinen aus und knickte vollends zusammen. Zwei der Teufelsfratzen eilten herbei und halfen ihr sich aufrichten.

»Rasch, einen Beruhigungstrank herbei!« riefen sie den anderen Fratzen zu.

Worauf einer von ihnen eine Schale mit dampfendem Punsch brachte und an ›Echtperles‹ Mund hinhielt.

›Echtperle‹ hätte die Hand, die ihr das Getränk bot, am liebsten zurückgestoßen. Aber verängstigt und verschüchtert, wie sie war, öffnete sie notgedrungen die Lippen und ließ es geschehen, daß ihr der Kerl den ganzen Inhalt der Schale in die Kehle goß. Kaum hatte sie den Trank hinuntergespült, da wurde ihr zumute, als ob der Himmel über ihr zu kreisen und die Erde unter ihr sich zu drehen anfinge. Sie verlor das Bewußtsein und sank um.

Jetzt stand der Götze von seinem Thron auf, kam herunter und rief lachend aus:

»Nun hätten wir das Vöglein gehascht!«

Gleichzeitig rissen er und die Kerle rechts und links ihre Masken herunter, schnallten ihre Leder- und Eisenpanzer los und legten ihre Wehr und Waffen ab.

Das Ganze war Maskerade gewesen. Die den Mummenschanz getrieben hatten, waren Mitglieder eben jener Bande, die seit Jahren bei Volksfesten auf Menschenraub und sonstigen Raub ausgegangen und bislang unentdeckt geblieben war. Dem ›Beruhigungstrank‹, den sie ihrem unglücklichen Opfer eingeflößt hatten, war ein starkes, betäubendes Schlafmittel beigemischt gewesen. Jener einsame, verfallene Tempel aber weit draußen vor den Stadttoren war Schlupfwinkel und geheimes Hauptquartier der Bande.

Es war heller Tag, als ›Echtperle‹ aus ihrem rauschähnlichen Schlummer erwachte und wieder zu sich kam. Sie fühlte sich noch benommen, aber allmählich kam ihr das klare Bewußtsein und die Erinnerung wieder. Daß sie schlechtem Gesindel in die Hände geraten war, wurde ihr erschreckend klar. Wo befand sie sich eigentlich? Sie riß die Augen auf und schaute um sich. Der kahle Raum, in dem sie auf einer Art Pritsche lag, war offenbar früher Mönchzelle gewesen. Zu Füßen auf der Kante ihrer Lagerstatt sah sie eine alte Frau hocken.

»Wo bin ich?« wandte sie sich an die Alte.

»In guter Obhut«, kam die ausweichende Antwort. »Das gnädige Fräulein braucht sich nicht im geringsten zu ängstigen. Es sind wackere Ehrenmänner, die Euch gestern nacht hierhergebracht haben. Mein Wort, Ihr seid hier in allerbester Obhut.«

Da war es heraus. So weltunerfahren die kleine Prinzessin auch sonst sein mochte, so viel wußte sie aus ihrer Lektüre, daß ›wackere Ehrenmänner‹ der beschönigende Ausdruck war, mit dem sich Räuber und Banditen untereinander zu titulieren pflegen. Sie richtete sich stolz auf.

»Schlechtes Gesindel, das ihr seid, wie durftet ihr euch erfrechen, euch an mir, einer hochgeborenen Prinzessin aus fürstlichem Haus, einer Angehörigen der kaiserlichen Sippe, zu vergreifen! Welch schändliches Unterfangen!« schnob sie entrüstet die Alte an. Die blieb ganz gelassen.

»Fürstliches Haus hin, kaiserliche Sippe her, das ist im Augenblick ganz unwichtig. Ihr seid nun einmal in unserer Gewalt. Aber die alte Person verkennt durchaus nicht Euren Wert. Edelreis an goldenem Zweig, das Ihr seid, wird Euch die alte Person gewiß nicht als billig behandeln.«

›Billig‹ behandeln? Was sollte das wieder heißen? Das klang nach Ware und Preis. Wollte man sie gar verkaufen? Das war ja nicht auszudenken. Die Prinzessin schloß die Augen und hub laut zu schluchzen an. Es waren Tränen der Scham und Empörung, die sie vergoß.

In der Tat verhielt es sich so, wie sie im stillen befürchtete. Die Alte war eine Kupplerin, die reiche und vornehme Herren für teures Geld mit menschlicher Ware, mit jungen Nebenfrauen oder hübschen Sklavinnen, zu beliefern pflegte. Mit jener Räuberbande aber stand sie schon seit langem in geheimer Geschäftsverbindung als Abnehmerin ihrer lebenden Beute. Sie pflegte solche Beute nur wenige Tage lang bei sich zu behalten, um sie gleich wieder an irgendwelche gut bezahlenden Kunden weiterzuverhandeln. Auch sie hatte ihren geheimen Schlupfwinkel in jenem von Menschen und Verkehr weit abgelegenen alten, verlassenen Tempel. Und so hatte sie auch ›Echtperle‹ soeben gegen schweres Geld von den Räubern käuflich erworben.

Sie verstand es, sie mit guten Worten und guter Behandlung allmählich zu beruhigen und dahin zu bringen, daß sie sich mit ihrem Schicksal abfand. Und schon, es war kaum drei Tage später, erschien eine schöne Polstersänfte und brachte ›Echtperle‹ in ein vornehmes Anwesen weit draußen vor der Stadt.

Es war ein würdiger älterer Witwer, der sie als Nebenfrau käuflich von der Alten im Tempel erworben hatte. Betroffen und beglückt über die Vornehmheit ihres Wesens und ihre seltene Schönheit, befragte er seine ›Neue‹ teilnehmend nach ihrer Herkunft und Vergangenheit. Aus Scham und Ehrgefühl getraute ›Echtperle‹ sich nicht, ihm leichthin und offen die Wahrheit zu sagen. Sie verschwieg ihm sowohl ihren wahren Namen und ihre hohe Abkunft wie die näheren Umstände, unter denen sie zu ihm ins Haus gekommen war. Sie begnügte sich mit einigen nichtssagenden Angaben und ließ ihn im übrigen im Dunkeln über ihre Person. Nun, er selber war diskret genug, nicht weiter in sie zu dringen.

Anders die verschiedenen Nebenfrauen seines Haushalts. Sie, in deren Gesellschaft und Umgang sich ›Echtperle‹ nun einfügen mußte, gewahrten mit Verdruß, wie die ›Neue‹ sie aus der Gunst verdrängte und zur erklärten Favoritin des Hausherrn wurde. Neid und Eifersucht führten dazu, daß man über die ›Neue‹ heimlich zu munkeln und niederträchtig zu klatschen anfing. In ihrer Vergangenheit müsse es einen dunklen Punkt geben; es sei zu wetten, daß sie wegen irgendeiner ehelichen Verfehlung von ihrem früheren Gatten aus dem Haus gejagt worden sei, so raunte und flüsterte man sich gegenseitig zu. Kammerfrauen, Zofen und Mägde beteiligten sich an dem Gemunkel und Getuschel. Es konnte nicht ausbleiben, daß sich etliche Fetzen von diesem täglichen Klatsch in die Ohrmuschel des Hausherrn verfingen und dort so lange brummten und summten, bis es ihm lästig wurde. Eines Tages stellte er die ›Neue‹ ernstlich zur Rede.

Diesmal konnte ›Echtperle‹ nicht umhin; sie schüttete ihm unter Tränen ihr Herz aus und beichtete. Der Hausherr bekam einen gewaltigen Schreck. Also eine Prinzessin war sie, eine Fürstentochter und gar Angehörige des kaiserlichen Hauses! Nun entsann er sich auch des Plakats, auf dem eine vermißte Prinzessin gegen hohe Belohnung gesucht wurde. Er begann Angst zu schwitzen. Die Sache, in die er da ganz unschuldig verwickelt war, konnte für ihn selber höchst übel auslaufen. Die Prinzessin mußte so rasch wie möglich aus dem Haus, das stand für ihn fest. Eilends schickte er nach jener Maklerin, die ihm damals diese ›Neue‹ zugeführt hatte. Aber die Alte war unauffindbar, verreist, unbekannt, wohin.

Er dachte bei sich: Diesmal ist den Kerlen, diesen Banditen, ihr Streich noch einmal geglückt. Aber ein andermal wird es bestimmt schiefgehen. Man wird sie fassen, und in dem peinlichen Verfahren, das sie dann über sich ergehen lassen müssen, werden auch alle früheren Schandtaten ans Tageslicht kommen. Dabei wird sich herausstellen, daß ich es war, der die geraubte Prinzessin in seinem Haus aufgenommen und verborgen gehalten hat. Man wird mich unfehlbar der Hehlerei bezichtigen und gleichfalls mit in das Verfahren hineinzerren. Der himmelhohe Skandal, in den ich da verwickelt werde, ist gar nicht auszudenken! Eine Prinzessin von so hoher Herkunft – da ist nicht zu spaßen! Den Kopf würde es mich kosten, wenn man sie bei mir fände! Einen Sack voll Kummer hat man mir mit ihr aufgehalst! Schöne Geschichte das! Ich soll mit meinem Kopf für fremder Leute Missetaten herhalten? Nein, das gibt es nicht.

Und er dachte sich einen Plan aus, wie er sich am besten aus der peinlichen Sache herausziehen könne. Es mußte ohne Verzug gehandelt werden.

Und so kramte er aus seiner Rumpelkammer eine alte, geborstene Sänfte aus Bambusrohrgeflecht hervor, ließ sie notdürftig instand setzen und verkleidete zwei Leute seines Gesindes als Sänftenträger. Dann ließ er ›Echtperle‹ aus ihren Frauengemächern zu sich nach der vorderen Empfangshalle bitten und nötigte sie ehrerbietig auf den Hochsitz. Nun warf er sich mit demütig eingezogenem Kopf, gekrümmtem Buckel und gesenktem Blick vor ihr zu Boden, huldigte ihr mit mehrfachem Stirnaufschlag und hub also an:

»Mögen Eure Hoheit meiner Wenigkeit gnädigst verzeihen! Meine Augen waren bisher mit Blindheit geschlagen, so daß ich sträflicherweise Euren erhabenen Rang und Wert nicht erkannte. Aber was den sonstigen Euch zugefügten Schimpf betrifft, so trifft meine Wenigkeit keine Schuld. Es war das Werk gemeiner Bösewichte. Meine Wenigkeit war gänzlich unbeteiligt und hat von all dem nichts gewußt. Nun ist es mein sehnlichster Wunsch, meinen Fehler wiedergutzumachen. Darum bin ich gewillt, den hohen Kaufpreis, den ich damals für Eure kostbare Person an jene elende Hündin von Maklerin gezahlt habe, lieber einzubüßen, als noch eine Stunde zu säumen und Euch weiter der Freiheit zu berauben. Unverzüglich werde ich Eure Hoheit zu Eurem väterlichen Palast zurückbringen lassen. Nur eine Gunst wage ich zu erhoffen und zu erbitten: mögen Eure Hoheit mit gnädiger Hand das Geschehene zudecken und verhüten, daß meine Wenigkeit in einen peinlichen Skandal hineingezerrt und verwickelt wird. Dann will ich froh und zufrieden sein.«

Nun, als ›Echtperle‹ davon sprechen hörte, daß sie wieder zu ihren Eltern zurückgebracht werden sollte, da war sie so beglückt, als ob ihr eine himmlische Gnadenbotschaft aus dem neunten Himmel zugeflattert wäre. Überdies konnte sie sich nicht über schlechte Behandlung seitens ihres jetzigen Patrons beklagen, im Gegenteil; der würdige alte Herr hatte sie mit dicken Gunstbezeugungen überhäuft und verwöhnt. Und zumal die artige Beflissenheit und ganz über Erwarten demütige Ehrerbietung, die er ihr soeben mit Fußfall und Stirnaufschlag bekundet hatte, machten auf sie einen so günstigen Eindruck, daß sie, gnädig gestimmt, nicht zögerte, seiner Bitte Gehör zu schenken.

»Ich habe nur den einen Wunsch, Vater und Mutter so bald als möglich wiederzusehen. Dann könnt Ihr bestimmt darauf rechnen, daß ich Euch und Euren Namen mit keinem Wort erwähnen werde«, versprach sie feierlich.

Worauf der freundliche alte Herr sie höflich einlud, in die bereitstehende Sänfte zu steigen. Kaum saß sie drin, da setzten sich die beiden Träger so geschwind in Trab, daß ›Echtperle‹ nicht einmal dazu kam, ihm noch ein Wort des Abschieds zuzurufen. Sechs kleine Meilen mochten die beiden Träger wohl gelaufen sein, als sie die Sänfte auf einmal zu Boden setzten und sich selber, nun ihrer Bürde ledig, in gestrecktem Lauf auf und davon machten. Wie ein flüchtiger Rauch waren sie alsbald davongestoben. Es war ein einsames, wildes Wiesen- und Buschgelände, weitab von der Stadt und von allem menschlichen Verkehr gelegen, wo die Träger die Sänfte im Stich gelassen hatten. ›Echtperle‹, den Kopf zum Fenstervorhang hinaussteckend, konnte nirgends einen Menschen entdecken. Ringsum Stille und Einsamkeit. Sie stieg aus und hielt nochmals angestrengt Umschau. Auch von den beiden Trägern keine Spur. Völlig schutzlos und verlassen saß sie in einer völlig unbekannten Einöde. Es wurde ihr bänglich zumute.

»Warum muß gerade mir ein Mißgeschick nach dem anderen widerfahren? Sollte ich mich auch in dem freundlichen alten Herrn getäuscht haben? War seine Biederkeit nur Maske, hinter der sich eine gemeine Absicht verbarg? Es ist doch klar, daß er mich hier hat aussetzen lassen, natürlich, aussetzen! Was nun beginnen?« So beklagte sie seufzend sich selber.

Ratlos, was sie nun anfangen solle, stieg sie wieder in die Sänfte und hub an, herzbrechend zu weinen. Sie warf sich auf dem Polster hin und her, stampfte und trampelte mit den Füßen, raufte sich ihr Haar und heulte und schrie ihren Kummer in die stille Landschaft hinaus.

Es war damals gerade die Zeit des dritten Monats, die schöne Jahreszeit des Lenzes. Wie üblich hatten sich auch an diesem Tage viele Spaziergänger und Ausflügler aufgemacht, um sich draußen vor der Stadt in der freien Natur zu ergehen und an den Wundern des Lenzes zu erfreuen. Und so traf es sich, daß zufällig eine Gruppe von Ausflüglern gerade zu jenem Busch- und Wiesengelände kam, wo die verlassene Sänfte stand.

Das Wehklagen einer feinen, lieblichen Frauenstimme aus dem Sänfteninnern lockte Neugierige an. Erst kamen sie wie vereinzelte Sandkörner, dann schaufel- und eimerweise um die verlassene Sänfte mitten in der Landschaft. Das gab nun ein eifriges Schwatzen und Schnattern, ein neugieriges Fragen und

Hinundherraten, ein Geschubse und Gedränge um den besten Platz; jedes wollte sich die geheimnisvolle Sänfte möglichst aus nächster Nähe begucken.

›Echtperle‹, von den vielen sie anstarrenden fremden Gesichtern und von der Sturzflut neugieriger Fragen verwirrt und befangen, konnte zunächst den Mund überhaupt nicht auftun und kein Wort der mit Spannung erwarteten Erklärung hervorbringen. Bis sie schließlich ein Herr von gesetztem Alter und von Lebensart zum Sprechen brachte. Mit gebieterischer Handbewegung und dem befehlenden Ruf ›Ruhe!‹ wußte er die schnatternde Menge endlich zum Schweigen und Zurückweichen zu bringen. Man machte ihm Platz und ließ ihm das Wort. Artig grüßend, trat er an den Sänftenschlag.

»Welches ist das Haus und die Sippe der jungen Dame? Welche Umstände führten dazu, daß Eure Sänfte hier mitten in der Landschaft stehengeblieben ist?« So fragte er mit lauter, vernehmlicher Stimme sehr ruhig und vernünftig.

Wirklich hielt ›Echtperle‹ augenblicklich mit Weinen inne, hob ihr Köpfchen auf und erwiderte gleichfalls ruhig und vernünftig:

»Ich bin Prinzessin ›Echtperle‹, Tochter des Fürsten Soundso, Angehörige der kaiserlichen Sippe. Ich wurde von einer Bande schlechter Kerle geraubt und hierher verschleppt. Wenn einer unter euch Kunde von mir in mein elterliches Heim brächte, so wäre ihm eine hohe Belohnung sicher.«

Nun waren die öffentlichen Plakate, die der Präfekt von Kai fong fu allenthalben hatte anschlagen lassen und auf denen eine hohe Belohnung für eine Kunde von der geraubten Prinzessin ›Echtperle‹ ausgesetzt war, inzwischen stadtbekannt geworden. Wer hätte sie nicht gelesen oder davon sprechen gehört? Kurz, ›Echtperle‹ hatte kaum ausgeredet, da setzte seitens der Umstehenden ein förmlicher Wettlauf stadtwärts ein. Jeder wollte sich die schöne Prämie verdienen.

Es währte nicht lange, da nahte im Laufschritt von der Stadt her ein ganzer Trupp von Dienern, Wärtern und Aufsehern aus dem elterlichen Palast der Prinzessin. Sie führten eine schöne, bequeme Polstersänfte mit sich. Eine kurze Augenscheinseinnahme genügte, um sie zu vergewissern, daß die junge Dame, die sie da in der schlechten, geborstenen Rohrsänfte einsam und verlassen vorfanden, tatsächlich die vermißte Prinzessin ›Echtperle‹ war. In Eile hob man sie in die mitgebrachte Polstersänfte und trug sie im Laufschritt in die Stadt zum elterlichen Palast. Dort warteten schon mit Spannung Vater und Mutter und das gesamte Gesinde auf sie. Als man sie nun aus der Sänfte steigen sah, die Frisur zerzaust, das Haar aufgelöst, die Augen verweint, auf den Wangen noch Spuren von Tränen, da war alles von Schmerz überwältigt. Gerührt schlossen Vater und Mutter die wiedergekehrte Tochter in die Arme.

›Echtperle‹ aber stand in heller Verwirrung da, Zorn und Scham im Gesicht, vor Unmut mit den Füßen stampfend. Und dann brach es aus ihr heraus. So jämmerlich hub sie zu schluchzen an, daß es den Himmel derart hätte erbarmen mögen, um flugs einen gnadenreichen Buddha eigens für sie zur Welt kommen zu lassen und vorsorglich gleich noch einen zweiten Buddha im Himmel droben für sie bereitzuhalten.

Nachdem sie sich gründlich ausgeweint und einigermaßen beruhigt hatte, hub sie an zu erzählen. Wie sie damals entführt worden und unter welchen Umständen sie heute zurückgekehrt war, das berichtete sie nun der Reihe nach ausführlich in allen Einzelheiten.

»Weißt du Namen und Wohnung jenes Mannes, der dich von der Kupplerin zur Nebenfrau begehrt hat? Das würde die Untersuchung und Aufdeckung wesentlich erleichtern«, forschte der Fürst. ›Echtperle‹, im Grunde ihres Herzens jenem Manne, der sie immerhin gut behandelt und ihr zur Freiheit verholfen hatte, noch immer gewogen und eingedenk des Versprechens, das sie ihm beim Abschied gegeben hatte, gab zur Antwort:

»Dem Ansehen nach würde ich ihn wiedererkennen, aber ich weiß weder seinen Familiennamen noch Zunamen, auch kann ich nicht angeben, wo sein Heim gelegen ist. Die Gegend war mir gänzlich fremd; es ist sehr weit draußen vor der Stadt. Überdies hat er nichts davon gewußt, daß ich entführt worden war. Er war in völliger Unkenntnis der näheren Umstände. Die ganze Schuld trifft einzig jene schändliche Bande, die mich geraubt und verschleppt hat.«

Ihr fürstlicher Vater gab sich damit zufrieden. Im übrigen sagte er sich, daß der Schimpf, der ihm und seinem Haus angetan worden war, auf keinen Fall in die Öffentlichkeit dringen dürfe, schon um nicht eine standesgemäße Verheiratung der noch unverlobten Tochter in Frage zu stellen. Ein öffentlicher Skandal mußte auf alle Fälle vermieden werden. Und so schluckte er den Schimpf hinunter und erhub keinen Lärm. Aber immerhin verständigte er insgeheim den Präfekten und legte ihm ans Herz, den Fall im Busen zu bewahren und die Nachforschung nach der lange gesuchten Räuberbande ohne Aufhebens fortzusetzen. –

Ein Jahr war darüber vergangen. Und nun hatte sich wieder am Abend des Laternenfestes und am gleichen Schauplatz jener neue Fall von Menschenraub zugetragen, der endlich zur Entdeckung und Festnahme der Räuberbande führen sollte. Unter Anwendung des peinlichen Verfahrens von Foltern aller Art hatte Seine Großwürden der Präfekt die Häftlinge zum Geständnis auch ihrer früheren Schandtaten gezwungen. Und da kam es nun heraus, daß sie auch die Entführung der Prinzessin ›Echtperle‹ auf dem Gewissen hatten. Sie gestanden, daß sie damals bei dem Feuerwerk die Rakete planmäßig in das fürstliche Zelt gelenkt hatten, um es in Brand zu stecken und Tumult anzurichten und um unter Ausnutzung des Wirrwarrs die Prinzessin zu entführen. Jene Nonne, die sich vertrauenerweckend an die Prinzessin herangemacht hatte, war ein weibliches Mitglied ihrer Bande, ebenso wie jene alte Kupplerin in dem verlassenen Tempel. Die Sänfte bereithalten, zwei Bandenmitglieder als Sänftenträger verkleiden, der Mummenschanz vor dem alten Tempel, das alles gehörte mit zu dem sorgfältig ausgedachten Plan. Und so kam auf dem Wege des Geständnisses alles heraus und sonnenklar an den Tag.

Vor Grimm hörbar mit den Backzähnen mahlend und mit den Schneidezähnen knirschend, haute Seine Großwürden mit der geballten Faust auf den Richtertisch und schrie:

»Für euch elendes Raubgesindel, Männer wie Weiber, ist der Tod wahrlich eine noch zu milde Strafe!« Und er sandte seine Häscher auf die Suche nach den beiden weiblichen Bandenmitgliedern aus, der Nonne und der alten Kupplerin. In Kürze waren auch sie gefaßt und zur Stelle geschafft. Ihnen allen, Männlein wie Weiblein, ließ der Präfekt als vorläufige Strafe sechzig Streiche mit dem schweren Bambusprügel überziehen. Hierauf ließ er sie in den Kerker für Hinrichtungskandidaten werfen. Dann setzte er seinen Bericht an den Kaiser auf und erbat das kaiserliche Urteil.

In dem Bericht des Präfekten hieß es:

»Wenn das Treiben der Bande an den Abenden des Laternenfestes sich bloß auf Handtaschenraub und Kofferdiebstahl beschränkt hätte, so wäre das Maß ihrer Schuld bereits gerüttelt voll. Sie sind aber auch vor Entführung und Menschenraub nicht zurückgeschreckt. Scheußliche Untaten, vergleichbar dem widernatürlichen Verhalten jener Eulenart, deren Brut die eigene Mutter auffrißt. Wie kann solch Schändliches mitten in der Residenz unter der Radnabe der kaiserlichen Rollsänfte geduldet werden! Sie alle zusammen verdienen die Todesstrafe, auf daß der Bereich des kaiserlichen Hofes und das ganze Land befriedet und gesäubert werde.«

Mit Genugtuung nahm Kaiser Schen Tsung zur Kenntnis, daß es dem Präfekten endlich gelungen war, die ganze gefährliche Bande dingfest zu machen.

›Also ist alles tatsächlich genau nach der Berechnung jenes kleinen Wunderknaben gegangen!‹ dachte er schmunzelnd bei sich, und helle Freude breitete sich über sein Drachenantlitz. Und er verfügte gemäß dem Antrag des Präfekten und erteilte den Befehl zur Verhängung der Todesstrafe und zur sofortigen Vollstreckung des Urteils.

Weiter forderte er vom Präfekten ein vollständiges Protokoll über die vorangegangene Gerichtsverhandlung an. Er legte Wert darauf, sich persönlich über alle Einzelheiten zu unterrichten. Seine Großwürden ließ das kaiserliche Urteil ohne Aufschub mittels Köpfens vollstrecken. Seinem Bericht über die vollzogene Hinrichtung fügte er wunschgemäß ein vollständiges Protokoll über die verschiedenen Geständnisse und Zeugenaussagen bei und überreichte es dem Kaiser bei der nächsten Morgenaudienz. Der Kaiser barg das Schriftstück in seiner Ärmeltasche und zog sich gnädig gelaunt, ein Schmunzeln der Genugtuung unterdrückend, in seine Palastgemächer zurück. –

Sprechen wir jetzt von der Kaiserin. Es war berichtet worden, wie ihr damals der Kaiser den Findling jenes Obereunuchen in Pflege und Obhut gegeben hatte, da er in ihm ein himmlisches Vorzeichen sah, das auf bevorstehende Geburt eines Thronerben deutete.

An jenem Tage also nahm sie den kleinen Nan Kai mit in ihre Gemächer, wo sie ihn sogleich über sein Abenteuer und seine Herkunft und über alles mögliche andere eingehend und gründlich befragte. Kleingläubig, wie Frauen sind, wollte sie ihn selber auf die Probe stellen und sich vergewissern, ob er wirklich ein solches Wunderkind sei, wie ihn ihr kaiserlicher Gemahl gerühmt hatte. Nun, der Kleine antwortete wie ein Wasserfall, wie ein munteres Bächlein, und was er sagte, war klar und verständig. Völlig frei und unbefangen war seine Sprechweise. Kein Wunder, hatte er doch schon dem Himmelssohn selber ins Drachenantlitz geschaut und ihm Rede und Antwort gestanden. Da konnten ihn die vielen fremden Gesichter, die ihn jetzt in den Gemächern der Kaiserin umringten und neugierig musterten, nicht mehr bange machen. Kurz, er gab sich so ungezwungen und natürlich und so vergnügt und heiter, als ob er zu Hause wäre.

Die Kaiserin war einfach entzückt. Ihr Gemüt blühte förmlich auf. Sie nahm den Kleinen in die Arme und setzte ihn sich auf den Schoß. Dann befahl sie einer der Damen ihrer Umgebung, ein Toilettenkästchen aus ihrem Schlafgemach herbeizubringen. Mit eigener Hand begann sie den Kleinen zu kämmen und zu frisieren und ihm das Gesicht zu waschen, ihn mit Hilfe von Puder und Schminke zu verschönern und ihm mit dem Tuschepinsel die Brauen kunstvoll nachzumalen.

Die Kunde von der Anwesenheit eines ergötzlichen Wunderkindes verbreitete sich rasch auch in die Seitengemächer des Palastes und veranlaßte sämtliche Insassinnen, die kaiserlichen Nebengattinnen ersten und zweiten und dritten Ranges, die Kweh Feh und die Feh und die Pin, mit ihren Palastdamen herbeigeeilt zu kommen und der Kaiserin ihre Aufwartung zu machen. Ein Knäblein im Palast! Das war wahrlich ein Ereignis, ein seltenes Vorkommnis. Denn dem Herrscher war bisher sowohl seitens der Kaiserin wie seitens seiner Nebengattinnen ein männlicher Sprößling versagt geblieben. Und nun besah man sich den kleinen Ankömmling und fand ein munteres, allerliebstes Bürschlein vor, das mit seiner Wohlgestalt, seinen roten Lippen, seinen weißen Zähnen wahrhaft einem Engel glich, das überdies nicht scheu und nicht ängstlich und nicht blöde war, vielmehr zu sprechen und zu reden und auf hundert Fragen Antworten zu erteilen wußte. Nun, daß solch ungewohnter Zeitvertreib den Damen des Palastes eitel Kurzweil und Zerstreuung bot, kann sich die geschätzte Leserschaft leicht vorstellen.

Einmal, um der Niang Niang, ihrer hohen Gebieterin, der Kaiserin, eine Aufmerksamkeit zu erweisen, und sodann auch aus Wohlgefallen an dem kleinen Nan Kai wetteiferten die Kweh Feh und Feh und Pin, die Nebengattinnen aller drei Rangstufen, nur so untereinander, alle möglichen Geschenke und Gaben für ihren Schützling heranzuschaffen, wie kunstvolles Kinderspielzeug, Perlen, goldene Ringe, Armreife, Spangen und andere schöne und kostbare Schmuckstücke.

Soweit Platz darin war, stopfte man all diese ›Besichtigungsgaben‹ dem kleinen Nan Kai in seine Ärmeltaschen, das übrige ließ die Kaiserin einstweilen einen alten, zuverlässigen Eunuchen für ihn in Verwahrung nehmen.

Alsdann ließ sie ihren kleinen Gast durch sämtliche Palasthöfe und Gärten spazierenführen, wo er sich nach Kinderart und Herzenslust tummeln und an Spielen im Freien ergötzen durfte. Sein Erscheinen erweckte allenthalben lebhaftes Aufsehen. Das ganze Palastgesinde drängte sich, den kleinen Besuch, das Wunderkind, zu beäugen und zu bestaunen. Lange nicht hatten die sonst so ernsten, stillen Palasthöfe von so fröhlichem Lärm und Lachen widergehallt.

Es war etwa zehn Tage später, als der Kaiser zu jener frühen Morgenstunde, da in der Stadt das erste Lärmen des erwachenden Verkehrs mit den vieltönigen Geräuschen, dem Klingeln, Knarren und Klappern der Straßenhändler anhebt, die Kaiserin in ihren Gemächern mit seinem persönlichen Besuch beglückte. Er verlangte den kleinen Nan Kai zu sehen. Worauf die Kaiserin ihn geschwind aus ihrem Schlafgemach an der Hand herbeiholte.

»Hat sich der Kleine auch nicht geängstigt?« wollte der Kaiser wissen.

»Nicht im geringsten. Eurem Gnadengeheiß gemäß habe ich ihn die ganze Zeit über in meiner Obhut und Pflege gehabt. Er ist ein ungewöhnlich kluges und aufgewecktes Kind. Obwohl hier in geweihtem, für gewöhnliche Menschen verbotenem Palastbereich, hat er sich ganz so natürlich und unbefangen gegeben, als ob er zu Hause wäre. Gereifte Erwachsene können es ihm in sicherem Auftreten kaum gleichtun. Daß unser Land ein solches Wunderkind hervorgebracht hat, ist ein Zeichen dafür, daß Eurer Majestät Regierung in harmonischem Einklang mit dem Himmel steht und eine ungeheure Segensfülle über das Reich ergießt; Eurer Majestät ergebene Untertanin kann nicht aussprechen, wie beglückt sie darüber ist.«

»Meine werte Ministerin, ich möchte Euch und Euren

Damen eine wichtige Mitteilung machen«, fuhr der Kaiser fort. »Jene gefährliche Bande, die seit Jahren ihr Unwesen trieb und ihre Missetaten mit Vorliebe am Abend des Laternenfestes zu verüben pflegte, ist durch den Präfekten von Kai fong fu endlich gefaßt und unschädlich gemacht worden. Daß ihre Entdeckung und Festnahme gelang, ist lediglich diesem kleinen Wunderknäblein zu danken. Er hatte die Geistesgegenwart, jenem Räuber, der ihn entführte, ein geheimes Erkennungszeichen in Gestalt einer Nadel mit Faden am Rockkragen anzuheften. Vermöge dieses Erkennungszeichens konnte die Bande restlos gefaßt und überführt werden. Nicht einer ist entwischt. Das war wahrlich höchster Verstand, was dieses Kind bewiesen hat! Die Bande ist inzwischen abgeurteilt worden, sie hat ihre gerechte Strafe empfangen. Jetzt aber wird es Zeit, daß wir das Knäblein seinen Eltern wohlbehalten zurückgeben. Sie werden sich um ihn ängstigen.«

Die Kaiserin und mit ihr der kleine Nan Kai beugten ihre Knie und dankten der Majestät mit Stirnaufschlag für alle Huld. Der Kaiser erteilte hierauf Befehl an jenen Obereunuchen, der damals den Findling aufgelesen hatte, ihn nunmehr mit Ehren in das elterliche Heim zu schaffen. Er hatte gleichzeitig den Auftrag, dem Vater des Knäbleins ein vergoldetes Trinkhorn von Rhinozeroshorn in einem bambusgeflochtenen Futteral als persönliches ›Schreckberuhigungs‹-Geschenk des Kaisers zu überbringen. Der Obereunuch nahm den kleinen Nan Kai aus der Obhut der Kaiserin wieder in seine eigene Obhut und machte sich alsbald für die Ausfahrt nach dem elterlichen Heim seines Schützlings fertig.

Es war ein ganzer Koffer voll Geschenke, der mitgenommen wurde, die Hälfte von der Kaiserin selber gespendet. Auf allerhöchsten Wunsch ging die Fahrt in einer Prunkkarosse aus dem kaiserlichen Wagenpark vonstatten. Seinen Schützling im Arm an der Brust, in der Ärmeltasche ein kaiserliches Handschreiben bergend, setzte sich der Obereunuch also in Fahrt nach dem Anwesen des Fürsten von Min.

Dort hatte seit dem Verschwinden des kleinen Ya neh, des jüngsten ›Herrchens‹, Trauer und Sorge geherrscht. Kein Wohngemach, wo man den allgemeinen Liebling nicht tagaus, tagein beweint und beklagt hätte. Die einzige Ausnahme bildete der Fürst selber. Nach wie vor trug er heitere Gelassenheit zur Schau, um nicht zu sagen Gleichgültigkeit. Nicht eine einzige Suche oder Nachforschung hatte er von sich aus veranlaßt. Im Gegensatz zur Fürstin und zu den Haushofmeistern, die unablässig in allen Stadtvierteln nach dem verschwundenen ›Herrchen‹ forschen ließen – aber ohne Erfolg. Nicht ein Schatten, nicht ein Laut von seinem Verbleib war zu entdecken. Man war allenthalben ratlos und schier der Verzweiflung nahe – mit einziger Ausnahme des Fürsten.

Da trafen plötzlich eines Morgens auf stiebenden Rossen Meldereiter aus dem Kaiserpalast ein, sprangen aus dem Sattel, pochten an das Hauptportal und meldeten:

»Seine Großwürden der Obereunuch Soundso naht, um ein kaiserliches Handschreiben zu überbringen! Macht auf, auf daß Seine Großwürden das heilige Schreiben drinnen zur Verlesung bringe!«

Ahnungslos, worum es sich handeln könne, ließ der Fürst eiligst das Hauptportal, das ›Morgentor‹, öffnen und drinnen in der vorderen Ehrenhalle alles zum würdigen Empfang des kaiserlichen Abgesandten herrichten. Zwei Räuchertische wurden zu beiden Seiten des Hochsitzes aufgebaut und die bronzenen Räucherkessel darauf in Brand gesetzt. Der Ort, wo ein heiliges Schriftstück des Kaisers zur Vorlesung kommen sollte, war ein geweihter Ort. Dort durften keine profanen Dämpfe und schädlichen Einflüsse walten, dort mußte die Luft durch würzige Duftschwaden von Ambra, Zedernholz und anderem edlen Räucherwerk gereinigt und geläutert sein.

Er selber warf sich in große Staatsgala: das kronenartige Ministerbarett auf dem Haupt, die lange purpurseidene Amtsrobe an, den Gürtel von grünem Nephrit umgeschnallt. Vor den Stufen zum Hochsitz kniend, das Haupt mit gesenktem

Blick nach dem Eingang gewandt, mit beiden in Brusthöhe erhobenen Händen das schmale, tafelförmige, elfenbeingeschnitzte Hauszepter umklammernd, harrte der Fürst in Ehrfurcht des hohen Besuchers.

Wie freudig war seine Überraschung, als er ihn aus der Karosse, die vor dem Halleneingang vorfuhr, nicht allein, sondern mit einem Kind im Arm aussteigen sah. Sein Söhnchen, der vermißte kleine Nan Kai! Nun, in der Lehre eines Meisters Kung tse groß geworden, mit seinen strengen Vorschriften korrekten Benehmens vertraut und in höfischem Zeremoniell geschult, wußte er sich zu beherrschen und seine freudige Erregung weiter unter der feierlichen ernsten Miene zu verbergen, die der Augenblick gebot.

Anders das Gesinde, die Dienerschaft. Kopf an Kopf hatte sie sich spalierbildend am mittleren Tor aufgestellt, um das Schauspiel der Ankunft eines kaiserlichen Abgesandten aus respektvoller Entfernung mitzugenießen. Als man nun in dem Kind, das aus der Karosse gehoben wurde, den schmerzlich vermißten Liebling des Hauses, den kleinen Ya neh, wiedererkannte, da ging frohe Bewegung durch die Reihen. Man gestikulierte lebhaft mit den Händen, trampelte vor Freude laut mit den Füßen, der Ruf ›Unser kleiner Ya neh ist wieder da!‹ pflanzte sich von Mund zu Mund fort. Man vergaß die respektvolle Distanz, die geboten war, und drängte nach vorn zur Karosse, zum Halleneingang, um den kleinen Nan Kai aus der Nähe zu besehen. Bis der hohe Besucher schließlich Ruhe gebot.

»Achtung! Ich habe einen kaiserlichen Erlaß zu verkünden!« so rief er der Menge draußen zu, und sich alsdann dem knienden Hausherrn zuwendend und das kaiserliche Handschreiben entfaltend, las er mit erhobener Stimme:

›Mein Minister!
Euer Söhnchen, das Euch damals am Abend des Laternenfestes abhanden gekommen war, hatten Wir seither in Unserer kaiserlichen Obhut. Heute geben Wir es in Eure Hand zurück.

Gleichzeitig überreichen Wir Euch als ›Schreckstillungs‹-Geschenk ein vergoldetes Trinkhorn in Bambusrohrfutteral. Wir ehren und preisen damit zugleich das wackere Verhalten Eures Jüngsten. Es ist würdig, im Gedächtnis der Nachwelt bewahrt zu bleiben.

Gegeben vom *Kaiser*.‹

Nach beendeter Verlesung erhob sich der Fürst, entbot dem Abgesandten streng nach höfischem Zeremoniell den vorgeschriebenen Gruß und bedankte sich für das kaiserliche Gnadenschreiben. Worauf auch der Abgesandte sich grüßend verneigte. Damit war der amtliche Teil seines Besuches erledigt. Man konnte nun zu einem zwangloseren Ton übergehen. Der Fürst nötigte seinen Besucher an einen Tisch und ließ ein reichhaltiges Frühstück auftragen.

»Glückwunsch, alter, werter Frühergeborener! Ein ganz verflucht schlaues Kerlchen, Euer Ling lang, Euer ›befehlendes Herrchen‹! bemerkte der Gast wohlwollend schmunzelnd. Der Fürst wollte sich des näheren erkundigen, wieso er zu der Ehre eines so schmeichelhaften Lobes käme.

Sein Besucher kam indes seiner Frage zuvor, indem er ihm ein dickes Aktenstück überreichte, das er aus seiner Ärmeltasche zum Vorschein brachte. Der Fürst öffnete und las es rasch durch. Es war eine Abschrift des Protokolls über sämtliche Aussagen und Geständnisse in dem gerichtlichen Verfahren des Präfekten von Kai fong fu gegen die bewußte Räuberbande.

Und nun erfuhr er den ganzen Zusammenhang und welche Rolle sein ›befehlendes Herrchen‹ dabei gespielt hatte. Daß dieser Wicht es gewesen war, der den Kaiser veranlaßt hatte, höchstpersönlich die geheime Fahndung und Untersuchung durch den Präfekten anzuordnen, setzte ihn in beträchtliche Verwirrung.

»Daß dieser kleine Schlingel, der noch nach Milch von der Ammenbrust riecht, den Himmel derart bewegt und gerührt und obendrein Seiner Majestät die Mühe des höchstpersönlichen Eingreifens aufgehalst hat, das zermalmt wahrhaftig meine alten, untertänigen Knochen und zermahlt sie zu Staub und Pulver! Schwer genug wird es dem alten Untertan fallen, den Dank für die kaiserliche Huld auch nur zum zehntausendsten Teil abzustatten!« beteuerte er verlegen.

»Ihr macht Euch unnötig Gedanken«, beruhigte ihn lachend der Obereunuch. »Es ist ja in der Hauptsache das Verdienst Eures Ling lang, dem die Festnahme der Bande zu danken war! Unseren erhabenen Herrscher kostete es nicht die geringste Mühe des Nachdenkens! Das ist ja gerade das Wunderbare an der Geschichte!«

Während die Herren dem Frühstück und Weinbecher zusprachen, war ohne Unterlaß das Plappermäulchen des kleinen Nan Kai – er durfte heute ausnahmsweise mit am Tisch der Erwachsenen sitzen – in Bewegung. Und so erzählte er des langen und kurzen in munterer Rede von seinem Abenteuer am Abend des Laternenfestes und von seiner Begegnung mit dem Kaiser und seinem Aufenthalt in den Gemächern der Kaiserin.

Das Gesinde, das sich, von Wißbegier getrieben, bis an den Eingang und unter die Fenster der Empfangshalle herangewagt hatte, lauschte lautlos mit atemloser Spannung seinem Bericht. Jetzt erst wurde ihnen ›Kopf‹ und ›Hirn‹ der ganzen Geschichte klar. Mit Seufzern der Bewunderung stellten sie freudig fest, was für ein verwünscht gescheites Kerlchen ihr Ya neh, das kleine ›befehlende Herrchen‹, sei. Aber auch dem alten Gebieter, dem Fürstenvater, galt ihre ehrliche Bewunderung. Jetzt erst begriffen sie seine anfangs unbegreifliche Haltung, daß er, während alle anderen kleinmütig und verzagt gewesen waren, soviel Zuversicht und Gelassenheit zur Schau getragen hatte, daß er es sogar verschmähte, irgendwelche Nachforschungen nach dem Verbleib des verschwundenen Ya neh anstellen zu lassen. Hatte er damit nicht wahrhaft Prophetengabe bewiesen?

Nunmehr ließ der hohe Besucher auch die mitgebrachten

Geschenke aus der Karosse herbeischaffen und vor den Augen des Fürsten in der Empfangshalle ausbreiten. Ein einzelner Tisch genügte nicht, um die Fülle der Gaben zu fassen. Da lag nun gleißend das goldene Rhinozerostrinkhorn, das Ehrengeschenk des Kaisers für den Fürsten, und funkelten und blitzten und strahlten die vielen kostbaren Geschmeide und Schmuckstücke, die Gaben aus der Hand der Kaiserin und ihrer Damen für den kleinen Nan Kai. Es war eine förmliche Schatzkammer, was da in schimmerndem Glanze, das Auge schier blendend, aufgehäuft und ausgebreitet dalag. Der Obereunuch fuhr dem kleinen Nan Kai streichelnd und kraulend über den Kopf:

»Nun, kleines Brüderchen, wird dir das genügen, um dir ein paar Nüsse zum Knabbern zu kaufen?« fragte er im Scherz.

Der Fürst aber beugte seine Knie und vollzog in Richtung nach dem Kaiserpalast zum Zeichen seines Dankes für die erwiesene kaiserliche Huld drei feierliche Stirnaufschläge. Alsdann ließ er auf der Stelle von seinen Schreibern eine genaue Geschenkliste anfertigen sowie ein artiges Dankschreiben für die Majestäten aufsetzen, das er dem Obereunuchen gleich mitgab, damit er es bei Hofe überreiche.

»Da ich es war, der Euer kleines ›befehlendes Herrchen‹, mein Brüderchen, unterwegs auflas und den Majestäten vorstellen durfte, möchte auch ich ihm zur Erinnerung dessen ein kleines Geschenk verehren«, sprach der Obereunuch und brachte zwei gewichtige Goldbarren zum Vorschein, die er zu den anderen Geschenken auf den Gabentisch legte.

Nach dreimaligem förmlichem Sträuben nahm der Fürst auch diese Gabe mit Dank entgegen. Er erwiderte sie mit einer Menge dicker Gegengaben für seinen Besucher. Schließlich empfahl sich der Obereunuch und bestieg wieder seine Karosse. Der Fürst gab ihm das Geleit bis vor das Außenportal. Als er wieder zurückkam, wandte er sich lächelnd an die versammelte Familie und das Gesinde:

»Nun, hatte ich recht, als ich euch damals sagte, ihr brauchet euch nicht im geringsten zu ängstigen und aufzuregen, unser kleiner Nan Kai würde sich schon von ganz alleine wieder nach Hause finden? Jetzt ist er nicht nur glücklich wieder zurückgekehrt, er kommt obendrein mit Geschenken und überdies noch mit Ehre und Ruhm überhäuft wieder zurück. Denn daß jene Räuberbande gefaßt und unschädlich gemacht werden konnte, war hauptsächlich sein Verdienst. Nun, hatte ich recht, als ich von Anfang an ruhig und gelassen blieb?«

Alles gab ihm recht und beugte sich ihm in Demut und Achtung und pries seine Weisheit und Voraussicht.

Die Kaiserin aber genas binnen Jahresfrist eines kleinen Thronerben.

Das Rosenaquarell

Duftende Tusche . . .
Ein Bild, das sprach,
fügte zusammen,
was Tücke zerbrach.

In den Tagen der Mongolenherrschaft lebte in Tschön tschou der junge Mandarin Tsui Ying. Er stammte aus reichem Hause, dessen Wohlstand ihm eine sorgfältige Bildung ermöglicht hatte. Vortrefflich war er seit früher Jugend in den Wissenschaften beschlagen, und vor allem in der Malkunst stand er allen seinen Kameraden voran. Seine junge Frau glänzte nicht minder an Schönheit wie an Geist. Dank väterlichen Einflusses hatte der junge Tsui Ying die Beamtenlaufbahn einschlagen können, und so war er eben zum Kreismandarin von Yung kia in der Provinz Tsche kiang ernannt worden. Um an den neuen Amtssitz zu gelangen, beschloß er, den Wasserweg zu benutzen; an einem glücklichen Tag reiste er auf einer komfortablen Mietsdschunke mit Frau und Dienerschaft von Tschön tschou ab.

Der Schiffskapitän hieß Ku, von Herkunft aus der Stadt Su tschou, und das halbe Dutzend junger Leute, die außer ihm die Besatzung bildeten, waren angeblich seine Neffen. Ein günstiger Wind erlaubte das große Mattensegel zu ziehen, und so glitt das Fahrzeug langsam den Yang tse hinab in den ›großen Kanal‹ gen Süden.

Eines Tages bei Windstille war Su tschou erreicht. »Wir sind in Su tschou«, sagte der Kapitän. »Der Herr Mandarin weiß, es ist hier Brauch, bei der Ankunft den Windgeistern zu opfern, damit sie weiter gute Fahrt gewähren. Außerdem haben meine Leute bislang hart geschafft, für den Mandarin ein doppelter Anlaß, ein kleines Trinkgeld zu spendieren.«

Nun, Herr Tsui Ying stammte aus vornehmem Hause und pflegte sich nicht lumpen zu lassen. So griff er denn bereitwillig in den Beutel. Der Kapitän ging ans Land, kaufte die drei üblichen Opfertiere, ein Rind, ein Schaf, ein Schwein, und brachte den Windgeistern ihren Tribut. Dann sagte er sich, daß es klug sei, einen so hohen Herrn, wie es ein Mandarin ist, durch eine Aufmerksamkeit günstig zu stimmen. Er kaufte also noch schnell einige Eßvorräte und zwei Flaschen ›Dreiweißquell‹, ließ eine Tafel mit ausgewählten Speisen herrichten und schickte sie samt dem Wein Herrn Tsui Ying in die Kajüte. Dieser ›Dreiweißquell‹ ist nun etwas ganz Besonderes. Man braucht nur eine Flasche zu öffnen, da steigt einem schon ein berauschender Duft in die Nase; gießt man ihn in den Becher, so gibt es einen Schimmer wie von mondscheinbeglänzten Pfirsichblüten. Dem jungen Paar war seine Güte noch unbekannt, und als sie den ersten Becher leerten, war es ihnen, als ob flüssiger Duft durch ihre Kehle geronnen sei. Herr Tsui Ying war von Haus aus ein tüchtiger Zecher, und seine Frau hielt wacker mit. Die zwei Flaschen waren rasch geleert, und Herr Tsui Ying, dem der Trank glänzend mundete, schickte schleunigst nach neuem Wein und ließ zur Feier des Tages mehrere goldene und silberne Prunkbecher aus seinen Koffern holen. Prachtvoll funkelten die Pokale auf dem Tisch. Wenn die beiden bloß geahnt hätten, daß der Kapitän der Anführer einer schlimmen Piratenbande war, der sich schon längst seine Gedanken über die gewichtigen Koffer und Kisten seiner vornehmen Passagiere gemacht hatte. Der Anblick des Gold- und Silbergeschirrs reizte nun vollends seine Gier. Eine kurze geheime Besprechung mit seinen Komplizen, und der Kapitän erschien in der Kajütentür.

»Hoher Mandarin, edle Dame! Für längeres Verweilen ist, fürchte ich, dieser Platz zu heiß und lärmvoll, sollten wir nicht lieber einen anderen Ort aufsuchen, wo die Luft kühl und rein weht?«

Nun befand man sich zur Zeit gerade im siebenten Monat.

In der sommerlichen Luft lag glühende Hitze, die Herr Tsui Ying infolge des reichlichen Weingenusses doppelt lästig empfand. Der Vorschlag des Kapitäns erschien ihm also recht willkommen, und er erklärte sich arglos einverstanden. Sie stießen also vom Ufer ab und steuerten auf die weite Fläche des Tai hu-Sees hinaus. An einer wüsten Stelle des Seeufers, im dichten Schilf, machte die Dschunke halt. Der Abend dämmerte schon herauf, da stürmten die Leute plötzlich, mit langen Messern und Äxten bewaffnet, in die Kajüte. Entsetzt warfen sich die beiden Gatten zu Boden, machten Kotau und boten den Räubern all ihre Habe, wenn man ihnen nur das Leben ließe. In diesem Augenblick trat der Anführer dazwischen, zeigte mit der Spitze seines Messers auf die junge Frau und schrie: »Du brauchst nichts zu fürchten, dich lasse ich nicht sterben, für alle übrigen aber gibt es keine Schonung.«

Herr Tsui Ying sah, hier gab es für ihn kein Erbarmen; da erbat er sich noch die eine Gunst, man möge ihn wenigstens unverstümmelt sterben lassen, ewig werde er es danken.

»Für dich wäre das Messer auch viel zu schade!« Mit diesen Worten packte der Bandit den Mandarin, schleppte ihn aus der Kajüte und schleuderte ihn ins Wasser. Im nächsten Augenblick war die ganze Dienerschaft niedergemacht, bloß die Wehrufe der verzweifelten Frau Duftwolke waren noch zu hören, die nur mit Mühe von den Banditen gehindert wurde, ihrem Gatten in die Fluten nachzuspringen. »Weint nicht, edle Dame, und hört meine aufrichtigen Worte«, sprach der Anführer beschwichtigend auf sie ein. »Der zweite Sohn meines jüngsten Bruders ist noch ledig, er weilt heute in Su tschou. In kurzem kehrt er zurück, dann will ich ihn mit Euch vermählen, Ihr sollt es als meine Schwiegertochter in meinem Hause gut haben.«

Nun war es im Grunde die Angst vor Mißhandlung gewesen, die Frau Duftwolke getrieben hatte, freiwillig den Tod zu suchen. Wenn sie sich zum Schein in den eben gehörten Vorschlag fügte, dann würde sich vielleicht Gelegenheit zu einem Racheplan bieten. Ihr Entschluß war gefaßt:

»Wenn Ihr es aufrichtig mit mir meint und mein Leben schonen wollt, dann will ich freudigen Herzens Eure Schwiegertochter werden.«

Der Räuber erbot sich, die Aufrichtigkeit seiner Worte durch einen Schwur zu bekräftigen, aber Frau Duftwolke wehrte ab:

»Schwiegervater, ich glaube an deine ehrlichen Absichten, es ist unnötig zu schwören.«

Das bloße Wort ›Schwiegervater‹ aus ihrem reizenden Munde versetzte den alten Banditen in helles Entzücken und ließ jeden Argwohn gegen die Gefangene in Nichts zerflattern.

Inzwischen waren die Räuber an die Teilung der Beute gegangen und steuerten die Dschunke ihrem heimatlichen Schlupfwinkel zu. Auf der Weiterfahrt benahm sich Frau Duftwolke, ihrem Plan entsprechend, als brave Haustochter. Zärtlich nannte sie den alten Räuber Schwiegerpapa und ließ sich selbst Schwiegertochter titulieren. In allem fügte sie sich den Wünschen des Alten, erwies ihm hundert Gefälligkeiten und bekümmerte sich aufs gewissenhafteste um den Haushalt an Bord. Und der Alte pries sich glücklich ob des Gewinns einer solchen Schwiegertochter.

So war ein Monat verstrichen, als der Tag des Mittelherbstfestes herankam. Aus diesem Anlaß ließ der Alte von Frau Duftwolke ein üppiges Festmahl für die ganze Schiffsmannschaft herrichten. Da ging es hoch her, man aß und trank, und schließlich war die ganze Gesellschaft so bezecht, daß einer nach dem anderen in allen Richtungen der Windrose umsank. Anstatt rohen Trinklärms drangen nun an das Ohr der lauschenden Frau dumpfe Schnarchtöne. Und im Schein des Mondes sah sie die Besatzung stocktrunken und unbeweglich wie Klötze am Boden liegen. Da fuhr es ihr durch das Hirn: wenn je, war jetzt der Augenblick zur Flucht gekommen. Eine kleine Muskelanspannung, und leichtfüßig war Frau Duftwolke ans Ufer gesprungen. Sie lief, was nur ihr Atem hergab. Sie hatte an zwei Li zurückgelegt, da stockte ihr Fuß, denn wie abgeschnitten hörte der bisherige Weg plötzlich auf. Wohin ihr Blick schweifte, sah sie nur Sumpf und Dickicht, weit und grenzenlos. Doch beim genauen Hinsehen entdeckte sie, wie sich mitten durch Schlamm und Röhricht ein winziger Pfad schlängelte. Die Angst, verfolgt zu werden, trieb sie weiter, und unter unzähligen Mühseligkeiten eilte sie auf dem schlüpfrigen Pfad vorwärts.

Schon kündete im Osten ein bleicher Schimmer den Tag, da näherte sie sich einem Wald, und mit einemmal tauchten die Umrisse eines Gebäudes auf. Sie stand vor einem Kloster Buddhas. Als sie sich zögernd näherte, hörte sie drinnen am Türbalken rütteln, das Tor öffnete sich, und eine junge Nonne trat heraus, um Wasser schöpfen zu gehen. Kurz entschlossen durchschritt jetzt Frau Duftwolke die Pforte und ließ sich zur Oberin führen.

»Was führt die edle Dame zu so früher Stunde in mein geringes Kloster?«

Frau Duftwolke wagte vorsichtshalber nicht die volle Wahrheit zu sagen. Was sie aus Dichtung und Wahrheit mischte, lautete also:

»Eure Sklavin stammt aus Tschön tschou und ist die zweite Frau des Kreismandarins Tsui Ying. Vor kurzem hatte er sich auf Urlaub nach der Heimat begeben und sein Schiff nicht weit von hier am Ufer anlegen lassen. Seine Hauptfrau ist immer boshaft und gemein gegen mich gewesen. Gestern abend feierten wir gerade den Mittelherbstmond und saßen beim Wein, da befahl sie mir, einige goldene Trinkbecher zu bringen. Unglücklicherweise ließ ich sie versehentlich ins Wasser fallen. Da drohte sie mir, daß sie mich zur Strafe dafür sterben lassen würde. Aus Furcht bin ich gestern, während sie schlief, weggelaufen und hierher gekommen.«

Die Oberin entgegnete:

»Zum Schiff könnt Ihr natürlich nicht mehr zurückkehren; verwaist und verlassen wie Ihr seid, was soll nun mit Euch werden?«

Ein Tränenstrom bildete die einzige Antwort. Das traurige Geschick der Fremden erfüllte die Oberin mit tiefem Mitleid. So kam ihr der Gedanke, sie als Novize ins Kloster aufzunehmen. Sie sprach:

»Die alte Frau hätte ja einen Vorschlag für Euch, aber sie kennt nicht Eure eigene Absicht.«

»Eure Sklavin steckt mitten im Unglück, wie sollte sie es wagen, sich Eurer erhabenen Meinung zu widersetzen?«

»Mein geringes Kloster liegt verborgen an wildem Gestade. Selten dringt eines Menschen Fuß zu uns. Möwen und Reiher sind unsere einzigen Freunde. Ihr seid noch zart an Jahren und hold von Antlitz, aber was könnt Ihr gegen Euer Schicksal machen? Warum wollt Ihr nicht irdischem Verlangen entsagen, Euer Haar preisgeben und die schwarze Nonnentracht anlegen? Ihr könnt Euch hier dem Dienste Buddhas weihen, habt am Morgen und Abend Euer warmes Reisgericht und verbringt im übrigen die Tage und Monate in bequemer Beschaulichkeit. Ist das nicht besser, als einem Mann als Sklavin zu dienen?«

Frau Duftwolke verneigte sich tief: »Wenn die würdige Frau Oberin mich als Novize aufnehmen wollte, würde das die Erfüllung meiner Wünsche bedeuten. Ich bin bereit, mein Haupthaar preiszugeben.«

Befriedigt von dieser Antwort, rief die Oberin ihre beiden Gehilfinnen herbei und machte sie mit Frau Duftwolke bekannt. Man schritt zur feierlichen Einweisung, Räucherstäbchen wurden verbrannt, Gebete vor dem Buddhabild gesprochen, und schließlich fiel das Haupthaar der schönen jungen Frau. Jetzt erhielt sie auch einen Tempelnamen: Hui Yüan, das heißt ›Beginnende Einsicht‹. Dann folgte noch eine Anrufung der drei ›Herrlichkeiten‹ Buddha, Dharma und Sangha, und die Aufnahmezeremonie war beendet.

Von nun an bestand ihr Tageslauf darin, daß sie am zeitigen Morgen den Dienst im Glockenturm, am Abend den Dienst im Paukenturm versah, dazwischen vor dem Buddhabild Andachten verrichtete und die gewohnten Gebetsformeln hersagte. Im übrigen ließ man sie ungestört in ihrer Zelle verweilen.

So war ein Jahr völliger Abgeschiedenheit verstrichen, als eines Tages zwei Fremde im Kloster eintrafen. Die Oberin kannte sie von früher als Almosenspender, die sie mitunter besuchten. Als Dank für die genossene Gastfreundschaft stifteten sie eine Papierrolle, deren Innenseite ein entzückendes Rosenaquarell barg. Die Oberin nahm das Geschenk an und rollte das Bild als Zierde auf einer leeren Wandschirmfläche auf. Als Frau Duftwolke eines Tages das Bild zu Gesicht bekam, fragte sie betroffen die Oberin, woher das Bild stamme.

»Kürzlich brachten es zwei Gönner des Klosters.«

»Wie heißen sie, und wo wohnen sie?«

»Es sind die Brüder Ku aus unserem Amtsbezirk. Sie sind eigentlich einfache Schiffer, aber seit vorigem Jahr sind sie plötzlich wohlhabend. Man munkelt, ihr Vermögen stamme von einem reichen Kaufmann, den sie ausgeplündert haben.«

Frau Duftwolke schwieg. Hatte sich der Piratenkapitän nicht Ku genannt? Dann ergriff sie Tusche und Pinsel und improvisierte eine Ode, die sie oben rechts auf das Rosenaquarell schrieb:

›Wie jung er war! Wie geistvoll! Wie meisterhaft führte er den Pinsel! Wessen Kunst kam seiner gleich! Wie frisch leuchten diese Rosen! Wer hätte gedacht, daß der Zauber ihrer Farben die Lebende erneut zum Gedenken an den Toten mahnen würde? Der Anblick dieses Bildes entfacht mein Weh, und doch ist es mir teuer als einziges Vermächtnis des Toten. Ein stummer Wandschirm ist nun der trostlosen Nonne einziger Freund! Möchte doch, die in diesem Leben getrennt wurden, eine spätere Existenz wieder vereinigen!‹

Der Sinn dieser Schriftzeichen blieb den Klosterschwestern, die nur ihre Gebetsformeln kannten, vollkommen dunkel. Wie konnten sie auch ahnen, daß das Bild sich bei dem Schiffsüberfall mit unter dem geraubten Gepäck befunden hatte und von niemanden anderem als Herrn Tsui Yings eigener Hand herrührte! So glaubten sie, Frau Duftwolke habe mit dem Gedicht bloß eine gelegentliche Probe ihres Talents geben wollen.

Nun traf es sich, daß eines Tages Herr Ko King Tschun, ein reicher Privatmann und Kunstmaler aus Su tschou, dem Kloster einen Besuch abstattete und bei dieser Gelegenheit das Rosenaquarell entdeckte. Mit Kennerblick erkannte er sofort den hohen Kunstwert, aber auch das dazugehörige Prosagedicht erregte wegen der Eleganz seiner Schriftzüge seine höchste Bewunderung, und augenblicklich war er entschlossen, das Bild zu kaufen. Darüber wollte sich aber die Oberin zuvor mit Frau Duftwolke beraten. Diese sagte sich: was nützte ihr das Bild hier hinter Klostermauern? Vielleicht, da es in den beigefügten Sätzen eine geheime Botschaft enthielt, würde es draußen einem Menschen zu Gesicht kommen, der den Sinn der Worte erfassen und der dunklen Angelegenheit auf den Grund gehen würde. Und so kam Herr Ko King Tschun in den Besitz des Bildes und war darüber sehr beglückt.

In Su tschou wohnte damals im Ruhestand ein ehemaliger kaiserlicher Zensor, der würdige Herr Kao Na Ling, gleichfalls ein eifriger Mäzen und Kunstsammler. Herr Ko King Tschun durfte sich der Ehre rühmen, zum Bekanntenkreise des einflußreichen alten Herrn zu gehören, und um diese wichtige Beziehung zu fördern, beschloß er, ihm das eben entdeckte Gemälde zu schenken. Dieser nahm das Geschenk, das beim ersten Blick sein Wohlgefallen erregte, gern an.

Am nächsten Morgen erschien abermals ein Besuch an der Tür des alten Kunstfreundes. Es war ein junger Mann, der vier Rollen Wandsprüche, in schöner Kursivschrift geschrieben, zum Kauf anbot. Exzellenz Kao sammelte auch gern Meisterstücke der Kalligraphie. Er ließ den Besucher hereinbitten, und als er die Rollen auseinanderbreitete, entfuhr ihm ein Ausdruck des Staunens. Dieser Schwung, dieses Temperament! Bewundernd fragte er: »Wer ist der Künstler?«

»Es sind ein paar armselige Studien von mir selbst.« Aufmerksam betrachtete jetzt Exzellenz Kao sein Gegenüber. Er fragte ihn nach Namen und Herkunft. Da stellte sich der Gefragte vor als der junge Mandarin Tsui Ying, und nun erzählte er seine ganze traurige Geschichte von der Fahrt nach dem neuen Amtssitz, vom Überfall, wie man ihn ins Wasser geworfen hatte, wie er aber, ein guter Schwimmer, sich vermöge langen Untertauchens ans Seeufer retten konnte. Wie er erschöpft bei einem Bauern freundliche Aufnahme gefunden und, mit trockener Kleidung und etwas Bargeld versehen, sich an die zuständige Ortsbehörde gewandt habe, aber nichts hatte erreichen können, weil er ohne Ausweis war. Wie er seither sein Leben durch Verkauf von Wandrollen kümmerlich gefristet hatte, und wie ihn zu alledem die Ungewißheit wegen des Schicksals seiner Frau peinigte.

Der junge Mann hatte seinen Bericht beendet. An seinem ganzen Wesen erkannte Exzellenz Kao unschwer, daß er hier die Wahrheit vernommen hatte, und ohne langes Bedenken stand sein Entschluß fest: hier mußte er helfend eingreifen. Teilnahmsvoll zu seinem Besuch gewandt, sprach er:

»Bei Eurer augenblicklichen Lage wird Euch nichts anderes übrigbleiben, als fremden Beistand anzunehmen. Da schlage ich Euch vor, Ihr bleibt vorläufig in meinem Hause als Erzieher meiner Enkelsöhne. Wollt Ihr?«

Mit Freuden nahm der junge Mann den Vorschlag an, und der Hausherr führte ihn ins Bibliothekzimmer, wo ein reichliches Mahl hergerichtet wurde. Plötzlich blieb Herrn Tsui Yings Blick gebannt an einer Stelle der gegenüberliegenden Wand haften. Da hing seit gestern das Rosenaquarell, das Geschenk des Herrn Ko King Tschun.

»Was starrt Ihr so entgeistert auf jenes Bild?« fragte erstaunt der Hausherr.

»Glaubt nicht, daß ich Euch etwas vormache, aber dieses Bild ist mein eigenes Werk; es befand sich unter den Sachen, die mir auf dem Schiff geraubt wurden.«

Herr Tsui Ying war aufgestanden, und als er das Bild aus der Nähe aufmerksam betrachtete, rief er erstaunt:

»Und was noch wunderbarer ist, dieses Gedicht ist nachträglich von meiner Frau hinzugeschrieben worden, ich erkenne deutlich ihre Schriftzüge. Überdies läßt der in den Worten versteckte Sinn keinen Zweifel übrig, daß sie die Verfasserin war. Der Sinn besagt, daß sie noch am Leben ist, wahrscheinlich in der Gewalt der Banditen. Wenn Eure Exzellenz der Herkunft des Bildes nachforschen wollten, würden wir bald auf eine Spur kommen.«

Der alte Mandarin schmunzelte:

»Seid unbesorgt, ich werde die Sache in die Hand nehmen.«

Und während der junge Mann sich in einem Seitenflügel des Anwesens dem Unterricht der beiden Enkelsöhne des Hausherrn widmete, begann dieser seine Nachforschungen. Das erste war eine Anfrage bei Herrn Ko King Tschun, dessen Auskunft die Spur auf das Nonnenkloster lenkte. Die Erkundigung im Kloster ergab weiter, daß die Geschenkgeber des Bildes die Brüder Ku waren und daß die Nonne Hui Yüan das Gedicht verfaßt hatte.

Eines Tages erschienen mehrere Sänftenträger mit einer leeren Sänfte im Kloster und ließen sich bei der Oberin melden. Ein Begleitmann trat vor und sagte:

»Wir kommen im Auftrag unseres Gebieters, des großen Mandarins Kao Na Ling. Die Gattin unseres Gebieters verehrt Buddha und sucht zum Einstudieren der vorgeschriebenen Gebete eine im Dienste Buddhas wohlgeübte Gesellschafterin. Sie hat von der Fähigkeit der jungen Nonne Hui Yüan gehört und bittet sie für einige Zeit als Gast in ihr Haus. Wir sind gekommen, sie abzuholen.«

Da entgegnete die Oberin: »In allen Klosterangelegenheiten ist mir zwar Hui Yüan unentbehrlich, aber wenn ein so hohes Haus uns die Ehre einer Einladung zuteil werden läßt, wäre es unpassend und könnte unliebsame Folgen haben, wenn ich ablehnen würde.«

So kam die junge Nonne in das Heim des alten Mandarins, wo man sie in den Gemächern der Dame des Hauses einquartierte. Die würdige Dame war natürlich in die Sachlage eingeweiht und begann zunächst ganz harmlos mit einer Befragung über verschiedene dunkle Stellen buddhistischer Sutras. Dann hielt sie mit einemmal inne und bemerkte: »An der Aussprache meiner jungen Meisterin höre ich, daß sie nicht von der hiesigen Gegend stammt. Seid Ihr übrigens von klein auf im Kloster gewesen, oder wart Ihr bereits vermählt, bevor Ihr Nonne wurdet?«

Bei dieser Frage vermochte die junge Frau ihre Fassung nicht länger zu bewahren. Wie Regentropfen perlten ihre Tränen, als sie gestand:

»Ja, die geringe Nonne stammt tatsächlich nicht von hier, sondern aus Tschön tschou, und sie war bereits verheiratet. Ihr Gatte war Tsui Ying, ein Kreismandarin; bisher wagte ich nicht, mich den Leuten zu entdecken, Euch aber kann ich mich anvertrauen.«

Und nun floß unaufhaltsam der Strom ihrer Erzählung. Die würdige Dame des Hauses berichtete natürlich ihrem Gatten sofort alles wieder, und da stellte es sich heraus, daß die Angaben der jungen Nonne mit denen des Herrn Tsui Ying völlig übereinstimmten. Kein Zweifel, die Nonne war die junge Frau des Mandarinen, und beide Ehegatten, die sich schon tot glaubten, wohnten, ohne es zu ahnen, unter einem Dache!

Exzellenz Kao liebte gründliche Arbeit. Zunächst mußten die Räuber gefunden und überführt werden. Er schärfte also seiner Frau ein, nicht ein Sterbenswörtchen verlauten zu lassen, ebenso wie Herr Tsui Ying nichts von alledem erfuhr. Und da war noch ein Punkt zu bedenken: die Nonnentracht der jungen schönen Frau. Sollte Herr Tsui Ying seine Gattin mit einer Tonsur wiederfinden? Darum sprach die Dame des Hauses zu ihrem Schützling so: »Mein Mann hat sich Eurer Angelegenheit angenommen und wird nicht eher ruhen, als bis Euch Vergeltung zuteil geworden ist. Inzwischen wünscht er, daß

Ihr Euer Haar wieder wachsen laßt und die Nonnentracht ablegt; denn Ihr seid aus einem vornehmen Hause, und der Aufenthalt in einem armseligen Kloster ist Eurer nicht würdig. Wisset, bei seinen Nachforschungen erfuhr mein Mann, daß im Bezirk ein junger Mann aufgetreten ist, der sich als Kreismandarin von Yung kia ausgab und die gleiche Geschichte erzählte wie Ihr. Vielleicht ist Euer Gatte also noch am Leben. Soll er Euch als Nonne, durch eine häßliche Tonsur entstellt, wiedersehen?«

Mit einemmal erinnerte sich Frau Duftwolke, daß ihr Mann von Jugend auf ein vorzüglicher Schwimmer gewesen war. Konnte er sich damals nicht schwimmend ans Seeufer gerettet haben? Neue Hoffnung lebte in ihr auf, sie wollte bleiben und ihr Haar wieder wachsen lassen.

Inzwischen war es Exzellenz Kao gelungen, den Aufenthalt der Piraten zu ermitteln. Er hatte festgestellt, daß der zuständige Ortsmandarin nur aus Besorgnis vor persönlichem Nachteil gegen sie noch nicht einzuschreiten gewagt hatte. Da traf es sich günstig, daß gerade um diese Zeit ein kaiserlicher Zensor mit Spezialvollmacht eine Inspektionsreise im Bezirk vornahm, um nach Recht und Ordnung zu sehen. Exzellenz Kao, der ein persönlicher Freund des Zensors war, teilte ihm die Geschichte des Herrn Tsui Ying sofort mit und erhielt die Zusicherung raschen Eingreifens.

Die Piraten hatten seit dem Überfall auf den jungen Mandarin und seine Frau wohl noch ein Dutzend ähnlicher Beutezüge veranstaltet und lebten seither vergnügt und ungestört auf einem einsamen Gehöft am Tai hu-See.

Eines Tages saß die ganze Gesellschaft dort gerade bei Schmaus und Trank, als plötzlich das Gehöft von einer Schar Bewaffneter umstellt wurde, deren Führer einen Befehl des Zensors vorwies, worin Haussuchung und Verhaftung sämtlicher Bewohner angeordnet war. Eine Unmasse gestohlenen Gutes wurde dabei zutage gefördert und samt den Verhafteten nach dem Yamen des Präfekten gebracht. Dort wurden zahlreiche Stücke des beschlagnahmten Gutes als Eigentum des Mandarins Tsui Ying erkannt. Ja, in einem Koffer fand man sogar die kaiserliche Bestallungsurkunde, die ihn zum Kreismandarin von Yung kia ernannte. Als man nun den Räubern, die anfangs hartnäckig leugneten, die Urkunde vorhielt, mußten sie sich als überführt bekennen. Daß sämtliche Angehörige der Bande enthauptet und ihre Köpfe zur Warnung am Markte auf Stangen gespießt wurden, versteht sich von selbst. Alles gestohlene Gut des Herrn Tsui Ying aber wurde, soweit es noch vorhanden war, dem rechtmäßigen Eigentümer wieder zugestellt. So sehr nun auch Herr Tsui Ying dem Himmel für diese günstige Wendung Dank wußte, so blieb doch seine Freude getrübt durch die Erinnerung an die verlorene Gattin. Jetzt hielt ihn nichts mehr im Hause des ehrwürdigen Gastfreundes.

»Nachdem sich meine Bestallungsurkunde wiedergefunden hat«, sagte er, »steht nichts mehr im Wege, daß ich mein Amt sofort antrete. Was soll ich hier noch länger verweilen, nachdem alle meine Bemühungen, meine Gattin wiederzufinden, gescheitert sind?«

»Ein Mandarinposten ist gewiß nicht zu verachten, aber wird er Euch so allein, ohne Frau, Befriedigung verschaffen? Soll ich Euch nicht lieber vorher zu einer Heirat verhelfen?«

»Ich brächte es nicht über mich, eine zweite Frau zu heiraten. Die Inschrift auf dem Bilde läßt vermuten, daß die erste noch am Leben ist und sich irgendwo verborgen hält. Ich danke Eurer Exzellenz für die edelmütige Absicht, aber sprecht mir nicht von einer zweiten Heirat.«

»Der Himmel wird Eure treue Anhänglichkeit belohnen. Ich wage nicht länger auf meinem Vorschlag zu bestehen, aber verschiebt Eure Abreise wenigstens um einen Tag, damit ich Euch noch ein Abschiedsmahl bereiten kann.«

Herr Tsui Ying war einverstanden, und zu dem großen Essen wurden die Honoratioren der ganzen Umgebung eingeladen. Nachdem einige Runden Wein getrunken waren, erhob der Gastgeber seinen Pokal zu einem kurzen Trinkspruch: »Auf das Wohl des Mandarinen Tsui Ying, der heute seine zweite Vermählung feiert!«

Im nächsten Augenblick öffnete sich die Tür zum Bankettsaal und herein schritt, von der Dame des Hauses und einer Schar Dienerinnen begleitet, in festlicher Tracht und strahlender Schönheit, das Haar schon wieder fast nachgewachsen, die Frau des Mandarins Tsui Ying. Während sie selbst von der Dame des Hauses zuvor entsprechend unterrichtet war, traf den Gatten ihr Anblick gänzlich unerwartet. Er glaubte zu träumen, taumelte gleich einem Trunkenen und fand keine Worte.

»Ihr hattet mich gestern als Heiratsvermittler verschmäht«, rief ihm der Hausherr schmunzelnd zu, »wollt Ihr meine guten Dienste auch jetzt noch ablehnen?«

Herr Tsui Ying war unfähig zu erwidern. Von Freude überwältigt, schloß er schluchzend und wortlos seine totgeglaubte Gattin in die Arme. Alles umdrängte den Hausherrn und verlangte stürmisch zu wissen, was der Trinkspruch und diese Szene zu bedeuten hätten. Da ließ Exzellenz Kao das Rosenaquarell holen, stellte es inmitten der Gäste auf den Tisch und begann zu erklären:

»Fast ein halbes Jahr haben die beiden, ohne voneinander zu wissen, jedes den andern totglaubend, unter meinem Dach gewohnt. Aber es durfte nichts übereilt werden. Vor der Wiedervereinigung mußten zunächst die Schuldigen ergriffen und bestraft, mußte die Bestallungsurkunde des Gatten gefunden, mußten die Haare der Gattin wieder nachgewachsen sein. Im Verlauf einer harten Prüfung haben beide Teile ihre Liebe und Treue offenbart. Die Worte des Trinkspruches, den ich soeben hielt, spielten auf eine Stelle der Bildnisinschrift an. Seht dieses Bild, es wurde zum stummen Zeugen einer dunklen Begebenheit und gleichzeitig zum Vermittler der heutigen Wiedervereinigung zweier Liebender.«

Voll Staunen hatten die Gäste den wunderbaren Bericht des

alten Mandarins angehört. Jetzt beeilte man sich, ihn, der die Sache so trefflich gelenkt hatte, und das junge Paar zu beglückwünschen. Und während ihre frohe Ausgelassenheit den Höhepunkt erreichte, stahlen sich heimlich zwei Glückliche aus dem Trubel des Gelages, um in der Stille eines prächtig hergerichteten Gemaches das Fest der zweiten Vermählung zu begehen.

Dame Tschao Hsiän macht listig ein Dutzend gelbe Mandarinen zum Geschenk

Unsere Geschichte begab sich in den Tagen der Südlichen Sung-Dynastie (1127-1278). Damals residierte der Kaiser mit Hof und Regierung südlich vom Yang tse in der Stadt Lin an, ›Friedensnähe‹, dem heutigen Hang tschou.

Wu Yo, der junge Doktor der rechten Lehre des Meisters Kung tse, war vom Ministerium der Ämter nach Lin an berufen worden, um als Prüfungskommissar – er hatte etwaigen Fälschungen bei den Prüfungsaufsätzen der Kandidaten nachzuspüren – bei der neuen Staatsprüfung mitzuwirken. Er hatte zuvor zwei Posten in der Provinz Kwang tung bekleidet. In Lin an eingetroffen, nahm er Quartier in einem guten Gasthof am Tsing ho fang, ›Klarwasserplatz‹. Nach beendeter Tätigkeit saß er nun müßig in der schönen Residenz und wartete auf weitere amtliche Verwendung.

Wu Yo, gebürtig aus dem Landkreis Lu tsao, der zur Präfektur Tao tschou in der Provinz Kwang tung gehört, war von Haus aus begütert und ein leidenschaftlicher Kunst- und Schmucksammler. In seinem Reisegepäck hatte er außer reichlichem Bargeld eine Fülle von erlesenen Schmuckstücken aus Gold und Silber, Perlen und Edelsteinen, Rotlack und Emaille, Ketten von Kugeln, geschnitzt aus duftendem Edelholz, wie Zeder, Aloe, Kaschmirdistelwurzel, und andere seltene Kostbarkeiten kantonesischer Herkunft mitgebracht. Er gedachte seine Schätze in Lin an nutzbringend an den Mann zu bringen, nämlich bei gewissen einflußreichen Dezernenten im Ämterministerium, mit deren Hilfe er einen besonders schönen neuen Amtsposten zu ergattern hoffte.

Aber die erhoffte Berufung und Antrittsaudienz bei Hofe zögerte sich immer wieder hinaus. Was sollte er, ein junger, flotter Kavalier, dessen elegante, mit tadelloser Garderobe neuesten Schnitts ausgestattete Erscheinung alle Blicke wohlgefällig auf sich lenkte, in der langen Wartezeit anfangen? Er unternahm ausgedehnte Forschungsreisen in das Stadtviertel mit den rot und grün getünchten Mauern, in jene Stätten, wo man sich nicht langweilt. Doch rechte Befriedigung vermochte er dort nicht zu finden. Es war immer dasselbe. Diese käuflichen ›Puderlarven‹, die den einen Gast zur Hintertür hinausließen, um den nächsten Gast zur Vordertür einzulassen – nein, das war nicht nach seinem Geschmack. Zu alltäglich, zu billig. Er war nicht umsonst Ästhet und Kunstsammler. Er stellte Ansprüche.

Da trat eines Tages etwas Neues, etwas Aufregendes in seinen gewohnten Alltag.

Gerade gegenüber seinem Gasthof lag ein kleines, vornehmes privates Anwesen. Der Eingang war tagsüber offen, aber durch einen hellblauen Vorhang verhängt. Da bemerkte er nun eines Tages hinter dem Vorhang den Schattenriß einer Frauensperson, die durch einen schmalen Vorhangspalt auf die Straße hinauslugte. Offenbar vertrieb sie sich ihre Langeweile, indem sie das Leben und Treiben auf der Straße beobachtete.

Wu Yo war von der Erscheinung gebannt, und da er nichts Besseres vorhatte, bezog er einen Beobachtungsposten im Toreingang seines Gasthofs. Hier verweilte er nun stundenlang, um mit Herzklopfen den Augenblick abzupassen, da der Schatten drüben auftauchte, und er verließ seinen Posten nicht eher, als bis der Schatten verschwunden war. Es dünkte ihn eine prickelnde Forscheraufgabe, hinter das Geheimnis des Schattens im Türrahmen zu kommen. Und er begann zu kombinieren. Das war auch Zeitvertreib.

War sie Dame oder Dienerin? Letzteres schien ausgeschlossen. Nur eine Dame, eine Herrin konnte sich den Luxus leisten, ihre Zeit müßig hinter einem Türvorhang totzuschlagen. War sie alt? War sie jung? Eine Ältere würde sich nicht scheu hinter einem Vorhang verstecken. Das herkömmliche Verbot, sich vor fremden Männeraugen zu zeigen, galt nur für Jüngere. War sie Haustochter oder Ehefrau – schwer zu sagen. Jedenfalls schien zur Zeit kein Mannsbild im Hause zu sein, das ihr zu befehlen gehabt hätte. Ein Hausvater, ein Eheherr würde ihr das lange Verweilen hinter dem Türvorhang schwerlich gestattet, sie vielmehr in die hinteren Frauengemächer verwiesen haben. Also, jüngere Dame, zur Zeit ohne männlichen Anhang – sein Interesse war zu drei Zehnteln geweckt.

Einmal hörte er sie nach drinnen ein kurzes Gespräch führen und ein andermal gar etwas vor sich hin singen. Welch süße Stimme! Es klang wie melodisches Goldamselgeflöte. Ihm wurde käseschlapp zumute. Vom Text des Liedchens, das sie vor sich hin trällerte, konnte er nicht allzuviel, aber mit Sicherheit zwei Sätze verstehen:

Ein loser Wind läßt Weidenblätter schwingen
Und schmeichelnd sich um einen Jemand schlingen . . .

Obzwar aus dem Zusammenhang herausgerissen, sprachen diese beiden Sätze für sich deutlich die Sprache einer Verliebten, und wer anders konnte mit dem Jemand gemeint sein als er selbst? stellte er heimlich jauchzend fest. Und sein Interesse schwoll zu sechs Zehnteln an.

Bisweilen sah er ihre spitzen roten Pantöffelchen unter dem Vorhang hervorlugen. Welch allerliebste kleine ›Goldlilien‹! Sein Interesse schnellte auf neun Zehntel hoch. Und er kombinierte weiter.

Diese Füßchen, von denen sein Auge einen flüchtigen Blick erhascht hatte, diese Stimme, deren Wohllaut sein Ohr betört hatte, ließen ganz natürlich auch auf Schönheit von Gesicht und Gestalt schließen – allerdings nicht mit absoluter Sicherheit, es konnte auch ein Trugschluß sein. Ach, wenn er sie doch einmal von Angesicht und in ganzer Person sehen könnte! wünschte er sehnlichst. Das war das eine Zehntel, das noch fehlte, um ihn vollends in Brand zu setzen.

Es gefiel dem bewährten Kuppler Zufall, seinen Wunsch zu

begünstigen und das bewußte rotseidene Verbindungsgarn auszuwerfen.

Eines Vormittags, während er gerade wieder auf Posten im Toreingang saß und unentwegt nach dem Vorhang gegenüber starrte, kam ein Obsthändler des Wegs entlang. An seiner Tragstange baumelte ein Korb mit frischen goldgelben Mandarinen aus der berühmten nahen Obstgegend von Yung kia. Wu Yo rief ihn an: »Wollen wir deine Mandarinen verwetten?«

Der Obsthändler blieb stehen.

»Eigentlich wollte ich sie verkaufen, für zwei Kupferkäsch das Stück. Aber wenn der Herr wetten möchte, gemacht.«

Wu Yo dachte, so um jede einzelne Mandarine wetten, wieviel Kerne sie enthalte, das wäre auch ein ganz hübscher Zeitvertreib. Und so begab er sich zu dem Platz am Straßenrand, wo der Obsthändler neben seinem gefüllten Korb niedergehockt war, zahlte seinen ersten Einsatz und nannte seine Zahl. Der Obsthändler strich die Münzen ein, warf, wie das so ortsüblich, die erste Mandarine auf den Boden, so daß die lockere Schale platzte, öffnete die Frucht und zählte die Kerne. Wu Yo hatte verloren. Beim zweitenmal erging es ihm genauso und danach auch nicht anders. Er spielte zerstreut und war nicht bei der Sache. Seine Gedanken weilten wie angeseilt drüben beim Vorhang oder vielmehr bei dem Schatten hinter dem Vorhang. Sicherlich beobachtete man ihn. So ging das eine geschlagene Doppelstunde lang und noch länger. Dann hielt er inne und rechnete seinen Verlust nach. Er hatte, da er mit immer höheren Einsätzen spielte, bereits zehn Silberbatzen verloren. Sein bürgerliches und amtliches Gewissen regte sich. Wie konnte man nur so leichtsinnig sein! Er schämte sich.

Zu dumm! Zehn schöne Silberbatzen verwettet und noch nicht eine einzige Mandarine in den Mund bekommen! Ärgerlich schalt er sich im stillen. Sollte er weiter wetten? Dann würde er womöglich noch mehr Geld verlieren. Sollte er aufhören? Dann verzichtete er auf die Aussicht, etwas von seinem hohen Verlust wieder hereinzubekommen. Das war auch nicht angenehm. Während er so im Zweifel schwankte, kam ein junges Bürschlein quer über die Straße auf seinen Gasthof zugelaufen. Es stak in himmelblauer Pagentracht und trug eine Schachtel unter dem Arm. Wie das Bürschlein sonst beschaffen war?

Kurzer Haarschnitt, regelmäßige Gesichtszüge, zwei runde, lebhafte Kulleraugen, geübt, den arglosen, zumal liebestollen Fremdling zu betören und in schwärzliche Fallgruben zu locken, ein Schalk, der die Kunst, hinter Worten das Gegenteil des Gesagten zu verstecken, fast besser meistert als manche schöne Verführerin, ein Kerlchen, zäh und zielbewußt darauf bedacht, sein Opfer zu schröpfen, ja mehr noch, nacktzuplündern und dann beiseite zu werfen, ein elternloser Waisenknabe, früher gereift und selbständiger als seine Altersgenossen, die Lenden umgürtet vom köstlichen Zimmerblütenduft grünender Jugend, ein frischer Knabe, dessen Anblick den Alten das Wasser im Mund zusammenlaufen läßt.

»Darf ich den hohen Herrn auf ein kurzes Wort sprechen?« wandte sich der Knabe an Wu Yo. Der führte ihn in einen abgelegenen Hofwinkel, wo man vor Lauschern und Beobachtern sicher war. Der Page übergab ihm die Schachtel.

»Meine Herrin, die hochgeborene Dame Tschao Hsiän, erlaubt sich, Euch dies zu verehren.«

Wu Yo, im Zweifel, ob sich der Bote nicht vielleicht in der Adresse geirrt habe, hob den Deckel von der Schachtel ab und beguckte sich den Inhalt. Zwölf Stück goldgelbe Yung kia-Mandarinen.

»Wer ist die Dame Tschao Hsiän? Ich hatte bisher nicht den Vorzug ihrer Bekanntschaft. Wieso schickt sie mir diese Gabe?«

Der Page zeigte nach dem Anwesen gegenüber. »Meine Herrin ist die Gattin des Arztes Tschao, dem das Grundstück drüben auf der südlichen Straßenseite gehört. Sie war hinter dem Türvorhang zufällig Zeugin, wie Ihr mit dem Obsthändler gewettet und schmählich verloren habt, ohne auch nur einer einzigen Mandarine habhaft zu werden. Sie war darüber nicht weniger betrübt als Ihr selbst, und so möchte sie Euch zum Trost diese zwölf Mandarinen verehren. Sie fügte noch hinzu, es wäre leider nur eine geringe Gabe, der hohe Herr würde sie hoffentlich nicht belächeln.«

»Richte der Dame meinen tiefgefühlten Dank aus. Ich wüßte ihre edle Regung zu schätzen. Wo weilt übrigens ihr Gatte?«

»Auf Reisen. Er ist vor zwei Monaten auf Verwandtenbesuch nach Kiän kang verreist. Es ist unbestimmt, wann er zurückkommt.«

Wu Yo dachte im stillen jauchzend: ›Herrlich, nun heißt es bloß die Stunde nutzen und handeln. Sie hat mir ja deutlich genug ihre Gunst zu erkennen gegeben.‹ Er hieß den Pagen vor seiner Kammertür warten, trug die Schachtel hinein, packte den Inhalt in eine Schublade seiner Kommode, wählte aus seinen Schätzen zwei Stück schön bestickter Se tschuan-Brokatseide, legte sie in die Schachtel und gab die Schachtel dem Pagen zurück, wobei er nicht vergaß, ihm ein Papierpäckchen mit fünf Groschen Inhalt als Botenlohn in die Hand zu drücken.

»Also, bestelle deiner Herrin meinen Dank für ihre Aufmerksamkeit, und ich erlaubte mir, ihr zwei Stück grober Seide als ein kleines Zeichen meiner Erkenntlichkeit zu Füßen zu legen, und demütig wie ein winselnder Hund flehte ich sie an, meine bescheidene Gegengabe huldvoll lächelnd anzunehmen«, so trug er dem Pagen beim Fortgehen auf.

Es dauerte nicht lange, da fand sich der himmelblaue Bote wieder ein. Die zwei Stück Seide brachte er zurück.

»Meine Herrin läßt vielmals grüßen und fragen, was an den paar armseligen Mandarinen groß dran wäre, um den hohen Herrn zu einem so üppigen Gegengeschenk zu veranlassen. Sie könne es unmöglich annehmen.«

»Bestelle deiner Herrin, wenn sie meine geringe Gabe verschmähe, wäre ich zu Tod blamiert und könne auch ihre Mandarinen nicht annehmen.«

Der Page lief und kam nicht wieder. Demnach mußte sie sein Geschenk angenommen haben, folgerte Wu Yo befriedigt.

Er hatte richtig gefolgert. Als sich der Page am nächsten Mittag wieder einfand, kam er zwar nicht mit leeren Händen, aber die Seide brachte er auch nicht mit, vielmehr einen Eßkorb mit delikaten Gerichten, erlesenen Proben kulinarischer ›Webe‹-Kunst.

»Meine Herrin läßt Euch sagen, sie wäre in Verlegenheit gewesen, wie sie sich passend für Euer gütiges Geschenk von gestern revanchieren solle. Da hätte sie sich gesagt, daß Ihr hier wahrscheinlich eine recht mäßige Gasthofkost vorgesetzt bekommt, und so hätte sie sich erlaubt, Euch mit eigener Hand ein paar einfache Zugerichte zu bereiten.«

Das war Musik für Wu Yos Ohr. Er beschloß nur, ohne Säumen aufs Ganze zu gehen und einen strategischen Plan zu entwerfen. Als Helfer bei der Verwirklichung des Plans schien ihm dieser nette kleine Page, der so gefällig hin- und herlief, just der Richtige zu sein. Er behielt ihn da und lud ihn zum Essen und zu einem Becher Punsch in seine Wohnkammer.

»Aber wie komme ich, Page im Hause Tschao, zu der Ehre!« sträubte sich zunächst der Kleine.

»Schon gut, lieber kleiner Bruder. Als Vertrauter deiner Herrin bist zu mir wert und teuer. Lang zu und laß dir's schmecken!«

Der Kleine war des Trinkens ungewohnt. Schon nach wenigen Bechern spürte er, wie ihm das schwere Getränk in den Kopf stieg. Seine Wangen glühten. Er legte die Eßstäbchen nieder.

»Der hohe Herr möge mir verzeihen, aber ich kann nicht mehr. Wenn ich mit einem Rausch nach Hause käme, würde meine Herrin schön böse werden und mich auf der Stelle entlassen.«

Wu Yo gab ihm einige Perlen und eisvogelblaue Emailhaarpfeile für seine Herrin mit und verabschiedete ihn mit den Worten: »Komm bald wieder, kleiner Bruder!«

Wirklich, schon zwei Tage später kam er wieder, diesmal ohne besonderen Auftrag, bloß zu einem kleinen Schwatz. Wu

Yo traktierte ihn wieder mit Punsch und steuerte die Unterhaltung sachte in den rechten Hafen. »Eine Frage, lieber kleiner Bruder. Wie alt ist eigentlich deine Herrin?«

»Sie wird kurz nach Neujahr dreiundzwanzig. Mein Hausherr war Witwer, es ist seine ›Neue‹.«

»Wie ist sie von Aussehen?«

»Das zu beantworten wäre unkorrekt von mir. Wozu wollt Ihr es wissen?«

»Keine Angst, wir sind hier unbelauscht. Ich habe zu zweien Malen Grüße und Geschenke mit ihr ausgetauscht, da ist es ja wohl begreiflich, daß ich gern wissen möchte, wie sie so ungefähr von Aussehen beschaffen ist, ob groß, ob klein und so weiter.«

»Da kann ich nur sagen, sie ist von so seltener Schönheit, daß man sie für eine Fee halten möchte, die zeitweilig vom Himmel herniedergestiegen ist. Ich jedenfalls habe außer auf Märchenbildrollen noch nie so etwas von göttlicher Schönheit gesehen.«

»Lieber kleiner Bruder, ob ich sie wohl einmal von Angesicht zu sehen bekommen könnte?«

»Das ist leicht zu machen. Ich brauchte nur heimlich die Haltegurte des Türvorhangs zu lockern. Wenn sie morgen wieder an der Tür steht, dann werde ich mich an dem Vorhang zu schaffen machen und ihn plötzlich herunterpurzeln lassen, und dann könnt Ihr sie in ganzer Größe sehen, bevor sie Zeit hat, sich Eurem Blick zu entziehen.«

»So war es nun wieder nicht gemeint.«

»Wie denn?«

»Ich möchte ihr meine förmliche Aufwartung machen, in ihrer Wohnung, verstehst du?«

»Da müßt ich sie erst fragen, ob ihr Euer Besuch auch erwünscht ist. Ich will es versuchen. Wartet, bis ich Euch Bescheid bringe.«

Wu Yo spendierte seinem kleinen Boten diesmal gleich einen blanken Silberbatzen.

Zwei Tage lang verzehrte er sich in Ungeduld, da kam der Bote wieder. »Meine Herrin läßt Euch bestellen, wenn es dem hohen Herrn wirklich ernst damit sei, so stünde Eurem Besuch von ihr aus nichts im Wege; aber anderseits, da sie ohne Familienanhang allein im Hause weile, müsse sie das Gerede der Leute befürchten. Der zweimalige Austausch von nachbarlichen Höflichkeiten böte keine ausreichende Rechtfertigung eines Besuchs.«

»Soso. Es käme also darauf an, einen nach außen triftigen und unverfänglichen Grund, eine Art Plakat für den Besuch zu finden. – Da fällt mir ein, ich habe doch aus Kanton eine Menge Schmucksachen mitgebracht, die von Damen sehr begehrt sind. Wie wäre es, wenn ich mich als Händler ausgäbe, der deiner Herrin eine Kollektion Schmuck vorlegen möchte? Das wäre doch ein ganz ehrbares und unverfängliches Plakat für meinen Besuch. Was meinst du?«

»Ausgezeichnet. Ich möchte fast wetten, so wird es gehen. Dann will ich nur gleich laufen und bei meiner Herrin Bescheid holen.«

Er lief und kam bald darauf wieder.

»So geht es, hat sie gesagt; aber sie könne Euch nur ganz kurz im vorderen Salon empfangen und müsse sich gleich wieder zurückziehen, und Ihr müßtet auch gleich wieder verschwinden.«

»Selbstverständlich. Wer spricht denn davon, daß ich in ihrer Wohnung gleich übernachten will?«

»Ei, ei, wie kann man nur so frivole Hintergedanken hegen!« wies ihn der Kleine schalkhaft streng zurecht und drängte ihn, sich zu sputen und gleich mitzukommen.

Wu Yo machte sich in froher Hast besuchsfertig, wühlte in seinen Koffern und stellte eine kleine Musterkollektion an Schmuckstücken zusammen, packte sie in einen rotseidenen Beutel, stopfte den Beutel in seine weite Ärmeltasche und folgte, zwei Schritte gleich mit drei Füßen nehmend, seinem Begleiter ins Nachbargrundstück und in den vorderen Salon.

Und dann sah er sie, vom Pagen aus den inneren Gemächern herbeigerufen und geleitet, vornehm lässigen Ganges hereinschweben und sah sie endlich von Angesicht und in ganzer Größe vor sich. Was ihn am meisten beeindruckte, war weniger der elegante Schnitt und Faltenwurf ihrer Gewandung, das leise Klirren ihrer silbernen und elfenbeinernen Gürtelanhänger als ihre Haltung. Es war das gewisse Air der großen Dame aus vornehmem Mandarinenhause, was sie an sich hatte. So etwas von Reserve! Nicht die kleinste fahrige Bewegung störte an dieser Haltung voll strenger Würde. Und diese ebenmäßigen Formen! Dieses lenzfrische Lotosantlitz! Beide, Formen wie Antlitz, weich und sanft gerundet, und doch kein Gramm Fett zuviel! Ein Zephir schien sie hereingeweht zu haben, so leicht kam sie wie eine Wolke, wie eine schwerelose Erscheinung dahergeschwebt. Aber erst das Auge! Der kalte, zwingende Blick aus diesem klar und offen geradeaus schauenden Auge machte sie unnahbar, bannte freche Lüsternheit und bekehrte sie zu ehrerbietigem Abstand. Man kann sagen, obzwar der Hund schon sprungbereit am Gatter auf der Lauer lag, hatte der Schwan nichts zu fürchten und brauchte nicht in den Teich zu flüchten.

Ihr Anblick machte Wu Yo in den Knien weich und schlottern, als ob er von Opium betäubt wäre. Nun stand er zu allen zehn Zehnteln in hellem Brand. Er gab sich einen Ruck, stürzte ihr entgegen und entbot ihr mit runder, schmalziger Stimme und gekrümmtem Buckel seine Huldigung. »Zu wiederholten Malen schenkte mir die edle Dame dicke Aufmerksamkeiten. Meine Wenigkeit ist außerstande, sich würdig zu revanchieren. Nur sein Herz . . .«

»Schon gut. Zur Sache!« unterbrach sie ihn kurz und kühl.

Er besann sich auf seine Rolle, die er doch spielen mußte, schaltete sich geschwind von feurigem Liebhaber auf sachlichen Handelsmann um und hielt ihr den rotseidenen Beutel mit den Schmucksachen hin.

»Wie ich hörte, benötigt die edle Dame neuen Schmuck.

Zufällig habe ich einige neue Muster aus Kanton mitgebracht. Bitte, hier, wenn es der edlen Dame beliebt zu wählen.« Während er es sagte, hingen seine Blicke erwartungsvoll an ihr. Jetzt würde sie ihre rosigen ›Bambussprossen‹ ausstrecken, um den Beutel aus seiner Hand zu nehmen, und dabei würde es vielleicht zu einer leisen Berührung kommen, und dann würde sie in seiner Gegenwart den Beutel öffnen und den Inhalt besichtigen – hatte er im stillen gehofft. Doch welche Enttäuschung! Nicht die geringste Bewegung tat sie, gab vielmehr bloß einen kurzen Befehl an den Pagen: »Trag ihn hinein.«

Und zu Wu Yo: »Ich werde mir die Sachen drin in Ruhe ansehen. Alsdann wollen wir über den Preis verhandeln.« Sprach's und schwebte davon.

Was blieb Wu Yo übrig, als gleichfalls abzuziehen? Sein Rückzug erfolgte in beträchtlicher Verwirrung der Gefühle. Nun hatte er sie zwar von Angesicht schauen dürfen, und das beglückte ihn. Aber von all dem, was sein Herz bewegte, hatte er nicht einen einzigen Satz in wohlgesetzten Worten anbringen können, und das enttäuschte ihn. Das Hochgefühl, das seine Schritte beim Herkommen beflügelt hatte, war beim Fortgehen durch anstürmende Zweifel wieder bedenklich herabgestimmt und gedämpft. Niedergeschlagen schlich er in seinen Gasthof zurück. Hätte ich sie doch lieber gar nicht erst gesehen! dann ginge es noch. Aber so – es bringt mich noch um! dachte er seufzend bei sich.

Es folgten noch drei, vier solche Geschäftsbesuche, bei denen er lediglich die Rolle des Händlers spielen durfte. Sie ging nicht aus ihrer Reserve heraus und blieb unnahbar. Nicht ein einziges kleines Lächeln, das ihn hätte ermutigen können, schenkte sie ihm.

Es schien hoffnungslos. Und doch kam er in seinen Gedanken nicht von ihr los.

In seiner beklagenswerten Gemütsverfassung entsann er sich auf einmal seiner kleinen Freundin im Blumenhofviertel. Sie hieß Ting Hsi Hsi, Fräulein ›Freudenstachel‹. Seit dem Auftauchen der Dame hinter dem Vorhang hatte er die kleine Puderlarve vernachlässigt und jeden Gedanken an sie in seinen hintersten Hirnkasten verbannt. Zwei-, dreimal hatte sie ihn vergeblich zu sich bestellt, er war nicht hingegangen. Als ihre Boten, zwei seiner Bummelgefährten, diesmal wieder mit einer Aufforderung bei ihm erschienen, ging er mit. Vielleicht würde er bei ihr etwas Trost und Ablenkung finden.

Sie nahm ihn mit alter Wärme und Zärtlichkeit auf. Aber sie mochte sich noch so sehr spreizen und noch so schillernde Pfauenräder schlagen, sie ließ ihn kalt. Und bei dem unvermeidlichen Nachtmahl zu zweit ging es wieder einmal wie so oft:

Mit seinem Sinn der alte Zecher
Weilt ganz woanders als beim Becher.

Auch das eigens für ihn improvisierte und als poetische ›Strafrute‹ gedachte kleine Chanson, das sie zum besten gab, vermochte ihn nicht zu rühren.

Es lautete etwa so:

Du Böser, denkst du noch an damals?
Wie du mit zarten Faden mich umsponnen?
Nun hast du anders dich besonnen.
Warum jetzt wirfst du mich hinweg?
Warum, du Ungetreuer, hast du mich vergessen?
Als ob das Damals nie gewesen?
Wer mag sie sein, die du statt meiner
Mit zarten Fäden nun umsponnen?
Ach, würfe sie genauso herzlos dich hinweg!

Er hörte nur halb hin. Unlustig und geistesabwesend stürzte er ein paar Becher hinunter und dachte nur an die Dame seines Herzens. Wie wenig konnte sich diese Ting Hsi Hsi mit jener anderen messen! Da er nun aber einmal körperlich bei Ting Hsi Hsi weilte, dachte er: Also, meinetwegen! und stieg nach beendetem Nachtmahl, mehr mechanisch als aus Trieb zu ihr aufs Lager. Da es nun schon einmal so weit war, konnte es nicht ausbleiben, daß er sie nahm; aber er tat es fast unbeteiligt und eigentlich nur, weil er unentwegt an die andere dachte und allein diese Einbildung Feuer in ihm weckte. Seine Phantasie gaukelte ihm vor, daß er in der Anwesenden die Abwesende in Armen hielte . . .

Nachdem die Wolke geborsten war, befiel ihn Müdigkeit; bald schlief er ein. Da hörte er die Stimme des kleinen Pagen:

»Meine Herrin schickt mich und läßt Euch zu sich bitten.« – Geschwind sprang er auf, fuhr in die Kleider und folgte dem Pagen in das Haus der Dame Tschao. Diesmal führte ihn der Kleine gleich in ihr Schlafgemach. Da sah er sie nun in schimmernder Nacktheit auf ihrem Lager ruhen. Kein Zweifel, sie erwartete ihn. Während er noch zögernd stand, versetzte ihm der Page auf einmal von hinten einen so kräftigen Stoß, daß er ins Taumeln kam und vornüber aufs Bett fiel. Da tat er einen Freudenschrei: »Liebste, ich sterbe vor Wonne!« rief er aus und war nach Kräften bemüht, sich in die richtige Lage zu bringen . . . Doch plötzlich fuhr er hoch und sah – o Schreck! – Freudenstachel in seinen Armen. Ach, es war nur ein Traum gewesen!

»Nanu, warum auf einmal so stürmisch, du Vielfraß?« murmelte Freudenstachel schlaftrunken. Aber sie erhielt als Antwort nur ein unterdrücktes Lachen. Sie rieb sich die Augen und richtete sich auf. »Gestehe, welche andere hast du im Sinn, daß du dich auf einmal so munter tummelst?« wollte sie zwei-, dreimal wissen. Mit weiblichem Instinkt witterte sie bereits zu neun Zehnteln den Sachverhalt. Aber er gestand nicht, redete vielmehr darum herum und lenkte das Gespräch auf andere Themen. Von da an mied er längere Zeit das Haus von Ting Hsi Hsi. Bei Tag und Nacht dachte er liebestoll nur mehr an die Dame Tschao und sann unablässig auf neue Annäherung.

Da erschien eines Tages wieder der kleine Page.

»Meine Herrin hat morgen Geburtstag. Da Ihr mit ihr bereits nachbarlichen Verkehr unterhalten habt, würde es Eurem Gesicht gut anstehen, wenn Ihr ihr ein Geburtstagsgeschenk verehren und morgen einen Glückwunschbesuch abstatten würdet.«

»Gut, daß du mir es rechtzeitig sagst, lieber kleiner Bruder. Die Botschaft ist mir äußerst wichtig. Natürlich darf ich eine solche Gelegenheit nicht versäumen«, versicherte Wu Yo. Er war hocherfreut. Endlich ein Schritt näher zum Ziel! Und er richtete ein würdiges Geburtstagspräsent: zwei Ballen bunter Seide, einen großen Krug besten Weins, dazu ein ganzes Menü von gebratenem Geflügel mit Zukost und frischem Obst und Gebäck. Noch am gleichen Abend ließ er seine Gaben von einem Knecht seines Gasthofs und dem Pagen hinüberschaffen.

Am nächsten Mittag machte er dann, angetan mit seinem Amtsornat, seinen Gratulationsbesuch, diesmal privat als er selber, nicht in der Rolle eines Händlers. Aber auch diesmal empfing sie ihn bloß im vorderen Salon und gab sich genauso kühl und reserviert wie zuvor. Zwar ließ sie sich herab, ihn einer kurzen Ansprache zu würdigen:

»Der geringfügige Anlaß meines unwichtigen Geburtstages ist wirklich nicht der Rede wert und erst recht nicht wert, daß sich der hohe Herr so anstrengt und mich mit so dicken Geschenken bedenkt. Ich wage sie kaum anzunehmen.«

Worauf er beteuerte, daß er sich in Grund und Boden schäme, ihr, da auf der Reise, nur mit so armseligen ›Lumpen‹ und so billigen ›Radieschen‹ seine Verehrung bezeugen zu können, und daß ihre Ablehnung seiner bescheidenen Gaben den Verlust seines Gesichts bedeuten würde.

Zwar ließ sie ihm von zwei Dienern einen Imbiß servieren und ließ sich sogar herab, ihm den ersten Becher Geburtstagswein mit eigener Hand zu kredenzen und dabei – erstmals – ein Wan fu, ›zehntausendfaches Glück!‹, über die Lippen zu bringen; ja, sie ließ sich sogar herab, an einem abgesonderten Tisch Platz zu nehmen und eine kurze Zeit in seiner Gesellschaft zu verweilen. Aber wenn er gehofft hatte, nun ein Spiel der Blicke und Brauen beginnen und ein aufgelockertes Wortgeplänkel mit versteckten Anzüglichkeiten und galanten Zweideutigkeiten in Gang bringen zu können, so hatte er sich gründlich verrechnet. So weit zu gehen, verbot einfach die gleichbleibende Strenge und abweisende Kühle ihrer Miene.

Ein gelegentliches »Trinkt!« oder »Langt zu!«, das war ihr ganzer Beitrag zur Tischunterhaltung. Und schon stand sie auf und entschuldigte sich.

»Mein Tölpel von Gatte ist nicht daheim, um Euch gebührende Gastfreundschaft erweisen zu können. Statt seiner ließ ich, die gebotene Zurückhaltung verleugnend, den werten Fremdling mit meiner Gesellschaft vorliebnehmen. Aber nun kann ich nicht länger verweilen. Ich würde mich Tadel aussetzen. Entschuldigt mich und behaltet Platz.«

Ach, daß er nicht die Arme ausstrecken und sie an sich ziehen durfte! Er schaute ihr verzückt nach, bis sie im Hof seinen Blicken entschwand.

Nun saß er allein an seinem Tisch. Seine Stimmung war wie weggefegt. So allein zu essen und zu trinken, das hatte jetzt keinen Reiz mehr. Er winkte den Pagen heran. »Bestell deiner Herrin meine besten Empfehlungen und meinen Dank für die gütige Aufnahme. Ich würde mich ein andermal erkenntlich zeigen.«

Langsam und nachdenklich schritt er zu seinem Gasthof zurück. In Gedanken zog er die Bilanz dieses Besuchs: Zuckerwerk, das er zwar schnuppern, aber nicht schmecken durfte! Attrappe! Immerhin hatte er sich wenigstens an ihrem Anblick sättigen können.

In dieser Nacht konnte er kein Auge zutun. Er mußte am Knäuel seiner Zweifel weiter zupfen und zerren: Gesetzt, ich bin ihr gleichgültig, warum hat sie mich dann überhaupt zu sich hin bestellt, nicht bloß einmal, nein, zu wiederholten Malen? Warum hat sie mich zum Trinken eingeladen und mir dabei sogar Gesellschaft geleistet? Warum? . . . Gesetzt, sie ist mir zugetan, warum hat sie es mir nicht mit dem geringsten Zucken am äußersten Ende ihrer Braue, nicht mit dem kleinsten Zwinkern im innersten Augenwinkel zu verstehen gegeben? Worauf hinaus soll eigentlich dieser Verkehr mit einer hölzernen Marionette? . . . Halt, da fällt mir ein, sie hat doch einmal hinter dem Vorhang ein Liedchen geträllert, also versteht sie sich doch auf die Sprache der Dichter. Da ihr auf mündliche Art nicht beizukommen ist, sollte ich's vielleicht auf literarisch versuchen? Vielleicht daß sie darauf reagiert? Der neue Plan war fertig. Am nächsten Morgen gleich nach dem Aufstehen griff er zu einem feingeblümten Briefbogen und schrieb darauf folgenden Achtzeiler:

Was zutiefst mein Herz bewegt,
Immer wollt ich's meiner Dame sagen.
Diese Perlen bringen Botschaft,
Daß ich alles täte für sie wagen.
Jene gelben Mandarinen,
Die sie damals mir gesandt,
Leider konnten sie nicht löschen
Meines heißen Durstes Brand.

Er wählte aus seiner Schatztruhe zehn indische Perlen, bettete sie in ein samtgepolstertes Kästchen aus duftendem Alocholz, legte den zusammengefalteten Briefbogen darüber, verpackte und versiegelte das Kästchen und übergab es dem kleinen Pagen. Er hatte ihn von einem Diener des Gasthofs herüberholen lassen.

»Überbringe deiner Herrin diese paar wertlosen Perlen als kleines Zeichen meiner Erkenntlichkeit für die gestrige Aufnahme und zur Auffüllung ihres Schmuckkastens. Besonderen Dank erwarte ich nicht.«

»Möchte wetten, sie wird Euer Geschenk annehmen«, meinte verschmitzt lächelnd der Kleine.

»Es liegt noch ein versiegeltes Brieflein drin. Sie möchte es mit eigener Hand öffnen und auf keinen Fall in fremde Hände geraten lassen. Und wenn du mir gute Botschaft bringst, bekommst du eine dicke Belohnung.«

Am Nachmittag kam der Page wieder. Er grinste vergnügt übers ganze Gesicht. »Antwort!« sagte er und zog aus der

Ärmeltasche ein mit grünem Jade und Perlmutter eingelegtes Kästchen. Es war mit einem versiegelten und gestempelten Verschlußstreifen umwickelt. Wu Yo erbrach den Verschluß und öffnete das Kästchen. Drinnen lag ein geschlossenes Brieflein. Er öffnete den Umschlag und fand, eingebettet in den Briefbogen, zwei lange blauschwarze Haarsträhnen, kunstvoll zu einem Herz verflochten.

Auf dem Briefbogen, gestempelt mit einem zierlichen Fingerabdruck in Tusche, sah er folgenden Achtzeiler hingepinselt:

Zween Strähnen meines Haupthaars
Tat ich ihm zuliebe schneiden –
Falls ihm seine eigne Haarpracht
Ausgehn sollt im Lauf der Zeiten.
Doch von seinen tausend Haaren
Wie die meinen unterscheiden?
Will sie um sein Herze flechten,
Suchens Müh ihm zu ersparen.

Darunter in kleiner Schrift: *Inliegende Perlen an den Eigentümer zurück.*

Wozu Perlen, um mich in der öden Einsamkeit zu trösten? (Ausspruch einer Dame der Tang-Zeit)

Unter dem Brief, in Samt eingebettet, lagen seine zehn indischen Perlen.

Wu Yo tat einen Freudensprung. »Herrlich! Herrlich! Sie liebt mich! Das ist der klare Sinn des Gedichts!« frohlockte er.

»Das versteh ich nicht. Wollt Ihr mir erklären, wieso?« bettelte der Page.

»Paß auf. Sie schneidet sich zwei Strähnen ihres Haars ab und schickt sie mir zu. In ihrem Gedicht sagt sie, sie wolle mir diese beiden Haare um mein Herz flechten. Na, ist das nicht deutlich genug?«

»Ja, aber warum verweigert sie dann die Annahme Eurer Perlen?«

»Hat nichts zu sagen. Anspielung auf eine alte Geschichte.«

»Welche alte Geschichte?«

»Als der Tang-Kaiser Ming Huang Ti (713-756) die schöne Yang Kweh Feh zu seiner neuen Favoritin erhob, verbannte er seine bisherige Favoritin, die Meh Feh, in einen abgelegenen Palastwinkel, genannt ›kalter Saal‹. Später erwachte in ihm Sehnsucht nach der früheren Favoritin. Aus Furcht vor der Yang Kweh Feh getraute er sich aber nicht persönlich zur Meh Feh in den ›kalten Saal‹ und schickte ihr heimlich Perlen zum Zeichen seiner neuerwachten kaiserlichen Huld.

Die Meh Feh aber schickte sie ihm zurück mit den Worten: ›Wozu Perlen, um mich in der öden Einsamkeit zu trösten?‹ Indem deine Herrin jetzt meine Perlen mit den gleichen Worten zurückschickt, gibt sie mir zu verstehen, daß sie sich vereinsamt fühlt und daß ihr weniger an meinen Perlen als an meiner Person liegt und daß sie mich als Tröster in ihrer Einsamkeit herbeisehnt. Na, ist das klar?«

»Wenn es sich so verhält, wie gedenkt Ihr meine guten Dienste zu belohnen?«

»Was mein kleiner Minister begehrt, sei ihm gewährt.«

»Dann schenkt mir die Perlen, die meine Herrin verschmäht hat.«

»Geht nicht, die muß ich ihr nochmals zuschicken. Du bekommst etwas anderes zur Belohnung.«

Er kramte aus seiner Schatztruhe einen als Haarpfeil zugeschnittenen kleinen Zimmetblütenzweig, dessen starker Duft bis zu den Wolken drang, und einen als Fächeranhänger bestimmten Riechbeutel von der Insel Hainan.

»Hier, nimm das als kleinen Vorschuß. Wenn alles nach Wunsch gegangen ist, gibt es mehr. Das Kästchen mit den Perlen aber trage zu deiner Herrin zurück. Ich werde noch ein Gedicht hineinlegen. Wenn sie es liest, wird sie die Perlen bestimmt behalten.«

Und er pinselte auf ein Taschentuch aus eisgrauer Rohseide folgenden Achtzeiler:

Nochmals laßt es mich mit Perlen sagen:
Braucht Euch nicht mit Skrupeln abzuplagen!
Jene, die sie gab zurück mit Leid,
Liebesnärrin war sie alter Zeit.
Wenn Ihr hört die neue Botschaft mein,
Könnt Euch unbeschwert der Perlen freun.
Denn wovor die andre damals scheute,
Ist für uns kein Hemmnis heute.

Der Page, der ihm beim Schreiben über die Schulter hinweg zusah, bemerkte lachend: »Ich verstehe kein Wort davon.«

»Kein Wunder. Wieder Anspielung auf eine alte Geschichte. Paß auf. Der Tang-Dichter Tschang Tsi (9. Jahrhundert) läßt in einem Gedicht eine unglücklich Verliebte dem Geliebten, der ihr Perlen schickt, ihr Leid also klagen:

Deine Perlen, die zurück nun kehren,
Netzte ich mit meinen heißen Zähren.
Ach, bevor den andern ich muß frein,
Daß wir dürfen nicht zusammen sein!

Ich habe mein Gedicht an jenes alte Gedicht angelehnt, aber dabei seinen Sinn ins gerade Gegenteil gekehrt, Nein in Ja, matten Verzicht in beherztes Wollen, trübe Verzagtheit in frohe Zuversicht umgemünzt. Sofern sie mir zugetan ist, und das hat sie mir deutlich zu verstehen gegeben, und sie liest mein Gedicht, dann wird sie bestimmt die Perlen behalten.«

Der Kleine glotzte Wu Yo in unverhohlener Bewunderung an: »Der hohe Herr scheint mir eine verflucht erfahrene ›alte Hand im Düftestehlen‹?«

Wu Yo lächelte geschmeichelt.

»Abwarten, wir werden ja sehen.«

Wie vorausgesagt, behielt sie die Perlen. Der Page brachte sie nicht zurück. Die folgende Wartezeit verbrachte er frohgemut. Er war seiner Sache sicher. Die kleine Ting Hsi Hsi schickte zweimal nach ihm. Er rührte sich ebensowenig von seinem Warteposten wie ein Minister, der am Mittagstor des

Palastes auf den Heroldsruf zur Audienz beim Kaiser wartet. Keinen halben Schritt wagte er aus seinem Gasthof zu tun.

Wirklich, eines Abends kam der Page wieder herüber. Sein lachendes Gesicht verhieß gute Botschaft. »Meine Herrin läßt Euch hinüberbitten.«

Das war etwas Neues. Bisher war er es immer gewesen, der eine Begegnung erlistet und erschlichen hatte. Diesmal ging der Anstoß von ihr aus. Die Sache geht in Ordnung, kombinierte er zufrieden und selbstsicher.

»Wo befand sich deine Herrin gerade, als sie dich schickte?«

»In ihrem Boudoir. Sie hatte gerade ihren Schmuck abgelegt und war im Begriff, sich zu waschen und neu zu frisieren.«

»Mit welchen Worten erteilte sie dir ihren Auftrag?«

»Sie fragte mich, ob wohl Herr Wu jetzt in seiner Wohnung sei. Ich erwiderte ihr, bestimmt sei er da, er wäre die ganze Zeit über keinen Schritt ausgegangen. Darauf befahl sie mir, ich möchte Euch hinüberbitten, aber ich solle Euch ganz leise und unauffällig zu ihr bringen, und zwar in ihr Schlafgemach.«

Wu Yo hüpfte von einem Fuß auf den andern.

»Demnach ist diesmal endlich die ersehnte Stunde des vollen Glücks gekommen!«

»Nach ihren ungewöhnlichen Vorbereitungen zu schließen, scheint es fast so. Doch da ist noch etwas zu bedenken: Wir haben im Haus ziemlich viel Gesinde, man kann ihm nicht gut Augen und Ohren verstopfen. Bei Euren früheren Besuchen ging es ja sehr ehrbar her, da brauchtet Ihr Lauscher und Aufpasser nicht zu scheuen. Diesmal aber, da sie Euch in ihren innersten Gemächern empfängt, ist Vorsicht geboten. Wenn etwas von diesem intimen Besuch nach außen durchsickern sollte, wäre es für sie wie für Euch recht peinlich.«

»Was tun? Ich kenne mich nicht aus in euren häuslichen Verhältnissen. Ich verlasse mich ganz auf deinen Rat und deine kundige Führung.«

»Es heißt, mit Geld bekommt man selbst den Teufel zwischen die Mühlsteine. Vertraut mir etwas Geld an, und ich werde es unter das Gesinde verteilen und dafür sorgen, daß es sich heute abend diskret verzieht. Ihr könnt dann ungesehen und unbelauscht kommen und gehen.«

»Ausgezeichnet. Du hast mich neulich ›im Düftestehlen verflucht erfahrene alte Hand‹ tituliert. Ich kann dir jetzt das Kompliment zurückgeben: Du bist eine verdammt gerissene alte Kuppelhexe!«

»Laßt das Foppen! Ich meine es doch nur gut mit Euch.« Was blieb Wu Yo anderes übrig? Er entnahm seiner Geldschatulle zwanzig Batzen Bruchsilber.

»Hier nimm und verteile es und erkaufe damit allseitige Verschwiegenheit.«

»Verlaßt Euch ganz auf mich. Ich gehe jetzt schon immer voraus und werde das Gelände säubern. Dann komme ich wieder und hole Euch ab.«

»Beeile dich!«

Wu Yo wusch und schniegelte und bürstete sich und staffierte sich so fein und so nach neuester Mode heraus, daß er es schier mit dem männlichen Schönheitsidol Pan An aufnehmen konnte.

Jetzt kam der Page zurück und meldete: »Ich habe unsere Leute samt und sonders geschmiert. Der Weg ist frei. Ihr könnt jetzt ungehindert zu den inneren Gemächern vordringen.«

Wu Yo stülpte sein Barett auf und folgte dem Pagen hinüber. Der vermied den breiten Hauptweg über die Mittelhalle, benutzte vielmehr einen schmalen Gang, der sich seitlich hinschlängelte. Es ging durch mehrere ›Mondpforten‹ und um mehrere Ecken herum, dann war man vor dem Boudoir der Dame Tschao. Sie stand im Negligé, lässig frisiert, ohne Haarschmuck, ohne Schminke und Lippenrot, hinter dem Türvorhang aus durchsichtigem Bambusgeflecht und wartete bereits. Ihr Gesicht – das war nicht mehr die eisige, abweisende Strenge, die sie bei den früheren Gelegenheiten zur Schau getragen hatte – zeigte ein Lächeln!

»Darf ich den edlen Herrn bitten?« lud sie den Besucher ein,

Platz zu nehmen. Eine kleine Zofe zog den Türvorhang hoch und ließ ihn ein. Er sah sich in einem mit feinstem Geschmack ausgestatteten Boudoir. Aus einem antiken bronzenen Räucherkessel quollen bläulich würzige Duftschwaden. In der Mitte des Raumes ein reichbeladener Tisch mit zwei Gedecken, an der einen zum Alkoven vertieften Längswand unter himmelblauseidenen Vorhängen – das Bett. Wu Yo erschauerte, seine drei Seelen und sieben Sinne begannen zu flattern und wollten ins Weite entfleuchen. Er legte alle verfügbare Wärme in den Ton seiner Stimme, als er endlich leise seine Begrüßungsworte stammelte, nachdem sich seine drei Seelen und sieben Sinne wieder einigermaßen gesammelt hatten: »Welches Verdienst kann meine Wenigkeit für sich beanspruchen, daß die edle Dame ihren Sklaven eines so huldvollen Blicks aus nachtschwarzer Pupille würdigt?«

»Es ist heute eine so wundervolle Nacht, zu schade zum Schlafen. Mich überkam das Verlangen nach einem ehrbaren Plauderstündchen mit dem edlen Herrn. Wir sind ganz ungestört.«

»In der Tat, eine herrliche Nacht! Wie geschaffen dazu, daß wir uns in unserer beiderseitigen Einsamkeit trösten und Gedanken tauschen, die unsere Brust – übrigens trage ich in einem Täschchen an meiner Brust jene beiden blauschwarzen Haarsträhnen, die Ihr mir neulich verehrt habt; ich bin mit ihnen so innig verwachsen, als ob sie ein Teil meines eigenen Körpers wären. Da Ihr mir nun schon die Gunst einer Einladung zum Nachtmahl erwiesen habt, darf ich hoffen, daß es nicht bloß bei einer Labe des Gaumens bleibt?«

Sie lächelte.

»Wo denkt Ihr hin! Trinkt!«

Er nahm ihr gegenüber am gedeckten Tisch Platz. Sie ließ ihm von den beiden kleinen Zofen, die zwischen Tisch und Küche hin- und herliefen, kleine Leckergerichte vorsetzen und heißen Punsch einschenken. Er goß drei große Becher hinunter. Da spürte er auch schon die Wirkung. Geballte Erregung knisterte, von den Fersen ausgehend, in seinen Gliedern, kribbelte Beine und Rücken entlang und stob Funken aus dem Hinterhaupt. Er vermochte kaum noch an sich zu halten vor unbändiger Begierde. Seine Gesichtsfarbe spielte von Röte zu Blässe und von Blaß zu Rot hinüber.

Er faßte die Eßstäbchen beim verkehrten Ende, stieß den Punschbecher um, so daß sich der Punsch über den Tisch ergoß, machte fahrige Bewegungen mit den Händen, rutschte unruhig auf seinem Sitz hin und her, kurz, er zeigte sich im höchsten Grad aufgeregt.

Jetzt waren beide Zofen in die Küche verschwunden. Da sprang er auf, lief um den Tisch herum und kniete neben dem Stuhl der Dame Tschao nieder.

»Edle Dame, habt Erbarmen mit Eurem Sklaven! Rettet sein Leben, es ist höchste Zeit!« flehte er. Sie zog ihn unergründlich lächelnd hoch.

»Nicht so stürmisch! Auch ich bin nicht ohne Herz. Seit damals, als ich Euch die Mandarinen schickte, empfinde ich einen ganzen Humpen voll zärtlicher Neigung zu Euch. Aber die Rücksicht auf gute Form und Sitte – Ihr versteht, ich durfte nicht aus mir herausgehen, ich mußte mich verleugnen. Doch diese herrliche Nacht – ich kann jetzt auch nicht länger an mich halten – was schert mich gute Form und Sitte – es zieht mich unwiderstehlich zu Euch hin – ganz eng möchte ich mich mit Euch verschmelzen; nein, diesmal sollt Ihr nicht umsonst bei mir gewesen sein! Aber geduldet Euch noch ein Weilchen, bis draußen alles ruhig ist, nachher . . .«

Sie zeigte nach dem himmelblauen Bettvorhang.

»O Liebste, da du mir schon Huld gewähren willst, einen kleinen Vorschuß – bitte! – gleich!« bettelte er.

»Ist es so dringlich?« fragte sie mild lächelnd leise und rief die Zofen herein.

»Räumt ab und verzieht euch! Aber schnell!«

Endlich am Ziel! dachte er beglückt, da – die Zofen waren mitten beim Abräumen – wurden vom Hauseingang her Geräusche hörbar. Es klang wie Hufgetrappel, Roßwiehern und polternde Männerstimmen. Dann näherten sich schwere Schritte. Wu Yo befand sich in jenem vorgerückten Zustand der Erregung, da der Geist nicht mehr völlig Herr der Sinne und des Körpers ist.

Obwohl er hörte, daß draußen etwas Besonderes vorging, achtete er zunächst in seiner Liebesraserei nicht weiter darauf und machte sich schon gar keine Gedanken deswegen. Auf einmal kam eine Zofe hereingestürzt. Sie war außer Atem.

»Der Herr ist nach Hause gekommen!« meldete sie japsend.

Die Dame Tschao fuhr erschrocken hoch. Sie tat einen kleinen Schrei. »O weh! Was nun?«

Sie half geschwind mit, den Tisch vollends abzuräumen. Wu Yo, obzwar bemüht, Haltung zu bewahren und den mutigen Beschützer zu spielen, bekam es nun auch mit der Angst zu tun.

»Wohin soll ich mich verstecken?« fragte er.

»Unters Bett! Zum Davonlaufen ist es schon zu spät. Und keinen Laut!«

Folgsam kroch er, des staubigen Fußbodens nicht achtend, unters Bett. Es war im Augenblick das einzig mögliche Versteck. Zum Glück war unter dem Bettgestell genügend Raum zum Hinlegen. Zitternd krümmte und rollte er sich zusammen und wagte kaum zu atmen. Verstohlen äugte er nach außen. Da er im Dunkeln lag, während das Boudoir hell erleuchtet war, konnte er deutlich beobachten, was drin vorging.

Jetzt kamen sie hereingestampft, die schweren Männerschritte.

»Lange nicht dagewesen. Etwas Besonderes im Hause vorgefallen?« grollte es wie ein aufziehendes Gewitter.

Ni . . . ni . . . nichts Besonderes. Wa . . . wa . . . warum kommst du erst heute nach Hause?« stammelte zähneklappernd die Dame Tschao.

»He, he, du stotterst ja! Mein Kommen macht dich sichtlich verwirrt! Demnach ist doch etwas Besonderes vorgefallen, wie?«

»Ni . . . ni . . . nicht, daß ich wüßte.«

Der Ehemann wandte sich an die verschüchtert dastehenden Zofen. »Was ist mit eurer Herrin los? Heraus mit der Sprache!« donnerte er.

»Wi . . . wi . . . wirklich nichts.«

Wu Yo unter dem Bett schwitzte Angst für Herrin und Zofen. Es tat ihm leid, daß er den Ärmsten nicht beispringen konnte.

»Verdächtig, höchst verdächtig!« brummte der Hausherr in Gedanken vor sich hin.

Die Dame Tschao hatte sich inzwischen wieder gesammelt. Es kam glatt und ohne Stottern über ihre Zunge, als sie jetzt fragte: »Woher kommst du und wieso mitten in der Nacht?«

»Innere Unruhe trieb mich nach Hause. War doch lange genug fort. Bin auf der Reise nach Wu tschou, habe dort geschäftlich zu tun, der Weg führt über Lin an, wollte schnell mal hereinschauen, morgen in aller Frühe geht die Reise weiter.«

Der Lauscher unter dem Bett schöpfte neuen Mut. Also morgen früh geht er schon wieder aus dem Haus! Da habe ich ja noch Glück! frohlockte er im stillen und bedauerte nur, daß der Kerl nicht gleich auf der Stelle ging.

»Hast du schon zu Abend gegessen?« war die nächste Frage der Dame Tschao.

»Hab schon. Aber die Füße möchte ich mir waschen. Bringt den Waschtrog mit heißem Wasser herbei!«

Die Zofen liefen in die Küche und schleppten die hölzerne Fußbadewanne und Kannen mit heißem Wasser herbei. Der Hausherr zog Stiefel und Strümpfe aus, streifte Rock und Hose hoch und setzte seine Füße in die Wanne. Während er sie nun abseifte und abrumpelte, verursachte er ein so gewaltiges Plätschern und Plantschen, daß das Wasser nur so über den Rand der Wanne spritzte und sich über den Fußboden ergoß. Nun hatte der Druck des schweren Bettes darunter im Lauf der Zeit eine gewisse Senkung des Fußbodens verursacht, und so kam es, daß die Rinnsale des überspritzenden Wassers, einem Naturgesetz folgend, ihren Weg gerade unter das Bett nahmen.

Das war für Wu Yo, der zusammengerollt unter dem Bett lag, gar nicht angenehm. War sein schöner, neuer Seidenrock schon vorher von garstigem Staub besudelt worden, so mußte er sich jetzt auch noch von dem anrieselnden schmutzigen Waschwasser naß machen und durchweichen lassen. Er begann unwillkürlich mit beiden Ärmeln nach Ost und West um sich zu wischen, um die anrollende trübe Flut möglichst von sich abzulenken. Das ging nicht ohne raschelndes Geräusch ab. Der Hausherr spitzte auf einmal die Ohren und hielt mit Plantschen inne.

»Sonderbar, unter dem Bett raschelt es doch. Vielleicht eine Schlange oder eine Ratte? Los, Leuchter her, mal nachsehen!«

Er stand auf, trocknete sich die Füße ab und nahm den Leuchter zur Hand. Gebückt leuchtete er unters Bett. Wenn er das nicht getan hätte, wäre wohl alles noch glimpflich abgelaufen. Aber so – er brüllte los wie ein Feldherr im Schlachtgetümmel: »Wer ist der Kerl, der sich da unter dem Bett versteckt hat?« schnauzte er Frau und Zofen an.

»Vielleicht ein Dieb?« wagte die Dame Tschao schüchtern vorzuschlagen.

Der Hausherr hatte inzwischen Wu Yo unter dem Bett hervorgezogen.

»Dummes Zeug! Den Dieb möchte ich sehen, der so feines Gelumpe am Leib trägt! Nein, dein Buhle ist es! Jetzt wird mir auch klar, warum du vorhin so verwirrt warst, als ich hereinkam. Betrogen hast du mich hinter meinem Rücken, schamloses Weib!« wetterte er und versetzte ihr eine Backpfeife, daß sie Sterne vor den Augen tanzen sah. Sie heulte auf.

Er rief seine draußen vor der Tür wartenden Diener herein und befahl ihnen, zunächst Wu Yo zu knebeln und zum Bündel zu verschnüren, indem ihm Hände und Füße zusammengeknüpft wurden.

»Nachher wird er über Nacht in der Rumpelkammer aufgehängt, und morgen wird er in die Präfektur vor den Richter geschleppt«, entschied er.

Dann kam die Dame Tschao an die Reihe. Ihre Fesselung übernahm er eigenhändig.

»Und von dir Buhldirne lasse ich mich scheiden!« grobste er sie an. Sie steckte es schweigend ein.

»So ein Ärger! – Punsch her! Ich möchte meine schlechte Laune ersäufen!« befahl er den Zofen. Sie eilten in die Küche und schleppten eine Kanne dampfenden Punschs und etwas aufgewärmtes Essen herbei. Er trank maulend und schimpfend einen mächtigen Humpen leer. Dann griff er zu Pinsel und Papier und setzte eine schriftliche Anklage auf. Darüber schlief er, von dem zu reichlich und zu hastig genossenen Punsch berauscht, schnarchend ein. Wu Yo und die Dame Tschao tauschten Blicke. Sie wagten ein Flüstergespräch.

»Es tut mir leid, daß Euch der heutige Abend, der so schön begann, so verdorben ist. Höchst unangenehm wäre es für uns beide, wenn er die Sache vor den Richter brächte. Was tun?«

»Vielen Dank für Eure gütige Teilnahme. Es wäre in der Tat sehr peinlich, wenn die Sache in die Öffentlichkeit käme. Mit meiner Laufbahn wäre es dann zu Ende. Ich bin ganz in seiner Hand.«

»Versucht es mit artigem Bitten. Er hat im Grunde ein weiches Herz und läßt sich vielleicht umstimmen . . .«

Sie konnte nicht weitersprechen, der Hausherr war aus seinem Rausch erwacht.

»Leute, Fackeln her! Schafft den Kerl, den feinen Dieb in die Rumpelkammer!« Während die Knechte schon Hand an ihn legten, tut Wu Yo den Mund auf:

»Werter Herr, übt Nachsicht und vergönnt meiner Wenigkeit ein Wort. Ich, Wu Yo, ohne Verdienst und Würdigkeit Doktor der rechten Lehre, folgte einem Ruf des Ämterministeriums hierher, um als Kommissar bei den Staatsprüfungen mitzuwirken. Seitdem sitze ich hier und warte auf neue dienstliche Verwendung. Zufällig wohne ich in dem Gasthof gegenüber. Die edle Dame gewährte mir einen huldvollen Blick aus schwarzer Pupille, und so kam es zum Austausch von nachbarlichen Höflichkeitsbesuchen, aber, bitte, in allen Ehren, nicht daß ich ihrem Jaspisleib irgendwie zu nahe getreten wäre! Wenn Ihr mich vor den Richter zerrt, fürchte ich weniger die Strafe als den Skandal. Er würde mich meine Laufbahn kosten. Hohe Gnadenterrasse, ich flehe Euch an, übt Milde und Nachsicht! Laßt mich meine Schuld fußfällig mit Zahlung einer Entschädigung abbüßen.«

Der andere lachte höhnisch.

»Gehöre ich etwa zur Sippe korrupter Beamter, daß ich meine Frau für Geld verscheure?«

»Fragt Euch selbst, welchen Nutzen hättet Ihr davon, wenn mir meine Laufbahn verdorben würde? Keinen! Wäre eine Abfindung in bar für Euch nicht vorteilhafter? Ich würde mich nicht lumpen lassen. Auf fünfhundert Silberbatzen soll es mir nicht ankommen.«

»Was, so billig schätzt Ihr meine Frau ein?«

Wu Yo stellte mit heimlicher Genugtuung fest, daß seine Sache gut stand, da der andere zu handeln anfing.

»Also meinetwegen, tausend Batzen gutes Silber.«

Der andere schüttelte noch immer den Kopf. Die Dame Tschao mischte sich fürbittend ein.

»Ich wollte ihm doch nur etwas von seinen Perlen und Schmucksachen abkaufen. Seine Besuche waren ganz harmlose Geschäftsbesuche. Natürlich war es von mir nicht ganz korrekt, ihn zu so später Stunde zu empfangen. Die Schuld liegt bei mir. Aber du kannst ganz beruhigt sein; es ist wirklich nichts geschehen, was Anlaß zu Tadel böte. Bedenke, daß es auch deinem eigenen Ruf und Ansehen schaden würde, wenn ich in einen öffentlichen Skandal gezerrt würde und vor Gericht erscheinen müßte. Um unserer früheren Gattenliebe willen schenke mir und ihm Nachsicht und laß ihn laufen!«

Ihr Mann lachte kalt.

»Du willst mich doch nicht etwa glauben machen, daß zwischen euch beiden nichts geschehen sei?«

Das Gesinde, männliches wie weibliches – es hatte samt und sonders vorher vom Pagen sein Schweigegeld bekommen –, drängte sich vor, umkniete den Hausherrn im Kreis und bettelte unter Stirnaufschlägen im Chor um Gnade.

»Wir können es bezeugen – er hat unserer Herrin wirklich nichts getan. Bloß so spät am Abend hätte er nicht kommen dürfen. Das war nicht korrekt. Sonst trifft ihn kein Tadel. Nehmt sein Angebot an und laßt ihn laufen, Herr!«

»Sonst würde ich mir das Leben nehmen!« fiel als Solo aufschluchzend die Dame Tschao in den Bittchor ein.

Der Hausherr, nach einer Schweigepause des Nachdenkens: »Gut, dir zuliebe will ich diese schmutzige Sache auf sich beruhen lassen und totschweigen.«

Der Page hatte sich an Wu Yo herangemacht. Nun neigte er sich an sein Ohr.

»Er ist schon wieder gutgelaunt. Rasch, erhöht Euer Angebot. Dann ist die Sache aus der Welt geschafft«, raunte er ihm zu.

Wu Yo faßte guten Mut. »Wenn ich das Geld heranschaffen soll, dann nehmt mir die lästigen Stricke ab. Mir sind Hände und Füße schon ganz taub und eingeschlafen«, bettelte er nicht, nein, forderte er.

»Unter zweitausend Batzen kann ich Euch aber nicht laufen lassen. Und da kommt Ihr noch billig davon«, gab ihm der andere zu verstehen.

»Gemacht, zweitausend«, erklärte sich Wu Yo einverstanden, worauf ihm der andere zunächst die Hände frei machen ließ. Dann ließ er ihm ein Blatt Papier, Pinsel und Tusche vorlegen und hieß ihn ein Schuld- und Bußanerkenntnis aufsetzen. Gehorsam schrieb Wu Yo wie folgt:

›Ich, Wu Yo, Amtsanwärter und Doktor der rechten Lehre, bekenne mich schuldig des Hausfriedensbruchs gegenüber dem Arzt Tschao. Zwecks Vermeidung eines gerichtlichen

Verfahrens erkläre ich mich bereit, eine freiwillige Entschädigung in Höhe von zweitausend Silberbatzen an den Genannten zu zahlen. Die Richtigkeit bestätigt . . .‹

Nachdem der andere den Text gelesen und gebilligt hatte, ließ er Wu Yo seine Unterschrift daruntersetzen und ihm die restlichen Fesseln abnehmen. Bloß den Strick um den Hals ließ er noch weiter baumeln. Ihn am Strickende festhaltend, mußten ihn nun einige Burschen aus Herrn Tschaos Gesinde in den Gasthof und in seine Kammer begleiten. Sie waren verkleidet und als Akademiker herausstaffiert, so daß die Angestellten des Gasthofs sie für Freunde und Kollegen halten mußten. Aber die Vorsicht war kaum nötig; um diese späte Stunde, es war bereits Mitternacht, lagen die Leute, die Wu Yo gewöhnlich bedienten, bereits in tiefem Schlaf.

In seiner Kammer angelangt, machten sich Wu Yos Begleiter wie Tiger und Wölfe über seine Sachen, durchwühlten Kisten und Kasten und rafften an Schätzen, was ihnen beliebte, an sich, zusätzlich zu den zweitausend Silberlingen, die sie seiner Geldschatulle entnahmen.

Wu Yo spendierte obendrein jedem von ihnen noch etwas Silberbruch, wovon sie sich ein Festessen leisten sollten. Mit ihrer Beute und ihrem Gefangenen zogen sie alsdann wieder hinüber. Herr Tschao überzählte befriedigt die Beute.

»Also wollen wir es noch einmal gnädig machen mit dem Burschen – prügelt ihn hinaus!« wandte er sich an seine Leute.

Den Kopf mit beiden Händen gegen die auf ihn gezielten Stockhiebe schützend, wischte Wu Yo wie eine Ratte hinaus und davon. In seiner Kammer brannte die Lampe noch. Er rief nach Bedienung, ließ sich ein Feuer machen und Punsch bringen. Er spürte das Bedürfnis, zur Beruhigung seiner Nerven noch etwas zu trinken und noch einmal in Ruhe sein Abenteuer zu überdenken. Nachdem ich so lange darauf gewartet hatte, wäre es mir beinahe geglückt. Was ich ersehnt hatte, hielt ich schon fast in Händen. Wer denkt denn, daß diese ärgerliche Störung dazwischenkommen würde? Und sie hat mich obendrein ein gehöriges Stück Geld gekostet! philosophierte er und versuchte, sich Trost einzureden: »Immerhin kann ich noch von Glück reden. Wenn mir nicht die Dame Tschao mit ihren mitleidigen Tränen und das Hausgesinde geschlossen mit seiner Fürbitte geholfen hätten, dann wäre es zum öffentlichen Gerichtsverfahren gekommen, und mit meiner schönen Laufbahn wäre es aus gewesen. Und da ist noch ein glücklicher Umstand. Der Kerl hat doch davon gesprochen, daß er morgen in aller Frühe weiterreisen will. Dann wäre sie doch wieder allein. Herrlich! Aber vielleicht wird er, durch Erfahrung gewitzt, sie nicht im selben Haus lassen, sondern anderweit unterbringen, und zwar unter strenger Bewachung? Ob ich in diesem Leben wohl noch einmal zum Ziel komme und endlich bei ihr liegen werde?« Er bemitleidete sich selber und war den Tränen nahe. Aber dann überfiel ihn ein Gähnkrampf, und ohne sich erst auszukleiden, legte er sich schlafen. Er schlief bis zum Mittag. Nach dem Essen unternahm er einen Erkundungsgang zum Nachbarhaus. Die Eingangstür stand offen, der gewohnte Vorhang war verschwunden. Er spähte hinein. Keine Menschenseele. Eine unbewohnte Höhle, lag das ganze Anwesen still und verlassen da. Selber getraute er sich allerdings auf Grund der unliebsamen Erfahrungen der letzten Nacht nicht hinein, aber er schickte einen Knecht seines Gasthofes als Kundschafter vor. Der drang bis zu den hintersten Gemächern vor und bestätigte bei der Rückkunft, daß er das ganze Anwesen leer und ausgeräumt vorgefunden hätte. Nicht ein einziges Möbelstück, kein einziger Einrichtungsgegenstand wäre mehr vorhanden.

Wu Yo erkundigte sich bei den Nachbarn rechts und links. Man sagte ihm, daß das angebliche Ehepaar Tschao vor noch nicht allzu langer Zeit von auswärts zugezogen sei und das Anwesen nicht zu eigen besessen, sondern lediglich mietweise bewohnt habe. Es wäre wohl als ›Feuergrube‹ gedacht gewesen, wobei die schöne Dame Tschao die Rolle des Lockvogels gespielt habe.

Das klang ja recht aufschlußreich. In Wu Yos Hirn begann es zu dämmern. Das war eine böse Enttäuschung für ihn. Um aber ganz sicher zu gehen, beschloß er, sich der in galanten Bräuchen der Welt erfahrenen Ting Hsi Hsi anzuvertrauen.

»Welcher glückliche Wind weht denn Euch zu mir?« begrüßte sie ihn freundlich wie immer. Es fiel ihr gleich auf, daß er so verstört dreinblickte und beim Trinken immerzu seufzte.

»Was bedrückt Euch?« forschte sie. Und er beichtete. Es wurde eine vollständige, wahrheitsgetreue Beichte. Sie ließ ihn zu Ende erzählen, dann lachte sie hell auf.

»Da habt Ihr Eure Liebe wirklich umsonst verschwendet. In eine Falle seid Ihr getaumelt! Warum habt Ihr Euch mir nicht schon früher anvertraut, dann hätte ich Euch aufgeklärt und gewarnt. Ich habe auch einmal die Rolle eines solchen Lockvogels spielen müssen. Da hatte mich so ein ›Blankknüppel‹ auch auf Zeit gepachtet und als seine geliebte Nebenfrau ausgegeben. Er selber gab sich als Kaufmann aus. Das war in Yangtschou. Damals habe ich auch so junge, vornehme Kavaliere wie Euch in die Feuergrube locken müssen. Hochanständige Haustochter, Fräulein Tausendgoldstück mußte ich spielen. Es war alles Theater. Oh, ich kenne das Spiel genau. Eure Dame Tschao war auch nur Attrappe! Nun habt Ihr die gerechte Strafe dafür, daß Ihr nicht offen zu mir wart!«

Wu Yo bereute aufrichtig. Aber seine Reue kam zu spät. Er hatte seine Barschaft und seine Schätze verplempert. Mit dem schönen Amt, das er kaufen wollte, war es nun nichts mehr. Er mußte schleunigst heimreisen. Sein verunglücktes Abenteuer aber sprach sich herum. Im Freundes- und Bekanntenkreise wurde er Gegenstand des Gelächters. Möge seine Geschichte allen leichtsinnigen jungen Leuten zur Lehre und Warnung dienen!

Den Braten bloß gerochen, nicht geschmeckt,
Nun ausgespielt die Rolle des Galan,
Der Beutel leer wie ausgeleckt –
So endete ein holder Wahn.

Die Kampfgrille

Zur Ming-Zeit, während der Regierungsepoche Hsüan te ›weitverbreitete Allkraft‹ (1426-1435), war es bei Hofe beliebte Mode und Kurzweil, eigens herangezüchtete Grillen untereinander Kampfturniere austragen zu lassen. Alljährlich, wenn die rechte Zeit dazu gekommen war, pflegten daher die Provinzstatthalter von der Bevölkerung einen Tribut an geeigneten Kampfgrillen anzufordern, um den Bedarf des kaiserlichen Hofes zu decken. In den westlichen Reichsteilen, wo die Grille eigentlich nicht zu Hause ist und nur selten vorkommt, war die Aufbringung der angeforderten Exemplare unvermeidlich mit beträchtlichen Mühen und Schwierigkeiten verbunden.

Da saß nun in der westlichen Provinz Schen hsi ein gewisser Landrat – er verwaltete den Kreis Hua yin hsiän –, der sich bei seinem vorgesetzten Provinzstatthalter durch irgend etwas Besonderes Liebkind machen wollte. Zu dem Zweck sandte er ihm eines Tages ein für Kampf und Turnier besonders geeignetes Grillenexemplar als Geschenk zu. Der Statthalter erprobte die Grille, und wirklich, es erwies sich, daß sie ein tüchtiger Kämpfer war.

Der Statthalter dachte bei sich: dieser Landrat ist offenbar Experte im Grillenzüchten, wohlan, soll er mich ständig mit solchem Spielzeug beliefern. Und er erteilte ihm entsprechende Weisung. Und also wurde das, was von dem Landrat bloß als einmalige und freiwillige Leistung gemeint gewesen war, durch die er die Gunst und Gnade seines Vorgesetzten zu gewinnen trachtete, für ihn der Anfang eines laufenden Zwangstributs.

Der Landrat wiederum wälzte die ihm auferlegte neue Verpflichtung auf die Schultern der ihm untergebenen Gemeindevorsteher und Dorfschulzen seines Landkreises ab. Sie erhielten den Auftrag, ihm ständig geeignete Kampfgrillen anzudienen. Das bedeutete für diese kleinen Ortsbeamten, die ohnehin mit Bürden und Frondiensten aller Art überlastet waren, eine neue, drückende Bürde, einen neuen bitteren Frondienst. Denn, wie schon erwähnt, war das Vorkommen von Grillen in diesen westlichen Landstrichen nur ganz gering. Jetzt hieß es für sie, um die Spätsommerzeit, im siebenten und achten Monat, unter allen Umständen Grillen beim Landrat anzudienen. Und die Grillen sollten unter allen Umständen kampftauglich sein. Andernfalls wurde die Annahme verweigert, und die Andienungspflicht galt als nicht erfüllt.

Die müßigen Stromer Herumtreiber, die es in jedem Dorf und jeder Gemeinde gibt, machten sich die Sachlage zunutze, indem sie gewerbsmäßig auf Grillenfang ausgingen. Sie strolchten den lieben langen Tag in der Gegend herum, steckten ihre Nase in sämtliche Spalten und Ritzen und schnüffelten nach Grillen. Wenn es ihnen glückte, welche aufzustöbern, dann nahmen sie sie, vorausgesetzt, daß sie von guter, kräftiger Beschaffenheit waren, mit nach Hause, setzten sie in ein geschlossenes Zuchtbecken und fütterten sie auf, um sie später, wenn sich Käufer meldeten, zu vorteilhaften Preisen loszuschlagen.

Die kleinen Unterbeamten der Dorfschulzen und Gemeindevorsteher machten sich ihrerseits die Sachlage zunutze, um die Bevölkerung gehörig zu zwicken und zu zwacken, indem sie allenthalben Grillen anforderten und in dem Falle, daß man die begehrten Tierchen nicht andienen konnte, die Betreffenden mit unverschämten Geldforderungen erpreßten. Es ist keine Übertreibung, wenn man sagt, daß auf solche Weise eine einzige Grille imstande war, den wirtschaftlichen Ruin von zehn und mehr Familien herbeizuführen!

Damals lebte in dem Landkreis, der unter der Fuchtel des obenerwähnten Landrats stand, ein Mann namens Tschong. Das war ein Studierter, aber all sein emsiges Studium hatte ihm bisher zu keinem Erfolg verholfen. Gleich bei der ersten Staatsprüfung war er bisher immer durchgefallen. Er hatte es noch nicht einmal zum Titel ›blühendes Talent‹, zum Doktor ersten Grades, gebracht.

Der gute Tschong war ein gutmütiger, anständiger Kerl, aber durch und durch unpraktisch und weltfremd, so recht das, was man einen Büchernarren nennt. Wenn er trotzdem mit dem Posten eines kleinen Dorfschulzen bestallt wurde, so hatte er das lediglich der Empfehlung eines jener gerissenen Amtssekretäre zu danken, die beim Landrat von Hua yin hsiän Dienst taten.

Die geschätzte Leserschaft wird mit Recht denken: Muß ein solcher unpraktischer Büchernarr in der Rolle eines Dorfschulzen nicht eine komische Figur abgeben? Natürlich muß er das. Aber er konnte sich doch nicht gut dagegen sträuben, wenn sich andere hilfreich für ihn verwendeten. Und so nahm er den Posten eben an – mit dem unvermeidlichen Ergebnis, daß er nach kaum einjähriger Amtsführung, anstatt sich wie andere, praktischer veranlagte Amtswalter bereichert zu haben, sein ganzes bißchen ererbtes Vermögen verplempert hatte. Er war und blieb eben auch im Amt ein weltfremder Büchernarr und Idealist.

Da war nun wieder die Zeit herangekommen, da die Dorfschulzen und Gemeindevorsteher des Kreises Hua yin hsiän ihrem Landrat den alljährlichen Tribut an Grillen anzudienen hatten. Der Dorfschulze Tschong war in arger Bedrängnis. Er hatte weder Grillen noch Geld, um sich welche von den gewerbsmäßigen Grillenzüchtern zu kaufen. Im Gegenteil, er steckte tief in Schulden. Sich Geld ganz einfach durch eine Gemeindeumlage zu verschaffen, wie es in diesem Fall andere praktische und skrupellose Ortsbeamte getan haben würden, das brachte er nicht übers Herz, dazu war er zu anständig. In seiner Not und Verzweiflung dachte er bereits an Selbstmord. Seine Frau redete ihm solche Gedanken aus.

»Mit Selbstmord wäre dir auch nicht geholfen, das wäre ein

ganz vergebliches Opfer«, sprach sie. »Am besten, du machst dich selber auf die Grillensuche. Vielleicht hast du Glück. Die Aussicht auf Erfolg ist zwar gering, sie steht wie eins zu zehntausend. Aber vielleicht gelingt es dir dennoch, eine oder zwei leidlich brauchbare Grillen zu fangen. Dann lieferst du sie deinem Landrat ab und hast damit schlecht und recht deine Pflicht getan.«

Er gab ihr recht, nahm ein als Wasserbehälter dienendes Bambusrohr in die eine Hand, eine Korbfalle und eine feine Greifzange in die andere Hand und machte sich, also ausgerüstet, auf die Grillenjagd. Da suchte und schnüffelte er nun einen ganzen Tag lang zwischen verfallenem Gemäuer und unter zerbröckeltem Gestein herum, aber seine Mühe war umsonst. Zwar konnte er ein paar Grillen fangen, aber sie waren sämtlich zu klein und zu schwach, nicht eine einzige brauchbare war darunter. Niedergeschlagen kehrte er heim. Nicht anders verlief die Suche am nächsten und übernächsten Tag.

Die Zeit drängte, und der gestrenge Landrat drängte auch. Dorfschulze Tschong konnte seiner Andienungspflicht nicht nachkommen, der Ablieferungstermin war bereits überschritten. Der Landrat drängte immer heftiger. Zwölf Tage wartete er noch, dann verlor er die Geduld und griff zum Druckmittel der Züchtigung. Etliche dutzend Male mußte der arme Tschong den schweren Bambusprügel auf ein Gesäß niederklatschen und sich weich und mürbe dreschen lassen. Aber trotz allen Drucks konnte er nicht eine einzige Grille zur Stelle schaffen. Schließlich schleppte er sich wund und an Leib und Seele gebrochen auf sein gekacheltes Ofenbett und walzte von neuem Selbstmordpläne. ›Bloß Schluß machen!‹ – das war sein einziger Gedanke.

Just um dieselbe Zeit begab es sich, daß eine alte, bucklige Zauberin von auswärts im gleichen Dorf ihr Gastspiel gab. Die Alte verstand sich mit verblüffendem Erfolg auf Geisterbeschwörung und Wahrsagerei.

Als die Frau des Dorfschulzen Tschong von der Ankunft der

fremden Zauberin hörte, ließ es ihr keine Ruhe, und sie beschloß, bei der Alten Rat zu holen. Also steckte sie ein Päckchen Kleingeld zu sich und machte sich zu der Behausung der Zauberin auf.

Dort angelangt, gewahrte sie eine Menge Menschen, die genau wie sie von der Alten Rat und einen Blick in die Zukunft heischten. Die Alte bewohnte eine einfache Hütte mit einem einzigen Wohnraum. Der Eingang war durch einen Vorhang dicht verhängt. Draußen vor dem Vorhang stand ein einfacher, kleiner Holztisch mit einem bronzenen Räucherkessel darauf. Wer ein Orakel heischte, trat an den Tisch, gab seine Namenskarte mit den vier Doppelzeichen der Stunde, des Tages, des Monats und des Jahres der Geburt ab, zündete das mitgebrachte Räucherwerk an und verrichtete einen Fußfall mit Stirnaufschlag vor der Zauberin. Sie stand neben dem Tisch und tat weiter nichts, als daß sie für die Ratsuchenden jeweils ihre Lippen in Bewegung setzte und unverständliche Gebete und Beschwörungsformeln murmelte.

Die betreffende Person, die gerade an der Reihe war, stand stumm daneben und hörte sich ihr Gemurmel andächtig an. Nach einem Weilchen wurde dann der Vorhang von unsichtbarer Hand etwas beiseite geschoben, und heraus flog ein zusammengefaltetes Blatt Papier. Auf dem Papierblatt stand bis ins einzelne geschrieben, was die betreffende Rat suchende Person insgeheim bewegte und was sie zu wissen wünschte. Dabei unterlief niemals auch nur der kleinste Irrtum oder Fehler.

Auch die Frau des Dorfschulzen Tschong kam an die Reihe, trat an den Tisch, brannte ihr Räucherwerk ab, tat ihren Kniefall und schob der Alten das mitgebrachte Honorar hin. Während sie dann noch andächtig an den murmelnden Lippen der Zauberin hing, tat sich auch für sie der Vorhang auf, und ein für sie bestimmtes Orakelblatt flatterte zu ihren Füßen. Sie hob es auf und zog sich aus dem Ring der harrenden Menschen zurück.

Nachdem sie das Freie gewonnen hatte und sich von fremden Blicken unbeobachtet sah, blieb sie stehen, faltete das Blatt auseinander und betrachtete es mit Muße. Und siehe da, es war nicht mit irgendwelchen Schriftzeichen beschrieben, sondern enthielt nur eine Zeichnung. Die Zeichnung stellte eine Landschaft dar. Es waren im Vordergrund die Umrisse einer Halle, einer Terrasse und einer Pagode zu sehen. Anscheinend ein Tempel. Im Hintergrund Hügel und Felsen, dazwischen Buschwerk und Gestrüpp, und, an einer Stelle versteckt, ganz schattenhaft und verschwommen angedeutet, ein winziges Etwas, das wie eine Grille aussah. Unweit der Grille war ein kauernder Frosch zu sehen, der anscheinend gerade zum Sprung ansetzte.

Die Beschauerin konnte sich trotz genauer Betrachtung nicht recht erklären, was mit der Zeichnung gemeint war. Immerhin schien ihr die Figur der Grille darauf hinzudeuten, daß die Zeichnung irgendwie in Beziehung zu der Angelegenheit stehe, die ihr und ihres Mannes Herz zur Zeit beschäftigte und bedrückte. Sie faltete das Blatt Papier wieder zusammen und nahm es mit nach Hause.

Daheim zeigte sie es ihrem Mann. Der meinte nach genauer Betrachtung, die dargestellte Örtlichkeit dünke ihm bekannt. Das sehe ganz nach dem großen Buddha-Tempel östlich vor dem Dorfe aus. Und er kombinierte im stillen weiter: ›Wahrscheinlich soll ich mich nach jenem Tempel zum Grillenfang aufmachen. Vielleicht lohnt der Gang dorthin?‹

Gedacht, getan. Er rappelte sich mühsam hoch, griff zu einem Stecken, nahm wieder Greifzange, Korbfalle und Bambusröhre zur Hand und schleppte sich lahmend und humpelnd zu jenem Tempel am Ortseingang des Dorfes. Bedächtig schritt und suchte er das Tempelgelände von vorn nach hinten ab.

Nun barg das rückwärtige Tempelgelände auch eine alte Begräbnisstätte. An den Rändern dieser Begräbnisstätte zog sich eine Kette künstlicher Hügel und wilder Felspartien hin, zwischen denen in üppiger Fülle Brombeergestrüpp und anderes Dorngebüsch wucherte. Unseren Tschong wollte es bedünken, daß die ganze Landschaft in diesem Tempelwinkel eine beträchtliche Ähnlichkeit mit jener Zeichnung aufwies, die seine Frau von der alten Zauberin mitgebracht hatte.

Bedächtig suchte er Schritt für Schritt den dicht von Dorngestrüpp überwucherten Felsboden ab und lauschte dabei aufmerksam nach allen Richtungen, ob er etwa irgendwoher das Zirpen einer Grille vernähme. Verstand, Auge und Ohr waren bei ihm gleichermaßen aufs äußerste angespannt und mit ganzer Kraft bei der Sache. Aber es war die berühmte Suche nach der Nähnadel in einem Schober Heu. Sein Auge konnte keine Grille entdecken, sein Ohr kein Zirpen vernehmen.

Doch auf einmal machte er eine Entdeckung. Aus dem wirren Gestrüpp heraus schoß mit gewaltigem Satz ein Frosch, und zwar so dicht vor seiner Nase, daß er unwillkürlich zusammenschrak und zurückfuhr. Gleich darauf aber machte er sich mit Eifer auf die Jagd nach dem Frosch. Der war indessen schon mit einigen weiteren gewaltigen Sätzen entwischt und wieder in dichtem Gestrüpp verschwunden.

Tschong dachte an das Bild, und sein Verstand sagte ihm, daß er der Richtung folgen müsse, die der Frosch gewiesen habe. Richtig, er hatte sachte einige Schritte in dieser Richtung weiter getan, da gewahrte er wirklich eine Grille. Sie hockte mit gespreizten Flügeln auf dem Grasboden und ließ ein feines Zirpen ertönen.

Hurtig stürzte sich Tschong auf den Fleck, wo sie saß. Doch als er nach ihr grabschen wollte, da war sie schon auf und davon gesprungen und hatte sich in einen nahen Felsspalt verkrochen.

Tschong riß einen Grashalm aus dem Boden und versuchte, den Flüchtling mit dem Halm herauszukitzeln. Aber der Felsspalt war tiefer, als der Halm reichte. Die Grille ließ sich nicht herauskitzeln.

Tschong hatte einen neuen besseren Einfall. Wozu hatte er

denn sein mit Wasser gefülltes Bambusrohr mitgeschleppt? Er öffnete den Verschlußdeckel, schob das Mundstück in den Felsspalt und ließ ihn voll Wasser laufen. Wirklich, die Grille wurde herausgeschwemmt, von Tschong in Empfang genommen und behutsam in die Korbfalle gesetzt.

Er besah sich seinen Gefangenen genauer. Er war ein prächtig entwickelter, starker Kerl, so recht zum Kämpfer geschaffen. Tschong war überglücklich. Er setzte ihn daheim in ein irdenes Zuchtbecken und fütterte und hegte ihn so liebevoll wie ein zärtlicher Vater sein einziges Kind. Nun konnte er in Ruhe dem Ablieferungstermin entgegensehen, den ihm sein Landrat neuerdings bewilligt hatte. –

Tschong hatte einen Sohn. Der war erst neun Jahre alt und wußte es in seiner kindlichen Einfalt natürlich noch nicht recht zu würdigen, wie wichtig seinem Vater die gefangene Grille war. Er sah in ihr lediglich ein hübsches Spielzeug und hatte seine kindliche Freude an ihr.

Neugierig, wie Kinder nun einmal sind, benutzte der Sohn eines Tages die zufällige Abwesenheit seines Vaters, um heimlich den Deckel von dem Zuchtbecken abzuheben. Er brannte darauf, die Grille einmal in die Hand zu nehmen und ganz aus der Nähe zu betrachten. Da, o weh, geschah das Unglück. Kaum gewahrte die Grille das helle Tageslicht, da hatte sie auch schon die Flügel gespreizt und war mit einem mächtigen Satz aus ihrem Kerker in die Freiheit gesprungen. Der Knabe, hurtig hinter ihr her, grabschte blindlings bald mit der einen, bald mit der anderen Hand nach ihr. Er erwischte sie auch glücklich, aber als er sie zwischen seinen Fingern besah, da war ihr der Leib entzweigequetscht, und ein Hinterbein war ihr herausgerissen! Wie sollte die arme Grille unter solchen Umständen am Leben bleiben? Aus war es mit ihr und zu Ende!

Als der Knabe sah, was er angerichtet hatte, bekam er es mit der Angst zu tun, lief zu seiner Mutter und erzählte ihr weinend den Hergang. Ihr Gesicht wurde grau wie Erde, und böse fuhr sie den kleinen Sünder also an:

»Verfluchter Unglücksbalg! Das wirst du mit dem Tode büßen! Warte nur, wenn dein Vater heimkommt! Dann wirst du eine Abrechnung erleben!«

Der Junge nahm sich die mütterlichen Scheltworte mehr zu Herzen, als er zeigte. Er erwiderte kein Wort und rannte schluchzend aus dem Haus.

Bald darauf kehrte Tschong heim. Als ihm seine Frau erzählte, daß die Grille von dem Jungen beim Wiedereinfangen zu Tode gequetscht worden sei, da war ihm, als ob er mit einem Kübel eiskalten Wassers übergossen würde. Erzürnt wollte er den Jungen zur Rede stellen. Aber der war nirgends zu finden. Besorgt machten sich die Eltern auf die Suche nach ihm. Kreuz und quer suchten sie das Haus und die nähere Umgebung ab. Endlich entdeckten sie ihn. In dem Erdbrunnen hinter dem Hause lag er leblos in dem schlammigen Grundwasser – offenbar ertränkt und bereits tot!

Bei dieser traurigen Entdeckung fühlte Tschong seinen Zorn vergehen. Aber nun war sein Herz von doppeltem Kummer erfüllt, einmal um den Verlust des Kindes und zum anderen um den Verlust der Grille. Er war zu Tode betrübt und hatte das Leben gründlich satt. Was halfen die gegenseitigen Vorwürfe, mit denen sich beide Ehehälften nachträglich überschütteten? Davon wurden die Grille und das Kind auch nicht wieder lebendig.

Man hob den Kleinen aus dem Brunnen und legte ihn aufs Trockene. Schon hatte man sich mit dem Gedanken vertraut gemacht, daß man ihn am nächsten Tage einsargen und zu Grabe tragen werde. Um sich aber zu vergewissern, ob er auch wirklich tot sei, rieb und knetete man vorsorglich nach Kräften an dem kleinen Körper herum. Und siehe, er begann schwach zu atmen und schien ins Leben zurückkehren zu wollen. Geschwind hoben ihn die Eltern auf und betteten ihn sorgsam auf das warme Ofenbett. Um Mitternacht kam er wirklich wieder zu sich. Bloß fühlte er sich im Kopf noch etwas dösig und benommen. Lange lag er in einer Art Dämmerzustand.

Vater Tschong konnte in dieser Nacht kein Auge schließen. Ruhelos wälzte er sich von einer Seite zur anderen und zergrübelte und zermarterte sich unablässig sein Hirn. Dabei drehten sich seine Gedanken weniger um das schon totgeglaubte Kind als um die leider wirklich und unwiderruflich totgequetschte Grille. Der Schmerz um ihren Verlust traf ihn bis ins Mark.

Gegen Morgen, als es hell wurde, hörte er plötzlich ein Grillenzirpen. Der Ton kam von der Haustür her. Sofort war er munter und sprang auf, um nachzusehen. Sollte seine zerquetschte Grille etwa auch wieder zum Leben erwacht sein? Vor der Haustür sah er tatsächlich eine Grille am Boden hocken – aber eine fremde: denn sie hatte alle Gliedmaßen beisammen und zeigte keine Spur von Verletzung. Hurtig haschte er nach ihr. Sie wich ihm zunächst mit kleinen Sprüngen aus, flüchtete an der Außenseite der Hofmauer entlang und verschwand hinter der Mauerecke. Schon fürchtete er, sie sei ihm entwischt. Aber als er genauer Umschau hielt, sah er sie in nächster Nähe gleich hinter der Ecke auf der Mauer sitzen. Sie hatte ihm das Gesicht zugekehrt und schaute ihn unentwegt an. Und merkwürdig, er brauchte gar nicht erst nach ihr zu langen, da war sie bereits von selber auf ihn zugesprungen und hatte sich zutraulich am Brustaufschlag seines Rocks niedergelassen. Ruhig ließ sie sich von ihm in die Hand nehmen.

Bei genauer Untersuchung wollte ihn bedünken, daß das Tierchen gut und kräftig genug gebaut war, um im Kampf seinen Mann zu stellen. Also beschloß er, die Grille zu behalten und zum festgesetzten Termin seinem Landrat anzudienen. Und er trug sie hinein und setzte sie in das Zuchtbecken.

Später kamen ihm wieder Bedenken. Sie war etwas klein von Wuchs. Wie, wenn sie den Ansprüchen des Landrats ob ihrer Kleinheit nicht genügte? Aber konnte sie ungeachtet ihrer Kleinheit nicht trotzdem ein guter Kämpfer sein? Man müßte sie einmal auf die Probe stellen und versuchsweise einer fremden Kampfgrille gegenüberstellen, fuhr es ihm durch den Sinn. Dann würde sich schon zeigen, was sie taugte.

Um die Zeit des siebenten und achten Monats war die Veranstaltung von solchen Grillenkämpfen eine beliebte Kurzweil junger, wohlhabender Nichtstuer. Auch im Dorf unseres Tschong lebte so ein junger, reicher Nichtstuer, der sich zum Zeitvertreib als Grillenzüchter betätigte. Der junge Wang, so hieß er, hatte ein besonders gutes Exemplar von Kampfgrille gezüchtet. Sogar einen Namen hatte er diesem Prunkstück seiner Züchterei beigelegt. ›Krabbenschalengrün‹ hieß das Tierchen. Tag für Tag veranstaltete er in dieser Jahreszeit Schaukämpfe, und noch aus jedem Turnier war seine Krabbenschalengrüne siegreich hervorgegangen. Kein Wunder, daß er sie wie einen kostbaren Schatz hütete und nur für einen ganz hohen Preis hergeben wollte.

Da fiel ihm nun ein, daß doch der Dorfschulze Tschong demnächst seinem Landrat eine gute Grille andienen müsse. Wie wäre es, wenn er den Schulzen aufsuchte und sich nach dem Stand der Dinge erkundigte? Möglicherweise hatte Tschong noch immer keine brauchbare zur Hand. In diesem Falle wollte er ihm seine Krabbenschalengrüne anbieten, natürlich nur zu einem entsprechend hohen Preis. Mit der würde sich Tschong bestimmt vor seinem Landrat sehen lassen können.

So erschien er also eines Tages mit dem länglichen Grillenkäfig in der weiten Ärmeltasche beim Dorfschulzen Tschong:

»Nun, habt Ihr was Gutes gezüchtet? Wie wäre es, wenn wir unsere Grillen einen kleinen Wettkampf austragen ließen?« schlug er vor.

»Habe leider nichts Brauchbares. Habt Ihr etwa einen guten Kämpfer mitgebracht? Laßt mich sehen.«

Wang brachte seinen Grillenkäfig zum Vorschein und reichte ihn dem Dorfschulzen hin. Der hob den Deckel von der bambusgeflochtenen Röhre ab und besah sich die darin sitzende Grille. Es war ein großer, kräftiger Bursche, der allem Anschein nach das Zeug zum Kämpfen hatte.

»Nun? Und wie steht's mit Eurer Grille! Darf ich die auch

einmal sehen? Ich bin begierig, von Eurer hohen Züchtungskunst zu profitieren«, bemerkte Wang mit leisem Spott.

»Ich fürchte, meine Grille ist kein Kampfpartner für die Eure. Der Unterschied ist zu groß. Überzeugt Euch selber«, erwiderte Tschong und brachte seine eigene Grille zum Vorschein. Man verglich die beiden Tierchen, und wirklich, der Größenunterschied war gar zu auffällig. Tschongs Grille nahm sich neben der anderen aus wie ein Zwerg neben einem Riesen.

»Lassen wir sie trotzdem einmal kämpfen!« beharrte Wang. Tschong dachte im stillen: wenn es bloß nach der Größe ginge, würde ich mir nicht getrauen, auf meine kleine Grille zu wetten. Doch da sie anscheinend nicht viel wert ist und ich sie sowieso erproben wollte, soll es mir nicht darauf ankommen, sie einen Kampf wagen zu lassen.

Also erteilte er seine Zustimmung.

Man setzte die beiden Tierchen in der offenen Porzellanschale, die als Kampfarena diente, einander gegenüber. Des Dorfschulzen kleine Grille saß unbeweglich auf ihrem Fleck und rührte sich nicht. Es hatte ganz den Anschein, als ob sie etwas verdattert wäre. Ganz anders dagegen die große, die Krabbenschalengrüne. Sie zeigte sich um so munterer und lebhafter und schien es gar nicht erwarten zu können, daß der Kampf losginge. Der besorgte Tschong griff zu einer Schweinsborste und kitzelte damit seine kleine Grille am Bart. Er wollte sie dadurch zum Angriff reizen. Aber umsonst, sie rührte sich nicht vom Fleck.

Der junge Wang, über das vergebliche Bemühen der Gegenseite belustigt, schlug etwas voreilig eine laute Siegerlache an. Er seinerseits brauchte seine große Grüne nicht lange mit der Schweinsborste zu kitzeln. Schon geriet sie in Kampfwut, riß ihr Maul beißlustig weit auf, spreizte und schwang ihre Flügel und ließ ein herausforderndes Zirpen ertönen.

Während sie sich solchergestalt großartig in Kampfpositur setzte, geschah etwas gänzlich Unerwartetes. Gerade als die Große zum Angriff losgehen wollte, tat die Kleine einen

Sprung, der sie genau auf dem Nacken der Großen landen ließ. Dort biß sie sich fest, und zwar biß sie so heftig zu, daß die Grille vor Schmerz den Halt verlor, auf den Rücken fiel und alle acht Beine nach oben reckte. Jetzt erst sträubte die Kleine ihren Bart, spreizte ihre Flügel und ließ ein kräftiges Zirpen ertönen. Es klang wie Siegesgeschrei, mit dem sie ihrem Herrn den erfochtenen Sieg künden wollte.

Der junge Wang war nicht wenig erstaunt.

»Da habt Ihr ja wirklich ein ausgezeichnetes Tierchen gezüchtet. Das sollt Ihr auch anderwärts kämpfen lassen!« bemerkte er anerkennend und schob seine arg zerschundene Grille behutsam wieder in ihre Käfigröhre. Die kleine Siegerin war allein auf der Kampfarena zurückgeblieben. Tschong wie Wang konnten sich vom Anblick des klugen Wundertierchens nicht losreißen. Während man gerade in seine Betrachtung versunken war, kam unvermutet ein junger Gockelhahn herbeigelaufen, drängte sich an den Rand der offenen Porzellanschale und wollte mit vorgerecktem Schnabel nach der kleinen Grille picken. Erschrocken hob Tschong seine Hand, um den frechen Eindringling wegzuscheuchen. Aber die kluge Grille bedurfte gar nicht seines Schutzes. Sie wußte sich selbst zu helfen. Bevor der Hahn zum Zupicken kam, war sie bereits mit langem Satz aus dem Becken hinaus und außer Reichweite des Schnabels gelangt. Der junge Hahn, auch nicht faul und ein flinker Läufer, rannte ihr nach, holte sie ein, und wollte zum zweiten Male zupicken. Die Lage der kleinen Grille schien bedrohlich. Tschong hatte zuletzt gesehen, wie sie von ihrem Verfolger überrannt wurde und dabei unter eine seiner Klauen geriet. Der Anblick schnitt ihm ins Herz. Leider war er zu weit entfernt, um ihr helfen zu können.

»Meine arme kleine Grille! Nun ist es um sie geschehen!« rief er verzweifelt und in ohnmächtigem Grimm mit den Füßen stampfend aus.

Da, während er diese Worte noch ausrief, bemerkte er auf einmal, wie der junge Hahn seinen Hals krampfhaft vorreckte und unablässig seinen Kopf hin und her schüttelte. Er lief dicht heran, und, o Wunder, da sah er seine kleine, tapfere Grille, fest verbissen in dem fleischigen Hahnenkamm, ganz munter auf dem Schopf ihres Feindes sitzen.

Heilfroh löste Tschong die brave kleine Kämpferin behutsam von ihrem Sitz und barg sie wieder in ihrem Zuchtbecken. Von nun an fütterte und hegte und pflegte er sie mit verdoppelter Sorgfalt.

Endlich war die vom Landrat bewilligte letzte Gnadenfrist abgelaufen. Der Tag war gekommen, da Dorfschulze Tschong endgültig seiner Andienungspflicht nachkommen sollte. Er begab sich zum Landrat und bot ihm seine Grille dar. Als der Landrat das Tierchen sah, lehnte er entrüstet die Annahme ab. Es war ihm zu klein und unansehnlich.

»Das heißt ja geradezu mich zum Narren halten!« grobste er den Dorfschulzen an.

»Halten zu Gnaden, meine Wenigkeit untersteht sich nicht zu lügen, aber diese Grille ist sogar imstande, es mit einem Hahn aufzunehmen«, erlaubte sich Tschong einzuwenden.

»Dummes Zeug! Solch kleines Getier ist die naturgemäße Nahrung für einen Hühnerschnabel! Und du willst mir so ein winziges Ding als vollwertige Kampfgrille andrehen und ergehst dich außerdem noch in so ungereimten Großsprechereien? Na warte, so wahr ich Landrat heiße, will ich dich beim Wort nehmen. In deiner und aller Gegenwart will ich deiner Grille einen jungen Hahn gegenüberstellen. Dann werden wir ja sehen. Wehe, wenn mein Hahn deine Grille frißt! Dann kannst du dich auf etwas gefaßt machen! Dann will ich dir deine untere Körperhälfte morsch und mürbe dreschen lassen! Na warte!«

Er griff zum Gongklöppel und schlug das Gong an, zum Zeichen für seine Untergebenen, daß er sich in die Amtshalle begeben wolle. Er wählte dafür die kleinere, zweite Halle. Dort nahm er auf dem Hochsitz Platz, rechts und links von ihm postierten sich seine Sekretäre, Büttel, Läufer, Trabanten und

Diener. Es ging ganz so feierlich zu wie bei einer öffentlichen Amtssitzung.

Zunächst ließ der Landrat einige seiner besten und stärksten Grillen zum Kampf gegen Tschongs Grille antreten. Merkwürdig, nicht eine einzige Gegnerin vermochte die kleine Kämpferin zu besiegen. Hierauf ließ er einen Gockelhahn – es war ein großer, ausgewachsener Kerl – in den Saal bringen und auf die kleine Grille los. Kaum hatte der Gockelhahn den vermeintlichen Leckerbissen erspäht, da schoß er unbekümmert um die vielen Menschen mit gesenktem Kopf und gierig vorgerecktem Schnabel auf sein Opfer los. Siehe, da wiederholte die kleine Grille ihr erstaunliches Kunststück von neulich: während noch der Gockelhahn mit gesenktem Kopf auf sie zukam, hatte sie sich behutsam und behend auf seinen Hahnenkamm geschnellt und sich in dem dicken, roten Fleisch festgebissen. Da saß sie nun und ließ in ihrem Biß nicht locker. Es nützte dem Gockel gar nichts, daß er wie wild den Kopf hin und her schwenkte und mit der Klaue die kleine Reiterin zu erwischen suchte. Er vermochte sie nicht abzuschütteln. Der Landrat war begeistert.

»Wirklich, er hat mich nicht belogen!« rief er anerkennend aus und nahm die kleine Grille als vollwertigen Tribut an. Er ließ sie sorgsam in einem besonders schönen Zuchtbecken verwahren und aufs beste füttern und pflegen. Den Dorfschulzen Tschong aber entließ er huldvoll und mit reichen Geschenken beladen nach Hause.

Bald darauf übersandte er die kleine Grille mit ausführlichem Begleitschreiben seinem vorgesetzten Provinzstatthalter als Geschenk. Der Statthalter war hocherfreut und sandte seinerseits die wertvolle kleine Kampfgrille in einem goldenen Käfig an den kaiserlichen Hof. Er fügte eine Denkschrift bei, in der er die hervorragenden Fähigkeiten und Leistungen der kleinen Grille eingehend bis in alle Einzelheiten schilderte und darlegte.

Alles, was damals bei Hofe an guten und rühmlich bekannten Kampfgrillen vorhanden war, mußte sich der Reihe nach mit der neuen kleinen Kämpferin messen. Keine einzige zeigte sich der Neuen gewachsen, sie wurden sämtlich von ihr besiegt. Außer durch ihre Kampftüchtigkeit zeichnete sich die kleine Wundergrille noch durch ein anderes bemerkenswertes Talent aus: sie war musikalisch. So oft sie in der Nähe Laute oder Psalter erklingen hörte, spreizte sie ihre Flügel und begann zu zirpen. Ihr Zirpen aber klang gar fein und lieblich und ergötzte das Ohr.

Beglückt über den Besitz einer so wertvollen Grille, die zugleich Kämpferin und Sängerin war, belohnte der Kaiser jenen Statthalter, dem er sie verdankte, mit einem edlen Roß und etlichen Ballen bester Seide. Der Statthalter wiederum vergaß nicht das Verdienst des Landrats von Hua yin hsiän und empfahl ihn zum Dank beim Thron zur Beförderung auf einen höheren Posten.

Der Landrat schließlich erinnerte sich in seinem Glück dankbar der Verdienste des Dorfschulzen Tschong. Er befreite ihn von weiteren Frondiensten und sorgte überdies durch Fürsprache beim hohen Provinzprüfungskommissar dafür, daß er außer der Reihe endlich zum ›blühenden Talent‹, zum Doktor ersten Grades ernannt wurde.

Es war zu Beginn der kalten Jahreszeit, wenn die Grillen sterben, da erwachte Tschongs Sohn aus seinem Dämmerzustand und gewann seine frühere normale Geistesverfassung wieder. Hinterher erzählte er seinen Eltern, daß ihm seit jener Nacht, als man ihn bewußtlos aus dem Brunnen holte, die ganze Zeit über gewesen sei, als wäre er eine Grille. Geschätzte Leser und Leserinnen, merkt ihr etwas? –

Als der Provinzstatthalter nachträglich erfuhr, daß Dorfschulze Tschong der Entdecker der kleinen Wundergrille gewesen war, da belohnte er ihn mit einer reichen Geldspende, die den verschuldeten Tschong von allen Sorgen befreite. Seitdem wich der Stern des Reichtums nicht mehr aus seinem Aspekt. Nach zehn Jahren Amtsführung war er so weit, daß er sich ein Stück Land kaufen und ein schönes Haus bauen konnte. Wenn er ausging, fuhr er in einer prächtigen Kutsche, und vorneweg und hinterdrein begleitete ihn berittenes Gefolge. Er war ganz ein Mann von Welt geworden und erinnerte in nichts mehr an den armen kleinen, unpraktischen Büchernarren von ehedem, der sich beständig von seinem Landrat abkanzeln und ausschimpfen lassen mußte. Und das hatte er einer kleinen pietätvollen Grille zu danken.

Die Frau ohne Lachen

Es war im 39. Jahre seiner Regierung (789 v. u. Z.), als Kaiser Hsüan Wang aus dem Hause Tschou eines Abends von einem Feldzug gegen die hündischen Westbarbaren in seine Hauptstadt Hao king zurückkehrte. Kurz bevor er den Palast erreichte, bemerkte er auf der Straße eine Schar kleiner Jungen, die im Takt in die Hände klatschten und dazu im Chor sangen. Der Kaiser ließ seinen Wagen halten und lauschte. Der Text des Liedes lautete:

Es steigt der Mond,
Die Sonne sinkt,
Durch den Bogen von Yen,
Durch den Köcher von Ki
Droht Untergang, ach!
Dem Hause Tschou.

Hsüan Wang war von diesen Worten unangenehm berührt und befahl seinen Leuten, die Jungen sämtlich festzunehmen und vor ihn zu bringen. Aber die Schar war geschwind auseinandergestoben, und bloß zwei Knaben, einen älteren und einen jüngeren, gelang es zu erwischen. Sie wurden vor den kaiserlichen Wagen gebracht, wo sie hinknieten und die Stirn auf den Boden legten.

Hsüan Wang fragte: »Wer hat dies Lied gemacht?«

Der kleinere war vor Angst und Zittern unfähig zu sprechen, aber der ältere faßte sich und erwiderte: »Dies Lied stammt nicht aus unserer Gegend; vor drei Tagen kam ein fremder Junge, der ein rotes Wams trug, auf den Markt und brachte uns diese sechs Zeilen bei. Seither hat das Lied die Runde durch die Stadt gemacht, alle Kinder auf der Straße singen es, wie auf Verabredung.« Hsüan Wang fragte weiter: »Wo steckt denn der rotgekleidete Junge?«

»Niemand weiß, wo er seitdem geblieben ist«, entgegnete der Gefragte.

Der Kaiser sann eine Weile nach und schickte dann die beiden ungnädig weg. Durch den Polizeipräfekten aber ließ er alsbald ein Verbot veröffentlichen, das bei strenger Strafe das weitere Singen des bewußten Verses untersagte. Hierauf kehrte er in den Palast zurück. Am nächsten Morgen bei der Frühaudienz erzählte er nach dem Begrüßungszeremoniell den versammelten Ministern sein Erlebnis vom Abend vorher und ersuchte sie um ihre Meinung. Der Kultusminister Tschao Schu Tai nahm das Wort und sprach:

»Yen ist der Name eines im Gebirge wachsenden wilden Maulbeerbaumes, aus dessen Holz man Bogen fertigt. Das ist die Bedeutung der Worte ›durch den Bogen von Yen‹. Ki ist der Name eines Krautes, aus dem man Pfeilköcher macht. Das ist der Sinn der Worte ›durch den Köcher von Ki‹. Nach meiner unmaßgeblichen Ansicht steht der Dynastie ein Unglück durch Bogen und Pfeile bevor.«

Der Kaiser fragte von neuem:

»Das Lied ist durch einen rotgekleideten Jungen verbreitet worden. Wer mag das sein?«

Der Hofastrologe Po Yang Fu erwiderte:

»Wenn in Straßen und Gassen ein Wort auftaucht, dessen Ursprung sich nicht feststellen läßt, so nennt man das eine Prophezeiung des Volksmundes. In der Absicht, den Herrscher zu warnen, hat sich der erhabene Himmel eines Knaben bedient, um ein prophetisches Wort durch Kindermund zu verbreiten. Ein solches prophetisches Wort aus Kindermund kann je nachdem auf Glück oder Unglück, auf Blüte oder Verfall des Reiches deuten. Diesmal enthält es eine Warnung des Himmels für Eure Majestät.«

Der Kaiser sprach:

»So befehle ich, alle in meinen Arsenalen befindlichen Bogen und Pfeile sollen verbrannt, ihre weitere Herstellung im ganzen Reiche verboten werden. Sprich, Astrologe, kann auf diese Weise das drohende Unheil abgewehrt werden?«

Po Yang Fu antwortete:

»Ich habe die Himmelszeichen untersucht und das Horoskop gestellt. Danach scheint alles auf ein Ereignis zu deuten, das sich innerhalb des Palastes vorbereitet, nicht draußen. Die Geschichte mit den Bogen und Pfeilen bezieht sich auf irgendein Unheil, das von einer künftigen Kaiserin ausgehen wird. Darum heißt es in der Prophezeiung:

Es steigt der Mond,
Die Sonne sinkt.

Die Sonne aber ist das Sinnbild des Herrschers, der Mond gehört zum weiblichen Element. ›Die Sonne sinkt, der Mond steigt‹, das heißt: das weibliche Prinzip gewinnt die Oberhand, das männliche Prinzip muß weichen. Daß eine Kaiserin dem Lande Unglück bringen wird, scheint hiernach klar.«

Hsüan Wang entgegnete:

»Was die Angelegenheiten meiner sechs Harems betrifft, so habe ich mich stets auf die Tugend meiner hohen Gemahlin, der Kaiserin Kiang, verlassen können. Bei der Auswahl der Palastdamen hat sie stets größte Sorgfalt gezeigt. Ein von Frauen ausgehendes Unglück ist ganz undenkbar.« Hierauf erwiderte der Astrologe:

»In der Prophezeiung ist nicht gesagt, daß die Sache augenblicklich passieren muß, auch ist nur eine drohende Gefahr angedeutet, die sich nicht notwendigerweise zu verwirklichen braucht. Durch strenge Beobachtung der Weisheitsvorschriften kann das Unglück nicht nur abgewendet, sondern möglicherweise in Segen umgewandelt werden. Unnötig erscheint die Verbrennung von Bogen und Pfeilen.«

Der Kaiser hob die Versammlung auf und kehrte mißgelaunt, zwischen Glaube und Zweifel schwankend, in die inneren Gemächer zurück. Dort erwartete er die Kaiserin Kiang.

Beide setzten sich zusammen, und der Kaiser erzählte seiner Gemahlin den Vorfall vom letzten Abend und was die Großen dazu geäußert hatten. Da sprach die Kaiserin:

»Im Palast ist etwas Außerordentliches vorgefallen; ich wollte es dir schon mitteilen. Eine ältere Dienerin, die schon über die Fünfzig ist und seit vierzig Jahren im Zustande der Schwangerschaft war, hat gestern abend ein Mädchen zur Welt gebracht.«

Der Kaiser erschrak und fragte:

»Wo ist das neugeborene Kind?«

»Ich war der Meinung«, fuhr die Kaiserin fort, »es sei ein Unglückskind: ich habe es daher in bastgeflochtene Matten wickeln und zwanzig Meilen von hier im Klarwasserfluß aussetzen lassen.«

Sofort schickte der Kaiser Haremswächter nach dem Klarwasserfluß, um nach dem Kinde zu forschen. Aber bald kamen diese zurück und meldeten, es sei keine Spur zu entdecken gewesen.

Am nächsten Tage bei der Frühaudienz erzählte der Kaiser dem Hofastrologen Po Yang Fu die Geschichte von dem ausgesetzten Kinde und fragte ihn um seine Meinung. Dieser erwiderte:

»Meine Meinung ist, daß der Zauber zwar aus dem Palaste gewichen, aber noch keineswegs vernichtet ist.«

Der Kaiser war über diese Antwort wenig erfreut und erteilte sogleich den Befehl, innerhalb und außerhalb der Hauptstadt von Haus zu Haus zu suchen und nach dem Kinde zu forschen. Wer es tot oder lebendig bringe, solle eine Belohnung von zweihundert Ballen Seide bekommen, und ebensoviel, wer als erster Anzeige von seinem Verbleib erstatte. Dagegen solle samt seiner ganzen Familie hingerichtet werden, wer es bei sich aufnähme und ernähre. Außerdem wurde die Polizei angewiesen, bei Todesstrafe dafür zu sorgen, daß in den Läden und auf den Märkten keine Bogen aus dem Holze des wilden Maulbeerbaumes und keine Pfeile aus dem Kraut Ki verkauft würden.

Am nächsten Tag traf es sich, daß ein Weib, mit einem Pack Pfeilen aus dem Kraute Ki beladen, und hinter ihr drein ihr Mann, der zehn Bogen vom Holze des wilden Maulbeerbaumes auf dem Rücken trug, die Landstraße nach der Hauptstadt dahergezogen kamen. Die Eheleute wohnten weit weg auf dem Lande und wollten in der Hauptstadt ihre Ware verkaufen, denn sie hatten noch nichts von dem neuesten Polizeiverbot gehört. Bevor sie aber das Stadttor erreichten, stürzten sich schon einige Wächter auf sie, um sie, dem kaiserlichen Befehl gemäß, festzunehmen. Die Frau lief ihnen auch wirklich in die Arme, dem Mann aber, der die Bogen sofort fallen ließ, gelang es zu entkommen. Die Frau dagegen wurde gefesselt und samt Pfeilen und Bogen vor den Polizeipräfekten gebracht. Dieser dachte bei sich: ›Die beschlagnahmten Gegenstände entsprechen vollständig dem Wortlaut des Volksliedes; ferner sagte der Hofastronom, das Unglück werde von einem Weibe ausgehen, das Weib ist jetzt gefunden, und der Befehl des Kaisers kann als erledigt angesehen werden.‹ Demgemäß reichte er dem Throne einen Bericht ein, in welchem er den Mann ganz im Stillschweigen überging und nur die Frau erwähnte, welche die verbotenen Gegenstände zum Verkauf gehabt und somit ihr Leben verwirkt habe. Der Kaiser befahl darauf, die Frau hinzurichten und die Bogen und Pfeile zur Warnung auf offenem Markte zu verbrennen.

Er glaubte, die Prophezeiung aus Kindermund habe damit ihre Lösung gefunden, und fühlte sich wieder beruhigt.

Inzwischen hatte der Mann mit den Bogen, der den Polizeihäschern glücklich entronnen war, die Nacht in einem Versteck in der Nähe eines Dorfes zugebracht. Am nächsten Morgen wagte er sich wieder unter die Menschen, und da hörte er, wie sie von dem neuen Polizeiverbot und der Hinrichtung seiner Frau sprachen. Traurig und doch zugleich froh, selbst dem Tode entronnen zu sein, ging er aufs Geratewohl weiter und kam nach einigen Meilen in die Nähe des Klarwasserflusses. Da fiel ihm schon von weitem eine dichte Wolke Vögel auf, die über dem Wasser kreisten und schrien, und als er sich dem Ufer näherte, da gewahrte er ein auf den Wellen schwimmendes Bündel aus bastgeflochtenen Matten; die Vögel zerrten mit ihren Schnäbeln daran herum, schrien unaufhörlich dazu und zerrten es schließlich bis an den Rand des Ufers. Der Mann, aufs höchste erstaunt, scheuchte die Vögel weg und zog das noch triefende Bündel aus dem Wasser heraus, legte es auf die grasbewachsene Uferböschung und öffnete es. Da klang ihm ein feines Wimmern und Weinen ins Ohr, und es kam ein neugeborenes kleines Mädchen zum Vorschein.

›Wer mag dieses Kind in den Fluß geworfen haben?‹ dachte der Mann bei sich. ›Da nun sogar die Schar der Vögel hilfreich hinzugekommen ist, um es mit ihren Schnäbeln aus dem Wasser zu ziehen, so ist es klar, daß dies Mädchen kein gewöhnliches Menschenkind sein kann. Ich will es mit mir nehmen und großziehen.‹

Er wickelte also das Kind in seinen Mantel und wanderte nach der Stadt Pao, wo Bekannte von ihm lebten. Dort hörte er, daß die Frau eines gewissen Se Ta soeben ein Kind geboren habe, das gleich nach der Geburt gestorben war. Das kam ihm wie ein Fingerzeig des Zufalls vor. Er begab sich also zu Se Ta und bewog ihn gegen einige Ballen Baumwollzeug den Findling zu adoptieren und aufzuziehen. So kam das Mädchen zu dem Namen Pao Se.

Am Hofe war unterdes die Geschichte mit den Bogen und Pfeilen so gut wie in Vergessenheit geraten, man ahnte nicht, daß erst achtzehn Jahre später die Lösung des Rätsels eintreten werde. Als nach einigen Jahren der Kaiser Hsüan Wang starb, stieg der Kronprinz Kung Niä auf den Thron und nahm den Titel Yu Wang an. Der neue Kaiser war von grausamer Natur und ohne alle guten Grundsätze. Schon während der Zeit der Trauer um den verstorbenen Vater zeigte er keine Spur von Betrübnis, sondern tat sich mit einer Gesellschaft von Wüstlingen zusammen, mit denen er wilde Schwelgereien veranstaltete. Als nun auch kurz darauf die Kaiserinmutter verstarb, kannte er überhaupt keine Selbstzucht mehr, sondern überließ sich ganz dem Vergnügen und der Ausschweifung. Um die Staatsgeschäfte kümmerte er sich gar nicht. Sein Schwiegervater, der Fürst von Schen, machte ihm öfters Vorhaltungen wegen seiner Führung, aber da sie nichts fruchteten, zog er sich vom Hofe zurück in sein Land Schen. An Stelle alter bewährter Ratgeber des früheren Kaisers setzte Yu Wang in die Ämter habgierige Intriganten und Schmeichler ein, die ihm in allem zu Willen waren. Der einzige tüchtige Mann am Hofe war der Kultusminister, Graf Yo von Tschong, aber er hatte beim Kaiser kein Gehör.

Eines Tages bei der Audienz wurde ein Bericht des Statthalters von Ki schan vorgelegt, worin mitgeteilt war, daß in der Gegend der drei Flüsse Tsing, Ho und Lo ein Erdbeben stattgefunden habe.

»Bergstürze und Erdbeben«, sprach der Kaiser gelangweilt, »sind alltägliche Vorkommnisse, wozu ist es nötig, mir darüber zu berichten?«

Mit diesen Worten brach er die Sitzung ab und zog sich zurück. Als er gegangen war, nahm der Hofastrologe Po Yang Fu den Staatsrat Tschao Schu Tai bei der Hand und sagte seufzend:

»Die drei Flüsse Tsing, Ho und Lo entspringen auf dem Berge Ki schan; dieses Erdbeben hat etwas zu bedeuten. Einstmals trockneten die Flüsse I und Lo aus, und bald darauf ging die Hsia-Dynastie zugrunde; das gleiche war mit der Schang-Dynastie der Fall, als der Fluß Ho austrocknete. Jetzt hat an den Ufern dreier Flüsse ein Erdbeben stattgefunden. Die Folge wird sein, daß die Quellen dieser Flüsse zugeschüttet werden und sie selbst austrocknen, und der Berg Ki schan wird einstürzen. Dieser Berg aber ist es, wo einst die Ahnherren der regierenden Dynastie ihren Wohnsitz hatten. Wenn der Berg einstürzt, muß Unglück über das Haus Tschou hereinbrechen.«

»Wenn dem Lande Unglück bevorsteht, sprich, wann wird es eintreten?« fragte Tschao Schu Tai.

Po Yang Fu hob die zehn Finger in die Höhe und sagte: »Nicht mehr als zehn Jahre werden darüber hingehen.«

»Wie kannst du das bestimmen?« fragte der andere.

»Wenn das Maß des Guten voll ist, kommt Segen, und umgekehrt Unglück. Zehn ist die volle Zahl«, lautete Po Yang Fus Antwort.

»Der Sohn des Himmels vernachlässigt die Regierung«, rief Tschao Schu Tai aus. »Unwürdige bekleiden die höchsten Ämter. Meine Pflicht gebietet, dem Kaiser Vorstellungen zu machen.«

»Ich fürchte, deine Worte werden keinen Erfolg haben«, war des andern Antwort.

Unterdessen hatte die lange heimliche Unterredung der beiden die Aufmerksamkeit der Umstehenden erregt, und die Kunde davon wurde sogleich dem alten Höfling Fürst Schi Fu von Ko hinterbracht. Dieser fürchtete, Tschao Schu Tai möchte in seiner Freimütigkeit dem Kaiser seine eigene Unwürdigkeit als Kanzler aufdecken, und wollte dem zuvorkommen. Er begab sich daher sogleich ins Palastinnere und erzählte dem Kaiser von der heimlichen Unterredung der beiden, die er rebellischer Gesinnung bezichtigte.

Aber der Kaiser sagte nur:

»Wenn Dummköpfe sich über Staatsangelegenheiten unterhalten, so hat das nicht mehr zu bedeuten, als wenn in der Heide ein Dunst aufsteigt. Es ist überflüssig, davon Notiz zu nehmen.«

Tschao Schu Tai wurde tatsächlich beim Kaiser vorstellig, fand aber kein Gehör.

Nach einigen Tagen lief eine neue Eingabe des Statthalters von Ki schan ein, welche meldete, alle drei Flüsse seien jetzt eingetrocknet und am Berge Ki schan habe ein großer Erdrutsch stattgefunden und eine Menge Volks verschüttet. Auch diese Nachricht machte auf Yu Wang keinen Eindruck, seine einzige Sorge blieb, möglichst viel hübsche Mädchen in den Harem zu bekommen. Da reichte Tschao Tai eine schriftliche

Eingabe beim Thron ein, worin er sagte: »Berge stürzen ein, und Flüsse trocknen aus, die Eingeweide der Erde sind in Aufruhr, das Hohe stürzt, das Niedrige zittert, das alles sind schlimme Vorzeichen für die Dynastie. Die Gegend am Berge Ki schan ist der Stammsitz des kaiserlichen Hauses, wenn dieser Berg einstürzt, so hat das etwas zu bedeuten. Wenn Eure Majestät sich jetzt um die Regierung kümmern, für das Wohlergehen des Volkes sorgen und tüchtige Männer zu Ratgebern erwählen wollten, so ist zu hoffen, daß die drohende Gefahr sich noch abwenden läßt. Was aber soll werden, wenn Eure Majestät nicht nach weisen Ratgebern, sondern nur nach schönen Mädchen sucht!«

Der Fürst Schi Fu von Ko suchte diese Eingabe beim Kaiser lächerlich zu machen und sagte:

»Jetzt haben wir schon lange Hao king als Reichshauptstadt. Die Gegend am Berge Ki schan gilt uns ebensoviel wie abgetragene Schuhe, die man fortgeworfen hat. Was kümmert uns Ki schan? Tschao Schu Tai hat es seit jeher an der schuldigen Ehrfurcht gegenüber Eurer Majestät fehlen lassen, jetzt benutzt er Vorwände, um Verleumdungen auszustreuen. Ich hoffe, daß Eure Majestät das nicht dulden werden.«

Der Kaiser entschied:

»Schi Fu hat recht.«

Tschao Schu Tai wurde demgemäß seines Amtes enthoben und vom Hof verbannt. Tschao Schu Tai seufzte und sprach: »Ein dem Untergange verfallenes Land hütet man sich zu betreten; in einem Staate, wo Anarchie herrscht, bleibt man nicht wohnen. Ich mag nicht untätig hier sitzen, bis die Zeit kommt, wo hoher Weizen wachsen wird an der Stelle, da jetzt der Palast glänzend ragt.«

Hierauf begab er sich mit seiner Familie in das Land Tsin.

Um die gleiche Zeit begab es sich, daß der Staatsrat und Lehnsherr Hsiang von Pao von seiner Besitzung in der Hauptstadt eintraf. Als er von Tschao Schu Tais Verbannung hörte, erbat er Audienz und sprach:

»Wenn der Herrscher die Warnungen des Himmels verachtet und treue Diener der Krone verbannt, wird es der Dynastie übel ergehen, und die Schutzgötter werden sie im Stiche lassen.«

Yu Wang geriet in Zorn und ließ Hsiang von Pao augenblicklich in den Kerker werfen. Von dieser Zeit an wagte niemand mehr, dem Kaiser gegenüber mit Freimut zu reden, und die Gutgesinnten gaben alle Hoffnung auf Besserung auf.

Indes wuchs Pao Se fern vom Hofe in ländlicher Einfachheit auf. Als sie vierzehn Jahre zählte, war sie bereits so entwickelt, als sei sie sechzehn oder siebzehn. Sie hatte große Augen und feingeschwungene Brauen, die sich in der Mitte berührten, rote Lippen und weiße Perlenzähne. Ihr Haupthaar ähnelte einer schwarzen Wolke, ihre Finger waren kunstvoll geschnittene Edelsteine. Sie glich einer Blume, ihr Antlitz war lieblich wie Mondschein, ihre Schönheit schien ausreichend, um ganze Städte und Länder zu Fall zu bringen. Aber einmal wohnte sie in ländlicher Zurückgezogenheit, sodann war sie noch so jung an Jahren; so kam es, daß sie trotz ihrer berückenden Schönheit noch unvermählt war.

Nun begab es sich, daß eines Tages der Sohn des gefangenen Lehnsherrn von Pao übers Land reiste, um Pachtgelder einzufordern. Sein Weg führte ihn durch das Dorf, wo Pao Se wohnte, und der Zufall wollte, daß er sie erblickte, als sie vor der Tür ihres Hauses stand und Wasser schöpfte. Obgleich sie in bäurischer Tracht war, vermochte die Einfachheit des Kleides ihre unvergleichliche natürliche Schönheit nicht zu verbergen. Hung To, so hieß der Sohn des Lehnsherrn, war erstaunt, in einem so erbärmlichen Dorfe eine so erlesene Schönheit zu erblicken. Da fiel ihm ein, daß sein Vater nun schon drei Jahre im Kerker schmachtete und daß er vielleicht seine Befreiung erwirken könnte, wenn er dem Kaiser das schöne Mädchen als Geschenk anbiete. Er erkundigte sich bei den Nachbarn nach den näheren Verhältnissen des Mädchens, kehrte nach Hause zurück und sprach zu seiner Mutter:

»Meines Vaters einziges Verbrechen besteht darin, dem Kaiser freimütig die Wahrheit gesagt zu haben. Das ist keine unverzeihliche Sünde. Jetzt ist der Himmelssohn der Schwelgerei ergeben und ohne feste Grundsätze. Sein ganzes Trachten ist, soviel schöne Mädchen als möglich in seinen Harem zu bringen. Da ist nun die Pflegetochter des Se Ta, das ist eine ganz ungewöhnlich vollendete Schönheit. Wenn wir die, koste es, was es wolle, kaufen und sie dem Kaiser als Geschenk anbieten, können wir vielleicht die Befreiung des Vaters aus dem Kerker erreichen.«

»Wenn sich dieser Plan verwirklichen ließe«, erwiderte die Mutter, »so sollte es mir auf den Preis nicht ankommen. Mag es kosten, was es wolle, eile und verliere keine Zeit.«

Sofort machte sich Hung To auf den Weg zu Se Ta und vereinbarte mit ihm einen Preis von dreihundert Ballen Seide und Kattun. Nachdem er Pao Se auf diese Weise gekauft hatte, nahm er sie mit nach Haus, wusch sie mit wohlriechenden Essenzen, gab ihr die feinsten Speisen zu essen, kleidete sie in schöne Gewänder und unterwies sie in den Gebräuchen der guten Gesellschaft. Dann reiste er mit ihr nach der Hauptstadt. Dort bewog er mit großen Geldopfern den einflußreichen Fürsten Schi Fu von Ko, dem Kaiser folgende Eingabe zu übermitteln.

›Hsiang von Pao sieht sein Vergehen ein und bekennt, den Tod zehntausendmal verdient zu haben. Sein Sohn aber, Hung To, von kindlicher Liebe zu seinem Vater getrieben, hat als Sühne für dessen Verbrechen ein schönes Mädchen namens Pao Se nach der Stadt gebracht, welches er Seiner Majestät als Geschenk anzubieten wagt in der Hoffnung, dafür Vergebung für seinen Vater zu erlangen.‹

Yu Wang befahl, die Pao Se sogleich herbeizuführen. Nachdem das Begrüßungszeremoniell vorüber war, faßte er das Mädchen näher ins Auge und entdeckte, daß die Schönheit ihrer Gesichtszüge und die Anmut ihrer Gestalt derart war, wie er Ähnliches zuvor nicht gesehen hatte. Auf wen sie ihren strahlenden Blick richtete, der fühlte sich wie von Licht durchflutet. Soviel schöne Mädchen dem Kaiser schon aus allen vier Himmelsrichtungen zugeführt waren, so befand sich doch keine darunter, die auch nur entfernt einen Vergleich mit Pao Se ausgehalten hätte. Hocherfreut und ohne die Kaiserin zu verständigen, behielt er daher das Mädchen sogleich da und wies ihr einen besonderen Pavillon im Hauptpalast an. Gleichzeitig erließ er ein Edikt, durch welches Hsiang von Pao aus dem Kerker entlassen und in sein früheres Amt eingesetzt wurde. Noch in derselben Nacht teilte Yu Wang sein Lager mit Pao Se, und es erübrigt sich, die Freude der Fische im Wasser zu beschreiben. Von da an waren Yu Wang und Pao Se unzertrennlich. Sie saßen Fuß an Fuß und standen Arm an Arm. Wenn sie tranken, tauschten sie miteinander die Becher, wenn sie aßen, teilten sie miteinander Schüssel und Teller. Zehn Tage hintereinander erschien der Kaiser nicht zur Audienz. Die hohen Beamten, die sich an der Tür des Audienzsaales drängten, bekamen sein Gesicht nicht zu sehen und gingen seufzend wieder von dannen. Drei Monate verweilte so der Kaiser im ›Rubinenpavillon‹ bei Pao Se, ohne ein einziges Mal die Gemächer der Kaiserin zu betreten. ›Hanftuch und Dorn‹, das heißt: ein Mädchen aus niederem Volke, welches einen Rock von Hanftuch und als Haarnadel einen Dorn trägt, ›sind zu Lagergenossen des Kaisers geworden‹, so hieß es im Volksmund.

Endlich erfuhr die Kaiserin, was vorgefallen war. Außer sich vor Zorn, drang sie eines Tages unangemeldet in Begleitung mehrerer Hofdamen in den Rubinenpavillon ein, wo sie den Kaiser mit Pao Se auf dem Schoße antraf. Als die Kaiserin eintrat, unterließ es Pao Se, aufzustehen und sie zu begrüßen.

»Was für ein Ding, was für eine gemeine Sklavin ist hier eingedrungen und verunreinigt den Palast?« fuhr die Kaiserin los. Schützend stellte sich nun der Kaiser vor sie hin und erklärte:

»Das ist ein neues Mädchen für den Harem; ihr Rang ist noch

nicht festgesetzt, daher habe ich sie dir noch nicht vorstellen lassen. Du brauchst dich nicht aufzuregen.«

Hierauf ging die Kaiserin wütend weg. Pao Se fragte: »Wer war dies?«

»Die Kaiserin, du kannst ihr morgen deine Aufwartung machen«, erwiderte Yu Wang. Pao Se schwieg nachdenklich.

Am folgenden Tage aber ging sie nicht zur Kaiserin hin. Diese saß inzwischen schwer gekränkt in ihren Gemächern. Der Kronprinz I Kiu kniete vor ihr nieder und sprach: »Meine Mutter, du bist die Herrin der sechs Harems. Was kann dir in so erhabener Stellung Grund zur Trauer geben?« Die Kaiserin erwiderte:

»Dein Vater läßt den Abstand außer acht, der zwischen rechtmäßiger Gattin und Nebenfrau bestehen muß, und wendet alle Zuneigung der Pao Se zu. Wenn dieses Weibes Macht nicht gebrochen wird, werden wir zwei bald aus dem Palast verdrängt sein.«

Und sie erzählte ihrem Sohne ausführlich, wie respektlos sich Pao Se ihr gegenüber benommen hatte. Dabei flossen ihr unaufhörlich die Tränen.

Der Kronprinz tröstete sie und sprach:

»Das will ich in Ordnung bringen, morgen ist der erste Tag des neuen Monats. Da muß mein kaiserlicher Vater Audienz halten. Währenddessen schickst du einige Diener nach den Blumenbeeten vor dem Rubinenpavillon und läßt sie dort Blumen abpflücken. Auf diese Weise werden wir die unwürdige Sklavin aus dem Pavillon herauslocken. Dann will ich sie vor deinen Augen züchtigen, um dir Genugtuung zu verschaffen. Wenn mein Vater darüber böse wird, werde ich alle Schuld auf mich nehmen.«

Die Kaiserin wollte ihn zurückhalten, aber der Kronprinz stürmte fort, entschlossen, sein Vorhaben auszuführen.

Am nächsten Tag begab sich der Kaiser tatsächlich zur Audienz, um die Glückwünsche der versammelten Beamtenschaft entgegenzunehmen. Unterdes schickte der Kronprinz mehrere Diener nach den Blumenbeeten am Rubinenpavillon, welche, seinem Befehle entsprechend, Blumen abzureißen und zu zertreten anfingen. Alsbald kamen kaiserliche Gartenwächter herbei, um ihnen das Abpflücken zu verwehren. »Diese Blumen hat der Kaiser ausdrücklich für die Kaiserin Pao Se anpflanzen lassen, er kommt häufig, um sie persönlich in Augenschein zu nehmen«, so sprachen die Gartenwächter; »wenn ihr sie pflückt und zertretet, macht ihr euch keines geringen Vergehens schuldig.«

Worauf die anderen entgegneten: »Wir sind auf ausdrücklichen Befehl des Kronprinzen hier, um die Blumen für die rechtmäßige Kaiserin zu pflücken. Wer wagt es, uns daran zu hindern?«

Beide Parteien gerieten nun in so heftigen Wortwechsel, daß Pao Se auf den Lärm aufmerksam wurde und selbst in den Garten hinaustrat. Als sie den Sachverhalt erfuhr, wollte sie eben die kronprinzlichen Diener mit heftigen Worten zurechtweisen, als plötzlich der Kronprinz selber vor sie hintrat. Darauf war sie nicht im mindesten gefaßt. In feindseliger Haltung, Zorn im Auge, kam nun der Kronprinz noch einen Schritt näher, packte sie an den Locken und schrie sie an:

»Wer bist du eigentlich, Weib ohne Namen und Rang, daß du es wagst, dir den Rang einer Kaiserin anzumaßen und auf andere herabzusehen? Jetzt will ich dir zeigen, wer ich bin.« Hierauf fing er an, mit geballter Faust auf sie einzuschlagen. Inzwischen waren einige Palastdamen herbeigeeilt, knieten zu Füßen des Kronprinzen nieder, berührten mit der Stirn den Boden und flehten:

»O Prinz, übt Gnade! Denkt an den Kaiser!«

Da hörte der Prinz mit Schlagen auf, auch fürchtete er, schließlich den Tod der Pao Se herbeizuführen. Diese eilte sogleich, ihren Schmerz und ihre brennende Scham unterdrückend, in den Pavillon zurück. Sie begriff sehr wohl, daß der Kronprinz seine Mutter an ihr rächen wollte, und brach in heftiges Schluchzen aus. Mit aufgelöstem Haar und Tränenperlen in den Augen fand sie der Kaiser vor, als er sie nach der Audienz im Rubinenpavillon aufsuchte.

»Geliebte«, so fragte er, »weshalb bist du noch nicht frisiert und gekleidet?«

Pao Se faßte ihn am Ärmel seines Gewandes und erzählte ihm unter Schluchzen den Vorfall. Der Kaiser begriff den Zusammenhang und sprach:

»Das alles ist eine Folge davon, daß du der Kaiserin keinen Besuch gemacht hast. Der Kronprinz ist in ihrem Auftrag gekommen, du tust unrecht, wenn du ihm zürnst.«

»Der Kronprinz haßt mich seiner Mutter wegen«, entgegnete Pao Se. »Er trachtet nach meinem Leben. Wenn ich, ein einzelner Mensch, stürbe, läge mir auch wenig daran, aber seitdem Ihr mich Eurer Liebe gewürdigt habt, ist seit zwei Monden mein Leben das Leben zweier Menschen. Ich bitte Eure Majestät, mich aus dem Palast zu entlassen, damit das Leben Eures Kindes nicht länger in Gefahr sei.«

»Geliebte, beruhige dich«, sprach Yu Wang. »ich habe Macht zu strafen.«

Am selben Tage erging ein kaiserliches Edikt des Inhalts: »Der Kronprinz I Kiu ist zügellos, ungehorsam und ohne Grundsätze. Er wird daher nach dem Lande Schen verbannt, um dort die Unterweisung des Fürsten von Schen zu genießen. Die Erzieher des Prinzen haben sich der ihnen anvertrauten Aufgabe nicht gewachsen gezeigt und werden daher ihres Amtes enthoben.«

Der Kronprinz mußte alsbald den Palast verlassen, ohne noch zuvor den Kaiser sehen zu dürfen. Der Kaiserin aber vergingen die Tage unter Tränen und Kümmernis.

Pao Se gebar im zehnten Monat einen Sohn, welchen Yu Wang liebte wie ein Kleinod. Er gab ihm den Namen Po Fu und gedachte ihn anstatt des verbannten Kronprinzen als Thronerben einzusetzen, aber er war in Verlegenheit, wie er diesen Schritt nach außen hin begründen solle. Der Höfling Fürst Schi Fu von Ko erriet seine Gedanken und besprach sich deshalb mit seinem Kollegen Yin Kiu. Beide Männer setzten sich alsbald mit Pao Se in Verbindung und sagten zu ihr:

»Nachdem der Kronprinz einmal verbannt ist, muß selbstverständlich Po Fu Erbe des Thrones werden. Wenn Ihr, hohe Frau, in traulichen Stunden der Liebe den Kaiser mit Bitten drängt, während wir beide Eure Sache im Staatsrat nach Kräften fördern, wäre es unsinnig, an einem guten Erfolg unserer Bemühungen zu zweifeln.«

Pao Se war erfreut und sprach:

»Ich verlasse mich auf eure Klugheit. Wenn Po Fu den Thron besteigt, soll er die Herrschaft des Reiches mit euch beiden teilen.«

Von nun an ließ Pao Se die Kaiserin bei Tag und Nacht durch vertraute Bediente überwachen, um sie womöglich bei etwas Unrechtem zu ertappen. Innerhalb und außerhalb der Gemächer der Kaiserin hatte sie ihre Ohren und Augen, so daß sie von jedem Luftzug und der Bewegung jedes Grashalmes Kunde erhielt.

Unterdes saß die Kaiserin einsam in ihren Gemächern und vertrauerte ihre Tage. Eine alte Dienerin ihrer Umgebung aber verstand ihren Schmerz und kniete eines Tages vor ihr nieder und sprach:

»Erhabene Herrscherin! Da Ihr beständig Sehnsucht nach dem Prinzen tragt, solltet Ihr einen Brief schreiben und nach dem Lande Schen befördern lassen. Darin solltet Ihr den Prinzen auffordern, den Kaiser um Verzeihung zu bitten. Vielleicht läßt der Kaiser sich rühren und ruft den Prinzen zurück. Dann hätte die lange Trennung von Mutter und Sohn ein Ende.«

»Dein Vorschlag ist gut«, entgegnete die Kaiserin, »wie aber fange ich es an, um den Brief sicher zu befördern?«

Die Dienerin sprach:

»Meine Mutter, die alte Wön, ist in der Heilkunde bewandert. Ihr könntet Euch krank stellen, die Alte zu Euch bescheiden und ihr den Brief anvertrauen, den mein älterer Bruder dann an den Ort der Bestimmung tragen kann. So müßte es gehen.«

Die Kaiserin war damit einverstanden und schrieb einen Brief, in dem sie sagte:

»Der Sohn des Himmels ist ohne Vernunft, bevorzugt eine abscheuliche Sklavin und hat die Mutter vom Sohne getrennt. Die abscheuliche Sklavin hat jetzt einen Sohn geboren und dadurch des Kaisers Gunst in noch höherem Maße erlangt. Reiche Du, mein Sohn, ein Gnadengesuch an den Kaiser ein, worin Du vorgeblich Deine Schuld zugibst und Reue bekennst. Wenn dann der Himmel es fügt, daß Du an den Hof zurückkehren und mich wieder von Angesicht sehen darfst, dann können wir das Weitere überlegen.«

Nachdem der Brief geschrieben war, stellte sie sich krank, legte sich zu Bett und beschied die alte Wön zu sich. Pao Se, die sogleich Kunde davon erhielt, schöpfte alsbald Verdacht und gab Weisung, die alte Wön vor dem Verlassen des Palastes anzuhalten und genau zu untersuchen. Inzwischen war die Frau, die schon im voraus von ihrer Tochter unterrichtet war, bei der Kaiserin angelangt und fühlte ihr zum Schein den Puls; währenddessen steckte ihr die Kaiserin den Brief heimlich zu und gab ihr obendrein zwei Stücke feinster Seide als Geschenk. Die alte Wön versteckte den Brief unter der Kleidung und wollte, die zwei Stücke Seide offen in der Hand tragend, mit harmloser Miene schon aus dem Palasttor hinaus, als sie von Eunuchen angehalten und, gemäß der Weisung, die Pao Se erteilt hatte, untersucht wurde. Da kam nun der Brief zum Vorschein, den man sofort nebst seiner Besitzerin vor Pao Se brachte. Als diese den Inhalt las, wurde sie wütend und befahl, die alte Frau in einem einsamen Zimmer einzusperren und gänzlich von der Außenwelt zu trennen. Dann ergriff sie die beiden Seidenstücke, die die alte Wön zum Geschenk erhalten hatte, und zerriß sie in tausend Fetzen. Kurz darauf trat der Kaiser ein. Als er die tausend Fetzen am Boden sah, fragte er, was das zu bedeuten habe. Pao Se reichte ihm den Brief von der Hand der Kaiserin und erzählte ihm den Vorfall mit der alten Wön. Yu Wang ließ die alte Frau auf der

Stelle vor sich führen und spaltete ihr, ohne sie überhaupt zu Worte kommen zu lassen, mit einem Schwertstreiche den Kopf. Aber damit war Pao Se noch nicht beruhigt. In der folgenden Nacht, inmitten zärtlicher Liebkosungen, sprach sie zum Kaiser:

»Mein und meines Sohnes Leben liegt ja doch in der Hand des Kronprinzen.«

»Was kümmerst du dich um den Kronprinzen?« versetzte Yu Wang. »Ich bin ja da.«

»Nach den tausend Herbsten meines kaiserlichen Gemahls«, fuhr Pao Se fort, »muß eines Tages der Kronprinz den Thron besteigen. Jetzt sitzt die Kaiserin bei Tag und Nacht grollend und Verwünschungen ausstoßend im Palast. Wenn die Macht sich erst in ihrer und ihres Sohnes Hand befindet, so werden sich für mich und Po Fu nicht einmal ein paar Fuß Erde zur Bestattung finden.«

Sogleich fing sie an, heftig zu weinen und zu schluchzen. Yu Wang entgegnete:

»Ich möchte wohl gern dich zur rechten Kaiserin und Po Fu als Kronprinzen einsetzen, aber ich fürchte den Widerstand der Minister.«

»Daß die Minister auf den Fürsten hören, ist in Ordnung«, erwiderte Pao Se; »daß der Fürst aber auf die Minister höre, ist ohne Sinn und Verstand. Mein kaiserlicher Herr sollte dies den Ministern klarmachen und abwarten, was sie darauf zu erwidern haben.«

»Du hast recht, Geliebte«, stimmte ihr Yu Wang bei.

Noch in derselben Nacht schickte Pao Se einen Vertrauten zum Fürsten von Ko und Yin Kiu, um sie zu unterrichten, was sie bei der nächsten Morgenaudienz vorbringen sollten.

Am andern Morgen bei der Audienz richtete der Kaiser die Frage an die Minister:

»Wenn die Kaiserin von Eifersucht beherrscht wird, ihrem Gemahl grollt und Verwünschungen äußert, so daß sie nicht länger wert erscheint, als Mutter des Reiches zu gelten, ist es unter diesen Umständen zulässig, sie festzunehmen und abzuurteilen?«

Der Fürst von Ko erwiderte:

»Die Kaiserin ist die Herrin der sechs Harems. Wenn sie sich auch ein Vergehen zuschulden kommen läßt, so ist es doch nicht Brauch, sie festzunehmen. Wenn sie aber wirklich der Tugend ermangelt, die ihre hohe Stellung erfordert, so kann ihr durch Edikt der Rang einer Kaiserin entzogen und eine andere tugendhafte Frau an ihre Stelle gesetzt werden.«

Yin Kiu fiel alsbald ein:

»Ich habe gehört, daß die Prinzessin von Pao alle weiblichen Tugenden besitzt und würdig ist, im mittleren Palaste zu herrschen.«

Yu Wang fragte erneut:

»Der Kronprinz befindet sich in Schen. Wenn wir die gegenwärtige Kaiserin absetzen, was soll dann mit dem Kronprinzen geschehen?«

Der Fürst von Ko erwiderte:

»Da der Kronprinz in Schen in Verbannung lebt, kann er seinen Sohnespflichten nicht nachkommen. Da überdies seine Mutter im Range erniedrigt ist, ist er erst recht von keinem Nutzen für den Thron. Es ist unser einstimmiger Wunsch, daß Pu Fu an seiner Statt Kronprinz werde.«

Yu Wang konnte seine Befriedigung über diese Antworten nicht verhehlen und erließ sofort ein Edikt, durch welches die Kaiserin für abgesetzt erklärt und in die Abgeschiedenheit des ›Kalten Saales‹ verbannt, ihr Sohn gleichfalls für abgesetzt erklärt, dagegen Pao Se zur Kaiserin und Po Fu zum Thronfolger ernannt wurde. Jede abfällige Kritik dieser Maßnahmen war mit schwerer Strafe bedroht. Im Lande erregte das Edikt allgemeine Entrüstung, aber man versiegelte seinen Mund und schwieg.

Der Hofastrologe Po Yang Fu reichte, Altersschwäche vorschützend, sogleich sein Entlassungsgesuch ein, und eine große Menge pflichttreuer Beamter folgte seinem Beispiel; sie legten ihre Ämter nieder und zogen sich ins Privatleben zurück. Nur minderwertige Leute bildeten nun noch die Umgebung des Kaisers, der an nichts anderes dachte, als sich mit Pao Se den Tag über zu vergnügen.

Obwohl Pao Se am Ziele ihrer Wünsche angelangt war, blieb ihre Miene merkwürdigerweise stets ernst, kein Lächeln kam über ihre Züge. Yu Wang wollte sie gerne heiter sehen und ließ deshalb Musiker, Tänzer und Schauspieler kommen; aber Pao Se blieb ernst wie immer. Da fragte er sie:

»An Musik und Tanz findest du kein Gefallen. Sprich, was ist es, das dir Vergnügen bereitet?«

Pao Se antwortete:

»Ich finde überhaupt an nichts besonderes Vergnügen, doch erinnere ich mich: als ich neulich das Seidenzeug mit eigener Hand zerfetzte, da bereitete mir der Ton des Zerfetzens eine angenehme Empfindung.«

Yu Wang gab sofort Befehl, täglich hundert Ballen Seidenzeug aus den Magazinen zu entnehmen, welche von besonders kräftigen Hofdamen vor Pao Ses Ohr in Fetzen gerissen werden mußten.

Aber sonderbar, obgleich Pao Se dieses Geräusch des Zerreißens von Seide gern mochte, so kam doch kein Lächeln über ihr Antlitz.

»Wieder fragte Yu Wang sie:

»Weshalb, Geliebte, sehe ich dich niemals lachen?«

»Es liegt nun einmal in meiner Natur, daß ich nicht lachen kann«, war die Antwort.

»Ich möchte aber durchaus, daß ich dich einmal lachen sehe«, behaarte Yu Wang.

Demgemäß erließ er ein Edikt, welches besagte:

»Wer immer, gehöre er zum Palaste oder sei er sonst wer, es fertigbringt, daß die Kaiserin Pao ein einziges Mal lacht, soll tausend Pfund Silber als Belohnung erhalten.«

Da meldete sich der schlaue Fürst von Ko beim Kaiser und sprach:

»In früheren Jahren haben Eurer Majestät Vorfahren, um gegen die plötzlichen Raubüberfälle der hündischen Westbarbaren auf der Hut zu sein, am Fuße des Berges Li Schan etwa zwanzig große Feuerobelisken errichtet und überdies dreißig bis vierzig Riesentrommeln aufstellen lassen. Wenn nun die Barbarenhorden einfielen, wurden in den Obelisken Feuer angezündet. Man nennt sie Wolfsfeuer, weil sie von Wolfsknochen gespeist zu werden pflegten, die besonders starke Flammen und dicken Qualm erzeugen. Sobald nun die lodernden Flammen und der dicke Rauch zum Himmel emporstiegen, kamen die Vasallenfürsten von fern und nah mit ihren Streitkräften zu Hilfe herbei, und wenn gar die Trommeln zu dröhnen anfingen, so beschleunigte das ihr Kommen noch mehr. In den letzten Jahren hat Friede geherrscht, und die Signalfeuer sind erloschen. Wenn Eure Majestät die Kaiserin zum Lachen bringen wollen, so mögt Ihr Euch mit ihr nach dem Palast begeben, der auf dem Li schan liegt, und des Nachts die Wolfsfeuer anzünden lassen. Dann werden die Vasallenfürsten herbeigeeilt kommen. Wenn sie nun eintreffen, und es ist nirgends ein Feind zu sehen, so wird dieser Scherz sicherlich die Kaiserin zum Lachen bringen.«

Yu Wang fand den Vorschlag vortrefflich und ging sogleich an seine Ausführung. Als er mit der Kaiserin im Palaste des Li schan-Berges angelangt war, veranstaltete er zum Abend ein großes Weingelage und erteilte sodann Befehl, die Signalfeuer zu entfachen. Vergebens erhob der Kultusminister Graf Yo von Tschong dagegen Einspruch:

»Eurer Majestät erhabene Vorfahren haben die Feuerobelisken errichtet, um in Zeiten dringender Gefahr die Vasallen zu alarmieren. Wenn jetzt die Signale ohne ernsten Grund erscheinen, so heißt das die Vasallen narren. Wenn dann wirklich einmal Ernst ist, wird die notwendige Hilfe ausbleiben.«

»Heute herrscht tiefer Frieden, wozu brauchen wir Truppen? Es handelt sich nur um einen kleinen Scherz. Was später eintreten mag, kann Euch ganz gleich sein.«

So wurden denn die gewaltigen Signalfeuer entfacht und die Riesentrommeln gerührt. Donnergleich erschallte der dumpfe Ton der Trommeln, leuchtender Feuerschein stieg zum Himmel auf. Die Vasallen der näheren Umgebung glaubten, die Hauptstadt sei in Gefahr, und zogen alsbald mit ihren Mannen in Eilmärschen zum Li schan, von wo ihnen zur größten Überraschung fröhliche Festmusik entgegentönte. Yu Wang saß mit Pao Se in bester Laune beim Weingelage und sandte den eintreffenden Vasallen Botschaft entgegen, worin er ihnen für ihr Kommen dankte und sagen ließ:

»Glücklicherweise ist kein Feind im Lande. Ihr hättet euch die Mühe sparen können, über Berge zu klettern und durch Flüsse zu waten.«

Die Vasallen schüttelten ob dieses frivolen Spieles den Kopf, rollten die Banner zusammen und zogen wieder ab. Unterdes stand Pao Se auf der Palastzinne und beobachtete mit Spannung, wie die riesigen Scharen heranmarschiert kamen und wieder abzogen, ohne daß das geringste vorgefallen wäre. Da lehnte sie mit unwillkürlicher Bewegung ihre Wange an die Handfläche und lachte dreimal hell auf. Der Kaiser, der es voll Freude gewahrte, rief aus:

»O Geliebte, wenn du lachst, so schwebt hundertfache Anmut über deinem Antlitz! Das ist das Verdienst des Fürsten von Ko.«

Und er ließ ihm auf der Stelle die versprochene Belohnung von tausend Pfund Silber auszahlen.

Kurze Zeit darauf traf eine Eingabe des Fürsten von Schen, des Vaters der abgesetzten Kaiserin, beim Throne ein, welche mit folgenden Worten gegen die Absetzung der Kaiserin und des Kronprinzen Protest erhob:

»Als vorzeiten einst Kaiser Li Kweh die Meh Hsi bevorzugte, ging das Herrscherhaus der Hsia zugrunde. Als der Kaiser Tschou Hsin die Tan Ki zur Favoritin erhob, erfolgte der Sturz der Schang-Dynastie. Eure Majestät bevorzugen heute die Prinzessin von Pao, der Sohn der rechten Kaiserin ist enterbt, der Sohn einer Nebenfrau zum Thronfolger ernannt. Das Verhältnis der Gatten zueinander ist zerstört, die Beziehung zwischen Vater und Sohn gelöst. Die Geschichte von Li Kweh und Tschou Hsin wiederholt sich vor unseren Augen. Das Unglück, wie es die Häuser Hsia und Schang ereilte, wird nicht lange auf sich warten lassen. Ich hoffe, daß Eure Majestät das sinnlose Absetzungsedikt widerrufen, dann kann das der Dynastie drohende Unglück vielleicht noch abgewendet werden.«

Als Antwort auf diese freimütige Sprache tat der Kaiser den Fürsten von Schen als Rebellen in Acht, entkleidete ihn seines Ranges und rüstete eine Strafexpedition gegen ihn.

Als der Fürst von Schen durch seine Spione am Hofe von dem bevorstehenden Anmarsch kaiserlicher Truppen hörte, sandte er auf den Rat seiner Minister Botschaft an den Häuptling der Westbarbaren und ersuchte ihn um Hilfe. Seiner Bitte verlieh er Nachdruck durch mehrere Wagenladungen voll Silber und Seide, die er gleichzeitig in das Lager der Barbaren schickte. In dem Begleitschreiben sagte er ihnen außerdem alle Silber- und Seidenvorräte der kaiserlichen Schatzkammern zu, sobald die Hauptstadt mit ihrem Beistande eingenommen sei.

Der Häuptling meinte im Kriegsrat:

»Der Sohn des Himmels im Reiche der Mitte versteht nicht zu regieren, sein eigener Schwiegervater, der Fürst von Schen, ruft mich um Beistand an, um den Verbrecher zu strafen und den rechten Kronprinzen auf den Thron zu setzen. Das kommt mir gerade gelegen.«

Und alsbald rüstete er ein großes Heer aus, das er dem Fürsten von Schen zu Hilfe sandte. Ein Wald von Lanzen und Schwertern sperrte die Wege, Fahnen und Banner verdunkelten die Luft.

Der Fürst von Schen setzte sich ebenfalls mit seinen Streitkräften in Marsch, und so wälzten sich die Angreifer gleich einer Wasserflut auf die Hauptstadt Hao king los, die binnen kurzem auf allen Seiten so eng eingeschlossen war, daß ›weder

Wasser hinausfließen, noch eine Botschaft durchdringen konnte‹. Des Hofes bemächtigte sich höchste Bestürzung, der Kaiser berief den Kriegsrat und fragte, was zu tun sei. Der Fürst von Ko riet, unverzüglich die Wolfsfeuer im Li schan in Brand setzen zu lassen, um die Vasallen zu Hilfe zu rufen. Wohl sandte nun der Kaiser Leute aus, die die Feuer entfachten, aber es war vergeblich, kein Vasall erschien, keine Hilfstruppen ließen sich blicken, denn seit sie das letzte Mal zum Narren gehalten worden waren, glaubten sie, daß es sich auch diesmal wieder um einen Scherz handle. In Verzweiflung befahl der Kaiser einen Ausfall, der aber fehlschlug, und nun gingen die Feinde zum Angriff über und drangen im Sturm in die Hauptstadt ein. Der Kaiser war währenddessen mit Pao Se und Po Fu auf einem leichten Reisewagen durch die hintere Palastpforte entwichen und durch das nördliche Stadttor in die freie Ebene gelangt, wo er die Richtung nach dem Li schan einschlug. Er erreichte ihn auch und nahm mit den Seinen Zuflucht in dem dortigen Palaste. Nochmals ließ er nun die Signalfeuer der Obelisken entfachen, aber alle Bemühung war umsonst, die ersehnte Hilfe blieb aus. Nun sank dem Kaiser und seiner Geliebten der Mut gänzlich. Da die Feinde inzwischen ihre Spur entdeckt und sich zur Verfolgung aufgemacht hatten, blieb ihnen nichts anderes übrig, als abermals den beschwerlichen Weg der Flucht zu wählen. Aber sie waren nicht weit gekommen, als sie von einem Barbarentrupp eingeholt und angehalten wurden. Man brachte sie vor den Häuptling, der den Kaiser an seinem reichgezierten Gewand und Gürtel erkannte und ihn samt dem Knaben Po Fu auf der Stelle in seinem eigenen Staatswagen tötete. Pao Se blieb in Anbetracht ihrer Schönheit am Leben. Sie wurde in das schmutzige Zelt des Barbarenhäuptlings gebracht, um dessen Lager zu teilen. Diese traurige Wendung des Schicksals ertrug sie nicht lange. Als einige Zeit später die Barbaren von den verbündeten Vasallen wieder aus dem Lande gejagt wurden und in ihre Steppe zurückflohen, machte sie ihrem Leben durch die Seidenschnur freiwillig ein Ende. So hatte sich nun die düstere Prophezeiung erfüllt, die vor achtzehn Jahren in den Straßen der Hauptstadt aus Kindermund gekommen war:

Es steigt der Mond,
Die Sonne sinkt,
Durch den Bogen von Yen,
Durch den Köcher von Ki
Droht Untergang, ach!
Dem Hause Tschou.

In einem späteren Gedicht heißt es darüber:

›Im Schlafzimmer des Herrschers werden Mittel erdacht, um ein Lächeln hervorzurufen. Der rote Glanz der Feuerzeichen beleuchtet das Antlitz eines schönen Weibes. Ach, leider war das frivole Spiel mit den Vasallen nicht das Ende des Ganzen. Die Heiligtümer des Landes fielen den hündischen Barbaren des Westens zur Beute.‹

Und ein anderer Dichter schrieb:

›Auf dem Li schan tönt frohes Lachen, aber die Barbarenhunde sind ergrimmt. Der Sinn des Kinderliedes von Bogen und Köcher ward nun offenbar. Nach achtzehn Jahren trat die Erfüllung ein. Wer ist es, der nun das Unglück wieder zum Guten wenden wird?‹

Die schöne Li

Die schöne Li, spätere ›Edelfrau vom Lande Kiän‹ (Provinz Schan hsi), war früher einmal Kurtisane in Tschang an (Hsi an fu in der Provinz Schan hsi) gewesen, Reichshauptstadt unter der Tang-Dynastie (618-905). Durch ein selten edles und hochgemutes Verhalten ward sie würdig, von der Historie gepriesen und verherrlicht zu werden. Darum unsere Erzählung. Sie stammt von keinem Geringeren als dem damaligen kaiserlichen Zensor Po Hsing Tsiän, einem Bruder des berühmten Dichters Po Kü I (722-846):

Während der Regierungsepoche Tiän pao, ›Himmlische Köstlichkeit‹ (742-756), lebte ein Fürst von Yung yang, der Statthalter der Provinz Tschang tschou (Kiang su) war. Familien- und Zuname können als nebensächlich unerwähnt bleiben. Er war die Hoffnung seiner Zeit und genoß bei der Bevölkerung höchste Achtung und Beliebtheit. Sein Anhang war sehr groß.

In dem Jahr, als er seine Bestallung zum Statthalter erhielt, ward ihm ein Sohn geboren. Der war inzwischen zu einem Jüngling von zwanzig Jahren herangewachsen und gerade eben mit der Kappe der Mannbarkeit bekleidet. Ein gar trefflicher Jüngling. In der Dichtkunst, in neuartiger, klarer Zierprosa und zumal in der Komposition kunstvoller Rücklaufgedichte (Palindrome) ragte er weit über den Durchschnitt hinaus. Und so wurde er von der akademischen Jugend seiner Zeit als Genie weit und breit bewundert und gepriesen. Seine Altersgenossen beugten sich in Zuneigung und Hochachtung vor ihm wie schweifwedelnde Hunde vor ihrem Herrn.

Kein Wunder, daß auch sein Vater ihn liebte und wert hielt. »Dieses mein Hausfohlen«, so pflegte er zu sagen, »hat das Zeug, dereinst der edle Renner zu werden, der tausend Meilen am Tage bewältigt.« Wirklich zeigte sich das ›Hausfohlen‹ den ersten Prüfungen, der Kreisprüfung und der Provinzialprüfung, spielend gewachsen. In einem Anlauf brachte er es zum Doktor ersten und zweiten Grades, zu den Titeln Hsiu tsai, ›Blühendes Talent‹, und Kü jen, ›Aus der Masse Emporgehobener.‹. Und nun schickte er sich an, in die Hauptstadt Tschang an zu reisen, um dort die Hauptprüfung zu bestehen und die Würde eines Doktors dritten Grades zu erobern, ein Tsin schi, ein ›Zu den Ämtern Zugelassener‹, zu werden.

Sein Vater rechnete aus, was er bei standesgemäßem Auftreten für sich und sein Gefolge in der Residenz benötigen könnte. Und dann richtete er ihm eine würdige Reiseausrüstung. Es geschah aus dem vollen. Kutsche, Rosse, Dienerschaft, Kleidung, eine Reiseschatulle, ausreichend für zwei Jahre, nicht zu vergessen kostbare alte Kunstgegenstände, als Gastgeschenke bestimmt – eine wahrhaft fürstliche Ausstattung. Und er sprach zum Sohn: »In Ansehung deiner hohen Fähigkeiten, dank denen du im bevorstehenden Wettkampf des Geistes mit Leichtigkeit über deine Kommilitonen triumphieren mußt, habe ich dir eine Ausstattung für zwei Jahre gerichtet. Und ich habe sie reichlich bemessen. Nun bist du dein eigener Herr. Zeige, was du kannst!«

Und der Sohn war voll von Selbstvertrauen. Das hohe Ziel, das er sich gesteckt hatte, dünkte ihn so nahe erreichbar wie die flache Hand vor dem Auge.

Nach einmonatiger Reise traf er in Tschang an ein. Dort nahm er Quartier in einer Herberge im Regierungsviertel. Eines Tages hatte er einen Spazierritt nach dem östlichen Markt vor der Stadt unternommen. Der Rückweg führte ihn durch das östliche Ping kang men, das ›Tor des gleichbleibenden Wohlbefindens‹. Er wollte noch einen Freund besuchen, der im südwestlichen Stadtviertel wohnte. Auf dem Wege dorthin kam er durch eine krumme Gasse, genannt Klingstein-Krummgasse. Da kam er an einem schmucken Anwesen vorüber. Es wirkte nach der Straße zu schmal und bescheiden, erstreckte sich aber mit seinen verschiedenen Höfen und Gebäuden um so mehr in die Tiefe.

In der offenen, einflügeligen Seitenpforte sah er eine Schöne stehen, rechts und links gelehnt an zwei kleine grünberockte Dienerinnen. Eine wunderbare Erscheinung, die zur Bewunderung zwang, eine unvergleichliche, einmalige Schönheit. Der Jüngling hielt unwillkürlich sein Roß vor der Hauspforte an und konnte sich nicht zum Weiterreiten entschließen. Dann, einer jähen Eingebung folgend, ließ er von ungefähr seine Reitpeitsche zu Boden fallen und gewann so weitere Zeit. Während sein hinterhertrabender Reitknecht absprang und die Peitsche vom Boden aufhob, hatte er Muße, unverwandt nach der Schönen zu blicken. Die Schöne wiederum starrte mit schrägem Blick so unverwandt nach ihm, als ob ihre Pupille eingefroren wäre. Von hüben und drüben schlugen wahre Feuerbrände des Begehrens zusammen. Noch zu schüchtern, ein Wort der Verabredung zu wagen, riß sich der Jüngling schließlich los und ritt weiter. Es war ihm dabei zumute, als ob er ein Stück seines Ichs verloren hätte.

Bei seinem Freund wußte er das Gespräch auf sehenswerte Vergnügungsstätten von Tschang an zu lenken und erkundigte sich beiläufig auch nach jenem Haus in der Klingstein-Krummgasse.

»Eine ganz verrufene Lasterhöhle!« klärte ihn der Freund auf. »Gehört einem Weibe namens Li.«

»Ist die junge Schöne, die dort wohnt, zu haben?«

»Warum nicht? Aber Mutter Li ist sehr geschäftstüchtig. Gar mancher Galan aus ersten und reichsten Kreisen hat Umgang mit der schönen Li gesucht und gehörig dafür blechen müssen. Wenn einer nicht gleich tausend Silberbatzen für sie zu opfern bereit ist, bleibt sie ungerührt.«

»Auch wenn ich bei ihr unglücklicherweise keine Gegenliebe finden sollte, würde es mir um tausend Silberbatzen für sie nicht leid sein.«

An einem der nächsten Tage warf er sich in seinen besten Staat und begab sich in seiner Kutsche mit Gefolge zum Haus der schönen Li in der Klingstein-Krummgasse. Er ließ an das verschlossene Haupttor pochen. Da schob auch schon ein Knecht drinnen den Türbolzen zurück und öffnete. Merkwürdig rasch ging es. Als ob der Knecht hinter der Tür schon auf den Besuch gelauert hätte.

»Wem gehört das Grundstück?« rief ihn der Jüngling von der Kutsche aus an.

Ohne sich Zeit zu einer Antwort zu nehmen, rannte der Knecht flugs in den Vorhof hinein und meldete mit lauter Stimme:

»Der junge Herr von neulich, der die Peitsche fallen ließ!«

Die schöne Li vernahm es mit Freuden. Seit Stunden hatte sie mit Ungeduld auf diese Meldung gewartet.

»Bitte ihn herein! Er möchte sich etwas gedulden. Komme gleich zum Vorschein. Will mich nur rasch noch umkleiden und etwas zurechtmachen«, hörte der Jüngling sie von drinnen dem Knecht zurufen. Und er hörte es mit heimlichem Entzücken.

Der Knecht geleitete ihn durch den Vorhof in einen Raum mit holzgetäfelten Wänden im Oberstock eines Gästepavillons. Dann erschien eine grauhaarige Matrone. Es war die Mutter der schönen Li. Er beugte ein Knie vor ihr zum Gruß und sagte sein Sprüchlein her, das er sich als Vorwand für sein Kommen ausgedacht hatte:

»Wie man mir sagte, ist eine Teilwohnung Eures Anwesens mit Innenhof zu vermieten. Ich möchte sie mieten, falls ich recht unterrichtet bin.«

»Ich fürchte, die fraglichen Räume werden Euren Ansprüchen kaum genügen. Sie sind gar zu eng und dürftig, ordinär und armselig. Einen Mietpreis wage ich Euch aus diesem Grunde gar nicht erst zu nennen«, gab die Alte zurück und forderte den Besucher auf, ihr nach einem anderen, weiter drinnen gelegenen Pavillon zu folgen. Er war für bevorzugte

Gäste bestimmt, die spät am Abend zu kommen und über Nacht zu weilen pflegten. Es war ein schmuck und geschmackvoll eingerichteter Raum, in den die Alte ihren Gast führte. Sie hieß ihn Platz nehmen. »Ich habe eine Tochter, jung und leidlich hübsch, mit mittelmäßiger Fertigkeit in allerlei schönen Künsten und Handarbeiten begabt. Es wird ihr Freude und Ehre sein, den geschätzten Gast zu begrüßen. Wenn Ihr wünscht, mag sie Euch Gesellschaft leisten«, fuhr sie fort und schickte eine Dienerin aus, ihre Tochter herzubitten.

Eine leuchtende Abendsonne – so trat sie ihm entgegen. Der strahlende Glanz ihres Auges, der eisige Schimmer ihrer Haut, ihr Gang, ihre Haltung – betörend, berückend. Der Jüngling war bei ihrem Erscheinen aufgestanden. Er war so geblendet und verwirrt, daß er sie kaum anzuschauen wagte. Er beugte ein Knie und neigte sich zu demütigem Gruß. Vergeblich fragte er sich, welche Gegenstände der Natur wohl würdig wären, mit ihr verglichen zu werden. Er konnte nichts Ebenbürtiges finden. Nie zuvor, so wollte ihn bedünken, hatte sein Auge etwas gleich Herrliches geschaut.

Man nahm Platz, schlürfte Tee und Wein und plauderte. Die Unterhaltung, anhebend mit den üblichen Fragen nach dem Wetter, wurde allmählich angeregt und lebhaft, so daß der Jüngling darüber Zeit und Raum vergaß. Auf einmal war es Abend. Vom Paukenturm her hatten schon vier Schläge gedröhnt, den Beginn der zweiten Nachtwache (neun bis elf Uhr abends) anzeigend, zum Nachhausegehen mahnend.

Mutter Li unterbrach die Unterhaltung mit der nüchternen Frage, wie weit der geschätzte Gast es bis zu seiner Wohnung habe.

»Ich wohne etliche Meilen außerhalb des Yen ping men, des ›Tores des langen Friedens‹, vor der Stadt«, schwindelte der Jüngling in der stillen Hoffnung, daß man ihn in Anbetracht der weiten Entfernung zum Dableiben nötigen werde.

»Ei, da müßt Ihr Euch aber sputen, wenn Ihr nicht gegen das Nachtausgehverbot verstoßen wollt. Die Trommel hat schon die zweite Nachtwache angesagt«, drängte zu seiner Enttäuschung Mutter Li.

»Ich hatte den Vorzug einer so reizenden und lustigen Unterhaltung. Darüber habe ich ganz Zeit und Stunde vergessen. Nun fürchte ich, der Weg nach Hause ist etwas weit. Ich werde das Stadttor bereits geschlossen finden. Innerhalb der Stadt aber habe ich keine Verwandten und Bekannten, wo ich zur Nacht unterkommen könnte. Was nun?«

Die schöne Li mischte sich ein:

»Falls Ihr nicht Anstoß an der Enge und Einfachheit unserer bescheidenen Wohnung nehmt, so könnt Ihr getrost hier übernachten. Was wäre schon dabei?«

Der Jüngling richtete einen fragenden Blick auf Mutter Li.

»Eh, eh, schon gut«, erteilte sie ihr Einverständnis. Er hieß seinen Leibburschen, der befehlsgewärtig in der Nähe stand, zur Kutsche laufen und zwei Ballen Seide von jener neuen Art, die doppelt gewebt und wasserdicht ist, herbeischaffen.

»Ein kleines Gastgeschenk zur Deckung der Unkosten des Nachmahls«, bemerkte er galant.

Die schöne Li wehrte ihm lächelnd.

»Lassen wir die Förmlichkeiten zwischen Gastgeber und Gast einstweilen beiseite. Den Aufwand dieses Abends trägt gern unser bescheidenes Haus, falls Ihr mit unserer einfachen, groben Kost vorliebnehmt. Das andere hat Zeit bis später.«

Und sie blieb fest bei ihrer Weigerung, sein Gastgeschenk anzunehmen. Man übersiedelte in den ›Westpavillon‹, in das Boudoir der schönen Li. Schwere und leichte Vorhänge, Perlschnüre, Ruhediwane, Kissen, Polster, Teppiche, Toilettentischchen, Schmuckkästchen, eine üppige Einrichtung, erleuchtet von Kerzen und Kandelabern. Der Glanz blendete das Auge. Erlesene Gerichte in Fülle wurden von kleinen grünberockten Dienerinnen aufgetragen.

Nach beendetem Mahl zog sich Mutter Li zurück, um die jungen Leute sich selbst zu überlassen. Ihre Unterhaltung kam nun erst richtig in Schwung und wurde intim. Man plänkelte und scherzte, man erging sich in gewagten Anzüglichkeiten und angriffslustigen Neckereien. Auf einmal wurde er ernst und feierlich.

»Seit ich Euch neulich beim Vorüberreiten so zufällig in der Tür stehen sah, fand mein Herz keine Ruhe mehr. Ob im Wachen, ob im Einschlafen, ob beim Lesen oder Essen, immer mußte ich an Euch denken und kam nicht von Euch los.«

»Mit meinem Herzen steht es genauso«, erwiderte sie lächelnd.

Und er fuhr noch feierlicher fort.

»Mein heutiges Kommen galt keineswegs bloß der Suche nach Wohnung. Mein Trachten geht weiter, viel weiter, auf etwas, das lebenslang währen soll . . . Aber ich weiß nicht, wie Ihr zu befehlen gedenkt . . .«

Mitten in seine Rede platzte Mutter Li hinein.

»Was spracht Ihr eben?« forschte sie.

Er erklärte ihr, daß er ihre Tochter zu heiraten wünsche. Sie nahm es mit wohlwollendem Schmunzeln zur Kenntnis.

»Den Richtigen und die Richtige finden ist Hauptwunsch aller jungen Leute. Und wenn sich einmal Herz zu Herzen findet, dann vermag auch Elterngeheiß nichts daran zu ändern. Aber mein Kind ist entschieden zu garstig und unansehnlich für Euch. Wie wäre sie würdig, Kissen und Schlafmatte des hochgeborenen jungen Herrn in Besitz zu nehmen?«

Der Jüngling trat einige Stufen treppabwärts und beugte vor ihr seine Knie zum Fußfall mit Stirnaufschlag. Es war die feierliche Geste, mit der der neue Eidam seinen Schwiegereltern zu huldigen pflegt.

»Es ist mein Wunsch, mein Leben ganz dem Dienst und Wohl Eures befehlenden Lieblings zu weihen«, erklärte er.

Von Stund an betrachtete Mutter Li ihn als ihren Eidam. Man trank noch eine Weile zu dritt, dann empfahl sich Mutter Li leicht beschwipst und ließ das Pärchen allein. –

Am nächsten Morgen ließ der Jüngling sein sämtliches Gepäck in das Haus Li schaffen. Seitdem blieb er im Hause Li wohnhaft und seßhaft gleich einem Adler, der mit zusammengeklappten Flügeln in seinem Horste horstet und nicht mehr ausfliegt. Seine Spur verlor sich für die Mitwelt. Er blieb verschwunden. Keinen Brief, keine Kunde mehr ließ er an die Familie, an Freundschaft und Verwandtschaft gelangen. Er galt als verschollen.

Ein volles Jahr lebte er indes an der Seite der schönen Li in Saus und Braus. Tag für Tag besuchte er mit ihr Theater und Singspielhallen, pflegte Umgang mit Mimen und Komödianten, Tänzerinnen und Sängerinnen und ähnlichem leichtem Volk und veranstaltete Ausflüge und üppige Gastereien und Gelage.

Am Ende dieses Jahres war seine Reisekasse völlig erschöpft, Roß und Wagen, Diener und Knecht verjubelt und verschleudert, die ganze schöne Habe vertan, verpraßt. In gleichem Maße aber, wie sein Vermögen schwand und schmolz, schwand seine Achtung bei Mutter Li, wurde die Behandlung, die sie ihm zuteil werden ließ, gleichgültiger und nachlässiger. Die schöne Li dagegen blieb ihm aufrichtig zugetan.

Eines Tages sprach sie zu ihm:

»Seit einem Jahr sind wir Mann und Frau, aber noch fühle ich meinen Schoß nicht gesegnet. Wir haben draußen vor der Stadt im Bambushain einen Tempel, der Gnadenmutter Kwan Yin geweiht. Gar oft ist mir die Wunderkraft der Göttin gerühmt worden. Opfer und fromme Gebete um Nachkommenschaft soll sie echogleich erhören. Was meinst du, wenn wir eine Wallfahrt zu ihrem Tempel unternehmen und mit Trank- und Speiseopfer ihren Segen erflehen würden?«

Völlig arglos stimmte der Jüngling ihrem Vorschlag mit Freuden zu. Und wieder trug er Wams und Rock in einen Ramschladen, um sich die nötigen Barmittel für den Kauf eines Opferlamms und eines Kruges süßen Opferweins zu verschaffen.

Und dann machte er sich mit der schönen Li auf den Weg zum Kwan-Yin-Tempel im Bambushain vor der Stadt. Nachdem man geopfert und gebetet und im Tempel übernachtet hatte, machte man sich wieder auf den Heimweg. Sie, mit einer kleinen grünberockten Dienerin im Maultierkarren sitzend, er vorn zu Pferd, das Maultier mit dem Stecken antreibend. Man hatte das nördliche Stadttor etwa eine kleine Meile hinter sich, da sprach die schöne Li.

»Auf der Krummgasse, die sich östlich von hier hinzieht, wohnt eine Tante von mir. Ich würde ihr gern einen kurzen Anstandsbesuch machen und den Kuchen, den ich für sie gebacken habe, überbringen. Hast du etwas dagegen?«

Der arglose Jüngling war einverstanden und lenkte in die Krummgasse. Kaum hundert Schritte weiter kam man an einem breiten Hoftor vorüber, das zu einem stattlichen Anwesen führte. Soweit man es von der Straße aus beurteilen konnte, mußte es sehr tief und weitläufig sein. Die kleine Grünberockte kletterte hinten vom Karren herunter, lief nach vorn und gebot dem Jüngling anzuhalten.

»Wir sind da!« rief sie ihm zu.

Er hielt an, sprang aus dem Sattel und klopfte an die Hofpforte. Sie tat sich auch gleich auf.

»Wer ist da?« fragte der Mann, der heraustrat.

»Die schöne Li«, gab der Jüngling zur Antwort, worauf der Mann hineinging und die Besucher meldete. Gleich darauf kam eine Frau zum Vorschein. Sie mochte so um die Mitte Vierzig sein.

»Ist meine Nichte mitgekommen?« fragte sie, kurz grüßend, den Jüngling. Die schöne Li war inzwischen aus dem Karren geklettert, stellte ihren Begleiter vor und begrüßte ihre Tante.

»Nein, wie lange wir uns nicht gesehen haben!« bewillkommte, Blicke tauschend und kichernd, die Tante ihre Nichte und geleitete die Ankömmlinge durch eine schmale Halbmondpforte in einen westlich von den Hauptgebäuden gelegenen Park. Es war ein schöner, weitläufiger Park mit künstlichen Hügeln und einer Pagode auf ragender Höhe, mit versteckten Lauben und Kiosken inmitten von Bambusgrün und Heckendickicht. Auch an einem Lotosteich mit einem zierlichen Pavillon fehlte es nicht. Der Jüngling gewahrte es mit heimlicher Bewunderung.

»Gehört das alles deiner Tante zu eigen?« fragte er leise die schöne Li. Die lachte bloß und antwortete ihm nicht, kam vielmehr auf etwas anderes zu sprechen.

In dem versteckt und lauschig gelegenen Weiherpavillon ließ man sich nieder. Es wurde Tee bester Sorte und ausgezeichnetes Gebäck gereicht.

Auf einmal kam draußen auf der Straße ein Reiter, seinen Ferghana-Renner peitschend, in wilder Hast angesprengt und heischte Einlaß. Kurz darauf kam er schwitzend und außer Atem zum Weiherpavillon gerannt. Es war der Knecht aus dem Hause Li.

»Eure Mutter ist von einem plötzlichen schweren Anfall betroffen. Sie liegt fast ohne Bewußtsein. Ihr möchtet sofort heimkommen!« Also meldete er keuchend seiner Herrin.

»Sie ist herzleidend«, wandte sich die schöne Li erklärend an ihre Tante.

»Ich will schon immer vorausreiten und nach ihrem Befinden sehen, werde aber gleich wiederkommen und dann mit meinem Mann zusammen aufbrechen.«

Der Jüngling machte Miene, sie zu begleiten. Aber Knecht und Tante winkten ihm nach kurzem Getuschel untereinander ab und hießen ihn bleiben.

Die Tante sprach:

»Wahrscheinlich ist sie inzwischen verstorben. Für alle Fälle möchte ich Euch bitten, mit mir vorsorglich schon die Fragen der Bestattung und des Trauerzeremoniells zu besprechen, damit ich meiner Nichte in ihrer Not Beistand leisten kann. Es ist so vieles zu bedenken, Trauerkleidung und Trauerfasten und Seelenmesse und Totenopfer. Da brauchen wir Euren Rat. Wenn wir fertig sind, wollen wir ihr geschwind nacheilen.«

Der Jüngling tat ihr den Gefallen. Aber über der langen

Beratung wurde es später Abend, und die schöne Li kam nicht zurück. Die Tante wurde ängstlich.

»Sie kommt nicht zurück. Was nun? Will der werte junge Herr nicht schon immer vorausgehen und nach dem Rechten sehen? Ich werde etwas später nachkommen.«

Der Jüngling tat nach Geheiß und machte sich auf den Weg nach dem Hause Li zu Fuß. Maultierkarren und Roß samt Knecht waren bereits fort.

Eine peinliche Überraschung harrte seiner, als er nach langer Wanderung am Ziel eintraf. Schloß und eiserner Türring der Hauspforte dick mit zähem Lehm verschmiert und verklebt! Geschlossen!

Betroffen erkundigte sich der Jüngling bei den Nachbarn. »Die Damen Li hatten das Grundstück nur gepachtet. Die Pacht ist jetzt abgelaufen. Der Eigentümer hat das Grundstück selber wieder übernommen. Die beiden Damen sind anderwärts verzogen«, lautete die Auskunft der Nachbarn.

»Wohin verzogen?« wollte der Jüngling wissen.

»Unbekannt, wohin«, kam achselzuckend der Bescheid.

Wieder machte sich der Jüngling auf den Marsch zum nördlichen Stadttor, zum Hsüan yang men, dem ›Tor der weitverbreiteten Helligkeit‹. Er wollte zur Tante und sie befragen. Aber unterwegs stockte er. Es war mittlerweile dunkel geworden. Er berechnete die Entfernung. Nein, der Weg war zu weit. Überdies war er müde und hungrig.

Er suchte die nächste Herberge auf, lockerte das Kleiderbündel, das er als einzigen ihm noch verbliebenen Besitz bei sich trug, entnahm ihm ein Kleidungsstück und erstand dafür ein Abendessen und eine Schlafpritsche für die Nacht. Aber Verdruß und innere Unruhe ließen ihn kein Auge zutun. Vom Abend bis zur Morgendämmerung wälzte er sich schlaflos auf seinem harten Lager. So zerschlagen fühlte er sich am nächsten Morgen, daß er sich einen gewaltsamen Ruck geben mußte, um seine müden Glieder zum Aufstehen zu bewegen. Und nun schleppte er sich zum Haus der Tante.

Diesmal mußte er wiederholt anpochen und drei-, viermal laut rufen, ehe von drinnen jemand bedächtigen Schrittes angeschlurft kam und die Pforte aufmachte. Der Jemand stak im Kittel eines Amtsdieners. Er tat sehr gemessen und zugeknöpft, als er den Ankömmling nach seinem Begehr fragte.

»Ist die Tante der schönen Li zu Hause?« fragte aufgeregt der Jüngling.

»Hier wohnt keine solche Tante.«

»Aber gestern abend war sie doch noch hier. Ich habe sie selber besucht und gesprochen. Warum läßt sie sich verleugnen? Wem gehört denn eigentlich das Anwesen?«

»Seiner Großwürden dem Minister Tsui. Allerdings war gestern jemand da und hat den Park gemietet, aber nur für einen Tag. Die Betreffende erklärte, sie wolle hier Verwandte von auswärts treffen. Noch vor Einbruch der Nacht ist sie fortgegangen.«

Der Jüngling fühlte sich wie vor den Kopf geschlagen. Er war nahe daran, verrückt zu werden. Was sollte er jetzt beginnen?

Er machte sich nach seinem ursprünglichen Quartier im Regierungsviertel auf, das er seit Jahr und Tag nicht mehr betreten hatte. Den Herbergswirt jammerte sein elendes und abgerissenes Aussehen, und er tat sein Bestes, ihn mit reichlicher Verpflegung wieder zu Kräften zu bringen. Aber Groll und Trübsinn, die an seinen Eingeweiden fraßen, verweigerten dem Jüngling jegliche Einnahme von Nahrung. Drei Tage lang hatte er teilnahmslos auf seinem Lager gelegen, da befiel ihn die Auszehrung. Sein Zustand verschlimmerte sich zusehends und war nach zehn Tagen als ernst zu bezeichnen. Sein Quartierwirt befürchtete, er würde nie wieder aufkommen und eingehen. Und so ließ er ihn kurzerhand in ein Asyl schaffen, das mit einem Beerdigungsunternehmen verbunden war. Da würde er gleich an der richtigen Stelle sein.

Aber die schwachen Kräfte des Kranken schleppten sich weiter hin. Bei seinen Asylgenossen fand er nicht nur seufzende, sondern auch tätige Teilnahme. Man pflegte und fütterte ihn, so gut man konnte. Allmählich erholte er sich und kam wieder zu Kräften. Und eines Tages konnte er sich endlich mit Hilfe eines Steckens von seinem Krankenlager erheben und wieder aufstehen.

Von nun an bestand der Asylbesitzer darauf, daß er sich in seinem Unternehmen irgendwie nützlich mache. Es begann damit, daß er die Baldachine mit schleppen helfen mußte, die bei Leichenbegängnissen über dem Sarg getragen zu werden pflegten. Sein Trägerlohn wurde einbehalten und gegen den ihm gewährten Unterhalt verrechnet. Im Laufe einiger Monate erlangte er allmählich seine alte Frische und Gesundheit zurück.

Wenn er nun so im Trauerzug die Sargzieher ihre Klageweisen singen hörte, konnte er nicht umhin, sich dabei selber beseufzt und beklagt zu fühlen, so kläglich und beklagenswert war ihm zumute. Und jedesmal, wenn die Hinterbliebenen vor Ergriffenheit zu schluchzen und zu heulen anfingen, mußte er selber mit schluchzen und heulen. Wenn er dann von einem solchen Leichenbegängnis zurückkam, pflegte er die Klagelieder nach dem Gehör zu wiederholen und so lange auszuüben, bis er sie fehlerfrei singen konnte.

Stimmbegabt und von leichter Auffassung, wie er war, kannte er bald alle Trauerlieder auswendig und konnte sie wunderbar zu Gehör bringen. Er hatte sich zum Klageliedersänger entwickelt. In der ganzen Stadt Tschang an kam ihm niemand in seiner Kunst gleich.

Nun standen damals zwei große Begräbnisunternehmen der Stadt in scharfem Wettbewerb miteinander, das östliche und das westliche. Der Jüngling war in Diensten des westlichen Unternehmens. Das östliche zeichnete sich durch die Pracht seiner Trauerkutschen und sonstigen äußeren Pomp aus, den es zu entfalten wußte. Darin war es entschieden konkurrenzlos. Dagegen war es in einer anderen Hinsicht schwach, nämlich was es an Sargzieherliedern zu bieten hatte. Darin war ihm das westliche Unternehmen über. Nun hatte der Patron des östlichen Unternehmens mit Neid von der erlesenen Sangeskunst des fremden Jünglings gehört, der bei seinem Konkurrenten in Dienst stand. Da erdachte er einen Plan.

Er zog den Jüngling heimlich ins Vertrauen und gewann ihn mit einem Honorar von zwanzig Silberbatzen für sein eigenes Unternehmen. Dann wurde ein Probesingen abgehalten. Dazu lud er die Ältesten der Sargziehergilde, erprobte Meister der Gesangskunst, als sachverständige Gutachter in sein Haus. Nachdem der Jüngling vor diesem Kreis eine Probe seines Könnens abgelegt hatte, ließ ihn der Hausherr von erfahrenen Meistern in aller Heimlichkeit weiter schulen und ausbilden. Sie lehrten ihn neue Töne und Weisen und schulten ihn so lange, bis er seine Kunst zu aller einmütigem Beifall meistern gelernt hatte. Zwei Monatsdrittel war dieses vorbereitende Studium in aller Heimlichkeit vor sich gegangen.

Dann eines Tages trat er auf einmal an seinen Konkurrenten, den Patron des westlichen Begräbnisunternehmens, mit folgendem Vorschlag heran:

»Wohlan, wir wollen auf der Himmelspfortstraße eine große öffentliche Wettschau veranstalten. Da wollen wir zeigen, was jeder von uns zu bieten hat, und das Publikum soll Schiedsrichter sein. Der Unterlegene zahlt dem Sieger fünfzig Silberbatzen als Unkostenbeitrag zu einem Festschmaus. Einverstanden?«

Der westliche Patron erklärte sich einverstanden. Das Abkommen wurde in einem schriftlichen Vertrag beurkundet. Alsdann wurden Tag und Stunde der Veranstaltung durch öffentliche Anschläge und Plakate der Bevölkerung bekanntgegeben.

Zur festgesetzten Zeit strömte die Bevölkerung in hellen Haufen zur Himmelspfortstraße, darunter Weibsvolk aus gutbürgerlichen und höheren Schichten zu Tausenden. Die Veranstaltung war amtlich genehmigt worden, nachdem der Bürgermeister des Stadtteils an den Polizeipräfekten und der Polizeipräfekt wieder an den Statthalter darüber berichtet hatte. Kein Wunder, daß sich die Sache auch in Amtskreisen herumsprach. Aus allen vier Stadtteilen eilten Mandarine und Würdenträger in Scharen herbei, um der Wettschau beizuwohnen. In den Gassen und Häusern der umliegenden Gegend war kein Mensch zu Hause geblieben. Alles hatte sich auf die Beine gemacht.

Vom frühen Vormittag bis zum Mittag währte es, ehe der erste Teil des Programms abgewickelt war. In endlosen Zügen waren die Trauerkutschen und Karossen, die Kaleschen und Sänften, die Katafalke und Trauerbaldachine, die Banner- und Wimpelträger, die Musikkapellen vorübergezogen. Als Sieger in diesem ersten Teil ging nach allgemeinem Urteil der Patron des östlichen Unternehmens hervor. Sein Konkurrent vom westlichen Unternehmen zeigte eine besorgte Miene.

Jetzt folgte der zweite Teil des Programms: Wettsingen der Trauerlieder. Das westliche Unternehmen hatte den Vortritt. Sein Patron ließ an der Südecke des freien Platzes, den die Volksmenge umsäumte, Kissen und Polster zu erhöhtem Podium übereinanderschichten. Ein bärtiger Mann reifen Alters brach sich, eine Handschelle läutend, Bahn durch die Menge. Rechts und links von einigen jüngeren Männern als Leibwächtern begleitet, zwängte er sich zu dem Polsterpodium hin und ließ sich von den Leibwächtern hinaufhelfen. Nun stand er oben, allen Augen sichtbar. Jetzt zuckte mit einem Ruck sein langer dreigezackter Bart nach vorn, seine Brauen steilten sich hoch. Mit der Linken sein rechtes Handgelenk packend, schüttelte er nach allen Seiten hin die Hände und neigte grüßend seine Stirn. Und dann legte er los.

Es war die ›Trauerelegie vom weißen Rößlein‹, die er zum Vortrag brachte. Selbstsicher, mit Siegermiene, warf er während des Vortrags musternde Blicke nach rechts und links und gehabte sich so, als ob überhaupt kein Publikum für ihn vorhanden wäre. Den Beifall, der seinem Vortrag folgte, nahm er mit einer Selbstverständlichkeit und Gelassenheit hin, als ob er ganz allein da wäre und kein Rivale ihm etwas anhaben könne.

Inzwischen waren auf Anordnung des östlichen Patrons an der Nordecke des freien Platzes gleichfalls Polster zum Podium aufgeschichtet worden. Ein junger Mensch mit schwarzem Barett auf dem Haupt, einen Federfächer in der Hand, rechts und links je drei Altersgenossen als Schutzgarde, trat vor die Menge. Es war unser Jüngling. Sein Gewand zurechtzupfend, den Blick erst bescheiden zu Boden senkend, dann empor in ferne Himmelsweiten richtend, bestieg er ernst und würdig das Podium. Es war keineswegs Siegermiene, die er zur Schau trug. ›Morgentau auf der jungen Zwiebel‹ hieß die Arie, die er anstimmte, jene wehmütige Arie aus alter Zeit, die des Lebens Hinfälligkeit und Vergänglichkeit so ergreifend beklagt. Seit der Han-Zeit pflegte sie von den Sargziehern kaiserlicher und fürstlicher und sonstiger erlauchter Särge gesungen zu werden.

Als nun der Jüngling seine Stimme erhob, da quollen ihm die Töne so überirdisch rein und klar aus der Kehle, daß sie schier die Baumstämme eines ganzen Waldes hätten rühren und erschüttern mögen. Es dauerte auch nicht lange, da ward allenthalben in der Menge Räuspern und Schnupfen, Schlukken und Schluchzen hörbar und Tränenwischen sichtbar. Der Ausgang des Sängerwettstreits war der eindeutige Sieg des Jünglings. Er wurde mit Beifall überschüttet. Gesamtsieger war das östliche Begräbnisunternehmen. Der westliche Patron dagegen wurde vom Publikum ausgelacht und verspottet. Zu spät bereute er jetzt seine Torheit, das Talent des Jünglings, der einmal in seinen Diensten stand, so lange verkannt und unterschätzt zu haben. Noch verlegener und betretener denn vorher, zahlte er als Besiegter seinem Konkurrenten das vertraglich festgesetzte Strafgeld. Dann verkroch er sich in der Menge. Ringsum Verwunderung und Enttäuschung über den jähen Abbruch des Sängerwettstreits.

Nun traf es sich, daß damals gerade der Himmelssohn die

Oberhirten der verschiedenen Provinzen an den Hof berufen hatte, um mit ihnen persönlich dringende Staatsgeschäfte zu beraten. Alljährlich einmal pflegte er eine solche Statthalterkonferenz abzuhalten. Unter den Oberhirten, die daraufhin in die Residenz gereist waren, befand sich auch der Statthalter der Provinz Tschang tschou, der ehrwürdige Vater des Jünglings. Ebenso wie so viele andere Amtskollegen hatte auch er an diesem Tage seinen feierlichen Amtsornat mit einem unauffälligen Bürgergewand vertauscht, und war zur Himmelspfortstraße geeilt, um sich inkognito das dort gebotene Schauspiel mit anzusehen.

Zu dem persönlichen Gefolge, das ihn begleitete, gehörte auch ein gewisser Lao Schu. Das war kein anderer als der Schwiegersohn der einstigen Amme unseres Jünglings. Als er nun den jungen Sänger droben auf seinem Polsterpodium stehen sah und singen hörte, da wollte ihn bedünken, daß er in Aussehen, Haltung und Sprache dem jungen Haussohn gliche, der seit länger als einem Jahre verschollen war. Dabei wurde ihm so weh ums Herz, daß ihm Tränen über die Wangen rollten. Sein alter Gebieter, des Jünglings Vater, gewahrte es verwundert und befragte ihn nach dem Grunde.

»Ach, der junge Mensch, der dort singt, gleicht im Aussehen und in der Stimme so grausam unserem leider verschollenen jungen Herrn, Eurem ehemaligen Haussohn«, gestand Lao Schu bekümmert.

»Unsinn! Mein Sohn ist ganz sicherlich seiner reichen Habe wegen beraubt und ermordet worden. Wie käme er auch dazu, eine solche Rolle vor der Öffentlichkeit zu spielen!«

So meinte der alte Herr ungläubig, konnte sich aber gleichwohl einiger verstohlener Tränen nicht erwehren. Und er wandte sich stadtwärts seiner Wohnung zu.

Dem treuen Lao Schu aber ließ es keine Ruhe. Er wußte es einzurichten, daß er sich unbemerkt von der Seite des alten Gebieters fortstehlen konnte. Er machte sich an die Leute heran, die zur Begleitung des jungen Sängers gehörten.

»Wer war der junge Mensch, der eben so wundervoll gesungen hat?« fragte er.

»Sohn aus einem gewissen vornehmen Hause«, wurde ihm bedeutet.

»Sein Name?«

»Er nennt sich soundso. Den Richtigen hat er nie verraten.«

Aufs tiefste bewegt, ging Lao Schu, eindringlichen Ernst in der Miene, auf den Jüngling zu. Er wollte ihn selber befragen. Der Jüngling, der ihn auf sich zukommen sah und erkannte, machte eine Kehrtwendung und versuchte in der Menge unterzutauchen. Aber Lao Schu, schnell hinter ihm her, bekam ihn am Rockärmel zu fassen und hielt ihn fest.

»Solltet Ihr nicht unser junger Herr sein?«

Der Jüngling verlegte sich nicht erst aufs Leugnen. Zutiefst erschüttert und zu Tränen gerührt, ließ er sich willenlos von dem Sendboten aus der Heimat in eine Sänfte setzen und zum Wohnquartier seines Vaters bringen. Unterwegs erzählte er seine Geschichte. Lao Schu erzählte sie in großen Zügen dem alten Herrn wieder. Der empfing den Sohn mit väterlichem Grimm:

»So also sehen deine guten Vorsätze aus! Eine Schande bist du für mein Haus, deine ganze Sippe! Und du wagst es, mir noch unter die Augen zu treten! Ich verbanne dich! Fort mit dir! Geh zurück zu deinen krummen Hurengassen westlich und zu deinem Aprikosenpark östlich! Fort!«

Und er riß ihm die Kleider herunter und ergriff eine Reitpeitsche und zog ihm damit etliche hundert Hiebe über, bis der Sohn vor Schmerz ohnmächtig umsank. Da ließ er von ihm ab und ging.

Nun hatte der Patron des östlichen Begräbnisunternehmens wohl bemerkt, wie ihm sein Jüngling von einem Fremden in der Sänfte entführt wurde. Vorsorglich hatte er ihm zwei Kameraden als heimliche Späher nachgeschickt. Die beiden Späher hatten in Erfahrung gebracht, wohin die Sänfte gebracht worden und was dann in dem betreffenden Haus vorgegangen war. Nun waren sie zurückgekehrt und hatten dem Patron berichtet. Den jammerte es des Jünglings. Und er sandte die beiden wieder aus. Diesmal mußten sie eine Bahre aus weichem Binsengeflecht mitnehmen. Darauf sollten sie den Jüngling betten und ihn herbringen.

Sie fanden den Jüngling noch immer bewußtlos. Aber in der Herzgegend spürten sie noch Wärme, wenn auch nur schwach. Sie richteten ihn auf und bemühten sich um ihn mit Reiben und Kneten. Endlich begann er wieder schwach zu atmen. Nun hoben sie ihn auf die Binsenbahre und trugen ihn von dannen. Daheim flößten sie ihm durch ein Binsenrohr ein paar Löffel heißer Reissuppe ein. Dann bereiteten sie ihm ein weiches Lager und betteten ihn zur Ruhe.

Am andern Morgen war er wieder bei vollem Bewußtsein. Aber einen vollen Monat lang war er außerstande, seine Gliedmaßen zu gebrauchen. Sein Leib war von Wundnarben, die die Peitschenhiebe verursacht hatten, übersät und voller blutiger, eiternder Geschwüre. Die beiden Gefährten, die ihn bisher gepflegt hatten, konnten den eklen Anblick nicht länger ertragen. Sie grauten sich vor dem Kranken als einem Unheilbringer.

Eines Abends setzten sie ihn auf einer einsamen Straße unter freiem Himmel aus und überließen ihn seinem Schicksal. Dort blieb er fortan auf seinem verschmutzten Binsenlager liegen und nährte sich von den Brocken und Brosamen, die ihm mitleidige Vorübergehende zuwarfen.

Hundert Tage später konnte er sich endlich mit Hilfe eines Steckens aufrichten und mühsam humpeln. Er bot ein Bild des Jammers. Er stak in einem schäbigen wattegefütterten Linnenkittel von unbestimmter Farbe. Der Kittel war an hundert Stellen geflickt und gestopft und weckte mit seinen eingesetzten Flecken und Lappen herabhängenden Zotteln die Vorstellung von Wachteln, die an einer Schnur aufgereiht über- und untereinander baumeln. In der Rechten den Stecken, in der Linken einen zerbrochenen Eßnapf, so humpelte er nun bettelnd straßauf, straßab von Tür zu Tür, von Haus zu Haus. So trieb er es vom Herbst bis zum einbrechenden Winter. Nachts hauste er auf Misthaufen, am glitschigen Rand von Dunggruben oder in feuchten Höhlen und verfallenen Ruinen, tagsüber trieb er sich auf Straßen und Märkten herum, in Schenken und Kaschemmen.

Der Winter war gekommen. Eines Morgens begann es in dichten Flocken zu schneien. Hunger und Kälte trieben den Jüngling trotz Schneewetter ins Freie. So bitterlich und eindringlich klangen an diesem kalten Wintermorgen seine Bettelrufe, daß sie den Leuten ins Herz schnitten und niemand ungerührt blieb. Aber wegen des starken Schneefalls hockte alles daheim in der warmen Stube, der Bettler fand die Haustüren heute meist zugeschlossen.

Er befand sich in der Nähe des An i tung men, des ›Friedensstadt-Osttores‹. Da schlich er nun ein Stück an jenem Teil der Stadtmauer entlang, der Li yäan, ›Vernunftwall‹, benannt ist, dann bog er nördlich in eine Straße ab. Es mochte das siebente oder achte Haus sein, da fand er endlich eine Tür offen, den linken Flügel eines zweiflügeligen Haustores. Er hatte keine Ahnung, daß er vor dem Hause stand, in dem jetzt die schöne Li mit ihrer Mutter wohnte. Wieder stieß er jene schrillen, durch Mark und Bein dringenden Rufe, es waren schon mehr Schreie, aus: »Mich hungert! Mich friert! Helft!« Es war eine Qual, sie anzuhören.

Auch die schöne Li drinnen hatte sie vernommen. Sie lauschte.

»Horch, das klingt wie die Stimme meines Geliebten! Ich erkenne sie deutlich wieder«, sprach sie zu ihrer Zofe. Und schon war sie mit flinken Schritten zur Haustür geeilt.

Und nun sah sie ihn vor sich. Ein Skelett, ein Gerippe, kaum noch Mensch. Das hohlwangige Antlitz durch einen bösartigen Ausschlag grauenhaft entstellt. Zutiefst erschüttert, sprach sie zu ihm: »Seid Ihr nicht ein gewisser junger Herr . . .?«

Von dem unerwarteten Wiedersehen überwältigt, von Leid

und Entbehrung geschwächt, brachte er kein Wort hervor. Nur die Bewegung seiner Kinnbacken verriet, daß er etwas sagen wollte. Sie trat auf ihn zu, zog ihr pelzgefüttertes Seidenjäckchen aus und schlang es ihm wie einen Schal dicht und fest um Hals und Nacken, so daß er wenigstens um die Schultern herum gegen Kälte und Nässe geschützt war. Ihre erste Tat. Dann zog und schob sie ihn mit sich zu ihrem Boudoir im Westpavillon.

»Daß der arme Junge so weit herunterkommen mußte! ... Meine Schuld! Mein Unrecht! ... Jetzt aber ist es genug! ... Gutmachen, ja, wiedergutmachen muß ich mein Unrecht an ihm!« stieß sie in lauter Selbstanklage hervor.

Verwundert hatte Mutter Li drinnen einiges von diesen abgerissenen Sätzen aufgeschnappt. Sie kam eilends herbeigelaufen.

»Von wem sprichst du eigentlich?«

Die schöne Li deutete nach drinnen.

»Von meinem Liebsten«, sagte sie einfach.

»Jage ihn fort! Wie konntest du ihn hereinlassen!«

Aus großen, geweiteten Augen heftete die schöne Li einen ernsten, durchdringenden Blick auf die Mutter. Dann kam es fest und bestimmt.

»Nein, so, wie du möchtest, geht das nicht! Hast du vergessen, wie er damals zu uns kam? Nicht als Bettler wie heute. Nein, prächtig in stolzer Kutsche kam er angefahren, als er uns seinen ersten Besuch machte. Alles an ihm zeugte von vornehmer Herkunft, von bester Familie. Eine ganze Wagenlast von Reichtum hat er damals mitgebracht. Wo hat er ihn vertan und verpraßt? Bei uns! Wer hat dann später, als er nichts mehr besaß, jenen tückischen Plan, jene frivole Komödie ersonnen, um ihn loszuwerden? Wir! Wer hat ihn dem Elend preisgegeben und es dahin kommen lassen, daß er jetzt kaum noch ein Mensch ist! Wir! Ihn jetzt weiter seinem Schicksal überlassen wollen, wäre Frevel gegen die einfachsten Gebote der Menschlichkeit. Ein liebevolles Verhältnis zwischen Vater und Sohn ist himmlisches Gebot, Naturgesetz. Daß sein Vater mit ihm brach, daß er ihn verstoßen und halb totgepeitscht hat, daß der Sohn heute als Bettler und Landstreicher herumhumpelt – wer ist an allem schuld? Alle Welt zeigt mit Fingern auf dich und mich als die Schuldigen! Und noch eins ist zu bedenken: Er hat bei Hofe eine Menge Verwandtschaft in einflußreichen Ämtern und hohen Stellungen. Eines Tages wird es jemanden aus seiner Sippe einfallen, der Sache auf den Grund zu gehen und nach Wurzel und Wipfel zu forschen. Dann wehe uns! Wenn wir uns weiter an Himmel und Menschen versündigen, dann werden uns schließlich Götter und Geister ihren Beistand versagen. Fluch und Unheil werden eines Tages unser eignes Haupt treffen. Hör mich an! Ich, deine Tochter, bin jetzt zwanzig. Überrechnen wir, welche Summen er an uns verschwendet hat. Tausend Goldbatzen reichen noch gar nicht einmal aus. Tausend Batzen ist der landesübliche Preis, zu dem ein Freier eine Braut aus erstem Haus bekommen kann. Von Rechts wegen hat er mich also bereits zu eigen erworben. Aber ich gehe noch weiter. Du bist jetzt etwas über sechzig. Gut, du sollst für dein Alter versorgt sein. Ich werde dir die Summe zahlen, die du während der zwanzig Jahre meines Lebens für mich ausgegeben hast. Damit werde ich mich von dir freikaufen. Ich habe jetzt eine klare Aufgabe vor mir: ich muß dem armen Jungen helfen, ein neues Lebensziel zu erreichen. Das Ziel liegt gar nicht einmal in so arg weiter Ferne. Er braucht nur von früh bis spät fleißig zu studieren und seine eingefrorenen Kenntnisse und Fähigkeiten wieder zum Auftauen zu bringen. Dazu will ich ihm verhelfen. Und ich werde es erreichen.«

Schweigend und etwas betreten hatte Mutter Li die flammende Rede der Tochter über sich ergehen lassen. Wenn sie es recht bedachte, steckte soviel Vernunft darin und soviel unerschütterlicher Wille, daß sie es von vornherein für aussichtslos hielt, die Tochter von ihrem Entschluß abbringen zu wollen. So gab sie ihre Zustimmung.

Und nun ging die schöne Li ganz sachlich und geschäftlich ans Werk. Zunächst wurde die Summe errechnet und bezahlt, mit der sie sich aus der mütterlichen Gewalt freikaufte. Man einigte sich auf den Betrag von hundert Goldbatzen.

Dann kam die Sorge für ihren Schützling. Im nördlichen Zipfel des Stadtviertels mietete sie ein kleines leerstehendes Anwesen mit fünf Wohnräumen. Dorthin siedelte sie mit ihm über. Zuallererst richtete sie ihm ein heißes Bad und wusch und spülte ihm mit linder Hand seine Wundnarben ab. Hierauf steckte sie ihn in frische, saubere Wäsche und neue Gewänder. Dann bereitete sie ihm eine kräftige Reissuppe, damit er etwas Warmes in den Magen bekomme. Dann gab sie ihm Milch zu trinken und etwas Käse zu essen, nur eben soviel, um seine Eingeweide zu befeuchten. Denn in seinem ausgehungerten Zustand durfte sie seinem Magen noch nicht zuviel auf einmal zumuten. Erst nach zehn Tagen Bettruhe und sorgsamer Pflege begann sie ihm nach und nach wieder alle jene guten Dinge vorzusetzen, die die Natur unter ihren Erzeugnissen zu Wasser und zu Lande zur menschlichen Nahrung bestimmt hat. Er war inzwischen soweit wieder hergestellt, um ausgehen zu können. Da kleidete sie ihn nun von Schuh und Strumpf bis zum flotten Seidenbarett vollkommen neu ein. Und es war vom Besten, was sie für ihn kaufte. Im Verlauf einiger Monate begann er wieder Fleisch und Fett anzusetzen. Nach Ablauf eines Jahres war er gesund und in Form wie früher. Jetzt sprach sie zu ihm:

»Nun bist du wieder gesund und stark. Ist auch dein Wille erstarkt? Ich habe mir im stillen Gedanken gemacht, was weiter werden soll. Ist dir dein Wissen von ehedem noch einigermaßen ›warm‹ und geläufig?«

»Zu zwei, drei Zehnteln allenfalls«, erwiderte er nach längerem Nachdenken.

Sie ließ eine Mietkutsche kommen und lud ihn zu einem Ausflug in die Stadt. Er ritt hinterher auf dem Ferghana-Renner, den sie im Stall hatte. Ziel des Ausflugs war die

Gegend am Nan piän men, am ›Tor der südlichen Biegung‹, am Flaggenpavillon, wo die Pfandleihen und Nachlaßramschläden liegen, in denen man billig kaufen kann. Nun hieß sie ihn aussuchen und wählen und alles, was er für sein Studium brauche, unter Feilschen und Handeln einkaufen. Es war an die hundert Silberbatzen, was sie für die Bücher und Schriften ausgab, die er einkaufte, in der Kutsche verstaute und mit nach Hause nahm.

»Von jetzt an laß alles Grübeln beiseite und wirf alle hundert Sorgen hinter dich! Denke nur noch an dein Studium! Deinen ganzen Willen richte nur noch auf das eine Ziel!« So ermunterte sie ihn.

Und er befolgte ihren Rat und machte sich mit solchem Ernst und so unermüdlicher Ausdauer über die Bücher, daß ihm die Nacht darüber oft zum Tage wurde. Häufig saß sie mit an seinem Arbeitstisch und überhörte ihn oder regte ihn zur Komposition von Gedichten und Zierprosastücken an, wenn sie fühlte, daß er müde und abgespannt war. Erst tief in der Nacht begaben sie sich zur Ruhe. Innerhalb zweier Jahre hatte er gewaltige Fortschritte gemacht. Es gab kaum noch etwas von Bedeutung im Ozean des Bücherwissens, das er nicht wißbegierig aufgenommen und seinem Gedächtnis einverleibt hätte. Er sprach zur schönen Li:

»Jetzt könnte ich's wagen, mich zur Prüfung zu stellen.«

»Noch nicht. Laß dein Wissen noch etwas ausreifen!« riet sie ihm.

Noch ein weiteres Jahr fleißigen Repetierens, dann sprach sie: »Jetzt bist du soweit.«

Und er stellte sich zur großen Reichsprüfung und wurde erster Sieger. Sein Ruhm drang weit ins Land und rüttelte an den Pforten der vornehmsten Jungfrauengemächer. Da war keine, die es sich nicht zur Ehre angerechnet hätte, seine Gattin zu werden. Unter seinen ehemaligen Studiengenossen aber war keiner, der nicht sehnlichst gewünscht hätte, ihm persönlich huldigen zu dürfen. Doch alle, die jetzt seine Freundschaft suchten, bewarben sich vergebens um die Ehre. Die schöne Li war es, die ihm wiederum abriet.

»Noch ist es nicht soweit. Noch haftet an dir der Makel deines früheren Lebenswandels, noch ist zwischen dir und deinesgleichen die Scheidewand deines schlechten Rufes. Halte dich noch zurück und schmiede die einst geborstene Klinge deines Geistes noch härter, schleife sie noch schärfer, damit du für den nächsten Sieg gewappnet bist. Nachdem du die Reichsprüfung so gut bestanden hast, wird es dir selbstverständlich glücken, auch einmal ein hohes, weithin leuchtendes Amt und damit einen über das ganze Reich hin strahlenden ehrenvollen Ruf zu erringen. Dann erst kannst du wieder mit deinesgleichen auf gleichem Fuße verkehren und Umgang pflegen. Dann erst werden sie dich als ihren Ersten und Besten anerkennen und sich in Achtung vor dir beugen.«

Und wieder befolgte der Jüngling den Rat der schönen Li und versenkte sich erneut in ernstes, hartes Studium abseits von allem geselligen Verkehr. Gerade diese Haltung trug ihm bei der Mitwelt womöglich noch höheres Lob ein als sein Sieg in der Prüfung.

Es traf sich, daß um diese Zeit Kaiser Hsüan Tsung (713 bis 756) die Weisen und Besten des Reiches an den Hof berief, um sie in persönlicher Aussprache über Grundfragen der Regierung zu befragen. Auch unser Jüngling als erster Sieger in der letzten Reichsprüfung gehörte mit zu den Aufgerufenen. Durch den Freimut und die Offenheit, mit der er auf die vom Kaiser gestellten Fragen antwortete und an den Regierungsmethoden der sechs Ministerien Kritik übte, machte er sich unter allen Teilnehmern den ersten Namen. Und in Anerkennung seiner Trefflichkeit erhielt er sogleich den hohen Posten eines politischen Beraters beim Statthalter der Provinz Sse tschuan. Nach diesem neuen großen Erfolg bemühten sich jetzt höchste Würdenträger und Akademiker, alte und junge, um seine Gunst und Freundschaft.

Bevor er zur Reise nach seinem Amtssitz Tschong tu fu

aufbrach, sprach die schöne Li zu ihm: »Jetzt bist du wieder du selbst, dein eigenes Ich. Ich brauche nicht länger die Last der Verantwortung für dich zu tragen. Meine Aufgabe ist damit erfüllt. Nun ist es mein Wunsch, mich der Pflege meiner alten Mutter für ihre letzten Lebensjahre zu widmen. Du aber sieh dich nach einer Schönheit des Landes um, mit der du deinen Stamm erhalten und deine Sippe blühend machen mögest, auf daß die Ahnenopfer in deinem Geschlecht keine Unterbrechung erleiden. Ob Hauptgattin, ob Nebenfrau, sei darauf bedacht, daß die Betreffende deines Standes würdig sei. Was mich betrifft, so werde ich dich in schmerzlicher Erinnerung an unsere Liebe nunmehr verlassen, um dir nicht länger im Wege zu stehen.«

»Wenn du mich wirklich verlassen wolltest, bliebe mir nichts anderes übrig, als mir die Kehle durchzuschneiden«, erwiderte der Jüngling.

Da er sie gar so inständig beschwor, von ihrem Vorsatz abzustehen, ließ sie sich schließlich wenigstens teilweise zum Nachgeben bewegen.

»Gut, ich werde dich noch auf deiner Reise bis über den Yangtse-Strom und bis zum Kiän men schan, zum ›Schwertpforten‹-Berg, vor Tschong tu begleiten. Bis dahin mußt du mich aber um meines Ansehens willen den Leuten gegenüber als Gattin ausgeben und respektieren.«

Er versprach es ihr.

Nach einem Monat Reise langte man am Schwertpforten-Berg an. – Nun traf es sich, daß einige Monate vorher, als er noch über den Büchern saß und noch nicht seinen Aufstieg zu Ämtern und Würden genommen hatte, sein Vater von seinem alten Statthalterposten in Tschang tschou abberufen und als Statthalter der Provinz Sse tschuan nach Tschong tu fu versetzt worden war. In dieser Eigenschaft war er um diese Zeit auf einer Inspektionsreise durch das Land südlich vom Schwertpforten-Berg unterwegs. Der Zufall fügte es, daß Vater und Sohn am gleichen Tag im selben Postrasthaus auf dem Kiän men schan abstiegen. Als der Sohn unter den Namen der Gästeliste den seines Vaters las, schickte er ihm seine Besuchskarte zu und machte sich auf, ihm einen Pflichtbesuch abzustatten, wie es unter Mandarinen Brauch ist, wenn sie sich unterwegs begegnen.

Der Vater, der die abgegebene Karte zunächst nur flüchtig angesehen hatte, ließ den Besucher hereinbitten. Er war nicht im geringsten darauf gefaßt, seinen Sohn vor sich zu sehen. Bei nochmaliger Prüfung der großen roten Besuchskarte fand er nun zu seiner Überraschung Namen und Titel seiner eigenen Väter und Großväter richtig mit darauf verzeichnet. Kein Zweifel, es war sein verlorener Sohn, der nun als ebenbürtiger Mandarin vor ihm stand. Er hieß ihn die Stufen zum Hochsitz hinaufsteigen und ihm, dem Vater, der unterhalb der Stufen stehenblieb, ein paar Klapse auf den Rücken geben. Damit sollte sinnbildlich das Unrecht, das er damals dem Sohn zugefügt, als er ihn fast zu Tode gepeitscht hatte, gesühnt sein. Hierauf vergossen beide, Vater und Sohn, Tränen der Rührung und Versöhnung.

»Von jetzt an sind wir wieder wie früher Vater und Sohn«, erklärte feierlich der Statthalter. Dann ließ er sich vom Sohn in aller Ruhe von der Wurzel bis zum Wipfel seine Geschichte erzählen. Er vernahm sie mit Staunen und Bewunderung.

»Und wo ist sie jetzt, die Frau, der du deine Rettung zu verdanken hast?« wollte er wissen.

»Sie hat mich getreulich bis hierher begleitet. Heute will sie Abschied nehmen und wieder nach Tschang an zurück.«

»Ausgeschlossen! Das gibt es nicht!« entschied der Vater und traf die Anordnung, daß die schöne Li einstweilen auf dem Schwertpforten-Berg zu bleiben habe, während er selber in Begleitung des Sohnes am nächsten Tag nach Tschong tu fu vorausreiste. In aller Eile ließ er der schönen Li auf seine Kosten ein hübsches Wohnhaus auf dem Berg einrichten. Nachdem sie es bezogen hatte, sandte er ihr eine Heiratsmaklerin und die herkömmlichen sechserlei Brautgeschenke ins Haus und warb in aller Form um sie als Gattin für seinen Sohn. Sie erteilte ihr Jawort, und dann wurde streng nach Brauch und Herkommen Hochzeit gefeiert. Sie erwies sich der Ehre, Schwiegertochter des Fürsten und Statthalters geworden zu sein, als durchaus würdig. Sie hielt den Haushalt ihres Mannes tadellos in Ordnung und erwarb sich in der Verwandtschaft und Sippschaft höchste Achtung und Verehrung.

Als einige Jahre später beide Schwiegereltern starben, da hielt sie die gebotenen Trauervorschriften mit vorbildlicher Strenge und Gewissenhaftigkeit inne. Ein volles Jahr verbrachte sie fastend und trauernd in einer Laubhütte am Rande der schwiegerelterlichen Grabhügel. Da ereignete sich nun etwas Wunderbares: Aus dem Boden ihrer Hütte sproßte ein Edelpilz jener seltenen Art, die sich durch zähe Lebensdauer auszeichnet und daher als Sinnbild langen Lebens und glückbringend gilt. Der purpurrote Stengel dieses Glückspilzes trug sogar drei Fruchtknollen. Das Vorkommnis erregte Aufsehen in der Gegend, und der Landrat des Kreises berichtete darüber an den Thron. Es kam hinzu, daß im Gebälk der Hütte gleichzeitig Schwalben jener seltenen Art mit weißem Schwanzgefieder nisteten, die gleichfalls als Sinnbild der Langlebigkeit gilt. Das gleichzeitige Vorkommen dieser beiden seltenen Naturerscheinungen wurde im ganzen Lande als gutes Vorzeichen für Thron und Regierung gedeutet und gebührend bestaunt. Der Kaiser wieder, darob erfreut und gnädig gestimmt, schüttete Gunst auf Gunst und häufte Huld auf Huld über jene Familie, deren Trefflichkeit der Himmel so sichtbarlich durch jene beiden Naturerscheinungen ins Licht rücken wollte. Der Mann der schönen Li erhielt eine Beförderung nach der anderen und einen glänzenden Amtsposten nach dem anderen. Innerhalb von zehn Jahren Amtszeit brachte er es bereits zum Statthalter in verschiedenen Provinzen.

Die schöne Li aber wurde mit dem Ehrentitel ›Edelfrau vom Lande Kiän‹ ausgezeichnet. Kiän war die heimatliche Landschaft in Schan hsi, der sie entstammte, so genannt nach dem

Kiän-Fluß, einem Nebenfluß des Weh-Stromes. Sie schenkte ihrem Gatten vier Söhne, die es sämtlich auch zu hohen Ehren und Ämtern brachten und den Glanz des Hauses würdig fortsetzten. Der Jüngste amtiert heute noch als Statthalter in Tai yüan fu, der Hauptstadt der Provinz Schan hsi.

So ehrenvoll verlief das spätere Leben der tugendreichen schönen Li, der ehemals verrufenen Kurtisane von Tschang an. Wenn sie vielleicht auch nicht an die Heroinen des Altertums herankommt, so ist sie doch unserer seufzenden Teilnahme und Bewunderung würdig.

Ich habe die Geschichte von einem Großonkel erfahren, der als Zeitgenosse und Kollege des Helden drei hohe Ämter bekleidete: als Statthalter der Provinz Schan hsi, als Finanzminister und als kaiserlicher Aufseher des Verkehrs zu Wasser und zu Lande. Er war genau über alle Einzelheiten der Geschichte der schönen Li unterrichtet.

Es war in einem Jahr während der Regierungsepoche Tschong yüan, ›Anfang zur Reinheit‹ (785-805), da unterhielt ich mich mit dem Dichter Li Kung Tso von Lung hsi (Provinz Kan su) über das Thema ›Hochherzigkeit bei Frauen‹. Ich erzählte ihm, was ich über die ›Edelfrau vom Lande Kiän‹ wußte. Er war einfach starr vor Staunen, schlug vor Begeisterung die Hände zusammen und redete mir dringend zu, den Stoff unbedingt in die Form einer Erzählung zu bringen. Sie sei würdig, der Nachwelt überliefert zu werden. Und so habe ich zum Pinsel gegriffen und ihn in Tusche getaucht und Vorstehendes zu Papier gebracht.

Geschrieben im achten (Herbst-) Mond im Jahre des Sechzigerzyklus I hai (795).

von Po Hsing Tsiän
aus Tai yüan fu.

Vom Totenhemd ins Brautkleid

Unsere Geschichte begab sich zu Zeiten des Tang-Kaisers Te Tsung (780-805) und berichtet von dem seltsamen Schicksal und den vielfachen Prüfungen, die ein junger Mann namens Wang Hsiän Ko bestehen mußte, ehe ihm die ersehnte Verbindung mit der Geliebten zuteil wurde. Er stand ziemlich allein in der Welt und besaß außer seiner Mutter nur noch einen Onkel mütterlicherseits namens Liu Tschen, der während der Regierungsepoche Kiän tschung, ›Wiederaufbau und Ausgleich‹ (780 bis 784), ein hohem Amt bei Hofe bekleidete. In dessen Haushalt in der Hauptstadt Tschang an hatte er nach dem Tode seines Vaters zusammen mit der Mutter Aufnahme gefunden.

Sein Onkel hatte eine Tochter namens Wu Schuang, was soviel bedeutet wie ›die Unvergleichliche‹ oder ›Einmalige‹. Sie war einige Jahre jünger als ihr Vetter. Beide waren noch grünsprießende erste Jugend, als sie sich kennenlernten. Sie gewannen gar bald einander lieb und wurden vertraute Kameraden und Spielgefährten. Tante Liu pflegte den jungen Hausgenossen im Scherze oft als künftigen Eidam zu bezeichnen.

Einige Jahre ungetrübten Glücks und sorgloser Geborgenheit durften so Witwe und Sohn im Hause der Verwandten genießen, da wurde Mutter Wang eines Tages ernstlich krank. Da sie ihr Ende kommen fühlte, beschied sie ihren Bruder zu sich und tat ihm also ihren Letzten Willen kund:

»Wie sehr ich an meinem Einzigen hänge und auf sein Wohl bedacht bin, wirst du mir nachfühlen können. Schade, nun werde ich es nicht mehr erleben, ihn glücklich verheiratet und in Amt und Stellung zu sehen. Meine Nichte Wu Schuang ist mir ebensosehr ans Herz gewachsen. Vier Vorzüge machen sie mir lieb und wert: sie ist sittsam und wohlerzogen, sie ist schön, sie ist überdies klug und verständig. Nun bitte ich dich: Gib sie nicht eines Tages an einen Fremden weg! Vertraue sie meinem Sohn als künftige Gattin an! Willst du mir das aufrichtigen Herzens versprechen? Dann werde ich gern und ohne Bedauern meine Augen zutun.«

Der Bruder erwiderte ausweichend:

»Liebe Schwester, vor allen Dingen Ruhe und Schonung! Sei darauf bedacht, die kleine, unbedeutende Juckstelle am Kinn zu heilen und recht bald wieder gesund zu werden. Denk an dich selber und quäle dich nicht unnötig mit fremden Sorgen!« suchte er sie zu beruhigen und abzulenken.

Aber sie kam nicht wieder hoch und verschied bald darauf. Mit der schuldigen Hingabe eines pietätvollen Sohnes erfüllte Hsiän Ko die vielerlei Pflichten, die ihm der Trauerfall auferlegte. Er bettete die Tote in einen schönen Sarg, überführte sie nach der Heimatstadt Hsiang yang in der Provinz Hu peh und begrub sie würdig und in Ehren auf der Erbbegräbnisstätte seiner Familie. Die vorgeschriebenen zwei Jahre und drei Monate Trauerzeit verbrachte er in strenger Abgeschiedenheit und Askese in einer selbstgebauten schlichten Strohhütte am Grab der Mutter, ganz ihrer Beweinung und Totenehrung hingegeben.

Nun war die Trauerzeit abgelaufen, und es war Zeit, wieder an sich selbst und die Dinge der Welt zu denken. Er bedachte, daß er nun gänzlich allein und ohne Anhang dastünde und daß es seine vornehmste Pflicht sei, eine Familie zu gründen und für Nachwuchs zu sorgen, der dereinst den Dienst an den Ahnen fortsetzen würde. Seine Gedanken lenkten sich auf die Jugendgespielin und Jugendgeliebte Wu Schuang. Sie würde jetzt erwachsen und heiratsfähig sein. Sie war ihm von Kindheit auf so gut wie zugesprochen. Aber würde der Onkel sich an das alte Versprechen, das ihm seine Mutter noch auf dem Sterbebett abgenommen hatte, auch halten? Würde er mit Rücksicht auf sein hohes Amt und seinen Rang ihm, dem unbedeutenden

Jüngling, der nichts war, nicht einen würdigeren Bewerber vorziehen?

Von Unruhe getrieben, packte er seine Habe und machte sich auf die Reise nach der Hauptstadt Tschang an.

Onkel Liu bekleidete um diese Zeit das hohe Amt eines Finanzministers. Er bewohnte einen glänzenden, üppigen Palast. In den Toren und Höfen drängten und stauten sich Sänften und Kutschen hoher Amtskappenträger zuhauf.

Hsiän Ko wurde vom Onkel Minister huldvoll empfangen und innerhalb des weitläufigen Anwesens in einer Studierklause untergebracht, wo er an den jüngeren Haussöhnen Gesellschaft und Umgang fand. Das Verhältnis zwischen Onkel und Neffe gestaltete sich gleich herzlich wie früher, aber über das Thema der Gattenwahl für seine Tochter bewahrte der Onkel strenges Stillschweigen. Es wurde mit keinem Wort berührt. Hin und wieder gelang es Hsiän Ko, durch einen Fensterspalt einen flüchtigen Blick von der Geliebten zu erhaschen. Er fand sie so strahlend und bestrickend schön wie eine Fee, die zu den Menschen herniedergestiegen war. Er wollte bei ihrem Anblick schier von Sinnen geraten. Wenn er bloß Gewißheit gehabt hätte, ob seine Werbung bei ihren Eltern Gehör finden würde! Angst, die Geliebte zu verlieren, quälte ihn bei Tag und Nacht.

Er sagte sich, daß er etwas unternehmen müsse, um sich im Hause beliebt zu machen und sich Ansehen zu verschaffen. Noch immer ließ sich mit Geld Gunst erkaufen. Also hieß es Geld schaffen. Und so öffnete er Kisten, Kasten, Beutel und Säcke und versilberte den Inhalt, wertvolle Kunstgegenstände, alten Familienbesitz. Es war ein schönes Stück Geld, mehrere tausend Silberbatzen, was er dafür erzielte.

Nun konnte er es sich leisten, den noblen Kavalier zu spielen. Seine Freigebigkeit galt besonders solchen Personen des Hausgesindes, die zur nächsten Umgebung von Onkel und Tante gehörten und deren besonderes Vertrauen genossen. Aber auch bis zu den Geringsten der Leute, bis zur Kleinmagd und zum

Holzknecht erstreckte sich seine gebende Hand. Sie alle wurden mit dicken Spenden bedacht. Dank wiederholten Gastgelagen, die er den Hausaufsehern und Pförtnern spendierte, erreichte er es glücklich, daß er das mittlere Tor passieren durfte und damit Zutritt zu den inneren, den Frauengemächern, fand. Alle seine Vettern, die mit ihm die Studierklause teilten, schätzten und verehrten ihn und waren ihm zu allen gewünschten Diensten und Gefälligkeiten erbötig.

Es traf sich, daß die Tante Geburtstag hatte. Da zeigte er sich als nobler und aufmerksamer Neffe, indem er ihr erlesene Schmuckstücke allerneuester Mode, aus Rhinozeroshorn oder grünem Jaspis geschnittene und mit kunstvollen Gravierungen gezierte Haarpfeile und Agraffen und ähnliches mehr, zum Geschenk darbot, worüber die Tante einfach entzückt war.

Zehn Tage wartete er noch ab, dann hielt er es für schicklich und an der Zeit, einen Schritt zu wagen. Er wählte eine würdige Alte unter den berufsmäßigen Heiratsmaklerinnen der Stadt und beauftragte sie, für ihn bei Tante Liu in aller Form um die Haustochter zu werben.

Der Bescheid, der ihm zuteil wurde, lautete dahin, die Tante wünsche selber zwar nichts sehnlicher als diese Verbindung, aber sie müsse sich zuvor noch mit ihrem Manne besprechen.

An einem der nächsten Abende erschien eine kleine grünberockte Zofe in der Studierklause und überbrachte dem sich vor Unruhe verzehrenden Hisän Ko folgende Botschaft:

»Meine Herrin hat sich wegen Eurer Heiratsangelegenheit soeben mit dem Ah lang, dem Hausherrn, besprochen. Sie läßt Euch sagen, der Ah lang meine, er habe keinerlei Versprechen erteilt und fürchte, daß Ihr bei Eurer Werbung von einer irrigen Annahme ausgegangen seiet.«

Das klang niederschmetternd. Hsiän Ko konnte die ganze Nacht bis zum Morgen vor Kummer und Grübeln keinen Schlaf finden. Der Onkel wollte ihn offensichtlich nicht zum Eidam haben, das war wohl aus seiner vagen Erklärung herauszulesen. Gleichwohl mußte er sich als im Hause geduldeter

Gast beherrschen und durfte sich seine Enttäuschung nicht anmerken lassen. Und so blieb er um ihn mit nicht nachlassender Artigkeit und Dienstwilligkeit beflissen.

Eines Tages hatte sich Minister Liu wie gewöhnlich im Morgengrauen zur Frühaudienz in den Kaiserpalast begeben. Die Sonne war gerade im Aufgehen, als er plötzlich zurückkam, aber nicht gemächlich in der Kutsche wie bei der Ausfahrt, sondern in jagender Hast im Sattel eines wild dahinstiebenden Gauls. Der Schweiß rann ihm nur so übers Gesicht, sein Atem ging gepreßt und stoßweise.

»Macht das Tor zu! Verrammelt das Tor!« befahl er keuchend. Es war das einzige, was er zunächst hervorbrachte. Sein Geheiß setzte das ganze Anwesen in Aufruhr und Bestürzung. Was ging vor?

Es dauerte eine geraume Weile, ehe sich der ›alte Gebieter‹ soweit verschnauft hatte, um zusammenhängend sprechen zu können. Er versammelte die Seinen um sich und eröffnete ihnen ernst: »Putsch! Die Garnison hat gemeutert! Kommandant Yao hat mit seiner Kansu-Truppe den Kaiserpalast besetzt! Der Himmelssohn konnte gerade noch rechtzeitig durch die Palastgärten nordwärts entkommen. Die hundert Würdenträger sind in Eile zur Stadt hinaus und bereits auf der Flucht. Ich bin nur aus Sorge um Frau und Tochter noch einmal hergekommen. Auch ich muß flüchten. Vorher muß ich nur noch einmal kurz ins Amt, um wichtige Akten zu holen.«

Er winkte hastig den Neffen herbei und nahm ihn beiseite:

»Ich vertraue dir die Sorge um mein Haus an. Wenn du brav deine Pflicht tust, werde ich dir zur Belohnung meine Tochter zur Frau geben.«

In freudigem Schreck fiel ihm Hsiän Ko zu Füßen und dankte ihm mit Stirnaufschlag.

In aller Eile wurde gepackt. Der alte Gebieter hieß den Neffen die Schatzkammer öffnen und zwanzig Saumtiere mit Kisten und Säcken voll Gold und Silber und Ballen kostbarer Seidenstoffe beladen.

»Verkleide dich als reisenden Händler, nimm dir Knechte und bringe die zwanzig Lasten durchs Kai yüan men, ›Tor der offenen Ferne‹, zur Stadt hinaus in Sicherheit. Unweit des genannten Stadttors befindet sich eine versteckt gelegene Herberge. Dort kehre ein und warte ab, bis ich mit Frau und Tochter nachkomme. Da ich den Umweg über das Amt machen muß, werde ich mit den Meinen die Stadt durch das Ki hsia men, das ›Tor des Sommeranbruchs‹, verlassen, mich dann draußen an der Stadtmauer entlang halten und in der Herberge zu dir stoßen.«

Also lautete die neue Weisung an den Neffen.

Als reisender Händler verkleidet, brachte Hsiän Ko die ihm anvertrauten zwanzig Lasten durchs Kai-yüan Tor auch glücklich zur Stadt hinaus und in der bezeichneten Herberge vorläufig in Sicherheit. Dort saß er nun und wartete und wartete vergeblich. Die Sonne war bereits im Sinken, aber von Onkel und Tante und Base war noch immer nichts zu sehen. Von Süden her mußten sie kommen. Gen Süden schaute er sich die Augen aus, bis die hereinbrechende Dunkelheit ihm die Sicht benahm.

Er hatte bemerkt, daß das nahe Stadttor schon seit dem Nachmittag zugesperrt war. Sollten sie sich verspätet haben und gar nicht mehr herausgelassen worden sein?

Von Unruhe gepackt, schwang er sich auf seinen Schekken, nahm eine brennende Fackel zur Hand und ritt in der Dunkelheit am Stadtwall entlang zum Ki-hsia-Tor. Er fand es ebenfalls geschlossen. Eine Menge Torwächter mit hellen Bambusstöcken in der Hand lungerten davor herum, teils stehend, teils hockend und schwatzend. Hsiän Ko stieg ab und trat auf sie zu.

»Was geht eigentlich in der Stadt vor?« fragte er gemacht gelassen und harmlos und setzte hinzu:

»Was für Leute sind denn heute hier durch euer Tor herausgekommen?«

Man erwiderte ihm:

»Großmarschall Tschu hat sich zum Himmelssohn gemacht und den Thron bestiegen. Am Nachmittag wollte jemand mit seinen Damen noch hier zum Tor hinaus. Es waren fünf schwerbeladene Reisekarren, die er mit sich führte. Er wurde auf der Straße von Leuten als unser Steuervogt und Finanzminister Liu erkannt. Unser Toraufseher wagte unter diesen Umständen nicht, ihn durchzulassen. Später kam ein Trupp Berittener angesprengt, hat ihn mitsamt seinen Frauen und Karren in die Mitte genommen und nordwärts in die Stadt abgeführt.«

Hsiän Ko hatte genug erfahren. Er schwang sich auf sein Pferd und ritt in niedergeschlagener Stimmung zu seiner Herberge zurück.

Es war gegen Ende der dritten Nachtwache (elf bis ein Uhr), als sich das nahe Stadttor plötzlich auftat. Lodernde Pechfackeln quollen heraus und verbreiteten Tageshelle. In ihrem Schein funkelten Spieße und blanke Schwerter. Man hörte eine Befehlsstimme rufen:

»Bei Todesstrafe niemanden zur Stadt herauslassen! Die Vorstadt nach geflüchteten Würdenträgern und Amtspersonen durchsuchen!«

Razzia! Hsiän Ko bekam es mit der Angst zu tun. Man würde auch seine Herberge durchsuchen. Rasch stopfte er die Taschen voll Gold und Silber, ließ im übrigen Troß und Troßknechte im Stich und rannte in die Nacht hinaus. Ziel seiner Flucht war sein Heimatdorf bei Hsiang yang in der Nachbarprovinz Hu peh. Er erreichte es glücklich und hielt sich dort drei Jahre lang verborgen.

Dann drang in sein Dorf die Kunde von einem neuen Umschwung bei Hofe: der vertriebene Kaiser Te Tsung hatte die Macht wieder an sich gerissen und den Thron von neuem bestiegen, in der Hauptstadt herrschte wieder Ruhe und Ordnung, im Reiche Frieden.

Daraufhin machte sich Hsiän Ko nach Tschang an auf. Dort wollte er Erkundigungen nach Onkel und Tante und Base einziehen. Wie er so abends die südliche Hsin tschang tsiä, die

›Neuer-Glanz‹-Straße, entlangritt, gab es eine Verkehrsstokkung, die ihn nötigte, sein Pferd anzuhalten. In diesem Augenblick zwängte sich ein Fußgänger durchs Straßengedränge bis vor den Kopf seines Gauls und grüßte zu ihm hinauf. Er erkannte in dem Graukopf den alten treuen Diener Sai Hung. Der hatte früher im Haushalt seiner eigenen Eltern gedient, später war er dann von Onkel Liu, der seine Brauchbarkeit schätzte, übernommen worden. Über das unverhoffte Wiedersehen zu Tränen gerührt, drückten sich beide stumm die Hand.

»Sind Onkel und Tante wohlauf?« fragte Hsiän Ko.

»Sie leben nach wie vor in ihrem prächtigen Hsing-hua-Anwesen.«

»Oh, dann will ich nur rasch hin und ihnen meine Aufwartung machen!« rief der Jüngling freudig erregt.

Aber der Graukopf dämpfte seinen Eifer.

»Es ist schon spät am Abend, ich fürchte, zu spät für einen solchen Besuch. Wollt Ihr für neute nacht nicht lieber mit meiner bescheidenen Wohnung vorliebnehmen? Ihr müßt wissen, ich bin jetzt verheiratet und selbständig. Meine Frau war früher Singmädchen, ist aber durch die Heirat mit mir wieder Bürgerliche geworden. Wir bewohnen hier ganz in der Nähe ein eigenes Häuschen und leben von einem kleinen Seidengarnhandel. Ihr könnt gut bei mir übernachten. Morgen früh ist immer noch Zeit für den Besuch. Ich werde Euch hinbegleiten.«

Der Jüngling nahm die Einladung dankend an und ließ sich zum Häuschen des Graukopfs bringen. Dort wurde er mit einer guten und reichlichen Mahlzeit bewirtet. Man becherte und plauderte bis tief in die Nacht. Der rücksichtsvolle Graukopf, der seinen Gast nicht gleich bei der ersten Begegnung erschrecken und enttäuschen wollte, rückte endlich mit der Wahrheit herraus.

»Der Minister, Euer Onkel, hatte nach dem Umsturz von damals seine Dienste dem unrechtmäßigen Kaiser weiter zur

Verfügung gestellt. Zur Strafe dafür ist er jetzt, nachdem der rechtmäßige Himmelssohn den Thron wieder bestiegen hat, mitsamt seiner Gattin, Eurer Tante, hingerichtet worden. Fräulein Wu Schuang, Eure Base, ist zwangsweise in die kaiserlichen Seitengemächer verbracht worden.«

Hsiän Ko war außer sich vor Schmerz über sein widriges Geschick. Er hub ein so jämmerliches Lamento an, daß die Leute in den Nachbarhäusern es hörten und von tiefem Mitgefühl bewegt wurden. Nachdem er sich gefaßt hatte, sprach er zu Sai Hung:

»Innerhalb der vier Meere ist wahrlich Raum genug. Und doch, wohin ich auch meine Augen erhebe, nirgends habe ich Angehörige und Verwandte. Allein und verlassen, wie ich dastehe, wo soll ich Anhalt finden? – Ist noch jemand vom früheren Gesinde meines Onkels und meiner Tante am Leben?«

»Nur Tsai Pin, die frühere Zofe des gnädigen Fräuleins. Sie bekleidet jetzt eine Stellung im Haushalt des Polizeipräfekten Wang Sui Tschung.«

»Ein Wiedersehen mit Wu Schuang wird mir bestimmt nicht vergönnt sein. Aber wenn ich wenigstens Tsai Pin noch einmal sehen und sprechen könnte, dann würde ich zufrieden sterben!« rief der Jüngling aus und machte sich auf der Stelle zu einem Besuch bei seinem Namensvetter, dem Präfekten Wang, auf.

Er befolgte bei dem Empfang, der ihm gewährt wurde, das artige Zeremoniell, das zwischen Neffe und Onkel üblich ist, und erzählte von der Wurzel bis zum Wipfel sein Schicksal. Zuletzt brachte er ein Anliegen vor: Es möge ihm vergönnt sein, die Zofe Tsai Pin für eine anständige Summe freizukaufen.

Präfekt Wang, tief gerührt vom Mißgeschick des artigen Namensvetters, gewährte ihm bereitwillig seinen Wunsch. Und so nahm Hsiän Ko die frühere Zofe seiner Geliebten mit sich und mietete eine Wohnung, wo er fortan mit ihr zusammenlebte.

Er blieb in ständigem Verkehr mit dem treuen Sai Hung.

»Ihr seid nun allgemach herangewachsen und solltet Euch endlich nach einem Amt umsehen! Wollt Ihr Eure Jahre weiter so nutzlos vertrauern?« mahnte jedesmal, wenn sie zusammenkamen, der Graukopf.

Der Jüngling nahm sich seine Mahnung zu Herzen. Er entschloß sich zu einem neuen Besuch beim Präfekten Wang und bat ihn inständig, ihn zu einem Amt zu verhelfen. Der Präfekt empfahl ihn wohlwollend beim Statthalter der Reichshauptstadt Seiner Würden Herrn Li. Auf seine Fürsprache hin machte der Statthalter ihn zum Landrat des Nachbarkreises Fu ping hsiän und gleichzeitig zum Aufseher der wichtigen kaiserlichen Post- und Kurierstation beim Tschang loh tiän, dem ›Sommerpalast der immerwährenden Freude‹.

Mehrere Monate hatte Hsiän Ko sein Doppelamt geführt, da überbrachte ihm eines Tages ein Meldereiter vom Hof eine Nachricht: Eine Gruppe von dreißig Palastdamen sei unter Führung eines Obereunuchen unterwegs, um die kaiserlichen Gräber im Park des ›Palastes der immerwährenden Freude‹ aufzusuchen und daselbst Dienste gärtnerischer Pflege zu verrichten und Trankopfer darzubringen. Die Damen gedächten eine Nacht im Postrasthaus von Tschang loh tiän zu verbringen. Er möchte alles für ihre Unterbringung und Verpflegung vorbereiten.

»Zu Insassinnen der kaiserlichen ›Achselhöhlen‹-Gemächer pflegen, soviel ich weiß, zumeist Töchter aus vornehmen Häusern auserlesen zu werden. Ob vielleicht Wu Schuang mit unter den dreißig ist?« wandte sich Hsiän Ko fragend an den Graukopf Sai Hung. Er hatte ihn mittlerweile in seine Dienste und mit an seinen Amtssitz in Fu ping genommen.

»Das erscheint mir sehr unwahrscheinlich, daß sie, eine unter Tausenden von Palastdamen, gerade jener Gruppe von dreißig mit zugeteilt sein soll«, meinte Sai Hung.

»Immerhin. Man kann nie wissen. Auf alle Fälle möchte ich, daß du im Rasthaus von Tschang loh für mich sorgfältig Ausschau nach ihr hältst.«

Er schenkte ihm drei Silberlinge und fuhr fort:

»Hier, und nun mache dich zum Rasthaus von Tschang loh auf! Stecke dich in die Gewandung eines Postgehilfen und tu so, als ob du mit zum dortigen Dienstpersonal gehörtest. Verrichte Küchendienste vor dem Saalvorhang, der die Damen abschließt. Koche für die Damen Tee, spüle Geschirr. Weiche aber die ganze Zeit über unter keinen Umständen auch nur für einen Augenblick von deinem Beobachtungsposten! Solltest du eine wichtige Beobachtung machen, so erstatte mir umgehend Bericht!«

Sai Hung versprach es und machte sich zu seiner Dienststelle auf. Tatsächlich trafen am nächsten Tage zehn mit Filzplanen bespannte Reisekutschen in der Raststation von Tschang loh ein und luden dreißig Palastdamen ab. Die Damen wurden in einem Saal bewirtet, der durch Wandschirme und Vorhänge dicht von der Außenwelt abgesperrt war. Sai Hung betätigte sich weisungsgemäß als Küchenwart. Er hatte sich unmittelbar vor dem Vorhang eine Anrichte aufgebaut, wo er nun unablässig herumwirtschaftete, den Teekessel bediente und Geschirr spülte. Hinter dem Vorhang hörte er es wohl schwatzen und schnattern und lachen, aber er konnte keinen einzigen Blick von irgendeiner der Schönen erhaschen. Es währte bis tief in die Nacht, ehe die vielfältigen Stimmen und Geräusche jenseits des Vorhangs verstummten und Ruhe einkehrte.

Sai Hung wagte nicht, sich selber Schlaf zu gönnen und seinen Posten zu verlassen. Er fuhr fort, Geschirr zu spülen und in den Kohlenbecken zu stochern und das Feuer zu unterhalten. Auf einmal drangen leise Worte hinter dem Vorhang her in seine Ohrmuschel:

»Sai Hung! Sai Hung! Hast du es also doch fertiggebracht, mein Hiersein in Erfahrung zu bringen! Sprich, wie geht es deinem jungen Herrn? Ist er wohlauf?« Den Worten folgte ein langer Seufzer und ein unterdrücktes Schlucken.

»Mein junger Herr hat neben seinem Hauptamt in Fu ping auch die hiesige Post- und Raststation unter sich. Eine Vorahnung sagte ihm, daß Ihr mit unter den dreißig sein würdet, die heute nacht hier abgestiegen sind. Er befahl mir eigens, hier Dienst zu tun und nach Euch Ausschau zu halten.«

Die Stimme hinter dem Vorhang fuhr fort:

»Ich kann hier nicht gut lange sprechen. Merk auf! Morgen, wenn wir fort sind, begib dich in die nordöstliche Gastkammer. Sieh unter dem purpurroten Schlafpolster nach! Du wirst dort einen Brief finden. Den übergib dem jungen Herrn!«

Die Stimme hinter dem Vorhang brach ab.

Kurz darauf erhob sich drüben verworrener Lärm. Ein wachthabender Eunuch kam in Sai Hungs Anrichte gelaufen und hieß ihn eine stärkende Medizin bereiten. Eine Dame in der nordöstlichen Kammer sei in Ohnmacht gefallen. Es war Wu Schuang! Sai Hung bereitete ihr eine kräftige Ingwersuppe.

Dann eilte er in die nahe Amtswohnung seines Herrn und erstattete ihm über die nächtlichen Vorfälle Bericht.

»Oh, daß ich sie noch einmal sehen könnte!« rief Hsiän Ko in höchster Erregung aus.

»Das läßt sich machen. Die Wagenkolonne der Damen wird auf dem Weitermarsch morgen die Brücke über den Weh-Fluß passieren. An der Brücke sind gerade Instandsetzungsarbeiten im Gange. Die Wagen können nur langsam auf schmaler Fahrbahn einer hinter dem anderen hinüber. Spielt die Rolle eines Aufsehers der Brückenbauarbeiten, stellt Euch auf der Brücke auf und laßt die Wagen in aller Gemächlichkeit an Euch vorüberziehen! Wenn Fräulein Wu Schuang Euch gewahrt, wird sie sicherlich den Vorhang auftun und sich am Fenster zeigen. So werdet Ihr einen Blick von ihr erhaschen können«, riet Sai Hung.

Hsiän Ko befolgte seinen Rat. Wirklich, als die Wagenkolonne auf der Brücke langsam an ihm vorüberzog, tat sich am Fenster des dritten Wagens in der Reihe der Vorhang auf, und es zeigte sich ihm ein Gesicht. Das Gesicht der Geliebten!

Hsiän Ko fühlte sich zutiefst von widerstreitenden Empfindungen aufgewühlt und zerrissen. Sosehr ihn das kurze Wiedersehen beglückte, so schuf ihm anderseits die Hoffnungslosigkeit seines Verlangens fast unerträgliche Qualen. –

Mittlerweile hatte Sai Hung unter dem purpurroten Schlafpolster in der nordöstlichen Kammer nachgesucht und wirklich einen Brief gefunden. Er überbrachte ihn seinem Herrn. Der Brief bestand aus fünf beschriebenen Streifen geblümten Papiers. Die Handschrift der Geliebten! Der ganze Brief war eine einzige in Zierprosa abgefaßte Elegie voll herzzerreißender Trauer und Klage. Bis ins einzelne schilderte sie darin die Leiden ihrer Abgeschiedenheit und Trennung. Beim Lesen mußte Hsiän Ko vor ohnmächtigem Grimm, ihr nicht helfen zu können, heulen. ›Abschied für immer!‹ dachte er schon mutlos. Da stieß er am Schluß des Briefes auf einige Sätze, die ihn wieder belebten und ihm neue Hoffnung einflößten. Die Nachschrift lautete:

›Ich habe unsere Palastdienerinnen öfters von einem gewissen Ku Ya Ya munkeln und raunen hören. Er soll im Kreise Fu ping ansässig und ein selten beherzter, wackerer Kämpe sein. Ob man vielleicht den um Hilfe bittet?‹

Hsiän Ko stellte unverzüglich Nachforschungen nach dem Genannten an und konnte ihn auch wirklich ausfindig machen. Es war ein verdienter Truppführer im Ruhestande. Er lebte ganz zurückgezogen in seinem Landhaus irgendwo in ländlicher Abgeschiedenheit.

Hsiän Ko scheute den Weg nicht und stattete ihm einen Besuch ab. Und es blieb nicht bei dem einen Besuch. Er freundete sich mit dem wackeren Mann an, erfüllte ihm, soweit es in seiner Macht als Oberhirt des Kreises Fu ping stand, tatkräftig jeden Wunsch und überhäufte ihn mit zahllosen Aufmerksamkeiten und wertvollen Geschenken an herrlichen Seidenstoffen, kostbaren Edelsteinen und seltenen Kunstgegenständen.

Ein volles Jahr ging so der freundschaftliche Verkehr zwischen den beiden, ohne daß Hsiän Ko den Mund aufgetan und sein Anliegen vorgebracht hätte. Eines Tages – die einjährige Amtszeit war inzwischen abgelaufen, Hsiän Ko lebte jetzt als Privatmann in der Kreisstadt Fu ping – erschien plötzlich Ku Ya Ya bei ihm und sprach also:

»Ich bin bloß einer von vielen, ein ausgedienter Krieger, schon alt und wacklig. Ihr habt Euch so gewaltig für meine Wenigkeit angestrengt. Ich habe darüber nachgedacht, welche Absicht wohl hinter soviel Großmut stecken mag. Ich schätze, daß Ihr ein Anliegen an den alten Krieger habt. Vertraut es mir getrost an! Und wenn ich weiter nichts habe, so habe ich doch noch ein Herz. Aus Dank für alle Eure Güte bin ich bereit, meine alten Knochen für Euch zu Pulver zermahlen zu lassen, wenn ich mich Euch nützlich machen kann. Also sprecht Euch getrost aus!«

Hsiän Ko neigte sich gerührt vor ihm und offenbarte ihm sein geheimes Anliegen. Als er geendet hatte, blickte der alte Krieger auf, legte die Hand an die Stirn und sprach:

»Leicht ist die Aufgabe gerade nicht, die Ihr mir stellt. Aber was täte ich nicht um Euretwillen! Gut, ich will es versuchen – aber Geduld müßt Ihr haben. Daß ich es von heute zu morgen schaffe, das dürft Ihr nicht erwarten.«

Hsiän Ko dankte ihm kniefällig.

»Wenn Ihr nur überhaupt ans Werk geht! Wegen des Wann, ob früher oder später – wie käme ich dazu, darüber mit Euch zu rechten!« –

Ein halbes Jahr verging, ohne daß Hsiän Ko etwas Neues hörte. Da klopfte es eines Tages an die Tür. Es wurde ein Brief von Freund Ku Ya Ya abgegeben. Er enthielt die wenigen rätselhaften Worte: ›Bote vom Mao-schan-Berg zurück. Kommt sofort her!‹

Hsiän Ko schwang sich aufs Pferd und jagte zur Behausung von Freund Ku. Der empfing ihn schweigend, nötigte ihn zum Platznehmen und setzte ihm Tee vor. Schweigend schlürfte man eine lange Weile Tee. Endlich konnte Hsiän Ko seine Ungeduld nicht länger bezähmen.

»Was hat es mit dem Boten vom Mao schan für eine Bewandtnis?« wollte er wissen.

»Fertiggemacht. Erledigt. – Trinkt!« kam die seltsame, unverständliche Antwort.

Ku setzte seinem Gast ein reichliches Abendessen und Wein vor, er plauderte über dieses und jenes, aber über die Hauptsache schwieg er sich weiter aus. Erst tief in der Nacht, als alles im Hause schlief und kein unberufener Lauscher mehr zu befürchten war, brach er das Schweigen.

»Habt Ihr zufällig in Eurem Gesinde eine Weibsperson, die mit Fräulein Wu Schuang bekannt war?« fragte er unvermittelt.

»Ja, ihre frühere Zofe Tsai Pin.«

»Bringt sie her!«

Hsiän Ko stand auf und ritt heim. Im Verlauf einer Doppelstunde war er in Begleitung von Tsai Pin wieder zur Stelle. Ku musterte sie prüfend. Dann lächelte er zufrieden.

»Wollt Ihr sie mir für drei bis fünf Tage ausborgen? Ihr selber begebt Euch einstweilen nach Hause.«

Hsiän Ko war einverstanden und ritt in Gedanken versunken allein heim. Was hatte das alles zu bedeuten? Es war ihm völlig rätselhaft. Aber er vertraute Freund Ku.

Wenige Tage später kam ihm plötzlich ein Gerücht zu Ohren: Um die Schuld einer Person von hohem Rang mit zu sühnen, sei eine gewisse Palastdame zum Selbstmord durch Vergiftung verurteilt worden. Sie gehöre mit zu jener Gruppe von dreißig Palastdamen, die zum Dienst an den Kaisergräbern im Park von Tschang loh abkommandiert seien.

Hsiän Ko wurde von banger Vorahnung erfüllt. Zu jener Gruppe von dreißig gehörte auch seine Geliebte, und ihr Vater, sein Onkel Liu, hatte dem falschen Kaiser als Minister gedient! Er war wegen Hochverrats bereits hingerichtet worden!

Er hieß Sai Hung genauere Erkundigung einziehen und fand seine Vorahnung bestätigt: die betreffende Palastdame war seine Wu Schuang! Er war untröstlich.

»Und ich hatte soviel Hoffnung auf die Hilfe des wackeren Ku gesetzt! Nun ist sie tot! Und alles war umsonst!« bejammerte er sich und die Geliebte.

Es war am gleichen Tage tief in der Nacht, da vernahm er ein Pochen an der Tür. Es klang sehr dringend. Er öffnete. Herein trat Freund Ku. Er trug eine seltsame Last auf der Schulter: einen Fischfangkorb. Drin zappelte kein Fisch, sondern lag leblos ein Mädchen im Totenhemd.

»Die da drin ist Eure Wu Schuang«, sagte er, auf den Fischkorb zeigend. »Sie ist zwar leblos, aber nicht tot. In der Herzgegend ist sie noch warm. Übermorgen wird sie wieder am Leben sein. Flößt ihr inzwischen ein wenig heiße Ingwer- und Kräutersuppe ein. Und noch eins: strengstes Stillschweigen!«

Hsiän Ko nahm die Leblose in seine Arme und bettete sie behutsam auf das Bett in Tsai Pins Schlafkammer. Die ganze Nacht wich er nicht von ihrer Seite.

Am nächsten Morgen war ihr ganzer Körper wieder warm geworden. Auch ihr Atem ging wieder. Jetzt schlug sie auch die Augen auf. Ihr Blick fiel auf Hsiän Ko an ihrer Seite. Sie stieß einen leisen Schrei aus und fiel alsbald wieder in Ohnmacht. Er kurierte und dokterte auf alle mögliche Art an ihr herum, versuchte es mit Kneten und Massieren, mit Kräutern und stärkender Ingwersuppe. Endlich gegen Abend kam sie wieder zu sich. Sie war genesen und fühlte sich so gesund und munter wie vordem. Hsiän Ko war überglücklich.

Sein Retter riß ihn noch einmal aus seinem Glück. Er nahm ihn beiseite und erteilte ihm eine neue wunderliche Weisung:

»Laßt Sai Hung hinter dem Haus eine Grube graben, und hübsch tief möchte sie sein.«

Sie schauten beide zu, wie der Graukopf im Dunkel der Nacht grub und schaufelte. Als er tief genug gegraben hatte, zückte Freund Ku plötzlich sein Schwert und schlug ihm seinen grauen Kopf ab, so daß er in die Grube rollte. Hsiän Ko wurde von Furcht und kaltem Schauder gepackt.

»Keine Angst!« beruhigte ihn sein Retter. »Es geschieht um

Eurer Sicherheit willen. Heute zahle ich meine Dankschuld für alle erwiesene Güte an Euch ab, und zwar gründlich. Laßt Euch erklären! Mit dem Mao-schan-Berg, den ich neulich erwähnte, hat es folgende Bewandtnis: Auf seinem Gipfel haust ein heiliger Einsiedler. Ich erfuhr, daß er sich auf die Zubereitung von Zaubertränken und Wunderdrogen versteht. So weiß er auch eine zauberkräftige Schlafpille zu bereiten. Wer sie schluckt, fällt für zwei Tage in einen todähnlichen Schlaf, um am dritten Tag wieder zu erwachen. Ich sandte einen Boten zu jenem Einsiedler und konnte ihn bewegen, mir eine solche Schlafpille zu überlassen. Es war ein weiter Weg bis zum Mao schan. Er liegt in der Provinz Kiangsu bei Nanking. So kam es, daß Ihr zunächst ein halbes Jahr nichts von mir hörtet. Mir diese Schlafpille zu sichern war das erste, was ich unternehmen mußte, wenn mein Plan gelingen sollte.

Nun weiter. Ihr werdet wissen wollen, wozu ich mir Eure Tsai Pin für ein paar Tage ausborgte. Ich brauchte sie, um die Pille Fräulein Wu Schuang zuzuschmuggeln. Tsai Pin mußte sich als Palastbotin ausgeben und den wachthabenden Eunuchen erklären, sie habe den Auftrag, der Palastdame Wu Schuang eine Giftpille zu überbringen. Da sie in den Hochverrat ihres Vaters mit verwickelt sei, müsse sie auch sterben. Es sei ihr aber die Gunst gewährt worden, sich selber auf schmerzlose Art umzubringen. So wurde es nach außen dargestellt. Den wahren Sachverhalt sollte Tsai Pin ihrer Herrin insgeheim mitteilen.

Weiter. Nachdem Fräulein Wu Schuang die Pille geschluckt hatte und man sie für tot hielt, wurde ihre vermeintliche Leiche in Sterbegewänder gehüllt, und es wurde ihr ein Grab zu Füßen der Kaisergräber geschaufelt. Dort sollte sie in aller Stille beerdigt werden.

Bevor es aber dazu kam, trat ich selber in Erscheinung. Ich gab mich als nahen Verwandten der Toten aus und kaufte mir von den Aufsehern ihre Leiche frei, um sie angeblich auf unserem Familienerbbegräbnis zu bestatten. Hundert Ballen doppelt gewebter wasserdichter Seide zahlte ich als Kaufpreis. Auf dem Wege hierher mußte ich noch etlichen Postläufern und Kurieren, denen ich begegnete, Schweigegelder zahlen.

Daß ich den Boten vom Mao-schan-Berg und den Fischer, dem ich seinen Fischfangkorb abkaufte, auf freiem Feld erschlug und hier Euren braven Sai Hung umbrachte, geschah aus Zwang und Vorsicht zu Eurem Besten. Damit waren Zeugen beseitigt, die ausplaudern und Euch schaden konnten. Ich selber als Hauptzeuge muß mir um Euretwillen die Kehle durchschneiden. Dann kann mir später keine Folter mehr Geständnisse abpressen.

Zuvor aber noch eins. Draußen vor der Tür stehen zehn Lastträger mit etlichen Geschenken für Euch. Ferner fünf Pferdekarren mit dreihundert Ballen Seide für Euch. Verschmäht die kleinen Gaben des dankbaren alten Kriegers nicht! Und zu guter Letzt noch einen guten Rat: Um die fünfte Nachtwache herum, bevor es Tag wird, macht Euch auf die Reise! Ihr dürft nicht länger hier wohnen bleiben. Und nehmt andere Namen an! Es gilt alle, aber auch alle Spuren zu verwischen, um Unheil zu vermeiden.«

Nach dieser langen Rede zog er sein Schwert und schnitt sich, bevor Hsiän Ko ihn daran hindern konnte, die Kehle durch.

Hsiän Ko begrub seinen wackeren Retter gemeinsam mit dem braven Sai Hung in der Grube hinter dem Haus. Bevor der Morgen graute, machte er sich mit der Geliebten und der treuen Tsai Pin und allem Troß auf die Reise. Es wurde eine Hochzeitsreise. Wu Schuang durfte das Totenhemd mit dem Brautkleid vertauschen. Die Reise ging gen Westen in die Provinz Sse tschuan. In Tu kung unweit der Yang-tse-Stromschnellen von Wu hsia ließ sich das junge Paar unter falschen Namen nieder. Ein Jahr lang lebten sie dort in der Verborgenheit. Da während dieser ganzen Zeit in der Hauptstadt nicht das geringste über die Angelegenheit ruchbar geworden war, entschloß sich Hsiän Ko, in seine Heimat Hsiang yan überzusiedeln.

Dort lebte er mit seinem Weib fortan in glücklichster Ehe bis ins hohe Alter. Eine blühende Nachkommenschaft, Söhne wie Töchter, war ihnen beschieden.

Der Mohrensklave
oder:
Die Entführung aus dem Serail

Unsere Geschichte begab sich in der Tang-Zeit während der Regierungsepoche Ta li, ›Große Erfahrung‹ (766-780). Damals lebte in der Hauptstadt Tschang an ein Jüngling namens Tsui, der es später zum Offizier der Kaiserlichen Leibwache brachte. Sein Vater war Minister und gut befreundet mit einem großen Feldherrn namens I Pin, der sich himmelhohe Verdienste um Thron und Reich erworben hatte. Eines Tages sandte Vater Tsui seinen Sohn aus, dem Feldherrn I Pin einen Freundschaftsbesuch zu machen. Er hatte gehört, daß I Pin erkrankt sei, und der Sohn sollte ihm Grüße überbringen und sich im väterlichen Auftrag nach seinem Befinden erkundigen.

Es gehörte Mut dazu, sich in die vielfach umwallte, waffenstarrende Bergfeste des gefürchteten alten Kriegers zu wagen. Nun, unser Jüngling war von Natur furchtlos und unbefangen, dabei im Auftreten ruhig, beherrscht und besonnen. Dabei verfügte er über eine angenehme, klare Stimme und wohlgesetzte Redeweise. Auch in der äußeren Erscheinung wirkte er vorteilhaft, sein Antlitz war fein und wohlgeformt, wie aus edelstem Jaspis geschnitten. Das alles berichteten Pförtner und Wächter dem Burgherrn, und so gewährte er dem jugendlichen Besucher Einlaß. Eine Sklavin mußte den Vorhang aufrollen und den Jüngling in den Empfangssaal bitten.

Mit feinem Anstand neigte sich der Jüngling zum Gruß und richtete die Bestellung seines Vaters aus. Mit Wohlgefallen betrachtete ihn der Burgherr. Er war von seiner Gestalt, seinem Wesen und seiner Rede gleich entzückt. Er hieß ihn Platz nehmen und ließ sich mit ihm in eine gemächliche Unterhaltung ein.

Währenddessen warteten drei junge Schönheiten aus den

Frauengemächern des Hausherrn auf. Eine wie die andere war von ungewöhnlicher Anmut und Lieblichkeit. Die erste brachte eine goldene Schüssel voll dunkelroter köstlicher Pfirsiche. Sie brach sie auf, entkernte und schälte sie und legte die Teile auf zwei kleinere goldene Schalen. Die zweite träufelte aus einer silbernen Schüssel süßen Schlagrahm auf die Fruchtstücke. Die dritte im rotseidenen Rock mußte die Schüsselchen dem Hausherrn und seinem Gast vorsetzen. Der Jüngling, sonst tapfer und furchtlos, war von dem ungewohnten Anblick gleich soviel gehäufter weiblicher Schönheit derart verwirrt und befangen, daß er überhaupt nicht zuzulangen wagte. Auf Geheiß des Hausherrn mußte ihm die Rotgerockte die Fruchtspeise erst löffelweise in den Mund einführen, ehe er, über und über rot vor Verlegenheit, davon aß. Die drei Schönen, die ihn heimlich beobachteten, konnten sich eines Lächelns nicht erwehren. Schließlich empfahl er sich.

»Kommt wieder her, wenn Ihr Zeit und Lust habt, edler Jüngling. Ihr seid mir immer willkommen, auch ohne väterlichen Auftrag«, verabschiedete ihn freundlich der Hausherr und hieß die Rotgerockte ihn über den inneren Burghof hinausgeleiten. Unterwegs konnte der Jüngling nicht umhin, den Kopf nach seiner schönen Begleiterin umzuwenden, die hinter ihm her schritt. Da gewahrte er, wie sie ihm heimlich mit den Fingern Zeichen machte. Erst streckte sie bedeutsam drei Finger ihrer Rechten in die Höhe. Dann streckte sie alle fünf Finger aus und kehrte gleichzeitig die Handfläche dreimal um. Schließlich zeigte sie auf den kleinen runden Spiegel auf ihrer Brust.

»Denkt daran!« kam es leise und bedeutsam von ihren Lippen. Es war alles, was sie sagte.

Nachdenklich kehrte der Jüngling heim und überbrachte seinem Vater die Grüße des Feldherrn I Pin. Dann suchte er seine Studierklause auf und vergrub sich in seine Bücher. Eine merkliche Verwandlung ging mit ihm vor. Er, sonst heiter und gesprächig, wurde wortkarg, gedankenverloren, geistesabwesend. Sein Blick war verstört, sein Antlitz zeigte Tränenspuren, sein Sinn war trübe, sein ganzes Wesen wie erfroren, zu Eis erstarrt. Er verschmähte Speise und Trank. Aber eines tat er. Er summte halblaut wohlgesetzte Worte vor sich hin. Sie formten sich zu folgender Stanze:

Lustwandelnd und von ungefähr
Kam ich zu einem Feenschloß hehr.
Ein glitzernd Kleinod – trat die Herrliche herfür,
Und ihres Auges Sternenstrahl galt mir.

Halb offen stand die Pforte rot – als ob sie riefe.
Und Mondglanz füllte mild der Kammer Tiefe,
Beschien ein Antlitz aus Rubinen und aus Schnee,
Doch auf dem Antlitz stand geschrieben Weh.

Vergebens suchten die näheren Vertrauten des Jünglings den Sinn der Strophen zu ergründen. Zum Hausgesinde gehörte auch ein Mohrensklave. Er war auf einem Sklavenmarkt an der Malaienküste erworben worden und war ein Sklave ganz besonderer Art. Ein Riese von Wuchs, die Haut schwarz wie Tusche und glatt wie Öl, Muskeln und Sehnen wie von Stahl. Er vermochte sich aus dem Stand zehn Schritt weit vorwärts zu schnellen und hohe Mauern so mühelos und leicht zu überklettern, daß es fürwahr schien, als ob er fliegen könne. Seine ungewöhnlichen körperlichen Fähigkeiten paarten sich mit einem ungewöhnlichen Verstand. Molo, ›Mohr‹, so wurde er im Hause gerufen. Seinem beobachtenden Blick war die Veränderung im Wesen des jungen Herrn nicht entgangen.

»Was tragt Ihr verborgen im Busen, das Euch solchen Kummer schafft? Teilt Euch getrost dem alten Sklaven mit!« so sprach er eines Tages zu ihm.

»Ach, was kann deinesgleichen schon davon verstehen, was mich im Innersten bewegt!« erwiderte traurig der Jüngling.

»Sprecht Euch nur aus! Der alte Sklave traut sich zu, Euch von dem Kummer zu befreien, der Euch heimlich bedrückt. Er ist bereit, für Euch jedes Werk zu vollbringen, das Ihr von ihm verlangt.«

Der Jüngling hatte betroffen aufgehorcht. Und er vertraute sich dem treuen Sklaven an.

»Wenn es weiter nichts ist!« rief der Mohr lachend aus. »Warum habt Ihr Euch nicht längst offenbart und statt dessen das Leben unnötig schwer gemacht?«

»Aber ihre Fingersprache! Wie ist das Rätsel zu lösen?«

»Sehr einfach. Dieser alte I Pin hält in seinem Serail zehn Schöne verborgen. Jede haust in einem eigenen, durch Hof und Garten und Mauern abgesonderten Wohnturm. Indem die Rotgerockte drei Finger emporreckte, gab sie zu verstehen, daß sie im dritten Hofe wohne. Indem sie weiter die Handfläche mit ausgestreckten fünf Fingern dreimal umkehrte, deutete sie auf die Zahl fünfzehn. Indem sie schließlich nach dem runden kleinen Spiegel auf ihrer Brust zeigte, wollte sie Euch zu verstehen geben, daß Ihr in der Nacht des Fünfzehnten, wenn der Mond voll und rund ist wie ihr Spiegel, zu ihr kommen sollt.« Der Jüngling war aufs höchste beglückt über diese Deutung. »Aber wie hinkommen? Was ist dein Plan? Ach, daß sich endlich der Knäuel meines Grams entwirre und in Lust löse!«

»Hört zu! Übermorgen ist der Fünfzehnte. Bis dahin laßt Euch ein dunkles, knapp und geschmeidig um die Glieder schließendes Wams anfertigen, damit Ihr bei der Unternehmung beweglich und leicht zu Fuß seid. Die weiten Gewänder, die Ihr für gewöhnlich tragt, würden Euch hinderlich sein. Aber zunächst gilt es, die grimme Bestie von Hofhund, die I Pins Serail bewacht, unschädlich zu machen. Das laßt meine Aufgabe sein. Außer mir dürfte schwerlich ein anderer Mensch mit der Bestie fertig werden. Der Hund stammt aus der berühmten Mong hai-Zucht von Tsao tschou (Schan tung). Er ist wachsam wie ein Geist und bissig wie ein Tiger. Jeder Fremde, der unbedacht in seine Nähe kommt, würde unfehlbar von ihm zu Tode zerfleischt werden. Heute nacht noch laßt mich ihn erledigen. Und wenn ich mein Werk vollbracht habe, laßt uns bei Wein und Braten Sieg feiern!«

Um Mitternacht machte er sich auf den Weg zu I Pins Felsenburg. Eine eiserne Kettenschleuder und ein spitzer Dolch waren die Waffen, die er mitnahm. Um den Kopf gewirbelt, mußten die mit spitzen Stacheln bewehrten Kugeln an den Kettenenden jedes Lebewesen, das in ihren Bereich kam, betäuben und tödlich verwunden. Der Dolch sollte dann den Rest geben. Im Verlauf einer Doppelstunde kam er wieder zurück und berichtete kurz: »Der Hofhund ist erledigt. Nun gibt es keine Hindernisse mehr.«

Um Mitternacht des Fünfzehnten half der Mohr dem Jüngling in das neue, ungewohnte, engsitzende schwarzseidene Wams und machte sich mit ihm auf den Weg zu I Pins Burg. Die zwölf Mauern, die zu überwältigen waren, ehe man zum Serail gelangte, nahm er hintereinander im Sprung. Während des Sprunges trug er seinen Begleiter huckepack auf den Schultern, als ob er ein leichtes Bündel wäre.

Endlich stand man vor der zinnoberroten Innenpforte zum dritten Wohnturm im Serail. Sie war unverriegelt und nur angelehnt. Das Innere der Kammer war vom Schein einer goldenen Ampel matt erhellt. Die beiden Ankömmlinge spähten hinein. Da sahen sie die Schöne auf dem Diwan sitzen und hörten sie einen langen Seufzer tun. Wie sie so saß, schien sie ganz Erwartung. Auf ihrem Antlitz lag noch Spannung, die sich gerade eben in Entspannung löste. Auf ihrer Miene war noch Kummer zu lesen, der sich gerade in befreites Aufatmen zu wandeln begann. Die Hand mit dem Reif aus Gold und eisvogelblauem Schmelz, die sie wohl eben noch an das lauschende Ohr gehalten, hatte sie gerade wieder sinken lassen. Jetzt hörten die Lauscher sie leise singen:

Im Tale tief und grünen Hag
Ertönte froh mein Drosselschlag.
Nun schmachte ich in öder Mauern Ring,
Trag Groll dem Räuber, der mich fing.

Ein Perlenkleinod unter Blumen, ward ich dreist gepflückt.
Wozu noch Flöte? Ach, die Phönixpaarung ist mißglückt!
Des Regens Klatschen und der Winde Sausen
Sind einzge Kunde aus der Welt von draußen.

In der Runde war es still und stumm. Die Wächter lagen samt und sonders in tiefem Schlaf. Der Jüngling schob die Perlschnüre des Türvorhangs beiseite und trat ein. Stumm starrte ihn die Schöne eine Weile an. Dann sprang sie vom Diwan, trat auf ihn zu und faßte seine Hand.

»Also habe ich mich nicht in Euch getäuscht! Ich baute darauf, daß Ihr, behend von Verstand, meine stumme Sprache richtig deuten würdet. Und so half ich mir mit der Sprache der Finger. Aber sprecht, vermöge welchen übernatürlichen Zaubers seid Ihr überhaupt hereingekommen?« Der Jüngling erzählte ihr von dem treuen Mohren und wie alles nur seinem klugen Rat und seiner Kraft zu danken war.

»Wo ist der Mohr jetzt?«

»Draußen vor der Tür.«

Sie rief ihn herein und ehrte ihn mit einem Willkommentrunk aus goldenem Pokal. Dann wandte sie sich an den Jüngling und offenbarte ihm ihre beklagenswerte Lage:

»Ich lebte froh und glücklich daheim in der Familie. Wir sind in einer Gegend nördlich von hier ansässig. Es geschah mit Gewalt und mit dem Ochsenziemer in der Hand, daß mich mein gegenwärtiger Herr hierher verschleppte und in seinen Dienst zwang. Eigentlich hätte ich Selbstmord begehen müssen, aber ich brachte es nicht fertig. Es kommt mir wie Diebstahl vor, daß ich noch lebe. Laßt Euch nicht von meinem Aussehn täuschen, von der Wange glatt wie Blei und knospenfrisch – mein Herz ist ein einziges Knäuel von Gram und Leid. Mag ich auch mit kostbaren Eßstäbchen aus Jaspis essen, mag man mir aus goldenen Schüsseln Suppen und Gerichte vorsetzen, mögen mir hinter wolkengesticktem Wandschirm jederzeit die herrlichsten Seidenkleider bereitliegen, mag ich auf weichem Damastpfühl ruhen und förmlich unter Perlen und

Edelsteine gebettet sein – an all diesen Tand habe ich keine Freude. Ich fühle mich hier wie in Fesseln und Banden, wie in einem Kerker. Da Euer wackerer Sklave nun über so hohe Zaubermacht verfügt, was hindert Euch, mich aus meinem Kerker zu befreien? Und sollte mein Gebieter den Arm seiner Ungnade auch strafend nach mir ausstrecken, mein Leben würde ich freudig und ohne Bedauern dafür lassen. Eure treue Magd und Dienerin zu sein und jeden Befehl von Eurem glanzvollen Angesicht abzulesen ist mein höchster Wunsch und Begehr. Doch weiß ich nicht, was Eure eigene erhabene Ansicht ist.«

Der Jüngling war um eine Antwort verlegen und schwieg. Statt seiner nahm der Mohr das Wort.

»Da es der edlen Dame fester Wille und Entschluß ist, nun, so laßt mich machen! Auch das ist weiter keine große Sache für mich.«

Die Schöne vernahm es mit heimlichem Jauchzen. Und der Mohr ging ans Werk. Zunächst galt es, ihre wertvolle Habe in Sicherheit zu bringen. Und so packte er Säcke und Kasten mit Schmuck und Gerät und Kleidung auf seine starken Schultern und trug sie über Mauern und Wälle ins Freie. Zu dreien Malen machte er solchergestalt den Weg hin und zurück. Dann drängte er zur Eile.

»Ich fürchte, bei längerem Säumen wird uns die Morgenhelle überraschen.«

Und er hob die beiden jungen Leute auf seine Schultern und trug sie behend wie auf Flügeln über alle zwölf Mauern. Und so leise und behutsam verrichtete er sein Werk, daß keiner von den Wächtern die Flucht gewahr wurde. Glücklich daheim, versteckte der Jüngling die Geliebte und ihre Habe vorläufig in seiner Studierklause.

Erst am Morgen gewahrte man in I Pins Burg das Verschwinden der Dritten aus dem Serail. Der Burgherr, schon vorher durch den plötzlichen Tod des Hofhundes überrascht, geriet vollends in Bestürzung.

»Ich glaubte bisher mein Haus durch Mauern und Tore wer weiß wie gut gesichert. Die Tore waren über Nacht doch fest verrammelt und verriegelt. Diese Entführung kann nicht mit rechten Dingen zugegangen sein. Das sieht ja aus, als ob der Entführer Flügel gehabt hätte. So leise und spurlos war sein Kommen und Verschwinden. Das muß ein ganz gewaltiger Kämpe von übernatürlichen Fähigkeiten gewesen sein, der das fertiggebracht hat.« So sprach er zu seinen Leuten und gebot ihnen im übrigen Stillschweigen. Er fürchtete weiteres Unheil, wenn er den Vorfall ruchbar werden ließe und so den unbekannten Gegner herausfordern würde. –

Zwei Jahre hatte die Schöne verborgen im Hause des Jünglings gelebt. Eines schönen Tags zur Zeit der Pfirsichblüte unternahm sie eine Spazierfahrt am Ufer des ›Krummen‹ Flusses. Da wollte es der Zufall, daß einer von I Pins Leuten ihrer Kutsche begegnete und die Insassin wiedererkannte. Er verfolgte ihre Fährte heimlich bis zum Haus des Jünglings. Dann erstattete er seinem Herrn Bericht. Der ließ den Jüngling zu sich kommen und verlangte von ihm Rechenschaft. Der junge Tsui wagte dem mächtigen Kriegsherrn gegenüber nicht zu leugnen. Er gestand die volle Wahrheit und schilderte bis ins einzelne, wie die Entführung vor sich gegangen war und wie der Mohr dabei die Hauptarbeit geleistet und ihn und die Geliebte auf seinen Schultern über Mauern und Wälle getragen hatte. I Pin vernahm es mit Staunen.

»Diese Magd trägt zweifellos die Hauptschuld«, so sprach er nach längerem Nachdenken. »Aber da Ihr sie über Jahr und Tag in Eurem Haus und Euren Diensten habt, will ich nicht weiter nach Recht und Unrecht fragen. Doch dieser Mohr – es ist meines Amts, die Allgemeinheit vor solchen gefährlichen Störenfrieden zu bewahren und das Unrecht auszurotten.« Und er schickte fünfzig Bewaffnete und Gepanzerte aus. Sie sollten das Haus Tsui umstellen und den Mohr gefangennehmen. Aber der Mohr vereitelte ihr Vorhaben. Einen siebengezackten Eisenzinken in der Faust, sprang er mit gewaltigem Satz über die

Hofmauer und entkam. So leicht und rasch ging es, als ob er auf Adlerflügeln davongerauscht wäre. Vergeblich prasselte ihm ein ganzer Hagelschauer von Pfeilen nach. Nicht ein einziger traf. Weg und verschwunden war er und blieb er.

I Pin befiel kein geringer Schrecken, als er von dem Ausgang der Sache erfuhr. Jetzt tat ihm leid, daß er überhaupt etwas gegen den Mohren unternommen hatte. Der Mißerfolg konnte seinem eigenen Ruhm Abbruch tun. Überdies mußte er von seiten eines so unheimlichen Gegners auf alles gefaßt sein. Von Stund an verdoppelte er die Zahl der Leibwächter, die ihn Nacht für Nacht mit Schwertern und Spießen bewaffnet bewachen mußten. So hielt er es ein volles Jahr. Da sich nichts ereignete, stellte er die übertriebenen Vorsichtsmaßnahmen wieder ein.

Es war zehn Jahre später, da ereignete sich doch etwas. Jemand aus dem Hausgesinde des Ministers Tsui wollte den Mohren auf dem Lo yang-Markt in der Stadt wiedergesehen haben. Er hätte Heilkräuter zum Verkauf feilgeboten. Im Aussehen wäre er völlig unverändert geblieben, derselbe wie vor zehn Jahren.

Der gelbe Rock

Eine festliche Menge flutete durch die ›Laternenzelle‹, Kantons Hauptgeschäftsstraße. Die milde Neujahrssonne, die schon fast mit Lenzeskraft aus wolkenlosem Blau herablächelte, hatte groß und klein auf die Beine gebracht und auch die Ladenbesitzer veranlaßt, ihre Schätze draußen im Freien an den Häuserfronten entlang in offenen Auslagen aufzubauen. Auf niedrigen Schemeln hockend, hielten sie daneben Wacht, schmauchten vergnügt blinzelnd aus langen Wasserpfeifen und ließen sich von der Nachmittagssonne bestrahlen. Da gleißten nun verführerisch all die köstlichen Dinge, die vielbegehrten mattgrün und milchig schimmernden Yadeschnitzereien, die schweren Dosen und Kasten aus getriebenem Kantonsilber, die hauchdünnen Porzellane aus Kiu kiang, die traumhaften Seidenstickereien aus Nanking, und dort auf einer ganzen Reihe von Tischen türmten und priesen sich zu verlockend billigen Preisen an die herrlichsten getragenen Kleider aus reichem Privatbesitz. Denn was ein vornehmes Haus ist und etwas auf sich hält, pflegt seine Garderoben nicht länger als zwölf Monate in Benutzung zu haben.

An ein nennenswertes Geschäft war heute allerdings nicht zu denken. Zwar flogen der begehrlichen Blicke genug herüber, und mancher Schönen kleine Zähne knabberten nervös an langen gepflegten Fingernägeln. Doch kaufen? Dazu gehört umständliches Prüfen und Feilschen, gemächliches Plaudern über Wetter und Kinderzahl, bedächtiges Schlürfen aus Teetassen, die den Kunden gratis zu servieren für jeden anständigen Händler eine Selbstverständlichkeit ist. Zu all dem fehlte heute die Muße, denn das schob und drängte unaufhaltsam nach vorwärts, und wer sich dem allgemeinen Strom entgegenstemmen wollte, war Scheltworten und Püffen ausgesetzt.

Der dicke Buchhändler Tschang allerdings schien gegen derlei Unfreundlichkeiten unempfindlich zu sein. Mit unbeirrbarer Hartnäckigkeit verweilte er an einer gewissen Stelle der Auslagen und starrte wie unter dem Zwang einer Hypnose nach jenen getragenen Kleidern aus Privatbesitz, die sich da in reicher Auswahl zum Kauf präsentierten. Langsam quetschte er sich von Stand zu Stand, und jedesmal, wenn seine ergiebige Besichtigung eines Kleiderstandes beendet war, malte sich deutlich schmerzliche Enttäuschung in seinem feisten Antlitz. Der stattliche, wohlbeleibte Dreißiger, der vermögende Buchhändler Tschang war nun am letzten Kleiderstand angelangt. In diesem Augenblick tönten von weitem laute ›Platz! Platz!‹-Rufe. Die Menge, die eben noch die Straße in ihrer ganzen Breite gefüllt hatte, furchte sich wie durch Zauberschlag in zwei Wälle, zwischen denen sich eine breite Rinne öffnete. Dann hörte man das Geklapper von Pferdehufen; ein Dutzend Berittener kam langsam des Wegs, dahinter zu Fuß eine Schar Trabanten mit langen hölzernen Spießen, an deren Enden junge geröstete Ferkel aufgespießt waren, dann folgte, von zwölf grünbewamsten Trägern getragen, eine große, offene, mit grüner Seide bespannte Polstersänfte, hinter der ein mächtiger gelbseidener Ehrenschirm schwankte, während ein weiteres Dutzend von Leuten mit roten Bannern und riesigen Stocklaternen den Beschluß machte. In scheuem Respekt waren die Blicke der sich tief verneigenden Menge der Sänfte gefolgt. Der da wuchtig und voll Würde, unbewegt wie eine Buddhastatue, im Sänftenpolster lehnte, war Seine Exzellenz Pao, der gefürchtete Gouverneur der Stadt Kanton, von dem der Volksmund erzählte, daß schon seit zehn Jahren kein Lächeln mehr über sein Antlitz gekommen sei.

Exzellenz Pao befand sich auf dem Wege zu einer Neujahrsvisite. Majestätisch wippte ihm die lange Pfauenfeder vom Ende der runden Mandarinenmütze über die Schultern, und das herrliche Goldgelb seines seideknisternden Prunkgewandes blendete, der Sonne gleich, die Augen der Menge.

»Herrlich, wie der Himmelssohn!« hatte, in starre Bewunderung versunken, Herr Tschang geseufzt.

Nun war der Zug vorüber, und wie zwei Wogen brandeten die getrennten Menschenmassen sogleich wieder zusammen. Tschang wandte sich erneut der Betrachtung des letzten Kleiderstandes zu. Vor innerer Aufregung fast zitternd, markierte er gleichwohl nach außen Gleichgültigkeit, ohne indes den schlauen Verkäufer täuschen zu können.

»Ist die Sache so selten, daß dem Herrn die Wahl so schwerfällt?« erkundigte er sich lauernd.

»Einen gelben Mandarinenrock!« brachte Tschang im Flüsterton hervor.

»Seid Ihr von Sinnen? Wißt Ihr nicht, daß Gelb dem Himmelssohn und seinen Stellvertretern vorbehalten ist? Wollt Ihr Euren und meinen Rücken dem Bambusprügel aussetzen? Hundert Streiche gibt es laut Gesetz für das unbefugte Tragen und Verkaufen eines gelben Rockes!«

»Pst!« hauchte der andere, sich scheu nach rechts und links umblickend. »Der Preis spielt keine Rolle.«

Das hatte der listige Händler nur hören wollen. Jetzt senkte er gleichfalls die Stimme und fuhr leise fort:

»Ich habe, was Ihr begehrt. Heute abend, pünktlich beim zweiten Trommelschlag erwarte ich Euch.«

Tschang nickte und war von der Menge verschluckt. Er benutzte den Rest des Nachmittags, um die Gasse der Kupferschmiede aufzusuchen und vier mannshohe blanke Kupferspiegel zu kaufen. Sie mußten ihm sofort in seine Wohnung gebracht werden.

Pünktlich zur Stunde des zweiten Trommelschlags stand er wieder vor dem bereits geschlossenen Laden des Kleiderhändlers. Ein schmaler Türspalt ließ ihn hereinschlüpfen, dann wurde er in einen der stockdunklen hinteren Räume geführt, wo der Händler bei Kerzenschein eine alte Kampferholztruhe öffnete und aus deren tiefstem Grunde ein Etwas hervorholte, was Tschangs Herz wilder schlagen machte. Ein echter Mandarinenrock aus knisternder, leuchtendgelber Seide, mit dem rot gestickten fünfprankigen Drachen auf der Brust, fast neu und so prächtig, als stamme er aus der kaiserlichen Garderobe, lag ausgebreitet vor ihm da. Tschang taumelte vor Entzücken, die geforderten zehn Goldunzen wurden, ohne ein Wort zu verlieren, auf den Tisch gezählt, dann verschwand die gelbe Pracht in einer unansehnlichen blauen Tuchhülle, und schon war der Glückliche mit seinem Schatz unter dem Arm hinausgestürmt.

Herr Tschang stand zwar auf bestem Fuße mit dem Gott des Reichtums, dessen Bronzebildnis in seinem Privatkontor dicht neben dem Geldschrank prangte und vor dem er pünktlich am Morgen und Abend seine Reverenzen darzubringen und die üblichen Räucherstäbchen abzubrennen gewohnt war. Ja, sein Geschäft war gesegnet, er durfte sich begütert nennen. Und doch war er nicht restlos glücklich, eins wurmte ihn, fraß an seinem Herzen. Bei all seinem Reichtum war ihm der Zugang zu jenen illustren Kreisen der höheren Geistigkeit, der Mandarinenklasse, verschlossen, nie hatte er eine Staatsprüfung bestanden, nie einen literarischen Grad erreicht, immerdar würden jene stolzen Gelbröcke auf ihn als ein inferiores Wesen herabsehen dürfen. Da war ihm nun vor Monaten ein kurioser Einfall gekommen. Wie, wenn er sich nun für Geld heimlich einen gelben Mandarinenrock beschaffte, ihn daheim hinter verschlossenen Türen ganz zu seinem persönlichen Ergötzen anziehen und sich dabei einbilden würde, er sei tatsächlich Mandarin? Konnte ihm so die Phantasie, unterstützt durch etwas äußeren Schein, nicht einen gewissen tröstlichen Ersatz für die fehlende Wirklichkeit bieten? Der Gedanke, einmal geboren, verließ ihn nicht mehr, fraß sich in seinen Eingeweiden fest, wurde ihm zur fixen Idee. Seit Monaten war er auf der Suche nach einem gelben Rock gewesen. Heute endlich sah er seine Mühe belohnt.

Zu Hause angelangt, schloß er sich in seinem Schlafgemach ein, warf hastig sein dunkles Obergewand ab und schlüpfte in den gelben, seidenen Rock. An jeder Zimmerwand hatte er einen der vier mannshohen Kupferspiegel aufgestellt, ihre glatten Flächen noch einmal sorgfältig abpoliert, und nun betrachtete er sich bei dem festlichen Glanz von sechzehn Kerzen bald von vorn und von rückwärts, bald von Ost und von West.

»Jetzt bin ich Mandarin«, seufzte er beseligt. Und das Schwungrad seiner Phantasie begann sich rascher zu drehen.

»Aha, da kommen Kollegen zu Besuch«, murmelte er.

Und in komischer Gravität schritt er gemessen und der Reihe nach auf jede der blanken Metallflächen zu, hob seine übereinandergefalteten Hände in Brusthöhe und vollzog vor seinem Spiegelbild jene feierliche Verneigung, wie sie das Buch der Zeremonien als Gruß unter Mandarinen vorschreibt. Gleichzeitig begann er eine halblaute Unterhaltung mit sich selber in jener blumenreichen, feinziselierten Sprache, wie sie unter den Angehörigen der Literatenklasse üblich ist und wie er sie mit Fleiß den Romanwerken seiner Bibliothek abgelauscht hatte. Schließlich vollzog er vier Abschiedsverneigungen, zog sein gelbes Gewand wieder aus, breitete es behutsam über die Lehne eines kostbar geschnitzten Schwarzholzsessels, löschte die Kerzen und legte sich schlafen.

In dieser Nacht träumte er, daß er zum Minister ernannt und vom Himmelssohn selber huldvollst in Audienz empfangen worden war. Das gleiche Spiel wie am Vorabend trieb er nun Tag für Tag, drei Monate lang, ohne dessen satt zu werden. Nun war der Lenz gekommen, und eines Morgens lachte die Sonne so verführerisch, daß Tschang beschloß, diesen ganzen Tag mit beschaulichem Flanieren auszufüllen.

»Eigentlich müßte es berauschend sein, im gelben Rock über die Straße zu schreiten und sich vorzustellen, wie alles respektvoll zur Seite weicht und mir huldigt.«

Tschang konnte der Versuchung nicht widerstehen. Nach beendetem Frühstück schlüpfte er in den gelben Rock, raffte ihn aber mit Nadeln ein wenig in die Höhe, so daß er von seinem schwarzseidenen Alltagsrock, den er nun darüberzog, völlig verhüllt war. Noch nie zuvor hatte die Nachbarschaft den dicken Buchhändler so würdevoll sein Haus verlassen sehen. In gemächlicher Gangart ausschreitend, gelangte er zum Mittagstor in der hohen Trennungsmauer zwischen der nördlichen Tartarenstadt und der südlichen Chinesenstadt, durchquerte etwas schneller und mitunter die Nase rümpfend die von beizenden Düften erfüllten winkligen Gassen der Chinesenstadt und gelangte endlich durch das südliche Stadttor.

Noch wenige Schritte, und er hatte das Ufer des von Dschunken und Hausbooten aller Größe wimmelnden Perlflusses erreicht. Nun mußte ihn ein Fährboot zum westlichen Ufer übersetzen. In üppigem Grün geborgen, träumten hier die geschmackvollen Besitzungen der Vornehmen. Da ragte eine zierliche Pagode, dort leuchteten zwischen dunklen Zypressen weiße Marmorbilder und rot getünchte Wände eines malerischen Buddhatempels. Und zwischendurch breiteten sich sanfte, baumbestandene Anhöhen und blumenübersäte Matten. Hier war gut lustwandeln.

Tschang wählte eine kleine Anhöhe als Ziel und ließ sich am Saum eines Zederngehölzes nieder, um zu rasten und sich an der prächtigen Rundsicht zu weiden. Wie er so dasaß, kam ihm ein verwegener Gedanke.

»Noch nie zuvor habe ich meinen gelben Rock vom Sonnenglanz bestrahlt gesehen. Da muß er sich doch noch tausendmal prächtiger machen als in der Kammer bei der trüben Beleuchtung von sechzehn kümmerlichen Kerzen.«

Schon hatte er die dunkle Hülle des schwarzen Obergewandes abgeworfen. Und da er rundum keinen Menschen erblickte, wagte er, aus dem Baumschatten heraus ein wenig seitwärts zu rücken, so daß er nun vom vollen Sonnenschein bestrahlt war. Das gelbe Gleißen um seinen stattlichen Leib wollte ihm schier die Augen blenden und verwirrte ihm fast die Sinne. Da schrak er auf einmal zusammen. Ganz in der

Nähe hatte er menschliche Laute vernommen. Ja, deutlich unterschied sein Ohr zwei mondscheinklare Mädchenstimmen.

Von Neugier gepackt, schlich er auf den leisen Sohlen seiner gefütterten Seidenpantoffeln jener Stelle zu, von der das Geräusch der Stimmen herüberkam. Das schwarze Obergewand über den gelben Rock zu stülpen hatte er in der Aufregung vergessen. Jetzt hemmte eine hohe Bambushecke seinen Schritt. Herr Tschang stand am äußersten Parkzaun der Besitzung Seiner Exzellenz Pao, des Gouverneurs von Kanton.

Und drinnen tummelten sich beim Federballspiel die liebreizende Tochter des Gouverneurs, Fräulein Nephritwolke, mit ihrer gleichaltrigen Zofe und Gespielin Pfirsichblüte. Tschang hielt den Atem an und spähte mit Herzklopfen und gespitzen Ohren durch eine Lücke der dichten Hecke.

Plötzlich stockte das helle Lachen der beiden Ballspielerinnen und wurde von einem schmerzlichen ›O weh!‹ unterbrochen. Der Federball war in einen kleinen, von Wasserlilien und künstlichen Felsen eingefaßten See gefallen.

»Oh weh«, seufzte Nephritwolke, »nun wird's herauskommen, daß wir ungehorsam waren und den verbotenen Außenpark betreten haben. Oh, wie wird uns Vater schelten! Wir müssen den Ball herausfischen. Gib mir den Fächer.«

»Der Arm meiner kleinen Herrin reicht nicht so weit. Außerdem fürchte ich, Ihr werdet das Übergewicht verlieren und hineinfallen. Der See ist nicht tief, ich werde hineinwaten.«

»Nein, die nassen Kleider würden uns verraten. Wir wollen ihn mit Steinen ans Ufer treiben.«

Und sie begannen, mit kleinen Steinen nach dem Flüchtling zu zielen. Doch der grünrot gefiederte Ball tanzte nur auf und ab und spottete ihrer Bemühungen. Nun standen sie stumm und ratlos.

Da tönten auf einmal von irgendwoher folgende in kunstvollem Rhythmus halb gesprochenen, halb gesungenen Worte an ihr Ohr:

»Zwei Schöne trauern, ihre Blicke suchen den treulosen Gefährten ihres Spiels auf Wellen unerreichbar. Doch Tschang, der Mandarin, lustwandelnd im Gehölz der Zedern, erbietet sich, ihr Leid zu bannen.« Überrascht hatten sich die beiden jungen Mädchen umgeblickt. Dort, wo die Stimme hergekommen war, leuchtete ein goldgelber Fleck durchs Grün der Bambushecke. Nephritwolke hatte ihr Köpfchen sofort wieder gewendet und hinter dem Fächer geborgen.

»Soll ich ihm antworten?« fragte Pfirsichblüte ihre Herrin.

»Wie sieht er aus?«

»Ein stattlicher junger Kavalier in Amtsrobe. Sein Gesicht wirkt etwas komisch, doch wäre ich zufrieden, es meines Gatten Gesicht nennen zu dürfen.«

»Du bist recht hitzig. Gut, antworte. Die Höflichkeit gebietet es. Sage ihm, ich ließe ihm für sein Angebot danken, müßte es aber ablehnen.«

Pfirsichblüte wandte sich dem gelben Fleck zu.

»Hochedler Herr Mandarin, meine Herrin läßt Euch sagen, daß sie die Tochter des Gouverneurs Pao ist und Nephritwolke heißt. Ich selbst nenne mich Pfirsichblüte, zähle siebzehn Lenze und bin noch unvermählt.«

Das Wort Gouverneur hatte Tschangs rosige Wangen jäh erblassen gemacht. Inzwischen hatte Pfirsichblüte ob ihrer vorwitzigen Antwort ihren Tadel wegbekommen.

»Was fällt dir ein! Hatte ich dich geheißen, so zu ihm zu reden?«

»Ich werde nochmals sprechen und meine erste Antwort verbessern«, schlug die Gescholtene vor.

»Gut, und sage ihm, daß es für ihn schicklich sei, sich auf der Stelle zu entfernen.«

»Hochedler Herr Mandarin. Meine Herrin bittet Euch, näherzutreten und in Eurer gütigen Großmut den Federball aus dem Wasser zu fischen.«

»Loses Ding, das wird dich die Peitsche kosten!« schalt Nephritwolke.

»Ach, liebe Herrin, er ist so niedlich!« Weg war sie und hatte rasch eine kleine verborgene Pforte geöffnet, durch die sich nun der gelbe Fleck in seiner imposanten Fülle hindurchzwängte.

Nephritwolke, durch die Fächerspalten lugend, prustete sich heimlich vor Lachen, als sie das drollige Antlitz des Fremden mit dem Doppelkinn näherkommen sah.

›Pfirsichblüte hat einen auserwählten Geschmack‹, dachte sie bei sich.

Unter zahllosen tiefen, feierlichen Verneigungen, höfliche Begrüßungsfloskeln murmelnd, hatte sich Tschang den beiden jungen Damen genähert und dann einen langen Bambuszweig abgebrochen. Nicht ohne Geschick gelang es ihm, mit dem Zweigende dem Ball einen kräftigen Stoß zu versetzen und dann mit künstlichen Wellen nachzuhelfen, so daß sich der Flüchtling nun dem anderen Ufer genähert hatte. Triumphierend langte er ihn aus dem Wasser heraus.

»Welche hohe Geistesgaben er verrät! Er ist ein Talent!« hauchte Pfirsichblüte voll Entzücken.

»Nun sprich ihm unseren Dank aus und bitte ihn, sich zurückzuziehen und sich nie wieder in unsere Nähe zu wagen«, befehl ihr Nephritwolke.

»Meine Herrin sagt Euch unendlichen Dank und bittet Euch, morgen um dieselbe Stunde wieder im Zedernwäldchen zu sein und uns die Ehre Eurer glanzvollen Gegenwart zu schenken.«

»Die Zunge soll dir abgeschnitten werden!« zischte Nephritwolke, packte die Gefährtin beim Ärmel und zerrte sie eilig mit sich fort, konnte indes nicht verhindern, daß Pfirsichblüte noch einmal ihren Kopf wandte und dem gelben Klecks zum Abschied einen glühenden Blick zuwarf.

Trunken vor Seligkeit, wandte sich Tschang endlich zum Gehen und machte sich auf den Heimweg.

Nach schlafloser Nacht fand ihn schon der zeitige Morgen vor seinen vier Kupferspiegeln, mit emsiger Toilette beschäftigt. Entgegen seiner sonstigen Gepflogenheit schenkte er diesmal den reichlichen Platten seiner Frühstückstafel nur geringe Beachtung, und nicht mit bedächtiger Würde wie gestern, nein, mit froher Hast verließ er heute die Schwelle seines Hauses. Weit voraus aber flatterten seinem Schritte seine Gedanken. Wovon er bisher nur schüchtern und resigniert zu träumen gewagt hatte, nämlich Eingang in ein vornehmes Haus der Mandarinenklasse zu finden, das schien nun seit gestern der Verwirklichung entgegenzureifen. Von diesem berauschenden Gedanken ganz erfüllt, achtete er heute nicht des Wegs und des Treibens auf der Straße, nicht der Häuser und der Menschen, nicht der lachenden Frühlingssonne. Wie ein Trunkener, ein Nachtwandler, ein Blinder, schritt er nur immer vorwärts. So war er wieder in das Straßengewirr der Südstadt gelangt, wo die Gassen mitunter so schmal sind, daß kaum zwei Personen nebeneinander vorüberkönnen.

Da, in der winkeligen Kesselflickergasse, fügte es der tückische Geselle, der Dämon des Irrtums, daß der hastige Wanderer mit dem Rock versehentlich einen lose neben einer Ladentür aufgetürmten Stapel von Kupfergefäßen streifte, mit dem Erfolg, daß der ganze Stapel laut dröhnend zusammenstürzte. Im selben Augenblick schoß aus der Ladentür ein schmutziger kleiner Köter heraus und heftete sich mit wütendem Gekläff dem erschreckten Tschang an die Fersen. Sein Gekläff alarmierte im Nu sämtliche Köter der ganzen Nachbarschaft, die nun aus allen Winkeln und Fluren hervorgekrochen kamen und in allen Tonlagen bellend und heulend sich ihrem Gefährten anschlossen. Dieses vielstimmige Hundekonzert wieder lockte die Hausbewohner in Scharen vor die Tür, mit einem Schlage quoll die schmale Gasse von neugierig aufgeregten Menschen, niemand wußte recht, was los war, von irgendwo kam der Ruf: ein Dieb!

In diesem kritischen Augenblick, wo Tschang weise getan hätte, stehenzubleiben und den harmlosen Zwischenfall ruhig aufzuklären, war es wieder der Dämon des Irrtums, der ihm einflüsterte: Lauf zu! Und er begann in tollen Sätzen wie ein Besessener zu laufen, hinter ihm drein die kläffende Meute und ein schwarzer Knäuel von verfolgenden Menschen. Vielfach erscholl jetzt der Ruf: Dieb! und in der Ferne tauchten bereits geschwungene Knüppel einer Polizeistreife auf. Mit einemmal mischte sich in das laute Schreien der Menge schallendes Gelächter. Zwei Köter hatten nach dem flatternden schwarzen Rocksaum des Flüchtlings geschnappt, ihn glücklich erwischt und einen mächtigen Fetzen in ihren Zähnen behalten, und unter der Lücke war nun ein leuchtendes Gelb zum Vorschein gekommen.

»Ein gelber Rock! Er trägt einen gelben Rock!« lachte und höhnte es von allen Seiten.

Dem unglücklichen Tschang sträubten sich die Haare, noch wilder rannte er drauflos, bis das Ufer des Perlflusses seinem tollen Lauf Einhalt gebot. Da brach er erschöpft zusammen und ließ sich von den herbeistürmenden Polizeibütteln in Empfang nehmen. Unter der Anklage der Majestätsbeleidigung, begangen durch unbefugtes Tragen eines gelben Rockes, wurde er als Häftling in die Stadtvogtei eingeliefert. –

An diesem Nachmittag erging sich Seine Exzellenz der Gouverneur Pao mit seiner Tochter und deren Gespielin lustwandelnd im Park unter den Obstbäumen, die gerade in voller Blüte standen. Plötzlich erschien ein Amtsdiener des Stadtvogts und überbrachte ihm ein Schreiben. Es handle sich um die Vollstreckung eines Urteils, das noch seiner Unterschrift bedürfe. Während der Gouverneur das geöffnete Schreiben vor sich hielt, konnte Nephritwolke nicht umhin, über die Schulter des Vaters hinwegzulugen, und da las sie zu ihrem Schrecken: ›Der Buchhändler Tschang, der auf der Straße, mit einem gelben Rock bekleidet, aufgegriffen wurde, wird wegen Majestätsbeleidigung zu hundert Schlägen mit dem schweren Bambusknüppel verurteilt.‹ »Sonderbare Geschichte«, murmelte nachdenklich der Gouverneur. »Dieser biedere Handelsmann steckt sich in einen gelben Rock. Was mag sein Motiv gewesen sein?« –

»Was gibt's da zu lachen? Die Sache ist ernst genug!« wandte er sich auf einmal unwillig seiner Tochter zu, die neben ihm von einem wahren Lachkrampf geschüttelt wurde.

»Väterchen, ich kenne sein Motiv.«

»So? Dann leg los.«

Nephritwolke begann das gestrige Abenteuer zu berichten und schloß listig:

»Er hielt Pfirsichblüte, in die er sich verliebt hat, für die Gouverneurstochter und, um ihr zu imponieren und sie zu gewinnen, sah er keine andere Möglichkeit, als einen kleinen Betrug zu begehen. Er präsentierte sich ihr als Mandarin im gelben Rock. Liebe war sein Motiv!«

Nephritwolke hatte geendet, und ihre Worte bewirkten ein seltenes Wunder. Was seit zehn Jahren nicht mehr erlebt worden war, ereignete sich in diesem Augenblick. Die Maskenstarre des Gouverneurgesichts löste sich, ein mildes Lächeln verklärte auf einmal seine strengen Züge.

»Väterchen, er hat dich lächeln gemacht! Das verdient Belohnung! Du mußt ihn begnadigen und Pfirsichblüte zu seiner Frau machen!« jubelte Nephritwolke, den Gouverneur etwas respektwidrig an seinem eisgrauen Kinnbart zupfend. Gleichzeitig fiel Pfirsichblüte in die Knie und flehte ihrerseits um die Begnadigung und die Hand des Geliebten. Der Gouverneur ließ sich erweichen.

»Schön. Er sei begnadigt. Du würdest andernfalls einen Trümmerhaufen von Gatten bekommen haben.«

Das Schriftstück mit dem Urteil löste sich alsbald in Fetzen und Wohlgefallen auf. Der Amtsbote überbrachte statt dessen dem Stadtvogt ein anderes Schreiben, in dem die sofortige Freilassung des Buchhändlers angeordnet und gleichzeitig die Genehmigung seiner Heirat mit Pfirsichblüte ausgesprochen war. Tschangs Traum war auf seltsamen Umwegen also Wirklichkeit geworden. Das Lächeln aber, das seinen Ursprung im Gouverneursgarten genommen hatte und letzten Endes einem gelben Rock zu danken war, sollte sich noch vertausendfachen und zu vielfältigem Segen auswirken. In der milden Laune, wie sie den strengen Gouverneur nun einmal überkommen hatte, ordnete er außerdem eine weitreichende Amnestie und eine dreimonatige Steuerbefreiung an. So kam frohes Lächeln über eine ganze Stadt, über Millionen. Und auch der Alte im Mond, der Schutzpatron aller Verliebten, hat an diesem Abend so geschmunzelt und gelächelt wie seit langem nicht.

Die Entführung

Nach dem Nachtmahl legte Wolkenkranich seinen langen, weiten Tagesrock ab und schlüpfte in die schwarze Sporttracht, die er bei nächtlichen Unternehmungen zu benutzen pflegte. Knappes schwarzes Wams, schwarze Pumphosen, straffer breiter Lendengurt, dunkle Wickelgamaschen, leichte schwarze Sportschuhe mit weichen Filzsohlen, der Zopf hochgewickelt und unter einem schwarzseidenen straff geknoteten Kopftuch versteckt. An der einen Gürtelseite der Werkzeugsack mit einer Axt, einer hanfenen Strickleiter, mit Feilen, Bohrern, kleinen Sägen und ähnlichem Handwerkszeug als Inhalt. An der anderen Gürtelseite ein geheimnisvoller Lederbeutel baumelnd: das schrecklichste und unheimlichste Mordinstrument der damaligen Zeit, genannt ›Blutstropfen‹. Auf dem Rücken in den Gürtel geschoben eine blanke Klinge.

Also ausgerüstet, von Kopf zu Fuß in Schwarz, stieg er aus dem Fenster, schnellte sich in die Höhe und machte sich auf den gewohnten Weg über Dächer und Mauern. Wie eine Schwalbe huschte er dahin und schwebte leicht und geräuschlos über Dachfirste und Giebel und schwang sich behend wie ein Affe von Ast zu Mauerkrone und von Mauerkrone zu Ast. Nicht das leiseste Geräusch einer sich verrutschenden Schindel, kein Knacken und Knarren ward unter seinem federleichten Schritt hörbar.

Nun befand er sich im hintersten Parkzipfel jenes Palastbezirks, der vom ersten Prinzen bewohnt wurde.

Es war eine sternenklare Nacht. Beim hellen Schein dieser funkelnden Sterne vermochte er sich mühelos in dem fremden Parkgelände zurechtzufinden. Auf gewundenen Pfaden, an krummen, überdachten Wandelgalerien entlang schlich er sich vorwärts. Von einer grotesk geformten künstlichen Felsenhöhe aus hielt er Umschau. Er befand sich unweit des Lotosteichs. Deutlich konnte er durch die Stille der Nacht das schnappende Geräusch der Karpfen hören, die sich unter dem Wasserspiegel tummelten und auf der Jagd nach Nachtmücken waren. Aus einem Fenster des nahen Seepavillons blinkte Licht. Er schlich sich unter das erleuchtete Fenster und lauschte. Obwohl das gläserne Fenster geschlossen war, konnte er die drinnen laut geführte Unterhaltung gut verstehen. Er unterschied zwei Stimmen. »Nun sage schon, welche Reize deine Base vor anderen Mädchen voraus hat, daß man sie so rühmt und schätzt, als ob sie ein wandelnder Edelstein wäre. Ich traue diesem ganzen Gerede nicht recht«, ließ sich die eine Stimme vernehmen.

»Ihr besonderer Vorzug läßt sich mit Worten schwer beschreiben«, fiel die andere Stimme ein. »Meinetwegen glaube es oder glaube es nicht, Tatsache ist, der Körperhaut meiner Base haftet von Kind auf ein ganz auffälliges, köstliches Aroma an, wie von Orchideen. In dem Maße, wie sie herangewachsen ist, hat sich dieses merkwürdige Aroma verstärkt, es ist so kräftig, daß es sogar ihre Bett- und Leibwäsche durchdringt. Wenn man ihr Zimmer betritt, schlägt einem ein förmlicher Schwaden von Orchideenduft entgegen. Ihre weiblichen Verwandten, ihre Freundinnen und Mägde machen sich geradezu ein Vergnügen daraus, ihre Patschen, ihre Arme, ihren Hals und Nacken zu beschnuppern, genauso wie man eine wohlriechende Blume beschnuppert. Es kommt noch etwas hinzu. Ihre Haut und ihr Haar sind von Natur so glatt, seidenweich und glänzend, daß sie weder Puder noch Schminke noch Haaröl zu benutzen braucht. Sie kennt diese Schönheitsmittel nur vom Hörensagen. Wenn sie aus der Badewanne steigt, dann läuft und rinnt das Wasser an ihrem Körper wie Quecksilber in Gestalt von einzelnen runden Kügelchen ab, und ihr Körper ist im Nu und ganz von selbst so trocken, als ob er überhaupt nicht mit Wasser in Berührung gekommen wäre.

Und nun etwas Drittes. Ihr Teint, ihre ganze Körperhaut ist auffallend hell, aber dieses Hell hat eine merkwürdige Eigenschaft an sich: es opalisiert, es spielt in alle möglichen Farben, bald ins Bläuliche, bald ins Gelbliche, bald ins Rötliche, bald ins Weißliche. Es ist unmöglich, dieses entzückende Farbenspiel genau zu beschreiben. Wollte man auf ihre Haut den Vergleich mit Jade oder mit Schnee oder mit Blütenstaub oder mit Lammfett anwenden, so käme man immer noch nicht an die Wirklichkeit heran. Jedenfalls wirkt ihre Haut in ihrer natürlichen frischen Tönung viel, viel schöner als irgendeine geschminkte Puderlarve.

Und schließlich noch ein Viertes. Meine Base schwitzt nie. Selbst bei größter Hitze hat ihre abgelegte Unterwäsche und Kleidung nicht den geringsten Schweißfleck aufzuweisen.

Im übrigen ist sie von sanftem, gutartigem Wesen, gleichzeitig aber sprüht sie von Schalk und Lebenslust. Stets trägt sie eine heitere Miene zur Schau, noch nie hat man die blanke Silberschale ihres Gesichts auch nur durch den leisesten Schatten von Verdruß oder Übellaune getrübt und entstellt gesehen.«

»Alle Wetter, dann ist deine Base allerdings eine Perle von ganz hohem Seltenheitswert. Du solltest sie in den Palast bringen und einem prinzlichen Seitengemach zuführen. Damit könntest du dein Glück machen.«

»Ich habe auch schon daran gedacht. Aber leider geht es nicht. Meine Familie ist von chinesischer Herkunft, und nach dem geltenden Hausgesetz ist bekanntlich eine Verbindung zwischen einem Mandschuprinzen und einer Chinesin verboten. Andernfalls hätte ich meine Base längst dem achten Prinzen zugeführt. Zu schade, wo doch jetzt der achte Prinz die meisten Aussichten auf den Thron hat, nachdem der zweite Prinz als Thronfolger abgesetzt und in Ungnade gefallen ist!«

»Ach was – Hausgesetz! Steht ja nur auf dem Papier! das braucht noch lange kein Hindernis zu sein . . .«

Wolkenkranich schob sich noch näher an die untere Fensterecke und lugte vorsichtig durch die Butzenscheibe ins Innere des Gemachs. Im Schein einer flackernden Wachskerze sah er zwei junge Eunuchen auf Porzellanschemeln vor einem breiten rotlackenen Ziertisch hocken. Der Jüngere, der glückliche Vetter jener Perle von Base, war höchstens achtzehn Jahre alt, der andere mochte etwa fünf Jahre älter sein. Die rote dicke Wachskerze auf dem hohen schmalen Lampenständer war in Gestalt einer zehnstöckigen Pagode geformt und auf sechs Stock heruntergebrannt, wie Wolkenkranich mit gewohnter Gründlichkeit feststellte.

Während er so Ohr und Auge gleichzeitig in Tätigkeit setzte, hörte er den Älteren sagen:

»Was redest du vom achten Prinzen? Unser Gebieter, der erste Prinz, ist viel wichtiger. Dem mußt du deine Base zuführen. Zugegeben, der achte Prinz bringt es zum Thronfolger, so bleibt er doch auf die Autorität und den Beistand unseres Gebieters angewiesen, und als Kaiser erst recht. Alle Akos, mit einziger Ausnahme des vierten Ako (mandschurischer Name für Prinz), sind unserem Herrn ergeben und respektieren ihn als Ältesten und Wortführer. Auch der achte Prinz wagt ihm gegenüber keine selbständige Meinung. Wenn er auch nach dem Ableben des heutigen alten Buddha auf den Thron gelangen sollte, so wird er doch nur dem Namen nach Kaiser sein, in Wirklichkeit wird der erste Prinz als Reichsverweser die Regierungsgeschäfte führen. Also dessen Gunst mußt du dir durch deine Base sichern, dann hast du zeitlebens ausgesorgt.«

»Ich weiß, ich weiß. Ich habe es mit eigenen Ohren gehört während des Banketts, das unser Ako gestern im ›Pavillon der würzigen Brise‹ gegeben hat. Es war bei Tisch das Hauptgesprächsthema unter seinen erlauchten Gästen. Sie alle, der Großsekretär Ma Tji, der Minister Wang Hung Hsü und die anderen hohen Würdenträger, waren sich einig, daß sie dem alten Buddha demnächst den achten Prinzen als Thronfolger und unseren Gebieter als seinen Tutor empfehlen wollten.«

»Na schön. Dann gehe nur gleich morgen nach Hause und

verständige deinen Vater. Er soll dafür sorgen, daß alles Nötige für die Überführung deiner Base in den Palast rechtzeitig vorbereitet wird. Ich meinerseits werde unseren Ako verständigen und den Glückstag mit ihm ausmachen, an dem deine Base heimgeholt wird.«

»Aber was wird die Fu djin, unsere gnädige Frau Prinzessin, dazu sagen? Das Fell wird sie uns beiden über die Ohren ziehen lassen!«

»Ach, Unsinn. Die Prinzessin herumzukriegen, das laß nur getrost meine Sorge sein.«

Die beiden Eunuchen wechselten das Thema und kamen auf belanglose Dinge zu sprechen. Wolkenkranich hatte genug gehört. Er verließ seinen Lauscherposten und machte sich auf dem gleichen Wege, auf dem er gekommen war, wieder davon. Unterwegs, bei dem künstlichen Felsenhügel, wäre er beinahe an eine Nachtronde geraten, die, von Zeit zu Zeit mit Gong und Schlagzeug Lärm machend, bei ihrem Patrouillengang gerade auf seinem Pfad entgegenkam. Er hatte nicht mehr Zeit, auf einen Seitenpfad abzubiegen. Geistesgegenwärtig verstellte er sich als Hund und kroch knurrend auf allen vieren den nahen Felshang hinauf, um zwischen den Klippen zu verschwinden. Die beiden Wächter ließen sich auch täuschen und zogen gongrasselnd und schlagholzklappernd ihres Weges weiter.

Unbehelligt konnte Wolkenkranich über die Parkmauer setzen und in das Anwesen seines Herrn und Auftraggebers, des vierten Prinzen, zurückkehren. Früh am anderen Morgen erstattete er ihm Bericht. Yün Tschong, der vierte Prinz (der spätere Kaiser Yung Tschong), klopfte ihm leutselig auf die Schulter.

»Brav gemacht, alter Freund. Bin mit dir zufrieden. Also strenge dich nur an und schaffe mir das Mädchen zur Stelle, und zwar möglichst bald. Ich verlasse mich ganz auf dich. Eine gute Belohnung ist dir sicher.«

Wolkenkranich schaute etwas verlegen drein.

»Verdammt schwierige Sache. Ich habe vorläufig noch gar keinen Anhalt, wo das Mädchen überhaupt wohnt.«

»Nun, gar so weit weg wird sie nicht wohnen. Die Palastdienerschaft wird im allgemeinen aus Peking und Umgebung rekrutiert. Da wird es dir wohl nicht schwerfallen, das Mädchen aufzustöbern.«

»Ich werde mir alle Mühe geben. Wenn es mir aber mißglückt, dürft Ihr mich nicht tadeln.«

»Wie werde ich denn! Wenn du die Sache nicht fertigbringst, dann bringt sie überhaupt niemand fertig. –

Noch eins. Der erste und achte Prinz samt ihrem ganzen Anhang von hohen chinesischen und mandschurischen Würdenträgern sind sorgfältig zu beobachten. Wenn du etwas Neues von ihren Machenschaften wegen der Thronfolgerschaft erfährst, sofort Meldung erstatten!« –

Wolkenkranich empfahl sich und schickte weisungsgemäß seine Leute auf Späh- und Horchdienst aus. Sie hatten unter der Dienerschaft des ersten und achten Prinzen, des Großsekretärs Ma Tji und der anderen beteiligten Würdenträger diese und jene Verwandte oder Bekannte. An diese machten sie sich nun bei Tag in bürgerlicher Kleidung als harmlose Besucher heran und horchten sie unauffällig aus. Bei Nacht aber schlüpften sie in ihre schwarze Sporttracht, flitzten als ›Blutstropfen‹ über Dächer und Mauern und ergänzten die offen eingeholten Erkundigungen durch heimliche Beobachtungen.

Was sie so erfuhren, waren mitunter nur lauskleine Bruchstücke und Kleinigkeiten, aber diese Bruchstücke und Kleinigkeiten verdichteten sich im Laufe der Zeit zu einer wichtigen konkreten Neuigkeit. Schon wenige Tage später konnte Wolkenkranich seinem prinzlichen Auftraggeber dieses melden: am heutigen Nachmittag findet im Anwesen des achten Ako eine Zusammenkunft sämtlicher Prinzen statt; es soll im voraus und vertraulich die so gut wie gesicherte Wahl des achten Prinzen zum Thronfolger gefeiert werden!

Wohlgemerkt, der vierte Prinz war zu der Veranstaltung nicht geladen!

Er besann sich nicht lange und ließ von seiner Küche einige erlesene Platten herrichten und als seinen Festbeitrag an die Tafel des achten Prinzen schicken. Eine Weile später stellte er sich persönlich ein, als Gratulant, wie er angab.

Die Anwesenden waren ein wenig erstaunt über sein Erscheinen und erst recht über die Festgabe aus seiner Küche. Im allgemeinen pflegte dieser vierte Ako keinen Wert auf freundschaftlichen Verkehr mit seinen Brüdern zu legen, sich vielmehr geflissentlich von ihnen abzusondern und seine eigenen Wege zu gehen.

Nun, er gab sich im übrigen als harmloser und friedlicher Gast und beteiligte sich heiter und unbefangen an der allgemeinen Zecherei. Daß er zu der Unterhaltung wenig beitrug und ziemlich gedankenverloren und geistesabwesend dasaß, fiel nicht weiter auf. Wortkargkeit und verschlossenes Wesen war man an ihm gewohnt.

Bei der Rückkehr von dem Prinzengelage erwartete ihn daheim ein vertrauter Eunuch aus den kaiserlichen Gemächern mit einer Botschaft: der alte Buddha sei von einer plötzlichen Unpäßlichkeit befallen und habe nach seinem Leibarzt geschickt.

Blitzgeschwind formte sich im Hirn des vierten Prinzen ein Plan. Er bestieg die Kutsche und ließ sich in den Palast fahren.

Demütig, ganz besorgter, pietätvoller Sohn, trat er an das Krankenlager seines kaiserlichen Vaters.

»Der untertänige Sohn erfuhr soeben bei der Rückkehr von einem Ausgang, daß Eure Majestät von einer plötzlichen Unpäßlichkeit befallen wurden. Bestürzung und Sorge trieben ihn her. Um so glücklicher und beruhigter ist er jetzt, im Aussehen Eurer Majestät keine merkliche Veränderung gegen sonst wahrzunehmen.«

»Eine kleine Magenverstimmung. Hat nichts weiter auf sich. Habe zwei kräftige Abführmittel eingenommen. Jetzt ist mir schon wieder wohler. – Übrigens, du sprachst von einem Ausgang. Wo bist du denn gewesen?«

»Bei einer Tafelei im Hause meines Bruders Yün J. Ich war ganz zufällig zu Besuch gekommen. Zu meiner Überraschung fand ich bei ihm sämtliche Akos zu einem Fest- und Feiergelage versammelt vor.«

Kaiser Kang Hsi hatte aufgehorcht.

»Soso. Gefeiert hat man. Was war denn der Anlaß zu der Feier?«

»Wie ich hörte, sind die Minister und hohen Würdenträger übereingekommen, Eurer Majestät meinen Bruder Yün J als Thronfolger zu empfehlen. Deshalb das Festgelage. Man wollte Yün J im voraus als Thronfolger feiern.«

»Soso. Und wie stellen sich die Akos zu dem Vorhaben der Minister und Würdenträger?«

»Sie scheinen es zu begrüßen. Das gilt insbesondere von Yün Ti, dem ersten Ako. Er ist sogar sehr zufrieden mit der getroffenen Wahl.«

»Warum gerade er?«

»Er soll, wie ich hörte, mit dem achten Ako eine geheime Übereinkunft getroffen haben, wonach ihn der achte Ako zum Tutor und dermaleinst zum Reichsverweser bestellen wird. Es soll ihm auch bereits gelungen sein, die Mehrzahl der Minister und Würdenträger für diesen Plan zu gewinnen.«

»Soso. Und was ist deine Meinung, mein Sohn?«

»Oh, der untertänige Sohn wagt nicht die geringste Meinung. Er verläßt sich ganz auf die erhabene Entscheidung Eurer Majestät und hofft, daß dem alten Buddha noch zehntausend Jahre Kraft und Gesundheit beschieden sein mögen. Der untertänige Sohn ist ganz und gar mit seinen Büchern beschäftigt, er kommt kaum aus seiner Studierklause heraus, er wird nicht einmal mit dem täglichen Pensum fertig, das ihm seine Erzieher aufgeben. Wie könnte er sich da anmaßen, über solche Fragen der Politik eine Meinung zu haben?«

»Brav geantwortet! Ganz so, wie es sich für einen wohlerzogenen, pflichtbewußten Haussohn gehört!« lobte der Kaiser gnädig schmunzelnd. »Aber wir wollen jetzt einmal die Etikette beiseite lassen. Vergiß, daß ich der Kaiser und du der Untertan bist. Sieh in mir bloß deinen Vater und sprich dich ganz frei und ungezwungen aus. Ich werde darüber hinwegsehen, wenn du etwas Törichtes äußerst.«

»Nach meiner einfältigen Ansicht sollten Eure Majestät den zweiten Ako ungeachtet dessen, daß er damals zweifellos schwer gefehlt hat, in überströmender Gnade und Nachsicht erneut zum Thronfolger einsetzen, und zwar mit Rücksicht darauf, daß er sich lange Jahre als Thronfolger bewährt hat. Das wäre der einfachste Weg, um den üblen Parteimachenschaften, die man hinter Eurer Majestät Rücken betreibt, einen Riegel vorzuschieben und ein Ende zu bereiten. Aber darüber haben lediglich Eure Majestät zu entscheiden. Der untertänige Sohn ist weit davon entfernt, sich zum Fürsprecher des zweiten Ako aufwerfen zu wollen.«

Der Kaiser nickte stumm und versank in Nachdenken. Dann entließ er seinen Besucher huldvoll. – Am nächsten Morgen erging ein kaiserlicher Erlaß an die Minister und Würdenträger. Sie sollten Vorschläge machen, welcher unter den Akos würdig sei, Thronfolger zu werden.

Der erste und achte Prinz blähten sich bereits in stolzer Vorfreude. Der vierte Prinz aber lachte sich heimlich eins. Er wußte, daß dem kaiserlichen Ohr kein Wort mehr zuwider und verhaßter klang als das Wörtchen Tang, das Vorstellungen an Geheimbündelei, Partei- und Klüngelwirtschaft erweckt.

Einmütig brachten die Würdenträger in der nächsten Audienz den achten Prinzen in Vorschlag. Der Kaiser hielt mit seiner Entscheidung zurück. Er befahl den ältesten Prinzen zu sich und befragte ihn nach seiner Meinung. Mit allem Nachdruck trat der erste Prinz für den Ministervorschlag ein.

»Könntest du dafür bürgen, daß der achte Ako als Kronprinz auch keine Fehler begeht?« horchte der alte Buddha. Der erste Ako legte die Stirn auf den Boden und erwiderte eifrig:

»Ich selbst möchte mich ihm als Ratgeber zur Seite stellen, um besser für ihn bürgen zu können.«

Der alte Buddha winkte ihm mit der Hand zum Zeichen, daß er sich zurückziehen solle. Seine Haltung blieb nach wie vor undurchsichtig. Ganz plötzlich berief der alte Buddha zwei Tage später die Minister und hohen Würdenträger wieder zu sich. Seine Drachenstirn war bewölkt. Gleich brach auch das Unwetter los.

»In Anbetracht einer kürzlichen Unpäßlichkeit hatte ich euch befohlen, mir einen geeigneten Ako als Thronfolger vorzuschlagen. Wieso habt ihr euch einzig und allein auf diesen Yün J versteift? Gerade auf diesen widerspenstigen, unbeherrschten Burschen, der sich schon einmal offener Auflehnung gegen mich schuldig gemacht hat! Habt ihr denn nichts davon gemerkt? Wozu habt ihr Augen und Ohren im Kopf? Überdies hätte euch schon die ordinäre Herkunft seiner Mutter sagen sollen, daß er nicht der geeignete Mann ist.

Es kommt hinzu, daß er sich mit dem ersten Ako in einen Tang, in ein geheimes Abkommen auf gegenseitige Unterstützung eingelassen hat. Der erste Ako hat mir bereits seine Hinterabsicht verraten: zum Protektor und später zum Reichsverweser will er sich mit Hilfe des achten Ako machen! Das haben die beiden schon längst unter sich abgemacht! Der ganze Vorschlag ist abgekartetes Spiel! Wer ist der Urheber des Vorschlags? Heraus mit der Wahrheit!«

Also donnerte der alte Buddha die Versammlung ungnädig an.

Die Würdenträger schauten sich bleich und betreten an. Keiner wollte mit der Sprache heraus.

Aber der Kaiser ließ nicht locker. Durch geheime Erkundigungen brachte er in Erfahrung, daß Großsekretär Ma Tji der geistige Vater des ganzen Plans gewesen war. Er wurde seiner Ämter und Würden enthoben und in den Kerker geworfen.

Und nun zuckte Blitz auf Blitz nieder. Der achte Prinz wurde in Ketten gelegt und dem Staatsgerichtshof überantwortet. Binnen zwei Tagen hatte der Gerichtshof ein volles Geständnis seiner Machenschaften aus ihm herausgeholt. Er ging seines Prinzenrangs und der damit verbundenen Bezüge und Vorrechte verlustig und wurde zu strengem Hausarrest verurteilt. Außerdem aber wurde sein langjähriger Erzieher, der seinen Haushalt teilte, als verantwortlich für sein Mißverhalten öffentlich hingerichtet. Damit sollte ein warnendes Exempel statuiert werden. Der erste Ako büßte gleichfalls seinen Prinzenrang ein und wurde gleichfalls zu einem längeren Hausarrest verurteilt. Der Triumph der beiden Akos war leider verfrüht gewesen!

Gleichzeitig wurde der zweite Ako, der frühere Thronfolger Yün Nai, feierlich wieder in seine alte Kronprinzenwürde eingesetzt. Der vierte Prinz aber rieb sich heimlich die Hände. –

Inzwischen war Wolkenkranich in jener lenzlichen Angelegenheit, mit der ihn sein Gebieter betraut hatte, nicht müßig gewesen. In zehn Tagen emsiger Nachforschung hatte er wenigstens zwei Anhaltspunkte ausfindig gemacht: der junge Eunuch, der Vetter jenes Aroma-Mädchens, hieß Tschou; zweitens: seine Eltern lebten in Peking und besaßen in der Chinesenstadt, dicht vor dem Tsiän men-Stadttor, einen kleinen Antiquitätenladen. Den Aufenthalt des Mädchens selbst hatte er dagegen noch nicht feststellen können. Er beschloß, den Antiquitätenhändler Tschou weiter auszuhorchen.

In bürgerlicher Kleidung, in der harmlosen Maske des kauflustigen Kunden, betrat er seinen Laden am Tsiän men-Tor. Der Ladeninhaber war ein freundlicher, behäbiger Fünfziger. Er lud den neuen Kunden höflich zum Platznehmen ein, schob ihm eine Schale dampfenden Tee hin und bot ihm ein Pfeifchen an. Dann kramte er aus den Schaukästen umständlich ein halbes Dutzend altertümliche Kunstgegenstände, seine letzten Neuerwerbungen, hervor und breitete sie vor ihm auf der Ladentafel aus. Wolkenkranich, obwohl nichts weniger als Kunstkenner, beguckte sie sich von allen Seiten mit Kennermiene, drehte sie wohlgefällig um und um, versuchte vergeblich, die ihm fremden alten Stempel und Siegelschriftzeichen zu entziffern, und fragte schließlich als ernsthaft entschlossener Käufer nach dem Preis. Ohne sich auf das übliche Feilschen und Handeln einzulassen, erklärte er sich mit dem geforderten Preis von tausend Silberbatzen einverstanden und erhob sich zum Fortgehen.

»Gut, ich kaufe die sechs Gegenstände. Stellt sie inzwischen beiseite. Sie werden im Laufe des Tages bezahlt und abgeholt. Ich muß erst meinem prinzlichen Herrn und Auftraggeber Bericht erstatten.« Der rundliche Ladeninhaber schob die Brauen in die Höhe.

»Soso, Ihr dient in einem prinzlichen Haushalt? Darf man fragen, bei welchem Prinzen?«

»Beim achten.«

»O weh! Das ist doch der, der kürzlich in Ungnade gefallen ist! Unser großer Gebieter ist auch mit in sein Unglück hineingeschliddert, und ich bin bei alledem der Leidtragende!«

»Gemach. Ich kann Euch nicht ganz folgen. Eins nach dem anderen. Wer ist Euer großer Gebieter?«

»Ach so. Ihr müßt wissen, ich habe ein Hündchen von Sohn, der ist Verschnittener und dient beim ersten Prinzen. Darum spreche ich immer von ›unserem großen Gebieter‹, wenn ich den ersten Prinzen meine.«

»Ich verstehe. Aber was wollt Ihr damit sagen, daß Ihr der Leidtragende seid? Das Unglück jener Herrschaften braucht doch Euch nicht zu berühren.«

»Nun, da Ihr selber in einem prinzlichen Haushalt dient, kann ich Euch ja reinen Wein einschenken. Also hört. Ich habe eine junge, knapp sechzehnjährige, bildschöne Nichte . . .«

Wolkenkranich frohlockte heimlich. Endlich kam er seinem Ziel näher. Er konnte es kaum erwarten. »Dann habt Ihr gewiß eine glänzende Partie für sie in Aussicht?« fuhr er dem anderen ins Wort.

»Ja und nein. Ihr müßt nämlich wissen, meine Nichte hat

von klein auf einen nicht alltäglichen Körpervorzug an sich, sie ist mit einem ganz seltenen, köstlichen Aroma behaftet. Darum konnten sich ihre Eltern bisher nicht entschließen, sie einem gewöhnlichen Freier aus ihrem Bekanntenkreis zu verloben. Sie wollten höher hinaus, viel höher. Aus diesem Grunde ist meine Nichte unverlobt geblieben. Da kam nun gegen Ende vorigen Monats mein Hündchen von Sohn auf einen Urlaubstag nach Hause und brachte mir eine wichtige Kunde mit. Sein prinzlicher Gebieter habe von den seltenen Reizen unseres kleinen Duftchens gehört und wünsche sie in sein Seitengemach aufzunehmen . . .«

»Einen Augenblick. Wer ist nun wieder Duftchen?«

»Nun eben meine Nichte. Sie heißt mit Familiennamen Fong und mit ihren Milchnamen Hsiang'rl, Duftchen. Hört weiter. Der erste Prinz wollte tausend Batzen Brautgeld für sie zahlen, er wollte ferner ihre Eltern auf gut bezahlten Posten in seinem Haushalt unterbringen, und außerdem sollte ich, wenn ich mit Erfolg den Heiratsmakler spielen würde, zweihundert Batzen Maklerlohn erhalten.«

»Habt Ihr Euch mit Erfolg als Heiratsmakler betätigt?«

»Und ob! Aber leider, leider kam es anders als gedacht. Die Eltern meiner Nichte waren natürlich glückselig und stolz ob einer so vornehmen Partie. Duftchen wurde auch in der roten Brautsänfte abgeholt und feierlich zu ihrem Prinzen gebracht. Aber sie war kaum zwei Tage bei ihm, da brach das Gewitter der kaiserlichen Ungnade über ihn herein. Und nun habe ich noch nicht einmal meine zweihundert Batzen Maklerlohn erhalten. Wer weiß, ob ich das Geld je zu sehen bekomme. Wer weiß denn, was aus dem Unglücksprinzen noch werden wird! Mit den glänzenden Zukunftsaussichten meiner Nichte ist es nun auch vorbei. Habe ich recht, wenn ich vorhin sagte, daß ich bei der Geschichte der Leidtragende bin?«

Gespannt hatte ihm Wolkenkranich zugehört.

»Wie lange weilt Eure Nichte im Palast des ersten Prinzen?«

»Laßt mich nachrechnen. Am achtundzwanzigsten vorigen

Monats wurde sie in der roten Sänfte abgeholt. Heute haben wir den dritten. Demnach weilt sie jetzt genau sechs Tage beim ersten Prinzen.« Wolkenkranich nickte zerstreut. Die Auskunft genügte ihm. Er murmelte ein paar Worte der Teilnahme und empfahl sich. –

Es war am gleichen Tag zur Zeit des dritten Trommelschlags, zu jener mitternächtlichen Stunde, da die Straßen menschenleer daliegen und friedliche Bürger längst hinter ängstlich verrammelten Türen zu schlafen pflegten.

Am Fuß einer hohen Parkmauer kauerten im Gebüsch sechs nachtschwarze Gestalten. Im Flüsterton erteilte Wolkenkranich seinen Gefährten die letzten Weisungen:

»Also, Leute, merkt auf! Erstens: wir werden getrennt ausschwärmen. Du, alter Tsiän, bleibst an meiner Seite. Ihr anderen vier werdet euch einzeln auf die Suche machen. Jeder sucht ein anderes Revier ab. Die Aufgabe ist nicht leicht. Das Anwesen des ersten Prinzen ist sehr weitläufig, und wir wissen noch gar nicht, in welchem der vielen Wohngebäude das Mädchen Hsiang'rl untergebracht ist. Auf alle Fälle müssen wir uns jederzeit verständigen können. Ein Händeklatschen soll uns als Verständigungsmittel dienen. Ein einmaliges Klatschen bedeutet: Vorwärts! Weiter hinein! Ein zweimaliges Klatschen bedeutet: Zurück! Ein dreimaliges Klatschen bedeutet: Gefahr! Zweitens, die Wege und Wandelgänge drinnen sind voll Krümmungen und Windungen, die einzelnen Wohnquartiere sind höchst verzwickt und vertrackt angelegt, es ist der reine Irrgarten. Ein Fremder kann da leicht in die Irre gehen. Damit wir uns nicht auf dem Rückweg oder im Falle der Gefahr verlaufen, brauchen wir Wegzeichen. Hier . . .« Er kramte aus seinem Werkzeugsack fünf Päckchen Weihrauchstäbchen heraus und reichte jedem seiner Gefährten ein Päckchen.

»An schwierigen Weggabelungen und Krümmungen setzt Räucherstäbchen in Brand und steckt sie am Wegrand in den Boden oder ins Gemäuer. Ihr Glimmen und ihr Brandgeruch wird uns die rechte Richtung weisen. Die schwach glimmenden Pünktchen werden in der Dunkelheit nicht weiter auffallen, oder wenn man sie bemerkt, werden sie nicht weiter Verdacht erregen, aber für den Zweck unserer Orientierung sind sie wichtig.«

Wolkenkranich schnellte sich als erster auf die Mauer und spähte in den Park hinein. Der klare Vollmond gewährte gute Sicht. Ein einmaliges leises Klatschen von oben, und wie Schatten glitten die fünf anderen über die Mauer in das fremde Grundstück. Bevor man sich trennte, erteilte der Anführer eine dritte Weisung:

»Falls wir in unsere Arbeit eine Pause einlegen müssen, dann wollen wir uns an dieser Stelle hier treffen und weiter beraten.«

Hierauf schwärmte man nach fünf Richtungen aus. Wolkenkranich wählte den ihm schon bekannten Weg an dem künstlichen Felsengebirge und an dem Lotosteich vorbei. Es ging noch über fünf Innenmauern und acht, neun Dächer hinweg, dann war man aus dem Parkbereich heraus und näherte sich den Wohnbezirken. Zunächst stieß man auf eine Gruppe von etwa zehn niedrigen, schmucklosen Häuschen. Hier wohnte offenbar das weibliche Dienstpersonal, aus dem lebhaften Geschnatter weiblicher Stimmen zu schließen, das aus einem noch erleuchteten Häuschen zu hören war.

Wolkenkranich stieß seinen Begleiter an.

»Gesinde klatscht im allgemeinen gern über seine Herrschaft. Mir scheint die Gelegenheit günstig, hier ein wenig zu lauschen. Vielleicht schnappen wir etwas von Wert auf. Wir wollen uns das eine Häuschen hier vornehmen, wo eine so lebhafte Unterhaltung im Gange ist. Ich werde vom Dach aus horchen. Stehe du einstweilen drüben im Schatten Wache.«

Er schwang sich leicht auf das Dach, legte sich oben platt und preßte sein Ohr flach auf die Dachschindeln. Unter ihm waren drei weibliche Stimmen zu unterscheiden. Jetzt fiel ein ihm bekannter Name: der junge Tschou. Also von dem kleinen Eunuchen, Duftchens Vetter, unterhielt man sich. Das war wesentlich. Deutlich drang es an seine angestrengt lauschende Ohrmuschel:

»Der kleine Tschou – ja, der gibt seit paar Tagen gehörig an! Wenn man ihm zufällig in den Weg kommt und ihn begrüßen will, da spreizt und bläht er sich wie ein Pfau und tut so, als ob er unsereins überhaupt nicht kenne«, brummte eine anscheinend ältere Frauenstimme.

»Er hat ja auch Grund dazu! Ach, du weißt wohl noch nicht? Er ist doch jetzt Standesperson geworden! Herr und prinzlicher Schwager darf er sich nennen und läßt er sich anreden!« fiel eine jüngere Stimme ein.

»Wer hat ihm denn zu der Standeserhöhung verholfen?« fragte eine dritte, wieder ältere Stimme.

»Dumme Frage! Natürlich unser Prinz. Oder meinst du, der alte Buddha höchstpersönlich habe eines kleinen Eunuchen wegen sein Kabinett und sein Drachensiegel bemüht?«

Das hatte wieder die zweite gesagt, nach ihrem schnippischen Ton zu schließen, offenbar eine Zofe, während die beiden anderen Kammerfrauen sein mochten.

»Er soll sich nur nicht zuviel auf sich einbilden. Diese Standeserhöhung hat er doch nur seiner Base, dieser Hsiang'rl zu verdanken. Nun gut, er hat sie seinem Prinzen zugeführt. Aber ist das ein so hohes Verdienst, daß er deswegen auf unsereins wie auf armselige Ratten herabblicken zu müssen glaubt?« maulte eine Ältere.

»Hast du eine Ahnung! Diese Neue bedeutet unserem Prinzen mehr als alle seine Schätze! Wie einen leibhaftigen Bodhisattwa verehrt und vergöttert er sie! Er hat sie vorläufig im ›Pavillon der berauschenden Würze‹ untergebracht. Was meint ihr, wie er ihretwegen die Dienerschaft in Trab setzt! Acht-, neunmal am Tage sucht er sie auf und erkundigt sich nach ihren Wünschen. Ganz gleich, was für verrückte Wünsche sie äußert, sie braucht nur den Mund aufzutun, und schon wird ihr jeder Wunsch erfüllt. Wenn jetzt nicht die Maßregelung unseres Prinzen durch den alten Buddha dazwischengekommen wäre, dann hätte er die Neue längst in seine unmittelbaren Nebengemächer umquartiert, um sie nur ganz in der Nähe zu haben.«

Der Lauscher auf dem Dach frohlockte heimlich. Jetzt hatte er heraus, wo der verborgene Schatz zu suchen war. Auf zum ›Pavillon der berauschenden Würze‹!

Wolkenkranich glitt behutsam vom Dach herab. Ein leises Händeklatschen rief seinen wachehaltenden Begleiter herbei.

»Weiter!« raunte er ihm zu. »Den ›Pavillon der berauschenden Würze‹ müssen wir ausfindig machen. Dort steckt sie! Das habe ich eben erlauscht.«

In südlicher Richtung schlichen sie, sich möglichst im Schatten haltend, tiefer in den Wohnbezirk hinein. Sie durchschritten einen langgestreckten Hof und tappten auf Fußspitzen durch eine offene Halle. Hinter der Halle wurde das Gelände immer unübersichtlicher, das Gewirr der Zickzackwege und gekrümmten Gänge immer größer. An mehr als einer vertrackten Gabelung mußten sie ihr Feuerzeug hervorholen und Räucherstäbchen in Brand setzen, um sie als Wegzeichen ins Erdreich zu stecken. Sonst würden sie später schwerlich den Ausweg finden.

An einer Kreuzung fanden sie bereits solche glimmenden Wegzeichen vor. Demnach war bereits jemand von ihren Leuten hier gewesen. Sie waren eine kurze Strecke weitergegangen und befanden sich in einem schmalen, mauereingefaßten Gang, als sie plötzlich unweit vor sich das matte Licht einer Stocklaterne auftauchen und um eine Wegbiegung schwanken sahen.

Das Licht kam gerade auf sie zu! Diese verdammten Ecken und Krümmungen! Für ein Zurück war es zu spät. Ein Seitenpfad zum Ausweichen war auch nicht in der Nähe. Da hatte Wolkenkranich einen rettenden Einfall. Er deutete stumm auf die beiden dicken Eingangspfeiler des Tempelchens zu ihrer Rechten. Mit blitzschnellem Sprung befanden sie sich in dem schützenden Bereich des doppelten Schlagschattens, der sich auf den weißen Steinfliesen vor der Tempelpforte abzeichnete, dann klommen sie behend an den Holzpfeilern hoch, so hoch sie konnten. Dicht unter dem Dach, mit den Händen sich am Kapitäl festhaltend, blieben sie, eng und der Länge nach wie Libellen an die Pfeiler gepreßt, kleben.

Es war die höchste Zeit gewesen. Schon näherten sich tippelnde Schritte, und zwei Stimmen wurden laut. Vorsichtig spähten die beiden Libellen aus ihrem schattigen Versteck und spitzten die Ohren. Zwei Zofen waren es, die unten mit klappernden Pantoffeln vorüberschlürften. Die eine hielt eine Stocklaterne in der Hand, die andere schleppte einen Eßkorb.

»Eine Rücksichtslosigkeit sondergleichen! Was dieser billigen Schweinshaxe nur einfällt. Bekommt mitten in der Nacht Appetit und hetzt uns in die Küche! Bald will sie das haben, bald schmeckt ihr jenes nicht. Bringt man ihr Tee, da will sie etwas zu beißen haben; bringt man ihr Essen, dann jammert sie, sie vergehe vor Durst. Unsereins aber darf sich die Füße wundlaufen, und die arme Köchin kommt überhaupt nicht zu Atem. Um die ganze schöne Nachtruhe wird man geprellt!« maulte die eine verdrossen vor sich hin.

»Dienst ist Dienst, wir sind ihr nun einmal als Zofen zugeteilt, da hilft kein Klagen und Murren«, seufzte die andere.

»Ach was, Dienst! Ich ließe es mir gefallen, wenn man einer richtigen, noblen Herrschaft zu dienen hätte. Aber diese billige Dirne, diese gewöhnliche Schweinshaxe – ist die etwa von besserer Herkunft als unsereins? Bloß weil sie so ein aufreizendes, verrücktes Parfüm an sich hat, ist unser Prinz so auf sie versessen. Bloß deswegen darf sie sich alles herausnehmen. Abends, wenn andere Leute essen, da hat sie keinen Appetit. Um Mitternacht aber, wo vernünftige Leute schlafen, wälzt sie sich in ihrem Bett herum, jammert vor Hunger und jagt uns in die Küche! Hat man schon so etwas von Launen und Mucken gehört!«

»Aber weißt du denn das Neueste? Das gnädige Fräulein geruht, ihren jetzigen Wohnpavillon nicht hell und nicht geräumig genug zu finden, und hat sich deswegen beim Prinzen beschwert. Und wirklich, der Prinz hat angeordnet, daß der ›Pavillon der roten Farne‹ für sie hergerichtet wird. Schon übermorgen soll der Umzug sein. Na, dann werden wir noch mehr zu laufen haben. Die neue Wohnung liegt nämlich von der Küche viel weiter entfernt als die jetzige . . .«

Die Unterhaltung war nur noch undeutlich zu verstehen und erstarb allmählich in der Ferne. Die beiden Lauscher glitten von ihren luftigen Posten herab und grinsten sich schmunzelnd an. Nun war die Suche für sie wesentlich leichter geworden. Jetzt brauchten sie bloß den beiden Zofen nachzuschleichen und brauchten sich nicht länger die Augen nach den vertrackten Inschriften auf den Stirnseiten der einzelnen Hallen und Gebäude auszugucken.

Auf leisen Sohlen folgten sie dem Schein der in der Ferne schwankenden Stocklaterne. Es ging noch um drei Wegbiegungen herum, dann sahen sie den rötlichen Lichtschein in einem schmucken Wohngehöft verschwinden. Dort ging es anscheinend noch lebhaft zu. In einem kerzenerhellten Raum saßen um einen Tisch herum bei Kartenspiel und lauter Unterhaltung drei Kammerfrauen und drei Eunuchen, offenbar Leute vom Nachtdienst. Die Fenster des zierlichen Pavillons daneben waren gleichfalls hell erleuchtet. Wolkenkranich zupfte seinen Begleiter am Ärmel und blieb stehen.

»Wir sind am Ziel. Aber von vorn wäre ein Anschleichen gefährlich. Es sind zuviel Leute da. Wir wollen uns von rückwärts heranpirschen.«

Sie machten kehrt und schlichen sich an der Umfassungsmauer des kleinen Gehöfts entlang. An der Rückseite stießen sie auf eine verschlossene runde Mondpforte. Sie erbrachen die Pforte, traten ein und schwangen sich auf das Dach des nächstliegenden Gebäudes. Während sie leise über die Dachschindeln dahinkrochen, hörten sie unter sich Gelächter und ein Geräusch, wie wenn Karten auf eine Tischplatte geknallt werden. Demnach befanden sie sich jetzt über der Wachtstube, in die sie vorhin von draußen gesehen hatten.

Sie hielten sich hier nicht weiter auf, sondern schnellten sich mit kräftigem, aber zugleich affenartig leichtem Schwung auf das nächste Dach hinüber. Als sie seitlich über den Dachrand lugten, blickten sie in einen Innenhof hinab. Von unten fiel Lampenschein in den Hof. Sie befanden sich am Ziel.

Jetzt vollführte Wolkenkranich ein besonderes Kunststück. Knapp seitlich über dem langen erhellten Fenster ließ er sich sachte, den Kopf nach unten, über den Dachrand abwärts gleiten, wobei er sich mit dem einen Fuß an der äußeren Kante der Dachrinne festhakte. Im Zehenhang krümmte er seinen Rumpf zum stumpfen Winkel und spähte in dieser gewagten Schwebehaltung von der Seite her vorsichtig durch das erleuchtete Butzenscheibenfenster. Sein Begleiter hatte sich inzwischen in den Hof hinabgelassen und stand, unweit in den Mauerschatten gedrückt, Wache.

Vom roten Lichtschein einer hohen Stehampel übergossen, sah Wolkenkranich ein junges Mädchen auf dem Diwan sitzen. Sie mochte höchstens siebzehn Jahre zählen und war von auffallender Schönheit. Ihr Antlitz glich dem blanken Herbstmond, mit dem Unterschied, daß es mäßig oval geformt war. Ihr Teint trug etwas von der zarten Frische einer in Lenztau gebadeten Blüte an sich, bloß mit dem Unterschied, daß eine Blüte keine Regung von Unmut verraten kann. Ihre Brauen glichen zwei fein geschwungenen Weidenblättern, in ihren Augen lag der feuchte Schimmer der Herbstwelle. Ihr Blick sprühte von hundert Schalken und tausend Launen, jede ihrer Bewegungen atmete lenzlichen Überschwang. Sie war gerade beim Essen. Ihre Ärmel hatten sich etwas zurückgestreift und ließen ein Handgelenk und einen Unterarm sehen, die aus Jaspis gemeißelt, rund und völlig knochenlos zu sein schienen, so weich und zart wirkten sie. Ihre Finger glichen jungen spitzen Lotoswurzeln.

Wolkenkranich dachte bei sich:

»Sonderbar. Mein Lebtag habe ich mir nichts aus Weibern gemacht. Beim Anblick dieses Mädchens aber wird mir's auf einmal ganz anders zumute.«

Die junge Schöne war nicht allein.

Zwei Zofen hielten sich befehlsgewärtig in ihrer Nähe. Der heimliche Beobachter draußen ließ seinen Blick weiter durch den Raum schweifen. Er fand ihn geschmackvoll mit alten Kunstgegenständen, Bildern und Schriftrollen ausgestattet. An der Südwand stand ein Toilettentisch mit Spiegelaufsatz. Vor dem Spiegel zwischen allerhand Schachteln und Dosen und Väschen lag etwas Glitzerndes aufgeschichtet, dessen Gleißen das Auge blendete und mit dem Glanz der Sonne wetteiferte. Offenbar das Geschmeide der jungen Dame, mutmaßte Wolkenkranich und wunderte sich, daß er nichts von Bett entdecken konnte. Demnach war das hier anscheinend ihr Boudoir, und es gehörte noch ein anstoßendes Kabinett dazu, in dem sie schläft, so folgerte er weiter. Auf die genaue Kenntnis von der Lage des Schlafraums aber kam es hauptsächlich an. Der Plan ging ja dahin, sie während des Schlafs aus dem Bett zu stehlen. Schade, daß vom Fenster aus die Verbindungstür zum Schlafkabinett nicht zu sehen war. Wolkenkranich war mit seiner Betrachtung fertig. Er krümmte sich nach der anderen Seite und tastete und krallte sich wie ein Turmfalke mit den Händen an Wand und Gebälk hoch, bis er den Dachrand fassen und sich hinaufschwingen konnte. Oben klatschte er zweimal leise in die Hände. Sein Gefährte unten verstand. Es war das verabredete Zeichen, sich zurückzuziehen und zum vereinbarten Sammelplatz an der hinteren Parkmauer zu begeben. Er schwang sich aufs Dach und neigte sein Ohr an den Mund des Anführers.

»Gehe voraus und verständige die anderen. Sie sollen mich an dem vereinbarten Platz erwarten. Ich habe hier vorher noch eine kleine Arbeit zu erledigen«, raunte ihm Wolkenkranich zu.

Er wollte ganz sicher gehen. Er hatte sich die ungefähren Raummaße des Boudoirs genau eingeprägt. Nun schritt und zählte er auf dem Dachfirst soviel Schritte ab, bis er sich nach seiner Schätzung über der Mitte des Schlafkabinetts befand.

Hier machte er halt und hob behutsam eine der schweren, grün lackierten Dachpfannen ab. Die entstandene Lücke gewährte ihm einen Blick durch das geschnitzte Dachgebälk nach unten. Wirklich, in dem von einer Öllampe matt erhellten Raum unter sich sah er ein breites Prunkbett mit Elfenbeinrahmen und purpurnen Seidenbehängen stehen. Auf einem Kissen vor dem Bett sah er eine junge Zofe sitzen. Sie hielt den Kopf müde vornübergesenkt, offenbar war sie eingenickt.

Er hatte genug gesehen. Geräuschlos schob er die Dachpfanne wieder an ihren Platz. Dann kramte er in seinem Werkzeugsack und brachte ein weißliches Pulver zum Vorschein. Es war Phosphor. Er streute und verrieb etwas von dem Phosphorpulver auf die betreffende Dachpfanne, so daß sie einen grünweißlich leuchtenden Glanz annahm. Sie sollte ihm bei der Rückkunft in der Dunkelheit als Kennzeichen und Merkmal dienen. Hierauf begab er sich zum Sammelplatz an der hinteren Parkmauer.

Er traf seine Gefährten dort vollzählig an und nahm ihren Bericht entgegen. Die anderen waren bei ihrer Suche nicht so vom Glück begünstigt gewesen wie er. Einer hatte sogar einen gefährlichen Zwischenfall erlebt. Er war in den Wohnbereich der Fu djin, der prinzlichen Hauptgattin, geraten und auf einem schmalen Pfad der hohen Dame selbst begegnet. Sie war von zwei Eunuchen begleitet gewesen. Da sich keine Gelegenheit und Zeit zum Ausweichen oder Verstecken bot, hatte er geistesgegenwärtig eine Gespenstermaske aufgesetzt, die er für alle Fälle immer in seinem Werkzeugsack mitführte. Die Prinzessin und ihre Begleiter waren darob halbtot vor Schreck davongelaufen.

»Sehr ärgerlich. Durch deine Unvorsichtigkeit hätte uns das ganze Spiel verdorben werden können. Wir müssen jetzt doppelt auf der Hut sein!« tadelte und mahnte Wolkenkranich, und dann erteilte er einige Instruktionen.

»Die genaue Lage der Schlafkammer im ›Pavillon der berauschenden Würze‹ habe ich erkundet. Aber das Mädchen war vorhin noch wach und gerade beim Essen. Wir wollen hier noch eine Stunde abwarten. Inzwischen wird sie eingeschlafen sein. Dann ist es für uns Zeit zum Handeln. Sie aus dem Bett und dem Pavillon zu stehlen wird keine sonderliche Schwierigkeit bereiten. Ich werde vom Fenster her ihre Kammer mit der bewährten ›Hahnenschreiwiederwachspritze‹ vergasen. Das wird sie und ihre Leute für ein paar Stunden stumm machen. Aber weniger leicht dürfte der Abtransport sein. Das Anwesen des ersten Prinzen ist sehr weitläufig, und dann bleibt auch noch eine Wegstrecke von fünf kleinen Meilen bis zum Anwesen unseres Gebieters. Ein einzelner Mann allein kann das Mädchen unmöglich über eine so lange Strecke auf dem Buckel schleppen, zumal wenn er unterwegs verfolgt wird und sich womöglich noch wehren soll. Es fehlt ja hier nicht an Wächtern, die sich immerhin etwas auf Boxen und Stockfechten verstehen dürften. Ich schlage vor, wir teilen uns alle sechs in die Aufgabe, und zwar bilden wir drei Staffeln von je zwei Mann, eine Nachhut, eine Vorhut und in der Mitte zwei Mann, von denen einer das Mädchen trägt, während der andere als Bedeckung zur Seite bleibt. Unterwegs lösen wir uns dann von Zeit zu Zeit gegenseitig ab. Auf solche Weise wird der Transport wesentlich erleichtert und gesichert.«

Der Vorschlag fand einmütige Zustimmung, und nach Ablauf einer Stunde machte man sich gemeinsam unter Wolkenkranichs Führung auf den Weg zum ›Pavillon der berauschenden Würze‹.

Er lag jetzt in tiefer Ruhe da, kein Laut war zu hören, kein Lichtschein zu sehen. Wolkenkranich hieß drei seiner Leute draußen bei der rückwärtigen Mondpforte auf Posten bleiben und ›Wind schnuppern‹. Zwei Mann nahm er als Begleiter mit nach drinnen. Er schwang sich aufs Dach und eilte weiter, bis eine in weißgrünlichem Licht phosphoreszierende Dachpfanne zu seinen Füßen aufleuchtete. Hier machte er halt und ließ sich behutsam über den Dachrand in den Innenhof hinabgleiten.

Nun begann er eine Reihe merkwürdiger Hantierungen.

Zunächst stopfte er sich zwei Wattebäusche in die Nasenlöcher. Die Watte war mit einer gegen Betäubung schützenden Flüssigkeit durchtränkt. Dann holte er aus seinem Werkzeugsack ein gewisses Gerät hervor und setzte einen Docht in Brand. Hierauf schnitt er mit einem Glasschneider ein Loch in das Schlafkammerfenster und führte den Metallrüssel des Geräts in das Loch. –

Geschätzte Leserschaft! Unter dem gewissen Gerät müßt ihr euch etwas Ähnliches vorstellen wie eine kantonesische Wasserpfeife. Sie besteht aus einem langen Mundstück, einem kastenartigen Behälter für Tabak und Wasser unten in der Mitte und schließlich einem Auspuffrohr. Anstatt des Tabaks und Wassers enthält das Gerät, von dem hier die Rede ist, eine Droge, die bei Inbrandsetzung ein stark betäubendes Gas entwickelt. Das Gas kann man, ähnlich wie bei der Wasserpfeife, mittels eines Mundstücks durch ein Auspuffrohr in eine bestimmte Richtung blasen. Es wirkt augenblicklich betäubend, die narkotische Wirkung hält fast einen halben Tag an. Ein Opfer, das am Abend betäubt wurde, pflegt beim ersten Hahnenschrei am nächsten Morgen wieder wach zu werden. Daher der Name ›Hahnenschreiwiederwachspritze‹. –

Nachdem Wolkenkranich aus voller Lunge und mit vollen Backen einige Wellen Betäubungsgases in die Schlafkammer seines Opfers geblasen hatte, hielt er inne, legte sein Ohr an das Fensterloch und lauschte. Nicht ein Laut, kein Schnarchton, kein Atemzug war von drinnen zu hören. Auch nicht von nebenan. Augenscheinlich hatte das Gas sich auch in die beiden anderen Räume verbreitet und nicht nur die Schöne, sondern auch ihr Dienst- und Wachpersonal in Narkose versetzt. Wolkenkranich klatschte einmal in die Hände. Seine beiden Begleiter droben ließen sich eilig vom Dach herab und traten zu ihm. Er bedeutete ihnen stumm, daß sie sich gleichfalls die Nase mit antinarkotisch präparierter Watte zustopfen sollten.

Jetzt traten Stahlbohrer und Glasschneider in Tätigkeit, und ein Stück Scheibe wurde herausgeschnitten, groß genug, um die Hand durch die Öffnung zu schieben und den Fensterriegel zu fassen und zurückzuschieben. Behutsam stiegen die drei Männer durch das geöffnete Fenster ein. Ein rascher Blick in den von der Lampe matt erhellten Raum. Auf Fußmatten am Bettrand hockten zwei junge angekleidete Zofen, in tiefem, todähnlichem Schlaf befindlich. Kein Zweifel, das Gas hatte seine Wirkung getan.

Wolkenkranich schlug die purpurnen Bettvorhänge auseinander. Da sah er Duftchen in ihrem rotsilbern gestreiften seidenen Schlafanzug in seitlicher Lage zwischen Kissen und Decken liegen. Sie schlief gleichfalls fest. Mit Affenarmen langte er durch den Vorhang und hob die Schläferin aus den Decken. Aber er wollte ganz sicher gehen. Und so trug er sie zur Lampe und betrachtete sie zuvor noch einmal ganz genau bei Licht. Ihr liebliches Antlitz trug noch im Schlaf den Ausdruck des Lächelns. Sie atmete schwach, und ihrem Atem und ihrem ganzen Körper haftete ein seltener Wohlgeruch, wie von Orchideen, an. Wer anderes als Duftchen konnte es sein? Da war gar kein Zweifel möglich.

Wolkenkranich schaute auf. Sein suchender Blick fiel auf den Kleiderstand an der Wand. Er deutete auf einen rotseidenen, mit Eichhornpelz ausgefütterten Wintermantel, der dort hing, und raunte seinen Begleitern zu:

»Wir wollen sie in den warmen Mantel dort einpacken, damit sie sich unterwegs in ihrem dünnen Schlafanzug nicht erkältet.«

Man reichte ihm den Pelzrock, und er wickelte die Schläferin sorgfältig darin ein. Dann stieg man aus dem Fenster und trat in der verabredeten Staffelordnung den Rückmarsch an, Wolkenkranich mit seiner lebendigen Last in der Mitte.

Es ging wieder über wer weiß wie viele Dächer und Mauern. An der Parkgrenze wurde abgelöst, und Wolkenkranich übergab seine Last einem Kameraden. Er selber übernahm mit einem anderen die Nachhut. So gelangte man glücklich bis an die äußere Parkmauer, und die beiden Leute in der Mitte waren gerade dabei, die kostbare Last über die Mauer zu heben, als sich im letzten Augenblick ein Zwischenfall ereignete. Eine Nachtronde tauchte im Gebüsch auf, der Ruf ›Halt! Diebe! Räuber!‹ gellte durch die Nacht, und wie wild begannen Alarmgongs zu rasseln.

Aber schon hatte Wolkenkranich mit einem wahren Tigersatz den nächsten Wächter von rückwärts angesprungen und ihm den gefürchteten Lederbeutel über den Kopf gestülpt. Ein scharfes metallisches Knacken, und ein Körper ohne Kopf sank wie ein Sack um. Die anderen Wächter waren vor Schreck zu Bildsäulen erstarrt, ihre Kehlen brachten keinen Laut hervor, und ihre Füße hafteten wie angenagelt an dem Fleck, an dem sie gerade standen.

Wolkenkranich und sein Begleiter benutzten den Augenblick der Verwirrung, um sich behend über die Mauer zu schwingen und zu ihren bereits in Sicherheit befindlichen Gefährten zu stoßen. –

Der vierte Prinz hatte in dieser Nacht noch kein Auge zugetan. Die Spannung, mit der er auf Kunde vom Verlauf der nächtlichen Unternehmung wartete, hielt ihn wach. Die Stunde des dritten Trommelschlags war längst vorüber. Bald würde der Morgen grauen. Wo nur seine Leute blieben? Ob ihr keckes Unternehmen wohl gar verunglückt war? Ruhelos und in Gedanken versunken, war der Prinz eine geraume Weile in seinem Arbeitskabinett auf und ab gewandert. Plötzlich hielt er in seiner Wanderung inne und lauschte. Von draußen war ein heller, feiner Glockenton an sein Ohr gedrungen.

Der Prinz atmete auf und nickte befriedigt. Nun würde er gleich von seiner quälenden Ungewißheit erlöst werden. –

Die ›Blutstropfen‹, jener Geheimbund verwegener, kampfsportgeschulter Männer, die dem vierten Prinzen als Leibwächter und Spione, als Mittler und Helfershelfer bei der Ausführung dunkler Pläne dienten, waren innerhalb seines Anwesens in einem eigenen, durch Mauern abgeschlossenen Wohnbezirk untergebracht. Sie hatten das Vorrecht, ihren prinzlichen Gebieter zu jeder Tages- und Nachtzeit aufzusuchen, falls es wichtige Meldungen zu überbringen gab. Dabei waren sie von der üblichen umständlichen Anmeldung durch Pförtner und Diener entbunden. Sie waren auch nicht gebunden, die üblichen, für Besucher vorgeschriebenen Portale und Hauptwege zu benutzen. Vielmehr stand es ihnen entsprechend dem geheimen Charakter ihres Dienstes frei, ungesehen auf heimlichen Nebenpfaden, über Dächer und Mauern hinweg, zu ihrem Gebieter zu gelangen, sie durften sogar durchs Fenster bei ihm einsteigen. Kurz, sie konnten kommen und gehen wie ›lose Blätter‹, die der Wind von ungefähr durch die Lüfte wirbelt. Aber eine gewisse Form der Anmeldung bestand doch. Unweit von seinem Arbeitskabinett hatte der Prinz auf hohem Gerüst eine große Bronzeglocke aufstellen lassen. In der Luftlinie war diese Glocke etwa auf Armbrustschußweite vom Wohnquartier der ›Blutstropfen‹ entfernt. Ein Bolzen, von dort auf die Glocke abgeschossen, kündete dem Prinzen den unmittelbar bevorstehenden Besuch eines seiner Getreuen an. –

Kurz darauf stand Wolkenkranich vor seinem Herrn. »Nun? Habt ihr sie?« fragte der Prinz erwartungsvoll.

»Ja. Und wir haben sie gleich mitgebracht – dort . . .« Wolkenkranich deutete auf das offene Fenster, durch das seine Gefährten gerade behutsam ein in einen roten Pelzrock gemummeltes Bündel hereinhoben.

Der Prinz hieß das Bündel unter die Stehampel tragen. Er schälte es eigenhändig aus seiner dicken Pelzhülle und beguckte sich im Schein der Ampel aufmerksam den kostbaren Inhalt. Ach, glich sie nicht einem lenztrunkenen, holden Kirschblütenzweig?

Er überab den kostbaren Schatz einstweilen der Obhut seiner Kammerfrauen. Sie brachten das Mädchen in den für seine Aufnahme schon vorbereiteten und wohldurchwärmten ›Pavillon des stürmischen Lenzes‹ und betteten es auf die aus gesprenkeltem ›Tränen‹bambus geschnitzte Lagerstatt.

Während sie sich um die Schläferin bemühten, bewirtete der Prinz seine sechs Braven mit einem wohlverdienten Nachtmahl und ließ sich ausführlich den Verlauf des geglückten Unternehmens schildern. Er kargte nicht mit seiner Anerkennung und ließ sich herab, ihnen mit eigener Hand einen Ehrenbecher zu kredenzen.

Mitten beim Mahl aber trieb es ihn, zum ›Pavillon des stürmischen Lenzes‹ zu eilen und nach seiner ›Neuen‹ zu sehen. Sie lag noch immer in tiefem Schlummer, ihre Lider waren bis auf einen schmalen Spalt geschlossen, ihr Atem ging schwach und – er glaubte seiner Nase nicht zu trauen – hauchte ein köstliches Aroma aus. Es roch in ihrer Nähe nach Orchideen!

Das Entzücken des Prinzen kannte keine Grenze. In seiner Ungeduld wollte er nicht erst warten, bis sie beim ersten Hahnenschrei von selber aufwachen würde. Sein braver Wolkenkranich besaß ein Mittel, um das Wiedererwachen zu beschleunigen. Er ließ ihn von der Tafel wegholen und befahl ihm, das Mittel anzuwenden.

Es besteht aus einem gewissen Sud, den man in einem Glasgefäß zum Verdampfen bringt und dessen Dampf man mittels einer Spritzvorrichtung in die Nase der betäubten Person einbläst. Es führt rasch und unmittelbar zur Wiederbelebung, ohne daß es der Einflößung irgendwelcher Arzneien in Rachen und Magen bedürfte.

Der Prinz ließ es sich nicht nehmen, nach Wolkenkranichs Anweisung den Spritzapparat eigenhändig zu bedienen und den lebensweckenden Dampf in das Näschen seiner Schönen einzublasen.

Es dauerte auch nur eine kurze Weile, da schlug sie die Augen auf und dehnte und reckte sich.

»Wo bin ich? Träume ich?« fragte sie, verwundert die fremden Gesichter und die fremde Umgebung musternd.

Der Prinz erteilte den Kammerfrauen einen leisen Befehl. Sie hatten schon eine Schüssel mit heißer Ginsong-Suppe bereitstehen. Nun mußten sie dem Mädchen ein paar Schluck der kräftigen Brühe zur Stärkung einflößen. Sie sträubte sich anfangs trotzig, und der Prinz hielt es für richtig, sich zunächst wieder zu entfernen. Er eilte nach vorn, um sich wieder seinen Gästen zu widmen.

Als er nach einer Weile in den Pavillon zurückkam, fand er Duftchen aufrecht in den Kissen sitzen. Sie war jetzt völlig munter und erholt. Er ließ sich neben ihr am Lagerrand nieder und faßte zärtlich ihre Hand.

»Wieviel grünende Lenze zählst du? Leben deine Eltern noch? Hast du Geschwister? Wie lange warst du beim ersten Prinzen? Hat er dich gut behandelt?« fragte er teilnehmend.

Sie schaute ihn groß an.

»Wer seid ihr? Und wie komme ich hierher? Ich war doch zuletzt, als ich einschlief, im ›Pavillon der berauschenden Würze‹. Wo bin ich hier?« kamen ihre Gegenfragen.

»Ach, du weißt noch gar nicht? Der erste Prinz hat dich mir zum Geschenk gemacht. Du gehörst jetzt mir. Ich bin der vierte Prinz. Und du sollst es bei mir noch viel besser haben als beim ersten. Alle deine Wünsche werde ich dir erfüllen.«

»Aber wie bin ich hierher gekommen? Warum weiß ich gar nichts davon?«

»Meine Leute haben dich hergebracht, während du schliefst. Sei ganz beruhigt! Du wirst dich hier sehr wohl fühlen.« Unter seinem sanften Zureden beruhigte sie sich allmählich und fügte sich in ihr Schicksal.

Solches begab sich am dritten Tag des zehnten Monats des Jahres 1722. Am vierten Tag des gleichen Monats erfolgte die Rangerhöhung des vierten Prinzen zum Tjin wang, zum Prinzen ersten Ranges – vorher war er bloß Peh loh, Prinz dritten Ranges, gewesen.

Prinz Yün Tschong fühlte sich wie von einer Glückswoge emporgetragen.

Vor kurzem der Triumph über seine brüderlichen Rivalen, deren Machtpläne er erfolgreich durchkreuzen konnte, dann der Gewinn eines wunderschönen Mädchens, und jetzt die

Rangerhöhung, sichtbares Zeichen kaiserlicher Huld. Wieder war er seinem großen Ziel ein Stück näher gekommen.

Er glaubte fest, daß zwischen dem Einzug seiner ›Neuen‹ und der tags darauf erfolgten Rangerhöhung ein Zusammenhang bestünde. Sie hatte ihm zweifellos Glück ins Haus gebracht. Und gleich nach der Dankaudienz suchte er Duftchen auf, überschüttete sie mit Zärtlichkeiten und Aufmerksamkeiten und versicherte sie seiner aufrichtigen Liebe. Und als er ein Jahr darauf als Kaiser Yung Tschong (1723-1735) den Drachenthron bestieg, da erhob er sie zur Huang kweh feh, zur kaiserlichen Nebengattin ersten Ranges.

NACHWORT

Für die Erzählungen wurde die Kuhnsche Schreibung der Eigennamen beibehalten, im Nachwort und in den Anmerkungen wurde die Wade-Giles-Transkription verwendet.

Die Werke der chinesischen Prosaliteratur, die dem Leser dieses Bandes in Franz Kuhns Übersetzung vorgelegt werden, sind mit der chinesischen Kultur untrennbar verbunden. Das schöpferische Wirken von Literaten und Volkserzählern ließ sie in einer Zeitspanne von mehr als tausend Jahren entstehen.

In diesen Jahrhunderten waren die Erzählungen in allen Schichten der Gesellschaft verbreitet. Mögen die Gebildeten sie nach außen hin auch als vulgär abgetan haben, hinter den verschlossenen Türen ihrer Studierzimmer lasen sie sie doch mit heimlichem Vergnügen. Das einfache Volk hörte sie aus dem Munde der Erzähler oder sah sie als Spiel auf der Bühne. Die Kinder nahmen sie gewissermaßen schon mit der Muttermilch auf, und den Erwachsenen galten sie als unversiegbarer Quell der Unterhaltung, der Erziehung und des Trostes in ihrem harten Los.

Die Chinesen früherer Zeiten waren geborene Zuhörer. Sie ließen sich keine Gelegenheit entgehen, einer gut erzählten Geschichte zu lauschen, sei es an einer Straßenecke, in einem Tempelhof oder einem Teehaus. Ihr ehrliches Interesse und ihre Begeisterung trugen nicht unwesentlich dazu bei, den Reichtum der chinesischen Prosaliteratur zu mehren.

Außer dem Vergnügen, das diese Geschichten dem Leser bereiten, vermitteln sie ihm, besser als historische und soziologische Ausführungen in dicken Bänden es vermögen, Kenntnisse vom alten China. Es ist Franz Kuhns großes Verdienst, daß er sich vor einem halben Jahrhundert mit unermüdlicher Geduld der keineswegs leichten Aufgabe unterzog, die reizvollen Werke der chinesischen Literatur dem deutschen Leser zu erschließen.

Die chinesische Literatur zählt zu den wenigen Literaturen der Welt, deren schriftliche und mündliche Überlieferung mehr als dreitausend Jahre lang keine Unterbrechung erfuhr. Sie bietet somit einen Einblick in Kultur und Leben des chinesischen Volkes vom frühesten Altertum bis in die heutige Zeit. Ihre besten Werke waren stets auch Träger humanistischen Gedankenguts und finden daher großen Anklang beim heutigen Leser.

Ungeheuer weit gespannt ist der geistige Horizont der uns überlieferten chinesischen Literatur. Dies ist unter anderem auf die frühe Entwicklung des Buchdrucks zurückzuführen, der in China bereits zu Beginn des 8. Jahrhunderts, wahrscheinlich aber noch eher, aufkam.

Das soziale System Chinas, das der Erziehung großen Wert beimaß, trug gleichfalls zur Entwicklung der Literatur bei. Schon vor unserer Zeitrechnung entstanden in verschiedenen Landesteilen Zentren der Kultur. Als Folge der Einführung staatlicher Prüfungen bildete sich bereits zur Han-Zeit (206 v. u. Z.-220 u. Z.) die Klasse der Literaten heraus. Diese Männer, die dem Staat als Beamte dienten oder zurückgezogen auf dem Lande und in kleinen Städten lebten, verbrachten oft ihr ganzes Leben mit literarischen Studien, insbesondere befaßten sie sich mit dem Schreiben von Abhandlungen und Gedichten. Es wurde üblich, Bibliographien, Anthologien und Enzyklopädien zusammenzutragen, und auf diese Weise wurden viele Werke bewahrt, die sonst wahrscheinlich längst verlorengegangen wären. Dem offiziellen Brauch, Volkspoesie zu sammeln, ist es zu danken, daß eine Vielzahl alter Volkslieder erhalten blieben, die für das Leben und die Literatur Chinas charakteristisch sind.

Die Kulturtradition Chinas überstand alle nationalen Katastrophen, die Überfälle von Nomadenstämmen und lange Zeiten der Fremdherrschaft. Diese ununterbrochene Entwicklung prägte den Charakter der Literatur, was Inhalt und Form betraf.

Weltanschaulich gesehen, wurde die chinesische Literatur vom Konfuzianismus, vom Taoismus und vom Buddhismus beeinflußt. Der Konfuzianismus betonte die erzieherische Funktion der Literatur, und das führte zunächt zu einer Erstarrung bestimmter literarischer Gattungen, die vom Alltagsleben losgelöst waren, weil die konfuzianischen Literaten die Wirklichkeit dem Ideal ihrer Lehre anpaßten und ihren Werken so die Lebenskraft nahmen. Den Gegensatz zu den konfuzianischen Vorstellungen bildete der Taoismus, der starken Einfluß nahm auf die chinesische Literatur, indem er die Rückkehr zur Natur zum Ideal erhob. Noch heute werden gerade diese chinesischen Schriften von Lesern in aller Welt geschätzt. Der Buddhismus, der zu Beginn des 1. Jahrhunderts nach China gelangte, bereicherte die Literatur mit einer dort bisher unbekannten Weltsicht, deren farbenprächtige Vorstellungen den Menschen dazu verhalfen, den grauen Alltag zu vergessen.

Ein wichtiger Umstand, der die gesamte Sphäre des literarischen Schaffens beeinflußte, war die Wechselwirkung zwischen mündlicher und schriftlicher Literatur. Die mündliche Literatur war für alle Schriftsteller, die neue Wege einschlugen, eine Quelle der Inspiration, ihre Schlichtheit und Frische dienten so manchem Künstler als Vorbild. Der Strom der mündlichen Literatur ist eng mit der Geburt der Kurzerzählung in der Umgangssprache, mit der des Romans und des Dramas verbunden. Die Bedeutung der mündlichen Literatur ergab sich aus der Tatsache, daß die Mehrheit der Chinesen die komplizierte Schrift nicht beherrschte und ›wortblind‹ *(wen-mang)* war, das heißt, sie konnten weder lesen noch schreiben und ihren schöpferischen Gaben lediglich in mündlicher Form Ausdruck verleihen.

Die chinesische Schrift war nun ein weiterer Umstand, der auf die Entwicklung der geschriebenen Literatur einwirkte. Auch der komplizierten Schreibweise wegen trachteten die Chinesen danach, sich so knapp wie möglich auszudrücken. Die Folge war, daß sich allmählich eine besondere Schriftsprache *(wen-yen)* entwickelte. Sie unterschied sich von der gesprochenen Sprache und war nur zum Lesen bestimmt, ihrer phonetischen Funktion also beraubt. In einem Riesenland wie China hatte das allerdings gewisse Vorteile. Menschen, die einander nicht verstanden, weil sie verschiedene Dialekte sprachen, konnten nun mit Hilfe des geschriebenen Worts in Verbindung treten. Diese Schriftsprache wurde auch in den benachbarten Ländern – Korea, Japan und Vietnam – eingeführt und spielte in diesem Teil der Welt häufig eine ähnliche Rolle wie das Lateinische im europäischen Mittelalter.

In China genoß das geschriebene Wort hohes Ansehen, und deshalb behauptete sich die hergebrachte Auffassung, daß nur ernste Dinge und Gedanken schriftlich festgehalten werden sollten. Schönheit des Stils war eine unerläßliche Bedingung, der die Literaten in ihrem Werk zu genügen hatten. Die Bewunderung war um so größer, je ausgefeilter das Werk war und je mehr literarische Anspielungen es enthielt. Mitunter zwar hatte dies eine ganze andere Wirkung zur Folge, daß nämlich die Forderung erhoben wurde, zur Einfachheit der klassischen Schriften der Vergangenheit zurückzukehren.

In den literarischen Bereich drang die Umgangssprache erst nach dem 10. Jahrhundert ein, für alle Blütenknospen der chinesischen Prosaliteratur ein frohes Zeichen, sich voll zu entfalten. Wie eine Flut schwemmte die kraftvolle, farbenreiche Sprache der Marktplätze, der Schenken und Teehäuser alles Künstliche hinweg und bildete von nun an einen festen, untrennbaren Bestandteil der Literatur. Damit brach eine neue Epoche der chinesischen Kultur an. Was sich da ereignete, war kein plötzliches Wunder, es war vielmehr der Schlußpunkt einer langen Entwicklung, deren erste Anfänge nun zu herrlicher Reife gediehen.

Werke der Prosaliteratur wurden in China allgemein mit der Bezeichnung ›hsiao-shuo‹ umschrieben, das heißt ›kleine‹ oder – in diesem Falle richtiger – ›unbedeutende Unterhaltung‹. Vom orthodoxen Konfuzianismus her gesehen, kam diesen Werken kein Platz im Heiligtum der Literatur zu, dienten sie doch nicht dem ernsten Anliegen der sittlichen Erziehung des Lesers.

Aber schon die ältesten Philosophen und Geschichtsschreiber Chinas, die mit Hingabe ihre wichtige Aufgabe erfüllten, waren deutlich darum bemüht, die Sachverhalte literarisch geschickt und einfallsreich darzustellen. So beleben zum Beispiel die Farben der Wirklichkeit den philosophischen Text des Buches ›Chuang-tze‹. Chuang-tze (um 380-320 v.u.Z.) schrieb ohne Zögern über die Ausgestoßenen der Gesellschaft, wie Bettler, Leibeigene und Rebellen, und schilderte wahrheitsgetreu verschiedene Handwerker und ihre Kunstfertigkeit. In der Geschichtsschreibung trat die Neigung zu einer literarischen Behandlung sogar noch stärker hervor. Den Kommentar ›Tsochuan‹ (›Herr Tsos Kommentar zur Chronik Ch'un-ch'iu‹) zum Beispiel, der die Ereignisse der Jahre 722-467 v.u.Z. im Staate Lu schildert, kann man heute noch mit Vergnügen lesen. Tso Ch'iu-ming, ein Geschichtsschreiber im Ch'u- und später Lu-Staat, der blind gewesen sein soll, verstand es, die schriftliche und mündliche Überlieferung zu einem lebendigen Bild der historischen Ereignisse zu verschmelzen.

Ihren Höhepunkt erreichte die frühe historische Prosa in einem enzyklopädischen Werk über die Geschichte Chinas, das einen Zeitraum von fast dreitausend Jahren umfaßt: im ›Shih-chi‹ (›Aufzeichnungen des großen Geschichtsschreibers‹) von Ssu-ma Ch'ien (145-90 v.u.Z.). Literarisch gesehen, sind die siebzig Kapitel der ›Lieh-chuan‹ (›Biographien‹) das Wertvollste in Ssu-ma Ch'iens Werk. Hier erweist er sich als scharfsinniger Beobachter des Lebens und des menschlichen Charakters und als feinfühliger Autor. Mit den ›Biographien‹ schuf er eine neue literarische Gattung, die auf die spätere Entwicklung der chinesischen Prosaliteratur nachhaltige Wirkung übte.

Von einer Reihe nichtamtlicher biographischer Erzählungen, die während der Han-Dynastie entstanden, darf angenommen werden, daß sie mehr Dichtung als historische Wahrheit enthielten. Damals, als die Gesellschaft aus der früheren synkretistischen Anonymität in ein Zeitalter trat, da Leben und Schicksal des Individuums im Leben des Volkes eine wichtige Rolle spielten, besaß natürlich eine ungewöhnliche Persönlichkeit für die Schriftsteller große Anziehungskraft. In solchen Lebensbeschreibungen verbanden sich Wirklichkeit und Legende, so in der Geschichte von ›Yen Tan-tzu‹ (›Prinz Tan von Yen‹), die häufig als die erste historische Kurzerzählung Chinas gilt.

Der Übergang vom Altertum zum Mittelalter im 3. Jahrhundert bedeutete in China nicht den gleichen Bruch mit der alten Tradition, wie es in Europa nach dem Niedergang des römischen Weltreiches der Fall war. Die mittelalterliche Literatur Chinas befaßte sich weiter damit, das Erbe der Vergangenheit zu erschließen. Das schmale Rinnsal der Prosaliteratur schwoll an und weitete sich zu einem machtvollen Strom. Neue Formen zogen die Leser in ihren Bann, besonders die Kurzerzählung in der Umgangssprache und der Roman. Die Zeit vom 3. bis zum 10. Jahrhundert war also eine Periode des Übergangs und des allmählichen Wachstums; ihr Endstadium zeigt eine neue, bedeutsame Phase literarischen Schaffens.

Die Entwicklung der Literatur im mittelalterlichen China war eng mit der Verbreitung einer fremden Religion – des Buddhismus – verbunden. In einem Land, das nach dem Fall des Han-Reiches fast vier Jahrhunderte lang von Kriegen verwüstet worden war, machte dieser neue Glaube schnelle Fortschritte. Von 386-581 war der Norden und Süden Chinas gespalten; diese Teilung ist als die Zeit der südlichen und nördlichen Dynastien (Nan-pei ch'ao) bekannt. Das Zentrum der Kultur verlagerte sich nach Süden, während die Nomadenstämme im Norden allmählich die chinesische Kultur übernahmen.

Die Ausbreitung des Buddhismus war mit einer beinahe fieberhaften Tätigkeit fremder Mönche und ihrer einheimischen Helfer verbunden, die sich damit beschäftigten, die buddhistischen Schriften (Sutras) ins Chinesische zu übertragen. Diese Schriften mit ihren andersartigen Gedanken und Vorstellungen zu übersetzen war keine leichte Aufgabe. Aber sie wurde unternommen und zu gutem Ende geführt, wenn wir an solche Übersetzer wie den berühmten Kumārajīva denken, der sich von 402-412 der Übersetzung der Sutras widmete. Als Kumārajīva verkündete, seine Zunge werde zum Beweis für die Wahrhaftigkeit seiner Übertragungen vom Feuer verschont bleiben, wenn sein Körper schon zu Asche geworden wäre, so war das keine eitle Prahlerei. Es muß hinzugefügt werden, daß in seinem Falle die Schönheit der Sprache der Wahrhaftigkeit nicht nachstand.

Die Sutras wurden in einem Chinesisch wiedergegeben, das freier war als die Schriftsprache und der Volkssprache nahestand. In den ursprünglichen Sutras folgten auf Prosaabschnitte solche in Versen, die oft mit Musikbegleitung gesungen wurden, was dem Vortrag der Schriften zusätzlichen Reiz verlieh. Diese Form wurde auch in den chinesischen Übersetzungen beibehalten, später wurde sie ein untrennbarer Bestandteil der literarischen Gattung *shuo-ch'ang wen-hsüe* (gesprochene undgesungene Erzählungen). Andererseits wurden von Anfang an viele rein chinesische Elemente in die Übersetzungen der Sutras aufgenommen. Allmählich verloren sie ihren fremden Charakter und fügten sich in die chinesische Kulturwelt ein.

Wollten die Verbreiter der neuen Religion Anhänger gewinnen, so mußten sie tief in deren Seelen eindringen und ihre Herzen bewegen, sie mußten sie zum Lachen oder Weinen bringen. Es genügte nicht, die Sutras herzusagen – die Prediger mußten sie erklären, um sie ihren Zuhörern näherzubringen. Da nun das Predigen die Quelle für ihren Lebensunterhalt und die tägliche Schale Reis war, ließen praktische Überlegungen sie nach Erfolg streben. Es wundert nicht, daß ihre Tätigkeit von den höheren Priestern mit unfreundlichen Bemerkungen bedacht wurde. Sie warfen den Predigern vor, vulgär zu sein und ein schlechtes Beispiel zu geben, indem sie über die freie Lebensweise schöner Frauen sprächen. ›Das gemeine Volk mag seine Freude daran haben, gute Mönche werden jedoch ihre Ohren verschließen und gebildete Menschen sich abgestoßen fühlen‹, sagen die Quellen. Ihre Sorge ist leicht zu begreifen, wenn wir einige der *shuo-ch'ang-ching-wen* (Erklärungen der Sutras mit Liedern) lesen, Texte einer späteren Periode (8.-10. Jahrhundert), die in den Tun-huang-Höhlen gefunden wurden. Darin werden wenige Worte der Sutra mit Hunderten von Worten erklärt, die unter anderem schildern, wie lieblich die mit dünnen Gewändern bekleideten Frauen waren, die der Teufel als Versuchung einem Asketen sandte, der sich in die Wüste zurückgezogen hatte, um Frieden zu finden.

Neben dem Buddhismus faßte während der Zeit der südlichen und nördlichen Dynastien auch der Taoismus Fuß und entwickelte sich zu einer bedeutenden weltanschaulichen Bewegung. Sein Ziel war die Beschäftigung mit dem Mystischen, dem Überwirklichen *(hsüan-hsüe)*, und er wurde bei den damaligen unsicheren Zeiten eine Trostquelle für die Menschen, insbesondere die Intellektuellen.

Im Süden, der unter der Herrschaft mehrerer kurzlebiger Dynastien stand, wurde es üblich unter den Gebildeten, denen die Politik verleidet war, sich mit Freunden an einsamen Orten zu treffen und sich dem ›reinen Gespräch‹ *(ch'ing-t'an)* zu widmen. Im Verlauf dieser Unterhaltungen gaben sie ihren Gedanken in kurzen, geistreichen Sätzen Ausdruck oder vergnügten sich damit, Geschichten aus dem Bereich des Übernatürlichen und Phantastischen zu erzählen, die häufig aus dem Volke stammten.

Vom 5. Jahrhundert an wurden solche kurzen, unterhaltsamen Geschichten gesammelt und aufgeschrieben. Sie wurden sehr beliebt und von einer Generation an die andere weitergegeben. Unter der Sung-Dynastie (960-1278) wurden viele von ihnen in die Sammlung ›T'ai-p'ing kuang-chi‹ (›T'ai-p'ing-

Sammlung‹) aufgenommen. Das berühmteste Buch, das uns auf diese Weise erhalten blieb, ist das ›Sou-shen-chi‹ (›Geisterberichte‹) von Kan Pao (um 300). Es enthält mehrere hundert Anekdoten in Fragmentform ohne literarische Ausschmückung. Das Bemerkenswerte an diesen Geschichten ist, daß selbst die phantastischsten an einem bestimmten Ort und zu einer bestimmten Zeit spielen, um den Anschein der Wirklichkeit zu erwecken. Dies war ein bezeichnender Zug für die spätere Prosaliteratur und insbesondere für die Volkskunst Chinas.

Von ganz anderer Art sind die Anekdoten der berühmten Sammlung ›Shih-shuo hsin-yü‹ (›Neue Anekdoten zur allgemeinen Unterhaltung‹), die von Liu I-ch'ing (403-444) zusammengestellt wurden. Es sind unterhaltsame Geschichten aus dem Alltagsleben und Anekdoten über berühmte Leute, das Ganze unterteilt in Abschnitte wie: Gute Taten, Höfliches Benehmen, Danksagungen und so weiter. Aus jeder Anekdote hätte leicht eine ausführlichere Geschichte gemacht werden können, und bei vielen geschah das wohl auch. Dieses Buch, das zugleich die erste Fundgrube chinesischen Humors ist, erfreute sich in China und später in Japan großer Beliebtheit.

Durch die Sui-Dynastie (589-618) wurde China wiedervereinigt. Dies war ein kurzes Vorspiel zur Herrschaft der T'ang-Dynastie (618-905), unter der das Reich den Gipfel seiner politischen, wirtschaftlichen und kulturellen Entwicklung erreichte.

Die Kunst des gesprochenen Wortes wurde besonders im religiösen Bereich gepflegt. Beweise dafür finden sich zur Genüge in den Tun-huang-Manuskripten, in denen sich außer den bereits erwähnten Erklärungen zu den Sutras auch Texte unter der Bezeichnung *pien-wen* fanden. Es handelt sich um religiöse und weltliche Erzählungen, die in der Form zwischen Prosa und Versen wechseln. Eine der bekanntesten Geschichten war die vom getreuen Sohn Mu-lien, der in die Unterwelt hinabstieg, um seine Mutter zu retten (›Mu-lien chiou-mu pien‹; in ›Die Geister des Gelben Flusses‹, deutsch von Richard Wilhelm, Rudolstadt 1955). Dieser Stoff fand beim Volk ganz natürlichen Anklang, denn Kindesehrfurcht war eine der Haupttugenden des Konfuzianismus. Mit großem Behagen schildert der Verfasser hier im einzelnen die Fahrt des getreuen Sohnes zur Hölle und was für schreckliche Qualen die Sünder dort erdulden mußten. Dieser Text weist bereits alles auf, was zu einer gut erzählten Geschichte gehört, das gleiche gilt für einige weltliche Erzählungen der *pien-wen*. Unverkennbar ist, daß die Kunst des berufsmäßigen Geschichtenerzählens in der T'ang-Zeit schon gut ausgebildet war.

Zur gleichen Zeit fanden die T'ang-Literaten Gefallen an Erzählungen, die wunderliche Dinge und ungewöhnliche Personen zum Gegenstand hatten. Sie knüpften an das Vermächtnis an, das ihnen die Verfasser der ›reinen Gespräche‹ aus früheren Jahrhunderten hinterlassen hatten, und entwickelten eine neue Gattung, die *ch'uan-ch'i* Novellen, die merkwürdige Begebenheiten behandelten. Als Vorbild dienten die Biographien der dynastischen Geschichtsbücher. Die Literaten schrieben in der gewählten *wen-yen*-Sprache und schwelgten nicht in farbenreichen Schilderungen. Der Reichtum an Gefühl aber, der mit Knappheit des Ausdrucks verbunden war, ließ ihre Novellen zu kleinen Edelsteinen werden, die zum Schatz der chinesischen Literatur gehören. Die Verfasser der *ch'uan-ch'i* erzählten die ›Biographien‹ liebreizender Frauen, schrieben von romantischer Liebe und wunderlichen, außergewöhnlichen Begebenheiten und Begegnungen, wobei sie sich von der mündlichen Überlieferung anregen ließen, der sie wesentliche Züge entnahmen. Doch wie die Anekdotenschreiber früherer Zeiten behaupteten auch sie, wahre Geschichten zu erzählen, die sie irgendwo gehört oder in einer unbekannten Chronik gelesen hätten. (Aus den *ch'uan-ch'i* werden in dieser Sammlung vorgelegt: ›Die schöne Li‹, ›Vom Totenhemd ins Brautkleid‹, ›Der Mohrensklave‹.) Die Handlungen der T'ang ch'uan-ch'i wurden später von anderen neu erzählt, in die Umgangssprache übertragen und zu Dramen verarbeitet.

In der Geschichte der chinesischen Literatur erwies sich die Sung-Dynastie (960-1279) als wichtiger Meilenstein. Schnelles wirtschaftliches Wachstum und Entwicklung der Städte zu Handelszentren sind das Kennzeichen dieser Zeit. Kaufleute strömten von nah und fern herbei, neue Unternehmen entstanden fast über Nacht. Geld wurde schnell verdient und ebensoschnell von den Leuten auch wieder ausgegeben. Man wollte das Leben genießen und nicht an morgen denken. Es wundert daher nicht, daß die Hauptstadt mit ihren guten Verdienstmöglichkeiten die wandernden Künstler aus allen Teilen des Reiches herbeizog. In Hang-chou, wohin sich der südliche Sung-Hof (1127 bis 1279) begeben hatte, nachdem er von der tatarischen Chin-Dynastie (1115-1234) gezwungen worden war, seinen nördlichen Sitz in K'ai-feng zu verlassen, wurden besondere Vergnügungsviertel, *wa-tzu* genannt, errichtet. In den einzelnen Buden dort wetteiferten Taschenspieler, Zauberer, Akrobaten und Geschichtenerzähler miteinander um die Gunst des Publikums – der Städter, Soldaten und Dörfler, die in die Stadt gekommen waren.

Es wurde ein beliebter Zeitvertreib, den Geschichtenerzählern zu lauschen. Was da auf den Märkten erzählt wurde, bot Spannung und Spaß in Fülle. Es ging um Kämpfe und Kriege, um Liebe und Trennung, doch auch um Verbrechen und andere Laster. Nahezu unerschöpflich waren die Quellen dieser Erzählungen: Geschichte, Literatur, Ereignisse des Alltags. Ein erfahrener Vortragskünstler verstand es immer, einer alten Geschichte wirklichkeitsgetreue Tupfer aufzusetzen oder aus dem Augenblick heraus auf die Laune des Publikums einzugehen.

Tägliche Übung und ständiger Wettbewerb regten die Erfindungskraft der Erzähler in immer stärkerem Maße an. Geläufig, wie ›ein Ball, der über eine Planke rollt‹, wurden die Geschichten vorgetragen und ihre Helden so lebensvoll präsentiert, daß sie dem Publikum noch lange im Gedächtnis blieben. Manch ein Erzähler rührte die Zuschauer zu Tränen, andere brachten sie zum Lachen, daß ihnen die Seiten schmerzten. Die Hilfsmittel, deren sich die Erzähler bedienten, waren einfach: ein Fächer, ein Holzstock, ein Tuch. Schlug ein Meister seiner Kunst mit dem Stock auf einen Tisch, weckte er sogleich die Aufmerksamkeit des Publikums. Der Fächer verwandelte sich in Eßstäbchen, wenn der Held der Geschichte ein Mahl nahm, in ein Schwert oder einen Dolch, wenn ein Kampf oder ein Streit geschildert wurde; das Tuch diente als Buch, Brief oder Tabaksbeutel und vieles mehr.

Den Kurzerzählungen ging eine Einführung *(ju-hua)* voraus, sie sollte die rechte Stimmung und Ruhe im Publikum schaffen, damit es der nun folgenden eigentlichen Geschichte Aufmerksamkeit schenkte. Eine solche Kurzerzählung, die ohne Unterbrechung vorgetragen wurde, mußte einen effektvollen Schluß haben. Längere Geschichten, die in Fortsetzungen erzählt wurden, unterbrach man an einer spannenden Stelle, und der Vortrag wurde mit den Worten beschlossen: »Wenn ihr wissen wollt, wie es weitergeht, dann kommt morgen wieder.« Kamen dann die Leute wieder und lauschten atemlos, so wußte der Erzähler, daß seine Geschichte gut war; denn die Zuhörer übten strenge Kritik. Sie verlangten kunstgerechte Vollendung und äußerten ihr Mißfallen unumwunden.

Hier, in diesem Umkreis der leichten Unterhaltung, wurde die chinesische Kurzerzählung in der Umgangssprache als direkter Nachkomme der Kunst mündlichen Vortrags geboren. Unter den wichtigen Umständen, die ihr Entstehen begünstigten, ist auch ein technischer zu nennen: die schnelle Entwicklung des Buchdrucks.

Bereits in der turbulenten Zeit der Fünf Dynastien (907-960), die auf den Fall der T'ang-Dynastie folgte, nahm der Buchdruck großen Aufschwung, in der zweiten Hälfte des 10. Jahrhunderts wurden die Schriften der konfuzianischen Klassiker in Holz geschnitten, gedruckt und im ganzen Lande verbreitet. Wenig später wurden auch die buddhistischen und taoistischen Schriften gedruckt. Unter den Sung war der Druck von Gebeten, Zaubersprüchen und Votivbildern ein einträgliches Unternehmen. Nach und nach erschienen auch billige Bücher auf dem Markt, und die Buden der Geschichtenerzähler boten die beste Materialquelle dafür.

Eine verhältnismäßig kleine Zahl dieser frühen Erzählungen – etwa dreißig – aus der Sung- und Yüan-Periode (1279-1368) sind uns in den Neudrucken der Ming-Zeit (1368-1644) überliefert. Sie sind unter dem Begriff *hua-pen* bekannt, was im allgemeinen mit ›Soufflierbuch des Geschichtenerzählers‹ übersetzt wird. Aber diese Interpretation des Wortes *hua-pen* ist irreführend, denn die richtigen, vom Erzähler benutzten Soufflierbücher enthalten nur kurze Notizen ohne Zusammenhang; sie sind sein Berufsgeheimnis, in das ein Außenstehender nur selten Einblick erhält. Die *hua-pen* dagegen, wie sie uns überliefert sind, waren vollständige Geschichten, die nach den Worten des Erzählers übernommen und gedruckt wurden, um die Wünsche des Lesepublikums zu befriedigen. Das Verfahren der Erzähler und das Wesen dieser Kunst, wie sie zum Beispiel heute noch in Japan geübt wird, machen deutlich, daß die Vortragenden selbst keine Texte brauchen, die Wort für Wort vorgeschrieben sind. Im Gegenteil, sie vermeiden es, sich daran zu halten. Während der Ausbildung lernen sie aus dem Munde ihrer Lehrer die Geschichten kennen und prägen sich so ihre charakteristischen Merkmale und Geheimnisse ein.

Wir dürfen daher annehmen, daß die frühen *hua-pen* Erzählungen auf Wunsch derer geschrieben wurden, die populäre Unterhaltungsliteratur verbreiten wollten. Feststehende Wendungen der Erzähler wurden wahrscheinlich deshalb beibehalten, weil die Verfasser den Eindruck des mündlichen Vortrags bewahren oder die von ihnen verwendete Umgangssprache unter dem Vorwand rechtfertigen wollten, daß es sich um eine mehr oder weniger getreue Wiedergabe dessen handelte, was man in den Buden der Erzähler zu hören bekam. Möglicherweise waren einige Verfasser selbst solche Geschichtenerzähler, wie es zum Beispiel zu Beginn des 18. Jahrhunderts unter ähnlichen Umständen in Japan der Fall war, daß der Erzähler nämlich zugleich der Autor war.

Auch aus den Kreisen der Literaten mögen sich welche gefunden haben, die als Bewunderer und Gönner der Erzählkunst Geschichten aufzeichneten und sich zu Gesellschaften, *shu-hui* genannt, zusammenschlossen. Allerdings ist uns kein einziger Verfasser mit Namen überliefert.

Von den frühen *hua-pen* muß es eine Vielzahl gegeben haben. Literarisch waren sie wahrscheinlich von unterschiedlichem Wert, was sich auch an den erhaltenen Texten zeigt. Die Ming-Literaten, als Bewunderer der alten *hua-pen*, haben sie gesammelt und nachgeahmt. Ihre Geschichten werden als ›*hua-pen*-Imitationen‹ bezeichnet. Im Grunde aber ist es nicht möglich, die ›echten‹ und die ›falschen‹ *hua-pen* streng voneinander zu trennen, da sie uns alle nur aus späteren Sammlungen bekannt sind, deren Herausgeber die alten Texte veränderten. Die genaue Datierung ist daher recht schwierig, ja fast unmöglich.

Die populärste Sammlung von Kurzprosa in der Manier der *hua-pen* ist das ›Chin-ku ch'i-kuan‹ (›Wundersame Geschichten aus alter und neuer Zeit‹), das von 1632-1644 veröffentlicht wurde. Es enthält vierzig Geschichten, die aus zwei umfangreichen Sammlungen der *hua-pen* mit rund zweihundert Erzählungen ausgewählt wurden, darunter ›Drei Worte‹ (›San-yen‹) von Feng Meng-lung und die ›Höchst erstaunlichen Geschichten‹ (›P'ai-an ching-ch'i‹) von Ling Meng-ch'u.

Feng Meng-lung (1574-1640), Schriftsteller und Dramatiker, war nicht nur der Verleger, sondern auch der Herausgeber der Geschichten und nahm in dieser Eigenschaft beträchtliche Änderungen vor. Seinem leidenschaftlichen Eifer und seiner Liebe zu der so eng mit dem Leben des chinesischen Volkes verbundenen Literatur ist es zu danken, daß dieser einzigartige Schatz für künftige Generationen erhalten blieb.

Ling Meng-ch'us (1580-1644) ›Höchst erstaunliche Geschichten‹ sind, wie das Vorwort zu dieser Sammlung besagt, seine eigenen Variationen älterer Erzählungen, Anekdoten und Bemerkungen über merkwürdige Dinge.

Von den alten *hua-pen* gab es noch andere Sammlungen, so die von der Druckerei Ch'ing-p'ing-shan in den Jahren 1522-1566 veröffentlichte, deren Geschichten verhältnismäßig wenig verändert wurden, oder die ›Ching-pen t'ung-su hsiaoshuo‹ (›Volkstümliche Erzählungen aus der Hauptstadt‹), die um die Mitte des 16. Jahrhunderts zusammengetragen wurde, aber nur in einer viel späteren Ausgabe erhalten ist.

Unser Band legt elf Erzählungen aus dem ›Chin-ku ch'i-kuan‹ vor; er bietet dem Leser ein farbenreiches Panorama vom Leben im alten China von der Sung- bis zur Ming-Dynastie. Die verschiedenen Hauptstädte dieser langen, unruhigen Periode werden genannt oder beschrieben – so K'ai-feng-fu (in der heutigen Provinz Ho-nan) als glänzende Metropole während der nördlichen Sung-Dynastie, oder das für seine landschaftliche Schönheit berühmte Hang-chou (in der heutigen Provinz Che-chiang), das gegen Ende der südlichen Sung-Dynastie fast eine Million Einwohner zählte, und weitere bedeutende Städte wie Nan-ching und Sou-chou im Tal des Yang-tze-Flusses. Kriege und anderes Unheil zwingen die Menschen, ihre Heimat zu verlassen und mit ihrer geringen Habe voll Verzweiflung ins Unbekannte zu fliehen; Männer werden dabei von ihren Frauen getrennt, Kinder von ihren Eltern.

Doch auch unter normalen Umständen herrschte im feudalen China reger Verkehr. Gelehrte zog es aus ihren Heimatprovinzen in die Hauptstadt, Kaufleute reisten im Lande umher, um sich ihr Brot zu verdienen. Boote dienten als übliches Transportmittel. Neu ernannte Würdenträger wurden häufig zu Wasser an ihr Reiseziel befördert, und die Kaufleute im Yang-tze-Tal besaßen oft keine andere Wohnung als das Boot.

Diese verschiedenartigen Verhältnisse, die in so reichem Maße Stoff für Geschichten boten, regten die Verfasser an, Handlungen zu ersinnen, die den Leser von Anfang bis Ende fesselten. Es wurde berichtet, was an frohen und traurigen Dingen innerhalb der Familie geschah. Nicht glatt und in den engen Bahnen, wie sie die öffentlichen Sittenregeln vorschrieben, verlief das Leben, es war vielmehr ein unruhiger Strom, der keinen Stillstand kannte.

In vielen dieser Geschichten sind Frauen die Hauptgestalten. Sie werden anders dargestellt, als es das konfuzianische Ideal heischte, das die Frau als unterwürfiges Wesen sah, deren Leben, zuerst im Hause der Eltern, dann in dem des Ehemanns, in völliger Abgeschlossenheit verlief. In den Geschichten aber hat das Mädchen oft einen eigenen Willen, ist gebildet und gibt sich sogar als Mann aus, um zu staatlichen Prüfungen zugelassen zu werden. Die Kurtisane und das Mädchen aus dem Amüsierviertel werden gemeinhin mit Achtung behandelt als Frauen, die in ihren Beruf gezwungen wurden, sich aber danach sehnen, zu heiraten und ein normales Leben zu führen, wie es die vortreffliche Geschichte ›Die törichte Buhle‹ zeigt.

Eine glückliche, auf innige Liebe und gegenseitige Achtung gegründete Ehe scheint das Wunschbild der meisten Schriftsteller gewesen zu sein, dem sie ersichtlich viel Aufmerksamkeit schenkten, und was sie über die Beziehungen zwischen Mann und Frau sagen, zeugt von einer gereiften Haltung.

Neben ordentlichen Bürgern werden auch Außenseiter der Gesellschaft vorgestellt – Bettler, die einen Umzug veranstalten, um eine Gesellschaft zu stören, Räuber, die Kinder und junge Mädchen entführen, Piraten, die vor einem Mord nicht zurückschrecken, Betrüger, die aus der Torheit der Menschen Nutzen ziehen.

In der Mehrzahl handeln die Geschichten von einem Kaufmann oder einem mäßig begüterten Grundbesitzer, der in der Stadt lebt. Die Reichen werden meist als streitsüchtig und eitel geschildert; manche jungen Literaten fühlten sich von den

Freuden des Stadtlebens stärker angezogen als von den klassischen Büchern, andere sind skrupellose Karrieremacher. Doch am Ende muß ein jeder für seine schlechten Taten büßen, und ein jeder wird für seine guten Werke belohnt: das ist die Moral dieser Geschichten.

Im ganzen kann man wohl sagen, in den *hua-pen* spiegelt sich eine für alle Geschichtenerzähler höchst wichtige Eigenschaft wider: das Verständnis für menschliche Schwäche und der Sinn für Humor. Es wäre aber ungerecht, einen weiteren Vorzug ihrer Verfasser zu unterschlagen: ihr Empfinden für Schönheit, ob es nun um die Schönheit einer Frau, einer Landschaft, einer Malerei oder der in die Geschichten eingefügten kunstvoll geschriebenen Verszeilen ging.

Während die Gattung der Kurzerzählung in der Umgangssprache in Blüte stand, wurden auch weiterhin Novellen in der Literatursprache geschrieben. Nach der goldenen Periode der T'ang-Dynastie kam diese Kunst zwar unter den Sung einigermaßen zum Stillstand, doch in der Ming-Periode erwachte sie zu neuem Leben, als verschiedene Schriftsteller darangingen, die T'ang-Novellen nachzuahmen.

Vom 16. Jahrhundert an wurden neben den T'ang-Novellen häufig im *wen-yen* geschriebene Geschichten veröffentlicht, was viele Literaten dazu anregte, sich in dieser Gattung zu versuchen. Der begabteste und berühmteste unter ihnen war P'u Sung-ling (1640 bis 1715), der sich ›Meister der Weidenquelle‹ (›Liu ch'üan hsien-sheng‹) nannte, denn er stammte aus der Provinz Shantung, wo viele Weiden wuchsen. Die im *wen-yen* verfaßte Novellensammlung ›Liao-chai-chih-i‹ (›Seltsame Geschichten aus dem Liao-Studierzimmer‹) ist sein bekanntestes Werk. Es enthält 445 Novellen (kürzlich wurden weitere entdeckt), so daß es insgesamt rund 500 sind) in ausgefeilter Form, die von literarischen Anspielungen wimmeln. Diese Schreibweise, die das Alltagsgeschehen mit der Zauberwelt des Übernatürlichen verknüpfte, wurde für P'us Novellen bestimmend. Er war ein geborener Erzähler und ein feinsinniger Poet dazu. Er übernahm Stoffe der mündlichen Überlieferung und schuf Erzählungen, die zugleich dem einfachen, natürlichen Anspruch des Volkes wie dem gehobenen des Gebildeten genügen. Der Meister der Weidenquelle verfügte über einen scharfen Humor und nahm in seinen Geschichten auch eine kritische Haltung zur Gesellschaft ein. In unserer Ausabe wird eine seiner besten Geschichten vorgestellt: ›Die Kampfgrille‹.

P'u Sung-lings Novellen fanden in den Jahrzehnten nach ihrer Veröffentlichung viele Nachahmer. Doch das Schicksal der in der *wen-yen*-Sprache geschriebenen Novelle war besiegelt mit den Veränderungen, die in China am Ende des 19. und zu Anfang des 20. Jahrhunderts vor sich gingen, und mit dem Untergang der alten Gesellschaft. Die Kurzerzählung in der Umgangssprache trat für Schriftsteller und Leser in den Vordergrund und trug schließlich den Sieg davon.

Der nie versiegende, reiche Strom der mündlichen Überlieferung war auch mit dem allmählichen Wachstum einer anderen wichtigen Literaturgattung verbunden: dem des Romans. Aus einzelnen Berichten von bestimmten Ereignissen oder Helden entstanden nach und nach Geschichtenkreise, die zu gegebener Zeit von begabten Schriftstellern umgeformt und aufgezeichnet wurden – als Roman. Ein solcher Roman in vollendeter Form war das ›San-kuo chih yen-i‹ (›Geschichte der Drei Reiche‹), das Lo Kuang-chung zugeschrieben wird, der in der zweiten Hälfte des 14. Jahrhunderts lebte. Dieser Roman handelt von Kriegern. In ihrer Welt war zwar nicht viel Raum für romantische Liebe, doch die Episode von Zikade, die in unserer Sammlung enthalten ist, zeichnet meisterlich das Bild blinder Leidenschaft für eine schöne Frau.

Große Verbreitung fand auch die Gattung des historischen Romans; unter den Ch'ing-Herrschern war jeder dynastischen Periode ein Roman gewidmet. Eins der bekanntesten Werke dieser Art ist das ›Tung Chou lieh-kuo-chih‹ (›Geschichte der

Fürstentümer während der östlichen Chou-Dynastie‹). Die ersten Kapitel daraus sind als ›Die Frau ohne Lachen‹ in unserer Sammlung enthalten.

Mögen den heutigen Leser auch etliche Jahrhunderte und die unterschiedliche kulturelle Entwicklung von der Welt der chinesischen Erzählungen trennen, so werden sie doch stets von neuem das Herz der Menschen rühren und die Langeweile mit ihrem Humor und ihrem Erfindungsreichtum vertreiben. Ist ihnen solch ein Erfolg auch hier beschieden, dann hat unser Band seine Aufgabe erfüllt.

Věnceslava Hrdličková

ANMERKUNGEN

Zikade

Das 8. und 9. Kapitel des Romans ›San-kuo chih yen-i‹ (›Geschichte der Drei Reiche‹) von Lo Kuang-chung (2. Hälfte des 14. Jahrhunderts), der die turbulente Zeit der Teilung des Landes nach dem Fall der Han-Dynastie (206 v. u. Z.-220 u. Z.) behandelt, die als San-kuo (Drei Reiche, 221-277) bezeichnet wird. ›San-kuo chih yen-i‹ gehört zu den populärsten chinesischen Romanen. Seine berühmten Episoden wurden von Geschichtenerzählern vorgetragen oder zu Dramen verarbeitet. Verschiedene Redewendungen des Romans wurden fester Bestandteil der chinesischen Alltagssprache.

Die beiden Kapitel wurden Franz Kuhns Übersetzung der ›Geschichte der Drei Reiche‹, Berlin, Weimar, Köln, 1938, entnommen.

9 *Zikade* (Tiao-ch'an): Die Heldin der Geschichte galt als eine der schönsten Frauen Chinas.

16 *I Yin:* für seine Weisheit berühmter Minister, stand dem Begründer der Shang-Dynastie (1766-1112), einem Fürsten von T'ang, 1766-1753, als Ratgeber zur Seite.

16 *Tschou Kung* (gestorben 1105 v.u.Z.): Fürst von Chou, Sohn Wen-wangs, Herrschers der Chou-Stämme; er half seinem Bruder Wu-wang, die Shang-Dynastie zu stürzen und die Chou-Dynastie (1122-221) zu errichten. Das klassische Buch ›Chou-li‹ (›Riten der Chou‹) wird ihm zugeschrieben. Er gilt als einer der verdienstvollsten und ehrenhaftesten Fürsten Chinas.

16 *Schun und Yü:* legendäre Herrscher im 3. Jahrtausend v. u. Z.; ihre Herrschaft galt als das Goldene Zeitalter der chinesischen Geschichte.

29 *die fünf menschlichen Grundbeziehungen* (wu-lun): von Konfuzius (s. Anm. zu S. 51 *Kung Fu Tse*) zur Bedingung gemacht; nämlich: das Verhältnis von Herrscher zu Untertan, Vater zu Sohn, Ehemann zu Ehefrau, älterem zu jüngerem Bruder und Freund zu Freund.

›T'ang ta-chün kuei-tuan chia-ssu‹ (›Mandarin T'ang trifft eine kluge Entscheidung und verschafft dem richtigen Eigentümer den Besitz‹). Die 3. Geschichte des ›Chin-ku ch'i-kuan‹ (s. S. 606 f.).
Der einleitende Abschnitt über das rechte moralische Verhältnis unter Brüdern ist hier weggelassen.

41 *Yung Lo:* die Periode von 1403-1425 der Ming-Dynastie (1368-1644).
Provinz Petschili: das Gebiet des heutigen Peking und der Provinz Ho-pei.

51 *Kung Fu Tse,* lateinisch Konfuzius (um 551-497): Philosoph; er forderte Harmonie in den menschlichen Beziehungen, die sich an bestimmte, dem Wohl des Landes dienende Richtlinien halten sollten. Das Hauptprinzip seiner Ethik war die Unterwerfung des Jüngeren unter den Älteren, des Untertanen unter den Herrscher (s. auch Anm. zu S. 29 *die fünf menschlichen Grundbeziehungen*). Seit der Han-Dynastie (206 v.u.Z.-220 u.Z.) bildete der Konfuzianismus die Grundlage der staatlichen Lehre und nahm nachhaltigen Einfluß auf Leben und Kultur der Chinesen. Konfuzius' Philosophie spiegelt sich im Buch ›Lun-yü‹ (›Erörterungen und Aussprüche‹) wider, das ihm zugeschrieben wird, wahrscheinlich aber ein späteres Werk seiner Anhänger ist.

58 *Mu:* Flächenmaß; 1 Mu = 0,066 ha.

61 *Kwan Yin:* Bodhisattwa der Barmherzigkeit (ein Bodhisattwa ist ein Heiliger, der sich durch eigenen Entschluß weigert, Buddha zu werden und den Frieden des Nirvana – der Loslösung von allem – zu erlangen; er bleibt der Wiedergeburt unterworfen, um die Menschheit zu retten), ursprünglich die indische männliche Gottheit Avalokita, in China aber eine weibliche Gottheit, deren Kult weiteste Verbreitung fand.

61 *hundert Familien* (pai-hsing): chinesische Bezeichnung für einfache Leute.

62 *Yamen:* im alten China Amtsgebäude oder Gericht.

66 *Buddha:* In respektvoller Weise werden die Ältesten der ›drei Stämme‹ mit dem Gott Buddha gleichgesetzt.

68 *fünf heilige Berge:* der Tai-shan (im Osten, in der Provinz Shan-t'ung), der Hua-shan (im Westen, in der Provinz Shen-hsi), der Heng-

shan (im Norden, in der heutigen Provinz Shan-hsi), der Heng-shan (im Süden, in der Provinz Hu-nan) und der Hao-shan (in der Mitte, in der Provinz Ho-nan).

Die törichte Buhle

›Tu shih niang nu ch'en paio-pao hsiang‹ (›Fräulein Tu Nummer zehn wirft im Zorn ihr Juwelenkästchen in den Fluß‹).
Die 5. Geschichte des ›Chin-ku ch'i kuan‹.

75 *die letzten Horden der Mongolen:* bezieht sich auf den Untergang der mongolischen Yüan-Dynastie, die bis 1368 in China herrschte. *Der Drache schwang sich . . .:* Die Zeilen symbolisieren die Herrschaft eines weisen Monarchen.

76 *Hideyoshi, Toyotomi* (1535-1598): wirkte an der Einigung Japans mit. Er trug den Titel Shógun = militärischer Herrscher. In seinen letzten Lebensjahren unternahm er zweimal den Versuch, Korea zu überfallen. In dieser Geschichte wird seine erste Expedition von 1592 erwähnt.

77 *Reichsprüfungen:* Das Prüfungssystem *k'o-chü,* die Grundlage des chinesischen Staatsapparats, bestand vom 2. Jahrhundert v.u.Z. bis 1905. Drei Grade konnten erworben werden: der erste – *hsiu ts'ai* (Prüfung in der Distriktsstadt), der zweite – *chü jen* (Prüfung in der Provinzstadt), der dritte – *chin-shih* (Prüfung in der Hauptstadt). Während einiger Dynastien folgte nach dem dritten Grad eine Prüfung am Kaiserhof (tien-shih) mit dem Herrscher als Examinator; der erfolgreiche Kandidat wurde Mitglied der Hanlin-Akademie, der höchsten akademischen Institution in China.

89 *fünfter Trommelschlag:* Die Nachtwachen im alten China begannen um 19 Uhr und dauerten bis 5 Uhr. Die Ablösung – jeweils nach zwei Stunden – wurde mit einem Trommelschlag angezeigt.

92 *Theaterstück der Mongolenzeit:* Die Yüan-Dynastie (1279 bis 1368) war die goldene Zeit des chinesischen Dramas, das in gemischter Form (Gesang, Tanz, Rezitation) dargeboten wurde.

95 *Kung tse:* s. Anm. zu S. 51 *Kung Fu Tse.*

98 *fünf menschliche Grundbeziehungen:* s. Anm. zu S. 29.

105 *des roten Staubs:* buddhistischer Begriff für das irdische Leben.

›Sung Chin-lang t'uan-yüan p'o chan-li‹ (›Wie der zerrissene Filzhut den jungen Sung Chin mit seiner Frau vereinte‹).
Die 14. Geschichte des ›Chin-ku ch'i-kuan‹.

113 *Kwan Yin:* s. Anm. zu S. 61.

114 *Kaiserkanal:* Der Yü-ho (der ›kaiserliche Fluß‹) verband Peking und Hang-chou. Der Abschnitt zwischen dem Gelben Fluß und dem Yang-tze wurde um 485 v.u.Z. erbaut; die Seen des Distrikts wurden durch Kanäle verbunden, die in späteren Jahrhunderten von Zeit zu Zeit verändert wurden. In der Sung-Dynastie (960-1279) wurde er bis Hang-chou fortgeführt.

117 *Diamantsutra:* Vajrapani Dharani, chinesisch: Chin-kang-ching; eine der bekanntesten Sutras in China. Die Sutras (rituelle Bücher des alten Indien) enthalten in gedrängter Prosa religiös-moralische Unterweisungen zum Auswendiglernen.

122 *Morgenstunde des fünften Trommelschlags:* s. Anm. zu S. 89.
als dein Sohn wiedergeboren: s. Anm. zu S. 139 *Wiedergeburt.*

123 *Lohans:* Schüler Buddhas. In den Buddhistentempeln sind gewöhnlich nur die Darstellungen der achtzehn ersten Lohans zu sehen. Sie wirken als Fürsprecher der leidenden Menschheit vor Buddha.

127 *Wu-Tzu-hsü* (Ende 6.-Anfang 5. Jahrhundert v.u.Z.): Sohn eines Ministers im Staat Wu. In seiner Jugend hatte er mancherlei Not zu leiden, nachdem Vater und Bruder ins Gefängnis geworfen worden waren. Er mußte in den Staat Wu fliehen, wo er eine Zeitlang mit Flötenspiel seinen Lebensunterhalt verdiente.

127 *Fürst von Han:* Han Hsin (3.-2. Jahrhundert v.u.Z.): berühmter Krieger, Ratgeber von Liu Pang, dem Begründer und ersten Kaiser der Han-Dynastie (206 v.u.Z.-220 u.Z.). In seiner Jugend drückte ihn große Armut; eine Episode berichtet, daß einst eine Waschfrau Mitleid mit ihm hatte und ihm zu essen gab.

128 *Kwan ti:* ursprünglich tapferer Befehlshaber zur Zeit der Drei Reiche (221-277), einer der drei Schwurbrüder aus dem Pfirsichgarten im Roman ›Geschichte der Drei Reiche‹. Er war auch Schutzpatron der Literatur und der Kaufleute. Sein Kult war in ganz China verbreitet.

133 *Tsao Tschi* (192-232): Poet, der bereits als Kind Talent zeigte.

133 *Pan Yo,* Pan, auch P'an Yue genannt (4. Jahrhundert): Poet und Beamter der Tsin-Dynastie; galt in seiner Jugend als männliche Schön-

heit, dem die Damen bei seinen Ausritten Früchte zuwarfen. Während seiner Amtszeit in Hang-yang ließ er viele Pfirsichbäume pflanzen, so daß der Ort den Beinamen ›Blütenwunder‹ erhielt. Später wurde er enthauptet.

138 *Diamantsutra:* s. Anm. zu S. 117.

139 *Wiedergeburt:* nach buddhistischem Glauben die von früheren guten oder schlechten Taten abhängige Wiederkehr nach dem Tode. Solange die vollkommene Reinigung und das letzte Ziel – das Nirvana (die Loslösung des Körpers aus dem Zyklus der Wiedergeburt) – nicht erreicht ist, wiederholt sich dieser Vorgang.

150 *Bonzen:* buddhistische Priester oder Mönche.

159 *Ama:* Hier als liebevoll respektierende Anrede für die Mutter gebraucht.

164 *Ämterprüfungen:* s. Anm. zu S. 77 *Reichsprüfungen.*

Meister Tschuang tse, den irdenen Kübel als Trommel benutzend, übt hohe Magie

›Chuang-tze hsiu ku-p'en ch'eng ta-tao‹ (der deutsche Titel entspricht dem chinesischen).
Die 20. Geschichte des ›Chin-ku ch'i-kuan‹.
Die kurze moralische Einleitung ist hier weggelassen, desgleichen das Schlußgedicht.

165 *Tschuang tse* (Chuang-tze) oder Tschuang Tschou (um 380–320): nach Lao tse (s. Anm. zu S. 165) der bedeutendste Vertreter des alten Taoismus, nach der Überlieferung Verfasser des Buches ›Chuang-tze‹ (33 Kapitel), das in poetischer, phantasiereicher Sprache geschrieben ist. Er widersetzte sich den strengen konfuzianischen Regeln (s. Anm. zu S. 51 *Kung Fu Tse*) und forderte die Rückkehr zur Natur. Das letzte Ziel des wahren Menschen sei es, mit Tao, dem Sinn und Gesetz der Welt, aus dem alles entstehe, zu verschmelzen.

166 *Lao tse* (Lao tze) oder Lao Tan (um 570–490): nach der Überlieferung Begründer des Taoismus und Verfasser des Buches ›Tao-te-ching‹ (›Das Buch vom Sinn und Leben‹). Der Taoismus hatte nachhaltigen Einfluß auf Denken und Kultur Chinas. Das ›Tao-te-ching‹ gehört zu den am häufigsten übersetzten Büchern Chinas.

166 *I-king* (I-ching): ›Buch der Wandlungen‹, das erste der ›fünf

klassischen Bücher‹ (›Wu-ching‹), ursprünglich ein Wahrsagebuch aus dem 9.-7. Jahrhundert.

166 *dreifache Existenz:* die drei Seinsformen der Wiedergeburt – Vergangenheit, Gegenwart, Zukunft.

166 *azurblauer Jaspisteich:* nach der Legende ein Teich am Fuße des sagenhaften Berges K'un Lun. An seinem Ufer wuchs der Pfirsichbaum der Langlebigkeit.

166 *Hsi Wang mu:* die Königin des Westens, Sagengestalt, die unterhalb des K'un Lun-Berges in einem herrlichen Palast lebte. Sie wird gewöhnlich als liebliche Frau in der Kleidung einer chinesischen Prinzessin dargestellt.

167 *fünf bürgerliche Bindungen und Grundbeziehungen:* s. Anm. zu S. 29.

168 *Land Tschu:* Königreich der Periode Ch'un-ch'iu (722 bis 484) und Chan-kuo (403-221) im Gebiet der heutigen Provinzen Ssu-ch'uan, Hu-pei, He-nan, Chiang-hsi, An-hui, Che-chiang.

168 *König Weh von Tschu:* regierte im Staate Tschu in der Zeit von 339 bis 330. Er galt als ein weiser und gerechter Herrscher.

179 *Trommelschlag:* s. Anm. zu S. 89.

190 *Nan ku-Paß:* Auf diesem Paß trafen sich nach der Legende Lao-tze und Chuang-tze. Lao-tze hielt hier zum letzten Male an, bevor er seine lange Reise nach Westen antrat, und hier, so behauptet die Überlieferung, erklärte er seine Lehren auf die Weise, wie sie uns im ›Tao-te-ching‹ überliefert sind.

Das Perlenhemd

›Chiang Hsing-ko ch'ung-hui chen chu-shan‹ (›Chiang Hsing-ko findet zweimal das verlorene Perlenhemd‹).
Die 23. Geschichte des ›Chin-ku ch'i-kuan‹.
Die kurze moralische Einführung ist hier weggelassen.

193 *Wang:* häufiger Familienname; bedeutet zugleich König, Herrscher.

196 *fünfter Trommelschlag:* s. Anm. zu S. 89.

213 *Lebensnudeln:* Als Symbol langen Lebens gehörten sie zu jedem Geburtstagsmahl.

214 *Rinderhirt . . . feiert seine Vermählung mit der ›Weberin‹:* Nach

einem alten chinesischen Märchen stieg eine Weberin (Sternbild der Lyra), die für die Götter arbeitete, zur Erde hinab, wo sie den Rinderhirten (Sternbild des Adlers) traf und ihn heiratete. Da sie jedoch ihre Pflichten vernachlässigte, wurde sie zur Arbeit in den Himmel zurückgerufen. Der Hirt wollte ihr folgen, wurde aber vom ›himmlischen Silberstrom‹, wie die Chinesen die Milchstraße nennen, aufgehalten; seither können sich die Liebenden nur einmal im Jahr treffen – am 7. Tag des 7. Monats, wenn Krähen und Elstern für sie eine Brücke über die Milchstraße bilden; zählt zu den bekanntesten Legenden in China.

220 *Laternenfest: yüan-hsiao-chi* genannt (*yüan-hsiao* hießen die Klöße, die bei dieser Gelegenheit gegessen wurden). Es fand am 15. des ersten Mondmonats statt, dem Tag des ersten Vollmonds im Mondjahr, und war das offizielle Ende der Neujahrsfeiern.

220 *Tsing-ming-Fest:* das Fest der reinen Helligkeit, ursprünglich ein Fest der Lebenserneuerung. Später wurde es Sitte, die Gräber der Vorfahren zu besuchen und ihnen Opfergaben zu bringen. Das Fest diente auch zu Familientreffen.

221 *Phönix:* Symbol für einen treuen Ehemann, *wilde Elster* das für einen unbeständigen Liebhaber.

225 *sieben . . . Scheidungsgründe:* Nach dem ›Buch der Riten‹ gab es sieben Gründe für die Trennung: wenn die Frau keinen Sohn gebar, zügellos war, Vater und Mutter nicht nach dem Gesetz diente, zuviel redete, nicht ehrbar war, an Eifersucht litt, eine unheilbare Krankheit hatte.

Eine pietätvolle Tochter versteckt einem gütigen Vater zuliebe den neugeborenen Stammhalter

›Nien-ch'in en-hsiao-nü ts'ang-erh‹ (der deutsche Titel entspricht dem chinesischen).
Die 30. Geschichte des ›Chin-ku ch'i-kuan‹.
Das kurze Gedicht am Anfang ist hier weggelassen.

247 *Sutras:* s. Anm. zu S. 117 *Diamantsutra.*

266 *Kung tse:* s. Anm. zu S. 51 *Kung Fu Tse.*

›Chin Yü-nü pang-ta po-ch'ing-lang‹ (›Chin Yü-nü schlägt den ungetreuen Ehemann‹).
Die 32. Geschichte des ›Chin-ku ch'i-kuan‹.
Die verhältnismäßig lange Einleitung – eine Frau verläßt ihren armen Mann und bereut es später, als er reich wird – ist hier weggelassen.

277 *Staatsprüfung:* s. Anm. zu S. 77 *Reichsprüfungen.*

278 *ein Monat war seit dem Tage der Hochzeit verstrichen:* Dieser Tag war ein großer Familienfesttag.

280 *Tschung Kweh:* nach der Legende ein Arzt in der Provinz Shen-shih mit einem ungewöhnlichen Schicksal: Als einst der T'ang-Kaiser Ming Huang, 712-756, auch Hsüan Tsung genannt (s. Anm. zu S. 433 *Yang Kweh Feh*), an Fieber litt, träumte er, er würde von einem Kobold gequält. Plötzlich erschien eine große Gestalt, riß dem Kobold ein Auge aus und verschlang es. Als der Kaiser fragte, wer er sei, antwortete die Gestalt, er sei der Arzt Tschung Kweh, der unter einem früheren Kaiser bei den Staatsexamen um seine Rechte betrogen worden sei und deshalb Selbstmord begangen habe. Der Kaiser habe daraufhin ein Begräbnis mit besonderen Ehren angeordnet. Er, Tschung Kweh, habe aus Dankbarkeit gelobt, künftige Herrscher zu beschützen. Beim Erwachen war Ming Huangs Fieber verschwunden. Er hatte das Bild Tschung Kwehs gemalt und sprach ihn heilig als ›Großen geistlichen Verfolger aller Dämonen im ganzen Reich‹.

282 *sieben Scheidungsgründe:* s. Anm. zu S. 225.

289 *Sung Hong:* Ursprünglich arm, erlangte er später eine hohe Stellung. Als ihm der Titel eines Fürsten zuteil wurde, schlug ihm der Kaiser vor, sich von seiner Frau scheiden zu lassen und eine Prinzessin zu heiraten, was er ablehnte.

Fräulein Doktor pfropft ein fremdes Reis auf den Blütenast

›Nü-hsiu-t'sai i-hua chie-mu‹ (der deutsche Titel entspricht dem chinesischen).
Die 34. Geschichte des ›Chin-ku ch'i-kuan‹.
Die vorangestellte vierzeilige Stanze eines T'ang-Poeten ist der begab-

ten Dichterin Hsieh T'ao gewidmet, der vom Gouverneur der Provinz Ssu-ch'uan der Titel ›militärischer Sekretär‹ verliehen wurde. Anschließend wird erzählt, wie ihr Geist während der Ming-Dynastie die Gestalt einer schönen Dame annahm, die einen jungen Schüler verführte. Dies – hier weggelassen – und die folgende Geschichte sollen die Behauptung des Verfassers beweisen, daß es schon immer in Ssu-ch'uan gebildete Frauen gab.

293 *Kung tse:* s. Anm. zu S. 51 *Kung Fu Tse.*

295 *Urprinzipien yin und yang:* zwei Kräfte, die sich als das Weibliche und Männliche, als Dunkelheit und Licht, Weichheit und Härte, Passivität und Aktivität äußern; in ihrer Wechselwirkung bringen sie die universellen Phänomene hervor. Yin und Yang wirken gesetzmäßig und spontan; sie begründen und lenken jedes Wachstum und jeden Wandel in der Natur. Es sind die grundlegenden Begriffe der alten chinesischen Naturphilosophie.

295 *Konfuzianer:* s. Anm. zu S. 51 *Kung Fu Tse.*

303 *Yamen:* s. Anm. zu S. 62.

306 *Ti Yung:* nach der Überlieferung die Tochter eines gewissen Ch'un Yü, der während der Herrschaft des Han-Kaisers Wen-ti, 179-156, lebte. Er erregte Ärgernis und wurde ins Gefängnis geworfen. Seine Tochter zog in die Hauptstadt und bot sich als Sklavin an, um ihren Vater zu retten. Von ihrem Mut gerührt, schenkte der Kaiser dem Vater die Freiheit.

307 *Miao-Stamm:* chinesische Minderheit. Der Stamm existiert noch, zählt 3 Millionen Angehörige und lebt verstreut in Südwestchina. Die Miao unterscheiden sich in Dialekt und Kleidung, lieben Tanz und Musik und sind sehr geschickt im Gebrauch von Bogen und vergifteten Pfeilen.

312 *frühere Existenz:* s. Anm. zu S. 139 *Wiedergeburt.*

314 *Sung Yü* (ungefähr 3. Jahrhundert): Dichter; nach der Überlieferung nicht nur seines Talents, sondern auch seiner Schönheit wegen bekannt.

338 *Buch der Riten* (Li-chi): gehört zu den neun klassischen Büchern. Damit sind gewöhnlich die Wu-ching (fünf Bücher) und die Ssu-shu (vier Bücher) gemeint. Zu den Wu-ching gehören: I-ching (›Buch der Wandlungen‹), Shu-ching (›Buch der Urkunden‹), Shih-ching (›Buch der Lieder‹), Li-chi (›Buch der Riten‹), Ch'un-ch'iu (die Annalen ›Frühling und Herbst‹). Die Ssu-shu wurden in der Sung-Zeit von dem

Philosophen Chu-Hsi (1130-1200) zusammengestellt; zu ihnen gehören: Ta Hsüeh (›Große Lehre‹), Chung-yung (›Das Maßvolle treffen‹), Lun-yü (›Erörterungen und Aussprüche‹), Meng-tze (›Buch des Meng-tze‹).

Der kleine Detektiv
oder:
Ein Fünfjähriger wird vom Himmelssohn
in Audienz empfangen

›Shih-san lang wu-sui chao-t'ien‹ (der deutsche Titel entspricht dem chinesischen).
Die 36. Geschichte des ›Chin-ku ch'i-kuan‹.
Dem vorangestellten Gedicht des Sung-Poeten K'ang Pai-k'e (12. Jahrhundert) in der Art eines Volkslieds folgt eine kurze Einleitung; beides ist hier weggelassen.

348 *Wang An Schi* (1021-1086): Staatsmann und Dichter. Er befürwortete Reformen, die auf eine Stärkung der Wirtschaft und den Widerstand des Landes gegen die Angriffe der Nomaden gerichtet waren, jedoch erfolglos blieben. Wang zog sich 1076 aus dem öffentlichen Leben zurück und widmete sich dem Schreiben.

349 *Laternenfest:* s. Anm. zu S. 220.

349 *Tsin-Zeit:* westliche Tsin-Dynastie 265-316, östliche Tsin-Dynastie 317-420.

353 *Li und Tschan:* zwei der häufigsten chinesischen Familiennamen; bedeuten soviel wie: jedermann, jeder Beliebige.

365 *Yamen:* s. Anm. zu S. 62.

396 *Kung tse:* s. Anm. zu S. 51 *Kung Fu Tse.*

Das Rosenaquarell

›Ts'ui Chün-ch'en ch'iao-hui fu yung p'ing‹ (›Ts'ui Chün-ch'en sieht zufällig das Rosenaquarell‹).
Die 37. Geschichte des ›Chin-ku ch'i-kuan‹.
Die einleitende Episode von der Entführung einer jungen Frau und der späteren Wiedervereinigung mit dem Gatten ist hier weggelassen.

401 *Mongolenherrschaft:* die Zeit der Yüan-Dynastie (1279 bis 1368).

404 Mittelherbstfest (Chung-ch'iu chie): das Herbstfest und der Mondgeburtstag, eines der wichtigsten Feste im alten China. Am Abend des 15. des 8. Monats wurden dem Mond Opfer dargebracht, und das Volk trank Wein.
Li: altes Wegemaß (644,4 m).

406 *drei Herrlichkeiten:* Buddha, Dharma (Meditation), Sangha (Versammlung der Priester).

411 *Sutras:* s. Anm. zu S. 117 *Diamantsutra.*

412 *Yamen:* s. Anm. zu S. 62.

415 Der Schluß im chinesischen Text lautet, daß das Paar glücklich miteinander lebte, ›bis das Haar weiß wurde‹; drei darauf folgende Gedichte sollen das bezeugen.

Dame Tschao Hsiän macht listig ein Dutzend gelbe Mandarinen zum Geschenk

›Chao Hsien-chün ch'iao sung huang kan-tze‹ (der deutsche Titel entspricht dem chinesischen).
Die 38. Geschichte des ›Chin-ku ch'i-kuan‹.
Der einführende Abschnitt, dessen Fabel der Hauptgeschichte ähnelt, ist hier weggelassen.

416 *Kung tse:* s. Anm. zu S. 51 *Kung Fu Tse.*

418 *Goldlilien* (chin-lien): die winzigen eingebundenen Füße chinesischer Frauen, so genannt nach einer Legende vom Kaiser Tung-hun Hou, 499-501, der Ch'i-Dynastie (479 bis 501), der Wasserlilien mit goldenen Blättern für seine Konkubine P'an Fei ausstreuen ließ, damit sie darauf tanzen und rufen konnte: Jeder Schritt läßt eine Lotospflanze wachsen.

433 *Yang Kweh Feh:* Kweh Feh war der Titel der zweiten Konkubine, einer berühmten Schönheit, die den T'ang-Kaiser Hsüan Tsung (712-756), auch Ming Huang genannt (s. Anm. zu S. 280 *Tschung Kweh*), völlig beherrschte. Sie wurde von revoltierenden Soldaten vor den Augen des Kaisers getötet.

436 *Pan An:* s. Anm. zu S. 133 *Pan Yo.*

Die Kampfgrille

›Ts'u-chih‹ (der deutsche Titel entspricht dem chinesischen).
Die 189. Geschichte des ›Liao-chai chih-i‹ (›Seltsame Geschichten aus dem Liao-Studierzimmer‹) von P'u Sung-ling (s. S. 609, der einer alten, aber verarmten Literatenfamilie in P'u-chia chuan in der Provinz Shan-tung entstammte. Mit achtzehn Jahren legte P'u das erste Staatsexamen ab, scheiterte jedoch an den höheren Prüfungen. Erst kurz vor seinem Tode wurde ihm der Rang eines Senior-Lizentiaten zuerkannt. Seinen Lebensunterhalt erwarb er sich als Hauslehrer. Seine Novellensammlung ›Liao-chai chih-i‹ wurde 1766 erstmalig veröffentlicht. P'u Sung-ling schrieb auch Balladen und Theaterstücke in der Umgangssprache, für die er zum Teil seine Novellenstoffe benutzte, sowie pädagogische Bücher über Landwirtschaft, Medizin und Volksbräuche und hinterließ eine Sammlung von Gedichten, Abhandlungen und Briefen.
Der ›Kampfgrille‹ ist, wie verschiedenen Novellen des ›Liao-chai chih-i‹, eine kurze, hier weggelassene Zusammenfassung angefügt, die mit den Worten beginnt: ›Der Historiker seltsamer Geschichten erklärt . . .‹ Diese Zusammenfassungen stammen höchstwahrscheinlich nicht von P'u Sung-ling, sie enthalten jedoch häufig interessante, geistreiche Bemerkungen.

450 *erste Staatsprüfung:* s. Anm. zu S. 77 *Reichsprüfungen.*

Die Frau ohne Lachen

Die ersten beiden und ein Teil des 3. Kapitels aus dem historischen Roman ›Tung-Chou lieh-kuo-chih‹ (›Geschichte der Fürstentümer während der östlichen Chou-Dynastie‹). Unter den Nachahmungen der ›Geschichte der Drei Reiche‹ gilt diese als die beste. In 108 Kapiteln behandelt der Roman die Periode vom 8. bis zum 3. Jahrhundert, als China in mehrere tributpflichtige Staaten aufgeteilt war.

465 *Tschou (Chou)-Dynastie* (1122-221): die am längsten regierende Dynastie; nach dem Wechsel der Hauptstadt 750 v.u.Z. als Tung-Chou (östliche Chou) bezeichnet. Die Regierungszeit wird ferner unterteilt in die Frühlings- und Herbstperiode (Ch'un-ch'iu, 722-484) und die Periode der kämpfenden Reiche (Chan-kuo, 403-221).

470 *Yu Wang:* 781-770.

471 *Hsia-Dynastie:* 2205-1766; Chieh Kuei war ihr erster Herrscher.

471 *Schang (Shang)-Dynastie:* 1766-1112; Tschou Hsin war ihr letzter Herrscher.

Die schöne Li

›Li-wa chuan‹ (›Biographie von Li-wa‹), eine T'ang-Erzählung (ch'uan-ch'i). Der Verfasser Po Hsing Tsiän starb 826 im Alter von über fünfzig Jahren. Seine Biographie in der T'ang-Geschichte ist ein Anhang zur Biographie seines Bruders, des berühmten Poeten Po Chü-yi. Die 20 Bände der gesammelten Werke Po Hsing Tsiäns sind verloren. Neben ›Li-wa chuan‹ sind drei seiner Erzählungen unter dem Titel ›Drei Träume‹ (›San-meng-chi‹) erhalten. – ›Li-wa chuan‹ zählt zu den bekanntesten Liebesgeschichten in China. Unter der Yüan-Dynastie (1279 bis 1368) benutzte Shih Chün-pao den Stoff zu einem Theaterstück: ›Der Teich von Ch'u-chiang‹ (›Ch'u-chiang chih‹), desgleichen Hsüeh Chin-kun unter der Ming-Dynastie (1368-1644): ›Die Geschichte der bestickten Jacke‹ (›Hsiu ju-chi‹).

491 *der edle Renner . . . der tausend Meilen am Tage bewältigt:* Anspielung auf einen Ausspruch von Ts'ao Ts'ao.

491 *Prüfungen:* s. Anm. zu S. 77 *Reichsprüfungen.*

497 *Kwan Yin:* s. Anm. zu S. 61.

505 *Han-Zeit:* 206 v. u. Z.-220 u. Z.

518 *Li Kung Tso* (um 770-850): Dichter und Novellist der T'ang-Zeit (618-907), Verfasser der bekannten Novellen ›Der Gouverneur des südlichen Vasallenstaates‹ (›Nan-k'o ji‹) und ›Geschichte der Hsieh Hsiao-e‹ (›Hsieh Hsiao-e chuan‹). Von ihm sind insgesamt vier Novellen erhalten.

Vom Totenhemd ins Brautkleid

›Wu-shuang chuan‹ (›Biographie von Wu-shuang‹) von Hsieh T'iao (830-872), eine T'ang-Erzählung. Unter der Ming-Dynastie (1368-1644) schrieb Lu Ts'ai danach ein Theaterstück: ›Ming-chu-chi‹ (›Die Geschichte von Ming-chu‹).

Der Mohrensklave

›K'un-lun nu chuan‹ (›Biographie des Sklaven K'un-lun‹) von P'ei Hsing. Unter der Ming-Dynastie (1368-1644) entstand danach ein Theaterstück.

Der gelbe Rock

Der Verfasser ist unbekannt. Die Geschichte spielt zu Beginn des 19. Jahrhunderts.

550 *Staatsprüfung:* s. Anm. zu S. 77 *Reichsprüfungen.*

551 *Buch der Zeremonien:* Gemeint ist das ›Buch der Riten‹ (›Li-chi‹), eins der kanonischen Bücher des Konfuzianismus.

Die Entführung

Dem 1921 erschienenen Werk ›Hsia ti tze‹ (›Blutstropfen‹) von Lu Schi O entnommen. Der Verfasser, namhafter Arzt in Schanghai, hat sich durch eingehende Untersuchungen und Veröffentlichungen zur Geschichte der Ch'ing-Dynastie (1644-1908) hervorgetan.

563 *der heutige alte Buddha:* Kaiser K'ang Hsi, 1662-1723.

575 *Bodhisattwa:* s. Anm. zu S. 61 *Kwan Yin.*

Inhalt

China
im Insel und Suhrkamp Verlag

Ba Jin: Die Familie. Aus dem Chinesischen von Florian Reissinger. Mit einem Nachwort von Wolfgang Kubin. st 1147
– Kalte Nächte. Roman. Aus dem Chinesischen von Sabine Peschel und Barbara Spielmann. Mit einem Nachwort von Wolfgang Kubin. Gebunden. (Suhrkamp)
– Shading. Erzählung. Aus dem Chinesischen von H. Forster. BS 725
Bartke, Wolfgang: Die großen Chinesen der Gegenwart. Ein Lexikon 100 bedeutender Persönlichkeiten Chinas im 20. Jahrhundert. Leinen und st 1144
Blick übers Meer. Chinesische Erzählungen aus Taiwan. Herausgegeben von Helmut Martin, Charlotte Dunsing und Wolf Baus. es 1129
Chinesische Liebesgedichte aus drei Jahrtausenden. Aus dem Chinesischen von Ernst Schwarz. Mit zeitgenössischen Illustrationen. it 442
Chinesische Novellen. Übertragen von Franz Kuhn. Herausgegeben von Vénceslava Hardlicková. it 848
Chinesische Volkserzählungen. Ausgewählt und mit einem Nachwort von Kuan Yu-Chien. Mit Illustrationen von I-Ching Cheng. it 522
Chinesisches Theater. Mit Materialien zur Geschichte des chinesischen Sprechtheaters. Herausgegeben von Bernd Eberstein. Gebunden
Dahmer, Manfred: Qin. Die klassische chinesische Griffbrettzither und ihre Musik in Geschichte, Geschichten und Gedichten. Mit zahlreichen Illustrationen. IB 1024
Deutsche Denker über China. Herausgegeben von Adrian Hsia. it 852
Ding Ling: Das Tagebuch der Sophia. Aus dem Chinesischen von Bernd Fischer, Anna Gerstlacher, Johanna Graefe, Renate Krieg, Wolfgang Kubin, Julia Mollée, Eva Sternfeld. BS 670
Die drei Reiche. Roman aus dem alten China. Aus dem Chinesischen von Franz Kuhn. Mit 24 Holzschnitten. it 585
Eich, Günter: Aus dem Chinesischen. BS 525
Eisherz und Edeljaspis oder Die Geschichte einer glücklichen Gattenwahl. Ein Roman aus der Ming-Zeit. Übertragen von Franz Kuhn. Mit 16 Holzschnitten. it 123
Gernet, Jacques: Die chinesische Welt. Die Geschichte Chinas von den Anfängen bis zur Jetztzeit. Aus dem Französischen von Regine Kappeler. Leinen und Sonderausgabe

77/1/2.85

China
im Insel und Suhrkamp Verlag

Granet, Marcel: Das chinesische Denken. Inhalt-Form-Charakter. Übersetzt und eingeleitet von Manfred Porkert. Mit einem Vorwort von Herbert Frank. stw 519

– Die chinesische Zivilisation. Familie-Gesellschaft-Herrschaft. Von den Anfängen bis zur Kaiserzeit. Übersetzt und eingeleitet von Claudius C. Müller. Mit einem Vorwort von Wolfgang Bauer. stw 518

Guo Moruo: Kindheit. Autobiographie, erster Teil. Aus dem Chinesischen von Ingo Schäfer. Gebunden

– Jugend. Autobiographie, zweiter Teil. Aus dem Chinesischen von Ingo Schäfer. Gebunden

Hsia, Adrian: Hermann Hesse und China. Darstellung, Materialien, Interpretationen. Gebunden und st 673

Kaltenmark, Max: Lao-tzu und der Taoismus. Aus dem Französischen von Manfred Porkert. es 1055

King Ping Meh oder die abenteuerliche Geschichte von Hsi Men und seinen sechs Frauen. Aus dem Chinesischen und mit einem Nachwort von Franz Kuhn. Lederausgabe, Geschenkausgabe und it 253

Konfuzius: Die Weisheit des Konfuzius. Übersetzt und eingeleitet von O. H. Stange. IB 830

Lao She: Die Stadt der Katzen. Phantastischer Roman. Aus dem Chinesischen von Volker Klöpsch. st 1154

– Das Teehaus. Mit Aufführungsfotos und Materialien. Herausgegeben von Uwe Kräuter und Huo Yong. es 1054

Lao Tse: Die Bahn und der rechte Weg. Der chinesischen Urschrift nachgedacht von Alexander Ular. IB 991

– Führung und Kraft aus der Ewigkeit. Aus dem Chinesischen von Erwin Rousselle. it 849

Lorenz, Richard (Hg.): Umwälzung und Gesellschaft. Zur Sozialgeschichte der chinesischen Revolution (1911-1949). es 870

Lu Xun: Die wahre Geschichte des Ah. Q. Erzählung. Übertragen von J. Kalmer, bearbeitet von O. v. Törne. BS 777

Mäding, Klaus: Strafrecht und Massenerziehung in der Volksrepublik China. es 978

Mao Dun: Schanghai im Zwielicht. Roman. Mit einem Geleitwort von Mao Dun. Aus dem Chinesischen von Franz Kuhn. Revidiert von Ingrid und Wolfgang Kubin. Mit einem Nachwort von Wolfgang Kubin. st 920

77/2/2.85

China
im Insel und Suhrkamp Verlag

Moderne chinesische Erzählungen:
Band 1: Hoffnung auf Frühling. (1919-1949). Herausgegeben von Wolfgang Kubin.
Band 2: Hundert Blumen (1949-1979). Herausgegeben von Volker Klöpsch und Roderich Ptak. es 1010

Moderne chinesische Literatur. Materialien. Herausgegeben von Wolfgang Kubin. stm 2045

Nachrichten von der Hauptstadt der Sonne. Moderne chinesische Lyrik 1919-1980. Herausgeben von Wolfgang Kubin. es 1322

Needham, Joseph: Wissenschaft und Zivilisation in China. Band 1 der von Colin A. Ronan bearbeiteten Ausgabe. Aus dem Amerikanischen von Rainer Herbster. Leinen

– Wissenschaftlicher Universalismus. Über Bedeutung und Besonderheit der chinesischen Wissenschaft. Herausgegeben und aus dem Amerikanischen von Tilman Spengler. Leinen und stw 264

Die Rache des jungen Meh oder Das Wunder der zweiten Pflaumenblüte. Aus dem Chinesischen von Franz Kuhn. it 353

Die Räuber vom Liang Schan Moor. Ein altchinesischer Roman. Übertragen von Franz Kuhn. Mit 60 Holzschnitten. Zwei Bände. it 191

Schluchter, Wolfgang: Max Webers Studie über Konfuzianismus und Taoismus. Interpretation und Kritik. stw 402

Shen Cong-Wen: Erzählungen aus China. Aus dem Chinesischen von Ursula Richter. Mit einer Titelkalligraphie des Autors. Gebunden

– Die Grenzstadt. Novelle. Aus dem Chinesischen von U. Richter. BS 861

Spence, Jonathan D.: Ich, Kaiser von China. Ein Selbstportrait des Kangxi-Kaisers. Aus dem Englischen von Stefan B. Polter. Gebunden

Der Traum der roten Kammer. Ein Roman aus der frühen Tsing-Zeit. Aus dem Chinesischen von Franz Kuhn. Mit 34 Bildern nach alten chinesischen Holzschnitten und einem Begleitwort. it 292

Tschuang-Tse: Reden und Gleichnisse des Tschuang-Tse. Ausgewählt und mit einem Nachwort von Martin Buber. it 205

Wagner, Rudolf G. (Hg.): Literatur und Politik in der Volksrepublik China. es 1151

Waley, Arthur: Lebensweisheit im Alten China. Aus dem Englischen von Franziska Meister-Weidner. st 217

Watts, Alan: Der Lauf des Wassers. Eine Einführung in den Taoismus. Aus dem Amerikanischen von Susanne Schaupp. st 878

77/3/2.85

China
im Insel und Suhrkamp Verlag

Wen Kang: Die schwarze Reiterin. Roman aus der Tsing-Zeit. Aus dem Chinesischen von Franz Kuhn. Mit zeitgenössischen Illustrationen. it 474

Wilhelm, Hellmut: Die Wandlung. Acht Essays zum I-Ging. Mit einem Nachwort von Wolfgang Bauer. st 1146

Wilhelm, Richard: Die Seele Chinas. Mit einem Vorwort von Wolfgang Bauer und Abbildungen. Gebunden

77/4/2.85

Japan
im Insel und Suhrkamp Verlag

Abe, Kobo: Die Frau in den Dünen. Roman. Aus dem Japanischen von Oscar Benl und M. Osaki. BS 856

– Die vierte Zwischeneiszeit. Roman. Aus dem Japanischen von Siegfried Schaarschmidt. st. 756

Crome, Peter: Der Tigergrill. Ein satirischer Roman aus Japan. Gebunden

Doi, Takeo: Amae – Freiheit in Geborgenheit. Zur Struktur japanischer Psyche. Mit einem Vorwort von Elmar Holenstein. Aus dem Englischen von Helga Herborth. es 1128

Inoue, Yasushi: Die Berg-Azaleen auf dem Hira-Gipfel. Erzählung. Aus dem Japanischen von Oscar Benl. BS 666

– Die Eiswand. Roman. Aus dem Japanischen von Oscar Benl. st 551

– Eroberungszüge. Gedichte. Aus dem Japanischen und mit einem Nachwort von Siegfried Schaarschmidt. BS 639

– Das Jagdgewehr. Erzählung. Aus dem Japanischen von Oscar Benl. BS 137

– Der Stierkampf. Aus dem Japanischen von Oscar Benl. st 944

– Das Tempeldach. Ein historischer Roman. Aus dem Japanischen und mit einem Nachwort von Oscar Benl. BS 709

Ikebana. Meisterwerke japanischer Blumenkunst. Mit 16 Farbtafeln. Textbeiträge von Siegfried Schaarschmidt. IB 745

Das Ise-monogatari. Kavaliersgeschichten aus dem alten Japan. Aus dem Original übertragen, kommentiert und mit einem Nachwort von Siegfried Schaarschmidt. Mit Illustrationen nach einer japanischen Ausgabe des frühen 17. Jahrhunderts und Erläuterungen zu den Bildern von Irmtraud Schaarschmidt-Richter. Leinen

Kenko, Yoshida: Betrachtungen aus der Stille. Tsurezuregusa. Aus dem Japanischen und mit einem Nachwort von Oscar Benl. Leinen

Mori, Ogai: Vita Sexualis. Erzählung. Aus dem Japanischen und mit einem Nachwort von Siegfried Schaarschmidt. BS 813

– Die Wildgans. Aus dem Japanischen und mit einem Nachwort von F. Vogelgsang. BS 862

Nakane, Chie: Die Struktur der japanischen Gesellschaft. Aus dem Japanischen von Jobst M. Spannagel und Heide Günther-Spannagel. es 1204

Nishitani, Keiji: Was ist Religion? Vom Verfasser autorisierte deutsche Übertragung von Dora Fischer-Barnicol. Leinen

Oe, Kenzaburo: Eine persönliche Erfahrung. Roman. Aus dem Japanischen von Siegfried Schaarschmidt. Leinen

78/1/2.85

Japan
im Insel und Suhrkamp Verlag

Okakura, Kakuzo: Das Buch vom Tee. Aus dem Japanischen und mit einem Nachwort von H. Hammitzsch. it 412

Sei Shonagon: Das Kopfkissenbuch der Dame. Auswahl und Nachwort von Helmut Bode. Illustrationen von Irmtraud Schaarschmidt-Richter. IB 998

Suzuki, Daisetz Teitaro: Leben aus Zen. Aus dem Englischen von Ursula von Mangoldt und Emma von Pelet. Mit einem Vorwort von Eugen Herrigel. st 846

Zen. Aussprüche und Verse der Zen-Meister. Auswahl und Nachwort von P. Weber-Schäfer. IB 798

Zen-Buddhismus und Psychoanalyse. Erich Fromm, Daisetz Teitaro Suzuki, Richard de Martino. Aus dem Amerikanischen von Martin Steipe. st 37

78/2/2.85

Kataloge für
HORIZONTE Berlin 1985
im Insel Verlag:

Palastmuseum Peking
Schätze aus der Verbotenen Stadt.
Ausstellung der Berliner Festspiele GmbH im Martin-Gropius-Bau Berlin, 12. Mai – 15. Juli 1985.
Katalog zur Ausstellung.
Herausgegeben von Lothar Ledderose unter Mitarbeit von Herbert Butz.
Mehr als 280 Abbildungen, davon mehr als 50 in Farbe. Quart-Format, Broschur

Europa und die Kaiser von China
Ausstellung der Berliner Festspiele GmbH im Martin-Gropius-Bau Berlin, 12. Mai – 15. Juli 1985.
Katalog zur Ausstellung.
Herausgegeben von der Berliner Festspiele GmbH.
Mehr als 250 Abbildungen, davon 50 in Farbe. Quart-Format, Broschur

Berichte aus China 1245-1816
Textband zur Ausstellung »Europa und die Kaiser von China«.
Die europäische Sicht 1245-1816.
Originaltexte und Illustrationen.
Herausgegeben von Christoph Müller-Hofstede und Gereon Sievernich im Auftrage der Berliner Festspiele GmbH.
Mehr als 80 Abbildungen. Quart-Format, Broschur

79/1/2.85

Anthologien, Märchen, Sagen

Aladin und die Wunderlampe
Aus dem Arabischen von Enno Littmann. Mit Illustrationen einer französischen Ausgabe von 1865/66. it 199

Ali Baba und die vierzig Räuber
und die Geschichten von den nächtlichen Abenteuern des Kalifen aus 1001 Nacht. Aus dem Arabischen von Enno Littmann. Mit Illustrationen einer französischen Ausgabe von 1865/66. it 163

Allgemeines deutsches Reimlexikon
Herausgegeben von Peregrinus Syntax. Mit einer Gebrauchsanleitung von Hans Magnus Enzensberger. Zwei Bände. it 674

Alt-Prager Geschichten
Gesammelt von Peter Demetz. Mit Illustrationen von Hugo Steiner-Prag. it 613

Hans Christian Andersen. Märchen
Mit Illustrationen von Vilhelm-Pedersen und Lorenz Frølich. Aus dem Dänischen von Eva-Maria Bluhm. Drei Bände in Kassette. it 133
– Märchen meines Lebens. Eine Skizze.
Mit Porträts des Dichters. it 356
– Glückspeter
Mit Scherenschnitten von Alfred Thon. it 643

Das Anekdotenbuch
Mit zeitgenössischen Illustrationen. Herausgegeben von Willi Pumin. it 708

Giovanni Battista Basile. Das Pentameron
Das Märchen aller Märchen. Deutsch von Felix Liebknecht. Herausgegeben von Walter Boelich. it 345

Micha Josef bin Gorion. Born Judas
Altjüdische Legenden und Volkserzählungen. Aus dem Hebräischen von Rahel bin Gorion. Auswahl und Nachwort von Emanuel bin Gorion. it 529

Elisabeth Borchers. Das Adventbuch
it 449

Anthologien, Märchen, Sagen

Elisabeth Borchers/Louise Brierley. Der König der Tiere und seine Freunde
it 622

Clemens Brentano. Gockel, Hinkel und Gackeleia
Nach der Frankfurter Erstausgabe von 1838. Mit den Initialen und Lithographien von Caspar Braun nach Entwürfen von Clemens Brentano. it 47
– Italienische Märchen. Mit einem Nachwort von Maria Dessauer. it 695

Das Buch der Liebe
Gedichte und Lieder, ausgewählt von Elisabeth Borchers. it 82

Chinesische Volkserzählungen. Ausgewählt und mit einem Nachwort versehen von Kuan Yu-Chien. Mit Illustrationen von I-Ching Cheng. it 522

Die großen Detektive
Detektivgeschichten mit Auguste Dupin, Sherlock Holmes und Pater Brown. Herausgegeben und mit einem Nachwort von Werner Berthel. Mit Illustrationen von George Hutchinson. it 101
– Die großen Detektive II
Nick Carter, Nat Pinkerton, Sherlock Holmes, Percy Stuart. Herausgegeben von Werner Berthel. it 368

Deutsche Heldensagen
Nacherzählt von Gretel und Wolfgang Hecht. it 345

Deutsche Sagen
Herausgegeben von den Brüdern Grimm. Mit Illustrationen von Otto Ubbelohde. it 481

Günter Eich/Edda Köchl. Der 29. Februar
Ein Märchen von Günter Eich mit Bildern von Edda Köchl. it 616

Die Eisenbahn
Gedichte. Prosa. Bilder. Herausgegeben von Wolfgang Minaty. it 676

Erotische Geschichten aus den 1001 Nächten
Aus dem arab. Urtext übertragen und herausgegeben von Felix Tauer. it 704

